김말봉 전집 4

가인의 시장 / 화려한 지옥

지은이

김말봉(金末峰, Kim Mal Bong) 1901~1961. 본명은 말봉(末峰), 필명은 보옥(步玉), 말봉(末鳳), 아호는 끝뫼, 노초(路草, 露草). 1901년 경남 밀양에서 출생하여 1919년 서울 정신여학교를 졸업하였고 이후 일본으로 건너가 1924년 동지사대학 영문과에 입학하였다. 1925년 『동아일보』 신춘문예 가정소설 부문에 단편 「시집살이」가 3등으로 입상하였다. 1927년 동지사대학을 졸업하였고 『중외일보』 기자 생활을 하였다. 1932년 『중앙일보』 신춘문예에 단편 「망명녀」가 김보옥이라는 필명으로 당선되어 문단에 데뷔하게 된다. 이어서 「고행」, 「편지」 등의 단편을 발표하였고 1935년 『동아일보』에 『밀림』을, 『조선일보』에 『찔레꽃』을 연재함으로써 일약 대중소설가로서의 자리를 굳히게 되었다. 하지만 일어로 글쓰기를 거부하여 더 이상 작품 활동을 하지 않다가 1947년 『부인신보』에 『카인의 시장』을 연재하면서 다시 소설 쓰기를 시작한다. 1954년 『조선일보』에 『푸른 날개』를, 1956년 『조선일보』에 『생명』을 연재하여 높은 인기를 얻었고 1957년 기독교 장로교회에서 최초의 여성 장로로 피선되었다. 1961년 지병인 폐암으로 사망하였다.

엮은이

진선영(陳善榮, Jin Sun Young) 문학박사. 1974년 강릉에서 출생하여 이화여자대학교 대학원 국어국문학과를 졸업했다. 「한국 대중연애서사의 이데올로기와 미학」으로 박사 학위를 받았으며 현재 이화여자대학교에서 강의하고 있다. 대중문학에 대한 관심에서 출발하여 잊히고 왜곡된 작가와 작품의 발굴에 매진하고 있으며 젠더, 번역 등으로 연구의 영역을 확대하고 있다. 주요 논문으로는 「유진오 소설의 여성 이미지 연구」, 「마조히즘 연구」, 「전통적 세계지향과 도덕적 인간학」, 「부부 역할론과 신가정 윤리의 탄생」, 「추문의 데마고기화, 수사학에서 정치학으로」 등이 있고, 저서로는 『최인욱 소설 선집』(현대문학), 『한국 대중연애서사의 이데올로기와 미학』(소명출판), 『송계월 전집』 1·2(역락) 등이 있다.

김말봉 전집 4 - 가인의 시장 / 화려한 지옥

초판 인쇄 2015년 12월 21일 초판 발행 2015년 12월 31일

지은이 김말봉 엮은이 진선영 펴낸이 박성모 펴낸곳 소명출판 출판등록 제13-522호

주소 서울시 서초구 서초중앙로6길 15, 1층

전화 02-585-7840 팩스 02-585-7848 전자우편 somyungbooks@daum.net 홈페이지 www.somyong.co.kr

ISBN 979-11-5905-035-0 04810
979-11-85877-30-3 (세트)

값 28,000원

The Complete Works of Kim Mal Bong
Vol.4 : Cain's Market / Splendid hell

김말봉 전집 4

가인의 시장 / 화려한 지옥

진선영 엮음

소명출판

일러두기

1. 김말봉 전집은 김말봉 발표 작품을 발표 연대별로 수록하였다.
2. 모든 작품은 발표 당시의 것(신문, 잡지 연재본), 연재 미확인 작품은 출판사 발행 초판본을 저본으로 삼았고 출처는 본문의 마지막에 명기하였다.
3. 본문의 표기는 독자의 편의를 위해 현행 한글맞춤법과 외래어표기법에 따랐다. 단 작품의 분위기에 영향을 준다고 판단되는 방언이나 구어체 표현, 일본어, 의성어, 의태어 등은 그대로 두었다.
4. 원문의 한자는 가급적 한글로 바꾸었고 작품 이해에 도움이 될 만한 한자는 그대로 두고 괄호 안에 넣었다. 어려운 단어나 방언, 일본어는 각주를 달아 설명하였다.
5. 원문의 대화 표기인 『 』은 " "로, 독백과 강조는 ' '로 표시하였고 말줄임표는 …… 로 통일하였다. 과도하게 사용된 생략 부호나 이음 부호(−)는 읽기에 편하도록 조절하였다.
6. 원문에서 판독할 수 없는 부분은 □로 표시하였고, 기타 사용 부호는 원문 그대로의 것을 사용하였다.

머리말

김말봉은 『찔레꽃』의 작가이자 식민지를 대표할 만한 대중소설 작가이다. 임화는 김말봉의 돌발적 출현을 작가의 '유니크성'과 당대 소설 창작 환경의 모순에 두고 작금의 조선 소설계가 대망한 한 작가로 '김말봉'을 지목한 바 있다.

유니크(unique)란 무엇인가? 유니크는 이중적 의미를 갖는데 '유일한, 독특한, 진기한'의 긍정적 의미와 '기이한, 돌출적인'의 부정적 함의를 동시에 갖는다. 김말봉의 유니크'성(性)'은 전 조선에 유례가 없는 독특한, 독창성이 풍부한, 진기한 유니크이며 반대로 이상하거나 기이한 존재로서의 유니크이기도 하다. 기실 이 양가성 사이에 김말봉의 문학이 자리 잡고 있다.

식민지 시대 김말봉의 유니크함은 무엇인가. 김말봉이 『밀림』과 『찔레꽃』을 연재할 당시 문단의 이단적 존재로 받아들여졌던 이유는 스스로 '순수 귀신'을 비판하며 전면적으로 대중소설을 표방하며 문단에 출현했기 때문이다. 김말봉의 '대중작가 선언'은 독자들의 인기와 칭찬을 통해 '대중성'을 입증 받으면서 힘을 얻게 된다. 당시 김말봉 소설의 인기는 식민지 후반기 신문소설계의 새로운 흐름을 주도하여 대중소설이란 새로운 소설 장르를 분화시켰고 이로 인해 장편소설론, 신문소설 분화론, 통속문학론, 신문화재소설론 등의 다양한 비평적 활동을 촉발시켰다. 그러므로 김말봉의 역사적 등장은 엄밀한 의미에서 대중소설사의 시작이라 해도 과언이 아니기에 대중문학 연구가 축적된 현재 김말봉 전집의 기획은 대중문학사적 기반을 위한 의미 있는 출발이 될 수 있을 것이다.

해방 정국, 한국전쟁기 김말봉의 유니크함은 '장편소설' 창작에서 발견할 수 있다. 김말봉은 한국 작가 중 이례적으로 단편소설보다 신문연재 장편소설을 많이 쓴 작가이다. 현재 연구자가 확인한 김말봉의 단편소설은 동화 및 청소년 소설을 제외한 약 25편 남짓이고 장편소설은 신문연재 장편으로 31편이다. 하지만 여기서 한 가지 짚고 넘어가야 할 것은 연구의 대부분을 차지하는 식민지 시대 장편은 『밀림』, 『찔레꽃』 단 두 편뿐이라는 사실이다. 작가의 전체 작품 중 10%도 넘지 못하는 작품 편수가 작가의 역사적 이력과 작품의 전체 경향을 가두고 있는 형상이다. 이러한 현상은 작품의 90%에 해당하는 해방 이후, 한국전쟁기에 연재했던 소설이 실린 신문과 잡지를 구하는 일이 어렵기 때문인데 그러므로 김말봉 문학에 대한 기초적 자료를 확보하는 노력은 무엇보다도 시급하다.

김말봉 전집은 앞선 취지를 통해 기획되었다. 본 연구자는 대중문학으로 박사학위를 받았고 그것과 연계하여 대중문학 작가를 발굴하고 의미화에 연구적 역량을 집중하였다. 김말봉 전집의 출판은 그 시발점이 될 수 있을 것이다. 특히 김말봉의 경우 연재 당시의 인기에 힘입어 많은 단행본이 출간되어 있으나 연재 당시와 단행본 출간 시 작가에 의해 많은 개작이 이루어진 바 대중소설의 현장성과 인기를 복원하기 위해서는 당대의 신문 연재본을 발굴하여 정전화하는 작업이 필요하다.

또한 한국전쟁 이후 신문 연재 장편의 발굴은 김말봉 문학 연구의 외연을 확대하여 김말봉 전체 작품에 대한 의미화와 개별 작품 연구의 초석이 될 수 있을 것이다.

넋두리 없이 머리말을 닫기에 이 작업은 실로 고단하였다. 안과 수술 이후 무리한 작업으로 0.6의 시력을 잃었으며 손목 터널 증후군을 훈장으로 얻었다. 발굴의 상처가 다양한 후속 연구의 밑거름이 되길 기원한다. 더불어 인문학의 현장에서 함께 고민하는 동학들과 사랑하는 가족들 박창성, 박성준, 박경민에게 감사의 마음을 전한다.

수리산 끝자락에서

2014.10

4권을 내며

김말봉 전집의 네 번째 책을 발간한다. 이전의 책들(『김말봉 전집』 1~3권, 『밀림』 상 · 하, 『찔레꽃』)이 김말봉의 식민지 시대 발표 작품이라면 네 번째 책(『가인의 시장』 / 화려한 지옥』)은 『밀림』 후편이 연재 중단된 이후(1938.12.25) 9년 만에 발표한 작품으로 이 작품을 통해 김말봉의 해방 이후 작품 세계가 시작된다.

『가인의 시장』은 1947년 『부인신보』에 연재된 작품인데 1948년 5월 미완으로 연재가 종결되고 1951년 『화려한 지옥』으로 제목이 변경되어 출판된다. 『가인의 시장』은 『부인신보』 연재 당시 '佳人의 市場'으로 연재되었고 『화려한 지옥』 1954년 문연사판 서문에는 '카인의 시장'으로 명명되었다. 『화려한 지옥』으로 출간될 때 제목과 목차 일부가 변경되었고 결말이 보충되었다. 다른 이름의 같은 작품은 서로에게 의미 있는 참조점이 될 것이라 생각되어 함께 발굴하였다.

2014년 김말봉 전집을 시작할 때 한 해에 두 편 이상의 작품을 발굴하리라 목표하였다. 이 목표를 성실히 이행한다 하더라도 전작을 전집화하기 위해서는 15년 이상이 걸리기 때문이다. 하지만 이듬해부터 실패다. 마이크로필름이라는 변수를 만났기 때문이다. 해방기-한국전쟁기 이후 발간된 종이 신문에 대한 현실적 접근이 어려운 상황에서 마이크로필름은 참으로 고마운 기록화이지만 이것은 두 배의 시간을 필요로 하였다. 마이크로필름을 출력하여 문서화하고 판독 불가능한 부분은 종이 신문을 통해 보충하였고, 다시 단행본을 참고하는 형식으로 작업을 진행하다보니 올해 한 권의 작품을 발굴하는 데 만족해야 했다.

다시 한 번 쓴다. 발굴의 상처가 다양한 후속 연구의 밑거름이 되길 기원한다. 더불어 인문학의 현장에서 함께 고민하는 동학들과 사랑하는 가족들 박창성, 박성준, 박경민에게 감사의 마음을 전한다.

다시 수리산 끝자락에서

2015.11

진선영

차례

가인의 시장

헤롯의 칼

요 며칠 들어 눅눅한 맛이 제법 봄기운을 느끼게 한다. 먼 산에 푸른 아지랑이가 돌고 담 너머 나부끼는 버들가지가 물이 올라 생생한 탄력이 머지않아 아이들의 손으로 피리가 되어 나갈 상도 싶다.

해방 후 처음 맞는 봄인지라 마땅히 이 땅에 기쁜 피리가 겨레의 행복을 노래하여야 할 것이거늘 왕왕히 현실은 소망보다 잔인하고 미래는 가끔 고운 너울 속에 추악한 얼굴을 싣고 오매 인생은 탄식이 있고 절망이 있고 죄악이 있는 것이다.

뒤꼍에서 빨래를 널고 있는 채옥은 힐끗 고개를 들었다. '까욱 까욱' 까치의 우지짖는 소리가 바로 머리 위에서 들린 때문이다.

활짝 뻗고 있는 포플러 나무 가지 위에 시커먼 둥우리가 보이고 그 둥우리 주위로 올라앉았다 내려앉았다 하는 까치의 하얀 뱃바닥은 유난히 부숭부숭하다.

"무슨 반가운 소식이 있을라나? 무슨 소식? 흥 빌어먹을 놈의 남편."

후 하고 한숨을 뿜고 채옥은 팽팽한 줄에 빨래를 다 널고 돌아섰다.

"채옥아 얘 채옥아."

포주 여편네의 꺼칠꺼칠한 목소리가 들린다. 채옥은 흠칫 어깨를 추슬러 보고 소리 나는 곳으로 갔다.

"채옥아 얘."

애써 상냥하고 부드럽게 내는 음성이다.

"채옥아."

"……."

허옇게 물에 젖은 손끝만 들여다보고 서 있는 채 대답이 없는 채옥을 건너다보는 포주 여편네의 움푹 들어간 눈살은 점점 험상스러워진다. 그러나 음성만은 여전히 따뜻하게

"얘 채옥아 얘야."

목이 차츰 갈리면서 훌쩍 낮아지는 음성은 흔히 이 여편네의 맹렬한 분노가 폭발되기 직전에 들려주는 그러한 음성이기 때문에 채옥은 폭풍우가 신변에 가까이 온 줄을 직감하였다. 채옥은 애원하듯이 포주 여편네를 바라보았다. 그리고

"어머니 전 약 먹기 싫어요. 의사가 뭘 안다고 그래요 ……."

방금 발악이 쏟아지려는 저편 쪽 목소리를 예기[1]하면서

"의사가 알고 하는 말이라도 전 전 그런 악착스런 짓은 못 하겠어요."

채옥은 자그마한 동그스름한 얼굴을 절레절레[2] 흔들었다.

"흐흥."

조롱과 모멸에 가득 찬 선웃음[3]을 치는 포주 여편네는 마루 끝으로 한 걸음 다가서며

"뭣이 어째? 의사가 왜 몰라. 아 하루에도 수백 명을 진찰하고 있는

---

1 豫期. 앞으로 닥쳐올 일에 대하여 미리 생각하고 기다림.

2 원문에는 '돌레돌레'(사방을 요리조리 살피는 모양)로 표기 되어 있으나 문맥상 거절의 의미로 보아 '절레절레'(머리를 좌우로 자꾸 흔드는 모양)로 고친다.

3 우습지도 않은데 꾸며서 웃는 웃음.

의사가 몰라? …… 그러지 말고 약 먹어라."

목소리를 한 번 더 낮추면서

"애비를 모르는 자식을 낳아 보았자 기르기는 누가 기르며 또 너희들 몸에서 나는 아이가 성한 채로 나올 줄 아니? …… 그러니 말야 해롭게는 시키지 않는다. 일찌감치 처치를 하고 돈 벌 생각을 하란 말야. 네 빚이 얼만 줄 알지? 이만 원이 넘어 이만 원이, 자 받아."

시커먼 약물을 담은 약 사발이 쑥 채옥의 눈앞으로 달려든다.

"눈 감고 단숨에 들이켜라, 쓰지도 않다."

"……."

어제 그저께부터 약 사발을 들고 따라 다니면서 달래고 눙치고 윽박지르고 하던 포주 여편네는 이제 완전히 분통이 터졌다.

"냉큼 못 받아?"

하는 소리가 귀청이 찢어질 듯하다.

"이년아 네 장래를 생각하고 이러는 건데 이년이 미쳐도 분수가 있지 …… 이년이."

포주 여인은 주위를 두리두리[4] 살피더니 마침 새로 사온 마당비가 눈에 띄자 그는 얼른 두 손으로 움켜쥐었다.

"이년이 죽일 년."

딱 하고 억센 대 마디가 채옥의 까슬까슬 말갛게 지진 머리통을 내리갈긴다. 채옥은 반사적으로 머리를 싼다. 손바닥이 축축해진다.

"이년이 사람을 만만히 보고."

4 '두루두루'(여기저기 빠짐없이 골고루)의 방언.

딱! 이번엔 얄팍한 어깨를 내리쳤다. 채옥은 피 묻은 손으로 어깨를 문지르는 동안 세 번째의 대 마디가 채옥의 이편 쪽 어깨를 마저 갈겼다.

뼈끝이 으스러지는 고통이 채옥의 본심을 배반하고 드디어

"어머니 잘못했어요."

하는 부르짖음을 그의 입 밖으로 터트리게 하고야 말았다.

"이리 주세요, 약 그릇."

신음에 가까운 소리를 또 한마디 하고 말끄러미 약 그릇을 바라본다.

채옥의 가무잡잡한 눈시울에 하얀 눈물이 맺힐 상도 싶건만 이만한 일에 눈물이 날 채옥은 아니다.

눈물은 매양 연하고 신선한 감정에서만 찾을 수 있는 아름다운 이슬인지라 밟히고 눌리고 흩기어진 채옥의 마음의 집에서는 눈물이란 값높은 사치품은 날아간 지가 벌써 오랜 때문이다.

채옥은 아무 일도 없는 듯이 두 손으로 아주 공손히 약 그릇을 받아들었다. 이마 위에는 가느다란 핏방울이 붉은 구슬을 엮은 듯이 눈썹을 스쳐 내린다. 꿀꺽꿀꺽 약물은 채옥의 목구멍으로 가볍게 넘어간다. 찌푸리지도 않고 태연히 약 그릇을 내려놓는 채옥의 가슴에는

'아니다 안 된다, 죽어도.'

하는 반항의 일념이 물에 젖은 삼오라기같이 심장을 감아쥐는 것이다.

'너희들이 이러하면 나는 또 저러하리라.'

채옥은 자신이 생각하고 있는 어떤 사실이 방금 눈앞에 전개될 것이 무섭기도 하고 또 한없이 유쾌하기도 하여 그는 방그레 웃었다. 어여쁜 우물이 움푹 어리는 양편 뺨은 파랗게 질렸다.

이만 원이나 되는 몸값을 짊어진데다가 매일 찾아오는 손님은 거의

칠 할이 채옥을 찾는 말하자면 채옥은 이 집 일월루(日月樓) 유곽에는 간판 격으로 일류 중에도 일류의 인기를 가지고 있는 몸이다.

이러한 채옥이가 임신 삼 개월이란 검진 의사의 진단이 내린 것은 일월루 포주에게는 청천벽력이나 다름없는 놀라운 사실이다.

"채옥이가 아이를 배? 안 되어, 안 돼 ……."

포주는 불쑥 튀어나온 눈알을 굴리며 위협하듯이 자기 여편네를 건너다본다.

"걱정 말아요. 다 알아서 할 테니 ……."

이 여인은 전에도 몇 번 창기들이 임신할 때마다 취한 방법대로 이번에도 ○○당이란 간판이 붙어 있는 한약국 뒷문을 두드리기로 하였다.

약탕관에서 부글부글 약이 끓고 매운 냄새가 코밑을 스쳐갈 때 채옥은 드디어 자기 운명에 도전하기로 결심했다.

'창기라도 어미는 어미다. 나 같은 것을 어미라고 찾아온 것을 죽여 버리다니 벼락을 맞지.'

채옥은 죽어라고 버티고 약을 먹지 않았던 것이다.

달래고 위협하고 또 애원하던 포주 여편네는 최후의 방법을 채택하였던 것이다.

'단매[5] 세 개.'

가 채옥의 목구멍에다 약물을 넣어 주었다 생각할 때

'매에는 장사가 없어, 진작 그럴 걸.'

여인은 속으로 지껄여 보고

---

5 단 한 번 때리는 매.

"그래야만 되지, 어 착하다. 우리 채옥이."

포주 여인은 연거푸 두어 번 이런 소리를 부르짖고 개기름이 주르르 흘러내리는 얼굴에 마귀 같은 웃음을 싣고 방으로 들어간다.

채옥은 잠자코 변소로 갔다.

손가락을 두 개 목구멍 깊숙이 넣자 약물은 솟구쳐 입 밖으로 쏟아져 나왔다.

"웩 웩."

구정물과 같은 약물에 밥알도 두어 개 섞이어 넉넉히 두어 사발이나 토한 뒤에 입을 씻고 천천히 밖으로 나온 채옥의 입가에는 승리의 웃음이 떠올랐다.

점심때가 되자 손수 쟁반에다 먹을 것을 가지고 왔다.

"얘 먹어라, 너무 기진할라. 그 약이 좀 독할 테니 이걸 먹어 두어야 속이 쓰리지 않지."

채옥의 앞에 내려놓는 것은 메밀당수[6]다. 물론 피가 잘 내린다는 것으로 채옥의 뱃속이 것을 처분하는데 있어야만 될 일종의 약이다.

"얘 채옥아 그리고 동루가 날 때까지는 아무렇지도 않는 법이니 이따가라도 손님 받아 응?"

여인은 기왓장같이 두텁게 빗겨 넘긴 시커먼 머리에 동백기름 냄새를 풍기며 채옥의 앞으로 다가 앉는다.

"네."

채옥은 약을 토한 사실이 아직 발각되지 않은 것이 기뻐서

---

6 메밀가루를 푼 물에 삶은 파 대가리와 재강 또는 막걸리를 넣고 끓인 다음, 설탕을 타서 미음같이 만든 음식.

"손님 받지 않구요, 빚이 얼마라구요."

태연스럽게 대답을 하였다.

여인은 만족을 지나쳐 행복을 느끼면서

"무엇 먹고 싶은 것 없니?"

하고 물어본다.

"아니요."

채옥은 손으로 정수리를 만져 보고 눈살을 찌푸렸다.

"참 어디 보자 어디 …… 춧춧 생채기가 났구나. 진작 말을 들었다면 이런 일이 없었지."

여인은 쪼르르 제 방으로 건너가더니 조고약[7]을 가져온다.

호 호 하고 입김을 불어 가지고

"어디 어디."

하면서 채옥의 정수리에다 약을 붙이고

"얘 벌써 두 시가 되는구나, 세수하고 화장해라. 다른 애들은 말짱 화장하고 있다."

"네!"

포주 여편네가 돌아 나간 후 채옥은 경대 앞으로 갔다. 방금 방문 밖에 소리를 내고 끓고 있는 약탕관을 생각하고 방그레 웃으며 크림을 찍어 손바닥에 옮긴다.

채옥은 오늘은 유달리 애써 엷게 화장을 하는 것이다. 가루분을 뿌리

---

7 조고약은 1913년 한의사 조인섭이 세운 천일약방이 내놓은 대표적인 매약(賣藥, 시판 의약품)으로, 집안에 내려오던 비방을 상품화한 것. 약이 부족했던 시절 몸에 나는 종기를 없애는 데 고약은 필수. 딱딱하고 시커먼 고약을 성냥불 등으로 녹여 종기 위에 덮으면 상처가 나았음. 조고약은 고약의 대명사로 일반 가정에서 최고의 상비약으로 대접.

고 연지를 보일 듯 말 듯 양편 뺨에 눌렀을 뿐 입술에 루주도 눈썹에 먹도 다 그만 두었다. 부엌으로 가서 점심을 달라고 해서 되도록 많이 먹었다. 구역이 날 듯 날 듯 하는데도 그는 억지로 반 그릇이 넘는 밥을 다 먹었다.

담배를 한 개 붙여 물고 채옥은 벽에 기댄 채 넌지시 눈을 감았다.

'죽느냐? 사느냐?'

커다란 숙제를 앞에 놓고 그는 한 번 더 가슴을 도사려 보는 것이다.

잡히면 잡히고 …… 물론 매 맞고 굶고 일절 외출은 금지되고 …… 죽으면 그만이지. 채옥은 담배를 재떨이에 던지고

'한 번 죽지 두 번 죽나? 뱃속의 것을 살릴 대로 살려보고 …… 안 되면 죽어 버리지. 살면 무슨 영화가 있을라고. 망할 놈의 사나이.'

아편 중독에 걸려 자기를 이 집에다 맡긴 채 이태 동안 깜깜하니 소식이 없는 남편을 머릿속에 또 한 번 그려보자 그의 어금니에서 빠드득 하고 소리가 났다.

채옥은 파란 불이 반짝하고 지나가는 두 눈으로 의걸이[8]를 흘겨보고 그리고 입을 다물고 의걸이 문을 열어젖혔다.

바르르 떨리는 손으로 그는 나들이옷을 움켜쥐었다. 남빛 뉴똥[9] 치마 그 위에다 다갈색 하부다이[10]를 또 한 개 덧입었다.

모본단 양회색 저고리 위에 연회색 양단 저고리를 덧입자 얼른 수박색 양단 두루마기를 걸쳤다.

---

8 위는 옷을 걸 수 있고, 아래는 반닫이로 된 장.
9 빛깔이 곱고 보드라우며 잘 구겨지지 아니하는 명주실로 짠 옷감.
10 얇고 부드러우며 윤이 나는 순백색 비단.

여우 목도리를 감고 핸드백을 안고 현관으로 나오는 그의 다리는 질서 없이 떨린다. 현관으로 나와 막 신발을 신을 때

"얘 채옥아 어딜 가니?"

포주 여인의 목소리가 뒷덜미에서 들린다. 늑대 소리다.

"저 저 정수리가 아려서 병원엘 좀 가볼라구요."

애써 침착하게 대답하면서도 채옥의 혀끝은 빳빳이 말라온다.

호리호리한 채옥의 몸맵시는 옷을 몇 가지나 더 겹쳐 입었는데도 별로 표가 나지 않는다. 언제 보아도 상큼하고 날씬한 그 자체다.

입덧으로 근 이십 일째 아무것도 먹지 못한 때문에 훨씬 몸이 줄어진 까닭인지도 모른다.

포주 여인은 채옥이가 병원엘 가는 줄로만 알고 얼른 대답을 할 만큼 채옥은 조금도 수상한 곳이 없었다. 오늘 모차게 때려준 것이라든지 그렇게 안 먹겠다고 버티는 약을 시원스럽게 먹어준 일이라든지 좌우간 오늘의 채옥만은 포주 여인의 맘에 꼭 들었다.

"그럼 얼른 다녀 와 …… 김 서방."

하고 간수 역할 하는 김 서방이라는 중년 사나이를 딸려 보낸다.

채옥은 하얗게 입술이 빛을 잃어 버리도록 그의 심장은 그렇게 몹시 뛴다.

병원이 차츰 가까워지자 핸드백을 열고 백 원짜리 두 장을 꺼냈다.

"추운데 괜히 오래 기다리지 말고 나 진찰 할 동안 약주나 한 잔 하세요, 옜수[11]."

11 '여기 있소'의 준말. '하오'할 사람에게 무엇을 줄 때 하는 소리.

코가 붉은 김 서방의 입은 귀밑까지 찢어진다.

"이거 오늘 재수 있는데. 헤 …… 가만 있자."

김 서방은 그래도 망설인다.

"얼른 다녀와요. 늦게 들어가게 되면 나만 또 야단을 만날 것을 …… 자."

"웬 턱을 쓴단 말야. 나 한 잔 할 동안 삼십육계[12]는 아니겠지? 헤헤헤."

김 서방은 침을 꿀꺽꿀꺽 삼키면서도 얼른 손을 내밀지 못한다. 채옥은 입을 삐쭉하고 뺑 돌아서면서

"관두어요. 생각하는 보람도 없이 밤낮 도망꾼만 따라 다녔나봐 저 양반은."

핸드백에다 돈을 도로 넣고 찰칵 닫아 버린다.

"헤헤 인내요. 내가 한 번 그래 봤지 뭐. 인내요 얼른 한 잔 하고 올게, 달아나지마 하하하."

"걱정도."

채옥은 짐짓 뾰족해서 고개를 돌린 채 돈만 김 서방 앞으로 불쑥 내밀었다.

김 서방이 헐레벌떡거리고 중국 요릿집으로 들어가는 것을 보자 채옥은 병원을 지나쳐 그담 골목으로 빠져 들어갔다.

일직선으로 뚫린 길은 거의 반달음질로 걸어 가다가 다시 방향을 변하여 엇비스듬히 누운 비탈길로 지치기 시작하였다.

뒤에서 누가 쫓아오는 것만 같아서 전력을 다했건만 몸은 그 자리에

---

12 본래 의미는 전쟁에 쓰이는 36가지 계책. '삼십육계(三十六計) 주위상책(走爲上策)'이라는 말로부터 '삼십육계 줄행랑'이라는 관용적 표현이 생겨났고, 또 그것이 줄어서 삼십육계 하면 도망가는 방책을 가리키게 됨.

서 활개만 치고 있는 것이 안타까웠다.

치마가 세 개에 저고리가 두 개 게다가 두루마기와 목도리를 걸친 채옥의 체중을 실은 두 다리가 채옥의 소원대로 바쁘게 비탈길을 올라가기에는 여간 힘든 주문이 아닌 때문이다.

그러나 채옥은 달렸다. 자꾸만 달렸다. 목 안이 탁 말라붙고 혀끝이 빳빳해 오고 눈이 뱅뱅 돌아가고 귀가 잉 하고 우는 것을 느끼면서도 그는 그저 달렸다.

인가는 다 멀어지고 완전히 산길로 들어선 때에야 비로소 축축이 젖은 목도리를 목에서 끌러 팔에 걸치었다.

가슴이 뛰고 숨이 차는 것은 과격한 운동 때문만 아니다. 뒤에서 덜미를 집는 것 같은 공포가 그의 심장의 고동을 더욱 맹렬하게 함이 아닐까?

몇 날 몇 밤을 세워가면서 궁리해 온 이 일이건만 아 운명과 싸워 본다는 것이 이렇게도 어렵고 또 무서운 일인 줄 비로소 느껴진다.

어디를 어떻게 걸었던지 채옥의 눈앞에는 자동차가 달려가고 사람의 뭉텅이를 매달은 전차가 지나가고 …… 그는 자기 자신이 유곽 지대를 완전히 벗어난 것을 깨달았다.

그는 갑자기 온몸이 무거워오는 피로를 느끼고 그리고 어디 앉아 잠깐만이라도 쉬고 싶은 생각이 간절하였던 것이다.

팔뚝시계를 들여다보니 세 시 십칠 분 고스란히 두 시간을 걸은 셈이다.

그는 자기가 남산 비탈을 넘어서 용산역까지 온 것을 깨달았고 그리고 발이 부르터서 절름절름 절고 있는 자신도 감각하였다.

가까운데 조선 여관이 있나 하고 근처를 살피는 동안 그의 뒤에는 정복한 경관이 차츰 걸음을 빨리하고 있다.

채옥은 자기 곁으로 사람이 가까이 오는 기척을 알게 되자 힐끗 뒤를 돌아보았다. 순간 눈앞이 캄캄하여졌다. 이러한 때도 그의 습관이 가르치는 대로 그는 방그레 웃었다.

"어딜 가는 사람이요?"

경관의 저력 있는 음성이 채옥의 고막에 울려올 동안 채옥은 자신의 신분을 어떻게 캄푸라치[13] 할 것이 머리에 떠올라

"저 용산꺼정 왔어요."

하고 이마 위에 헝클어진 머리카락을 만져본다.

"용산 어디?"

중년이 약간 넘은 경관의 눈은 탐조등과 같이 채옥의 전신을 골고루 쏘아보고

"파출소까지 갑시다."

하고 앞을 간다.

'만사휴의(萬事休矣)'[14]

라는 절망이 채옥의 전신의 힘을 일시에 빼서 버렸다.

땅에 펄썩 주저앉으려는 몸뚱이를 겨우 가누면서 손수건으로 코를 씻었다.

순간 코피가 줄줄 손수건을 넘어 손가락 사이로 흘러내린다.

"얼른 와."

경관의 목소리는 엄청나게 크다.

---

13 '카무플라주'(프랑스어 camouflage. 불리하거나 부끄러운 것을 드러나지 아니하도록 의도적으로 꾸미는 일)'의 잘못.

14 모든 것이 헛수고로 돌아감을 이르는 말.

채옥은 우선 염치없이 흘러나오는 코피를 처치하여야 된다. 그는 핸드백을 열고 휴지를 꺼냈다.

코언저리와 손가락을 대강 씻은 후에 경관을 따라 걸음을 옮기면서 이 길로 일월루 포주에게로 끌려가고 그리고 거기서 기다리고 있는 무서운 매를 생각해 보았다.

두텁게 빗어 넘긴 번질번질한 포주 여인의 대강이[15] 그 퍼렇게 면도질한 짧은 이마 움푹 파인 두 눈 …… 포주 여인의 모습이 머릿속에 나타나자

'죽어도 죽어도 안 된다.'

하는 반항이 빨간 불덩이가 되어 채옥의 팔딱거리고 있는 염통을 지글지글 태우기 시작한다.

'어떻게 해서 무슨 방책이 없을까. 용하게 달아날 방책은 참으로 없을까?'

채옥은 걸음을 옮기면서도 그의 머릿속은 비상히 바쁘다.

해는 기울어 황혼이 가까워 오는 길바닥은 홍수같이 사람이 범람한다.

가방을 끼고 바쁘게 지나가는 청년기를 살짝 넘은 건강한 사나이들이 수없이 지나간다.

힐끗 채옥을 돌아보고 가는 눈들은 지극히 무관심하다.

책보를 안고 성큼성큼 걸어가는 처녀들의 빳빳한 고개, 광채 있는 눈, 자신 있는 걸음걸이.

아이를 업은 젊은 아낙네의 평화스럽고 얌전한 표정이 채옥을 쳐다

---

15 '머리'를 속되게 이르는 말.

보는 순간 삐쭉하고 한 옆으로 돌아가는 입을 보라.

하늘에도 땅에도 외로운 자신은 부르튼 발을 절름거리며 경관에게 끌려가고 있는 창기 오채옥이가 아니냐. 변소에 구더기보다 더 더러운 몸, 천한 몸. 방금 빨간 노을에 쌓여 산 너머로 넘어가는 태양에 여광을 돌아보면서 채옥은 휘 하고 길게 한숨을 쉬었다.

한참을 걸은 후

"들어 오."

하고 우뚝 발을 멈추는 경관을 따라 파출소로 들어갔다.

젊은 경관 두엇이 장부를 들여다보고 있다가 채옥을 힐끗 보더니 빙글빙글 웃으며 서로들 돌아본다.

"거기 앉아요."

앉으라는 말에 우선 채옥은 살아난 듯이 교의로 가서 앉았다. 본적과 주소 성명이 틀에 박은 대로 나오는 질문이다.

"본적은 경기도 가평이야요. 지금 사는 곳은 저 지금 사는 곳은 여관이야요. 동무 여관요."

하고 고개를 숙이고 옷고름을 만진다.

"직업은 저 뭐 직업이란 게 없지요. 놀고먹지는 않습니다만 …… 이름은 저 박채희야요."

채옥의 고개는 좀처럼 들 상 싶지 않다.

"오빠 집엘 간다면 오빠 성명은?"

채옥은 절체절명에 빠졌다.

"저 길명섭[16] 씨라고 해요. 군정청 수사과 차석[17]이야요."

채옥은 애써 웃으려고 하면 할수록 그 입가에는 가느다란 경련이 지나갈 뿐 조금도 웃어지지 않는 것이 딱하였다.

"수사과 길명섭 씨?"

경관의 얼굴에는 일순 당황한 빛이 지나갔으나 곧 침착한 어조로 돌아간다.

"성이 다른데?"

"외사촌 오빠야요."

"아까 용산 역전에서는 왜 자꾸 뒤를 돌아보고 두리번거리고 있었소?"

경관이 빤히 들여다보는 시선을 애써 웃으려고 노력을 계속하는 채옥의 얼굴은 핼쑥하다기보다 까맣게 질렸다.

"같이 갈 동무를 기다리느라고 그랬습니다."

경관은 연필을 내려놓더니 무엇을 결심한 듯이 침을 삼킨 뒤에 종이를 꺼낸다.

"유곽에서 창기가 도망하였다고 수사원이 들어왔는데 …… 수박색 두루마기에 여우 목도리, 검은 핸드백, 흰 고무신에 얼굴은 기름하고 눈시울이 가무잡잡하고 ……."

읽어 내려가는 대목은 채옥의 몸 전체를 하나씩 하나씩 묘사하는 그림이다.

"입술이 약간 두텁고 턱이 뾰쪽하고 키는 중키가 넘고 ……."

경관은 낭독을 그치고 채옥을 한참 바라보더니 전화기를 집어 든다.

"본국 ○○○○번."

한참 딸각딸각 흔들어도 전화는 감감 소식이다.

---

16 원문에는 '명길성'으로 되어 있으나 오기로 보여 '길명섭'으로 고친다.
17 수석에 다음가는 자리. 또는 그런 사람.

"츳츳."

경관은 혀를 차고 채옥을 노려보더니

"일월루 창기 오채옥이지?"

경관의 음성은 준엄하여진다.

"포주와의 약속이 해소되기 전에 도주하는 것은 본인에게 타당한 이유가 있기 전에는 포주가 수사할 권리가 있고 …… 좌우간 포주와 만나서 양편이 따져 보시오. 약속보다 억울한 점이 발견되면 우리는 채옥의 신변을 잘 보호해 줄 테니."

젊은 경관들의 얼굴에서는 호기심에 넘치는 웃음이 쉬지 않는다.

채옥은 이마에서 솟는 땀을 손수건으로 씻으면서

"제게는 생각할 수 없는 봉변이라고 봅니다. 우선 수사과 길명섭 씨와 대질을 시켜주세요."

채옥은 고객 가운데 생각나는 이름을 한 개 주워대기는 했으나 물론 아무런 자신은 없다.

"정말 길명섭 씨와 사촌 남매간이요?"

"거짓말이 들어나면 그때 가서 나리님 처분대로 하시면 될 게 아냐요?"

"그럼 잠깐 있자 ……."

경관은 군정청 수사과로 전화를 건다.

이번에는 전화가 곧 나왔다. 경관은 길명섭 씨가 자리에 있다는 것을 알게 되자

"나 돌아올 때까지 기다리고 있어야 하오."

경관은 자기보다 상석인 수사과 차장의 신변에 관한 일을 전화로 질문할 수는 없어 친히 가서 물어 보기로 하는 것이다.

나가는 경관의 뒤를 바라보고 앉았던 채옥은 눈을 굴려 젊은 경관 한 사람을 향하여 살짝 윙크를 보냈다. 윙크를 받은 경관의 두 귓바퀴가 빨갛게 되는 것을 보고

"저 변소에 잠깐 가게 해주세요."

하고 빙긋 웃어보였다.

따라 오라는 데로 변소까지 간 채옥은 경관의 한 팔을 약간 꼬집었다.

참을 수 없이 짓궂은 웃음을 터트린 경관은

"저리로 나가요."

하고 한 곳을 가리킨다.

경관의 손을 채옥은 힘 있게 쥐어보고 그리고 뒷문으로 쏜살같이 나왔다.

파출소를 빠져 나온 채옥은 군데군데 불빛이 황홀한 거리를 아무데고 길이 뚫린 대로만 자꾸 걸어간다.

"거기 있어."

호령 소리가 방금 귓가에 들리는 것만 같아서 그는 몇 번이나 등골이 선뜻하고 진땀이 솟아났다.

언제 시작하였는지 가늘게 내리는 봄비가 아스팔트를 축축이 적시고 있다.

뚫린 길인 줄만 알고 내쳐 걷던 채옥의 앞에 막다른 골목이 나설 때에는 그는 혀를 차고 뒤로 돌아서지 않으면 안 된다.

먼 데 사람이 보이지 않을 만큼 어둠은 짙어 가는데 밤비는 좀 더 굵은 가락으로 변하여진다.

비에 젖은 목도리나 손에 든 핸드백이나 수박색 양단 두루마기나 골

고루 함빡 젖은 채 이 골목 저 골목으로 바쁘게 달리고 있는 채옥은 어항 속에서 몸부림하고 있는 금붕어같이 초초하다[18].

어디로 갈고. 남이냐 북이냐. 장안 넓은 천지에 채옥의 한 몸을 숨겨줄 곳은 과연 어디인고.

어딜 어떻게 걸었던지 그의 눈앞에는 차츰 불빛이 희미하여지고 사람의 통행도 훨씬 줄어진 그러나 넓은 길이 나선다.

채옥은 자동차나 지나가면 한 대 붙들어 볼까 하고 두리번두리번 차 오기를 기다리면서 걸어간다.

가끔 속력을 내면서 내빼는 지프가 몇 대 지나갈 뿐 채옥의 바라는 하이야[19]는 좀처럼 눈에 띄지 않는다. 비는 제법 줄기차게 쏟아지는 폼이 좀처럼 멎을 상 싶지 않다.

이윽고 저기 하이야가 한 대 온다. 채옥은 손을 들었다. 그러나 본체만체 하이야는 지나가 버린다. 남자 한 사람과 짙은 화장을 한 젊은 여인들이 무엇이 우스운지 자지러지게 웃어 대는 것이 유리창 너머로 보인다.

채옥은 혀를 차고 이맛전으로 흘러내리는 빗물을 손바닥으로 문지르면서 비슬비슬 걷기를 시작하였다.

부르튼 발에 버선등이 젖어 올수록 발은 더욱 졸리고 다리는 무거워진다.

'어디로 갈고.'

채옥은 멈칫 서서 전후를 또 한 번 둘러본다.

---

18 근심과 걱정으로 시름없다는 뜻.

19 콜택시.

공포와 피로와 그리고 어둠과 빗속에 파묻힌 채옥의 머릿속에는

'이럴 줄 알았다면 유곽을 나오지 말걸.'

하는 후회에 가까운 절망이 스쳐간다.

지금쯤 일월루 이층에서는 춤과 노래가 벌어지고 맛있는 요리 사치한 이부자리 그리고 뭇 사나이들의 호기와 추파 속에서 시시덕거리고 있을 동무들의 평온한 생활이 눈앞에 떠오르기도 한다. 그러나 그다음 순간 채옥은 고개를 흔들었다.

'그것이 무엇이람. 그것이 사람의 노릇이야? 짐승이지 …… 천연 짐승이지 …….'

채옥은 어둠 속에서 어금니를 꽉 물었다.

'죽으면 그만이지. 견디다 못해 죽어버리면 그만이지. 뱃속에 새 생명을 위해서라도 다시는 그 노릇은 못해.'

채옥은 깨어난 듯이 두 다리에 힘을 주면서 다시 걷기를 시작한다.

'어디든지 설마 밝은 불빛도 나올 게고 하룻밤 새일 여관이라도 눈에 뜨이겠지.'

이렇게 마음을 단단히 먹고 한참을 걸을 때다. 뒤에서 자동차 소리가 난다.

행여나 하고 하이야를 생각하며 힘껏 뒤를 돌아보니 언제 다왔는지 벌써 지프에서 사람이 내려오고 그리고 채옥의 팔을 끌고 지프로 올려놓는 사나이의 억센 팔뚝을 감각하자 차는 전속력으로 내달린다.

컴컴한 속에서 얼굴을 자세히 볼 수는 없으나 그들은 물론 조선 사람은 아니었다. 그들은 채옥의 양편 팔과 어깨를 꽉 붙들고 전후좌우로 경계하기 시작한다.

차 속의 불은 물론 끄고 이따금 손전등으로 채옥의 얼굴을 비쳐보고는 무어라고들 웃고 떠들어댄다.

'여우를 피하다가 범을 만났다.'

는 속담을 몸소 체험하는 채옥은 쓰디쓴 웃음을 삼키고 아랫입술을 지그시 씹었다.

얼마 안 되어 차는 속력을 늦추고 어느 집 문을 지나 마당을 들어선다. 초라함을 약간 면한 이 집 현관에는 불빛이 환하게 쏟아져 나오고 문을 열고 나오는 한 사나이 그의 얼굴을 숯과 같이 검다.

지프에서 뛰어내리는 남자들의 얼굴들이 현관에서 나오는 불빛에 비치자 그들은 하나같이 먹물처럼 검은 얼굴이다. 눈은 불쑥 나오고 콧구멍이 벌름하게 뚫어진 괴물 같은 흑인들이다.

소름이 쪽 끼친 채옥은 본능적으로 지프가 들어왔던 문으로 달렸다. 그러나 채 세 걸음을 걷기 전에 시커먼 손들은 채옥의 목덜미를 붙들고 말았다.

소리소리 지르는 채옥을 어린아이처럼 안고 현관으로 사라지자 안에서는 거친 웃음소리가 흘러나온다.

흑인에게 안긴 채 발버둥질 하는 채옥을 방바닥에 내려놓자마자

"철썩."

하고 채옥의 만만한 손바닥이 흑인의 두꺼운 뺨을 불이 나게 갈겼다.

"히히히 히히히."

흑인은 슬슬 뺨을 문지르면서 소리를 내어 웃는 것이 무척 행복스러운 모양이다.

"하하하."

몸이 뚱뚱하고 배가 불쑥 나온 흑인 하나가 쌕쌕거리고 있는 채옥을 번쩍 들어 안고 키스를 한다. 실내는 와 하고 웃음소리에 파묻혀 버렸다.

술병이 나오고 통조림이 나오고 야만인들은 사람을 잡아먹기 전에 반드시 잔치를 베푼다는 그와 비슷한 의미일까. 흑인들은 먹고 마시고 그 큰 엉덩이를 들고 훌라 댄스를 시작하는 패도 있다.

바로 이때이다. 문이 벙싯 열리고 성장한 젊은 여인이 방긋방긋 웃으며 들어선다.

실내는 삽시간에 수라장이 되고 말았다. 고함을 지르고 마루 창문을 구르고 악수를 교환하고.

채옥을 무릎 위에 올려 앉혀 놓고 꼼짝 못하게 안고 있던 해리라는 중년이 될락 말락 한 흑인은 새로 들어오는 젊은 여인을 보자 빙그레 열적은 듯이 웃고 채옥을 슬며시 밀어놓는다.

암범같이 성이 난 지금 들어온 여자는 해리 앞으로 달려들더니

"철썩."

하고 귀쌈[20]을 갈긴다.

해리는 벙글벙글 그 큰 콧구멍을 벙실거리면서 웃고 두 손을 모으고 용서해 달라는 시늉을 한다.

젊은 여인은 무어라고 지껄이더니 뺑 돌아서서 문을 홱 열어젖히고 첫 발을 내딛는다.

그러나 그다음 순간 밖에서 들어오는 한 사나이의 힘이 방금 나가는 그 여인을 참따랗게 밀어 넣는다. 여인의 뒤로 쫓아 들어오는 조선인

20 '귀싸대기(귀와 뺨의 어름을 낮잡아 이르는 말)'의 북한어.

남자 손님에게로 굉장한 호의와 환영의 뜻을 표시하여 방안은 잠깐 동안 무질서 상태로 고함과 소음이 지나갔다.

채옥의 눈은 무심코 새로 들어오는 남자와 힐끗 마주쳤다.

"앗!"

자그마한 부르짖음이 채옥의 입술에서 새어나왔다.

"아니 여긴 웬일이야."

이 조선 청년은 채옥의 곁 가까이 교의를 끌고 와서 채옥과 마주앉았다.

"이야기는 나중에 할 테야요. 미스터 김 정말 할 이야기가 많아요."

채옥은 목소리를 낮추며

"나 여기서 좀 나가게 해 줘요. 정말 징그러워서 죽겠어."

채옥은 골피를 찌푸리고

"나 오늘 일월루에서 도망해 나왔다누."

하고 눈을 굴려 바람벽을 바라보면서 후 하고 한숨을 쉰다.

옆에서 담배를 빡빡 빨고 있는 젊은 여인들이 마주 보고 빙긋 웃는다.

"건 왜?"

"왜는 왜야 싫으니 나왔지 뭐."

"근데 내가 아일 뱄어요."

여인들의 눈은 휘둥그레졌다.

청년은 눈썹을 잠깐 찌푸려보고

"아이 아버지는?"

하고 채옥을 빤히 바라본다.

"아버지는 미스터 황."

이 여자들에게 언제부터 미스터 황이니 김이니 하는 말이 유행 되었는지 그것은 확실히 해방의 선물의 하나로 볼 것이다.

"응? 황영빈 말야?"

채옥은 고개를 까닥거려 보이고 사내 앞으로 바싹 다가앉으며

"정말 확인하는 셈치고 날 여기서 좀 나가도록 해 주세요."

흑인들은 채옥과 또 그 미스터 김이란 청년과의 회화는 알아듣지 못한 채 지루하여졌는지 그들은 레코드에 맞추어 댄스를 시작한다. 여인들은 능란하게 흑인의 팔을 붙잡고 탱고에 장단을 맞춘다.

미스터 김은 한참동안 무엇을 생각하더니

"저."

청년은 채옥의 귀에다 입을 대고 무어라고 소곤거리더니 손가락으로 흑인 하나를 가리킨다. 그중에서 제일 억세고 제일 검은 사나이다.

채옥은 대번에

"난 못 하겠소."

하고 고개를 살랑살랑 흔들었다.

"못 하겠어요."

하고 똑 잡아떼는 채옥을 물끄러미 바라보는 미스터 김의 얼굴은 지극히 무표정하다.

그러나 근육 하나 움직이지 않고 앉아 있는 미스터 김의 얼굴 가죽의 한 꺼풀 밑에서

'흥 네가 무엇인데? 일월루 창기 오채옥이가 아니냐? 아주 바로 숙녀 같이 흐흥 언제 적부터 그렇게 갸륵해졌느냐?'

하는 비웃음과 모멸이 굴러다니고 있다.

채옥은 빤히 바라보고 있는 미스터 김의 시선을 피하여 고개를 약간

떨어뜨리며

"정말이에요. 이제부터는 좀 사람답게 살아 보겠어요. 뱃속에 있는 아이 때문에라도 ……."

또 한 번 뇌어 보는 그는 비로소 시장함을 느꼈다.

여전히 잠자코 있던 미스터 김의 입가에 빙긋 하고 미소가 지나간다.

'아이? 흥 그래 아이 애비가 황영빈이라 말야? 뱃가죽이 다 웃을 노릇이다. 창기가 아이를 밴 것도 실없는 노릇이지만 아이 애비를 지명하는 데는 만담(漫談)도 여기까지 오면 애교가 없어진단 말야.'

미스터 김은 방금 입천장에서 튀어 나오려고 덜덜거리는 이런 말들을 다시 깊숙이 목구멍으로 삼켜놓고

"건데 말야 저녁은 어떻게 했어?"

하고 바싹 마른 채옥의 입술을 들여다본다.

"저녁을 어디서 먹어요? 도망질쳐서 다니느라고."

"그렇겠지 …… 이리와요. 이리 날 따라와요."

하고 벽으로 난 문으로 채옥을 손짓한다.

채옥은 미스터 김의 뒤를 따라 그쪽 방으로 갔다.

한쪽 구석에 쌀부대 같은 것이 몇 개 있고 그 옆으로 감자 무더기 선반 위에는 통조림들이 쌓여 있다.

청년을 따라 들어온 흑인 하나가 통조림을 두 개 채옥의 앞에 내밀어 놓고 그리고 벽장문을 열고 빵과 비스킷을 끄집어낸다.

"먹어요 먹어. 배가 불러야 달아날 수도 있지 안 그래?"

키가 훌쩍 큰 이 미스터 김은 채옥의 등을 두드려주고 그리고 어깨 위에다 한 팔을 얹어보고 흑인이 따르는 더운 차를 채옥의 앞으로 당겨놓

는다.

채옥은 이상하게 입맛이 난다. 따끈한 차를 한 잔 마시고 잼 바른 빵을 두 쪽을 먹고 그리고 소고기와 콩을 섞은 통조림을 절반이나 먹었다. 미스터 김은 밖으로 나갔다 들어오더니 채옥의 귀에다 입을 대고

"저 방으로 가지 말고 이쪽 문으로 나와요. 문을 두드리는 소리가 나거든 …… 내 거기 있을게."

하고 나가버린다. 흑인도 나갔다. 채옥은 미스터 김이 가리켜준 회색 페인트를 칠한 문을 우두커니 바라보고 앉았노라니 과연 노크 소리가 난다. 채옥은 살그머니 문을 열었다. 순간 삼킬 듯한 어둠이 채옥의 앞으로 달려든다.

팔뚝에 걸친 여우 목도리와 핸드백이 겨운 대로 한다면 당장에 동댕이라도 치고 싶건만 가진 재산이라고는 이밖에 없다고 생각하니 경솔히 할 수는 없다. 본래 일월루를 나올 때는 이런 것이라도 다소 돈이 되리라고 희망이 있었기 때문에 그냥 가지고 나왔던 것이다.

"이리와요."

하고 어둠 속에서 조심조심 소곤거리는 미스터 김의 목소리가 다시 들린다.

채옥은 울렁거리는 가슴을 안고 문 밖으로 나왔다.

"이리로."

하고 채옥은 팔을 끄는 대로 까맣게 불이 꺼진 지프 속으로 올라탔다.

태양의 배반자

위스키가 목구멍으로 한 잔 두 잔 넘어갈수록 미스터 김의 머리통의 혈관은 팽창하여지고 따라서 그의 심장에서 뿜어 나오는 핏줄기도 차츰 거칠어지기 시작한다.

이 저녁 채옥이가 선사하고 간 사탕 두 부대가 내일 모레 또 글피 아니 날마다 사탕 부대와 밀가루와 약 상자를 불러들일 마술이 될 수 있는 것인데 …… 채옥을 설렁 놓쳐 버린 것은 암만 생각해 봐도 아깝고 억울한 노릇이다.

'에이 빌어먹을 년, 고약한 년, 미친 년.'

이렇게 맘으로 채옥에게 욕을 퍼부어 보아도 조금도 속이 시원치 않다.

'우리 집으로 바로 가라고 그럴 걸 엥 잘못 됐거든.'

미스터 김은 화가 치미는지 위스키 잔을 덥석 단번에 들이키고 비스킷 한 조각을 어기적어기적 깨물어 먹는다.

지금 막 탱고를 마치고 흑인의 팔에서 놓여 난 화자는 콤팩트를 꺼내서 퍼프로 얼굴을 두들기고 홍도는 초콜릿 껍질을 벗기고 있을 때다. 벽으로 난 문이 열리며 싱글벙글 웃는 해리가 들어온다.

사나이들은 그 사이 해리가 어디로 나갔다가 왔는지 알 까닭도 없거니와 또 알려고 하지도 않는다. 레코드 곁에서 콧노래를 부르며 엉덩이를 혼자 흔들고 있던 사나이가 들어오는 해리를 얼싸안고 돌아간다.

해리는 귀찮은 듯이 그 사내를 뿌리치고 화자에게로 온다.

해리는 연해 싱글벙글 웃으며 품속에서 여우 목도리와 핸드백을 꺼내서 화자의 가슴에 안겨준다. 화자는 방긋 웃고 그 먹 같은 해리의 모가지에 키스를 한다. 방안은 갑자기 웃음소리, 박장소리, 휘파람 소리로 소란해진다.

화자는 그 검은빛 핸드백을 열어보더니

"거울이 깨졌어, 재수 없다."

깨진 거울 조각을 저쪽으로 던져버린다.

또 다시 춤이 벌어지고 술병이 넘어지고 이윽고 여인도 사나이도 다 같이 피로하여졌다.

계집애들을 데리고 지프 속에 올라 탄 미스터 김은

'어딜 가서 채옥이란 년을 붙들어 와야겠는데.'

이런 생각을 하면서 어둠을 노려보는 것이다.

밤은 몇 시나 되었는지 거리는 완전히 인적이 끊어졌는데 헤드라이트의 불들만이 괴물의 눈알같이 여기저기 굴리고 있다. 지프가 황금정 육정목 으슥한 골목 어귀에 대이자 미스터 김이 먼저 내렸다. 운전대에 있는 흑인 두 사람은 계집애를 하나씩 안고 미스터 김이 열어 논 문으로 들어간다.

흑인과 계집들이 이층으로 올라간 뒤 미스터 김은 자기 방 육조 다다미 방 벽장을 열고 술병을 끄집어 낼 때다.

"자는가?"

하고 길로 난 창문에 노크 소리가 난다.

"누구요?"
하고 묻는 미스터 김의 얼굴에는 일순 당황한 빛이 지나간다. 경관의 임검[21]이나 아닌가 싶어 그러나 그다음 순간
"나야 황이야 영빈이야."
하는 굵다란 목소리가 들리자 미스터 김은
"오라잇."
하고 현관으로 나가서 드르르 문을 열어젖혔다.

학생복 쓰메에리[22] 엘(L)이란 마크를 붙인 이 대학생은 어디 가서 한 잔 하고 오는 모양으로 그의 거친 호흡 속에는 강렬한 알코올 냄새가 풍기고 있다. 자리에 앉아마자
"여 미스터 황, 채옥이 만나 봤소? 헤헤헤."
"왜?"
황영빈의 표정은 지극히 복잡하여진다.

시내 모 학생 단체 주최로 열린 웅변회에서 열변을 토하여 만장의 갈채를 받은 황영빈은 주최자 측에서 연사 일동을 초대하는 다과회에 참석하였다가 이차 회로 어느 바(bar)에서 한 잔 취하고 오는 길이다.

일행 다섯 사람이 주머니에 있는 대로 탈탈 털어주고 나니 당장 내일 학교에 갈 전차비가 없다.

그보다도 내일은 무슨 일이 있던지 송희와의 약속을 지켜야 한다.

'차를 마시고 영화를 구경하고 경우에 따라 저녁도 먹어야…….'

21 臨檢. 행정 기관의 직원이 직무를 수행하기 위하여 현장에 가서 조사하는 일.
22 깃의 높이가 4cm쯤 되게 하여 목을 둘러 바싹 여미게 지은 양복으로 학생복으로 주로 쓰임. '깃 닫이 양복'으로 순화.

군자금이 적어도 한 오백 원은 있어야 한다.

통행금지 시간이 넘은 지도 오래건만 곧잘 자기 의견쯤을 저쪽에 알릴만 한 영어 지식이 있는 지라 영빈은 야간 통행에는 절대 자신이 있다. 언제나 돈이 필요할 때에는 느지막이 이런 시간을 골라서 미스터 김을 찾아오는 것이다.

미스터 김 본명 김황용은 지금 나이 서른다섯이고 황영빈은 스물다섯 살 그 사이 십 년의 차가 있건만 그들은 언제나 평교로 만만하게 교제하는 사이다. 김황용이가 갓 스무 살 때 경북 대구에 있는 황영빈의 집에 일 년 반 동안 심부름을 해준 일이 있고 그 뒤 황영빈의 아버지 황장로의 소개로 서울까지 와서 일본인 여관 조일옥에 손님 안내로 들어가고 해방이 되자 두 사람은 환경은 다르나 서로 접근하게 되었다. 예전의 친분도 있거니와 돈벌이 하는데 있어 두 사람은 서로 협력할 필요가 있는 때문에 그들의 친분은 가속도로 긴밀하여졌다.

"천 원 하나는 있어야 되겠는데."

하고 넌지시 천장을 쳐다보는 황영빈을 향하여

"나 오늘 흑인 숙소에서 말야 굉장한 사람을 만났단 말야. 자네 이제 아이 아버질세."

"미친 소리 말고 속히 돈이나 내놔!"

하고 아무렇지도 않은 듯이 손을 벌리는 황의 말은 결단코 평온하지 못하다.

"채옥이란 년 말야 하필 자네 아일 뱄다고 하니깐 두루 딱한 노릇 아니냐 말야."

미스터 김은 황영빈의 얼굴을 슬금슬금 바라보며 이런 소리를 하고 천천히 돈을 꺼낸다.

"그까짓 유곽의 계집쯤 무어라 지껄인들 소용 있나 …… 하지만 소문이 나면 귀찮으니 말야 자네가 책임지고 잘 처리하게. 그도 자네 덕분이니까 안 그래 ……."

영빈은 지전을 포켓에 넣고 자리를 일어선다.

"또 또 또 그런 책임은 천만에 말씀이올시다."

하고 흠칫 고개를 오므라들이는 김황용을 한 번 노려보고 영빈은 거리로 나왔다.

언젠가 일월루에서 채옥이가 임신 운운 하면서 자기 아이라고 설명한 일이 있었겠다. 그리고 유곽을 탈출 하려드니 기어이 나왔군.

김황용의 앞에서는 그럴 듯이 태연한 기색을 꾸며 보았지만 영빈의 마음속은 결단코 태연하지가 않은 것이다.

구름이 여기저기 낀 하늘에는 씻은 듯한 밤별이 오래 잊었던 친구의 귓속질같이 반갑다.

김황용과 만나고 김황용에게서 돈을 융통해 쓰는 것까지는 좋았다. 그러나 김황용의 끄는 대로 일월루로 간 것이 잘못이다.

인적이 고요해진 밤거리는 영원히 어둠의 연장인 듯 영빈의 가슴에도 어둠이 그대로 스며든다.

그러나 어두운 구름 끝에 반짝이는 별같이 양심이 속삭이는 귓속질.

'장로의 아들로 학생 모모 단체의 간부로 그리고 ××대학교 문과에 학적을 둔 학생으로 유곽의 창기에게 임신을 시켰다.'

영빈은 고개를 흔들었다.

'유곽에만 가지 말았다면 …… 아아 …….'

영빈은 또다시 고개를 흔들었다.

'혹시 아버지가 아신다면? 아니 교회가 알게 된다면 …… 아버지의 교회의 지위는 파멸이다 …….'

영빈은 등골에서 선뜻 진땀이 솟아났다.

'그 찬양대 사람들 그 아름다운 피아니스트 …… 아니 영숙이가 안다면? 그보다도 송희가 안다면 …….'

영빈의 눈앞에는 하나씩 하나씩 차고 거만한 얼굴들이 차례로 지나간다.

괴로운 채찍과 같이 따갑게 내리치는 양심의 힐문에 대하여 한마디의 대답도 못한 채 그는 묵묵히 걸어간다. 동대문안 자기 하숙집으로 들어오고 뜰아래 자기 방 문 앞에서 힘없이 구두끈을 풀고 방문을 열자 그의 눈에는 책상 위에 참따랗게 엎드려 있는 사각 봉투와 마주쳤다.

순간 그를 지금까지 괴롭히던 양심의 소리는 그쳤다. 이성의 눈은 감아버렸다. 오직 감정이 부풀어 오르는 감정이 꽃이 피고 새가 노래하는 아름다운 동산으로 백송희의 고운 손이 기다리는 곳으로.

그는 일 분 동안에 완전히 행복을 도로 찾았다. 그의 기분 속에는 반성이라든가 가책이라든가 그러한 우울한 기분은 가벼운 기체처럼 활활 날아가 버리고 말았다.

편지를 다 읽고 난 영빈은

'만세!'

하고 소리를 치고 싶도록 그는 기뻤다.

'어머니께서 허락을 하셨습니다.'

하는 대목을 연거푸 일곱 번이나 읽고 나서

'나는 영웅이다.'

하고 가슴을 쑥 내밀었다.

체조하듯이 두 팔을 번쩍 펴보고 한 손으로 가슴을 쓸었다.

'이만하면 이만하면 됐지 어째.'

주먹으로 벽을 한 번 콱 쥐어박았다. 움찔하고 벽에 가벼운 진동이 지나간다.

그의 앞뒤가 꽉 째인 어깨 죽지며 둥그렇게 퍼져나간 등덜미, 크도 작도 아니한 키에다 쭉 곧은 두 다리는 전형적 미남자의 체격이라는 것을 자신도 잘 인식할 뿐 아니라 그의 주위의 사람들도 다 같이 인정하는 일이다.

황영빈은 옷을 벗고 파자마로 바꾸어 입었다. 학생의 방으로는 좀 지나치게 꾸며진 느낌이 있는 것은 창 있는 벽에 산수 병풍이 둘러 있는 것이라든지 책상 옆에 환류 문갑이며 그리고 꽃을 감상하기에는 아직 이른 삼월 초순 임에도 불구하고 어디서 구한 것인지 그의 책상 위에는 활짝 핀 프리지어가 한 그루 놓여 있는 것이다.

그는 자리에 들어가기 전에 화장수인 듯 붉은빛 병을 책상 너머서 꺼냈다.

굽슬굽슬 보기 좋게 물결 진 머리 위에 향기 높은 액체는 함부로 뿌려졌다.

영빈은 두 손으로 가볍게 마사지를 하고 빗으로 곱게 빗어 넘긴 뒤에 타월로 싸서 꼭 동여매고 그리고 전등을 끄고 자리로 들어갔다.

시계가 한 시를 친다.

이튿날 아침 여덟 시에 잠을 깬 영빈은 바쁘게 세수를 마쳤다.

그러나 그는 머리에는 빗질을 아니 한다. 부수수하게 쓸어 넘긴 굽슬굽슬한 머리가 그의 하얗게 트인 이맛전을 아무렇게나 덮어 버린다.

사상가로 애국 청년으로 나라를 근심하는 젊은 남자의 풍채는 이렇게 해야만 되는 모양이다.

비에 씻긴 하늘에는 금가루를 뿌린 듯이 태양의 광선은 눈을 부시게 한다. 비에 씻긴 거리도 깨끗하다. 그러나 군데군데 산더미로 쌓인 저 쓰레기 무더기에 영빈은 눈을 돌리고 휘파람을 날리며 큰 거리로 나간다.

학교는 첫째 시간 H교수의 휴강이다. 오후에 있을 R강사의 과목도 없다 한다.

학생들은 이제 노는 데도 진저리가 난 모양 전 같으면 좋아라고 떠들어 댈 그들의 얼굴에는 일말의 우울이 지나간다. 그 몹쓸 전차에 매어달려 머나먼 길을 왔던 보람이 어디 있느냐.

"일본 시절에도 이렇게 맘대로 휴강을 했나? 츳."

하고 짜증을 내는 학생도 있고

"텄다 텄어, 건국이고 목탁이고 배워야지. 배우지도 못하는 주제에 뭘 가지고 건국이야. 에라 치워라 시골 가서 땅이나 파자 ……."

하고 뒤통수를 안는 학생도 있다. 홀로 황영빈만은 태연하다.

"한 두 시간 휴강하기로니 …… 지금은 혼란 시대야. 과도기의 혼란 상태야. 어쩔 수 있나."

황영빈의 베이스 음성이 유창하게 들리자

"잇스 올 오버."

하는 소리

"메이 라즈."

하고 응하는 소리에 따라

"오우미 인이어 우미 인이어 하늘이 나를 망하게 함이로다."

이렇게 잠시 동안 교실 안은 떠들썩하여졌다.

"잠깐 ……."

하고 영빈의 어깨를 툭 치는 이가 있다. 동급생 P군이다. 두 사람은 밖으로 나갔다. 빨갛게 살진 버들눈에는 벌써 푸른 움이 빼꼼히 내다본다.

"어제 웅변대회에서는 단연코 군이 이채를 띠었는데 ……."

하고 P군은 감격해서 영빈의 서늘한 눈을 들여다본다.

"뭘 맘에 끓어오르는 것을 말로 표현한 것밖에 ……."

영빈은 쑥스러운 듯이 한 손으로 머리를 쓸어 넘긴다.

"그야 그렇지 물론 그렇지. 그런데 (P군은 목소리를 낮추어 가지고) 몇몇 사람이 말야 행동을 개시 하자는데 …… 물론 자네도 이의 없겠지?"

두 사람은 도서관 문 앞에까지 걸어갔다.

"물론이지. 행동은 의사의 총결산이니까 물론 해야지 …… 통쾌한 일이야."

P군은 잠자코 영빈의 손을 힘 있게 쥐었다.

"행동은 의사의 총결산이라."

P군은 황영빈의 말을 입속으로 옮겨 보고 훨씬 목소리를 낮추었다.

"첫째 데모를 시작할 것. 만약에 방해하는 분자가 있을 때에는 용서 없이 때려눕히기로 하고."

P군은 이 나중 말을 되도록 영빈의 귀 가까이 조용히 말을 하였는데 영빈은 버럭 소리를 지르며

"때려눕히고말고 여부가 있어? 단연코 각오를 해야만 돼. 비상한 각

오가 있어야만 되는 거야…….”

하고 자신 있게 주먹을 뽐낸다.

“피를 흘리지 않는 곳에 참된 건설이 있을 순 없어 참된 혁명도 있을 순 없어.”

“자 그러면 또 연락하기로 하고.”

P는 황에게 손을 내민다. 황은 P의 손이 으스러져라 하고 힘 있게 쥔다.

거리는 뽀얀 햇살이 눈이 부시다. 검정 빛 낙타 외투를 벗어 팔에 걸쳐도 괜찮으리만큼 봄은 살지다. 새로 지을 스프링의 빛깔과 스타일을 생각하고 걸음을 빨리하는 황영빈의 머릿속은 오 분 전 P군과 이야기할 때 느끼던 흥분은 완전히 사라지고 지금쯤 ××다방에서 다소곳이 자기를 기다리고 있을 백송희의 갸름한 얼굴이 눈앞에 있을 뿐이다.

송희, 백송희를 생각하는 그의 머리는 또 그의 심장은 봄 하늘에 둥실 떠 있는 고무풍선같이 가볍고 황홀하다.

아직도 약속한 시간은 반시간이나 남았건만 그의 다리는 목마른 들노루같이 초조하다. ××극장 앞 큰길까지 갈 동안 그는 몇 번이나 낯익은 동지들과 만나서 밀담을 하고 그리고 긴밀한 동무들과 의미 깊은 악수를 하고…….

그럴 때마다 삼 분 혹은 이 분씩의 시간이 흘러간다. 황영빈의 마음은 초조함을 지나 완전히 우울하여졌다.

마침내 ××극장 정문이 보일 때는 송희와의 만날 시간은 오 분이 남았다는 것을 알게 되었고 그리고 그의 입가에는 참을 수 없는 미소가 나비처럼 날개를 편다.

그러나 그의 앞을 가로막는 한 사람의 얼굴과 마주칠 때 그는 당황하여 버렸다.

키가 훌쩍 크고 얼굴빛이 누렇게 병적으로 약간 부은 듯한 …… 이 남자가 빙그레 웃으며 손을 내미는 것을 볼 때 영빈도 손을 내밀지 않을 수 없다.

그러나 …… 영빈의 눈앞에 돌연히 나타난 청년은?

'동지라고 불러야 될 그룹의 사람이냐? 그보다도 동무라고 불러야 될 단체의 소속이냐?'

영빈의 머릿속에 아직도 대답이 나오기 전에

"행여나 형이라도 만났으면 하고 이렇게 찾는 판인데 의외로 속히 발견된 건 통쾌한데 하하하."

호걸스러운 웃음을 터트리는 그 청년과 함께 영빈도

"하하하."

하고 소리를 내어 웃지 않을 수 없다. 그러나 …….

웃음이 사라지자 정면으로 똑바로 쏘아보는 그의 약간 치킨 눈시울을 볼 때 꼭 다문 입술을 볼 때

'어디서 익숙히 본 얼굴인데 …….'

이 얼굴을 지명하는 성명이 좀처럼 황영빈의 머릿속에 떠오르지 않는 것이 안타깝다.

"……."

"저때 번 간부회에는 좀 감기 기운이 있어서 나가지 못했죠."

하고 빙그레 웃으며 머리를 긁는 것을 볼 때

'오현석.'

비로소 그의 대뇌 중추에 기억의 신경이 완전히 눈을 떴다. 오현석은 현

재 자기가 소속되어 있는 한 개의 단체의 간부라는 것을 알게 되자 그는

"그래 요사이 쾌차 하셨습니까?"

하고 다음 말을 안심하고 물어볼 수 있는 것이다.

"그런데 절 찾으신 요건은?"

하고 대답을 기다려본다.

"갑자기 딱한 사정이 생겼어요. 그래 한 오백 원쯤만 있었으면 하고."

괴롭게 웃는 청년의 얼굴은 잠깐 동안 어두워진다.

"오백 원?"

하고 영빈은 주머니 속에 있는 천 원을 생각해 보았다. 그러나 백송희의 뱅글뱅글 웃는 얼굴이 눈앞을 스쳐갈 때 그는 고개를 흔들었다.

"내일이면 만들어 보겠는데요."

하고 눈을 떨어뜨렸다. 영빈의 얼굴에서 진실로 미안한 듯이 우울하여지는 표정을 읽은 오현석은 무어라고 적당한 위로의 말을 더듬어 보았으나 그는 다만

"그럼 내일 다시 여기서 ……."

하고 황의 얼굴을 들여다볼 뿐이다.

"네 네."

돌아서면서 허리띠를 졸라 매는 오현석의 까슬까슬한 기름기 없는 머리털에는 뿌옇게 비듬이 보인다. 영빈은 휘파람을 날리며 다방 ××로 들어섰다. 송희가 와서 기다리는 곳이다.

다방 거리에서 비교적 조용한 이 집은 빈 박스가 두어 개 눈에 띄도록 실내는 알맞게 한산한 맛이 다방다운 기분을 선물한다. 무성한 종려나무 두세 그루가 제 고향 타는 듯 더운 모래성을 사모하는 초라한 그늘아

래 오늘도 베토벤의 얼굴은 성이 났다.

맞은편 벽에 걸린 그림 한 폭이 단연코 송희의 흥미를 끈다.

달빛 아래 속삭이는 원시인의 사랑을 한 장 그림 속에 소복이 남겨 놓고

'화가여! 당신은 어디로 갔습니까.'

백송희의 동그스름한 뽀얀 턱 위에 한숨이 꽃그늘처럼 향기롭다.

우거진 숲 사이로 둥근 달이 솟는데 적은 바위 옆에 머리 땋은 처녀가 손을 친다. 그 아래 은빛 호수를 저어 적은 배가 오고 뱃속에서 노질하는 젊은이의 씩씩한 팔뚝 힘찬 어깨 그보다도 처녀를 향하여 웃는 얼굴 …… 수북한 이마 아래 엷은 음영을 실은 눈언저리 달빛을 받아 또렷이 빛나는 드높은 코, 힘과 이지를 표시하는 둥글게 나온 턱! 그림이면서 그대로 조각인 이 그림의 인물을 황영빈과 백송희 자신으로 생각해본다.

송희는 행복스러운 햇비둘기처럼 시상의 대공에 자유로 날아본다.

일 분! 이 분! 송희의 꿈을 현실로 불러내는 한 곡조가 라디오를 통해서 송희의 고막을 울린다.

달고 슬프고 영원을 사모하고 생명의 아름다움 생명의 덧없음을 노래하는 저 곡조! 송희가 평소에 좋아하는 슈베르트의 보리수 남성 사중창이다.

'과연 인생은 짧고 예술은 길다.'

호 하고 가느다란 한숨이 송희의 빨간 입술 사이로 두어 번 흘러갔다.

'가을부터 음악과로 옮겨 볼까 성악과로.'

하는 생각이 머리를 스치기도 하고

'그보다도 미술과로 전적을 해 볼까봐.'

캔버스를 넌지시 어깨에 메고 산과 들로 경물을 찾아다니는 미인 화

가의 풍모가 눈앞을 스쳐가는 듯 송희는 숨을 깊숙이 들여 마셨다.

올해 갓 스무 살 된 이 젊은 여자 대학생은 지금 ××여자대학 영문과 이학년에 학적을 두고 있으나 자기 마음 같으면 음악가도 할 수 있고 의과 약학과 체육과 못 할 것이 없는 같다. 가끔

'나는 천재가 아닐까?'

하고 혼자서 마음으로 스스로 물어 보리만큼 그는 어느 학과에도 자신이 있고 소질이 있고 천분이 있는 듯싶다. 그러나 이것은 단지 백송희의 주관적 관념이요 그를 맡아 가르치는 선생들의 눈으로 본다면 훨씬 다른 각도가 나타나는 것을 우리는 기억하여야 한다.

선생님의 눈에 비친 송희와 송희의 그룹 몇몇 아이들은 학교 아이들 가운데서도 퍼머넌트로 비단양말로 고급 과자를 사서 군것질 하는 것으로 그 모든 것보다도 민주주의 해석에 있어서 엄청나게 대담한 소견을 가진 데는 놀라움이 지나쳐 절망을 느끼게 하는 때가 종종 있는 것이다.

송희와 그 그룹들의 회화의 한 토막을 들어본다면

"우리가 돈을 내고 학교에 오는 이상 학교는 물건을 사고팔고 하는 상점까지는 아니지만 확실히 지식과 금전의 교환소쯤은 되는 것이다. 그 증거로는 월사금을 지불하지 않는 학생에게는 성적표를 주지 않고 안 그래?"

"그러니까 말야 우리는 우리 금전을 내고 학교에 오는 이상 듣기 싫은 강의는 안 들어도 좋단 말야. 그만한 자유를 향락할 수 있는 것이 민주주의가 아냐?"

"이제 선생들이 뽐내는 시대는 지나갔어 …… 민주 시대에 합당하지 않는 선생들은 제국 시대로 돌아갈지어다."

"새 술은 새 부대에 넣나니라 아멘."

여기까지 오면 그들의 입가에는 자기도취의 미소가 흐르고 가슴 속에는 승리의 쾌감이 탄산수를 마신 때 같다.

잘 소화되지 못한 음식물은 잘 흡수되지 못한다. 흡수되지 못한 영양물은 몸을 기르기는커녕 속에서 썩고 괴고 마침내 몸에 커다란 고장을 일으키고 때때로 생명까지 빼앗아 가는 일은 과학이 증명하기 전에 우리 자신의 일상 경험으로 잘 아는 일이다. 과도기의 민주주의의 설익은 진리를 통으로 삼켜버린 송희와 그 그룹들은 학교 당국에서도 고삐를 잃은 망아지 모양으로 취급하기에 상당히 골치를 앓는 패들이다.

극장의 거대한 건물은 큰 바다의 고래같이 사람의 물결을 힘껏 들이마셨다가 부르르 다시 토하고 토하였다가 다시 마시고.

오늘도 ××극장 앞에는 위안의 항구를 더듬어 찾아드는 군중들이 밀리는 포말같이 몰려오고 몰려 나가고 그러나 그 많은 군중은 오늘의 백송희를 위하여 나지막한 반주에 지나지 않는다. 송희의 아름다움을 인상 깊게 하려는 배경으로는 오히려 조화를 잃은 듯 너절한 대중의 진열이 아닐까?

전기인두로 달아 붙인 머리가 어지러운 파문을 속삭이는 어깨 너머로 소복이 부풀어 오른 가슴 알맞게 퍼져나간 하반체의 곡선!

송희의 날씬하고 연하고 둥근 몸맵시를 미묘하게 살려주는 최신식의 양장은 어디까지나 송희의 학교 교복을 기본 스타일로 삼은 고급사지다.

새카만 스커트 아래로 미색 비단 양말을 신은 쭉 곧은 두 다리가 알맞게 살이 쪄서 신선한 탄력이 송희의 젊음과 건강을 충분히 보증한다.

송희와 나란히 서 있는 황영빈은 아름다운 여자와 동행한 때에만 느낄 수 있는 사나이의 만족감을 백 퍼센트 향락하고 있다.

"시장하시지 않을까요?"

하고 송희에게 속삭일 때다.

"이크 또 만났군."

하는 소리가 등덜미에서 들린다. 오현석이다.

"오늘은 두 번째 인데요 하하하."

영빈은 소리를 내어 웃고

"구경이 좋다 해서 이렇게 기다리고 섰는데 …… 상당히 지루한데요 하하하."

오현석은 그 말대답은 아니 하고

"저 가지신 돈 얼마라도 좋으니 좀 안될까요?"

오현석은 자기 말을 부인하듯이 그 길쭉한 목 고개를 두어 번 흔들고 나서

"형과는 내일 만나자는 약속을 했습니다만 실상인즉 간밤에 ……."

오현석은 잠깐 머뭇거리다가

"흑인에게 능욕을 당한 여인 한 분이 말이죠, 내 하숙 집 대문 앞에 쓰러져 있었어요. 어젯밤 늦게 돌아오다가 보고 내방으로 들어다 누였지요. 주인네 방은 마침 병자가 있고 해서 ……."

"왜? 경찰서에 고발하죠. 그러면 적당한 조치를 해줄 텐데요."

영빈은 아주 평범한 이야기를 평범스럽게 해버리고 앞에 사람이 들어가는 대로 걸음을 옮기기 시작한다.

"그런데 말요 그 여자가 경찰서 말만 하면 아주 질색이거든요."

현석도 따라 걸으며

"신문에 나든지 하면 남부끄러우니까 그런가 봐요."

눈살을 찌푸리고 가늘게 한숨을 쉬고

"부모도 남편도 다 이북에 있다는데 …… 그냥 빈손으로 내보낼 수도 없어요. 가지고 있던 여우 목도리 핸드백까지 아 그놈의 흑인 놈이 가지고 달아났다니 …… 에이 흉측한 세상이야 …… 그래 빈손으로 내보내면 당장에 굶어 죽지 않겠어요. 그래서 한 오백 원이라도 만들어 볼까 하고 서너 군데 가서 알아보았더니 죄다 빈손이구려."

영빈은 송희를 따라 극장 문으로 들어서면서

"오 형은 일도 좋아 하시지. 경찰에 보고만 하면 될 것을 웬 걱정을 사서 하신단 말요?"

하고 송희와 나란히 붙어서 들어가 버렸다.

영빈의 뒤통수를 물끄러미 바라다보는 오현석의 눈에는 번쩍하고 광채가 지나갔다.

'입으로만 부르짖는 애국자?'

하고 빙긋 웃어본다.

어젯밤 탁자를 치며 애국이니 건국이니 친일파 숙청이니 삼팔선 장벽을 운운하던 저 사람 황영빈이가 아직 이십사 시간이 못 된 오늘날 내 민족이 내 자매가 이방인 흑노에게 유린을 당하였다면 누구보다도 먼저 절치부심하고 발 벗고 내달을 정열이 있을 줄 알았던 것은 오현석 자신의 착각이 아니고 무엇이냐?

지킬 박사와 하이드 씨를 본 듯 오현석은 잠깐 동안 어리둥절하여졌다.

자기보다 세 살이나 아래 되는 황영빈을 박수하고 지지하고 예찬하던 오현석은 지금 눈앞에 애국자의 꺼풀을 둘러쓰고 있는 한 개 맹랑한 스핑크스를 향하여 가만히 주먹을 쥐었다. 주먹은 부르르 떨린다.

사람들의 물결에 쌓여 뚜벅뚜벅 걸음을 옮기면서 그의 대뇌 중추 신경의 일절 기능은 분노와 증오에 불타고 있다.

간부 중에서도 단상에 나서기만 하면 폐부를 찌를 듯한 열변으로 청중을 도취시키고 간부들이 회의 진행을 가지고 토의할 때는 언제나 선명한 플랜을 세워 좌중을 경복케 하던 그 황영빈은 오현석의 눈앞에는 확실히 신뢰할 만한 존재였다.

같은 영남 사람이라는 어렴풋한 지방 관념에서 오는 편당적 자부심까지 느끼도록 영빈은 오현석에게 있어서 가장 값 높이 평가되는 인물의 하나이었던 것이다.

'그랬던 그가.'

오현석은 지금까지 사람을 껍데기로만 관찰하였던 자기의 잘못이 얼마나 경솔한 짓인 줄을 똑똑히 깨달았다.

양의 껍질을 둘러쓰고 이리의 심장을 가진 정치가와 애국자와 지도자들을 분간하고 판별할 지식이 무엇보다도 필요하다는 것을 절실히 느껴본다.

쓰디 쓴 입맛을 다시면서 나지막한 대문 안을 들어서자 자기 방으로 쓰는 건넌방 미닫이가 빠끔히 열리고 그리고 파랗게 빛을 잃은 오채옥의 얼굴이 보이고 까만 눈까풀이 쓸쓸히 웃는 것이 보인다.

"더 누워 계시죠 왜 벌써 일어 나셨습니까?"
하고 오현석은 툇마루에 걸터앉아 담배를 한 개 꺼냈다.

채옥은 얼른 성냥을 그어 댄다. 채옥의 야윈 손가락 그리고 그 손가락 끝에 달린 성냥개비가 어떻게 묘하게 또 빠르게 턱 아래서 활동 하는 것을 발견할 때 현석의 머리에는 어떤 생각이 바람처럼 지나간다. 현석은 바로 천천히 채옥을 관찰하기 시작하였다. 그의 까슬까슬 빨갛게 지진 머리카락, 그의 까맣게 고리가 들린 눈언저리, 푸르고 윤택 없는 입술 그보다도 노랗게 진이 배어든 저 손가락

'노는 여자.'

이러한 단언이 마음속에 나타날 때 현석을 고개를 끄덕이었다.

"들어오시지요."

방그레 웃는 채옥의 앉은 자리는 말짱하게 소제가 되어 있다. 이불은 한 옆에 소복이 개켜 있고

"네!"

현석은 구두를 벗고 방으로 들어서며

"무엇 좀 잡수셨나요?"
하고 윗목에 도사리고 앉았다.

"네 아까 안방에서 점심을 내왔댔어요."

뱅글뱅글 웃는 것이 간밤에 당한 능욕쯤은 벌써 잊어버린 듯 명랑하다. 현석은 웃어지지 않는 자기 얼굴을 딱하게 생각하지도 않고 똑바로 채옥을 건너다보았다. 범하지 못할 위엄에 압도를 느낀 채옥의 얼굴에서도 웃음도 사라졌다. 채옥은 옷깃을 여미고 조심스럽게 도사리고 앉는다. 현석은 천천히 말을 시작한다.

"어제는 어디서 어딜 가시는 길에 그런 불행을 당하셨던가요?"
하고 어젯밤에 물어 보았던 말을 또 한 번 되풀이해 본다.

"저 동무 집에서 저의 여관으로 가다가 이 골목 저 골목으로 길 찾느라고 막 쏘다녔지요."

"경성은 언제 오셨던가요?"

"저 저 한 이태[23] 됐어요."

"이태?"

오현석의 눈은 둥그레졌다.

"아침에는 이북에서 월전에 왔다고 그러셨죠?"

"네 저."

채옥은 고개를 숙여 무릎 위에 얹힌 손바닥을 들여다보며

"이태 전에 와서 살다가 이북으로 갔었지요. 그래 해방이 되어 월전에 올라 왔어요."

"네! 밖에서는 안 오셨나요?"

"네! 혼자 왔어요."

"남편 되시는 분과 갈라졌소?"

현석은 대담한 질문을 한 개 쏘아보았다.

"죽었어요."

채옥은 나지막이 말을 마치고 호르르 한숨을 쉰다.

"그래 생활은 어떻게 하십니까?"

"생활은요? 아무런 방도가 없지요. 까마득할 뿐이야요."

"그렇지도 않은 것 같은데 ……."

오현석은 혼잣말같이 입속으로 중얼거리고 그는 안방으로 건너가서 돈 이백 원을 꾸었다.

"이건 적지만 전차비로 보태 쓰시지요 ……."

23 두 해.

하고 지전 두 장을 채옥의 앞에 내놓았다. 채옥은 잠잠한 채 고개를 들지 않는다.

"핸드백과 목도리를 잃은 도난계라도 해 보실 테야요?"

"……."

잠자코 채옥은 고개를 흔든다. 한참 동안 방 속은 차디찬 침묵이 흘러간다.

한 간 방에 책상 한 개와 살던 현석은 채옥과 같이 있는 것이 무척 좁고 또 불편하여 지는 것을 어찌할 수 없다. 그리고 그는 채옥을 위하여 뼈아프게 생각하였던 것을 자신의 과민한 신경증이라고도 생각해 본다.

채옥은 벽에 걸어두었던 두루마기를 떼어 개었다. 흙투성이가 된 두루마기를 개어서 한 팔에 안고

"저 같은 것을 이처럼 생각해 주셔서 참 너무도 ……."

"천만에 천만에."

현석도 따라 일어서며

"친구인가 하는 분을 찾으시거든 적당한 직업을 가져 보시는 게 날 겁니다. 이런 도회지란 까닥하면 큰일 나는 곳이니까요 ……."

현석은 무슨 말을 더 하려다가 입을 다물어 버렸다.

"그럼 안녕히 계십시오."

채옥은 문을 열고 대청으로 나와서 안방에도 참따랗게 인사를 마치고 신을 신었다. 현석은 지전을 집어 가지고

"옛습니다. 이건 너무 적지만 이것이라도 있어야 전차를 타지 않아요?"

하고 채옥의 손에 잡혀주었다.

채옥은 길로 나섰다.

'어디로 갈고?'

벌써 해는 서편으로 기울어진다.

조금만 있으면 둥우리를 찾는 새들이 바쁘게 우짖으리라.

'새도 집이 있고 기르는 개도 잘 곳이 있는데 …… 나는 어쩌다 …….'

채옥은 이런 말을 입속으로 중얼거리면서 길이 뚫린 대로 죽 걷기를 시작하였다.

큰길에는 트럭, 지프, 하이야들이 바쁘게 지나가고 방망이를 든 순경도 눈에 띈다. 채옥은 흠칫하고 눈을 돌렸다. 빨리 어느 음식점에라도 들어가자 생각하고 두리번두리번 길가를 살핀다.

마침 장국밥집이 눈에 띄었다. 안으로 들어서자 손님은 채옥 한 사람밖에 없는 것이 우선 다행이었다.

채옥은 국밥을 한 그릇 주문하고 앉았노라니 두 어깨 위에 바위나 눌리는 듯 전신이 무겁고 피로하여진다.

그보다도 이 한 그릇을 먹고 나면 어디인지 가야만 한다.

'어디로?'

채옥은 후르르 장국밥을 먹으면서도 이제 장국밥이 줄어들어 빈 그릇이 될 것이 걱정이다. 되도록 천천히 천천히 먹었건만 한정 있는 국밥은 벌써 그릇이 비었다. 채옥은 값을 치루고 일어나지 않을 수 없다.

얼굴이 크고 길고 속눈썹이 유난히 숫한 사십 넘은 주인 여자가 돈을 받으면서 채옥을 유심히 본다.

"손님 어디 편치 않으세요?"

하고 근심스럽게 묻는다.

"네 괜찮습니다. 저 그런데 미안하지만 이걸 좀 팔고 싶은데 사시렵니까?"
하고 채옥은 끼고 있는 수박색 양단 두루마기를 주인마누라에게 내밀었다.

"아까운 걸 왜 이렇게 흙칠을 했어요?"
하고 골고루 펴보더니

"아직 새것은 새것인데 ……."

그래도 빨아야만 입을 테니 값을 잘 받지 못하리다.

"천 원 드릴까요?"
하고 두루마기를 내려놓는다.

"주세요 천 원이라도."
하고 채옥은 손을 내밀었다.

끼고 있던 두루마기를 내어주고 나니 걸음 걷기도 한결 힘이 덜 드는 것 같고 아랫도리의 고통도 적은 것 같다. 그러나

'어디로 갈고.'

채옥은 벌써 으슥하여지려는 큰길을 두리번두리번 살펴보았으나 지향하여 갈 곳이 없다.

지붕마다 자욱하던 연기도 스러지고 여기 저기 창틈에서 불그스레 불빛이 새어나온다.

하루 동안에 폐허처럼 텅 비어 버린 머릿속에는 아무런 계획도 주견[24]도 나서지 않는다. 단지 끝없는 피로와 지정할 수 없는 불안이 헌솜 뭉텅이같이 간간히 그의 호흡을 가로 막는다. 입덧은 어제보다 오늘이

24 자기의 주장이 있는 의견.

훨씬 더 하다. 메슥메슥하고 핑 돌아가는 어지러움을 멈추려고 그는 어느 집 처마에 비슬비슬 기대일 때다.

"여보시우."

하고 부르는 소리가 난다. 채옥은 누가 자기를 부를 사람이 있을 상 싶지도 않아 그는 빙그르 돌아가는 눈을 지그시 감은 채 이마 위에 솟는 찬땀을 손바닥으로 씻었다.

"여보 ……."

분명코 여인의 목소리가 채옥의 바로 귀밑에서 들린다. 채옥의 머릿속에는 불안과 경악과 공포가 번개같이 지나간다.

'포주 주인?'

채옥은 등골에 얼음이 지나가는 듯한 전율을 느끼면서 천천히 고개를 돌렸다.

지금 나온 장국밥집 주인마누라다.

"왜 그러세요?"

채옥은 극도의 공포에서 갑자기 안심을 인식하자 그의 신경은 급커브를 도는 차체처럼 커다란 충동을 느끼었다. 그는 앞으로 고꾸라질 듯 맹렬한 어지러움을 감각하면서 한 손을 눈에 대인 채 잠자코 대답을 기다려본다.

"저 보아하니 어디 몸 붙일 곳이 또렷하지 않는 것 같은데 …… 내 눈짐작이 틀렸는지 모르지만."

마누라는 생그레 웃고

"저 며칠 동안만 말요 우리 집에 사람이 올 동안만 말요 우리 집 일 좀 보아 주려우?"

"……."

채옥은 마누라의 말뜻을 잘 알지 못하였다.

"일이라니요?"

"저 서름질[25]도 하고 집안 소제도 하고 ……."

"그뿐이에요?"

"그뿐이지 다른 일은 없어요."

"네 그럼 가죠."

채옥은 마누라의 뒤를 따라 장국밥집으로 갔다.

그날부터 그는 장국밥집 식모가 된 것이다.

그 많은 숟가락 미끈미끈한 기름이 흐르는 대접들이 담긴 구정물 통을 안고 채옥은 행주로 씻고 닦고 …….

그러나 지향 없이 떠다닐 신세에 비하면 숫한 일이 오히려 행복스럽고 장국밥집 부엌이 불안한 큰길보다 얼마나 아늑한지 채옥은 한 시간 동안에 부접할 항구를 찾은 배처럼 그의 맘의 닻을 잠깐만이라도 내릴 수 있는 장국밥집에 마땅히 감사를 드리고 싶었다.

밤늦게 눕고 아침 일찍이 일어나고 고용살이의 고달픔이라는 것은 채옥으로서 오래 잊었던 노동의 괴로움이다.

그는 만 이태 동안을 보드라운 비단 이불속에서 사나이들과 웃고 떠들고 시시덕거리다가 날이 샐 무렵에 잠이 들어 가지고 이튿날은 오정 때도 일어나고 때로는 오정이 훨씬 넘어 한 시 두 시가 지나서 아침밥을 먹고 …….

25 '설거지'의 방언.

그렇도록 불규칙한 생활에 익을 동안 채옥은 얼마나 괴로웠던고.

그 방탕하고 추악하고 불위생한 생활에 맞추기 위하여 채옥은 실로 피와 눈물의 몇 달을 보냈던고. 그러나 지금 마땅히 그 생활을 잊어버리고 일정한 노동과 식사와 그리고 정상적인 생활로 돌아오려는 지금 채옥은 새삼스럽게 자기 몸에 박혀 있는 습관의 무서운 힘을 깨달았다.

저녁이면 밤중까지도 깨어 있을 상도 싶다. 그러나 아침이면 천근 납덩어리가 등어리에 걸머지었는 듯 자리에서 옴짝달싹 할 수 없도록 피로하여지는 몸을 어떻게 하여야만 좋으냐.

봄도 무르녹아 꽃 몽우리들은 그 화려한 향기와 함께 영롱한 화변을 활짝 쏟아 놓는다. 실 안개 속에 조는 삼각산 봉우리는 꿈같이 아련하고 남산 기슭에 초록은 신선하다.

봄의 광명에 봄의 촉감에 봄의 호흡에 사람들은 거리로 들로 산으로 꽃에서 꽃으로 나비와 경쟁을 하고 꾀꼬리와 종달새의 습성도 흉내 내어 보고. 꽃놀이 갔다 취하여 돌아오는 손님들을 위하여 오늘도 채옥은 밥을 지어야 하고 술상을 보아야 한다.

아궁이에서 새어 나오는 연기에 눈물을 씻어가며 채옥은 나물을 무치고 고기를 재고 …… 이 집에 온지도 한 달 반이 접어들은 채옥은 그만하여도 어느 정도 일이 몸에 배는 상 싶다.

그렇게도 피곤하던 아침 시간이 요즈음에는 어지간히 고비가 넘어가는 모양으로 주인마누라보다 제법 먼저 일어나 뜰 안을 소제하고 마루도 닦고 한 사람의 식모감으로 틀이 잡히게 되었다.

채옥에게 있어 가장 즐거운 시간 가장 행복을 느끼는 시간은 저녁 서름질을 마치고 부엌 옆에 있는 자기 방으로 와서 고달픈 몸을 누이는 그

때이다.

때로는 슬프고 외로운 밤이기도 하지만…….

오늘은 유달리 손님이 많았기 때문에 채옥은 전에 없이 피로하였다. 그는 자리에 눕자마자 포근히 깊은 잠에 빠져 버렸다.

꿈 같기도 하고 생시 같기도 한 이상한 촉감이 어렴풋이 가슴을 누르는 것을 느끼면서 채옥은 입맛을 다시고 옆으로 돌아누웠다.

그러나 그다음 순간 채옥의 잠은 완전히 깨어버렸다.

"가만 있어."

하는 사나이의 음성이 채옥의 귓가에서 소곤거린 때문이다.

채옥은 얼른 일어났다. 아니 일어나려 했다. 그러나 일어나려는 그의 의지는 채옥의 힘보다 훨씬 억센 어떤 팔뚝에 완전히 말살되어 버렸다.

"가만 있어 내 말 한 번만 들어주."

채옥은 이 강도와 같이 덮치는 한 사나이에게 맹렬한 분노를 느끼자 어둠 속에서 사나이의 얼굴인 듯 짐작되는 곳을 힘껏 내리쳤다.

"아얏."

나지막한 비명과 함께 만만한 촉감이 채옥의 손끝을 스쳐간 다음 순간 이 사나이의 팔뚝은 좀 더 거칠게 좀 더 억세게 능구렁이같이 채옥의 가는 허리를 휘감는다.

"나야 나야 주인이야."

하는 말소리가 제법 떨린다.

"이거 놔요. 점잖지 못하게 딸 같은 것에게 무슨 짓이요?"

하고 나지막이 나무래 보았다.

그러나 채옥의 말보다 사나이의 힘이 더 컸다.

덮치고 뿌리치고 안으려면 떠밀고 채옥의 등골에는 축축이 땀이 내솟을 때다. 문이 드르릉 열리면서

"나와요."

하고 호령하는 소리가 들린다. 대청에서 흘러나오는 전등불의 반사광 속에 비친 것은 틀림없는 주인마누라의 얼굴이다. 말의 얼굴같이 생긴 그 길쭉한 얼굴은 거의 찌그러지도록 성이 났다.

"냉큼 못 나와요? 아이 더러워. 개도 아니고……."

주인 영감은 마누라의 손에 덜미를 잡혀 나갔다.

"늙은 것이 아이고 맙소사……."

대청으로 올라서는 마누라는

"계집년이 여우처럼 홀린다고 아 그렇게 정신을 못 차린담."

이런 경우에 변명할 말도 생각나지 않거니와 또 변명할 용기도 없어 채옥은 다만 잠잠하였다. 그러나 날이 새기를 기다렸다.

마누라의 의심쯤은 해만 돋으면 안개같이 사라질 상도 싶어 그는 자기의 결백을 증명할 말들을 마음속에서 여기저기 돌아 보았다.

날이 새었다. 이 생각 저 생각에 새벽에야 잠이 든 채옥은 날이 활짝 밝아서야 자리에서 일어났다.

뜰을 쓸고 걸레로 마루를 훔치는 채옥의 귀에

"식모 오늘부터 우리 집 일은 그만두고 다른 데로 가보우."

하는 소리가 안방 영창문 틈에서 난다.

속죄의 대가

산과 들은 차츰 그 호화스러운 꽃의 장막을 걷고 신선한 녹음을 펼치는 오월이 왔다. 감정에서 의지로 낭만에서 실제로 그리고 환영에서 뚜렷한 정체를 응시해도 좋을 오월이 왔다. 시월을 소춘(小春)이라고 말한 옛날 사람도 있었지만 오월은 소추(小秋)가 아닐까.

여기는 ××××당 총본부 이층이다. 방금 중앙 집행 위원회가 열릴 정각이 되자 위원장 ××씨가 그 건장한 몸을 상석에다 나타냈다. 일동은 기립하여 경의를 표하고 그리고 조용히 착석을 하였다. 동서가 활짝 열린 이 방은 오월의 창공이 밀물처럼 스며들고 녹음을 실은 훈풍이 장내의 기류를 청소한다.

서른여섯 명 중에 다섯 사람이 결원인데 두 사람은 점명[26]이 끝날 무렵에 바쁘게 들어오고 순서가 진행되는 대로 토의는 신중히 계속된다. 당 발전 문제에 이르렀을 때이다.

"의장!"

하고 손을 든 위원이 있다. 경제 부장 ×××씨다.

"말씀 하시오."

---

26 명부의 이름을 차례로 점을 찍어 가며 부름.

언권을 얻은 ×××씨의 약간 창백한 얼굴에는 잠깐 동안 홍조가 돈다.

"일전에 사석에서 말씀드린 백만 원 문제는 일반에게 공개하여 가부를 묻는 것이 옳은 줄 생각합니다."

여럿은 경제 부장의 말뜻을 알려고 서로들의 얼굴을 바라보고 의장의 답변을 기다린다.

"글쎄 그것은 여러분 앞에 공개할 성질이 못 될 것 같아서 나 혼자서 말살했었지요."

실내는 한동안 잠잠하여졌다.

"의장!"

하고 위원의 한 사람이 침묵을 깨뜨리고 발언을 요구한다.

"지금 경제 부장이 제의한 문제를 좀 더 구체적으로 말씀해 주셨으면 좋겠습니다."

하는 의견에 곧 동의와 재청이 있어 가부가 결정이 났다.

의장은 빙그레 웃는다.

그 잘 골라선 깨끗하고 단단한 이빨은 그의 성격이 얼마나 강직하고 또 그의 신체가 얼마나 튼튼하다는 심벌이리라.

"그것을 꼭 공개해야만 되겠습니까?"

하고 이어 엄숙한 표정으로 변한다. 그의 광채 있는 두 눈이 범의 눈처럼 장내를 휘 살펴보자 사람들은 부지중에 옷깃을 여민다.

"××회사 사장 되는 ××씨가 우리 당에 백만 원을 드리겠다는 것인데 내가 거절을 한 것이요…… 그 까닭은 그가 백만 원을 기부를 한 후에 간부의 한 자리를 가지겠다는 상대성 조건이 있다는 것을 들었고 그리고 인물 조사를 해 보았더니 우리 당의 간부로 출석할 수는 도저히 없는 사람입니다."

의장은 말을 마친 후 한 손으로 수염을 쓸며 장내를 살펴본다. 장내에서는 여기저기 수군거리는 소리가 나고 이윽고 경제 부장 ×××씨가 의장을 부르고 다시 일어섰다.

"지금 저기 바깥 응접실에 백만 원 기부의 소절수를 가지고 와서 기다리고 있습니다. 그 돈을 보낸 사람은 간부의 의자를 탐내는 것도 아니요 또 의장께서 말씀하신 우리 당의 체면을 손실할 사람도 아닌 줄을 저 자신 짐작합니다. 더욱 우리 당은 지금 당세를 확장하기 위함보다도 우선 현상을 유지하여 나갈 경비조차 없는 이때 쥚어지고 온 돈까지 쫓아 버리는 것은 좀 더 포용력이 있고 탄력이 있어야 될 정치인으로서는 일종의 소아병적[27]이 아닐까 합니다."

바깥 응접실에서 두 번째 팔뚝시계를 들여다보는 황영빈의 잘 다져진 이마에 두어 개 주름살이 잡힌다.

'자식들 아니꼽게 …… 아주 갸륵한 체들 하고 …… 손성묵 씨가 자기네만 못해서? 그래 어느 정당에 모리배가 없다더냐. 흥 ○○당에 ××씨는 일천만 원을 내놓고. ××는 자그마치 이천만 원을 내놓더라. 그래 그 돈의 유래를 아느냐 말이다 아니 모르느냐 말이다. 알고도 모르는 척 모르고도 아는 척 하는 놈들이 …… 네놈도 그놈들이지 오십보백보지 뭐야.'

황영빈은 백만 원 소절수가 오늘 두 번째 쫓겨 나간다면 정말로 그의 상전 손성묵 씨를 대면할 낯이 없기 때문이다.

27 어떠한 타협도 인정하지 않는 성향.

황영빈의 불안과 초조와는 아무런 관계가 없는 듯 ××××당원들의 백만 원 토의는 언제 끝이 날지 모른다.

경제 부장 ××씨의 의견 진술이 끝나자 뒤미처 또한 사람의 위원이 자리에서 일어섰다.

"지금 말씀하신 경제 부장 ××씨의 말씀을 지지합니다. 대중을 포옹하고 대중의 신뢰를 받아야 할 우리 당에서 어느 정도 청탁을 혼음(混飮)[28]할 아량이 있어야 할 것이라고 생각합니다."

"옳소 옳소."

하는 소리가 여기저기서 들려온다. 장내의 공기는 탄산수처럼 부풀어 오르는 때 또한 사람이 일어섰다. 청년 부장 오현석이다. 그의 굵은 베이스 음성이 노한 듯이 장내를 울린다.

"당장에 당 비용을 판출할 길이 없는 우리 당으로써 백만 원 기부라면 적지 않은 돈입니다. 그러나 우리가 당을 세울 때에는 우리의 정견을 대중에게 알리어 대중으로 옳은 이념을 파악시키게 하자는 것이 그 본의였는데 돈의 성질을 잘 이해하지 못하고 그냥 받는다는 것은 정체 모를 음식물을 섭취하는 때처럼 위험하기 짝이 없는 노릇인 줄 압니다. 주릴지언정 썩은 것은 먹을 수가 없고 목마를지언정 독약을 마실 수는 없습니다 …… 당비가 없어서 당을 유지 못할 바에는 우리는 순순히 당을 해체할 뿐이요 당을 유지하기 위하여 악질 모리배나 민족 반역자의 돈을 받을 수 없습니다. 정당을 하기 위하여 우리는 한 가지 과오를 더 범하지 않도록 신중한 고려가 있어야 되겠습니다."

---

28 종류가 다른 여러 가지 술을 섞어서 마심. 좋은 부탁이든 나쁜 부탁이든 상황에 따라 받아들일 필요가 있다는 문맥상의 의미.

청년 오현석의 말소리는 웅장하였다. 그 웅장한 한마디 한마디는 실내의 벽과 천장에 반향[29]하고 그리고 사람들의 가슴에도 커다란 반향을 일으켰다. 장내의 공기는 완전히 전환하였다. 위원장의 얼굴에는 감격의 미소가 흘러갔다.

마침내 오현석 외 다섯 사람이 기부금 백만 원은 일주일 후에 다시 규정하기로 하였다. 토의는 민생 문제, 지부장 문제, 청년 훈련 문제 등등에 미쳐 전기가 켜질 무렵에야 겨우 폐회의 선언이 내렸다.

그동안 황영빈은 몇 번이나 자리를 차고 일어설 뻔하는 자신을 달래면서 그는 두 손으로 턱을 괴인 채 벽 한 겹 너머 있는 토의장을 흘겨보고 이윽고 사람들의 발소리가 나면서 제일 먼저 경제 부장 ×××씨가 달려 나왔다.

황의 그 여인의 손같이 부드러운 손을 몇 번이나 흔들고

"일주일 후에 다시 통지하기로 하였습니다. 첫째 위원장의 고집도 고집이려니와 청년 간부층에서 기어이 인물 조사를 단행하겠다니 …… 미안하기 짝이 없소이다 허허허."

"온 천만에 …… 다수당(多數黨)으로써 그만한 자존심은 계실 것을 미리 짐작은 하였습니다 하하하."

영빈은 가장 태연스럽게 웃어 보이고 그리고 눈을 돌려 한 사람의 얼굴을 찾아보았다.

막 층계로 내려가려는 오현석을 발견하자

"여, 오 형!"

---

29 反響. 어떤 사건이나 발표 따위가 세상에 영향을 미치어 일어나는 반응.

하고 황영빈은 바쁘게 오현석의 뒤를 따랐다.

"먼저 날에는 실례했습니다."

영빈은 포켓에서 백 원짜리 지전을 헤이면서

"그때 말씀하시던 오백 원 늦게 돼서 미안합니다……."

"……."

층대를 따라 내려오며

"참 그때 흑인에게 봉변당한 여인의 일은 그 뒤에 어떻게 됐습니까?"

"……."

못 들었는지 잠자코 정문까지 걸어오던 오현석은

"그 문제는 일 좋아하는 나 같은 사람이 간단히 처리해 버렸죠."

하고 성큼성큼 걸어 나간다. 황은 현석의 뒤에 바싹 다가서며

"오 형! 이건 천 원인데요 우선 이걸로 급한 대로 쓰십시오."

오현석은 걸음을 멈추고 힐끗 돌아섰다.

영빈은 목소리를 낮추어

"그런데 손성묵 씨가 일간 오 형을 만나 보시겠다는데 한 번 같이 가시죠."

"……."

오현석은 잠자코 뚜벅뚜벅 신작로를 건너간다.

"오 형, 오 형!"

하고 지전을 쥐고 내닫는 황의 앞에 커다란 미군 트럭이 가로 막는다. 트럭 담에 지프, 지프 담에 하이야.

오현석은 사람들의 물결 속에 수포와 같이 사라졌다. 벌써 북극성이 반짝이는 하늘 끝에는 눈썹달[30]이 위대하게 걸렸다.

영빈은 짙은 황혼 속에서 휘파람을 날리며 가로수와 나란히 걷기 시작한다.

'백만 원을 받지 않겠다 뽐내는 ××씨는 정당의 당수로 확실히 그럴 듯 하거든 …… 확실히!'

'사나이로 난 이상 …… 나도 한번 백만 원쯤 발길로 툭 차버릴 수는 없을까?'

영빈은 혼자서 마음으로 고개를 흔들며 길을 걷는다.

영빈의 들어간 곳은 본정 삼정목에 있는 ××물산 회사 이층이다.

다섯 평쯤 됨직한 마루방은 아늑하고 질서 있게 꾸며진 것이 상점이라기보다도 어느 가정의 응접실 같다.

황영빈은 시장하기도 하고 또 오늘 오현석에게 당한 괄시도 있고 해서 후줄근히 풀이 죽어 한편 교의에 펄썩 기대어 앉았다.

방금 식사 중에 있는 손성묵 씨의 얼굴이 유리창 너머로 비친다. 손은 음식을 꺽꺽 씹으면서 문을 벙싯 열고

"이리 와요 얘기 할게 있어 ……."

하고 손을 두어 번 흔들고 그리고 다시 본자리로 가서 앉는다.

영빈은 부르는 대로 안방으로 쓰는 다다미방으로 들어갔다.

네모 난 자개 상 위에는 선미[31]를 다한 요리들이 널려 있고 방금 반주가 끝이 난 모양으로 손성묵 씨의 기름한 얼굴은 벌겋게 달아 온다.

"한 잔 하세요!"

하고 방그레 웃는 여인이 은잔을 들어 영빈의 손에 놓아준다. 삼십에

30 눈썹 모양으로 보이는 초승달이나 그믐달.

31 신선하고 산뜻한 맛.

둘이 넘은 이 여인은 언제 보아도 갓 스무 살 된 계집애처럼 항상 그 뺨에는 명랑한 웃음이 쉬지 않는다. 송곳니가 덧니배기로 된 것이 이 여인의 동그스름한 얼굴에 자연스럽게 어울린다. 가장 첩경을 선천적으로 잘 알고 있는 이 여인의 얼굴에서 몸에서 언제나 분홍빛 무지개가 아련하게 싸고도는 것을 황영빈은 오늘도 똑똑히 인식하면서 그는 은잔을 여인 앞으로 내밀었다.

노란 술이 잔에 찰찰 넘는다.

"오늘 일은?"

하고 손 씨는 웃지도 않고 이렇게 한마디 하고 손가락을 들어 뽀얀 곰국물을 한술 뜬다. 영빈은 잠자코 포켓에서 소절수를 꺼내어 손의 무릎 가까이 놓는다.

"……."

"……."

실내는 한참 동안 말소리가 뚝 그쳤다.

후르륵후르륵 손이 국물을 떠먹는 소리. 그리고 황이 두 번째 술잔을 상 위에 내려놓는 딱 하는 소리. 실내는 여전히 조용하다.

손성묵은 불쾌하였다. 그 ××××당 당수 ××씨라는 사나이의 짓은 손이 자기의 기름한 얼굴을 쓱 문질러 준 것처럼 몹시 불쾌하였다.

"썩은 돈은 아니야."

한참 만에 손의 입에서 이런 말이 나왔다. 그리고 벙긋 웃어 보려고 하였으나 그의 얼굴 근육은 웃는 대신 보기 싫은 경련이 두어 번 지나갔다. 얼굴 표정은 지극히 태연하여졌다.

일제 시대에 저질러 놓은 잘못 가령 국경 방면에서 애국자를 밀고하여 체포시킨 것이라든가 또 기독교 신자 중에서도 애국심이 농후한 목사나 장로들의 명부를 작성하여 준 일…… 이러한 죄악도 죄악이려니와 해방 후 오늘 그는 날마다 무슨 일을 하고 있느냐?

일본인 ○○이가 중국 방면에서 밀수입한 아편 자그마치 한 돈 반이나 되는 마약의 처분을 그는 양심이라는 귀찮은 존재와는 벌써부터 이별한 사이라 이번에도 그는 대담히 악마와 합작하여 버렸다. 사탄의 빨간 혓바닥이 널름거리는 대로 손성묵의 머릿속에는 늙은 파우스트처럼 무서운 지혜가 쉬지 않고 돌아갔다.

천만 원 이천만 원 그의 금고 속에는 거의 일억 원의 지폐가 뭉텅이로 굴러들어간다.

청년 남녀의 건강을 빼앗고 희망을 빼앗고 그리하여 마침내 생명을 빼앗아 버리는 이 마약은 벌써 도매인의 손을 거쳐 소매인의 주머니를 더듬어 서울 장안을 중심으로 시골로 촌으로 퍼져 나간다.

피를 마시는 마귀 떼처럼 보이지 않게 소리도 없이 이 독약은 방방곡곡으로 민족의 선혈을 말리며 오늘도 어제도 그리고 내일도 쉬지 않고 나간다. 이따금씩 잊어버렸던 양심이 손성묵 씨를 찾아온다.

양심은 강도처럼 손 씨를 위협한다. 공갈한다. 손은 무서운 양심의 소리를 듣지 않으려고 그는 두 손으로 마음의 귀를 막는다. 어여쁜 여인이 따르는 술. 술! 술이 그의 거친 마음을 달래지 못할 땐 모든 고통을 고맙게 처분해 주는 모루히네[32] 주사 한 방!

이리하여 손은 마약을 사용하는 모든 사람과 함께 자기 자신도 지옥

32 モルヒネ. 모르핀(morphine).

으로 지옥으로 한 걸음씩 내려가고 있는 것이다.

그러나 아직도 돈이 있고 건강이 있고 생명이 있을 동안 그는 닥쳐올 법의 심판이 무서웠다.

그럴듯한 단체나 정당을 물색하여 돈 백만 원이나 기부를 하고 그리고 그 단체의 간부의 탈을 한 개 뒤집어쓰고 그리하여 명맥의 하루 하루를 늦추어 보자는 작전은 오늘 훌륭히 실패에 돌아간 것을 확실히 알아낸 손성묵은 불쾌하였다. 그리고 무서웠다.

돈 앞에 속아주지 않는 세상이 있다.

돈 앞에 무릎을 꿇지 않는 사나이들이 있다는 것을 생각할 때 손의 여윈 두 무릎이 가늘게 떨려오는 것이다.

손성묵 씨의 마음속에 일어나고 있는 태풍과 같은 혼란을 영빈은 어느 정도 짐작할 수가 있는 것이다.

"제가 교섭을 잘 못했는지도 모르죠. 내일 한 번 더 친한 사람을 사이에 넣어 볼까 하는 생각을 가졌습니다만."

영빈은 벌겋게 취하여 오는 얼굴에 웃음을 싣고

"아주머니 술 한 잔 더 주세요."

하고 은잔을 여인의 앞으로 내민다.

손성묵은 잠자코 사무실로 나갔다. 그는 지금 막 머릿속을 스쳐가는 한 가지 생각에 전 신경의 활동을 집중시키면서 교의로 가서 걸터앉았다.

'그렇다면? 흐흥! 일석이조란 말이지.'

무엇 때문인지 만족한 미소가 입 가장자리에 쉴 새 없이 새어나온다. 그는 신문을 찾아 손에 들었다.

'유곽의 여인을 해방하라. 인신매매는 여성의 최대의 모욕이다. 전국

여성 단체 총궐기.'

이러한 문구를 쏘아 보는 손성묵 씨는 고개를 끄덕이고 그리고

'공창 폐지 연맹에서는 일반의 성의와 협력을 요망한다.'

운운의 글자를 탐하듯이 몇 번이고 몇 번이고 반복하여 읽어본다. 영빈도 저녁을 마치고 두 사람은 안방에서 사무실로 나왔다.

"이봐! 황 군. 걱정할 것 없이 영빈 군이 외교를 잘했든지 못했든지 그런 걸 탓할 내가 아닐세 …… 결국 사람은 돈이라는 생명의 종교 앞에는 다 머리를 숙이는 법이야."

'생명의 종교?

영빈은 고개를 좌우로 흔들고

"돈에 대해서 지극히 과소평가 하는 사람들을 번연히 보시면서 그러셔요?"

하고 약간 눈살을 찌푸려본다.

"아니야 그건 돈 자체에 대한 과소평가가 아니야. 돈을 내는 사람의 인물 평가야, 하하하."

손성묵은 쓰디쓰게 웃고 맘속으로

'내가 아니고 보통 다른 사람이 냈다면 그들은 두 손을 들어 만세를 불렀겠지.'

손은 담배에 불을 붙이면서

"하여튼 말야 나는 내가 내 논 돈 백만 원을 내 금고 속으로 도로 넣진 않을 테야. 훌륭히 백만 원의 효과를 내고 그리고 천만 원의 가치를 내도록 내 한 번 솜씨를 뵐 터이니 말야. 구경해 보란 말야."

손성묵은 여송연의 매운 연기에 한편 눈을 지그시 감으면서

"내 돈 백만 원을 무슨 불결한 헌데[33] 만지듯 골치를 찌푸리는 놈들이 흥 이제 두고 보아 침을 질질 흘리지 않나? 흥흥흥."

손성묵은 어깨를 들썩거려 웃고 살기 띤 얼굴로 신문을 노려본다. 그는 공창 폐지 연맹 위원장 정민혜 여사의 이름을 몇 번이나 입속으로 외어보고 그리고 전화기를 집어 들었다.

"거기 청엽정이요? …… 주인 좀 바꿔 주세요. 응, 송희냐? 응응 잘 있었니? 영빈 군 말야? 그래 그래 여기 있다. 그런데 말야 내일 아침나절에 어머님 뵈러 간다고 그렇게 여쭈어 알아들었어? …… 응응."

손성묵 씨는 수화기를 황영빈에게로 내주며

"송희가 바꿔 달라는 거야."

하고 아래층으로 내려갔다.

"헬로! 하하하 내일 가죠. 손 선생님 모시고 갈 테니 뭐 맛있는 것 주셔야죠? 그럼 내일? 네! 네!"

황영빈은 간단하게 수화기를 찰칵 걸어 버렸다.

그리고 서양 담배 채스트필드를 꺼내 불로 붙이면서 그는 후 하고 한숨을 가만히 쉰다.

'아버지는 고향에 약혼한 처녀 이영숙과 이 가을에 기어이 예식을 치르자는데 …… 송희가 가만히 있을 리 없지?'

황은 두 손으로 얼굴을 쌌다. 그리고 그는 경솔하고 천박하고 호색하는 자기 자신에게 또 한 번 자멸과 분노를 느껴본다.

일월루 채옥에게 다녀올 때와는 비교도 할 수 없는 불안이 그의 젊은

33 살갗이 헐어서 상한 자리.

혈관을 떨리게 하는 것이다.

'무엇 때문일까?'

영빈은 차츰 송희와 만나기 싫어지는 자신을 또 한 번 반문하여 보는 것이다.

온몸을 태울 듯한 송희의 정열에 대하여 무슨 까닭으로 포만을 느끼게 되는가?

영빈은 잘 변하는 자기 취미에다 맡겨 버리기에는 송희의 집착이 너무도 무서웠다.

금단의 과일을 따낸 영빈은 이제 송희의 존재에 대해서 차츰 매력을 잃어버리게 되고 그와 반대로 처녀의 정조를 바친 송희는 영빈에게 한 몸을 완전히 맡기지 않고는 안 될 절대적인 책임과 사랑을 요구하는 것이다. 여기에서 두 사랑의 아니 젊은 청춘 남녀의 비극이 그 운명의 탑을 쌓기 시작하는 것이다.

이튿날은 아침부터 비가 내리었다. 송희는 자리에 누운 채 라디오에서 새어 나오는 음악을 들으며 창 너머로 휘날리는 빗줄기를 헤이고 누워 있다.

'오늘은 영빈을 만난다.'

하고 기대와 즐거움을 넌지시 가슴에 안은 채 그는 머릿속을 방황하는 생각의 갈피들을 정리하여 본다.

'로미오와 줄리엣'을 보던 그날! 그 마술에 걸린 듯한 독주에 취한 듯한 그날 그 밤을 저주하여야 될까? 축복하여야 될 것인가? 송희는 영빈의 이끄는 대로 자동차에 올라타고 그리고 남산 기슭에 깊숙한 호텔 한 방으로 들어 갈 때는 벌써 먼 데 사람이 보이지 않을 만한 저녁 일곱 시나 되었을까?

송희의 주장대로 두 번을 거듭 보리만큼 그들은 그 영화에 도취하였던 것이다. 실제로 자기네들이 그 영화의 주인공이 되어 그들의 연기를 되풀이 해보고 싶으리만큼 그 사진의 장면의 하나 하나는 송희의 마음에 들었던 것이다.

그러나 꿈은 현실과 거리가 어떻게 멀다는 것은 갓 스무 살 난 송희로는 미처 알아내지 못하였다.

달고 황홀하고 그리고 슬픈 한밤이 지나가자 송희는 벌써 어저께의 송희는 아니었다. 여왕같이 뽐내던 송희의 자랑은 영원히 사라졌다. 누가 보는 이도 없건만 그는 가슴이 두근거리었다. 그의 눈에는 처녀만이 가질 수 있는 기쁨이나 슬기보다도 의심과 후회와 그리고 공포에 가까운 불안이 가늘게 떨고 있다.

이것은 송희 자신은 물론이요 영빈도 어렴풋이 짐작하였다. 영빈의 눈앞에 비친 송희는 벌써 영빈이가 무릎을 꿇을 수 있는 한 개의 우상은 아니었다. 완전히 정복하여 버린 사나이의 승리감과 그리고 너무도 호락호락하게 넘어간 상대편의 약점에 어떤 모멸감까지 느끼는 것이다.

찬란하던 꿈은 보기 싫은 현실 앞에 너무도 추악하게 깨어졌다. 금단의 과일을 먹어버린 부끄러운 이브와 아담은 에덴에서 쫓길 수밖에 없는 것이다. 그러나 슬픈 일은 날이 갈수록 송희가 생명의 닻줄처럼 영빈을 붙잡을수록 영빈은 무거운 노와 같이 송희의 존재가 차츰 괴로워지는 것이다.

집회 시간에 갈 때는 일일이 송희의 허락을 받아야 되고 영빈에게 오는 일절의 편지는 송희가 하숙으로 가서 시시로[34] 검사를 하고 그보다도 혹시 무슨 연락으로 여자 손님이 다녀간 것을 알게 되면 하루 종일 볶이고 졸리고 손이 발이 되도록 빌고 맹세하고 애걸하고 …… 이런 일이 한두 번 반복될수록 영빈은 송희의 성격에 차츰 불쾌를 느끼게 되었다. 송희는 영빈의 이러한 심리를 알지만 어쩔 수 없는 일이다.

'하루 바삐 예식을 치르자.'

그 담에는 훨씬 더 관대할 수 있다고 송희는 몇 번이나 영빈을 달래기도 하고 우기기도 하고 하였다. 송희는 영빈에게 처녀를 바친 지 한 달이 될 무렵부터 그는 이상한 현상이 자기 신체에 나타나고 있는 것을 발견하였다. 입술 한 구석에 앵두 같은 종기가 하나 생겨났다. 혓바늘이 몹시 돋고 그리고 아래로 불결한 대하[35]가 있으면서 견딜 수 없이 가려운 일이다.

송희의 심리적 고민 위에 이러한 육체적 고통은 잔인한 형벌이다. 앵두만 한 입술의 종기는 점점 언저리가 단단하여진다. 혓바닥에는 허옇게 태가 끼고.

송희는 결심하고 병원으로 갔다.

"결혼 했습니까?"

하고 묻는 의사의 질문에 송희는 모기소리같이

"네!"

하고 대답하였다. 의사는 고개를 끄덕이고

"혈액 검사를 하여야 확실한 대답을 드리겠습니다만 우선 주사를 한 대 놔 드리지요."

---

34 때때로.

35 帶下. 여성의 질에서 나오는 흰색이나 누런색 또는 붉은색의 점액성 물질.

노란 주사약이 담긴 앰풀[36]에는
'살발산'[37]
이라는 외국 글자가 송희의 두 눈을 어떻게 놀라게 또 슬프게 하였던고. 송희는 앞으로 고꾸라질 듯한 현기증을 느낀 것은 주사약의 반응만은 아니었다. 그는 자근자근 혀끝을 씹으면서 언제까지나 테이블 위에 숙인 고개를 들지 않았다. 병원에 다닌 지 일주일이 지났다.

오늘은 병원으로 가서 주사를 맞아야 하고 혈액 검사 보고도 들어야 한다.

어저께 손성묵 씨 집에서 걸려온 황영빈의 전화대로 한다면 그는 오늘 낮에 틀림없이 오는 것이다. 일주일 동안 못 만난 슬픔은 저릿저릿한 즐거움으로 변하리라.

자리에서 일어나자 송희는 정성껏 화장을 하고 생고사 겹저고리에 남치마를 받쳐 입었다. 약탕관에서 손수 약을 짜가지고 김이 모락모락 나는 약 그릇을 들고 온 어머니는

"송희야 박 주부가 정성껏 지은 약이란다. 진짜 녹용을 구하느라고 아주 애를 썼대."

어머니는 알맞게 트인 이마에 가느다란 주름살이 두어 개 보일 듯 말 듯한 삼십 남짓이 보이는 중년 부인이다. 그의 실상 나이는 마흔한 살이다.

크도 적도 않은 얼굴이 약간 둥글어 복스러운 두 뺨에는 연지를 칠한 듯 불그스레 건강한 혈조가 돌고 알맞게 곧은 코에 오묵한 입은 그 옛날

---

36 ampoule. 1회분의 주사액을 넣고 밀봉한 유리 용기.
37 salvarsan. 매독 치료제.

일류 명기 양비취의 모습 그대로이다.

'화장은 겉보다도 속으로 하는 거야.'

하는 그의 비결대로 그는 때때로 녹용을 마시고 그리고 외딸 송희에게도 인삼과 녹용을 자주 달여 먹이는 것이다. 그래 그런지 비취 모녀의 살빛은 남달리 깨끗하고 윤택하다.

그러나 요사이 딸이 자주 학교에 결석을 하고 또 가끔 동무 집으로 가서 늦게 돌아오고 때로는 자고 오고 이러한 딸의 마음이나 육체의 내면적 변화는 알아볼 길도 없거니와 또 알려고도 하지 않는다. 일반 어머니와 같이 마담 비취도 그 딸 송희의 예쁜 자태에 자랑을 느끼고 또 여자 대학생이라는 그 딸은 자기 같은 어머니가 감히 평가 하지 못하리만큼 값 높은 존재라 생각하고 그는 다만 딸의 일거수일투족에 대하여 황홀할 뿐이다.

공주보다도 높고 아니 천사보다도 기특한 내 딸 송희가 요사이는 훨씬 피로하여진 것 같고 때로는 밥을 아니 먹는 적이 있고 …… 웬일인가?

"너 입술 부르튼 것이 기어이 덧나는구나. 병원에 가 보아라."

"괜찮아요. 이제 곧 낫겠죠."

송희는 약 그릇을 입에 대고 쭉 들이켰다. 어머니는 무척 다행하여

"이 약 한 제만 먹으면 입도 부르트지 않고 훨씬 몸이 가벼울라 ……."

빈 약 그릇을 들고 대청으로 돌아가는 어머니의 뒷모양을 바라보고

'어머니! 송희를 너무 그렇게 위하지 마세요.'

맘속으로 이렇게 부르짖고 방금 눈물이 새어 나올 듯한 두 눈을 슴벅이었다[38]. 송희는 자주 시계를 들여다본다. 아홉 시가 지나고 열 시가 되고 …… 아 이 지루한 시계의 바늘은 아직도 열 시 반이다. 대문 밖에

서 자동차의 경적이 울린다. 송희의 가슴은 어지럽게 뛴다. 마당으로 들어서는 손성묵 씨를 발견하자 송희의 전신의 근육은 강직하여진다.

뒤미처 황영빈의 얼굴이 헤드라이트처럼 눈부시게 나타날 다음 순간을 생각하고 …… 그러나 마루로 올라선 것은 손성묵 씨 한 사람뿐이다.

"오늘은 그렇지 않아도 아침부터 기다렸습니다 …… 송희야 아저씨 오셨다 …… 제가 왜 일어나지도 않고 저래 ……."

완전히 혼이 나간 사람처럼 앉아 있는 딸 송희를 힐긋 돌아보고 어머니는 손성묵을 안내하여 안방으로 들어간다.

황영빈이가 왜 아니 오는지 무슨 전갈이 있는지 이런 것들을 묻고 싶은 말이 송희의 목구멍까지 치밀었으나 송희의 자존심은 그의 입술에 못이나 박은 듯이 그의 입을 다물어 버리게 하였다.

송희는 잠자코 외출옷으로 바꾸어 입고 밖으로 나왔다. 병원으로 가는 것이다.

어느새 비는 말짱히 개었다. 오늘 달리 환자는 굉장하다. 송희는 한쪽 소파로 가서 차례를 기다리는 동안 자기 가슴속에서 차츰 모락모락 불덩이가 일어나는 것을 느껴본다.

열두 시가 넘으려는 때 맨 마지막으로 의사 앞에 들어간 송희는 또 '살발산' 주사를 맞고 그리고 혈액 검사 종이를 가만히 펴보았다.

'왓셀만[39]의 반응 플러스.'

전문 학술의 용어로 된 이 말뜻을 의사는 또 다시 설명한다.

"당신의 병환은 매독인데요 양성이란 말입니다. 계속 치료를 하셔야

---

38 눈꺼풀이 움직이며 눈이 감겼다 떠졌다 하다. 또는 그렇게 되게 함.
39 매독 검사법.

합니다 …… 한 삼 개월.”

의사는 모자를 들면서 이런 말을 남기고 밖으로 나가버렸다.

“미안하지만 좀 일어나세요.”

빗자루를 들고 들어온 간호부가 테이블 위에 고꾸라진 송희의 상반신을 가만히 흔든다.

병원에서 나온 송희는 머릿속이 텅 빈 듯한 공허와 불안을 느끼면서 타박타박 길을 걷는다.

“왓셀만의 반응 플러스.”

송희는 입으로 또 한 번 외어보고 고개를 흔들었다.

“얘 송희야.”

어머니는 마당으로 들어서는 딸을 보자마자 이렇게 한 번 불러놓고 방금 신을 벗는 송희에게

“너 공창 폐지 운동한다는 정민혜라는 여자 알겠니?”

하고 방그레 웃는다.

“왜요?”

송희는 마루로 올라서며 어머니의 돌연한 이 질문에 도리어 질문을 하는 것이다.

“너 괴롭지만 정민혜라는 여자의 주소를 알아 가지고 꼭 나 한 번 만나게 해다오.”

“왜 그러세요?”

송희는 핸드백을 한옆에 놓고 콧등에 솟은 땀을 손수건으로 누르고

“아이 어머니도 글쎄 정민혜 씨는 왜 갑자기 만난다고 그러세요? 나 여학교 때 역사 선생님인데 …….”

"그래?"

어머니는 커다랗게 소리를 지르고

"됐다 됐어. 그러면 아주 잘 됐지. 그 공창 폐진가 하는 사업에 아저씨가 말야 손성묵 씨가 말이다 아주 흥미를 가지고 백만 원을 기부한다네."

어머니는 딸의 놀라는 표정을 예기하고 방그레 웃는다. 송희는 웃지도 않고

"그래야만 하죠. 아저씨도 양심은 있나봐 …… 그럼 내 지금 정민혜 씨 사무실로 가보고 올까요?"

"어딘지 아니?"

"알아요. 신문에 실린 사무소 주소로 찾아가면 알겠죠……."

송희는 방글방글 웃어 보이고 어머니가 알고 싶어 하는 정민혜 여사를 찾아 나갔다. 집에 있기도 싫은 김에 거리로 나오기는 하였으나 송희의 걸음은 무거웠다.

그는 서둘러 공창 폐지 연맹 사무소를 찾기보다도 발에 익은 골목을 찾아 들어섰다.

영빈은 하숙에는 없었다. 주인마누라의 말대로 한다면 요사이 시골서 올라온 영빈의 부친을 모시고 밖으로 나갔다는 것이다.

송희는 편지를 써놓고 갈까 하다가 주인마누라에게

"나 다녀갔다고 그래 주세요."

말만 남기고 가져왔던 과자 꾸러미를 마루 끝에 놓고 돌아섰다.

대문을 향하여 두어 걸음 발을 옮기려는 송희는 뒤에서

"잠깐만."

하는 주인마누라의 소리에 주춤하고 돌아섰다.

"저어."

주인 여자는 신발을 끌고 내려오며

"저어 내게서 들었다고 그러지 마시우. 아버지가 오실 때마다 참한 색시가 같이 와요. 그래 내가 물어 봤더니 …… 약혼한 처녀라고 그러겠지. 그래 내가 송희 씨는 어쩌고 그랬더니 빙그레 웃기만 하겠지. 아이 속이 상해서 …… 내가 그러더라고 그러진 말아요."

"……."

송희는 두 귀가 윙 하고 우는 것을 느낄 뿐 그는 입을 비죽거려 가면서 바쁘게 지껄이는 마누라의 얼굴이 뱅뱅 도는 것을 감각하면서 잠자코 대문을 나와 버렸다.

골목을 돌아 나오는 송희의 얼굴에는 얄따란 미소가 명멸되고 있다.

어느새 송희 자신이 한 개의 비극의 주인공으로 처참한 역할을 하고 있다는 것이 현실 같기도 하고 꿈 같기도 하여 그는 쓰디쓴 웃음을 처분할 길이 없는 것이다. 열린 창처럼 허공에 눈을 던진 채 큰길로 나서자 송희의 앞에는 한 개의 손이 불쑥 나왔다. 그리고 그 손끝에 있는 한 장의 종이가 송희의 턱밑으로 들어온다. 송희는 반사적으로 종이를 받았다.

'인권을 유린하고 신성한 모성을 모독하는 유곽의 존재는 문화인으로서 감내치 못한 고통이다. 이제 우리 일천오백만은 단결하였다. 그리하여 감연히 조전의 첫 화살을 뽑는다. 화살은 이미 시위를 떠났다. 공의와 의분의 불타는 우리 여성은 이제 모든 정력과 지혜를 다하여 유곽에서 나오는 비통한 딸들의 구제 기관을 설치하노니 이름하여 희망원(希望園)이라 한다. 아들을 매독에서 지키려는 아버지여 딸들을 임질에서 건지려는 어머니여 당신들은 모름지기 우리들의 동지일 것이다. 우리는 이제 성명(聲明)[40]을 붙이노니 일어서라. 뜻이 같은 이여 진리는 항상 정의를 위하여 바른 심판을 나리리니 …….'

송희의 가슴에는 뭉클하고 더운 물결이 지나갔다.

'매독! 임질! 임질, 매독!'

송희는 입속으로 중얼거리고 그리고

'왓셀만 반응 플러스.'

자기를 진찰한 의사의 보고표를 또 한 번 입속으로 중얼거려 보다가 그는 가던 길을 멈추고 획 돌아섰다.

송희의 눈에는 이상한 광채가 지나갔다. 그는 자기의 눈앞에 둘러 있는 두 개의 큰길을 똑똑히 발견하였다. 한 개는 영빈과 가는 길. 죽든지 살든지 끝까지 영빈의 사랑의 사슬을 붙잡고 걸어가야만 하는 길. 이 길은 어둡고 괴롭고 불안한 길이다. 그러나 달고 슬프고 꿈같이 황홀한 아름다운 길이다.

또 한 개의 길 그것은 지금 삐라[41]를 뿌리고 가는 저 젊고 건강하고 용감한 여자들이 가는 길이다.

그 길은 좁고 메마르고 피로와 실망과 조롱이 있는 길이다. 그러나 또한 위로와 희망과 승리의 즐거움이 있는 길이다.

'어느 길을 취할까?'

송희는 잠깐 동안 길바닥에 섰다. 생각은 생각의 꼬리를 물고 바람개비같이 돌아간다. 멍하고 서 있는 이삼 분이 지난 후 송희는 바쁘게 발

40 어떤 일에 대한 자기의 입장이나 견해 또는 방침 따위를 공개적으로 발표함. 또는 그 입장이나 견해.

41 전단(선전이나 광고 또는 선동하는 글이 담긴 종이쪽)의 잘못.

길을 옮겼다.

송희는 거의 반달음질을 쳤다. 삐라를 안은 여자. 흰 옥양목 적삼에 검은 치마를 받쳐 입은 아래로 쭉 곧은 두 다리가 자신 있게 걸어가는 것이 보인다.

삐라가 무거운 듯이 고개를 한옆으로 삐뚜름히 걸어가는 저 모습이 저렇게도 씩씩하고 용감할 수가 있을까? 인생의 걸인처럼 추하고 약한 자신을 생각할 때 그는 더할 수 없는 모멸감에 전신의 힘이 확 풀려진다. 부러움과 절망이 지나간 그다음 순간 송희는 약자가 강자에게서 느끼는 그러한 질투심이 벌써 매독 균으로 더러워진 자기 혈관을 따갑게 할퀴고 지나가는 것을 느낀다. 이러한 복잡하고 괴로운 말초신경의 고난과 싸우면서도 송희의 의지는 송희의 걸음을 빠르게 빠르게 …… 드디어 삐라를 안은 여자와 어깨를 나란히 하고 말았다.

"무거우신데 저 좀 나누어 가질까요?"

송희는 이런 말을 하면서 어색하게 웃고 그리고 삐라를 안은 여자의 얼굴을 들여다보았다.

약간 상혈이 되어 발그레 피어난 양 뺨에 귀엽게 우물을 지우며 웃는 둥근 얼굴은 확실히 창공에서 손짓하는 달처럼 밝고 깨끗하고 그리고 엄숙하다.

"고맙습니다. 같이 돌려주시겠어요?"

송희는 확실히 자기 연배와 비슷한 이 젊은 선구자의 목소리에 그리고 그 표정에 그 몸에서 풍겨 나오는 고귀한 정신에 완전히 황홀하여 지는 일순을 느꼈다.

"절반만 이리 주세요."

송희는 여자에게서 삐라를 받아 안았다.

"저는 백송희라고 합니다. 얼마나 수고하십니까?"

"천만에 무슨 수고라니요. 제 이름은 주영매라고 부릅니다. 길에서 이렇게 좋은 동지를 만날 줄은 몰랐어요."

두 여자는 나란히 길을 걷는다. 걸으면서 지나가는 사람에게 한 장씩 한 장씩 삐라를 나누어준다.

난생 처음으로 이렇게 값있고 귀하고 높은 일을 해보는 것이다. 송희의 가슴은 구름 너머 빼꼼히 보이는 푸른 하늘같이 가없는 꿈과 감격으로 가득하여졌다.

앞으로 앞으로 사람들은 지나간다. 두 처녀는 삐라를 나누어준다. 중절모를 쓴 흰 모시 다듬은 두루마기를 입은 오십이 넘은 신사가 온다. 두 처녀는 일시에 삐라를 내밀었다. 신사는 당황하게 두 손을 내밀어 두 쪽을 다 받는다.

송희와 영매는 서로를 돌아보고 웃었다. 그리고 그 흰 두루마기 입은 신사보다 두서너 걸음 뒤떨어져 나란히 걸어오는 젊은 남녀! 송희는 자기 앞에 나타난 여자에게 삐라를 주었다.

그리고 방금 영매가 내미는 삐라를 받는 손을 보았다. 그 손의 주인은 틀림없는 황영빈이 아니냐? 영빈은 송희를 보았는지 못 보았는지 그는 태연히 뚜벅뚜벅 젊은 여자와 나란히 걸어가고 있다.

삐라를 안은 송희의 두 다리가 바르르 떨렸다. 몸 전체가 천길 심곡으로 굴러 들어가는 듯한 그러한 흑암이 송희의 눈을 휩쌌다.

송희는 걸음을 딱 멈추고

"영빈 씨."

하고 불러보고 싶고 쫓아가서

"이 여자가 누구냐?"

하고 물어도 보고 싶었으나 그의 교양이 그로 하여금 삐라를 안은 자기 몸뚱이를 얌전스럽게 앞으로 운전하여 나간다. 길 위에 지나가는 사람들에게 기계적으로 삐라를 집어 주고 옆에서 영매가 무어라고 말을 걸을 때마다

"네? 네!"

하고 건성으로 대답할 뿐 송희는 완전히 한 개의 로봇이 되어 행동을 계속하고 있는 것이다.

어디까지 왔던지 두 여자의 팔에 안기었던 삐라는 다 없어졌다.

그들은 황금정 입구를 지나고 있는 것이다.

"우리 좀 쉬어 갑시다."

송희는 방그레 웃으며 영매를 돌아보았다.

"그럴까요?"

영매는 송희가 이끄는 대로 다방 거리로 들어섰다. 아늑하고 조용한 다방보다 일부러 번잡하고 손님이 왁실거리는 ××를 택한 것은 송희는 되도록 외부의 자극으로 맘속의 고민을 잠깐만이라도 잊어보자는 슬픈 방법이었다.

벽에 걸린 시계가 두 시 반이 조금 지났다.

오정 때 병원을 다녀와 집에 들렀으나 점심도 먹지 않고 나온지라 송희는 갑자기 전신이 허전하여 지도록 지친 것을 느끼면서 앞에 갖다놓은 토스트를 한쪽 들었다.

유월이 다 가려는 요사이 일기는 완전히 여름 기분이다. 손님들 앞에

는 아이스크림이 나온다.

송희는 영매를 위하여 여러 가지를 주문하고 자신도 되도록 많이 먹었다. 자꾸만 먹고 마시는데도 송희는 시장하였다. 음식물로는 채울 수 없는 그의 마음이 그의 영혼이 시장하고 목마른 까닭이 아닐까?

송희가 먼저 일어나서 음식 값을 치렀다. 영매는 약간 당황하였으나 그는 문 밖에 나와서

"오늘 이렇게 폐를 끼쳐 드려서 무어라고 드릴 말씀이 없습니다."

이렇게 깍듯이 인사를 할밖에 다른 아무 도리는 없었다.

그의 주머니에는 오빠를 위하여 주사약을 사야만 될 돈을 제하고는 불과 한 삼십 원이 될까 말까.

"우리 사무실로 가볼까요?"

이번에는 영매가 권하는 대로

"그러지 않아도 가보고 싶었어요."

하고 송희는 동의하였다.

사무실은 거기서 얼마 안 되는 ××상회 이층 한 구석에 붙은 다다미 서너 장이나 깔만한 적은 방이었다.

초라한 테이블을 둘러 교의가 둘 그리고 테이블 정면으로 놓인 교의에는 위원장 정민혜 여사가 무엇인지 서류를 들여다보고 있다. 영매가 들어오는 것을 알자

"수고했어."

하고 방긋 웃고

"오, 손님 오셨군……."

정민혜 여사는 일어나서 송희에게 악수를 하고 자리를 권한다. 사람

은 셋인데 교의는 둘이다.

송희는 창 있는 대로 가서 기대며

"이렇게 좀 서보고 싶습니다."

하고 정민혜 여사의 갸름한 얼굴을 천천히 바라보았다.

약간 파르스름한 얼굴에 교양 있는 표정은 그의 정신이 깊이 있는 생활을 하고 있는 사람만이 가질 수 있는 표정이다.

웃을 때마다 진주와 같이 반짝이는 그의 이빨이며 어디까지나 검은 눈동자는 따뜻하고 부드럽고 그러면서도 한없이 깨끗한 맘을 상징한다. 끄리샤 식으로 쪽 곧은 코앞으로 옥은 듯한 턱이며 대체로 약간 여윈 듯한 호리호리한 몸맵시가 처녀다운 청초함과 기품을 구비하고 있다. 올해 서른두 살이라면 청춘의 한고비를 다 지났다. 그러나 아직도 처녀미가 있는 정민혜 여사에게는 남들이 억측하는 올드미스의 히스테리는 꿈에도 찾아볼 수 없다. 이것은 누구보다도 주영매가 잘 아는 일이다. 이른 봄날에 홀로 핀 흰 매화같이 청초한 인격의 향기를 퍼트리고 있는 이 젊은 선배에게 송희는 맘속으로 존경을 보였다.

"손님이 서신대야 말씀이 됩니까."

영매가 자리를 내어 기어이 송희를 앉히었다. 다 같이 아리따운 여자다. 다 같이 교양 있고 이상이 있고 그리고 찬란한 꿈이 있는 이 세 사람은 간단한 테이블을 둘러 서로들 바라보았다. 세 사람의 얼굴에는 미소가 미소를 부른다. 맘의 문과 문이 열려 서로의 뜻과 뜻이 엉키는 순간이 잠깐 동안 그들을 에워쌌다.

'이 사람이면 이만한 사람이면 …… 힘껏 도와도 좋다.'

송희는 아름다운 보물을 얻은 사람같이 그의 맘은 포근히 만족하여졌다.

조금 전에 자기를 짓씹은 괴로운 생각들은 강한 바람 앞에 겨와 같이 날아가 버렸다.

"저 그러지 않아도 오늘 정 선생님을 꼭 좀 뵈려고 했던 참이었어요. 우연히 길에서 이분과 만나서 ……."

"삐라를 같이 돌리고 그리고 점심도 대접 받고 오늘은 참 정말 운수가 좋았어요."

영매는 그 환하고 둥근 얼굴에 웃음을 가득 싣고 송희를 돌아본다.

정민혜 여사는 송희의 손을 잡고

"피는 물보다 진하다는 게 진리의 한 토막인가 봐요. 피는 확실히 피를 불러요 …… 우리 같이 일 합시다."

정민혜 여사의 얼굴은 엄숙하다.

같이 일하자는 정민혜 여사의 눈에서 입술에서 그리고 그의 손에서 전류와 같이 흘러가는 한 개의 감정을 송희는 감각하였다. 마치 전극의 한 끝을 붙잡은 때처럼 송희의 가슴 한 복판에 찌르르 따갑게 스쳐가는 것이었다.

큰 사랑 동포애라 할까 민족애할까 그러한 높고 순수한 정열을 느껴보는 것이다.

"전 아무것도 모릅니다만 요 얼마 전에 인신 매매 금지령이 포고되지 않았어요?"

송희는 공창 폐지 연맹에 대하여 좀 더 자세히 알고 싶었다.

"네 분명히 지난 오월 십칠일이었습니다. 인신 매매 금지령이 포고되자 유곽에 팔려 왔던 여인들은 자유의 몸이 되어 거리로 나왔지요. 그러나 그들이 갑자기 어디로 가겠어요. 그날 밤부터 재워주는 곳도 먹여 주는 사람도 없는 형편이었어요. 그러니까 …….”

“왜 어느 단체에서 트럭으로 실어다가 먹이고 직업을 가르치고 한다는 말을 들은 상 싶은데요.”

송희는 정 여사의 입을 빤히 쳐다보고 대답을 기다린다.

“네 그렇습니다. 트럭으로 여러 대를 실어내 왔죠. 그래 그들은 우선 전재민 수용소에다 집어넣고 사람은 놀고먹으면 안 된다는 것을 가르치고 그들에게 메리야스를 짜도록 그렇습니다 아침 아홉 시부터 오후 세 시까지.”

송희는 흥미를 느꼈는지 고개를 끄덕이며

“일석이조군요. 밥 먹고 직업 배우고.”

“들어 보세요 …… 일이 그렇게 순조로 갔으면야 오죽이나 좋았겠어요. 여인들은 이틀 만에 다 달아나버리고 말았답니다 …… 데려온 유 여사가 가지 말라고 붙잡으니까 욕설을 퍼부어가면서 수수밥에 거적자리 위에 건사하려고 우리를 데려왔느냐 너희들 아니라도 우린 우리대로 살아간다 하면서 뿔뿔이 다 가버렸다는 거야요.”

정민혜 씨는 호 하고 한숨을 쉬고

“그들은 너무 갑자기 전환된 생활에 배겨낼 힘이 없었던가 봐요.”

“…….”

송희는 못 알아듣겠다는 듯이 정민혜 여사의 얼굴을 한 번 보고 또 주영매의 뱅글뱅글 웃는 입도 보고.

“유곽에 있는 창기들은 상류와 중류 사이의 생활 …… 비교적 호화스러운 생활을 하고 있었던가 봐요. 침대에 자고 이부자리도 여간 호사가 아니고 먹는 것도 그렇지요. 자기 몸을 잡히고 있으니까 무어든지 부르는 대로 척척 대령이죠. 먹고 싶은 것 먹고 입고 싶은 것 입고."

송희의 눈은 둥그레진다.

"그들이 그렇게 잘 살았던가요? 호!"

"들어봐요. 그것은 마치 잡아먹힐 닭이나 돼지가 모이를 받아먹는 것과 마찬가지죠. 그들의 생활은 우리가 상상할 수 없으리만큼 전연 딴 세상에서 살고 있는 것을 알아야 합니다. 그들의 밤은 우리의 낮이죠. 우리의 낮은 그들의 밤이고 …… 술, 담배, 군것질, 사나이들과 시시덕거리고 그리고 성병으로 앓고 사나이들에게 전염시키고 가끔 자살하고 도망을 하다가 잡히기도 하고……."

송희의 한숨인지 영매의 한숨인지 커다랗게 한숨소리가 한 번 지나가고 방안은 잠깐 동안 잠잠하여졌다.

"무슨 병이든지 만성이 되면 고치기는 힘이 더 들지마는 비교적 그 고통은 덜 하는 것과 마찬가지로 이 창기들은 자기들의 생활에 익어져서 별 고통도 느끼지 않고 잘 지내가는 것이 원통한 일이지요. 그들은 다 일이만 원 내지 사오만 원씩 빚을 지고 있지요. 자꾸 버는 대로 포주가 먹어버리니까……."

"인신 매매 금지령이 발포되자 여인들의 빚은 다 탕감이 됐다는데요?" 하고 묻는 송희의 이러한 상식에 정민혜 여사는 무척 만족하였다.

"네 그렇습니다. 그 빚은 다 없어졌죠. 하지만 그 여인들이 이번에 다시 포주의 달콤한 말에 속았거든요. 유곽을 여관 형식으로 하여 여인들은 하녀나 식모로 데리고 있으면서 매음을 시키게 되었어요. 전과 마찬가지로 여인들은 빚을 얻어 쓰고 포주는 여인을 착취하고 …… 유곽은 훌륭히 부활을 하였지요. 공창 폐지 연맹이 조직된 원인은 여기에 있습니다. 공창을 폐지하자 그러나 공창을 근본적으로 구원할 수 있는 대책을 세우자는데 우리 연맹의 목적이 있는 거야요."

"연맹이라면 여러 단체가 모여서 된 것이죠?"

송희는 정민혜 여사의 말을 하나도 놓치지 않는다.

"물론이죠. 우리 여성 단체 열넷이 모였다면 어지간하죠. 앞으로도 여성 단체가 생기는 대로 우리 연맹에 가맹할 것입니다."

"좌익도? 호호호 ……."

송희는 고개를 삐뚜름하고 웃는다.

"물론이죠. 민족의 보건을 위하여는 우도 좌도 없습니다. 오직 외길이죠 …… 얼핏 생각하면 그까짓 폐업 창기 일이천 명을 위하여 우리가 일어선 것 같지만 그것은 표면만 관찰한 것이죠. 좀 더 깊이 따져본다면 민족의 보건 문제입니다."

"그렇지요. 보건 문제가 정말 근본 문제야요."

영매도 고개를 끄덕이고 그 영채 있는 눈으로 송희를 건너다본다.

"공창을 폐지하면 사창이 늘어난다고들 걱정이던데요."

송희는 평일에 손성묵 아저씨나 또 어머니에게서 들은 말을 한마디 옮겨보는 것이다.

"사창이 늘어나는 원인은 다른 데 있어요. 여자들의 직장이 없어서 사창이 되는가 봐요. 사람들은 흔히 공창은 병을 치료 받으니까 어느 정도 안심할 수 있다 그러나 사창은 저대로 내버려두니까 더 불안하다 이런 말을 하죠 …… 그러나 공창이 받는 병 검진이란 것은 눈 감고 아웅보다 더 우스운거야요."

정민혜 씨는 얼굴이 빨개져서 격분한 표정이다.

"그래도 전연 치료받지 않는 것보다는 낫지 않을까요?"

송희는 영매를 돌아보고 웃었다.

"천만에 천만에 ……."

정 여사는 송희의 손목을 꼭 쥐었다.

"내말 들어봐요. 정신 차리고 들어봐야만 돼요."

송희와 영매는 똑같이 정 여사의 입을 지킨다.

"이봐요 그들이 말입니다 공창들이 말입니다 그 공창들이 일주일에 한 번씩 검진이 …… 검진만이 아니고 훨씬 진보된 치료법으로 아주 완전히 다 나아버렸다 합시다. 그래 그 공창을 가령 A라고 합시다. 그 A가 완전히 나은 몸으로 유곽에 들어온 이십 분이 못 되어 어떤 사실이 일어납니까? 손님이 찾아오거든요 사나이가 말입니다. 그 사나이라는 것은 매독 환자이든지 임질 병자이든지 전연 관계가 없거든요 …… 한 시간 후에 A라는 여자는 훌륭히 그 사내에게서 균을 받아가지고 그다음 사나이 또 그다음 사나이 일주일 동안 몇십 명 몇백 명에게 전염을 시키고 마니까요. 그래 그 검진이라든가 치료가 무슨 효과가 있단 말이요. 생각해 보세요."

정민혜 여사는 차관을 기울여 공기에다 냉수를 따라 한 모금 마시고

"공창은 공동 변소 사창은 집안 변소로 알면 그만이야요."

"그럼 사창은 병이 덜 할까요?"

송희는 의심스러운 듯이 고개를 흔들어본다.

"물론 사창도 병이 있지요. 하지만 자기의 신용이라든가 또 자기 몸을 아끼는 의미로도 병 치료를 성의 있게 하려고 노력하거든요 …… 그

러나 공창은 기계적 존재야요. 돈만 가지고 오면 그게 꼽추거나 절름발이거나 소경이거나 매독이 있거나 임질이 있거나 그런 것은 상관없거든요. 포주는 돈만 받으면 그만이고 여인들은 시간만 채워주면 그만이니까요. 그저 동물적 어떤 기계밖에 아무것도 아니지요. 그러니까 병을 고칠 성의도 나지 않고 또 고쳐 보았댔자 십 분 후면 다시 걸리고 …….”

“네 그렇고만요. 그런 것을 가지고 그래도 사람들은 유곽의 창기가 좀 낫다고들 그러지 않아요. 괜히 알지도 못하고.”

송희는 호르르 한숨을 쉬고

“대강은 알았습니다. 공창 폐지의 사명은 횡(橫)으로 유곽의 여인들은 인도적으로 구원하자는 것과 또 종(縱)으로 민족 보건을 위하여 성병을 박멸하자는 민족의 보건 운동으로 볼 수 있고만요 …… 공창 폐지 연맹이야말로 건국의 가장 초석적 사명을 가지고 있습니다 그렇지요?”

송희의 총명한 머리가 단연코 정 여사의 마음에 들었다.

“고맙소 백송희 씨!”

힘 있는 악수와 악수가 세 사람의 마음을 정열과 감격으로 한데 뭉쳐 버렸다.

집으로 돌아온 송희는 그날 밤 평안히 자리에 누울 수 있었고 또 달게 잤다. 그토록 그는 감정에 움직이고 꿈속에서 살 수 있는 가장 로맨틱한 성격의 소유자이다.

요사이 계속하여 학교를 결석하는 송희는 손가락으로 꼽아 보았다. 벌써 여드레째 고스란히 학교를 가지 않고 있는 것이다.

오늘은 학교로 나가야지 공부는 공부대로 하면서 병은 병대로 고치고 …… 그러면서 정민혜 여사와 함께 공창 폐지 사업에 적극적으로 돕고. 송희는 자리서 이런 계획을 하여볼 때 오랜 장마 날씨같이 어둡고 무겁던 마음에 한 줄기 광명이 스며든 듯 거뜬하고 상쾌함을 느끼었다.

그러나 마음 한 구석에 도사리고 있는 생각! 영원히 덮어둔 채 뚜껑도 열지 않고 싶은 생각은 틈만 있으면 독사의 대가리처럼 빨간 혀를 널름거리면서 송희의 마음속에 평화를 조각조각 찢어놓는다.

식어질 대로 식어진 영빈의 맘을 어떻게 돌릴 길은 없나? 그보다도 어머니께서는 아직까지 아무것도 모르신다. 정말 아무런 내용도 모르신다. 그저 송희 자신이 황영빈은 썩 훌륭한 청년이다 교재해도 좋은 장차 어머니의 사윗감으로 정해도 좋다고 역설하였고 그 말에 어머니가 동의는 하셨다. 그러나 영빈의 요사이 태도라든지 또 내 몸에 일어난 모든 불행을 어머니가 아신다면? 아신다면? 송희는 이런 생각을 아니 하려면 아니 하려 할수록 생각은 성숙한 잡초와 같이 송희의 마음 밭에다 여기저기 파멸과 흑암과 절망의 씨앗을 함부로 흐트러뜨리는 것이다.

어저께 정민혜 여사와 만났을 때에 느낀 감격 흥분 그리고 높고 깨끗한 동족애에 불타는 송희의 마음에는 또 다시 황영빈이라는 청년으로 말미암아 커다란 그늘이 덮이고 마는 것이다. 그는 학교에 갈 생각도 그만두고 해가 늦도록 누워 있었다.

'괴로운 현실을 잊어버리려면?'

하고 생각하는 송희의 머릿속에는 자살이라는 글자가 맹랑한 장난꾸러기 모양으로 송희의 눈앞에 냅다 달리고 있다.

"흐훙."

송희는 고개를 흔들었다.

'제까짓 것 때문에?'

자리에서 벌떡 일어난 송희는 바쁘게 세수를 하고 조반을 한술 떴다.

"어머니 아저씨가 말이야요 정말 공창 폐지 사업에 백만 원 주신댔어요?"
하고 방그레 웃으며 핸드백을 집어 들었다.

"그래 그렇단다. 참 정민혜 씨 주소 알지?"

"네 …… 저 지금 그리로 가는 길이야요. 아저씨께 들려서 현금을 받아다 정 선생님께 받치고 올 테야요."
하고 신발을 신고 뜰로 내려서는 딸을 향하여 어머니는 기어이 마음 한 구석에서 서물거리고 있는 의심을 쏟아놓았다.

"얘 영빈 씨는 왜 요새 안 보이니?"
하고 빙긋 웃어보였다. 그러나 어지간히 어색한 웃음이다.

"황영빈 씨요? 요새 시골서 아버지가 올라 오셨대요. 그래서 여기저기 모시고 다닌다고 아주 바쁘대요. 어제도 길에서 만났어요."
하고 송희는 도망치듯 대문 밖으로 나와 버렸다.

본정 삼정목 손성묵 씨 사무실로 들어설 때 벽에 걸린 시계가 열 시 사십 분을 가리키고 있었다. 아저씨는 손님들과 무슨 이야긴지 바쁘게 주산질을 하고 있다가 송희를 보더니

"아 너 오는구나."
하고 반색을 한다.

"아저씨 저 잠깐 좀!"
하고 안방으로 들어갔다.

"아주머니 안녕하세요?"

방금 외출을 하려는지 새 옷을 갈아입느라고 웃통을 벗어젖힌 채 속

치마를 걸치든 아주머니는

"아 웬일이야 대학생님이 다 오고. 자 이리로 내려앉아요."

하고 모본단 수방석을 당겨 놓는다.

"더운데 방석은 무슨 방석야요."

송희는 문을 빼꼼히 열고

"아저씨!"

하고 커다랗게 불렀다. 손성묵 씨는 빙그레 웃고 손님들에게

"잠깐 실례합니다."

하고 송희에게로 왔다. 송희는 잠자코 손바닥을 내밀었다.

"손은 웬 손이냐?"

하고 아저씨가 노란 얼굴에 여윈 웃음을 싣는다.

"백만 원 기부 주셔야 해요."

"응? 으으응."

당황하고 어색한 대답을 이렇게 한 손 씨는 눈을 찡긋하여 보인다. 옆에 있는 젊은 여인에게 비밀을 지키자는 뜻이다.

"좌우간 나가세요, 가보십시다."

하고 송희는 손성묵 씨의 팔을 끌듯이 서두른다.

"응! 나가? 어디로?"

"사무실로 가죠. 가서 직접 약속을 하셔야지요. 선(善)은 속히 해야만 된다는 격언 아시지요?"

"하하하 글쎄 가만있어. 손님도 계시고 하니."

"손님은 나중에 또 만나시지요."

그 사이 옷을 다 입은 여인은

"내 잠깐 송화집과 만나보고 올게요."

하고 남빛 파라솔을 들고 나가면서

"그럼 송희는 아저씨 모시고 잘 다녀와요."

하고 층층대로 내려가 버린다. 송희가 무슨 까닭으로 어디를 가자는 것인지 한 마디 물어봐도 괜찮을 상 싶은데 찬물에 씻은 듯 착 돌아서서 나가는 이 여인의 태도에 송희는 약간 반감을 가져도 보았으나

'네까짓 것 쯤이야.'

속으로 혀를 날름해 보이고

"우리 정 선생님이 기다리고 계세요. 속히 가세요."

하고 송희는 방문을 열고 먼저 나온다. 번들번들 윤이 흐르는 하이야 한 대가 공창 폐지 연맹 간판이 붙어 있는 어떤 상점 앞에 정거하기는 그로부터 삼십 분이 지난 열한 시 십 분이다.

밟히는 영혼

채옥은 또 다시 거리로 나왔다.

아무도 부르는 사람도 없고 지정하여 갈 곳도 없건만 그는 어디든지 가지 않으면 안 될 것이다.

작은 보따리를 한 손에 들고 후줄근히 풀이 죽은 흰 보이루[42] 치맛자락이 가끔 발길에 걷어차일 때마다 채옥은 혀를 차고 보따리를 저편 손으로 바꾸어 들었다.

길에만 나서면 습관적으로 앞뒤를 살피는 채옥은 지금도 뒤에서 누가 밟아 오는 것 같은 착각에 일순 몸을 떨면서 힐긋 뒤를 돌아보았다.

아무도 자기를 주목하는 사람은 없다. 다들 바쁘게 자기의 길을 가고 있다.

'또 어디로 갈까?'

채옥은 아무데고 걸어가야만 할 자신의 신세가 이렇게도 억울하고 불쌍한 것을 새삼스럽게 느껴보자

'쓸데없는 인간은 없어지는 것이 옳다.'

하는 소리가 귓가에서 소곤거린다.

---

42 ボイル. 날과 씨를 세게 꼰 연사(撚絲)로써 평직(平織)으로 성기게 짠 얇은 직물. 여름철 여성복·아동복감이나 셔츠·스카프·커튼 감으로 쓰임.

'가자 한강으로.'

채옥은 싸울 대로 싸우고 지칠 대로 지친 패군지졸(敗軍之卒)만이 맛보는 그러한 처참한 절망과 피로가 그의 맘과 몸을 온전히 사로잡고 말았다.

'한강으로.'

비록 죽음을 약조하는 곳이라도 일정한 목적지를 발견한 채옥은 비로소 머리가 거뜬하여졌다.

그는 한눈도 팔지 않고 걸어간다. 곧잘 걷는다. 시장함도 잊어버리고 어디까지 걸어 왔을고.

"부산행! 부산행! 급행열차!"

하는 마이크의 길고 우렁찬 소리가 귀를 스쳐간다. 역전에는 개미 행렬같이 사람들의 뭉텅이들이 장사진으로 서서 있다. 역 정면에 걸린 시계가 아홉 시 칠 분이다.

채옥은 허다한 자동차와 트럭과 지프와 그리고 하이야가 달려가는 역전 광장 앞을 지나면서 그는 되도록 주의에 주의를 더하여 교묘하게 위험을 피하면서 걸어가는 자신이 우스웠다.

조금 후에 죽을 몸이 트럭이나 하이야를 구태여 피하려는 자신의 본능에다 쓸쓸한 조롱의 웃음을 보내고 호르르 한숨을 뿜을 때다. 꼭 이때였다. 배꼽 아래에서

'꼬무락.'

붕어 새끼가 물을 먹는 듯도 하고 올챙이가 놀리는 듯도 한 그러한 움직임을 감각하였다.

순간 채옥은 가슴이 두근거렸다. 당황하고 놀랍고 신비스럽고 황홀한 모든 정서를 한데 뭉쳐 놓은 듯한 그러한 감격이 채옥의 더러워지고

상처난 온몸의 혈관 속에 용솟음치고 돌아간다.

'꼬무락 꿈틀.'

채옥은 반사적으로 한 손을 아랫배에 대었다.

눈물이 뜨거운 눈물이 핑그르르 채옥의 두 눈에서 노란 뺨 위로 줄기지어 흘러내린다.

옷고름으로 젖은 뺨을 씻고 또 씻어도 채옥의 눈에서 눈물은 그치지 않는다. 울면서 울면서 걸어가는 채옥은 무슨 생각에 놀란 듯이 걸음을 멈추고 주위를 둘러보았다. 지금 가는 길은 죽으러 가는 길이 아닌가?

눈앞에 높다란 층층대가 보이고 그 층층대 꼭대기에는 십자가를 얹은 반원의 철문이 보인다. 큰길에서 약간 들어간 돌층대는 깨끗이 소제되어 있고 옆에는 커다란 간판이 진한 먹으로 큼직큼직하게 박아 쓰여 있는 것이 보였으나 채옥으로서는 알 길이 없다.

채옥은 우선 돌층대에 걸터앉았다. 다리도 피곤하려니와 지금 가는 자기 길과 그러고 뱃속에 일어난 태동과를 연결하여 생각해볼 때 채옥은 고개를 흔들었다.

'죽다니 될 말인가. 뱃속의 생명을 위하여 단연코 단연코!'

채옥은 보따리 속에서 타월을 꺼내어 먼지와 눈물에 더러워진 얼굴을 문지르며

'살자 살아보자!'

하고 입속으로 중얼거렸다. 층계에서 사람의 발소리가 난다. 새카만 세루 교복에 금자를 붙인 대학생이 가슴에 종이를 한 아름 안고 내려오다가 채옥의 앞에 와서 우뚝 서더니 한 장을 쑥 뽑아 채옥의 무릎 위에 놓고 큰길로 나간다. 채옥은 종이를 들었으나 그는 국한문으로 된 어려운

문자가 섞인 이 삐라를 읽을 만한 학문을 가지지 못하였다. 손바닥보다 조금 더 넓은 그 종이에는 채옥의 운명에 가장 밀접한 문구가 가득 쓰여 있음에도 불구하고 채옥은 한 줄도 볼 힘도 없거니와 또 읽어 보려고도 아니한다. 그는 종이의 한 조각을 쭉 찢어서 팽하고 코를 풀었다.

'희망원으로 오라!'

'짓밟힌 조선의 딸들아.'

하는 문구가 콧물과 함께 땅바닥에서 빤히 채옥을 쳐다보고 누웠으나 채옥은 본체만체 층층대에서 일어섰다.

'어디로 갈고?'

채옥은 비로소 시장함을 느끼었다. 뱃속의 생명을 위하여서라도 먹어야 되겠다는 것을 느낀 채옥은 근처에 음식점이 있는가를 두리번두리번 살피었다.

"여, 오래간만이 아닌가?"

하는 소리와 함께 채옥의 어깨를 툭 치는 손이 있다.

채옥은 깜짝 놀라 돌아보았다. 기름한 말 얼굴같이 콧구멍을 벌름거리고 웃는 것은 미스터 김이다.

김황용은 채옥의 아래 뒤를 훑어보더니

"어디 가는 길이야?"

하고 넌지시 묻고

"점심이나 먹으면서 천천히 이야기를 들을까?"

하면서 앞으로 서서 걷는다. 채옥은 잠자코 김황용의 뒤를 따랐다. 역전 대중식당에 들어간 두 사람 앞에는 닭고기 한 접시와 계란 씌운 밥이 나왔다. 채옥은 입덧이 가시고 시장하던 김이라 게눈 감치듯 비웠다.

미스터 김은 뜨거운 커피를 훌훌 마시면서

"그렇지 않아도 채옥을 얼마나 찾았다고. 마침 잘 만났어 …… 이러고 다니지 말고 나하고 우리 집으로 가요. 가서 몸도 쉬고 살림도 봐주어요."

김황용은 채옥의 얼굴빛을 슬금슬금 살피면서

"아주 우리 집 식모로 오던지. 월급은 천 원 내지 어때?"

하고 채옥의 대답을 기다린다. 김황용이가 식모라는 말은 사창이란 말인데도 채옥은 잘 알아듣지 못한다.

"천 원요? 식구는 몇인데요?"

"단 셋이야. 나하고 화자하고 홍도하고."

채옥은 가무잡잡한 눈을 자주 깜빡이며 잠깐 무엇을 생각하다가

"그럼 가요."

하고 자리에서 일어섰다.

결단코 미덥지 못한 이 사나이지만 채옥은 우선 아무데고 가서 몸을 숨기고 싶은 맘에 김황용의 집으로 가기로 하였다.

황용이 손을 드는 대로 하이야가 두 사람 앞에 정거하고 그리고 눈 깜짝할 사이 채옥은 황금정 육정목 김황용의 사설 유곽으로 들어갔다.

일본식으로 되어진 건축은 그리 크지 않다. 시멘트로 발라진 벽 이층에 창이 둘 아래층에 창이 양편으로 하나씩 가운데 현관이 하얀 페인트를 쓰고 있으나 문전은 신문지 조각 휴지 나부랭이가 아무렇게나 구르고 있고 초콜릿 껍질을 쌌던 종이까지 흙발에 밟히어 더러워진 채 여기저기 흩어져 있다.

자동차에서 내려 현관으로 들어선 때 층층대 위로 빼꼼히 고개가 하

나 내다본다.

입술에 피같이 바른 연지가 얼룩이 졌고 몹시 볶아 얹은 머리는 빨간 새둥지를 엎어 논 듯 눈시울은 파랑 물감을 칠했는지 또는 극도로 오는 피로 때문인지 퍼렇게 쾡 하니 들어간 채로 이쪽을 내려다보는 한 개의 얼굴과 마주칠 때 채옥은 눈살을 찌푸렸다.

"오빠유?"

한마디 외쳐보고 대가리는 안으로 사라졌다.

"들어와 자 들어오라니까."

김황용이가 어깨를 미는 대로 채옥은 고무신을 벗고 다다미로 된 현관에 올라섰다.

황용이 안내하는 대로 들어간 곳은 아래층 팔조 방이다. 책상 한 개가 가운데 놓여 있을 뿐 방니가라고는 없고 커다란 글자가 쓰여 있는 액면[43]이 한 개 벽에 가로 걸려 있다. 채옥은 책상 위에다 한 팔을 올려놓으며

"그날 밤 나를 속인 놈에게 봉변당한 것 모르지요? 미스터 김."

넌지시 한마디 하고 황용의 두 눈을 빤히 지킨다.

"봉변? 무슨 봉변이야. 나 또 금시초문이야."

황용은 오시이레[44] 문을 열고 과자 상자를 꺼내면서

"이것이나 먹어. 사람이 살아가자면 다 이런 수도 있고 저런 수도 있는 거야."

캔디를 주르르 채옥의 앞으로 책상 위에 노다지로 쏟아 놓는다.

43 액자.
44 おしいれ. 벽장.

"미스터 김 담배 하나 주시우."

채옥은 황용이 내미는 낙타표 서양 담배를 하나 꺼내 가지고 불을 붙였다.

파란 연기가 한 모금 한 모금 둥근 무늬를 그리며 퍼져나가는 것을 멀거니 지키던 채옥은 가만히 아랫배에 한 손을 대어본다.

'꼬무락 꿈틀.'

태동이 지나간 때문이다. 채옥은 꿈에서 깬 듯이

"그럼 소제나 할까?"

하고 캔디를 한 개 집어 입속에 넣고 일어섰다.

"소제? 좋지! 그런데 말야 이층으로 가서 아이들 만나보고 응."

하고 황용은 앞을 서서 층층대로 올라간다. 채옥도 뒤를 따라 갔다. 아래층보다 훨씬 어여쁜 방이다.

유리가 달린 단스[45] 옆에는 붉은 칠을 한 옷걸이가 있고 그 옆에 키만큼 높은 경대가 엷은 레이스로 가리어 있다.

"애는 홍도야. 화자 동무야."

김황용이가 싱글벙글 웃으며 소개를 하는 사이 두꺼운 요 바닥에 비스듬히 누운 채 담배를 빽빽 빨던 여인이 피같이 붉게 매니큐어 한 손가락 사이에서 아직 절반도 못 탄 담배를 재떨이에다 아무렇게나 던져버리고 반만치 몸을 일으킨다. 조금 전에 층층대 위에서 내려다보던 그 대강이가 이 여인인 것을 짐작하고 채옥은 속으로 고개를 끄덕이었다.

"화자는 아직 자나?"

---

45 たんす. 옛날엔 대광주리로 만든 상자에 의복 등을 넣어 두었기에 대광주리 '단'과 상자 '사'를 써서 단사(簞笥)로 일컬음. 일어로 단스.

하고 옆에 덧문을 여는 황용의 말이 끝나기 전에

"오빠."

날카롭게 부르짖는 소리와 함께 새파랗게 질린 여인의 얼굴이 나타난다.

"오빠 해리가 말요 이번 목요일에 제대가 되어 본국으로 간대요."

얼굴이 기름하고 눈꼬리가 약간 위로 치켜진 듯한 화자의 얼굴에는 살기가 돈다.

"임신이라고 해도 어쩔 수 없다고 그러지 않아요? 어떻게 해 오빠?"

"……."

황용은 한참 동안 잠자코 섰다가

"걱정 말아, 될 대로 되겠지. 근데 말이야 이 사람은 말이야 오늘부터 우리 식구야. 그러니 말이야 잘 사귀란 말이야" 하고

"그럼 내려가 보지."

하고 채옥을 돌아다보았으나 채옥의 눈은 못이나 박아 놓은 듯한 곳에서 움직이지 않는다. 번들번들 윤이 나는 오동 단스 옆에 서양식 둥근 경대가 있고 그 경대 위에 엎드려 있는 것은 검은 핸드백 이것을 쏘아보는 채옥의 눈에서 파란 불이 흘러내린다.

채옥이 얼굴에서 몸에서 모이를 움키려는 암범과 같이 잔인하고 맹렬한 분노가 몇 초 동안 흘러갔다.

'저 핸드백은 내 것이야!'

하고 외치고 싶은 충동이 아니 본능이 막 입술을 헤치고 나오려는 찰나 바로 그 순간이었다.

'꿈틀 꿈틀.'

아 태동이 채옥이 하복부를 간질인다.

채옥은 커다랗게 침을 한 번 삼키고 그리고 눈을 서먹거리며 천천히 층층대를 내려왔다.

부엌에는 오십이 넘은 할머니가 아침상을 보고 있어 채옥은 빗자루를 찾아 소제를 시작하였다.

장국밥 집에서 거의 두 달이나 훈련된 노동은 채옥의 하는 일이 결단코 사람의 눈에 어색하지 않았다.

그는 부지런히 쓸고 닦고 그리고 먼지를 털어냈다.

이층으로 올라갔다. 몇 달 전까지도 자기가 지내온 생활을 되풀이하여 보는 듯한 홍도와 화자의 방으로 들어서면서

"방 좀 칠까요?"

하고 방긋 웃어 보였다. 홍도는

"관두어요. 소제하는 할멈이 와서 치울 텐데 담배 하나 피슈."

하고 붉은 동그라미 붙은 서양 담배 곽을 채옥의 앞으로 내민다.

"담배는 이따 피우죠."

하는 채옥은 이왕 올라왔던 김이라 들고 있던 걸레로 경대 서랍과 책상을 훔친다.

"이 방 좀 치워주."

하고 화자가 소리를 친다.

"네! 곧 갑니다."

하고 채옥은 화자의 방으로 들어갔다. 노란 파자마의 위 단추가 한 개 헤쳐진 사이로 화자의 풍만한 유방이 절반 넘어 드러나 있다. 진한 다갈색으로 변색되어 있는 젖꼭지를 흘깃 바라본 채옥은

'정말 임신이구나.'

하고 속으로 고개를 끄덕거렸다.

화자는 담배를 들고 문턱으로 가서 걸터앉으면서

"이부자리도 좀 개켜 저 장속으로 넣고 그리고 저기 고리 속에 있는 옷들을 거풍[46]시켜 줘요. 비가 온 뒤라 습기가 있어서 ……."

하고 한 다리를 다른 다리 위에 포개면서 고개를 뒤로 젖히고 새둥우리 같이 흐트러진 머리를 한 손으로 쓸어 넘긴다.

눈시울이 푸르고 콧날이 서고 얼굴의 윤곽이 기름하게 생긴 화자는 확실히 현대식 미인에 가깝다.

눈꼬리가 약간 치켜 올라간 것이라든지 입이 몹시 적은 것을 보면 중국식 미인이라고 할까? 이러한 화자가 불쾌해서 양미간을 찌푸린 채 파란 연기를 호 하고 뿜어내는 모양은 일종의 퇴폐적이요 파괴적이요 그리고서도 낭만적인 매력을 발산하고 있다.

이른바 악의 꽃이라 할까? 그늘의 꽃이라 할까. 채옥은 화자가 시키는 대로 두터운 이불들을 개키고 방을 쓸고 장과 경대와 장롱을 닦고 그리고 양복 의거리[47]를 열었다.

외투가 서너 개 있고 다른 의복이 몇 벌 아무렇게나 구겨져 있다. 채옥은 옷들을 차례로 차례로 끄집어냈다. 마지막 옷을 집어내노라니 맨 밑에 아무렇게나 처박힌 여우 목도리가 한 개 나온다.

채옥의 손은 흠칫 멈췄다. 두해 겨울 동안을 가졌던 자기의 체취에

46 擧風. 쌓아 두었거나 바람이 안 통하는 곳에 두었던 물건을 바람에 쐼.

47 전면 상단에 달린 두 짝 문을 열면 두루마기나 긴 옷을 걸 수 있는 높은 횃대가 있고, 하단에는 의복 혹은 관(冠)을 보관할 수 있도록 따로 문을 마련한 이층장.

손때가 묻은 이 여우 목도리! 주둥이 곁에 여닫는 단추가 헐거워 빨간 실로 동여매 둔 것까지! 억울하게 잃어버렸던 자기의 물건이 뜻 아닌 장소에서 이렇게 나타나다니!

그날 밤 그 흑인 강도 두 놈에게 당하던 광경을 오직 이 목도리만이 알고 있으리라.

채옥은 목도리를 양 뺨에 대어 보았다. 그리고 오래간만에 참으로 오래간만에 만난 동무를 대할 때처럼 그는 정다움과 놀람과 그리고 애틋함을 느끼었다.

"그 목도리 어때요? 털이 가늘고 가볍다고 홍도는 제 긴기츠네[48]와 바꾸자고 한동안 졸라댔다우 호호."

화자는 자랑스럽게 턱을 까딱 치켜들고

"오늘 밤에 우리 집에 손님이 아마 댓 올 모양인데 이 목도리 내게 선물한 사람도 올거야요."

하고 빙그레 웃고 혼잣말같이

"얼굴빛은 검어도 인정은 여간들 아냐요."

하고 경대 위에 손을 뻗치어 검은빛 핸드백을 집더니

"이것도 그이에게서 선물 받은 거라우."

화자는 잔잔하게 주름 잡힌 핸드백에다 한쪽 뺨을 대어보고 걸터앉았던 창턱에서 발딱 일어선다.

하품을 하고 기지개를 켜고 그리고 담배에다 새로 불을 붙인다.

채옥은 어금니를 딱 문 채 한마디의 말도 없이 목도리와 옷들을 주섬

---

48 ぎんぎつね. 검은 털에 흰 털이 박힌 여우 혹은 그 모피.

주섬 주워 한 아름 안고 아래로 내려왔다. 아늑한 뒤뜰에 빨랫줄이 두어 개 있다. 빛깔 있는 옷들은 소매들을 뒤집어 차례로 널어놓고 목도리도 한 옆에 걸쳤다. 방으로 들어오니 김황용이가 빙그레 웃으며

"자 이제 좀 쉬어."

하고 담배를 내민다. 잠자코 담배에다 불을 붙이면서도 채옥이 능글능글하고 멀쩡한 미스터 김의 배짱이 너무도 징그러워 그는 외면을 한 채 담배만 풀썩풀썩 피우다가

"참 별일도 많죠? 미스터 김."

하고 김황용의 얼굴을 정면으로 쏘아본다.

"무엇이?"

황용은 떡 벌어진 가슴 위로 벌건 모가지를 한 손으로 긁적긁적 하면서 땅 바닥도 굽어보고 바람벽도 건너다본다.

"저 그날 밤에 말요 내가 흑인 놈들 차에 붙들려 갔을 때 말요 그때 미스터 김이 날 도망시켜 준다기에 난 또 멋도 모르고 캄캄한 차속으로 들어갔죠. 그래 어떻게 된 줄 아세요?"

"……."

채옥은 빽빽 빨던 담배를 재떨이에다 훌쩍 던져버리고

"아 글쎄 여우를 피해 호랑이를 만났지 뭐요. 아 그놈들이 멀쩡한 도둑놈이었어. 내 몸을 족쳤으면 그만일 걸 글쎄 왜 내 목도리와 핸드백을 뺏어 가느냐 말야요. 귓구멍이 막혀서!"

채옥은 말똥말똥 미스터 김의 얼굴을 들여다본다.

"그랬던가, 그 괘씸한 녀석들이로군."

김황용은 어색하게 웃고 벌떡 일어서면서

"난 또 나가볼 일이 있으니 저녁 될 동안 이 방에서 한잠 자지 응? 자!"

채옥의 한편 어깨를 눌러보고 그리고 밖으로 나간다.

채옥은 나가는 미스터 김의 뒤통수를 향하여 빨간 혀를 날름하였다. 널따란 장지문을 통해서 뽀얗게 햇살이 스며드는 이 방은 채옥에게 오래간만에 네 활개 펴고 드러누워 볼 마음의 여유를 준다. 채옥은 오시이레에서 베개를 꺼내서 한옆으로 누워버렸다.

피로와 초조와 억울한 학대 속에서 잠시 동안 노임을 받은 채옥은 베개를 귀에 대자마자 혼곤히 잠이 들었다.

'꿈틀 쭈르르.'

태동을 느끼면서 잠이 드는 채옥의 얼굴에는 일만 근심을 말살하고도 오히려 여유가 있는 미소가 파리한 양편 뺨에 담뿍 스며든다.

제법 한잠을 실컷 잤건만 해는 아직도 한낮인양 방안은 뽀얀 햇빛이 퇴색한 다다미 위에 한가롭고 평화하다. 파리가 윙 하고 날아드는 소리까지 역력히 들리는 정적 속에서 채옥은 누운 채 천장을 노려본다.

"뻥."

자동차의 경적이 들린다고 생각할 때 드르릉 현관문이 열리며 저벅저벅 구두소리가 나고

"헬로 마이 달링!"

하는 서양 사람의 목소리가 난다. 채옥은 벌떡 자리에서 일어났다. 문을 빼꼼히 열어 본 채옥은 부리나케 문을 도루 닫았다.

먹과 같이 검은 흑인이 이쪽을 향하여 빙긋 웃는 것과 마주친 때문이다.

소스라치게 놀라는 채옥을 돌아보고 흑인은 그 담배통 같은 콧구멍을 벌름거리며 싱글벙글 웃더니 구두를 끄르고 층층대로 올라간다.

올라가며 휘파람을 두어 번 날리니

"캄인 마이 디어."

하는 여자의 목소리가 이층에서 난다. 채옥은 혀를 차고

"빌어먹을 년!"

하고 문을 열고 침을 탁 뱉었다.

"엑 더러운 년!"

채옥이 다시 한 번 중얼거릴 때다. 문이 벙싯 열리면서 코끼리같이 큰 흑인 하나가 싱그레 웃고 서 있다.

오싹하고 소름이 등골을 스쳐가면서 어금니에서 딱 하고 소리가 난다. 그날 밤의 일 그 무섭고 진저리나고 원통하던 그 흑인 놈에게 짓밟히는 밤의 기억이 구렁이같이 방금 채옥의 머릿속을 기어가고 있는 때문이다.

그놈의 얼굴이 어떻게 생겼던지 목소리가 어떤지 물론 알 길이 없다. 단지 몸이 몹시 크고 무섭게 팔 힘이 센 사나이였다.

그 캄캄한 어둠 속에서 흑인의 허연 이빨만이 해골의 아가리같이 자기를 노리던 기억을 어떻게 잊어버릴 수는 없을까. 채옥은 뒤뜰로 향한 문을 열어젖혔다.

그리고 호 하고 서릿발 같은 한숨을 내뿜었다.

'이놈의 집에다 불이나 싸버려?'

야릇한 충동을 지그시 어금니로 누르면서 팔짱을 끼었다. 빨랫줄 위에는 햇빛을 포근히 안고 보드라운 털이 함빡 부풀어 오른 여우 목도리가 채옥의 시선을 끈다.

'나중에 왔던 놈일 게야. 황소같이 큰 몸집을 보면.'

채옥은 입속으로 중얼거릴 때 현관으로 미스터 김이 술병과 과자 상자를 안고 들어온다. 흑인 두 사람이 미스터 김의 어깨 너머로 방안을 들여다보려고 서로들 밀고 떠받고…….

우리를 뛰쳐나온 돼지 같기도 하고 모이를 찾아 산중에서 나온 곰 같기도 한 검둥이의 얼굴은 암만 보아도 귀신이다.

"채옥이! 이봐 잠깐만 올라와요."

층층대에 한 발을 올려놓는 미스터 김의 목소리를 듣는 순간 채옥은 힘껏 소리를 질러 발악을 하고 싶었으나 갑자기 적당한 말도 생각나지 않고 단지 가슴만 후르르 떨렸다.

채옥은 뒤뜰로 뛰어내려오자 여우 목도리를 움켜쥐었다. 현관으로 와서 신발을 신을 때다.

"어딜 가우?"

하는 화자의 음성이 들리고

"안 돼. 붙들어!"

하는 미스터 김의 목소리가 거칠게 들리면서 층대 위에서 사람의 발소리가 난다.

채옥은 현관문을 열어젖히고 밖으로 뛰어나왔다.

"이봐 채옥이 잠깐만 내말 들어봐."

하고 쫓아오는 김황용의 말소리를 등 뒤에 들으면서 채옥은

"난 가겠어요. 당신네 집에는 있기 싫어요."

하고 걸음을 빨리하여 걷는다.

"이봐 채옥이 그러지 말고 내 말을 들어보아. 채옥이도 늘 이러고만 있지 말고 말야."

어느덧 두 사람은 큰길로 나왔다. 오고가는 사람들의 시선을 감각하면서 채옥은 여전히 걸음을 빨리하여 걸어간다.

"공연히 말야 하늘에서 내려온 복을 걷어차면 벌을 받는 거야!"

미스터 김의 걸음은 채옥보다 빠르다. 채옥과 나란히 어깨 곁으로 바싹 다가들어 서면서

"그 사람들이 말야 살빛만 검다 뿐이지 어째서 그러느냐 말이야."

채옥은 독사의 눈같이 발개진 눈으로 미스터 김을 노려보았다.

"좋거든 실컷 당신 누이동생이나 팔아먹어요."

하고 고개를 획 돌이켜 버렸다.

"뭣이 어째?"

미스터 김의 기름한 얼굴은 성난 말상이 되어 금시로 씨근거린다.

"아주 저를 그대로 두니까 뀐 듯싶구나. 네까짓 주제에 검으면 어떻고 희면 어쩔 테야."

미스터 김의 길쭉한 손가락 한 개가 채옥의 턱 주걱을 치받는다.

"왜 이래요."

채옥은 김황용의 손을 딱 때려주고

"죽여 봐요 흥."

하고 여전히 살기 돋은 눈으로 미스터 김을 흘겨본다.

"정 이럴 테냐?"

"어쩔 테요?"

"가자 경찰서로. 네년은 당장에 징역이다."

잠자코 씨근씨근 가쁜 숨만 쉬고 가는 채옥은 분명코 한풀 죽어진 모양이다.

"이봐 경찰서로 가서 죽을 매를 맞고 감옥으로 넘어가서 징역살이를 하는 것보다는 흑인하고 ……."

여기까지 말할 때다. 채옥은 있는 힘을 다하여 달리기 시작하였다.

여우 목도리를 한 손에 쥔 채 그는 미친 사람같이 달음박질을 한다. 신 한 짝이 벗어졌건만 채옥은 그런 것은 돌아볼 여유가 없다.

그러나 채옥은 겨우 삼십 미터나 왔을까 흘러내리는 치마 끝을 밟고 고꾸라지는 것과 꼭 같은 시간에

"이년이 이 도둑년이 여우 목도리 내놔라."

김황용은 고꾸라진 채옥에게서 목도리를 뺏으려 한다. 채옥은 반만치 땅에 엎드러진 채 죽어라고 목도리를 놓지 않는다.

"이년아 이년 도둑년아."

길 가던 사람들이 하나씩 둘씩 모여든다.

"멀쩡한 도둑년아 목도리 내 놔라."

김은 억지로 목도리를 잡아 당겼다. 채옥의 손에는 흰 줄이 가늘게 섞인 여우의 꼬리만이 몽창 남았다.

보숭보숭한 여우 꼬리를 물끄러미 들여다보는 채옥의 얼굴이 우스웠는지 구경꾼 속에서

"오하하하."

하는 웃음소리가 터져 나왔다.

"이게 뭐야. 목도리 버렸네 츳."

미스터 김은 웃음소리를 듣자 분통이 왈칵 치받친 모양으로

"이년아 …… 목도리 물어내라."

하고 꽁지 없는 여우를 채옥의 턱밑으로 들이민다.

채옥은 말똥말똥 땅바닥만 굽어본다.

"거 아까운 목도리 버렸네."

구경꾼 중에서 이런 소리도 났다.

"지금 새로 사자면 오천 원은 할게다."

이런 소리도 났다.

"이년아 이 도둑년아. 아 목도리를 물어내라 가자."

미스터 김은 채옥의 덜미를 잡아 일으켰다. 채옥도 소리를 질렀다.

"가자 내가 도둑년인지 네가 도둑놈인지. 가자 한 번 죽지 두 번 죽나?"

채옥은 바드득 이를 갈면서 몸을 일으켰다.

치마폭이 허리에서 반자나 흘러 내려오고 한쪽 발에는 신발도 없이 몽창 끊어진 여우 꼬리를 쥐고 주춤 일어서는 채옥의 몰골은 광녀와 조금도 다름이 없다.

"가자 이 도둑놈아. 네가 이 목도리에 탐이 나서 어떤 짓을 했니? 흐흥."

"뭣이 어째 이년이."

미스터 김의 억센 주먹이 채옥의 볼퉁이를 마구 쥐어박는다. 앞으로 고꾸라질 듯하는 채옥은 상반신을 겨우 가누어 일으키면서

"도둑놈이랬다. 어쩔 테냐?"

하고 미스터 김의 얼굴에다 침을 탁 뱉었다.

"이년이 이년이."

미스터 김의 주먹은 채옥의 대가리며 이마, 콧잔등, 귀퉁이 아무데고 마구 내리지른다. 채옥의 코에서 주르르 피가 흘러내린다.

"도둑놈이 사람을 이렇게 쳐도 세상에는 법도 없나?"

채옥은 구경꾼을 돌아본다.

"아 법도 없나요? 도적놈이."

하고 채 말끝을 마치기 전에 미스터 김의 주먹이 채옥의 입을 향하여 번개같이 날아든다. 그러나 그와 동시에 또 한 개의 손이 미스터 김의 손보다 좀 더 빨리 나왔다. 그리고 미스터 김의 손목을 꽉 쥐어버렸다.

가느다랗고 노르스름한 적은 손이다. 미스터 김은 흠칫하여 옆을 돌아다보았다. 그리고 자기의 주먹을 쥐고 있는 손의 주인을 보았다. 여자다. 젊은 여자다.

"당신이? 그래 어쨌단 말이요."

미스터 김은 주먹을 후리쳐 빼면서 소리를 질러보았다. 그러나 그는 자기의 호령소리가 상대편에 아무런 위협도 주지 못한 채 허공을 돌아 힘없이 자기에게로 다시 오는 것을 똑똑히 느낀다.

웃는 것도 아니요 성낸 것도 아니요 슬픈 듯하면서 약간 미소에 가까운 고요하고 침착한 두 개의 눈이 미스터 김의 동공에 못을 박는 듯이 움직이지 않고 머물러 있는 것을 느낄 때 미스터 김의 날뛰는 헛된 기운은 마치 소금을 받은 푸성귀처럼 힘을 잃고 말았다. 젊은 여자는 소매 속에서 손수건을 꺼내더니 채옥의 코에서 흐르는 피를 씻어준다.

"아니 이 계집이 누군지 아시오. 일월루 창기야요. 창기로써 도망질을 쳐 나온 년이야요. 당장 경찰에 잡혀갈 년이야요. 그보다도 포주에게 들키기만 하면 당장 가루가 되고 말 년이야요, 흐흥."

어떠냐 하는 듯이 미스터 김은 옆에 사람들을 휙 돌아본다. 여자는 채옥을 들여다보고

"겁낼 것 없어요. 인신매매는 법적으로 취소되었습니다. 지난 오월에 ……."

"네? ……."

채옥은 못 알아들었다. 그러나 그는 자기에게 말하는 이 여인이 무척 고마운 사람인 것만은 뼛속 깊이 느껴져서

"선생님 경찰서엔 안 가도 되나요?"

하고 애원할 용기를 내어본다.

"유곽이나 술집이나 사람을 사고파는 법은 소용없이 됐어요. 빚이 암만 있더라도 그것은 포주가 담당할 일이고 팔려 있는 사람은 자유로 나오게 되었어요."

"네!"

채옥은 터무니가 없어진 사람 모양으로 멍하고 한참 서 있다가

"인내요, 내 목도리. 흑인 놈이 빼앗아다 화자에게 갖다 준 목도리 내놔요."

하고 그제야 말 같은 말을 한마디 쏘아보았다.

그 미스터 김은 힝 하고 웃더니

"갖다 아궁이에 불쏘시개 할래."

하고 성큼성큼 반달음질로 가버렸다. 구경꾼들도 흩어졌다.

채옥과 나란히 서서 옆으로 뚫린 적은 골목으로 들어가는 젊은 여자는 공창 폐지 연맹 위원장 정민혜 여사다.

사무실로 들어가자 조금 전에 손성묵 씨가 걸터앉았던 교의에다 채옥을 앉게 하고 정 여사도 마주 앉았다.

방금 시커멓게 부어오르는 눈 잔등이며 한편으로 비뚤어진 입이며 피가 얼룩이 져서 말라 있는 코언저리며 …… 정민혜 여사는 정신으로 또 육체적으로 모든 학대 받는 조선의 여인의 운명을 이 여인의 얼굴에

서 남김없이 보는 듯하여 그는 호 하고 길게 한숨을 뿜었다.

채옥의 이야기를 다 들은 정 여사는

“수고했소. 잘도 싸웠소. 앞으로도 그렇게만 싸웁시다.”

이날 밤 채옥은 정민혜 여사의 침실에서 난생 처음 네 활개를 뻗고 깊은 잠이 들 수 있었다.

그리 넓지 않은 방 반간쯤 되는 정민혜 여사의 방에는 책상이 한 개 책장이 한 개 윗목에는 고리짝이 한 개 벽에는 정 여사의 모시적삼이 한 개 다려진 채 걸려있는 아래로 어느 서양 항구의 풍경을 그린 그림 한 장이 압정에 꽂혀 있다.

채옥은 민혜 여사를 도와 아침을 지어 먹고 방과 마루를 말짱히 치웠다.

민혜 여사는 사무실로 나가고 채옥은 바늘을 찾아 찢어진 치마폭을 꿰맨다.

안방 마나님은 다리미에 불을 하나 가득 담더니

“여보 젊은이 미안하지만 이것 좀 붙들어주.”

두부모처럼 살이 허옇게 찐 뚱뚱보 마나님은 대청으로 빨래 보퉁이를 가지고 나온다.

“네! 붙들어 드리죠.”

채옥은 도사리고 앉아서 빨래를 붙들었다. 팔월의 한창 더위인지라 뜨거운 다리미가 턱밑으로 쑥 들어올 때마다 채옥은 비실하고 고개를 돌리지 않을 수 없다. 적삼 깃 섭을 다릴 때마다 마나님이 너무 힘을 써서 다리미를 누른 탓인지 빨래는 채옥의 손끝에서 빠져나갔다.

순간 다리미 위에서 빨간 숯덩이가 굴러 떨어지고 빨래에는 재가 한 벌 쏟아졌다.

"춧춧 젊은이! 좀 꼭 붙들어요."

"네!"

채옥은 얼굴에서도 땀이 흐르고 등어리에도 땀이 솟는다.

아직도 진주사 겹저고리를 그냥 입고 있는 채옥의 등어리에는 화끈화끈 더운 것이 솟는 듯하다.

그 옛날 삼 년 전 …… 아니 오 년 전 고향에서 어머니와 같이 빨래 다리던 일이 눈앞을 스쳐간다.

졸졸졸 흐르는 도랑물 늘어진 가지를 한들거리며 미풍을 실어오는 버드나무. 봄에는 피리를 만들어내고 여름에는 그네 뛰던 그 정든 버드나무. 지금도 내 고향에 그냥 있는가. 채옥의 눈에는 돌아가신 어머님의 얼굴 달아나 버린 남편의 모습들이 차례로 나타난다.

'꿈틀 …… 쿡!'

하는 태동이 옆구리를 차는 것을 느끼자 채옥은 꿈에서 깬 듯 몸을 고쳐 앉았다. 그리고 그의 눈에는 젊고 아름다운 한 사나이의 얼굴이 나타난다.

'황영빈 씨! 아아!'

아기의 아비 되는 황영빈을 생각하는 것이다.

채옥은 뚱뚱보 마나님이 당기는 빨래를 놓치지 않으려고 애를 쓰면 쓸수록 손가락은 시여오고 앉은 자리가 자갈 방석인 듯이 엉덩이가 배기고 더욱이 왼편 다리가 저려오는 데는 괴롬을 지나서

"춧."

하고 짜증이 나기도 한다.

"그만 두겠어요."

하고 발딱 일어나도 좋을 상 싶지만 정민혜 여사의 체면을 보아도 차마

그럴 수는 없다.

'정말 나도 사람다운 사람이 될 수 있을까?'

어제 저녁부터 듣던 이야기 정민혜 여사의 말대로 한다면 자기는 거룩한 하나님의 딸도 될 수 있고 이 나라를 지도할 훌륭한 어머니도 될 수 있다 하는 것이 아닌가?

'정말 그렇게 될 수 있을까?'

채옥은 고개를 떨어뜨렸다.

'나같이 천하고 추하고 그리고 병든 몸이 어찌?'

이런 생각이 난 때문이다. 그러나 다음 말귀를 귓속으로 외어보았다.

'마음 한 가지로 천사도 될 수 있고 악마도 될 수 있다 하지 않느냐.'

채옥은 고개를 끄덕이었다.

'악마는 미스터 김 그날 밤 흑인, 천사는 분명코 정 선생님 같은 분일 거야.'

채옥은 천지간에 오직 하나 되는 천사를 발견한 것이다.

유곽을 탈출하여 사 개월. 절기에서 절기가 바뀌는 동안 과연 그는 사람다운 대우를 받은 일은 단 한번이라도 있었던가? 있었다면

'오현석이라는 청년의 …….'

호의일 것이다. 그러나 그는 그 사람의 이름도 본색도 모른다. 백주대로 상에서 미스터 김에게 모진 매를 맞는데도 사람들은 돌아서서 구경만 하지 않았느냐?

그러나 오직 정 여사 한 사람이 채옥의 절박한 경우에 구원의 손을 내민 것이다.

창기라도 심장에서 피가 돌아가는 동안 그는 사람의 감정을 가졌다.

'고맙다 감사하다.'

이 한 가지 생각은 채옥의 상할 대로 상하고 지칠 대로 지친 심령에다 단비와 같이 생명과 윤택을 불러내는 것이다.

오정 고동도 불고 그럭저럭 두어 시간이나 빨래를 잡은 셈이다.

뚱뚱보 마나님은 고맙단 말 한마디 없이 빨래를 안고 안방으로 들어간다.

'저게 다 여편네야 빨래 한 가지 변변히 못 붙들고…….'

하는 소리가 뚱뚱보 마나님 입에서 방금 쏟아질 것 같아서 채옥은 흠칫하고 뜰로 내려왔다.

봉선화가 두 그루 분꽃이 한 그루 그리고 백일홍이 서너 폭 서 있는 적은 화단에는 꿀벌의 소리가 가늘게 들린다.

'하나님? 하나님이 보신댔지? 나를 미스터 김을 그리고 애기 아버지 황가…….'

채옥은 흰 구름이 목화송이같이 퍼져 있는 하늘을 쳐다본다.

둥실 뜬 흰 구름 사이로 가없이 깊고 푸른 하늘 저쪽 훨씬 깊은 저속에서 하나님의 눈이 있어 이 아래 세상을 내려다보실 지도 몰라 채옥은 짝짝이 신발을 신은 채(한 짝은 정 여사의 신던 헌 고무신) 막연히 하늘을 바라보고 섰다. 구름은 천천히 남으로 남으로 퍼져간다. 구름의 뭉치가 어머니의 얼굴 같기도 하고 또 다른 한 뭉치는 아버지의 얼굴과도 비슷하다.

'어머니 아버지!'

채옥은 숨을 모아 쉬고 침을 삼키면서

'하나님 하나님이 계시다면 뱃속의 것을 돌아보아주소서.'

채옥은 자기도 모르는 사이에 두 손을 합장하였다.

'꿈틀꿈틀.'

태동이 또 다시 활발하게 지나간다. 여섯 달째 접어든 채옥의 허리가 제법 둥실하게 굵어졌고 눈시울과 콧잔등에 어렴풋이 기미가 앉아 있는 데다가 어제 미스터 김에게 맞은 상처가 얼굴에 군데군데 푸르고 붉게 부풀어 있다.

입술 한쪽이 부어 입이 삐뚜름하게 되어 있는 채옥의 얼굴은 누가 보아도 불과 몇 달 전 일월루 유곽에서 허다한 유야랑[49]을 뇌살[50]시키던 오채옥이라고 믿어줄 수는 없을 것이다.

유곽을 나오기만 하면 귀찮은 포주 내외의 간섭도 없고 취한 사나이들의 주정풀이도 안 받을 것이고 유곽만 뛰쳐나오기만 하면 의젓한 어머니가 되어 뱃속의 생명을 오붓이 길러낼 수가 있으리라 믿었던 것은 채옥의 커다란 오산이 아니었던가? 채롱 속의 새가 대공에 날아 나오기만 하면 모이도 물도 향기로운 풀도 맘대로 얻을 수 있을 상 싶었지만 대롱 밖에는 적은 새의 생명을 노리는 독수리, 솔개미[51] 그리고 그들과 같이 있는 것을 모르는 것과 마찬가지라 할까.

아무런 보호의 약속도 없이 정처 없이 뛰쳐나온 채옥은 흑인에게 짓밟히고 장국밥 집에서 쫓겨나고 미스터 김에게 매를 맞고 …….

채옥은 후회하여야 옳지 않은가. 그 부드럽고 향기로운 비단 이부자리, 부르면 척척 대령하는 값진 요리 지금도 채옥의 눈앞에 나타나는 붉은 술잔, 억센 팔뚝 채옥은 고개를 흔들었다.

---

49 遊冶郎. 주색잡기에 빠진 사람.

50 뇌쇄. 애가 타도록 몹시 괴로워하거나 그렇게 괴롭힘. 특히 여자의 아름다움이 남자를 매혹하여 애가 타게 함을 이름.

51 솔개.

'다 소용없다. 내게는 생명이 자라나고 있다.'

채옥의 입가에는 자랑스러운 미소가 잠깐 사이 지나간다.

'하나님이 계신다면 이것을 돌아보아 주소서!'

채옥은 꿈틀거리는 배를 가만히 쓸어본다.

"뭘 그렇게 보고 있어?"

뒤에서 정 여사의 소리가 난다. 돌아보니 정 여사의 뒤에는 젊은 여자가 둘 빙긋이 웃고 섰다.

새벽은 오건만

"이제 돌아오세요?"

채옥은 대청으로 뛰어 올라 부채를 갖다 정 여사의 등어리를 부치며

"오늘은 유달리 덥습니다그려."

채옥은 처음 보는 젊은 여자 손님에게도

"올라들 오시지요."

하고 웃으며 대청에다 왕골 방석을 둘러놓는다. 정 여사는 젊은이들을 돌아보고

"왜들 그러고 있어 올라들 와요."

하고 신문지에 싼 꾸러미를 채옥에게 준다.

"고무신이네."

채옥은 어린아이 모양으로 신을 한 번 안아보고 그리고 마루 끝에 나란히 놓는다.

"신어요 …… 흰 신을 사렸더니 돈이 모자라서 …… 그런 대로 우선 신어요."

"온 천만에 말씀을. 검정 고무신이면 어때서요. 아이고 꼭 맞아 호 …… 어떻게 제 발은 그렇게 꼭 알아냈어요?"

"내 신발이 꼭 맞는 것을 보면 알 일이지 뭐."

정 여사는 채옥의 만족해하는 것이 무척 다행하였다.

영매는 손수건에 싸가지고 온 옥도정기[52]를 꺼내가지고

"약 좀 바르실까요?"

하고 채옥을 쳐다보고는 웃는다. 채옥은 영매의 희고 둥그스름한 얼굴을 바라보고

'참 잘도 생겼다.'

마음으로 감탄을 하고

"고맙습니다. 뭐 괜찮습니다만."

하고 영매의 곁에 쭈그리고 앉는다. 영매는 탈지면에 약을 묻혀 채옥의 얼굴에 있는 상처에다 바른다.

"다른 데 다친 데는 없어요?"

"네 없습니다. 고맙습니다."

영매가 약병 마개를 막는 동안

"이것 품에 맞나 입어 보세요."

하는 소리와 함께 채옥의 앞에 노란 안동포 진솔 적삼이 불쑥 들어온다. 적삼을 들고 서 있는 손 …… 거의 투명하도록 하얗다. 폭신폭신 살이 찐 손가락들은 옥으로 깍은 듯이 매끈하고 윤택하다.

"입어 보세요."

하고 눈만 웃는 젊은이는 좀 더 채옥의 앞으로 다가선다. 채옥은 그 약간 파르스름하고 갸름한 송희의 얼굴에 어디인지 수심이 섞여 있는 것

---

52 沃度丁幾(Iodine tincture)는 아이오딘, 아이오딘화 칼륨을 에틸 알코올에 녹인 용액으로 구급약으로 널리 사용됨. 옥도는 일본어로 아이오딘이라는 뜻이고 정기란 일본어로 팅크 즉 팅크처(Tincture)를 뜻하여 요오드 팅크, 아이오딘 팅크처라고도 불림.

을 놓치지 않고 보았다.

"아이고 이건 또 뭡니까?"

채옥은 두 손으로 공손히 받아 무릎 위에 놓는다.

"입어 보아야지 알지요. 품에 맞는지."

하고 송희는 개킨 채로 있는 빨아 다린 모시 치마와 인조견 속치마를 내놓는다.

"치마는 한 번 빨아 다린 겁니다."

하고 옷을 쌌던 보를 착착 개키는 송희는 빙긋이 웃는다. 잣과 같이 골라서 이빨이다 생각하면서 채옥은

"온 천만에 말씀을."

하고 커다랗게 외쳤다.

이 사람들이 천사가 아닌가. 마음만 착하게 먹으면 하나님의 딸이 될 수 있다는 정 선생님의 말대로 하다면 분명코 이 사람들은 하나님의 딸이 아닐까? 채옥은 마음속으로 부르짖었다.

따뜻한 인간의 사랑을 감각하는 채옥의 맘속에는 한 가닥의 광명이 비치기 시작하는 것이다.

정 여사와 그 동지들의 인정을 체험할 때 흙칠과 같이 어둡던 채옥의 심령에는 비로소 여명의 서곡이 들리는 것이다. 채옥은 가벼운 여름옷으로 바꾸어 입을 때 그 맘속도 가벼워졌다. 물질을 받은 기쁨보다 그 물질을 가지고 온 주인의 맘과 맘이 뼛속 깊이 고맙다. 안방에서 옷을 갈아입고 나오는 채옥을 찬찬히 바라보는 송희가

"꽤 맞는가 봐요. 저봐 기장도 품도…… 어머니 적삼인데 어지간히 맞죠?"

하고 영매를 건너다본다.

"아주 안성맞춤이야."

정 여사가 대꾸를 하고

"이왕이면 취직도 송희 씨가 좀 알선을 해 봐요."

하고 광주리를 들고 대문으로 나간다.

"임신하셨죠?"

송희가 채옥의 둥실한 허리를 바라보며 묻는다.

"네."

"몇 달이야요?"

"일곱 달입니다."

채옥은 고개를 숙이고 자기 배를 내려다본다.

"애기 아버지 어디 있어요?"

"애기 아버지요?"

채옥은 고개를 좀 더 숙여 버리고

"애기 아버진 …… 저 …… 성이 황 씨에요."

"황 누구라고 해요?"

하고 묻는 송희는 속으로 이런 여자는 이렇게 똑똑하지 못하구나 일말의 경멸을 느끼면서

"어디 있어요?"

"모르겠어요."

곁에 있는 영매가 송희의 옷자락을 가만히 잡아 당겼다. 더 말하지 말라는 표정이다. 그래도 송희는 한마디 더 한다.

"그럼 애기는 혼자서 나실 생각이시군요?"

"할 수 없죠. 저도 그 황 가라는 사람만 만나면 할 말이 있어요. 자기 아이라는 것을 똑똑히 가르쳐 줄 생각에요."

채옥은 호 하고 숨을 내쉬고 송희와 영매를 번갈아 건너다보면서 쓸쓸히 웃는다.

"그런 이야기보다도."

하고 이번에는 영매가 화제를 돌린다.

"무슨 아이가 소원이야요? 아들? 딸?"

하고 생글생글 웃는다.

"이왕이면 아들이 좋지요."

채옥이가 웃으며 대답하는 것을

"아들보다."

송희가 딱 받아서

"예쁘디 예쁜 딸이 좋지 않아요? 아들 녀석은 심술패기고 억세디 억세게 말도 잘 안 듣고 그리고 장가들면 제 여편네 말만 듣고……."

"호호호……."

채옥이가 소리를 내어 웃는데 영매가

"왜 아들은 돈도 벌고 어머니를 위하려면 얼마든지 위할 수 있지만 딸은 훌쩍 시집이나 가버리면 어쩔 수 없지 않어?"

"피 왜 시집을 가나. 남편더러 장가를 오라지."

"올까?"

"그럼 안 오고?"

"글쎄."

"글쎄는 무슨 글쎄."

이런 말을 주고받는데 정 여사가 노란 참외가 가득 들어있는 자그마한 광주리를 마루 위에 올려놓으며

"손님 오셨어."

하고 뒤를 돌아본다. 마루 위에 있던 세 여자의 시선이 일제히 정 여사의 뒤에 서 있는 젊은 남자에게로 달린다. 키가 후리후리하고 미목이 수려한 청년 신사를 보고 자지러지게 놀란 것은 송희다.

마루 위에 여인들이 있는 것을 바라보고 그리고 여인들이 누구와 누구라는 것을 알아내자 영빈은 서서 있는 땅이 쑥 들어가는 것처럼 그는 아랫도리가 허전허전하여 지는 것을 어찌할 수 없다. 놀라서 소리라도 칠 듯한 송희의 표정을 그리고 무어라고 깍듯이 인사를 치를 듯한 채옥의 얼굴을 감각하자 황영빈의 눈은 스그르르 돌아가는 듯한 현기증을 느낀다. 황영빈은 딴 손으로 그 검고 윤택 있는 머리를 쓸어 넘기고서

"그럼 오늘은 손님도 계시고 하니 다음에 또 오겠습니다."

하고 뺑 돌아선다. 말쑥하게 다려 입은 포플린 양복바지 아래 하얀 빽스 구두가 삑 하고 가늘게 소리가 난다.

"온 천만에. 손님들이래야 다 우리 동지들인 걸요. 더우신데 모처럼 오셔서 쉬지도 않고 가셔야 됩니까. 잠깐만 올라오셔도 좋을 텐데."

정민혜 여사는 대문을 향하여 두어 걸음 발길을 옮겨 놓는 황영빈의 뒤를 쫓아 나오며

"오셨던 목적도 말씀 안 하시고 그냥 가실 테야요?"

정 여사는 이 숫되디 숫되어 보이는 젊은 청년이 둘째 동생이나 되는 듯이 귀여움을 느끼어 따뜻하게 웃어 보였다.

"참 저."

영빈은 잠깐 걸음을 멈추고

"손 선생님께서 일간 정 선생님을 조용히 한 번 만나시고 그리고 공창 폐지 기금을 조달하시겠다고 그 말씀만 전하라고 그러시더군요."
하고 이번에는 아주 성큼성큼 걸어서 큰길로 나가버린다.

여자 손님들이 수두룩하게 있으니까 말도 잘 못하고 돌아가는 이 지나치게 순진한 청년의 태도가 정민혜 여사의 동정과 이해를 사기에 넉넉하였다. 이 경우에 만약 황영빈의 얼굴이 그리고 그의 풍채가 아니 그이 옷맵시가 그의 걸음걸이가 황영빈이가 가진 그 모든 것이 아니고 …… 가령 키가 훨씬 작았다든지 얼굴이 과히 컸거나 혹은 작았거나 또 그리고 그의 코가 납작했거나 그의 걸음걸이가 아주 비근대적이었던들 정민혜 여사의 동정이 여전히 그렇게 두터웠을는지 그것은 정민혜 여사의 자신이 아니고는 알 수 없는 일이다.

정 여사가 영빈을 보내고 대문으로 들어설 때 송희가 총총히 신을 신고 마당으로 나가는 것과 마주쳤다.

"어딜 가는 거요?"
하고 정 여사가 묻는 말에

"그 손님 어디로 갔어요? 무엇 타고 갔어요? 자동차?"
하고 초조하게 묻는다.

"난 몰라 큰길로 나갔어 방금."

송희는 쏜살같이 반달음질로 큰길로 향하여 나간다.

정 여사가 마루로 올라오자마자 영매가 생각난 듯이

"아이 배고파. 선생님 우리 참외 먹어요."
하고 웃는다.

"그래요 참외 먹을 시간도 없었군."

세 사람이 돌아앉아 참외를 한 개씩 집어 들었다.

노란 참외의 껍질을 한 가닥 한 가닥씩 깎아 내면서도 채옥의 마음은 참외 껍질처럼 가닥가닥 갈래가 져서 생각을 모을 방책이 없다.

'황 씨야. 분명 황 씨야. 아기 아버지야…… 그런데 그런데.'

채옥은 참외를 다 벗겨 정 여사 앞에 놓고 영매의 것을 벗기기 시작하면서도 마음은 여전히 갈피를 잡지 못한다.

'내게 옷을 갖다 준 손님이 왜 그렇게 당황해 할까?'

채옥은 세 개째의 참외를 벗기면서 고개를 기울였다.

'애인일까?'

남녀 관계가 가장 번잡하고 또 다각적인 화류계에 몸을 적시어 있던 채옥은 이런 방면에 있어 누구보다도 가장 예민하게 눈치를 차릴 수 있는 것이 채옥의 슬픈 본능의 하나이다.

"선생님 송희 씨가 그러는데 자기 아저씨가 우리 연맹에 백만 원 기부한다고 그랬다는데 정말일까요?"

고개를 갸웃 하고 기뻐서 못 견디는 웃음을 보낸다.

"백만 원?"

정 여사는 잠깐 말을 끊고 한숨을 후 내쉬고

"우리 노력도 수포[53]는 아니야. 사회서 대답해 주는 사람도 생기고…… 아까 그 청년의 말이 그랬어. 일간 손 씨가 우리 연맹에다가 기부금을 조달한다고."

53 水泡. 물거품.

정 여사는 참외를 한 입 물어 씹으면서

"이번 기부금은 백송희 씨의 노력이야. 젊은이가 정말 기특해."

"그런 말씀 송희 듣는데 하시지 말아요. 바로 손님처럼 여긴다고 화를 낼 거야요. 이 일은 꼭 자기 일과 다름없다고 그러던데요."

하고 영매가 참외 씨를 투투 뱉으며

"내일 말고 모레 저녁에 정 선생님을 자기 집에 초대 한댔어요."

하고 새로 또 참외 한 개를 골라든다.

"이번에는 내가 깎아서 채희 씨를 드려야지. 채희 씨랬지요?"

하고 영매가 채옥의 얼굴을 들여다본다.[54]

"네. 어릴 때 이름이 채희였어요. 정 선생님이 채희라고 하자고 그러셨어요."

하고 고개를 숙인다.

"어머니 계서요?"

"돌아가셨어요."

"아버지께선?"

"아버지도 돌아가셨어요."

"시골 사시면서 채희라는 이름은 아주 걸작이야. 안 그래요 정 선생님?"

채옥은 영매의 감탄하는 것이 우스운지

"호호 ……."

소리를 내어 웃고

"맨 처음 이름은 채(菜)야요. 계집이 났다고 체, 체 하고 아버지께서

---

54 이후 채옥, 채희라는 이름이 혼용되어 사용된다. 원문 그대로 싣는다.

화만 내시더래요. 그래서 우리 외삼촌께서 그럼 채(寀)라고 부르자고 해서 아주 어릴 때 이름은 채였어요."

"채가 더 좋아. 채(寀) 정말 좋은 이름인데……."

영매는 다시 감탄한다.

동기는 어디서 왔던지 간에 채옥의 어릴 때 이름이 채(寀)라는 것이 영매의 맘에 무척 들었다.

××대학 문과 이년까지 다녔던 영매는 바로 이 방학 때 학교를 그만두기는 하였으나 그의 타고난 문학적 소질이 이러한 사소한 일에도 크게 관심을 가지게 하는 것이다.

△△대학 교수로 있던 영매의 오빠가 갑자기 각혈을 하게 되자 온 집안 생활의 길은 막연하게 되었다. 뿐만 아니라 오빠의 병비를 판출하여야 되고 또 오빠의 병상에 간호할 사람도 필요하였다.

영매는 육십이 되는 어머니가 혼자서 바느질품을 팔고 아침저녁 밥을 지으며 오빠의 간호를 하는 것을 모르는 척 하고 그냥 대학교에를 다닐 수는 없었다.

아니 다니고 싶어도 우선 책값이며 월사금이며 더욱이 오빠의 약값. 당장 세 식구가 먹고 살아갈 쌀값 나무값이 없었다.

영매는 전부터 잘 아는 정민혜 여사와 의논하고 정 여사가 소개하는 데로 어느 회사의 서기로 들어갔다. 아침 아홉 시부터 오후 세 시까지 회사 일을 마치고는 공창 폐지 연맹을 들러서 정 여사의 상담역과 동시에 그의 비서로 두어 시간 보내고 그리고 집으로 돌아와서 오빠에게 주사를 놓고 빨래를 하고 밤이면 오빠 곁에서 독서도 하고 오빠의 팔 다리도 주물러 주고 이따금 어머니의 삯바느질도 돕고 공창 폐지 연맹의 성명서니 격이니 진정서니 하는 것도 전부 영매의 손으로 쓴 것이요 때로는 정 여사의 강연 원고에도 첨삭의 붓을 대도록 영매는 제법 문학의 분야에서 농후한 색채와 향기를 발휘하고 있다.

건강, 재주, 미모, 풍성이 모든 점에 있어 정민혜 여사는 물론 그를 접촉하는 사람은 누구나 다 그를 사랑하고 아끼는 마음을 가지게 한다.

그러나 그의 오빠는 영매를 향하여

"애 남의 눈에 지나치게 아는 척하게 보이면 안 된다. 너무 지껄이지 마라."

이런 말로 항상 경계하고 주의한다.

"애 머리 지지지 말아라. 난 정말 보기 싫다."

이런 말은 어머니의 주문이다. 영매는 퍼머넌트 할 돈도 시간도 없거니와 사실 그 반쯤 볶다가 둔 듯한 머리를 하고 다니기에는 영매의 자존심이 이를 거부하는 것이다. 오늘은 토요일인지라 영매는 오정 때 회사에서 나와서 공창 폐지 연맹에를 들렀다가 송희와 함께 정 여사를 따라 채옥을 보러온 것이다.

공창이라면 첫째 난잡스럽고 건방지고 아주 망나니로만 상상하였던 영매는 채옥을 만나보는 순간

'너도 사람의 딸이로구나.'

하는 인상을 가질 수 있었다. 채옥의 수줍어하고 고마워하고 그리고 슬픔과 피로와 불안에 지친 그 얼굴 그 눈동자를 볼 때 영매의 가슴은 소금을 뿌린 듯 저리고 쓰렸다. 영매는 채옥을 껴안고 실컷 울고 싶은 충동을 느끼었다.

집으로 돌아와서도 영매의 머릿속에는 채옥으로 가득하였다.

"오늘은 기분이 좀 어떠세요? 오빠."

"훨씬 낫다."

"열은?"

"칠도 사부."

"시간은?"

"세 시부터 네 시 십 분까지."

"열도 점점 내리고 시간도 단축되어 가는 것이 확실하군요."

영매는 오빠를 위하여 길에서 사가지고온 아직도 파르스름한 능금을 한 개 껍질을 벗기며

"오빠 우리 연맹도 이제 차츰 바빠지게 되나 봐요."

"바쁘다니?"

"아니 정 선생님이 데리고 왔어요."

능금을 든 채 영매를 바라보는 영매의 오빠 영수는

"무엇이?"

하고 픽 하고 웃으려다가 입을 다물어버리고

"주격 없는 말이란 어린애가 지껄일 때나 또는 시인의 시에서 볼 수 있는 것인데 넌 지금 시를 읽는 것이냐? 그렇지 않으면 어린애의 어리광이냐?"

"……."

영매는 무안하여 빙그레 웃고

"유곽에서 탈출하여 나온 여인인데요. 길에서 나쁜 사람에게 봉변당하고 있는 것을 정 선생님이 데리고 왔어요, 그의 집으로."

"데려다 어떻게 할 셈인데 ……."

"어디 취직이라도 시키든지 어째서든지 사람을 만들어 보려고 우리들은 지금 아주 전력을 다하는 중이에요."

"……."

오빠는 천천히 능금을 다 먹고 껍질을 휴지에 싸서 가까이 있는 책상 위에 놓으며

"그런 일은 국가의 힘으로 할 것이야. 뜻은 고상하지만 한두 여자의 힘으로 될 것은 아니야."

"걱정 말아요. 우리는 꼭 되리라고 믿거든요."

"그게 꿈이라는 거야."

"꿈이 없는 곳에 현실이 있어요 …… 사람이 공중으로 날아 보겠다는 꿈은 어떻게 됐습니까?"

"흥."

영매는 오빠를 흥분시키는 것이 무서워 거기까지 말을 마치고 아래층으로 내려왔다.

바로 그때다. 현관에서 안내를 구하는 낯선 사나이의 음성이 들린다.

"누구십니까?"

하고 영매가 내어다보니 키가 훌쩍 크고 어깨가 쩍 벌어진 사나이의 사각진 얼굴 위에는 포마드 기름이 방금 흘러내릴 듯이 흠씬 발라진 머리가 영매의 눈에 몹시 거슬려 보였다.

"어디서 오셨어요?"

"네 다름이 아니라요 가옥(家屋) 사건으로 왔어요."

영매는 가슴이 선듯하였다.

"가옥 사건이라니요?"

"집임자 되시는 분이 이 집을 써야 되겠다고 그러는 게야요."

"집임자?"

영매의 넓적한 양미간에 가느다란 경련이 지나간다.

"집임자는 우리밖에 누가 또 있나요?"

사나이의 사각진 얼굴은 대답 대신 빙글빙글 웃는다.

콧구멍만 벌름거리고 웃던 젊은 사나이는 품에서 봉투를 꺼내더니

"이게 싸인 받은 것인데요."

영매는 곁눈으로 슬쩍 보고

"그런 건 난 몰라요. 어쨌든 우리는 이 집에 들어올 까닭이 있어 들어왔으니까요…… 집임자에게서 우리는 직접 양도를 받은 것인데 누가 어떻게 한단 말요?"

"……."

터무니가 없다는 듯이 젊은 남자는 멀거니 영매를 건너다보다가

"일주일 후에 다시 올 테야요. 이 집에 꼭 눌러 계시고 싶거든 이만 원을 마련해 주시든지 그렇지 않으면 집을 비우시든지 생각대로 하세요."

사나이는 돌아서서 천천히 현관과 천장과 벽들을 쭉 한 번 훑어보고 그리고 마지막으로 영매를 슬쩍 돌아보고 나가다가

"이게 제 이름입니다. 주소도 써있으니 연락하시려거든 하십시오. 전화도 있으니까요."

명함을 꺼낸다. 영매가 받지 않으니까 현관에다 놓고 문을 소리가 나도록 콱 닫히고 나가버렸다.

'저런 것을 악질 모리배라고 할 수 있다. 아니 아니 민족 반역자야. 정말 그래 민족을 씹어 먹는 놈이야…….'

영매는 부들부들 떨리는 다리로 안방으로 들어갔다. 어머니는 삯바느질로 깨기 겹저고리 동정을 달면서

"그 자식 아침나절에도 왔다갔단다. 제 아무리 덤벼도 집만 내어주지 않으면 그뿐이지. 살고 있는 사람을 강아지라고 모가지를 매어 끌어낼까 ……."

어머니가 태연히 이런 말들을 하는 것은 생활에 지치고 시달리는 딸의 맘을 잠시라도 위로하고자 함이다. 이러한 어머니의 심정을 영매는 더욱 잘 알기 때문에

"아무럼요. 우리가 버티고만 있으면 어쩔 수 없지요. 헛물만 켜고 말겠죠 …… 오빠께는 이런 말 맙시다 어머니."

하고 영매는 그 깨끗하게 골라선 이빨을 드러내놓고 방그레 웃는다.

"애가 정신 있나? 오빠께는 왜 이런 말을 해?"

어머니는 참따랗게 동정이 달린 생초 겹저고리를 바느질 그릇에 담아 농 위에 얹고

"참 네게 말하려던 것을 잊었구나. 선천서 살던 때 말야 바로 우리 이웃에 살던 손 주부(손 의사)네 알겠니?"

"손 주부 …… 네네 알겠어요. 왜요?"

"바로 그 손 주부의 자부[55] 되는 이가 오늘 낮에 찾아왔더라. 딸아이를 데리고. 올해 …… 열아홉 살이라는데 똑똑하게 생겼더라."

"네."

"네 오빠 주소를 찾아서 ××대학가지 갔더라나? 거기서 우리 집 번

55 며느리.

지를 알아가지고 왔대 …… 집을 마련할 동안 방을 한 간 빌려 달라는 걸 어떡하니. 저 방 다다미방에라도 우선 같이 있자고 그랬지."

어머니는 딸의 눈치를 살피면서

"너와 의논하고 대답을 할 건데 하도 저쪽 사정이 딱하더구나. 두 모녀가 여관에서 밥을 사 먹고 있다는데 여비도 거의 다 떨어지고 ……."

"네, 잘 하셨어요. 없는 사람은 다 마찬가지야요."

영매는 방금 쫓겨나갈 집에 새로 사람이 들어온다는 것이 마치 아까 다녀간 사나이를 놀려먹는 것같이 생각이 되어 그는 입술가로 새어나오는 웃음을 지그시 누르면서 현관으로 나간다. 아직까지 다다미 위에 그냥 놓여 있는 명함에는 '김황용' 석 자가 똑똑히 눈에 띈다.

"탄실이도 왔세요."

하는 소리가 들릴 때 영매는 부엌에서 도로 안방으로 들어왔다.

"애 영매야 너 인사드려라."

"아이고 우리 영매가 벌써 이렇게 자랐어. 이봐 어른이야?"

하는 여인의 얼굴은 쪼글쪼글 주름살이 잡히기는 하였으나 나이는 아직 사십 세 전후인 듯싶다.

기름기 없는 노르스름한 머리에 삼푸라치 비녀가 삐뚜름하게 쪽 지어져 있다.

근 십 년 만에 서로 만난 기쁨보다도 삼팔선을 넘어 오는 괴롬과 남편 손빈 씨를 찾지 못한 슬픔이 탄실의 모친의 눈에서 눈물을 흘리게 하고 아들의 중병과 생활의 궁핍이 영매의 모친의 눈에서 눈물을 흘리게 하고 낮에 처음 만났을 때에는 어리둥절하여 미쳐 슬픔을 나눌 여가가 없었다가 정작 마음 놓고 한 집에 들게 되니 서로의 마음 문이 또한 활짝 열려진 것이다.

"오늘도 그래 아무튼 단서를 얻지 못했소?"

하는 영매 어머니의 말에

"라디오 방송을 사흘째 하였지요. 오늘 마지막 했는데 도무지 소식이 없지 않습니까? 내가 있던 여관에도 행여나 그런 사람이 찾아오거든 이리로 연락해 달라고 부탁만은 단단히 하고 왔지요."

"저런 딱한 일 보았나 …… 분명히 서울에 있기는 있다나?"

"그럼요. 바로 한 달 보름 전에 고향에서 돌아온 사람의 말이 본정에서 굉장한 회사를 가지고 돈도 수백만 원을 벌고 했다고 그러기에 훌쩍 떠나온 것이지요. 말하는 사람이 그럭저럭한 사람이 아니야요. 우리 탄실의 소학교 교장이야요."

호 하고 한숨을 내쉬는 탄실의 어머니는 자기 남편 손빈 씨가 손성묵이라고 개명한 것은 알 길이 없는 것이다.

영매는 가슴 속 한 구석이 무겁고 어두워지는 것을 억지로 잊어보려고

"잘 자라 우리 아가 앞뜰과 뒷동산에 ……."

모차르트의 자장가를 콧노래로 부르며 부엌으로 들어갔다. 저녁을 지어야 될 시간인 때문에.

"아주머님 계서요?"

이번에는 여자의 소리가 현관에서 난다.

"네. 어서오시우, 조카님."

하고 어머님의 반색하는 소리가 들린다.[56]

56 앞의 탄실이 모녀 등장 부분인데 떨어져 잘못 편집된 듯하다. 원문 그대로 싣는다.

"김황용?"

소리를 내어 읽어보고 영매는 어깨를 흠칫 하고

"이름조차 그로테스스크하군 츳."

영매는 불길한 물건이나 처분하는 것처럼 그는 명함을 손끝으로 집어 쓰레기 바구니에 던져버리고 그리고 고개를 기울였다.

'정말 이 남자가 자꾸 와서 귀찮게 굴면 어떻게 하나?'

무섭고 괴롭고 원한 많은 삼팔의 장벽을 넘어오면서 수많은 생명과 재산 그리고 여인들의 정조가 희생이 되는 것을 실제로 보기도 하고 또 듣기도 하였다.

그러나 그들은 국경 아닌 국경을 넘지 않으면 안 되었다. 보호자 없이 살기도 무서운 이북이요 더욱이 있던 토지 가옥 재산 나부랭이까지 날아가게 된지라 무엇을 먹고 무엇을 입고 그보다도 밤만 오면 두 모녀는 문고리마다 쇠를 채우고 또 채우고 호랑이보다 무서운 소련 병정을 경계하기에 너무도 지친 때문이다.

'가다가 죽으면 죽고.'

이것이 탄실의 어머니의 맘이요 또 탄실의 맘이었다.

탄실은 단발한 머리를 사나이처럼 하이카라로 깎아 올리고 그리고 아버지가 입던 고의와 적삼을 걸치고 등에는 배낭을 졌다. 어머니는 몇며칠 씻지 않은 얼굴에다 일부러 흙칠도 하고 검정도 바르고 일견 거지 비슷하게 차림을 하고 산길만 더듬어 산으로 골짜기로 선천서 떠나서 서울까지 오기에 고스란히 삼십 일이 걸린 것이다.

서울만 오면 어찌 어찌 해서 호흡만 붙어 있으면 남편을 만나리 아버지를 만나리라고 바랐든 소망은 서울 와서 거의 이십 일이 되어가는 오늘까지도 뜬구름같이 다만 아득할 뿐이다. 본정통을 집집마다 들여다보고 남편 손빈 씨를 물어보았으나 그런 이름은 없었다.

벽돌로 지은 층계 집 앞에 커다란 문패가 붙은 상점도 갔고 회사도 비슷한 건물로 들어갔을 때 급사 아이인 듯 십오륙 되어 보이는 사내아이가

"손빈 씨요? 그런 이름 없는데요. 우리 집 주인 성함은 손성묵 씨야요."

"그럼 손 씨는 손 씨군."

"네!"

위층에서 한 삼십 되어 보이는 젊은 여자가 내려온다. 짙은 화장을 하고 외출할 준비를 하였는지 굉장하게 뽑아 입은 여자가 탄실의 모녀를 찬찬히 훑어보다가

"우리 집 사랑어른은 손성묵 씨야요. 어디서들 오셨어요?"

하고 새침해서 묻는다.

"혹시 선천서 오신 손빈 씨를 모르십니까?"

하고 묻는 탄실 어머니의 음성은 애걸에 가깝다.

"…… 몰라요."

여인은 차디차게 한마디 남기고 기다리고 있는 하이야에 몸을 싣는다. 탄실의 모녀는 무거운 발길을 돌이키지 않을 수 없었다.

탄실의 모녀는 방송국으로 가서 손빈 씨를 찾아달라는 부탁을 하기는 바로 사흘 전이다. 아는 사람을 몇 군데 찾아가 있을 곳을 사정하였으나 다 거절이 되고 다다미방 한 간이라도 쾌히 허락을 한 집은 이 집뿐이다.

탄실의 모녀는 사막에서 오아시스를 발견한 것처럼 쉴 곳을 얻은 것이 무척 다행스러웠다.

탄실의 머리는 그 사이 도중에서 자라서 단발을 하기에 아무런 지장도 없고 동그스름한 얼굴에는 약간 주근깨가 있고 톡 도드라진 이마가 총명하게 보인다.

입술이 얇고 눈이 고리 눈으로 생긴 것을 보아 암상[57]도 어지간히 할 것이나 체격이 든든하고 사지가 쭉쭉 뻗은 것이 건강의 심벌같이 미덥다.

영매는 그날로 탄실과 동무가 되었다. 학교 이야기에서 취직 그리고 공창 폐지 두 처녀의 이야기는 부엌에서 마루에 도란도란 적은 시냇물 소리 같다.

"나도 공창 폐지 연맹에 가맹할 테야."

탄실이가 이런 말을 하도록 그는 공창 폐지에 흥미를 느끼게 되었다.

탄실은 젊다. 그런고로 그의 감정도 봄풀과 같이 연하고 생생하다. 영매의 이야기에 정의를 느끼고 채옥의 운명에 대하여 인도감을 느끼었다.

그러나 탄실의 어머니만은 이런 이야기가 귀에 들어오지는 않는다. 오직 남편 손빈 씨의 거처만이 자나 깨나 그의 염두에서 방황할 뿐이다. 열다섯 살에 남편 손빈 열세 살 되는 신랑을 따라와서 이제 사십이 넘도록 가진 고역을 겪었으나 그중에도 아들 낳지 못하는 죄로 첩이란 첩이 수십 명이나 갈아드는 바람에 탄실 어머니의 속은 썩을 대로 다 썩었다. 지금이라도

"너 같은 건 남의 집 가문에 혈통을 끊어놓고 무슨 잔소리야."

하는 소리만 나면 쥐구멍을 찾아 찍 소리 못하는 신세이건만 그래도 의

57 남을 시기하고 샘을 잘 내는 마음이나 행동.

지할 사람은 천지간에 오직 이 한 사람뿐이 아닌가.

"후유!"

샀바느질 적삼에 단추를 달면서 탄실 어머니의 맘은 결단코 평안하지 못하다.

아내와 자식이 이렇게 찾고 헤매는 손성묵 씨는 지금 한가로이 등의자에 걸터앉아 럭키스트라이크 담배가 천천히 타내려가는 연기를 노려보고 있다. 테이블 위에 놓인 화병에는 백합이 서너 송이 무르녹은 향기를 보내고 엷은 커튼 사이로 미풍이 솔솔 불어 손성묵 씨의 노타이 깃고대[58]를 스쳐간다.

앞이 남향이요 뒤가 동북으로 뚫린 이 방은 여름이라든가 덥다든가 하는 느낌은 조금도 없다. 손가락 하나만 까딱하면 선풍기에서 찬바람이 쏟아져 나올 것이다. 초인종만 누르면 냉장고에서 식힌 비루[59]가 쟁반에 받쳐 올라올 것이다.

오늘 아침에도 녹용과 인삼을 적당한 분량에 따라 다려먹은 때문인지 손성묵 씨의 머릿속은 물로 씻은 듯 깨끗하다. 약 효과가 있을 동안 손성묵 씨는 지금 마음속에 폭풍같이 휘돌아가는 한 가지 생각을 정리하여야 한다.

'백만 원을 공창 폐지 연맹에다 그냥 주느냐?'

손성묵은 길게 한 숨을 내뿜고

'명예도 좋다. 그런데 …… 그런데?'

손성묵 씨는 눈앞에 아련히 나타나는 정민혜 여사의 얼굴! 갸름하고

58 옷깃의 뒷부분.

59 ビール. 맥주.

콧날이 서고 그리고 잔잔한 눈동자 천병만마[60]의 여인군을 겪어온 손성묵 씨의 심미안에 비치는 것은 정민혜 여사의 정돈된 얼굴 속에 감추어 있는 또 한 개의 속사람 그것이다.

'높고 깨끗하고 조용하고 …… 정숙하고 …….'

손성묵 씨는 자기가 아는 글자들이란 글자를 모두 모아 보았다. 그리고 그 글자로써 정민혜 여사를 예찬하기에는 그가 새삼스럽게 자기 무식을 한탄하리만큼 그는 말이 모자라는 것이다. 단지 반시간이나 한 이십 분에 불과한 회견에서 손성묵 씨는 완전히 정민혜 여사의 아름다운 향기에 도취되고 말았다.

기생들이나 숫처녀나 그리고 들어앉은 과부까지 손성묵은 지금까지 지나온 거친 성생활을 돌아보았다.

다만 황량한 사막을 걸어온 나그네처럼 피로 그것뿐이 아닌가.

돈과 성욕 두 가지밖에 아무 다른 것을 요구하지도 않고 또 요구를 받지도 못한 손성묵 씨는 정민혜 여사를 발견한 것은 마치 캄캄한 하늘에 반짝이는 성좌의 출현과 같이 그의 눈앞은 환해졌다. 잠자던 청춘의 꿈이 욕망이 소용돌이같이 메마른 그의 혈관을 돌기 시작하는 것이다. 손성묵 씨는 약간 떨리는 손으로 전화기를 잡았다. 그리고 송희 어머니를 불렀다.

"내일 저녁 손님 초대에는 되도록 잘 준하시오. 돈이나 솜씨를 아껴서는 안 돼 ……."

손 씨는 같은 말을 두 번이나 거푸 부탁을 하고 그리고 수화기를 걸고

---

60 千兵萬馬. 천군만마(천 명의 군사와 만 마리의 군마라는 뜻으로, 아주 많은 수의 군사와 군마를 이르는 말).

우두커니 바람벽을 바라본다.

그의 조는 듯 길고 갸름한 두 눈 속에는 비상한 결심이 익어간다.

'단연코 그렇다. 저기 저 많은 돈으로 내 맘대로 못 할까.'

그는 황금의 화살에 시위를 단단히 매었다. 그리고 정민혜 여사의 심장을 향하여 겨냥을 시작하는 것이다.

손성묵 씨에게서 전화를 받은 백송희 어머니 마담 비취는 장을 보아올 예산을 머릿속으로 작정하여 돈의 액수며 물건의 가짓수를 대강 정하였다. 그러나 식모가 바로 어제 나갔고 청주 할머니도 사흘 전에 고향에 다니려 간 사람이 아직도 아니 오니 송희 어머니 혼자 손으로는 어림도 없는 일이다.

'식모가 있어야 하겠는데 …… 갑자기 적당한 사람이 없단 말야. 이럴 줄 알았다면 며칠 더 있으라고 붙드는 것인데 츳…….'

송희 어머니가 골피를 찌푸리며 부채질을 하고 앉았을 때 송희의 머릿속에 한 가지 생각이 번개같이 지나간다.

"어머니 식모 아니라도 어머니 도와드릴 사람 하나 데려올까요?"

하고 생글생글 웃어 보였다.

"뭐 어디 있어 그런 사람이."

어머니는 반가워서 묻는다.

"일은 잘 하지 못할 거야요. 그렇지만 부엌 심부름 같은 것은 곧잘 할 거야요."

"몇 살이야?"

"스물셋인데요."

"좌우간 데려와 보아라."

"어머니 데려올게요. 여간 맘에 들지 않으셔도 구박하지 마셔야 해요. 괄시 못할 사람이야요."

"누구냐? 네 친구냐?"

"친구? 호호호 …… 친구 친구라 해도 좋아요. 아주 퍽 가엾은 사람이야요 어머니."

송희는 웬일인지 콧잔등이 시큰하여지는 것을 느끼며 자리에서 일어섰다.

'채옥이나 내가 친구라 하면 어때 …… 내가 대체 채옥보다 나은 게 뭐야 …… 왓셀만 반응 플러스.'

의사가 자기를 진단할 때에 쓰던 의학적 술어를 입속으로 외어보고 부채를 들고 자기 방으로 들어가서 방바닥에 반듯이 누워버린다.

'내일 오후에 만찬회 석상에서 약혼을 발표한다고 자기 입으로 약속하였으니 …….'

송희는 어저께 정민혜 여사 집에서 잠깐 만난 황영빈을 길에서 붙든 장면을 또 한 번 머릿속으로 그려본다.

방금 영빈이가 올라탄 하이야가 푸르르 엔진소리를 내며 바퀴를 굴리는 순간 송희 자신이 그 하이야 앞에 쏜살같이 달려가서 우뚝 서 버렸던 일은 지금 생각하여도 꿈같이 아득한 일이다.

차 속에서 영빈과 나란히 앉아 있는 여자의 얼굴이 창백한 채 당황하여 무어라고 영빈에게 속삭일 때 송희는 하이야의 손잡이를 잡고 그리고 문을 열었다. 모시 빛으로 하얘진 송희의 얼굴이 방그레 웃고 그리고 그의 뺨에서 가느다란 경련이 두어 번 지나갔다.

뜻하지 아니한 사변에 놀란 황영빈은 마땅히 놀라고 당황하여야 할 것이로되 정민혜 여사의 대청에서 송희를 발견하였을 때 벌써 지금 이 순간에 될 일을 미리 각오하였던 것이다. 오 분 전의 영빈은 아니다. 영빈은 태연하였다.

"오, 송희 씨 아니요?"

방금 무슨 말이 터져나올 듯한 송희의 입을 쳐다보면서

"내 지금 내리지요. 마침 잘 오셨습니다."

하고 운전수를 향하여

"이 손님은 황금정까지 가실 테니 ……."

하고 영빈은 자동차 안에 앉아 있는 송희와 비슷하게 젊은 여자를 향하여 손을 끄덕 들어 보이고 뚜벅뚜벅 송희보다 두어 걸음 앞서 걷는다.

"그 여자는 누구에요?"

묻는 송희의 얼굴은 표범과 같이 사납다. 또박또박 송희는 길을 걸으면서도 길바닥은 하얀 베를 깔아 놓은 눈앞이 그저 질편할 뿐이다.

"고향 사람야."

"고향 사람? 저때 번에 내가 삐라를 돌릴 때 두 분이 나란히 서서 가셨죠? ××거리에서."

"응? 글쎄 그랬던가?"

송희는 어물쩡거리는 황영빈의 알맞게 살찐 얼굴을 보기 좋게 갈겨주고 싶은 충동을 느끼면서

"좌우간 결혼식은 언제 하실 테요 …… 그보다도 결혼을 할 작정이요 그만둘 생각이요? 꼭 잘라 말을 해보세요."

송희는 새근새근 가쁜 숨을 쉬면서 가로수 잎사귀를 한 잎 따서 손으로 움켜쥐고

"난 우리 어머니에게 여간 죄만스럽지 않아요 ……."

송희는 아직 거무스레 딱지가 붙어 있는 윗입술의 종처[61]를 혀끝으로 핥아보고

"이게 뭔지 아세요?"

하고 입술을 뾰로통 내밀었다.

"글쎄 뭐에요?"

영빈은 빙그레 웃으며 송희의 얼굴에 손가락을 데려 한다. 송희는 빵 돌아서면서

"왓셀만 반응 플러스 …… 아세요?"

송희는 처참하게 웃고

"난 영빈 씨 덕분에 훌륭한 화류병[62] 환자가 됐나봐."

송희는 웃으려는 입술을 꽉 깨물자 진주알 같은 눈물이 양 뺨으로 쏟아져 내렸다. 길가의 사람이 힐끔힐끔 송희를 돌아보았으나 지금은 송희에게는 그런 것은 아무 것도 아니었다.

"결혼하기 싫으면 싫다고 남자답게 꼭 잘라 말을 해요. 그러면 나도 그만한 자존심은 있어요. 사랑 없는 사람에게 억지로 매달리고 싶지는 않아요."

"천만에 천만에 난 송희와 결혼할 희망으로 살아가는 사람인 걸 모르나요?"

"……."

61 腫處. 부스럼이 난 자리.
62 花柳病. '성병'(주로 불결한 성행위에 의하여 전염되는 병. 매독, 임질, 무른 궤양, 클라미디아 따위)을 달리 이르는 말.

"송희 씨 날 믿어 주세요. 내일 모레 오후에 정 여사 초대하는 식탁에서 우리 아주 약혼을 발표합시다 송희 씨!"

영빈은 손수건을 꺼내 송희에게 주면서

"사람들이 보는데 ……."

하고 송희의 귓가에 소곤거렸다.

송희는 여기까지 생각하고 목덜미에 내밷는 땀을 감각하고 활랑활랑 부채질을 하면서 일어났다.

채옥을 데려와야 되는 것이다. 공창 폐지 연맹 사무실로 가서 정 여사에게 대강 사정 이야기를 하고 채옥을 우선 자기 집에 두어 볼 이야기를 하니 정 여사는 별로 기쁜 얼굴이 아니다.

"아직 좀 더 내가 데리고 있어 볼 생각인데 …… 송희 씨가 어련히 잘 알아서 하겠소만 채옥의 맘이 좀 더 안위[63]되기까지 내 집에 있는 것이 나을 것 같은데."

"물론이죠. 그것은 잘 압니다."

송희는 손가락 마디를 딱딱 자르다가

"집에 갑자기 식모도 가고 …… 한 이틀만 손을 빌리도록 채옥씰 허락해 주셨으면."

하고 송희가 괴롭게 웃는 것을 보고 정 여사도

"그럼 데려가 보시오. 기대에 어그러질 것만은 미리 각오하고 ……."

한 시간 후에 채옥은 으리으리한 송희 집 큰 대문 안으로 들어섰다. 동대문 밖에 있는 송희의 집은 정원도 넓고 오십여 간이나 되는 조선식

63 安慰. 몸을 편안하게 하고 마음을 위로함.

큰집이다. 이 거리를 지날 때 채옥은 바로 며칠 전에 자기가 이 길바닥을 방황하던 때의 일이 슬픈 사진같이 눈앞에 떠올랐다.

한강으로 죽음의 길로, 죽음이라는 단 한 개의 희망이 남아가지고 숨이 탁탁 막히는 이 길을 가던 일을 잊을 수가 있으랴.

세층으로 쌓아 올린 석축 옆 넓은 대청마루 맞은편에는 신식 차단스가 놓였고 그 옆에 번들번들 윤이 나는 뒤주[64]와 뒤주 위에 올라앉은 항아리들이며 그 옆에 놓여 있는 탁자 위에는 금붕어가 바쁘게 헤엄쳐 다니는 어항이 눈에 보인다.

"어머니 이분이야요. 오래 있진 못합니다. 한 이틀 동안."

하고 송희가 채옥을 돌아보자

"저는 아무 것도 모릅니다. 시키는 대로 해보겠습니다."

채옥은 허리를 굽혀 송희 어머니에게 인사를 드린다.

"고맙소. 더운데 …… 미안하지만 …… 자 그럼 저 오이를 썰어놓고 호박도 꼭지를 따고 ……."

"어머니 일부러 시키신다니까."

하고 송희가 눈살을 찌푸린다.

"얘 더울 때는 찬물에 손 넣고 일하는 것이 제일 시원하단다. 잘 알지도 못하고."

식모란 식모를 부리는데 이골이 난 송희 어머니는 벌써 이 사람을 보는 순간 어떻게 대우하여야 되는 것을 알아차렸다. 세 시가 넘었으니 점심때도 아니요 남의 부엌일 도와주러 온 사람에게 차를 대령하는 것

64 쌀 따위의 곡식을 담아 두는 세간의 하나.

도 일이 아니고 그렇다고 가만히 앉아 놀 수도 없다.

"시원한 곳은 저기라오."

송희 어머니는 부엌 뒷문을 가리켰다.

"채희 씨 미안하지만 좀 수고하시지요."

송희가 먼저 부엌으로 들어가서 뒷문 곁으로 갔다. 과연 솔솔 시원한 바람이 들어온다.

채옥은 송희의 맘에 대하여 갚을 길이 없는 은혜를 느끼었다. 정민혜 여사는 물론이요 주영매 양의 친절한 맘씨도 모르는 바는 아니다. 오늘 송희가 자기를 대하는 태도는 순전히 친구가 친구를 위하고 형이 친아우를 건사하는 것 같은 그러한 느낌이 아니냐. 이렇게 잘 사는 집의 따님으로 모든 호강과 자유와 그리고 외딸로써의 부모의 사랑을 독점하고 있는 백송희로서는 자기같이 무의무탁하고 인간으로써 밟히고 더러워진 한 여인에게 이렇게까지 하지 않으면 안 될 의무도 없고 까닭도 없거늘.

"저 혼자 할 테니 두어 두고 들어가세요."

채옥은 진정 송희에게 미안하여 이렇게 말하였으나

"아니요 나도 심심한데 같이 하죠. 자 이 도마 받으세요."

두 여자는 오이채를 치고 호박을 저미고 그리고 버섯도 물에 담그고.

송희는 채옥의 칼질에 따라갈 수는 없다. 싹둑 칼 소리도 연하게 도마 위에 울리는 음향은 채옥이가 어떻게 이런 일에 익숙하다는 것을 증명하는 것이다.

"내일 저녁에 오실 손님이라면 좀 이르지 않을까요?"

채옥은 칼 든 손을 쉬고 송희에게 말을 거는 것이다.

"그래도 우리 어머님은 미리 다 준비를 해 놓고 손님이 오실 무렵에 불에 올려 노시는 성미시니까 …… 난 몰라도."

채옥은 송희의 어색스런 손보다도 싹둑싹둑 저며 놓은 몰골이 맘에 들지 않아

"관두세요. 이것만은 저 혼자라도 하겠어요."

하고 송희의 손을 한옆으로 약간 밀어버렸다.

"호호호 ……."

송희는 우두커니 앉아서 채옥의 하는 양만을 보고 있다

"시장하지 않으세요?"

송희는 채옥의 상큼한 눈시울과 여윈 뺨을 바라볼 때 그가 얼마나 영양이 모자랐다는 것을 알 수가 있다.

태아에게 뺏기는 까닭도 있지마는 사실 채옥은 성한 몸이 아니요 게다가 주야로 마음이 편안치 못하여 여간 먹는 음식이 살로 가지 않는 때문이다.

"온 별 말씀을. 정 선생님 댁에서 고대[65] 점심 먹지 않았어요?"

채옥은 바구니에 그득해진 오이와 호박채를 한 옆으로 밀어 놓고 뜰로 나왔다.

송희 어머님의 새로운 분부를 들으려 함이다.

"이 콩을 씻어 담그고 콩물 할 게니 그리고 깨도 잘 씻어 건지오. 깨소금 볶게 ……."

"네!"

---

65 이제 막.

채옥은 시키는 대로 이 일 저 일 부지런히 하면서도 그의 마음속에는 조금 전에 정 여사의 마당에서 꿈결같이 지나간 그 황영빈의 모습으로 가득하여지는 것이다.

'어디서 사는지 무슨 직업을 가지고 …… 이 집 아가씨는 그이와 어떤 관계를 가졌을까?'

채옥은 황영빈의 주소라도 알아두었다가 가만히 찾아가서 자기의 운명을 하소연하리라고 생각도 하여보았다.

'선불리 물어 볼 수도 없고 …….'

어저께 영빈을 흘깃 대할 때 송희가 어떻게 당황하고 또 초조하던 일을 생각하더라도 두 사람은 결단코 심상한 사이는 아니리라 짐작되는 까닭이다.

황영빈의 주소나 직업이나 물어 볼까 물어 볼까 벼르는 동안 채옥은 이 일에서 저 일로 저 일을 마치면 또 이 일로 송희와 조용히 마주 앉을 시간은 없었다. 광에서 호박채를 같이 썰던 그때가 제일 좋은 기회였는데 채옥은 그때를 놓치고 만 것이다.

저녁이 되어 송희와 같이 목욕탕엘 들어갔다. 송희의 등을 밀어주고 송희를 위하여 물을 떠주고 그러나 물소리도 요란할 뿐 아니라 씻고 닦고 머리를 감고 바쁘고 소연한 이 장소가 결단코 채옥의 마음속에 숨어 있는 한 개의 비밀을 끄집어내기에 적당하지 않는 것이다. 채옥의 의심과 희망과 그리고 초조를 안은 채 하루해도 바뀌었다. 다음 날은 손님이 오는 날이다.

아침부터 손성묵 씨에게서 오는 전화가 오정 때까지 세 번째다. 송희 어머니는 채옥을 닦달하여 일변 방과 마루를 정하게 쓸고 닦고 뜨락과 대문까지 말짱히 소제를 시키면서 일변 육간대청에다 초석을 펴고 상을 차리는 것이다. 송희도 바쁘게 어머니를 도와 접시도 닦고 수저도 골라 놓는데 대문 밖에서 자동차의 경적이 가볍게 들린다.

손성묵 씨 그리고 두어 걸음 떨어져 황영빈이 들어온다. 정하게 빨아 다린 순백색 양복바지 위에 흑색의 학생복에 달린 다섯 개의 노란 빛 단추가 이렇게도 자랑스럽게 어울릴 수가 있으랴! 송희는 반가움과 원망과 질투와 …… 이러한 복잡한 감정으로 가득하여지는 가슴을 안고 뜰로 내려섰다.

"아저씨 시간보다 빠르지 않으세요? 영빈 씬 아저씨 자동차 아니었다면 길 잃어버릴 뻔하지 않았어요?"
하고 영빈에게 한 눈을 흘겨보았다. 영빈은 빙그레 웃고 석축을 올라 대청 위에 있는 송희 어머니의 옆으로 갔다.

삼십 도로 허리를 굽히는 영빈은 오늘도 단정한 젊은 신사이다. 내 딸을 맡길 만한 미더운 대학생이 아니냐. 장롱 속에서 새로 꺼내 입은 생로 깨끼겹저고리를 꺼내 입은 송희 어머니의 어깨는 아직도 젊은이와 같이 둥글고 탄력 있게 보인다.

주름살이 보일락 말락 이편 뺨이 웃을 때 약간 푸른빛을 띤 이빨들은 송희의 이빨을 그대로 옮겨 놓은 듯하다.

"아이고 오래간만이요. 그래 더운데 올라오시오. 손 주사는 왜 손님이시유? 오늘 주인이 왜 저러고 섰기만 하는 거요. 방석도 돌려놓고 부채도 갖다놓지 않고 ……."

손성묵 씨는 벙긋벙긋 웃으며

"근데 미군 대좌[66] 한 분이 오는데 괜찮겠지요?"

하고 대청으로 올라온다.

송희 어머니는 일순 놀라는 표정이었으나

"뭐 괜찮겠지요. 음식은 풍부하니까요."

하고 생긋 웃었다. 확실히 웃음 속에는 호기심과 그리고 일종의 자부심이 섞여 있다.

"채희!"

하고 송희 어머니가 불렀으나 대답이 없다.

66 大佐. 제이차 세계 대전 때까지 일본에서 '대령'을 이르던 말.

슬픈 제단

"여보 채희! 접시 씻은 것 더 가져 오우."

채옥은 대답을 하여야 하고 그리고 접시를 안고 나가야만 될 것인 것을 알면서도 그는 막연히 부엌 한가운데서 서 있다. 반만치 열린 미닫이 사이로 방금 황영빈이 송희와 나란히 건넌방으로 들어가는 뒷모습을 바라보는 채옥의 가슴은 독한 술을 마신 때처럼 짜르르 재려오는 것을 느낀다.

"채희 게 있어? 왜 대답이 없어?"

송희 어머니의 약간 높아지는 음성을 들으며 채옥은 접시를 움켜쥐었다. 그리고 다리에 힘을 주어 부엌문을 나왔다.

"왜 어디가 아픈가?"

하고 송희 어머니가 물어 볼 만큼 채옥의 입술은 해쓱하여 핏기를 잃고 있다.

"아냐요 갑자기 골치가 좀 아파서요."

하고 채옥은 여윈 얼굴에 억지로 웃음을 실어본다.

"저런 많이 아프면 좀 쉬어볼까?"

송희 어머니의 찌푸리는 얼굴을 바라보고

"이제 괜찮습니다. 말짱히 나았어요."

하고 채옥은 마른 행주로 접시를 닦는다.

건넌방에서 들리는 송희의 웃음소리 황영빈의 웃음소리, 웃음이 끝나면 도란도란 이야기 소리가 끝이 없다. 송희 어머니는 꿀물에다 복숭아를 저며 넣어 화채 셋을 만들더니 그중 하나를 안방 벽을 기대어 선풍기에 바람을 안고 있는 손성묵 씨에게로 손수 가져가면서

"이 두 그릇은 송희 방으로 가져가오. 이 쟁반에 받쳐서."

하고 채옥을 돌아본다.

"……."

채옥은 가만히 숨을 내쉬고 화채 그릇을 쟁반에 올려놓았다. 그리고 대청으로 올라와 송희의 방 가까이 갔다.

사람이 오는 기척을 아는 송희는 뒤를 돌아보더니

"고맙습니다."

하고 팔을 내밀어 채옥에게서 쟁반을 받는다.

정면에 앉은 황영빈이 힐긋 이쪽을 바라볼 때 채옥도 빤히 영빈의 얼굴을 건너다보았다. 일 초나 혹은 이 초 동안의 짧은 동안이었다.

그러나 그 짧은 시간 동안에 채옥의 두 눈은 영빈의 두 눈을 쏘았다. 눈과 함께 영빈의 머리를 아니 그의 영혼의 상처난 한 모퉁이를 쏘았다. 확실히 영빈은 당황하여졌다. 앉은 자리에서 공연히 몸을 굽혀 곧잘 돌아가는 선풍기를 만져보고 그리고 책상 위에 있는 책을 아무 것이나 쑥 빼어 들추어 보고 여인의 귀같이 어여쁘게 생긴 두 귓바퀴가 지나치게 붉어 가는데

"참 영빈 씨!"

하고 송희가 영빈을 불렀으나 영빈의 귀에 부르는 소리가 들어가지 않

았는지 영빈은 대답이 없다.

"채희 씨 잠깐만 앉아요 ……."

"영빈 씨!"

송희가 재차 부른 때 영빈은 비로소 고개를 들었다. 채옥은 바스스 송희 옆에 쪼그리고 앉았다.

"이분이 제가 말하던 그이야요. 정민혜 여사 댁에서 왔어요."

"오우!"

영빈은 가장 감동한 듯이 고개를 끄덕이고 천천히 화채 그릇을 든다.

"황영빈 씨라고 내 친구야. 잘 알아 두세요 호호."

송희는 채옥에게 이렇게 소개하면서도 속으로 일종의 자랑을 느끼는 것이다.

'이렇게 아름다운 남자를 보았느냐?'

하는 자랑의 웃음이 송희의 입가에 쉬지 않고 흘러나온다.

"참 내가 소개를 하면서 제일 큰 요점을 빼어 놓았네! 영빈 씨 이분의 성함은 모르죠? 참 재미있어요. 이름이 셋이야요. 오채희라는 이름이 본래 이름이고 아주 어릴 때는 채(茱)라는 외자 이름이고 …… 그리고 …… 직장에 있을 때에는 채옥이라고 불렀대요. 그래서 도합 셋이라는 거야요 호호호."

영빈은 화채를 한 모금 마시고 손수건으로 입 가장자리를 씻고

"오늘은 수고 많이 하시겠습니다."

하고 채옥에게 인사를 한다.

"그새 안녕하십니까?"

채옥은 가장 자연스럽게 이렇게 한마디 하고

"계신 곳을 몰라서 한 번도 만날 수가 없었습니다만 …… 미스터 김에게 대강 말씀을 들었지요."

별로 웃지도 않고 그렇다고 얼굴이 붉어지지도 않고 채옥은 어색하다든가 가슴이 뛴다든가 하는 감정은 꿀꺽 배꼽 아래로 삼켜버리지 않을 수 없다. 일월루를 뛰어나오던 때부터 지금까지 하루라도 이 사나이를 잊어본 적이 있었더냐. 뱃속에서 생명이 뛰고 있는 것을 감각할 때부터는 더욱 이 불로 지지듯이 황영빈을 만나야 할 염원으로 가슴이 벅차고. 이틀 전 정민혜 여사의 집에서 얼핏 지나쳐버린 그 황영빈을 지금 지척에서 이렇게 만나고 보니 채옥은 이 기회를 그냥 놓칠 수는 없는 것이다.

뱃속에 아이를 위하여 채옥은 담대하여야 하고 용감스러워야 할 것을 각오하자 그는 부끄럽다거나 미안해 할 아무런 이유도 없었다.

"황 선생님께서는 어떻게 생각하시는지 모르겠습니다만 만약에 하느님이 계시다면 말입니다."

채옥이가 여기까지 말을 계속할 때다.

"오채희 씨 지금 그런 말씀을 하시면 안 됩니다. 어쨌든 나는 미스터 김에게서 들은 말도 없구요 ……."

황영빈의 얼굴은 붉은빛을 지나서 파랗게 질렸다.

"담에 조용한 그렇습니다. 조용한 기회를 타서 채옥 씨에게 빚진 것이 있다면 다 청산하지요 …… 청산하리다."

영빈은 손수건으로 이마에 솟는 찬 땀을 씻고

"그럼 시간도 되어 오고 하니 G대좌를 데리러 가겠습니다. 송희 씨는 정 여사를 안내하셔야죠."

하고 자리에서 일어선다.

"채희! 이리 좀 나오우 …… 행주 하나 빨아다 주구려."

하는 송희 어머니의 소리가 대청에서 나자 채옥도 잠자코 방을 나오지 않을 수 없다. 그러나 영빈을 건너다보는 채옥의 얼굴에는 심상치 않은 결심이 아로 새겨져 있다는 것을 송희는 똑똑히 보았다. 웬일인지 찬물이 등어리를 스쳐가는 듯한 가느다란 오한을 느껴진다.

"그럼 나가 보십시다. 벌써 한 시가 지났네."

하고 핸드백을 안고 송희는 일어섰다. 송희의 뒤를 따라 영빈도 일어서 뜰로 내려왔으나 영빈의 얼굴은 확실히 어두워졌다.

"어머니 이제 곧 손님이 오실거야요."

송희는 약간 괴로운 웃음을 띤 채

"그럼 채희 씨 정 선생님 모시고 올 테니 수고하세요."

하고 영빈의 뒤를 따라 대문 밖에 있는 손성묵 씨의 자동차에 올라탔다. 차바퀴가 차츰 속력을 내고 큰길로 쏜살같이 굴러갈 동안 차 속에 들어앉은 이 젊은 두 남녀의 마음속도 제가끔 다른 방향으로 달리고 있는 것이다.

두 사람은 잠잠한 채 우두커니 앉아 있으나 그들의 얼굴에는 심상치 않은 긴장이 새겨져 있다. 차가 종로 사정목을 지나고 본정 입구 가까이 올 때다.

"그 여자는 전부터 아셨던가요?"

하고 송희가 기어이 입을 먼저 열었다.

"채희라는가 하는 여자?"

영빈은 고개를 끄덕여 보이고

"내게는 반갑지 않은 사람야."

"빚쟁이요?"

"…… 빚쟁이야."

영빈은 고개를 돌이켜 차창 밖으로 눈을 돌리면서

"갚지 않아도 될 빚인데 …… 오늘 운수가 나빴어 …… 흥."

쓰디쓰게 웃는다. 송희는 영빈의 얼굴을 한참 쏘아보더니

"아니 여자에게 빚을 지고 갚지 않는다면 말이 되나요? 지금의 말은 물론 농담이시겠지만 …… 영빈 씨가 갚지 않는다면 내라도 갚아줄 의무가 있어요."

하고 자그마한 부채를 쪼르르 목덜미에 살랑살랑 바람을 보낸다.

"정말이야. 내게는 직접 관계없는 일이요. 내가 책임질 일이라면야 ……."

"그럼 그 미군 대좌라는 이는 이 근처 아냐요? 내가 내려서 다른 하이야를 하나 부를까봐."

하고 송희는 정차를 명하였다.

"송희 씨가 이 차를 타고 가시우. 나는 하이야를 불러 손님과 같이 갈 테니."

하고 영빈은 두 손으로 송희의 어깨를 안아 쿠션에 앉히고 차 밖으로 나갔다.

"그럼 시간에 맞춰 오세요. 너무 기다리게 하지 말고."

"오케이."

영빈이 뚜벅뚜벅 두어 걸음 저쪽으로 걸어갈 때

"잠깐만."

하고 송희가 따라 내려오며

"오늘 약혼식 발표는 정 여사에게 일임하는 것이 어떨까요?"

하고 송희가 방그레 웃어 보였다.

"정 여사? 좋지요. 그럼 갔다 오리다."

송희가 자동차로 다시 들어오고 그리고 그 조그마한 부채로 목덜미를 살랑살랑 부칠 동안 자동차는 남대문을 지나 청파동 큰길까지 왔다.

정 여사의 집 바로 부근이다. 주영매도 와서 있고 정 여사는 흰 모시 적삼에 흰 치마를 받쳐 입은 것이 그의 청초한 맵시에 가장 효과적으로 어울린다. 주영매는 늘 입는 검은 인조 조젯[67]에 당항라 적삼을 빨아 다린 것으로 입었으나 영매는 건강하고 맑고 아름다운 그 품성과 얼굴은 결단코 의복의 지배를 받지 않는 것이다. 송희는 그것을 똑똑히 보았다.

무슨 옷이라도 아무런 빛깔이라도 입어서 척 어울릴 수 있는 사람은 그리 많지 못하다.

그 때문에 그 개성에 따라 옷 모양도 다르고 색깔과 무늬가 달라지는 것이 문화가 나아간 사회에서만 가질 수 있는 한 가지 특권일 수도 있는 것이다.

그러나 정말 아름다운 사람 진정 어여쁜 여인은 옷과 색깔과 무늬를 입는 대로 자신이 흡수하고 조화시키는 때문에 의복의 지배를 받는 대신 언제나 자신이 의복을 지배할 수 있는 것이다.

주영매는 이러한 사람의 하나이라는 것을 알아보자 송희는 부러움을 지나쳐 질투의 가까운 감정을 일순 맛보는 것이다.

---

67 georgette. 표면이 멜론의 껍질처럼 주름 모양을 이루고 있는 직물.

비교적 짙은 색깔로 또는 극단으로 대조되는 빛으로 입을 때만 좀 더 효과적인 자신은 오늘도 백색 조젯 드레스에 검정 우단으로 만든 핸드백을 가졌고 그리고 검은빛 파라솔을 택한 것도 그 때문이 아닐까?

세 여자는 푹석한 자동차 쿠션에 기대어 남대문을 지나 조선은행 앞을 꺾어 올 때다. 은행 정문에서 막 나오는 듯한 황영빈이 고개를 떨어뜨린 채 길로 내려서서 남대문 쪽을 흘깃 바라본다.

송희는 뺑 돌아 앉아 고개를 뒤창으로 돌려대고 내다보았으나 영빈의 모양은 벌써 보이지 않았다.

송희의 집 안방에 앉아서 선풍기를 멀찌감치 틀어놓고 오늘 배달된 신문을 내려다보고 앉아 있는 손성묵 씨의 마음은 차츰 초조하여진다.

시계가 한 시 정각을 치고 벌써 십 분이 지났건만 아무도 오는 기척이 없다.

더욱이 손님들을 모시러 나간 영빈이나 송희가 무엇 때문에 이렇게 늦어지는 것일까.

송희 어머니도 대문으로 자주 눈을 돌리고 손성묵 씨는 갑갑해서 뜰로 내려와서 정원을 한 바퀴 돌고 그리고 다시 올라와 담배에 불을 붙일 때 대문 밖에서 가벼운 경적 소리가 난다. 손 씨는 두근거리는 가슴을 안고 대문께로 나갔다. 과연 여자 손님들이다. 정 여사가 첫눈에 띄었다. 천사와 같이 깨끗한 정 여사를 향하여 손성묵 씨는 굽실하여 예를 드리고 대청으로 안내를 하였다. 송희 어머니도 뜰로 내려와서 오늘 주빈이라는 이 젊은 부인 손님을 모셔 올렸다.

'얌전하군.'

송희 어머니는 입속으로 중얼거리고.

"더우신데 예까지 오시느라고 수고하셨습니다. 우리 송희가 노상 말씀하던 정 선생님을 이렇게 뵈오니 ……."

정 여사는 공손히

"변변치 않은 저희들을 위하여 이렇게까지 관심을 가져 주셔서 무어라고 인사를 드릴 말씀이 ……."

이러한 인사들이 오고가고 손님들은 우선 응접실로 들어갔다. 서늘한 차가 두 번이나 들어갔는데 영빈은 오지 않는다.

한 시 반이 지나서 한 시 사십 분이 될 때 자동차가 오고 그리고 그 속에서 나온 사람은 대좌와 그의 통역을 맡은 젊은 사람이다. 영빈은 급한 볼 일이 생겨서 혼자 떨어져서 온다는 기별이다. 손성묵 씨는 손님들을 식탁으로 안내하자는 눈짓을 한다.

기다리던 정 여사가 오면 그만이 아닌가. 오늘 몇 사람의 수고와 시간을 허비하고 만만치 않은 돈을 손성묵 씨 자신이 제공하여 이만한 만찬이 준비된 것은 오로지 정민혜 여사 한 사람을 위함이었다.

그렇다면 정한 시간이 이미 반시간도 넘어 지난지라 손성묵 씨는 영빈을 비롯하여 배빈[68] 일동을 식탁으로 안내하는 것이 당연한 일이다. 더욱이 오늘 자기의 참된 애국애족심에 가장 큰 감격을 가지고 G대좌까지 출석하였다는 것은 마땅히 일석이조가 아닐 수 없다.

이것으로 자기는 군정청 요직의 한 자리를 얻을 수 있는 약속도 되는 것이매 식탁에는 간간히 웃음소리가 들리고 숟가락 소리 술잔을 내려놓는 소리 그리고 이야기 소리가 주방까지 들려온다. 채옥은 송희 어머

---

68 陪賓. 지위가 높은 사람을 모시고 함께 오거나 참여한 손님.

니가 담아 주는 대로 새 음식을 가끔 상으로 가져가야만 되고 상 위에 그릇이 비는 대로 살그머니 내려놓고 새 음식 그릇으로 바꾸어 놓아야 된다. 대청의 시계가 벌써 세 시를 친다.

'웬일일까? 황영빈은 오지 않는단 말인가?'

채옥은 마음이 괴로웠다. 자기가 경솔하게 덤빈 까닭으로 이 사람이 아주 멀찌감치 자기를 피할 생각이 아닌가?

'피하면 피하고…….'

일이 여기까지 이른다면 자기는 벌린 춤을 움츠릴 이유는 없다.

정 선생님(정민혜 여사)에게 애기 아버지가 누구라는 것을 말하고서 정 선생님의 지혜와 힘을 빌려 정정당당하게 싸우리라. 이러한 결심을 어렴풋이나마 정하고 나니 한결 마음이 가라앉는다.

그러나 오늘 이 지붕 아래에서 가장 참혹하게 고민하는 사람은 백송희다.

G대좌가 무어라고 웃으며 영어로 질문을 하는 것을 가장 쉬운 말인데도 몇 번이나 더듬거려가며 간신히 대답을 하고 얼굴을 붉히고 그보다도 곁에 앉은 주영매가 냉수를 청하는데도 송희는 알아듣지 못하고

"냉수?"

하고 멍하니 앉았도록 마음은 극도로 혼란하여졌다.

G대좌는 그 큰 어깨를 흔들어 가며 손성묵 씨에게 이야기를 건네는 대로 통역은 쉽게 말을 전한다. G대좌의 붉고 큰 이마에 비하여 통역의 얼굴은 여위고 노르스름한 게 눈에 띈다.

손 씨나 G대좌나 통역이나 다 만취한 모양이다.

"허허허 와 하하하."

그들의 웃음소리는 높았다. 만족하게 먹고 마시고 그리고 큰 소리로 웃는 것이다.

손성묵 씨의 웃음은 소리 그대로 행복의 상징이 아닐 수 없다. 백만 원 기부를 선선히 약속을 받은 정민혜 여사의 만족한 얼굴을 볼 때

'돈의 힘, 돈의 가치.'

를 새삼스럽게 느끼지 않을 수 없는 것이다. 돈은 마땅히 늙은 파우스트를 청춘으로 돌아가게 한 메피스토펠레스가 아닐 수 없는 것이다.

미모도 청춘도 명예도 아니 정의와 도덕까지도 돈으로써 살 수 있다 생각하는 손성묵은 지극히 행복스러운 자신을 마음껏 찬미하고 싶었다. 이런 때는 기생이 있었으면 좋으련만 정 여사 앞에서 기생을 데리고 올 수는 없고

"그건 또 그렇고 …… ."

얼근히 취한 손성묵은 물끄러미 송희를 건너다 보면서 새로운 화제를 생각한다.

"공창 폐지 연맹 사무실 말야. 송희 실례 말씀 같다만 좀 허접하지 않아?"

하고 빙그레 웃고 정민혜 여사를 바라본다.

"사실 연맹 사무실은 허접합니다. 그러나 적당한 곳이 별로 없습니다."

정 여사는 이렇게 대답하고 부채를 들고 영매의 등어리에 바람을 보내며

"이제 그만 실례하고 일어설까?"

하고 눈짓을 하였다.

G대좌와 그의 통역이 약속한 시간이 있다고 먼저 일어서는 기회로 정 여사 일행도 돌아갈 차비를 하였다.

"사무실은 제가 제공하겠습니다. 넓은 거리는 아닙니다만 집은 이층인데 아래층에는 살림집으로 사용하실 수도 있고 외려 그러한 집이 나을지도 모릅니다. 에 또 이삼 일만 기다려 주십시오. 뭐 사무실 한 개쯤이야 문제 없습니다 하하하."

손성묵은 진심으로 유쾌하여 이렇게 웃는다.

"여러 가지로 감사합니다."

하고 공손히 인사하는 정민혜 여사에게

"천만에 그리고 제가 약속한 백만 원은 일간 그렇습니다 내일 보내드리죠."

하고 빙그레 웃는다. 손님이 다 돌아가고 그 많은 설거지가 끝이 날 때는 벌써 어슴푸레 황혼의 막이 내리기 시작하였다. 채옥은 행주치마로 손을 닦고 마루로 올라왔다.

"곤한데 좀 쉬우. 오늘은 참 생광스러웠어."[69]

송희 어머니는 생고사 빨아 다린 겹저고리 한 개와 광목을 몇 자 착착 접은 것으로 내놓으며

"우선 이걸 쓰우. 내 또 차츰 찾아볼게."

하며 채옥의 앞으로 내민다. 채옥은 괴롭게 웃고

"이렇게 걱정을 해 주셔서."

하고 가만히 한숨을 삼켰다.

"채희 씨 이리 와요."

송희의 말소리가 응접실에서 들리고 약간 창백해진 송희의 얼굴이

---

69 아쉬운 때에 요긴하게 쓰게 되어 보람이 있음.

응접실 문 밖으로 빼꼼히 내다본다.

채옥은 송희와 마주 보고 앉았다. 짙은 어둠이 창마다 스며들고 대청에도 환하게 불이 켜졌으나 두 젊은 여자는 의논이나 한 것처럼 불도 켜지 않고 우두커니 앉아 있는 것이다. 우울하고 피로한 채옥이나 절망에 가까운 슬픔과 분노를 안고 있는 송희 가슴이나 …… 그들은 꼭 같이 불행하였다. 꼭 같이 괴로웠다. 한 사나이 때문에 두 여자가 고민하고 있는 것을 그들은 잘 아는 것이다.

"황 씨는 어째 안 왔을까요?"

"G대좌에게 전갈을 하였는데 중간에서 무슨 급한 볼 일이 생겼다나 봐요."

송희는 호르르 한숨을 내쉬면서 아무렇지도 않은 듯이 이렇게 말을 하고

"참 채희 씨는 황영빈 씨와 언제부터 아셨던가요?"

하고 발딱 일어서서 벽에 붙은 스위치를 눌렀다.

채옥은 눈이 부신지 까만 두 눈을 서먹거리면서

"네 전부터 잘 압니다."

하고 송희를 빤히 바라보고

"선생님은 그 황 씨와 약혼하셨어요?"

하고 테이블 위에 놓여 있는 부채를 집어 든다.

"약혼 흥 약혼."

송희는 쓸쓸하게 웃고

"황 씨와는 어떻게 알게 됐을까? 채옥 씨 우리 오늘 저녁은 황영빈 씨 흉이나 보고 놀아요, 호호호."

송희는 소리를 내어 웃고

"황 씨는 얼굴은 잘 생겼는데 어째 야무진 곳이 없는 사람 같지 않우."

생긋이 웃으며 채옥의 대답을 기다려 본다.

"황 씨뿐인가요? 사나이들은 다 그런 걸요 뭐. 믿을 수 없어요. 더욱이."

채옥은 눈을 아래로 떨어뜨리면서

"저와 같은 과거를 가진 여인의 눈에는 사나이들이란 건 대수롭지 않게 보여요 …… 미친 것 같기도 하고 무정하다면 무정하고 체면도 없고 …… 아주 망나니야요, 호호호."

"누가? 황영빈이가? 호호호."

송희도 따라 웃었다.

"아니야요. 황영빈만 말하는 건 아닙니다만 …… 결국."

채옥은 웃음을 딱 끊고 후루루 한숨을 내쉬더니

"선생님 약혼하셨습니까? 황 씨와."

하고 정색하고 묻는다.

"왜?"

송희는 약간 당황하여

"글쎄 ……."

하고 채옥의 시선을 지키면서

"왜 그건 자꾸 물어 ……."

하고 억지로 웃었다.

"여쭈어 드릴 일이 있어서 그래요 …… 참 선생님같이 이렇게 어여쁘고 훌륭하신 이가 그 황 씨와 약혼하신다는 것은 …… 뭐라고 할까 개 모가지에 황금 사슬이야요 ……."

채옥은 마른 침을 삼키고

"선생님 이런 말씀을 드리는 것은 저로서는 무척 주제넘은 일입니다만…… 그러나 번연히 제가 알고서 어째 말씀을 아니 하겠어요……."

"……."

송희는 차츰 손끝이 싸늘해지고 등어리에 오싹 한기가 지나가는 것을 느끼면서 채옥의 다음 말을 기다린다.

"그 사람을 아주 단단히 아신다면 그뿐입니다. 선생님이 번연히 아시고 약혼을 하시고 결혼을 하신다면 그건 선생님의 자유이지요. 그러나 조금이라도 모르시는 점이 있고 그리고 혼인을 하시는 것은 퍽 위험한 일 같아요."

채옥은 차츰차츰 자기 말에 용기를 느끼면서

"선생님이 그 황 씨에게 대해서 조사도 해 보시고 오래 교제하시는 동안 이것저것 다 알고 계시겠지만 아마 한 가지 저에게 대한 일은 모르시는 것 같아요."

채옥은 어쩌자고 이런 말을 끄집어 내나 하고 자신을 꾸짖으면서도 이왕 벌린 춤이라 그는 굴러 나오는 말의 궤도에서 피할 여유는 없었다.

"제가 오늘까지 고생하면서 찾고 찾는 사람이 누군지 아십니까? 황영빈 그 사람이야요."

"황영빈! 황영빈."

하고 송희는 입으로 받아 외웠다. 그리고

"호호호."

하고 웃었다. 그것은 웃음은 아니었다. 공포와 절망을 지나친 황량하고 공허한 폐관에서 나오는 한 개의 진동이다.

"생각하면 우습기도 하죠."

채옥은 송희의 웃음을 따라 괴롭게 웃으며

"저 같은 것이 황 씨를 찾는다고 무슨 결혼을 하자는 것도 아니구요 단지 이 뱃속에 있는 생명만을 ……."

채옥은 여기까지 말을 하다 뚝 그쳤다.

앞에 앉은 송희의 얼굴이 죽은 사람의 그것과 조금도 다름없이 푸르고 흰 채 점점 수그려지고 있지 않느냐.

"선생님 선생님 정신 차리십시오."

채옥은 송희의 어깨를 잡아 흔들었다.

"선생님!"

흔드는 대로 고개만 흔들흔들 할 뿐 얼음같이 찬 두 손은 아무런 힘도 느껴지지 않는다. 맥도 뛰지 않고 …… 채옥은 얼른 대청으로 뛰어나왔으나 거기는 아무도 없었다. 송희 어머니는 목욕실에 들어갔기 때문이다.

"어머나 이를 어쩌나!"

채옥은 포도주 병이 대청 한 옆에 놓인 것이 눈에 띄자 그는 곧 병째로 들고 뛰어가 송희의 입에 대었다.

"주르르 주르르."

들이붓는 대로 송희의 입에 들어간 것보다 쏟아진 것이 더 많은 상 싶다.

채옥은 송희의 옷 매무새를 늦추고 그리고 옆으로 살그머니 안고 포도주 병을 또 다시 송희의 입에 대었다.

유곽에서 흔히 뇌빈혈을 일으키는 여자들에게 포주가 하던 일이 생각이 난 때문이다.

한참 만에 송희는 눈을 떴다. 얼굴도 차츰 혈색이 돌고 …….

"선생님 정신 차리세요."

"왜 내가 이렇게 힘이 없을까? 채희 씨 날 내방으로 좀 데려다 주시오."

송희는 채옥이 펴주는 요 위에 눕자마자 그의 눈에서는 눈물이 베개 위로 쏟아지기 시작한다.

"왜 우세요? 마음에 맞지 않는 세상이지만 어떻게 해요?"

채옥은 송희의 눈에서 흘러내리는 눈물을 타월로 씻어 주면서 속으로 후회와 자책을 느끼었다.

'내가 입을 놀린 까닭에 …… 나만 가만히 있었더라면 …….'

이렇게 속으로 생각하고

"선생님 용서해 주세요 네? 선생님 제가 경솔했습니다."

하고 채옥은 송희에게 진심으로 사과를 하는 것이다.

"온 천만에 채희 씨 고맙습니다. 난 이제 정말 황영빈이라는 사람을 알았다우 하지만 ……."

송희는 흐느껴 울었다.

"너무 늦었어 ……."

이튿날 아침 송희는 다른 때보다 일찍이 일어났다.

"내가 이렇게 넋이 빠지다니 …… 내가 …… 이 내가 ……."

송희는 뜰로 내려와서 하늘을 쳐다보았다.

아직 햇살이 퍼지지 않은 동편 하늘은 연남색으로 푸른데 멀리 하늘 저편으로 흰 새떼 같은 구름이 가늘게 떠있다.

'하늘은 푸르건만 아아.'

송희는 쓰디쓴 입맛을 다시고

'어제의 하늘은 아니구나!'

발그스름한 손바닥을 들여다보고 그리고 뒤곁 식모 방으로 갔다. 채옥은 쌔근쌔근 아직 잠이 깊다. 어제 하루 종일 바쁘게 일을 한 까닭도 있지만 또 그리고 임부로써의 피로도 있겠지만 사실 채옥은 밤늦도록 잠을 들지 못하였던 것이다.

천하에 자기만이 가장 답답하고 불쌍한 신세로만 생각하였던 것은 인간의 껍데기만 보는 동안이었다.

고래등 같은 큰집 속에 굽힐 데 다칠 데 없이 자라고 있는 백송희가 울고 있지 않느냐. 곱게 자란 화초에 거친 바람은 더욱 잔인하게 상처를 입히는 것이다.

채옥은 자신이 저질러 놓은 이 불운을 어떻게 하면 송희에게서 돌이키게 할 수 없을까 생각하여 보았다.

'싹도 없이 자신이 사라져 버린다면? 정 여사나 백송희 씨의 주위에서.'

채옥은 고개를 흔들었다. 정 여사를 배반할 수는 없다. 죽어도 정 여사의 기대를 저버릴 수는 없다.

'날만 새면 정 선생님에게로 가자. 가서 의논하자.'

이렇게 자신에게 타이르고 그는 무거운 눈까풀을 지그시 감은 때는 새벽이 가까이 올 무렵이었다.

"아직 자나요 …… 채희 씨!"

하고 송희가 부르는데도 채옥은 잠을 깨지 못하였다.

"채희 씨!"

송희는 망망대해에 흘러가는 일엽편주처럼 아득하여지는 가슴을 우선 채옥에게라도 열어 보고 싶었다.

"채희 씨 날이 다 밝았어요 자 일어나요."

송희는 채옥의 어깨를 잡아 흔들었다.

"우리 오늘 황영빈을 만납시다 채희 씨!"

채옥은 자리에서 일어났다. 일어나면서 흘깃 송희의 눈을 보았다. 송희의 눈에는 무서운 살기가 떠돌고 있다.

"황영빈을 만나서 내 채희 씰 맡길 테야. 아주 참따랗게 …… 두고 보아요 채희 씨."

채옥은 송희와 함께 뜰로 나왔다.

아침을 마친 두 여자는 가로수의 그늘을 골라 페이브먼트를 또박또박 걸었다.

구름 한 점 없이 개인 날씨는 오늘도 무척 더울 모양이다. 공창 폐지연맹 사무실에는 아직 정민혜 여사는 나오지 않았다. 낯선 젊은 여자가 책상에서 무슨 책인지 읽다가 자리를 권한다.

"채희 씬 여기서 기다려요. 내 나가서 정확하게, 길을 잘 모를 테니 택시라도 타고 와요."

하고 송희는 백 원짜리 몇 장을 꺼내 채옥의 손바닥에 놓아주고 밖으로 나왔다.

황영빈의 하숙에는 여전히 책상 위에 먼지가 뽀얗게 앉은 것이 영빈은 간밤에도 들어오지 않은 모양이다.

덥기도 하고 다리도 아프고 송희는 영빈의 방으로 들어가서 책상의 서늘한 촉감에 상기한 뺨을 시켜본다.

가슴이 두근거린다거나 발걸음 소리에 귀를 기울인다거나 그러한 가느다란 감정은 다 어제까지의 일이었다.

식을 대로 식은 송희의 정열은 차츰 굳어지기 시작하는 것이다. 굳어서 굳어서 돌이라도 되어 황영빈의 가슴을 냅다 질러 줄 수도 있을 것같이. 송희는 잠깐 동안 멍하고 바람벽을 지키고 앉았노라니 밖에서 발소리가 난다.

"황 황 군 있나?"

하는 소리와 함께 확 문을 열어젖히는 사람이 있다. 문이 열리는 순간 노란 단추 다섯 개가 눈에 비친다.

"앗 실례했습니다."

청년은 P였다. 전에도 가끔 만난 일이 있는 P는 송희에게 반갑게 인사를 건네고 그리고 황의 거취를 묻는다.

"글쎄요 저도 이제 막 들어왔습니다."

송희는 반사적으로 자리를 고쳐 앉으며

"무슨 급한 일이 계세요?"

하고 P의 당황한 얼굴빛을 살핀다.

"네! 좀 급한 일이 있는데! 춧춧."

P는 신을 벗고 방으로 들어오며

"가택수색이 될 듯싶은데요."

하고 영빈의 서랍을 뒤지기 시작한다. 이부자리며 이부자리를 떠받고 있는 버들상자를 열어보고 고개를 기울이더니 신을 벗고 밖으로 나간다.

바로 문지방 아래에 있는 아궁이를 꾸부리고 들여다보고 그리고 손을 쑥 넣어 휘휘 내젓는다.

P는 송희를 흘깃 보더니 눈을 지그시 감는다.

"송희 씨! 미안합니다만."

하고 무언지 자그마한 뭉텅이를 들고

"그렇습니다. 송희 씨가 이걸 가지고 여길 나가 주십시오. 그것이 제일 안전합니다."

"무어야요?"

"권총이야요. 지금 곧 형사대가 올 것입니다."

P는 나지막이 속삭이고 종이에 싼 것을 송희에게 준다.

'권총?'

송희는 입속으로 외어보고 P가 내미는 꾸러미를 바라보았다.

"네 속히 비키세요. 저기 곧 옵니다. 동무들이 간밤에 검속을 당하였는데 경찰서에서는 벌써 연루자의 성명을 거의 다 알게 되었답니다 근데."

P는 여전히 나지막한 목소리로

"아침에 A동무의 편지를 받았는데 무기를 전부 감추어 달라하고 그리고 무기 가진 동무들은 되도록 잘 피하라는데 …… 황은 어디 갔나요?"

P는 눈도 깜짝 하지 않고 권총을 내려다보고 앉았는 송희의 태도가 마음에 들지 않았으나 이런 경우에 성도 낼 수 없어

"자 황 군을 살리는 것으로 이것을 가지고 이곳을 나가 주십시오. 저기 골목에 방금 발소리가 들리는 것 같습니다그려."

P는 송희의 손에 억지로 피스톨이 싸인 종이 뭉치를 쥐어주었다.

"그럼 나는 갑니다. 나도 근신을 해야 될 테니까요."

P가 대문으로 사라진 얼마 후까지도 송희는 치마 위에 놓인 꾸러미에 손을 대지 아니 하였다.

멍하니 앉아 있는 송희의 머릿속에는 이 무서운 물건이 너무도 속히 찾아온 것에 놀라움과 반가움과 그리고 가슴을 쪼개는 듯한 슬픔이 수레바퀴처럼 쉬지 않고 돌아가는 것이다.

'이것으로? 이것을 가지고.'

송희는 사방을 휘휘 돌아보았다. 아무도 없다. 벽 위에 시계가 짤각 짤각 시간을 쪼을 뿐 실내는 죽음같이 고요하다. 송희는 종이 꾸러미를 움켜쥐었다. 그리고 검정 우단으로 만들어진 핸드백을 열었다. 향수 냄새가 풍기는 손수건을 꺼내자 그는 그 핸드백의 흰 손수건에 종이 꾸러미를 쌌다.

'짤깍.'

핸드백을 다시 닫자 송희는 일어났다.

부들부들 두 다리가 떨리는 것을 의식하면서 그는 뜰로 내려 신을 신었다.

송희는 핸드백을 귀여운 아기같이 안고 조심조심 자동차에 올라탔다.

"어디로 가십니까?"

하고 운전수가 물을 때까지 송희는 갈 곳을 지향하지 못한다. 그는 우선 송사리 떼같이 머릿속에서 왔다갔다 하는 생각들을 정리하기 위하여

"한강 철교."

하고 소매 속에서 손수건을 꺼내 이마의 땀을 눌렀다. 차가 움직이고 속력을 내어 달리는 대로 송희의 머릿속에 생각의 갈피들도 바쁘게 돌아간다.

황영빈이가 자기를 차츰 피하게 된 지가 그럭저럭 한 이십여 일이 되었구나. 삐라를 돌리다 길에서 만나 그 여자! 그 여자와 함께 황영빈의 자동차에 올라탔던 것이 바로 그저께였다. 약혼을 선언하자는 약속을 깨친 것은 어제 일이고 송희는 호르르 한숨을 뿜고

'어제 저녁에 채희가 황영빈의 아이를 임신한 것을 알았다…… 그런데?'

송희의 파래진 얼굴에 얄궂은 웃음이 한 찰나로 지나갔다.

'오늘은 이런 것을 내 손에 쥐어주는 사람이 있었다 호호호.'

커다란 운명의 바퀴가 천천히 그러나 아주 정확하게 송희의 눈앞으로 차츰차츰 가까이 굴러 오는 것을 느끼자 등골에서 오싹 소름이 지나간다.

한참 동안 송희는 멍하니 앉아 있다.

머릿속은 텅 비어 아무런 생각도 의식도 없는 채 그는 차체의 동요만을 의식할 뿐이다. 갑자기

"왜?"

하는 제법 커다란 소리가 송희의 입에서 굴러 나왔다.

'어머니가 나를 잃어버리고 살아갈 수가 있을까?'

송희는 고개를 좌우로 흔들었다. 송곳니에서 빠드득 소리가 났다.

'단연코 죽지 않으리라 단연코.'

송희의 입에서 이런 말이 외쳐지는 그 일 분 동안 송희의 마음의 방향은 급각도로 변하여지고 말았다.

어머니의 존재는 주검보다 강한 것이었다. 절망도 고통도 어머니의 얼굴 앞에는 마치 태양 앞에 물러가는 어두운 그것이다.

'하마터면 큰일 날 뻔했지.'

송희는 자신을 위하여 아니 어머니를 위하여 축하라도 하여야 될 마음의 광명을 인식하면서 창밖으로 눈을 돌렸다.

송희는 물론 황영빈에게 버림을 받은 슬픔을 처분할 길이 없어 스스로 생명을 끊어 버리려는 것은 아니었다. 단지 너무도 자기 자신이 엉뚱하게 큰 실패를 저질러 논 분노와 자기 증오의 감정에서 해방되고 싶

은 생각에서였다.

'모든 것은 끝났다.'

송희는 한결 가뿐해진 마음으로 옷깃을 여밀 수 있었다. 멀리 한강 철교가 나타나고 차창 바깥을 바라보는 시야에 비치는 경물은 한층 쓸쓸해진다.

"도로 시내로 들어가야겠어요."

송희는 운전수에게 한마디 하고 지그시 눈을 감았다.

'내 운명의 바퀴도 돌릴 때가 왔다.'

요란한 엔진 소리와 함께 차체가 몹시 흔들릴 때

'마땅히 나도 이렇게 돌아서야 되겠다.'

하고 송희는 입속으로 중얼거렸다.

공창 폐지 연맹 사무실에는 채옥이가 고스란히 앉아서 기다리고 있다. 주영매도 나와 있는데 정 여사는 오늘 몸이 괴로워서 못 나왔다는 기별이다.

"송희 씨 이분과 인사하세요."

하고 영매가 그 환한 얼굴에 미소를 띄우고

"탄실이 인사 드려요."

하고 두 사람을 서로 소개한다.

조금 전에 책상 앞에 앉았던 낯선 그 처녀가 동그란 이마에 덮인 머리칼을 한 손으로 쓸면서

"전 손탄실이야요. 앞으로 많이 지도하여 주세요."

"네 제 이름은 백송희라고 합니다. 보잘 것 없는 사람입니다만 서로 도와가며 살 수도 있지요."

송희는 그 잘 골라선 이빨을 내놓고 깔깔 대고 웃는 것이 이 자리에 그리 어울리지 않을 만큼 웬일인지 송희는 기쁜 듯이 웃어댄다.

"자 그러면 채희 씨 우린 돌아갑시다."

하고 채옥을 돌아보았다.

"정 선생님께서 편치 않으시다니 전 그리로 가보겠습니다."

하고

"주영매 선생님이 지금 그리 가신다니까 같이 가보겠어요."

한다.

"그럼 난 집으로 갈까봐."

송희는 문득 자기가 아침을 겨우 한 술밖에 먹지 않고 나온 것이 생각이 나고 어머니가 얼마나 근심하고 계실까 하고 생각하니 가슴에서 뜨거운 것이 뭉클하고 치미는 것을 느낀다.

'개 같은 한 인간을 위하여 내 어머니를 괴롭혀 왔어.'

송희는 어금니에서 빠드득 소리가 날만치 이를 다물고 밖으로 나왔다. 벌써 오정이 가까워 거리는 한창 뜨겁다.

송희는 아무 것도 타지 않았다. 조급한 마음 같아서는 자동차를 타야겠는데 생각하면서도 웬일인지 그는 걸었다. 화끈화끈 내려 쬐는 햇살이 정수리, 뺨, 목덜미를 질근질근 씹는 듯이 괴로웠으나 송희는 그 괴로운 감각을 짐짓 지그시 참으면서 길을 걷는다.

집에는 손성묵 씨가 와서 대청에서 어머니와 이야기하고 있다.

"아저씨 오셨어요?"

빨갛게 타는 얼굴에 땀이 마치 구슬처럼 흘러 떨어지고 있는 송희는 손성묵 씨에게 이렇게 인사를 하고 구두를 벗고 대청을 올라선다.

"애야 너 덥겠구나. 시장 하지 않니?"

어머니는 타월을 내다 딸의 이마며 목덜미를 씻어주고 한 손으로 부채질을 하며 딸의 등어리에 바람을 보내준다.

"이리로 와서 앉어."

어머니는 송희를 뒷문 옆에 앉히고 선풍기를 딸의 정면으로 갖다 놓는다.

"아무 것도 안 먹었지?"

송희의 움푹 들어간 눈시울을 볼 때 어머니는 이렇게 한마디 하고 찬간으로 내려가서 밥상을 들고 온다.

"어머니 관두세요. 제가 갖다 먹으려니까……."

송희는 두 손으로 상을 받아들었으나 그의 눈에는 안개가 끼인 듯 눈물이 동공을 싼다.

"영빈은 왜 어저께 아니 왔다더냐. 몸이 불편한 게 아니냐?"

"어머니!"

송희가 가만히 어머니를 불러 놓고

"아저씨 저 밥 먹겠습니다."

하고 수저를 든다.

목적하고 온 이야기가 다 끝이 났던지 손성묵 씨는 돌아가고 송희도 밥을 두어 술 뜨고 밥상에서 물러 나왔다.

"어머니!"

송희는 어머니를 부를 때마다 늘 하는 대로 빙그레 웃으며 어린 아이같이 고개를 갸우듬하고

"어머니 전 오늘 어머니께 사죄를 드려야 해요 호호호."

하고 웃고 호 하고 한숨을 쉰다.

어머니는 송희의 오늘따라 좀 달라진 표정이 적이 불안을 느끼며

"사죄가 무슨 사죄냐? 부모 자식 간에 ……."

"아냐요. 어머니 황영빈이 말야요 그 자식이 부랑자야요. 그걸 모르고 제가 경솔했어요."

송희는 목소리를 낮추어

"어제 왔던 채희가 말아요 황영빈의 아이를 배었어요. 채희라는 여자는 저 ……."

유곽에 있던 여인이라고 말을 하려다가 마치 자기가 목표하고 꿈을 보는 사업에 대하여 비밀을 누설하는 것 같기도 하고 또 한 가지 그런 여자를 동무와 같이 끌고 다니는 것을 어머니가 섭섭하게 생각하실 것도 같고 해서

"아주 불쌍한 여자에요 …… 어머니도 없고 아버지도 없고 …… 저도 아버진 안 계시지만 …… 그래도 어머니가 계시니까 전 행복이지만 ……."

"그건 어디서 들었니?"

어머니는 약간 파래진 입술에 억지로 미소를 띠우고

"그래 네 맘은 어떠냐? 황영빈과 파혼할 의향이냐?"

"물론이죠. 그까짓 개자식."

씻어 뱉듯이 송희는 이렇게 말을 마치고 발딱 일어서서 제방으로 들어간다.

"야! 송희야 이리온."

어머니는 딸이 약간 고개를 떨어뜨리고 나오는 것을 볼 때 칼로 가슴을 찢는 것 같은 아픔을 느끼면서

"애야 너 황영빈과 채희이라는 여자의 일을 자세히 알고 하는 말이겠지?"

"물론 잘 압니다. 채희의 입으로 들었어요."

어머니는 잠자코 마룻바닥을 굽어보다가

"채희가 아이를 배었다는 것은 큰일은 아니다. 아이는 나서 유모를 주면 그만 아니냐 …… 문제는 황영빈이가 너를 사랑하느냐 채희라는 여자를 사랑하느냐에 달렸다."

기생으로 명기로 젊은 시절에 사나이들의 사랑과 돈과 지위와 그런 것들을 얻던 그 수법을 오늘 자기의 딸을 위하여 쓰게 되는 송희의 어머니는 쓸쓸하였다.

'딸만은 내 딸만은 송희만은.'

하고 염불하듯이 높이고 아끼고 위하던 송희의 운명에도 야릇한 검은 구름이 떠돌기 시작하는 것을 볼 때 송희 어머니는 괴롭지 않을 수 없었다.

"송희야 황영빈이가 채희를 아주 잊어버리고 말야 너만 생각하고 결혼한다면 말야 괜찮겠니 …… 그렇다면 말이다 채희라는 여자의 문제는 내게 맡겨다오. 내가 알아서 처리할 테니."

"어머니."

송희는 제법 커다랗게 어머니를 불러놓고

"채희와 앞으로 어떻게 되던지 그것이 문제가 아닙니다. 근본적으로 황영빈이가 싫어졌어요 …… 보잘 것 없는 부랑 청년에게 저는 단지 불쾌밖에 아무 것도 느끼지 않고."

"그런 사내를 왜 알지도 못하고 약혼을 했니?"

"그러니까 제가 이렇게 어머님께 사죄를 하는 게 아냐요? 어머니 …… 잘못했습니다."

송희는 파르르 떨리는 입술을 깨물고 억지로 웃음을 띠우고

"어머니 다시는 그런 경솔한 짓을 아니할 테야요 어머니 ……."

마침내 송희의 울음소리가 터져 나왔다.

"애야 송희야 울지 마라! 커다란 게 이게 무슨 짓이냐?"

딸이 등어리를 어루만지는 어머니의 눈에서도 굵은 눈물이 방울지어 굴러 내렸다.

"애야 실패는 성공의 근본이라는 말이 있지 않니? 낙심마라 …… 앞으로 주의만 하면 관계없다 응. 그까짓 황영빈쯤이야 내가 있는데 누가 너를 건드릴 놈이 있어?"

송희는 잠자코 고개를 끄덕였다.

칠 개월 동안 황영빈과 쌓아 놓은 사랑의 제단은 이렇게 참따랗게 무너지고 말았다. 그러나 운명은 송희를 영원히 해방하지 않을 줄을 이 슬픈 모녀는 알 길이 없는 것이다.

산은 푸른데

이튿날도 구름 한 점 없이 맑게 개인 날이다.

이글이글 내리 쪼이는 햇살은 용광로 그것같이 지상의 일절이 타고 녹는 듯이 뜨겁다.

주영매는 오늘 하루 일을 마치고 흥건히 흘러내리는 땀을 등어리에 감각하면서 솜같이 피로해진 다리를 끌고 현관문으로 들어섰다. 현관 이조 다다미에 걸터앉은 한 개의 얼굴과 마주쳤다. 전에 왔던 그 남자이다.

"김황용 씨! 오셨습니까?"

영매는 고개를 까닥해 보이고 신을 벗고 들어간다.

"마침 잘 오셨습니다."

김황용은 안으로 들어가는 영매의 뒤통수에다 대 놓고 이 말 한 마디를 하고 열없게 씩 웃는다.

"애야 영매야?"

어머니가 바늘에 실을 꿰면서

"벌써 한 시간이나 됐다. 저녁이 아주 호통을 하고 이층에 네 오빠가 아주 속이 상해서 못 견디지 않니?"

"오빠가 들었어요?"

영매는 보에 쌓인 능금을 꺼내어 찬물에 씻으려고 수도로 내려간다.

"어떻게 하시렵니까?"

현관에서 김황용의 목소리가 커다랗게 들린다.

"잠깐만 기다리세요."

영매는 물방울이 동글동글 달려 있는 능금을 사기 쟁반에 받쳐 들고 이층으로 올라간다.

오빠의 양 뺨이 맨드라미같이 홍조가 되어 있는 것을 보아 열이 오른 것만은 확실하다.

"오빠?"

긴 속눈썹을 서먹거리면서 천장을 쏘아보고 누워 있는 오빠의 곁으로 가서 영매는 교의에 걸터앉았다.

"오빠 걱정하실 것 없어요. 오늘도 회사에서 말들이 났는데 적산[70]은 살고 있는 사람이 버티고만 있으면 어쩌지 못 한데요. 엠피[71]도 할 수 없데요."

"……."

영매는 능금을 깎아서 한 쪽을 쪼개어 오빠의 손에 쥐어 주고

"내 잠깐 내려갔다 올게요."

하고 아래로 내려왔다.

"내가 온 지가 몇 시간이나 되는 줄 아십니까. 오늘은 꼭 결말을 짓도록 해야 합니다."

---

70 敵產. 1945년 8.15 광복 이전까지 한국 내에 있던 일제나 일본인 소유의 재산을 광복 후에 이르는 말.

71 헌병.

하고 김황용은 쭈르륵 부채를 펴서 훨훨 코배기를 부치며 이쪽으로 나오는 영매를 바라본다.

“결말이라니요? 어떻게 지우잔 말입니까.”

영매는 한 옆에 도사리고 앉으며

“우리가 살고 있는 집을 타인이 어떡할 작정입니까? 이 집만 하더라도 우리는 살고 있던 가등(加藤)이란 일인(日人)한테 직접 받은 거야요. 우리가 있는 집이니까 우리 집이야요 …… 도무지 타인에게 양보할 맘도 없구요 또 형편도 못 됩니다. 그러니까 …….”

영매가 여기까지 말을 할 때

“그러니까 그냥 돌아가란 말씀이죠?”

하고 김황용은 싱글벙글 웃는다.

김황용의 머리! 양편 귀 밑을 길게 길러 뒤로 넘겨 빗은 머리에는 방금 뚝뚝 흘러내릴 듯이 기름이 발라져 있고 번질번질 윤이 나는 검붉은 이마에는 관자놀이에 지렁이 같은 혈관이 퍼렇게 내돋치고 있다.

일본 나막신짝같이 넓적하게 생긴 얼굴은 꼭 눌러 놓은 것같이 콧등성이가 낮은데다가 콧구멍만 멋없이 큰 것이 이 사람 얼굴의 특색이라면 특색이다.

양편 가슴으로 길고 넓게 갈라 붙인 양복 깃고대 거의 배꼽 근처에 가서 단추가 두 줄로 두 개씩 달려 있는 것이 ‘료마에’[72]라는 양복인 상 싶은데 주영매의 눈에 이런 양복을 이런 청년이 입고 있는 것을 볼 때처럼 진저리나는 때는 없다.

---

72 兩前, りょまえ(료마이). 더블 재킷. 겹여밈(옷), 겹자락으로 순화.

푸른 저고리 아래 누른 미국 군대 바지를 입은 것은 어찌되었든 신고 있는 구두 검은빛 구두는 기름에서 건져낸 듯이 흠뻑 구두약을 뒤집어 쓰고 있다.

'매스꺼운 몰골이다.'

영매는 일각이라도 속히 몰아 내지 않으면 안 될 이 김황용이가 천천히 구두를 벗고 현관 다다미에 평발을 치고 올라앉는 것을 보자 영매의 골피는 찌푸릴 대로 찌푸려졌다.

"돌아가 주십시오. 병자도 있고 해서 긴말 할 시간은 없습니다."

하고 영매가 일어설 기미를 보인다.

"흐흐흐 그럼 집을 내놓으실 형편이 꼭 못 되신다면 이만 원만. 그렇습니다, 이만 원만 주십시오 권리금으로."

하고 황용은 손을 내민다. 고릴라의 손같이 긴 손이다.

"왜 돈을 내요 돈도 없지만 있어도 드릴 순 없어요 …… 돌아가 주십시오."

영매는 발딱 일어서자 뺑 돌아서서 안으로 들어가 버렸다.

웃음이 사라진 김황용의 얼굴은 사나운 짐승같이 험상궂은 표정으로 변하여졌다.

현관 바닥에다 탁 하고 가래침을 밸더니

"그럼 엠피와 같이 오죠. 그땐 구구한 사정은 말아야 합니다."

드르릉 문을 여는 소리와 함께 김황용의 큰 키는 길 밖으로 사라졌다.

사조 반 다다미방에 묵고 있는 탄실의 모녀는 적은 냄비를 걸고 따로 밥도 끓이고 죽도 끓이고 그러나 끼니만은 곧잘 이어간다.

탄실이가 영매의 회사에 근무하게 되고 거기서 나오는 살라리[73]는 두 모녀의 먹을 쌀과 나무를 사는데 전적으로 도움이 되는 것이다.

탄실은 영매와 같은 회사에서 일을 마치면 영매와 같이 공창 폐지 연맹 사무실로 가고 그리고 거기서 두 처녀는 나란히 집으로 돌아오고…….

두 처녀는 꼭 같이 젊고 꼭 같이 건강하다. 그러나 다 같이 근심이 있다. 영매는 오빠의 병, 탄실은 아버지의 행방이다.

괴로운 인생을 체험하는 두 처녀는 오늘도 서로 위로하고 서로 동정하면서 타박타박 황금정 넓은 길을 걷는다.

제법 시장하고 지치고 목마른 오후 네 시면 아직도 해가 지려면 네 시간이나 있어야 할 것이다.

그들은 전과 같이 연맹 사무실로 들어서자 정 여사와 송희가 무엇인지 열심히 이야기들을 하고 있다가 반갑게 맞아준다.

"영매 오늘은 두 가지 보고가 있는데 자 앉아서 들어 봐요."

하고 정 여사가 자리를 권한다. 요새 새로 사온 교의가 두 개 더 있는 덕분에 탄실과 영매는 나란히 앉았다.

"보고의 한 가지는 오늘 시장 K씨를 만났는데 …… 극장을 빌리는 일은 우선 단념하기로. 이유는 시공관을 빌리는 권한이 시장에게 없다는 것 둘째는 백만 원 기부를 약속해 주신 손성묵 씨께서 우리 연맹에서 감사의 뜻을 표하는 적은 모둠이 있을 것."

정 여사가 말을 채 마치기 전에

"시장은 밤낮 단념이니 안 되느니 그런 소리 밖에는 대답이 없는 모양이죠. 일부러 그럴까요? 자기의 힘으로는 안 된다는 말입니까?"

73 Salary. 노동의 대가에 대하여 일관되게 지불하는 급여.

영매는 얼굴이 약간 상기가 되어서

"그분은 마치 우리들이 값싼 기분에 날뛰는 장난이나 하고 있는 줄로 아는가봐."

"그런 것도 아니야."

정 여사는 영매를 돌아보고

"씨도 우리 운동을 아주 반대 한다거나 싫어하는 것은 아니야. 하지만 공창을 폐지하고 거기서 나오는 인간들을 구제한다는 것은 한 가지 꿈이라는 거야요. 그 여자들은 당신들의 구제를 바라지도 않고 또 설사 구제를 한다고 당신들의 그 플랜대로 희망원인가 하는 기관이 생긴다 합시다 그네들이 참따랗게 와서 배겨날 상 싶소? 그들이 어떤 여인들인 것을 알기나 하고들 있소? …… 그것이 시장의 태도야 ……."

정 여사는 얼굴빛을 엄숙히 하고

"그러니까 우리는 우리의 꿈 아니 우리의 이념이 관철되기까지 꾸준히 싸워야만 해요. 싸워서 싸워서 이기는 날이 올 때까지 ……."

정민혜 여사의 자그마한 주먹이 힘 있게 쥐어진 채

"다행으로 우리에게 백만 원의 기부금을 내놓는 동지가 나타난 이상 우리는 마땅히 그분에게 감사의 뜻을 표해야 할 거야. 손성묵 씨께 감사하는 회를 가지자는 의논이야 ……."

송희는 싱글벙글 웃으며 영매를 바라본다.

"누가 이때껏 우리 일을 위해 백만 원은커녕 단돈 만 원 내는 사람이 있었나? 손성묵 씨는 그런 의미에서 생각하면 가장 우리들의 존경할 수 있는 동지라고 볼 수 있지 않아?"

정 여사의 침착하고 야무진 목소리는 송희의 의견을 결정적으로 지지한다.

'손성묵 씨? 손 씨 …….'

탄실은 영매를 건너다보고 빙그레 웃는다.

"손 씨라면 반갑지?"

영매도 마주 바라보고 웃었다.

'손성묵 씨라는 이에게 물어보면 혹시 우리 아버질 알 수 있을지?'

탄실은 맘속으로 이런 생각을 하자 바지작바지작 타는 듯 아버지가 그립다. 아버지와 어머니와 같이 둘러앉아 밥상을 받는 환상을 그릴 때다.

"내 지금 손성묵 씨 사무실에 가는데 같이 갈 사람 누구야?"

하고 송희가 여럿을 돌아본다.

"가볼까?"

탄실이가 영매를 꾹 찔렀다.

"손 씨라면 다 너의 아버질 안다더냐 호호."

하고 영매가 웃는 것을 보고

"그래도."

하고 탄실이도 열없게 웃고 열어 놓은 유리창으로 가서 기댄다.

바람이 살랑살랑 불어오는 창 기슭에는 지나가는 두터운 구름이 제법 햇살을 가린다. 둥둥 떠가는 구름장을 바라보는 탄실의 눈에는 하얀 이슬이 맺혔다.

"아무도 갈 사람이 없으면 나 혼자 갈 테야."

하고 송희가 나갈 때다.

"영매 같이 가보우. 우리 연맹에서 마땅히 인사를 차려야 할게 아뇨? 나 대신 잠깐 갔다 와요."

하고 정 여사가 정중히 영매에게 이르자

"네! 그럼 갔다 오죠, 탄실이."

영매는 탄실의 등 뒤로 가서 탄실의 어깨를 안았다.

"같이 가요 자!"

세 사람이 나간 뒤 정 여사는 각 연맹 가입 단체에다 소집장을 발송하려고 종이를 편다.

'팔월 이십일일 오전 열한 시 본 연맹 사무실에서 공창 폐지 연맹 중앙 위원회를 엽니다. 요건은 1. 백만 원 기부 받은 건에 대하여 2. 연맹 사무실 기부 승낙의 보고'

이러한 문구들을 쓰고 공창 폐지 연맹의 도장을 찍는다.

"선생님 제가 선생님께 말씀드릴 일이 하나 있어요."

채옥은 정 여사의 일이 거의 끝난 것을 보고 자기도 부채를 놓으며

"저 다름이 아냐요."

"응?"

정 여사는 소집장을 한 장씩 봉투에 넣던 손을 잠깐 멈추고 채옥을 돌아본다.

"저 다름이 아나요. 황영빈이란 청년 아시죠? 그 황영빈이가 ……."

"으응 알아 잘 알지."

정 여사는 열다섯 개나 되는 봉투들을 수북이 책상 한가운데 쌓아 놓고

"그래 황영빈이가?"

"저 백송희 씨와 약혼을 했다지요?"

정민혜 여사는 방그레 웃으며

"몰라 난 그것은 잘 모르지만 왜? …… 약혼할 수도 있는 것이지."

일전에 자기 집 마당에서 송희가 어떻게 당황스럽게 황영빈의 뒤를 쫓아가던 장면을 생각하고 정 여사는 고개를 끄덕였다.

해가 거의 저물 무렵에 정 여사와 채옥은 연맹 사무실에서 나왔다.

"선생님 전 버린 몸이야요. 하지만 뱃속에 것이 가여워요 …… 제가 이런 말씀 정 선생님께 아뢰었다는 것을 아예 누설하지 말아 주세요. 백송희 씨께 말씀야요."

잠자코 고개를 끄덕이는 정 여사의 얼굴은 우울하여졌다.

송희와 영매를 따라 손성묵 씨라는 고마운 유지를 찾아가는 탄실의 맘은 약간 초조하여진다.

'그처럼 장한 뜻을 가진 이라 응당 사회에 출입이 넓은 것이요 따라서 아는 사람도 많을 것이다. 내 아버지 손빈 씨도 혹시 알 수 있을는지 몰라 …….'

탄실은 벙긋 웃어지려는 입술을 애써 깨물었다. 순간 커다란 한숨이 밀물처럼 가슴속에서 치밀어 올라온다.

세 처녀가 나란히 걷는데도 탄실의 걸음이 매양 앞으로 앞으로 빨리 나가는 것은 무슨 까닭인고.

복잡한 본정 거리를 들어서면서 탄실의 가슴은 차츰 뛰기 시작한다.

이윽고 물산 회사 문 앞에 당도하자 탄실의 두 귓바퀴가 맨드라미같이 붉어지고 가슴은 산새같이 파득거리기 시작한다. 송희가 먼저 이층으로 올라가며

"거기들 잠깐만 섰어요. 나 먼저 올라가보고."

두 처녀는 아래층에 남았다. 토방[74]대로 있는 아래층은 별로 물건 같은 것도 없고 정문과 마주 보이는 붉은 벽에는 절반 깨어진 유리창으로

뿌연 광선이 들어온다.

'기분 나쁜 집이야.'

어느 날 어머니와 함께 여기를 찾아오고 그리고 그 뾰로통한 여인에게 쌀쌀한 대답을 듣고 돌아갔던 집이 여기가 아니야? 탄실은 속으로 이렇게 생각하면서도 이층에서 이제 곧 들릴 송희의 목소리에 귀를 기울인다. 콩콩 발소리와 함께 송희가 다시 내려온다. 탄실은 층대에 올라 갈 차비를 하고 송희 앞으로 다가섰다.

"아냐요 잠깐만."

하고 탄실의 가슴을 막으며

"손님 오셨어요. 그래 내가 간단히 정민혜 선생님의 인사 말씀을 전하고 내려오는 길이야요."

송희는 구두를 신으며

"갑시다."

하고 앞으로 서서 나간다.

오늘은 꼭 무슨 기별을 반드시 좋은 소식을 얻어 들으려니 하고 기대하고 왔더니 만큼 탄실의 가슴은 허전하여 지는 것이다.

'아버지, 오 아버지.'

넓은 바다 속에서 진주알을 찾듯이 하염없는 자기 소망이 너무도 덧없는 것이 슬펐다.

올 때와는 딴판으로 탄실의 걸음은 느리고 힘없이 송희와 영매의 뒤를 따라 걷는다.

---

74 방에 들어가는 문 앞에 좀 높이 편평하게 다진 흙바닥.

송희가 들어왔던 까닭에 잠깐 이야기가 끝났던 이층에는 지금 다시 화제가 계속된다.

"MP? MP 좋지 좋아. 대좌에게 한 번만 청하면 그만야."

손성묵은 마주 앉은 젊은 남자에게 이런 말을 하고 천천히 담배에 불을 붙인다.

"뭐 이층에 병자가 있고 아래층에도 두 세대가 산다고 뻗대니까요. 누가 가더라도 말썽은 들을 것 같아요. 젊은 계집애가 여간 똑똑하지 않아요."

김황용은 지금도 귓속에

"드릴 돈도 없고요 있어도 드릴 순 없어요."

하던 주영매의 말소리가 똑똑히 들리는 것이다.

"계집애라니?"

손성묵 씨의 얼굴의 긴장은 일시로 탁 풀어진다.

"그 집 딸인 모양인뎁쇼 아주 심장이야요."

김황용은 고개를 설레설레 흔들고 럭키스트라이크를 한 개 뽑아서 라이터를 눌러 불을 붙인다.

"아들이면 또 몰라도 딸쯤은 상관없어 허허허."

손성묵은 웬일인지 흩어져 나오는 웃음을 그대로 소리를 내어 웃는다.

"그래도 미국 사람은 사내들보다 여자들 말을 잘 들어요. 것도 젊고 어여쁜 계집의 말이라면 팥으로 메주를 쑨다 해도 듣는 수가 많아요 히히히."

"염려 없어. 어여쁜 계집애 말도 잘 듣지만 돈의 말도 잘 듣거든 ……."

김황용은 손성묵 씨의 말이 진정 그렇다는 듯이 힘 있게 고개를 끄덕

이고
“그럼 집 사건은 손 주사께서 맡으시기로 하시고 …….”
하고 황용이 일어선다.
“그렇지만 …… MP가 갈 동안 종종 들러보아야 할 걸.”
“네 네. 아무렴 그렇고 말굽쇼. 그건 그렇고 저 하얀 가루 좀 주십시오. 집에 오는 흑인 중에 그걸 부탁하는 자가 있어요.”
하고 김황용은 코카인을 청하는 것이다.
“흰 것은 지금 없는데 검정 걸로 가져가지?”
“그럼 아무 것이라도.”
손성묵은 철궤 문을 열고 생엿같이 생긴 아편을 호두 알만치 쥐어 가지고 유지에 돌돌 싸면서
“현금은 가졌지?”
“네. 얼마입니까?”
“이전대로만 내게.”
김황용의 손에서 묵직한 지전 뭉치를 받은 손성묵은 종이에 쌓인 아편을 황용의 손에 놓아준다.
김황용이가 돌아간 뒤에 손성묵은 안락의자에 앉아 커다랗게 기지개를 켜고 담배를 한 개 꺼낸다.
‘집이 말썽을 부린다면 정민혜라는 그 아름다운 여자에게는 정말 미안할거야 미안하고말고. 근데 …… 근데?’
집 사건이 꺼림직 하지 않은 바는 아니나 저 많은 철궤 속에 돈이 모든 어려운 문제를 술술 봄날의 눈처럼 풀어줄 것을 생각하니 민혜라는 의젓한 신부가 방그레 웃고 금방 자기를 쳐다보는 것 같은 환영이 손 씨

의 눈앞을 스쳐간다.

"흐흐흐 으흐흐."

목구멍으로 터져 나오는 웃음을 진정할 도리는 없다. 손성묵은 연방 벙글거리는 입을 헤 벌린 채 전화기를 들었다.

"거기가 동대문 집이오?"

하고 송희의 어머니를 부르는 것이다.

그 사이 정민혜 여사에게 의견을 들어 보았느냐고 캐고 물으려다가 안방으로 쓰는 다다미방에 지금 또 외출을 할 차비로 짙은 화장을 하고 나오는 젊은 여인과 눈이 마주치자 그는 슬그머니 전화를 끊고 엉거주춤 교의에 걸터앉았다.

바로 이때이다. 요 며칠 도무지 얼굴을 볼 수 없던 황영빈이가 창백해진 얼굴로 들여다본다.

손 씨에게 인사를 하자마자 약간 당황스럽게 전화기 앞으로 가더니 송희에게 전화를 건다.

"송희 씬 어디 갔습니까? 전 황영빈입니다."

전화기를 몇 번이나 들었다 놓았다 하였으나 저편에서는 아무런 기척이 없다.

"고장일까?"

영빈은 그 아름다운 조각같이 잘 조화된 이마를 찌푸려 가지고 또 다시 전화기를 들었다. 저편에서 전화를 받는 기척이 나자 반색을 해서

"전 황영빈입니다. 송희 씨 계서요?"

할 때 딸깍하고 전화는 끊어진다.

"츳."

영빈은 혀를 차고 여인처럼 어여쁜 입술을 깨물면서 교의에 앉았으나 그의 가슴 속은 적이 불안한 것이었다.

'권총을 송희가 가졌다는데 …… 그전 같으면 …….'

영빈의 소위 동무들이 몇 사람이 방금 검거를 당하여 문초를 받고 있고 자기에게 권총이 한 자루 돌아온 것을 아궁이에 감추어 두었는데 P가 찾아서 송희에게 맡겼단 말을 오늘 아침 P에게서 들은 것이다. 그동안 영빈은 은숙이와 돌아다니느라고 요 몇 날 동안 방을 비어 두었던 까닭에 그 사이 형사대가 와서 가택수색을 하고 간 것도 전연 몰랐던 것이다. 두 번이나 걸려온 황영빈의 전화를 끊어버린 송희의 가슴은 아프고 쓰리고 그리고 어쩐지 가려운 곳에 손이 다은 듯한 가벼운 쾌감도 지나간다.

'그러나 …….'

송희는 고개를 흔들었다.

'만나서 할 말은 해야지.'

송희는 수화기를 집어 들었다.

"영빈 씨야요? 나 송희야요. 내 지금 가지요."

지금 곧 오겠다는 송희의 목소리를 듣는 황영빈의 맘은 갑자기 환해졌다.

짙은 어둠 속을 뚫고 나온 기차와 같이 영빈의 맥박은 활기를 띠고 다음 코스로 돌진할 의기를 가지는 것이다.

"고맙습니다 송희 씨!"

영빈은 일 분 전에 초조와 불안이 지금 자기 음성 속에 남아 있어서는 아니 되는 것이다. 그는 되도록 점잖게 또 은근하게

"송희 씨 고맙습니다. 모든 것은 만나서 말씀 드릴 테니 저 그 단풍 아래로 오세요."

명령에 가까운 어조로 이렇게 말끝을 마친 영빈의 입가에는 자신이 넘치는 소리가 흘러간다.

'그러면 그렇지 내 전화 아니 내 목소리를 듣고 언제까지 버티고 있지는 못할 테지, 흥.'

영빈은 휘파람을 날리며 밖으로 나왔다.

해는 벌써 석양의 붉은 노을 속에 숨으려는데 황혼은 아직 나래를 펴지 않은 장안 거리는 권태와 분노와 그리고 공포에 가까운 불안이 있다.

영빈은 사방을 휘휘 돌아보고 자기를 따르는 사람이 없는 것을 인식한 후에 약간 빠른 걸음으로 남산 기슭을 치달린다.

'단풍 아래로.'

자기가 말한 그대로 남산 신궁 뒤 깊숙한 그늘 속! 철보다 빨리 붉은 빛을 띤 단풍나무가 무성한 가지를 안고 조용히 서 있는 곳. 여기는 매양 영빈이가 송희를 만나서 단꿈을 속삭이는 익숙한 장소이다.

송희는 아직 아니온 모양이다. 황영빈은 케이스에서 캐러멜을 한 개 꺼내어 라이터를 눌러 불을 붙였다.

깊숙이 연기가 폐부를 적시고 기관을 한 바퀴 돌아 나올 동안 영빈의 머릿속에는 벌써 한 개의 플랜이 훌륭히 짜지고 있다.

'송희 한 개쯤이야 기생의 딸 하나쯤이야.'

마귀와 같이 웃고 영빈은 절반이 남은 담배를 땅바닥에 내던져 버렸다.

저 아래에서 사람의 발소리가 난다. 영빈의 신경은 긴장된다.

영빈은 일부러 신궁 뒤로 가서 몸을 숨겼다.

씨근씨근 가쁜 숨결이 바로 지척에서 들리자 영빈은

"까꿍."

하고 튀어나왔다.

"에구머니."

하고 깨드득 웃는 사람은 마땅히 백송희라야만 할 것이다. 그러나

"아이고 깜짝이야."

하고 방긋이 웃는 사람은 의외에도 오채옥이었다.

"오."

영빈은 놀랐다. 그리고 적이 불쾌하여졌다. 영빈은 당황하여지는 자기 표정을 짐짓 웃는 웃음 속에 감추려고 애를 쓰는 몇 초가 흘러갈 동안

"왜 놀라셨어요?"

하고 채옥이가 먼저 말을 건넨다.

"아니 놀랄 것도 없지만 웬일이요 갑자기."

하고 영빈은 또 다시 담배를 꺼내 불을 붙이지 않을 수 없다.

"송희 씨가 바빠서 못 오신다고 날더러 가서 만나고 오라고 해서 왔어요."

채옥은 안동포 적삼 깃고대를 매만지며 손수건으로 콧등의 땀을 누르고 단풍 아래 있는 바위로 가서 걸터앉는다.

"요건은?"

영빈은 이맛살을 찌푸린 채 가장 흥미 없는 어조로 이 한 말을 던지고 속으로

'칙쇼!'

하고 송희의 약은꾀에 빠진 자신이 몹시도 억울함을 느꼈다.

"저 다름이 아니야요 제가 드릴 말씀이 있는데요."

하고 채옥은 황영빈의 얼굴빛을 살핀다.

"……."

잠자코 이쪽을 노려보는 영빈의 시선 속에는 일종의 위협에 가까운 거친 표정이 숨어 있는 것을 감각하는 채옥은 약간 풀이 죽었다.

"저 이 애는 분명코 황 선생님 애기야요. 그 말씀을 드리고 황 선생께서 무슨 조처를 해주셔야만 되겠기로."

"채옥이."

영빈은 채옥의 말이 아직 끝도 나기 전에 다 알았다는 듯이

"그런 말을 해서 나를 괴롭게 하려는 의도는 나도 대강 짐작하겠소. 그러나 학생이라고 해서 까닭 없이 시달리고 모함을 받을 이유는 없는 것이니까 …… 창기가 임신하였다면 할 수도 있는 것이요 그러나 왜 황영빈이가 책임을 져야만 되는 것이요? 채옥에게 다닌 사람은 천하에 꼭 황영빈 하나뿐이란 말인가?"

영빈의 담배를 쥔 손은 바르르 분노에 떨린다.

"채옥이 그따위 소릴랑 두 번 다시 하면 안 돼. 난 학생이야 그러나 비겁하게 책임을 회피하려는 건 아니야. 그렇지만 난 그렇게 어리석지도 않으니까 응."

영빈은 휙 돌아 섰다.

"여보세요 잠깐만 거기 계세요. 왜 하필 많은 사람 중에 당신 한 사람을 아이 아버지로 지적하는지 그 이유를 말할 테니 들어 보세요."

채옥은 두 손으로 영빈의 팔을 붙들었다.

"이거 놓아."

"안 놓겠어요. 말을 다 들어 보지도 않고 달아나시면 안 돼요."

"이거 놓아."

영빈은 확 치미는 분노를 느끼자 채옥의 팔을 힘껏 뿌리쳤다.

비실 넘어질 번한 채옥은 몸을 거두어 다시 일어섰다.

"내말을 듣고 가세요. 못 가시라는 건 아닙니다. 단지 내 말을 들어보고 가세요."

가쁜 숨을 쉬면서 영빈을 쳐다보는 채옥의 시선을 피하여

"들을 필요가 없어. 설사 채옥이가 내 자식을 배었다기로니 어떠한 말야 내가 책임을 져야 된단 말야?"

영빈은 땅에다 탁 하고 침을 뱉고

"더러워."

하고 뚜벅뚜벅 두어 걸음 저쪽으로 걸어간다.

다시 무슨 발악이라도 한 줄 알았던 채옥이가 가만히 서 있는 것이 다행해서 영빈은 좀 더 걸음을 빨리해서 널찍한 신궁 뜰을 향하여 걸어오는 때다.

"영빈 씨!"

하고 바로 뒤에서 부르는 소리가 난다. 귀에 익은 송희의 음성이 아니냐?

"?"

영빈은 짐짓 잠자코 뒤를 돌아보지 않았다.

"영빈 씨! 게 좀 서세요."

하는 소리와 함께 송희가 영빈의 앞을 가로막아 선다. 송희의 눈에는 조롱과 멸시가 가득찬 웃음이 서리고 있다.

"송희 씨는 못 오신다더니 ……."

하고 영빈은 픽 웃고 걸음을 멈춘다.

"채옥씰 한 걸음 먼저 보낸 것뿐야요. 영빈 씬 날 만나야 될 일이 있지 않아요? 피스톨도 전하고."

"쉬!"

영빈은 송희의 입을 막는 시늉을 하고 사방을 휘휘 돌아본다.

"왜요? 무서워요? 호호호."

"무섭지는 않지만."

"그래도 영빈 씨는 무서운 게 많은 모양이던데 …… 첫째 채옥 씨 뱃속의 생명이 무섭고 그리고 이 송희라는 계집애도 무섭고 호호호."

간드러지게 웃는 송희의 얼굴을 바라보는 영빈은 자기가 지금 놀림을 받고 있다는 것을 느끼자 그는 참을 수 없는 성이 치받쳤다.

"무섭긴 흥 채옥 따위가 무서워요? 송희나 채옥이나 아사 메시 마에 다요."[75]

영빈의 이마에는 파란 힘줄이 내돋았다. 몹시 흥분한 까닭이다.

지금까지 바로 일 분 전까지도 황영빈은 한 개의 온순하고 단정한 청년이었다. 그보다도 그의 소행이 나타나기까지 그의 추악한 비밀이 송희의 눈에 들어나기 전까지는 영빈은 이 송희에게 있어 사람은 아니었다. 한 개의 초인적 존재였다. 아니 천재라 할까 그보다도 그리스 신화에 나오는 헬레나 공주를 구해내온 트로이 전쟁에서 개선한 용감한 용자였다. 그러나 지금 눈앞에 바르르 아랫입술을 떨면서 함부로 저속한 말을 뱉고 있는 영빈은 벌써 인간의 수준에서 떨어진 인비인(人非人)[76]으

75 조반 전. 누워서 떡 먹기임.

76 사람이면서 사람이 아니라는 뜻으로, 인도(人道)를 벗어난 사람을 일컫는 말

로 비쳐지고 말았다.

태양의 반면에 흑칠의 밤이 있고 여름의 반면에 겨울이 있고 아름다운 꽃이 시들면 잎사귀보다 훨씬 초라한 것처럼 과거에 화려했던 때문에 지난 때에 비할 수 없이 높이 평가 되었던 때문에 지금의 영빈의 가치가 그와 반비례로 전락되어 버리는 것이다.

송희는 여전히 깔깔거리고 웃으며

"그 인간답지 않은 소린 그만 두세요. 아사 메시 마에가 다 뭐야요? 그 따위 말이 하고 싶거든 물 건너 나막신 꾼들이나 따라 가시죠 아이 창피해."

송희는 침을 영빈의 얼굴에다 탁 뱉고 싶은 충동을 지그시 참고

"사내 대장부가 거취를 똑똑히 가져야 되지 않아요? 송희와의 문제는 어떻게 되었든지 그만두고라도 채옥 씨의 일은 간단히 되지는 않으리다. 한 생명이 움직이고 있는 이상 그 생명을 말살하거나 부인할 아무런 권리도 존재하지 않을 것입니다. 당신이 평소에 부르짖는 그 인권인가 공민권인가 하는 말은 흉내 내는 것은 아니지만."

"……."

영빈은 차츰 불안하여졌다. 이 계집들이 짜고서 자기를 무슨 함정에다 몰아넣는 것이 아닐까? 아이 문제로써 만약 내 아버지라도 찾는다면 그리고 이 문제가 표면화하면? 하는 생각을 해보자 영빈은 등어리를 스쳐가는 전율을 느끼는 것이다.

"송희 씨!"

영빈의 목소리는 훨씬 부드러워졌다.

"오늘은 좀 급한 약속이 있어서 부득이 가보아야겠습니다……P가

송희 씨께 드렸다는 그것을 절 주세요."

하고 영빈은 손을 내밀었다.

"피스톨 말씀이야요? 여기 가져 왔어여."

"쉬!"

영빈은 손을 흔들어 조용하라는 뜻을 보인다.

영빈의 광채 있는 두 눈이 방향을 잃고 사방을 돌아보는 것이라든지 그림보다도 오히려 아름답게 조화되어 있는 두 눈썹이 보기 싫게 여덟 팔자로 찌푸려지는 것을 볼 때 송희는 맘으로 경멸하지 않을 수 없다.

"흐흥."

멸시와 조롱과 거만과 말살(抹殺)에 가득한 웃음소리가 송희의 입속으로 흘러나왔다.

"하긴 …… 채옥 씨보다도 송희보다도 피스톨이 제일 무서울 거야 …… 까닥하다가는 동무들을 따라 갈 테니 호호호."

송희의 눈은 웃지 않았다. 다만 히스테리컬한 비명이 영빈의 고막을 울리는 것이다.

"송희 씨 자 인내서요. 담에 또 기회를 만들지요. 오늘은 용서하세요."

영빈은 두 번째 손을 내밀었다.

"영빈 씨가 달라면 드리죠. 여기 있어요 여기."

하고 검은 우단 핸드백을 들어 보이고

"그런데 우리 교환 조건으로 합시다."

하고 송희가 고개를 갸우듬하고 영빈의 얼굴을 들여다본다.

푸른 살기가 도는 처참한 송희의 얼굴에는 요염한 아름다움이 독을 품은 꽃이라 할까.

"송희 씨! 자."

영빈이 세 번째 손을 내밀었다.

"교환 조건부터 들어보세요. 채옥 씨 뱃속의 생명이 당신의 씨라는 것을 인정하십니까?"

영빈은 어이가 없다는 듯이 픽 웃고

"송희 씨 어린애야 아주 …… 창기 따위가 하는 말을 곧이들을 만큼 송희 씬 아주 어리거든."

영빈은 어깨를 들썩거려 웃고

"그래 교환 조건으로 채옥의 뱃속에 있는 아이를 맡겠다 하여야만 그걸 돌려준단 말이요?"

영빈의 눈살도 꼿꼿하여진다.

"물론이죠 …… 당신이 부르짖는 그 생존권이 이것을 명령합니다."

송희가 씹어 뱉듯이 하는 말을 듣고 한참 동안 묵묵히 서 있는 영빈은

"똑똑히 말을 합니다. 난 어떤 일이 있더라도 채옥에게 대해선 일절 책임을 지지 않습니다. 그 대신 송희 씨가 가진 그것은 언제라도 좋으니 돌리고 싶은 때 돌려주시죠."

송희의 얼굴에는 의외라는 듯한 가벼운 놀람이 한 찰나로 지나가는 것은 영빈은 놓치지 않고 똑똑히 보았다.

"창기의 뱃속에 내 자식이 들어갔기로니 나는 그것을 구태여 자식이라고 인정할 수는 없어요. 능금 한 알이 변소에 떨어졌다고 그걸 집어먹을 수 있을까요?"

"영빈 씨! 능금과 자식과 혼돈하면 안 돼요."

송희의 입술은 하얗게 말라 들어간다.

"마찬가지야요."

"마찬가지?"

"물론이죠. 창기나 기생의 배때기에서 무엇이 나오겠소. 매독과 임질, 미균으로 범벅이 된 고깃덩이를 누가 어쩌란 말이요."

"창기나 기생?"

송희의 입술에 파르르 경련이 지나간다.

"영빈 씨 내가 기생의 딸인 걸 아시죠?"

영빈의 입에 빙긋 하고 미소가 흘러갔다. 아차 하는 가벼운 후회에 가까운 웃음이다.

"내 어머니가 기생이었지만 내 몸은 깨끗했어요. 영빈 씨가 나를 더럽히기까지 내 혈관에는 진정 깨끗한 피뿐이었어요."

영빈은 이 이상 더 그 자리에 서 있을 수가 없었다. 자기를 노려보는 송희의 눈은 벌써 사람의 눈은 아니었다. 맹수가 사람을 삼키려는 일순간 전에 노려보는 그 눈이었다. 영빈은 공포와 전율에 쫓기어 선 자리에서 두어 걸음 발을 옮기었다.

"영빈 씨 내 어머니는 기생이었지만 내게는 성모야요."

송희의 음성은 비단을 째는 소리같이 팽팽하고 날카로워진다.

"담에 또 만나요."

한마디 하고 영빈은 성큼성큼 걸어 소나무 아래를 지나간다.

벌써 해는 기울어 남산 기슭에 그늘은 두터워진다. 뒤를 쫓아오는 듯한 송희의 발소리를 듣는 영빈은 굵은 소름이 어깨를 지나 등어리에 오는 것을 느끼며 좀 더 빨리 걸었다.

"영빈 씨! 피스톨 가져가세요. 자 여기 이것 받으세요."

반달음질의 자세를 취했던 영빈의 걸음은 멈췄다. 그리고 돌아서서 송희를 바라본다. 파란 불똥이 톡톡 튀고 있는 송희의 눈을 피하여 영빈은 약간 고개를 숙인 채 두어 걸음 송희를 향하여 걸어온다.

억지로 웃음을 띠고 가까이 오는 영빈의 얼굴은 모든 정열이 완전히 냉각하여 버린 한 개의 백면(白面)이었다. 염오(嫌惡)와 포만과 그리고 도피를 꾀하고 있는 흰 마귀의 얼굴 그것이었다.

"영빈 씬 송희에게서 아주 달아나 버릴 맘이시죠 그렇죠?"

송희는 지그시 영빈을 노려보면서

"가장 중요한 것을 잊어버리고 가실 번했구려. 내가 경찰에 밀고나 하면 어쩌시려고 ……."

송희는 실탄이 채워 있는 피스톨을 영빈의 앞으로 내밀었다.

"천만에 송희 씨가 그럴 리가 있을라고요 ……."

하고 피스톨을 받으려고 손을 내미는 것과 꼭 같은 시각에 탕탕탕 연거푸 세 방의 총소리가 났다.

"억! 억!"

두어 번 비명을 지르면서 영빈은 뒤로 나가 자빠졌다.

그의 하얀 이마에서 그리고 그의 오늘 갈아입은 듯한 노타이 겉으로 선혈이 펑펑펑 쏟아져 나온다.

실탄은 너무도 정확히 영빈의 머리에 적중된 것이다. 피스톨을 들고 한참 서 있던 송희는 유쾌한 듯이 깔깔거리고 웃어 댔다.

이윽고 웃음을 뚝 그친 송희는 자기가 지금 어떤 일을 저질렀다는 것을 의식하자 갑자기 눈앞이 까만 호수물로 변하여졌다. 자기 힘으로는 어쩔 수 없는 격랑이 머리 위를 덮쳐누르는 듯한 호흡이 막힐 듯한 흑암을 감각한다.

'어머니 용서하세요.'

송희는 두 눈을 감자 총부리를 옆구리에 대었다. 또 한 번 탕 하고 총소리가 났다. 송희는 아무 소리도 없이 거꾸러졌다. 실로 오 초 아니 이 초 동안의 일이다.

단풍나무 아래 있는 바위 위에 걸터앉아 생각에 잠겼던 채옥은 총소리에 놀라 벌떡 일어섰다. 하얀 모시 적삼 깃고대 속으로 병아리 모가지같이 휙 떨어진 채 고꾸라진 송희를 두 손으로 일으킨 채옥은 송희의 손에 끼워 있는 피스톨을 뽑아 팽개쳤다. 아직도 더운 선혈이 잔디를 적시는데 송희의 얼굴은 지극히 평화롭다.

"선생님 송희 씨!"

채옥은 말소리가 목구멍에 걸려 아무런 소리도 나오지 않는다.

"송희 선생님!"

겨우 쉰 목소리로 이렇게 한 번 부르자 어디서 호각 소리가 난다.

'어떡하나?'

채옥은 안았던 채옥을 잔디 위에 바로 뉘였다. 호각 소리가 호르르 요란하다. 영빈의 엎드러진 곳에 순경이 서서 바쁘게 호각을 부는 것이다. 채옥은 왈칵 겁이 난다.

'호르르 호르르.'

채옥은 반사적으로 몸을 일으키자 힘을 다하여 달리기 시작하였다. 곧 달려올 듯한 순경보다 빨리 걸어야 한다.

비탈길을 향하여 걸음을 옮기는 채옥은 가위에 눌린 듯이 두 다리가 말을 듣지 않는다. 한 물체가 경사면을 구르듯이 채옥은 아무렇게나 몸뚱이를 굴렀다. 나무에 처박히기도 하고 돌부리에 걸리기도 하고 이윽고 앞에 길이 나타났다.

채옥은 두 다리에 힘을 들여 일어섰다. 그리고 몇 걸음 걷기 시작했다. 탁 켕기는 아랫배의 고통은 채옥으로 하여금 일보도 걸어갈 여유를 주지 않는다. 엷은 황혼이 스며드는 남산 비탈길에 채옥은 엉거주춤 쭈그리고 앉아 버렸다.

산 위에서는 여전히 호각 소리가 간헐적으로 들린다.

"에구머니나!"

채옥은 참으려면 참으려 할수록 아랫배가 칼로 어이듯이 아파온다. 부젓가락으로 콱콱 쑤시는 진통이 채옥의 하반신을 삼키기 시작하는 것이다.

'어머니!'

채옥은 끊어져나갈 듯이 아파오는 허리를 뒤틀며 길바닥에 쓰러졌다. 산새인지 푸르르 채옥의 머리 위에 날아간다.

"에구머니나!"

채옥의 어금니에서 빠드득 소리가 났다. 진땀이 채옥의 이마에서 구슬같이 얽힌다.

어둠은 차츰 누리를 덮어오는데 채옥은 길바닥에서 흙투성이가 되어 간다. 채옥은 손으로 돌멩이, 풀이파리 아무 것이라도 끌어 쥐었다. 누군가 손을 좀 내밀어 준다면 얼마나 좋을까.

'어머니.'

채옥은 눈을 감고 부득부득 이를 갈았다.

"채희 씨 채희 씨가 왜 여기서 이러는 거요?"

하고 두 손으로 채옥의 두 뺨을 싼다. 귀에 익은 목소리에 눈을 뜬 채옥은

"아이고 주영매 선생님. 전 지금 배가 아파서 죽겠어요. 절 좀 붙들어 주세요."

영매는 두 손으로 채옥을 안아 일으켰다.

"갑시다. 바로 조 아래 우리 집이 있어요. 자 내 어깨에 매달리세요."

남산 기슭 저쪽 고시정 어느 집에 어머니의 삯바느질한 것을 갖다 주고 품삯을 받아 가지고 집을 향하여 돌아오던 영매와 탄실은 큰길보다도 지름길이 가까운 데로 비탈길을 취했던 것이 우연히도 고통하고 있는 채옥을 발견하게 된 것이다. 하여간 지옥에서 부처님을 만났다는 것과 방불하게 채옥에게 있어서는 초기적적 사실로 신기한 일이다.

주영매의 집 안방에 누운 채 채옥의 머리맡에는 탄실의 어머니가 지키고 앉았다. 탄실의 어머니는 채옥의 허리를 만지면서 채옥의 이마에서 흘러내리는 땀을 씻어 준다. 탄실은 부엌에서 물을 끓이고 영매와 그의 어머니는 장문을 열고 어린아이 입힐 옷을 지급[77]으로 만든다.

기저귀도 우선 댓 개 낡은 것이나마 정하게 세탁된 것으로 찢어 만들고 마지막에 착착 접어두었던 하얀 융을 폈다. 영매는 평소에 아끼고 아꼈던 감이었지만 지금 채옥에게서 나올 한 생명을 위하여 영매는 아낌없이 이 귀중품을 내놓았다. 넉 자가웃이나 되는 것을 두 귀로 접어 아기의 포대기로 쓸 작정이다.

"영매 선생님 저 좀 보세요. 이리로 오세요."

하고 채옥이가 앓는 소리로 영매를 부른다.

77 매우 급함.

"나 말요?"

영매는 채옥에게로 와서 싸늘한 땀이 절벅절벅 내쏟는 채옥의 손바닥을 꼭 쥐었다.

"큰일났어요."

"괜찮아요. 누구든지 애기 날 때는 다 이렇데요."

하고 영매가 위로를 한다.

"아냐요. 저 백송희 선생님이 죽어요."

하고 주르르 눈물을 흘린다.

"……."

영매가 미쳐 다음 말을 묻기 전에

"총을 가지고 자기 손으로 죽었어요."

"뭐요?"

영매의 눈이 둥그레지고

"무슨 소리야?"

영매 어머니도 탄실의 어머니도 다 같이 소리를 쳤다.

"저위 남산 위에서 …… 어떤 남자도 죽었어요. 그 남자는 나도 아도 사람야요. 두 사람은 다 그냥 누워 있어요 ……."

좌우간 영매는 송희가 죽었다는 현장으로 달려가기로 하였다.

영매와 탄실이 둘이서 밖으로 뛰어나올 때는 벌써 바깥은 어두워 먼데 사람은 보이지 않는다.

물은 바다로

영매가 밖으로 나간 지 이십 분이나 되었을까 채옥은 점점 더할 수 없는 진통과 함께 드디어 힘을 주기 시작한다.

탄실의 어머니가 채옥의 허리를 안고 영매의 어머니가 아이를 받을 차비를 하고 지키고 있다.

"오 옳지 힘을 줘요 윽윽."

영매 어머니는 산모와 함께 힘을 준다. 잠깐 아이 머리가 보인다.

"조금만 더 오 옳지, 윽윽…… 윽."

뭉크덩 하고 아이의 몸뚱아리가 왈칵 나온다. 영매 어머니는 준비했던 수건으로 얼른 아이의 입을 닦았다. 그리고 아이의 아랫도리부터 만져보았다.

"아들이다 아들야."

"오오 아들이야요? 수고한 보람이 있었군."

탄실의 어머니도 맞장구를 치며 좋아한다.

"……."

탄실의 어머니는 고개를 기울였다. 울어야 할 아이가 울지 않는 것은 무엇 때문일까. 포동포동 살이 찐 아이 얼굴은 전등 불빛 아래에서도 약간 푸른빛이 떠돌고 이상하게도 아이의 감고 있는 눈까풀이 빨간 다홍실같이 붉고 눈시울로 돌아가며 좁쌀 같은 것이 돋아있다.

배때기와 등어리에도 노란 좁쌀알 같은 헌데들이 돋아 있다. 아이의 다문 입은 열리지 않았다. 선천매독으로 채옥의 아이는 태내에서 죽어서 나온 것이다.

"아주머니."

탄실 어머니는 영매 어머니를 불러놓고 손을 흔들었다. 그리고 눈을 끔쩍했다. 영매 어머니는 후산을 기다려 태를 가르고 아이에게 옷을 입혔다.

"왜 아이 울음소리가 나질 않을까요?"

채옥은 기운을 차려 이렇게 한마디 묻고

"어디?"

하고 몸을 일으켜 아이의 얼굴을 들여다본다. 그리고 손으로 아이의 턱을 흔들어보고

"죽었군. 죽은 아이야 ……."

채옥은 멀거니 아이를 들여다보더니

"코도 똑바르게 생기고 이 이맛전이며 ……."

채옥은 흑흑 느끼기 시작한다. 뾰족한 턱이나 복스럽게 생긴 귀뿌리나 황영빈 그 사람의 모습을 이렇게 그릴 수 있을까?

"아이 분해."

채옥은 이 어린 목숨 한 개를 위하여 얼마나 고달팠는고. 학대와 모욕과 주림과 고통을 오직 이것 때문에 참아 왔거늘 아아

"이것 보세요 이래도 당신 아이가 아니야요?"

하고 죽은 아이라도 눈앞에 갖다 보이고 싶으나 이미 그는 세상에서 없

어졌다.

산에서 그 애비에 죽음을 보고 방에서 그 자식의 시체를 보는 채옥은 기구하고 험악한 자기의 운명을 저주하였다.

"울지 말아요. 갓 쓴 자식도 무덤으로 보내는데 이까짓 핏덩이 가지고 …… 일찍 죽는 건 자식이 아니야."

영매 어머니는 이렇게 채옥을 위로하고 탄실 어머니가 들여온 미역국을 채옥에게 권하는 것이다.

딸 영매에게서 들은 대로 채옥이라는 여인이 어떻게 불쌍하고 가련한 신세인 것을 영매 어머니는 잘 안다. 뱃속에 어린 것을 위하여 유곽을 뛰쳐나온 사실을 너무도 잘 아는 때문에 오늘 채옥이가 죽은 아이를 낳는 것이 몹시도 가엾고 애처롭게 생각되었다.

"자 국 식기 전에 좀 마셔야지 자."

영매의 어머니는 손수 국그릇을 들고 채옥의 턱밑으로 가져간다. 채옥은 두 손으로 국그릇을 받아들고

"어머니 감 감사합니다. 저 저 같은 무의무탁[78]한 것을 어 언제 보셨다고 ……."

눈물이 방울방울 국그릇으로 떨어진다.

영매 어머니는 채옥의 죽은 아들을 융 포대기로 폭 싸고 건너 집으로 가서 매장할 인부를 부탁하였다.

"자 채희 울지 말고 국 좀 뜨우."

영매 어머니는 알뜰히도 채옥에게 국과 밥을 권하는 것이다.

---

78 無依無託. 몸을 의지하고 맡길 곳이 없음.

송희는 병실로 옮겨지자 링거 두 개를 맞고 새벽에는 근육수혈을 받아 생명이 아직 유지되고 있다.

그러나 맥박은 일백삼십, 호흡은 오십, 열은 삼십팔 도 오부에서 조금도 떨어지지 못하였다.

밤새도록 □□□에서 눈도 붙이지 않고 날을 밝힌 송희 어머니의 얼굴에는 살기가 돈다. 사람들이 보는 데서도

"명천 하느님."

하고 허공에다 손을 삭삭 부비면서

"제 딸을 살려줍쇼. 저것이 참말 가엾은 자식이올시다."

송희 어머니의 눈에는 눈물도 없고 입에는 침도 없다. 자칫하면 미칠 듯한 고민만이 그의 얼굴 근육에 가시처럼 내돋아있다.

"너무 상심 마시고 아침진지나 좀 잡수시면 좋겠는데요."

하고 영매는 송희 어머니에게 적당한 위로의 말을 찾지 못한 채 밖으로 나왔다.

'하루 동안에 송희 씨가 이렇게 되다니 단 하루 동안에 …….'

영매의 귓속에는 매미가 열 마리나 한꺼번에 우는 것같이 머릿속이 얼떨떨하다.

집으로 돌아온 영매는 채옥 방으로 들어갔다.

"송희 선생님은 어떠세요?"

하고 영매를 쳐다보는 채옥의 눈은 부었다. 눈뿐 아니라 얼굴 전체가 다 부었다.

"송희 씨 생명은 딴 게 없는데 잘하면 속히 나을 테죠 …… 그건 그렇고 채희 씨는 모처럼 난 애기가 그렇게 돼서 오죽이나 섭섭하시겠어요."

영매는 방금 눈물이 적은 샘처럼 솟구쳐 나오는 채옥의 눈물을 손수건으로 씻어주고

"그렇지만 채희 씨!"

영매는 채옥의 손을 좀 더 힘 있게 쥐면서

"이로써 괴롭던 과거는 말짱 다 청산된 셈이죠. 새로운 출발을 위하여 이게 외려 나은 게 아닐까요?"

"글쎄요 그렇지만."

채옥은 영매의 손바닥으로 두 눈을 덮은 채 흑흑 느끼기 시작한다. 채옥의 두 눈에서 더운 눈물이 영매의 손바닥을 적시고 손가락 사이로 흘러내린다. 영매의 눈에서도 굵은 눈물방울이 흘러 채옥의 가슴 위에 떨어진다.

"나 같은 것은 세상에 쓸데없는 인간이야요."

하고 채옥은 잠깐 말을 끊었다가 울음 섞인 소리로

"참 □말이 없어요. 죽으려고 한강으로 나가던 길에 글쎄 아이가 뱃속에서 꼬물거리는 것을 알았답니다 그래서."

채옥의 울음은 절반 통곡으로 변한다.

"채희 씨 잘 알아요. 우리 다 아는 일이 아냐요? 그 때문에 우리는 다 같이 채옥 씨를 이해하고 동정하는 것이 아니야요?"

영매는 채옥의 어깨를 안고 진심으로 달래고 위로하였다.

채옥이 죽은 아이를 낳은 지도 닷새가 넘었다. 그러나 채옥은 몸이 점점 붓고 먹은 것이 소화가 되지 않고 밤이면 잠을 이루지 못한다. 죽은 아이를 나은 뒤 경과가 좋지 못한 때문이다.

정민혜 여사가 산부인과 개업을 하고 있는 권영숙 여사를 대동하고

왔다. 권 의사는 채옥을 신장염과 감기라고 하며 주사도 주고 약도 먹였다.

권 의사의 치료를 받을 때마다 채옥은 울었다.

'이 사람들은 …… 천당이 있다면 살뜰히 이분들이 갈 곳이겠지.'

채옥은 영매 어머니와 탄실 어머니에게서 천당 이야기도 듣고 정민혜 여사에게서 들은

'하나님은 사람이시다.'

는 말씀과 비쳐 보았다.

'하나님이 계신 곳 천당에는 마땅히 선한 일을 하는 사람들이 갈 곳이고 …… 그러나.'

채옥은 고개를 흔들었다.

'선한 일은커녕 맘에도 없는 웃음과 살을 팔고 남의 돈을 함부로 빼는 생활밖에 아무것도 하지 못한 자기 같은 것은 지옥으로 갈 것이다.'

고 생각하였다.

"세상 사람은 다 죄가 있는 거요. 누구나 하나님 앞에 의로운 사람이라고 칭찬을 받을 만한 사람은 없다우. 그러나 하나님은 자기가 지으신 인간들을 지옥으로 보내시기에 너무도 맘이 아프셔서 당신의 독생자 예수님을 세상에 보내셨다우. 예수께서 세상 사람의 죄를 위하여 십자가 위에서 돌아가셨다우. 우리는 예수님만 의지하면 그의 공으로 구원을 얻을 수 있다는 것이 믿음이라는 거요."

이런 말을 채옥은 정민혜 여사에게서 여러 번 들었던 것이다. 채옥은

'죄인의 죄를 위하여 십자가에 달리신 예수님은 어떤 어른이신고.'

하고 생각해 볼 때 가없이 거룩하고 그리고 자비하신 어른같이 생각되

었다.

'예수님 …… 저도 사람 노릇 할 수 있게 하여 주옵소서.'

채옥은 정 여사와 권 의사가 돌아가고 자기 머리맡에 놓인 계란 꾸러미와 능금을 바라보고 입속으로 중얼거렸다. 의외로 채옥의 건강은 순조로 회복되어갔다.

×××병원에 입원하여 있는 백송희도 외과장의 초인적 용기로써 개복수술을 한 결과 위기는 면한 것같이 보였다. 그동안 경찰서에서 여러 번 조서를 꾸며 갔다.

오늘도 범인은 체포하지 못하였다는 대답을 하고 미안하여 사과라도 할 듯한 형사를 바라보고 송희 어머니는 눈썹이 꼿꼿이 일어섰다.

"어떤 수고를 하시더라도 범인만 속히 체포해 주세요. 수고한 공로는 잊지 않습니다."

"어머니 범인 체포가 그리 급합니까?"

하고 송희가 서글픈 웃음을 띠고 어머니를 바라본다.

"그럼 그렇지 않고. 아니 사람을 둘씩이나 죽이는 인간을 그래도 두어?"

송희 어머니는 나가는 경관의 뒤를 쫓아 밖으로 나왔다.

경관의 어깨 아래 착 붙어 서서 송희 어머니가 한마디 한마디 소곤거리는 말을 경관은 마치 주린 사람이 음식을 탐하듯 남김없이 되새겼다.

"고맙습니다."

경관은 참으로 감사를 느끼면서 돌아가는 것이다.

"저도 꼭 그렇다는 것은 아닙니다만 죽은 사람의 아이를 배었다는 여인이니까 말씀입니다."

"네 알겠습니다."

송희는 어머니가 병실로 들어서자

"어머니 범인을 체포하는 것은 큰 문제가 아닙니다. 송희가 죽겠느냐 살겠느냐 하는 것이 어머니에게는 좀 더 큰일 같은데요."

하고 샐쭉해진 것이 어머니의 태도가 못 마땅한 모양이다.

"그래 그렇다. 내가 잘못했다. 범인 체포보다 네 생명이 중하고말고…… 어서 잘 치료해서 낫자."

어머니는 송희의 침대 곁에 교의를 당겨놓고

"사과즙 좀 먹을까?"

하고 송희의 얼굴을 들여다본다.

"그래도 조금만이라도."

송희는 고개를 약간 끄덕여 보였으나 어머니가 능금즙을 가지고 왔을 때에는 송희는 혼곤히 잠이 들었다.

남산정 주영매의 집에는 공창 폐지 연맹 위원장 정민혜 여사를 대동하고 형사 두 사람이 들어왔다.

"병자니까요 제가 먼저 알려주겠어요. 미안하지만 잠깐만 기다려주십시오."

하고 정 여사가 말하였으나 형사들은 채옥이가 누워 있는 안방으로 서슴지 않고 들어섰다.

"오채옥이가 누구냐?"

형사의 음성에는 권위라는 것보다도 노염과 분노가 섞여 있다.

"……."

채옥은 자리에서 부스스 일어났다. 얼굴에는 푸른빛도 가시고 부은 것도 나았으나 아직도 혈색이 돌아오지 못한 병자의 모습이 완연하다.

"채옥이냐?"

형사는 그가 과거에 창기인 것을 송희 어머니에게서 들어 잘 알고 있는 때문에 함부로 말을 낮추었다.

"네."

"일어나 서로 가자. 조사할 게 있다."

정민혜 여사는 명함을 한 장 꺼내어 형사 앞에 내밀고

"전 그런 운동을 하는 사람인데요."

하고 별로 대수로운 표정도 보이지 않는 형사의 얼굴을 들여다보며

"이 사람이 일월루를 탈출해 나왔지만 지난 오월십칠 일에 인신매매 금지령이 발표된 대로 한다면 억지로 잡아가실 까닭은 없지 않습니까?"

형사는 여전히 표정 없는 얼굴로

"아닙니다. 그것과는 성질이 다른 사건입니다."

하고 이번에는 채옥을 향하여

"일어나."

하고 호령을 한다. 뒤에 서 있던 한 사람이 품에서 수갑을 꺼내더니

"손 내라."

하고 아직도 혈색이 돌지 못한 채옥의 두 손에 덜커덕 수갑을 채웠다.

순간 채옥의 얼굴은 옥색 물을 들인 것처럼 파랗게 질렸다.

"무슨 까닭에 수갑을 채우십니까? 구인장을 가지고 오셨어요?"

정민혜 여사의 음성은 높아졌다.

"수갑은 끌러."

동료 형사가 주의시키는 대로 다른 형사가 수갑을 끌렀다.

"나와."

형사가 호령조로 말을 하고 앞을 서서 나가자

"무슨 사건입니까 대관절."

정민혜 여사가 또 한 번 물었다.

"서에 가 보면 압니다."

"채희 나도 같이 갈 테니 …… 안심해요."

하고 형사를 보고

"이 사람은 지금 병중에 있습니다. 걸어갈 기력이 없을 것 같으니까요 자동차를 한 대 부르겠어요."

"부르려거든 부르시지요."

정민혜 여사가 차를 부르러 나가고 채옥은 머리를 매만지고 치마끈을 졸라 입고 현관까지 나왔다. 신을 신는 채옥의 발끝이 바르르 떨리는 것을 보고 탄실 어머니는 고개를 돌렸다.

이윽고 자동차가 오고 정 여사와 채옥은 나란히 자동차에 올라타고 형사들도 탔다.

종로 경찰서로 들어간 채옥은 그날 밤 돌아오지 않았다. 그 이튿날 또 그 이튿날 닷새가 지나고 열흘이 넘어도 채옥은 돌아오지 않았다.

정민혜 씨와 영매가 찾아갈 때마다 면회는 물론이요 차입 같은 것도 받아주지 않았다. 차입도 담당한 경관에게 교제를 잘 해야 되는 것인데 정 여사와 영매는 그런 것을 몰랐다.

사건이 무엇인지 알고 싶었으나 조금만 이따 조금만 하고 미루기만 한다.

벌써 팔월도 지나고 페이브먼트에는 가로수의 잎사귀가 삐라 쪽같이 한 잎 두 잎 떨어지기 시작한다.

새벽녘에는 제법 차렵이불 생각이 나도록 가을 맛이 짙어가는 구월이다. 유치장에도 절기는 찾아왔다. 채옥은 고문 받은 손가락이며 무릎이 아리고 쑤시었다.

"네가 죽인 사나이는 네가 평소부터 관계가 있었다지. 더욱이 너는 그 남자의 씨를 배고 있었다지."

"……."

채옥은 한참 만에야 입을 열었다.

"제가 죽인 사나이라니요 저는 죽이지 않았습니다. 하나님 …… 그렇습니다. 하나님이 보십니다."

하고 채옥은 잘라 말을 하고 경관의 얼굴을 바라보았다.

"하나님? 흐흥."

경관은 코웃음을 치고

"창기와 하나님 콤비가 그럴 듯한데 …… 하하하."

소리를 내어 웃던 경관은 문득 입을 다물고

"실없는 소리 하지 말고 정신을 차려 바른 말을 하란 말야. 권총이 어디서 났느냐 말이다."

"전 모릅니다. 권총은 정말 모릅니다."

채옥은 땅바닥에 눈을 떨어뜨리고 한숨을 쉬었다.

"그렇지만 이 지문대로 한다면 네가 쏜 것을 부인할 수는 없단 말야."

채옥은 고개를 들고

"지문이 뭐야요?"

"지문? 손가락을 찍어보면 거기서 나타나는 무늬가 지문이야. 권총에 있는 지문에는 네 손가락 무늬와 꼭 같은 것이 있단 말야."

"그야 제가 송희 씨 손에서 권총을 빼서 버렸으니 있겠지요."

"흥 안 돼. 거짓말만 하려 들면 안 돼. 바른 말대로 자백을 하면 참작해서 죄가 가볍도록 할 수도 있어. 하지만 종내 모르쇠만 하면 네게 불리하단 말야. 사람을 둘씩이나 죽인 네가 뻗댄다고 무사하진 않는다."

"하나님이 아세요 …… 그렇습니다. 전 나쁜 년이었어요. 웃음과 살을 팔아 먹고 살아온 년이었었요. 그래도 하나님이 계시는 것과 예수님이 계신 것을 알고부터는 나도 사람답게 살아 보려고 해요 …… 정말 정말입니다."

채옥은 어깨 위에 내리치는 막대기를 피하려 하지도 않고 이 말만을 끝끝내 똑똑히 마쳤다.

"주제넘게 하나님이 어떻단 말야. 저년을 저냥 둘 수 없다."

말이 떨어지자마자 채옥은 다음 방으로 끌려갔다. 한참 만에 이쪽 방으로 끌려나온 채옥은 바로 서지를 못했다. 창기였기 때문에 짓지 않은 죄도 지었으리라고 단언하는 취조 경관을 채옥은 마음으로 경멸하였다. 또 속으로 저주하였다. 그러나 채옥은 어쩔 수 없었다.

맘에 부정하면서도 이 이상 더 버티어 볼 힘이 없어졌다. 사형에 처하리라는 위협도 겁이 났다. 그보다도 더 견딜 수 없는 고통은

"창기 따위가 그럴 수도 있는 게지 ……."

하고 놀리는 말

"창기였지만 지금은 사람답게 살아 보려고 애쓰고 있어요."

채옥이 정색을 하고 이런 말을 하면 할수록 경관은 비웃는다.

"꽤 애를 쓴다? 히히히."

채옥은 일절 입을 열지 않기로 했다. 잡혀온 지 꼭 보름이 되던 날부

터 채옥은 무엇이든지

"네!"

하는 한마디뿐이었다.

"네가 황영빈을 죽였지?"

"네."

"백송희에게도 총을 쏘았지?"

"네."

"질투에 견딜 수 없어 그랬지?"

"네."

"총은 어디서 난 거야?"

"네."

"총은 어디서 났느냐 말이다."

"네."

"돈을 주고 비밀히 샀지?"

"네."

"누구에게서 샀는지 그 사람의 이름을 알지?"

"네."

"누구냐?"

"네."

"저년이 미쳤나?"

"네."

철썩하고 채옥의 얼굴에 따귀가 올라갔다.

"이년아 전부 네로만 하면 알 수가 있느냐?"

"창기 따위가 그렇죠 뭐."

하고 채옥은 손가락 자국이 들어나는 왼편 빰을 한 손으로 만지는 것이다. 좌우간 채옥의 조서는 끝이 났다.

채옥은 그날 밤부터 밤중에 취조실로 불려 들어가지 않아도 좋았다.

'하나님이 보시고 계실 테지.'

채옥은 아무렇게나 횡설수설 대답은 하였지만 그런 인간 따위가 이러니저러니 말을 만든다고 엄연한 사실이 변하여 질리는 없으리라 믿어지는 것이다.

'정 선생님 말씀이 참말이겠지. 그이가 거짓말 하실 리가 있나. 적은 일이나 큰일이나 하나님이 보시고 계신다니까 …… 오오 하나님 정 선생님이 위하는 하느님 주 선생님네 식구들이 믿는다는 하나님의 아들 예수님. 저는 사람을 죽이지 아니 하였습니다.'

채옥은 눈물이 쏟아졌다. 뜨거운 눈물이 쉴 새 없이 귀밑으로 흘러내린다.

채옥이가 유치장에서 서대문 감옥으로 넘어온 지도 벌써 이십 일이 되었다.

밤은 얼마나 되었는지 어디서 귀뚜라미의 우는 소리가 들린다. 가을밤은 고요하다.

눈물이 흐르면 흐를수록 채옥의 맘은 훨씬 가벼워지는 것이다. 마치 눈물이 근심을 씻어주는 듯이…….

새벽도 가까워 채옥은 어렴풋이 잠이 들었다. 평안한 잠이다. 맘이 가뿐한 위로를 느끼면서 채옥은 차츰 깊은 잠속으로 들어갔다. 예수님이라는 이가 팔을 내밀어 자기의 손을 붙들어 주는 듯한 그러한 든든함과 안심을 느끼면서 아침을 맞을 수 있는 것이 채옥에게는 결단코 전에 경험할 수 없었던 마음의 변화가 아닐 수 없다.

목사의 설교도 없고 예배의 순서도 없건만 채옥의 하루 하루의 감옥 생활은 그에게 하나님의 존재와 예수의 사랑을 조금씩 가르쳐주는 것이다. 억울한 감정이 북받쳐 올라올 때마다

'하느님이 보시고 계신다.'

라는 신념은 그에게 있어 한 새로운 맘의 세계를 창조하는 것이다. 황영빈을 원망하는 맘이나 경관을 욕하는 맘이 일어날 때에도

'하나님이 보신다.'

라는 신념은 그에게 사람을 저주하고 미워하는 것은 하나님이 싫어하는 것이라는 것을 깨닫게 하는 것이다. 살인죄를 벗지 못하고 경관의 말대로 사형을 당한다 할지라도.

'하나님이 보시고 계신다.'

라는 한 가지 생각으로 태연히 교수대에 나갈 수 있을 상도 싶다.

고민의 빛도 공포의 표정도 없는 숫되디 숫된 여인의 모습으로 두 손을 무릎 위에 얹고 공손히 꿇어 앉아 있는 채옥은 감방 안에 있는 사람이나 창살 밖에서 감시하는 간수의 눈에 일종의 이채적 존재가 되어버렸다.

밥을 받을 때 공손히 고개를 숙이고 다 먹고 나면 곱게 창 곁으로 내다놓고 …… 채옥의 얼굴이 차츰 부드럽고 엄숙한 표정으로 변하여 가는 것을 보는 간수 한 사람은

"좀 이상한데?"

하고 고개를 기울이는 것이다. 채옥이 이러한 하루하루를 보내고 있을

동안 ××병원에 입원하고 있는 송희는 송희대로 또한 별다른 각도에서 하루하루의 변화가 일어나고 있는 것이다.

나날이 호전되었던 송희의 경과는 차츰 악화하기 시작하였다. 탄환에 맞은 상처가 겉으로만 화농된 것은 아니었다. 오른편 폐의 한 귀퉁이에 고름이 생기게 되고 그 위에다 복막도 나빠진다는 것이다.

송희는 날로 쇠약하여갔다. 입원한 지 한 달이 되는 날 담당의사는 자기의 선배 박사와 그의 몇몇 과장과 자리를 같이 하여 송희의 병세에 대하여 최선의 치료 방법을 토의하여 보았다. 그러나 자기들이 하여오는 치료법 이외에 신통한 도리도 없었다. 송희는 의사의 얼굴에서 도는 근심을 놓지지 않고 엿볼 수 있었다. 그는 그만큼 예민한 여자이다. 의사의 얼굴의 표정보다도 송희 자신이 벌써 삶에 대한 희망이 없어진 것이다.

총으로 자기의 옆구리를 쏘았지마는 다시 생명이 돌아왔을 때에는 살고 싶은 본능이 죽음보다 강하였다.

'살자 어머니를 버리고 죽다니.'

송희는 이를 악물고 살려고 노력했던 것이다. 그러나 진정 죽음과 맞서게 된 지금 죽음은 그 검은 아가리를 벌리고 한 걸음 한 걸음 송희의 앞으로 다가서는 것이었다.

돈과 사람과

"손 선생님! 오늘도 그 집엘 갔다가 욕만 실컷 먹고 왔어요. 고 계집애가 여간이 아냐요. 무슨 병자가 있으니 이북에서 전재민이 왔느니 하고 …… 이젠 정말 엠피를 데리러 가야겠어요."

김황용이가 선 채로 지껄이는 말을 듣는 손성묵의 양미간은 찌푸려졌다.

"내일 아침 일찍이 엠피와 같이 가보게. 내 정말야 공창 폐지 연맹 위원장에게 실없이 됐네 실없이 됐어. 보름 안으로 집을 준다 약속을 했는데 벌써 오늘이 스무나흘이 아니야?"

손을 들었던 신문을 김황용에게로 내밀며

"이것 읽어 보게. 내 말이 났네."

"네! 글자가 작아서 전 알아보기 힘든 걸요 히히히."

김황용은 피우던 담배를 재떨이에 놓고 신문을 거꾸로 들었다 옆으로 들었다 고개를 기웃거린다.

"안 읽어도 좋아. 내 칭찬야. 공창 폐지 사업에 백만 원 준다는 말을 듣고서들 날 무척 칭찬했구먼 허허허."

"네! 칭찬할 법도 하죠 …… 그런데유."

김황용은 음성을 낮추어 가지고

"정말 백만 원 내실 생각이세요? 뭐 정말은 아니죠? 히히히."

김황용이 한 눈을 찡끗하고 웃는 것을 본 손성묵은 고개를 좌우로 설레설레 흔들고

"정말야 아 정말이고말고. 누구에게 한 약속이라고 ……."

눈을 지그시 감는 손성묵 씨를 바라보고 김황용은 어깨를 흠칫하였다.

'이번 오입은 과한대.'

입속으로 중얼거리고

"그럼 오늘은 굉장한 대접을 받는 날이니 저도 저녁에 와서 한번 받아먹겠습니다, 헤헤헤."

"그래라 그래."

캡을 머리 위에 쓰고 천천히 돌아나가는 김황용의 뒤통수를 바라보던 손성묵은 다시 신문지를 펴서 들었다.

공창 폐지 연맹 주최로 손성묵 씨에게 감사의 찬회가 열리게 된 것을 신문마다 다 다투어 실었다. 실업가 손성묵 씨의 영웅적 미거[79] 삼단으로 내리 뽑은 찬란한 문구는 미상불 손성묵 씨의 마음을 만족하게 하는 것이다.

구월이십사일 열두 시에 YMCA식당 절반을 차지한 식탁은 활짝 핀 국화 화분들로 꾸며졌다. 가운데 의자에는 오늘의 주빈 손성묵 씨가 정좌하고 그와 맞은편에는 신문기자 다섯 사람이 교양과 예의의 세련된 미소를 띠고 손 씨와 무슨 이야기인지 주고받고 있다.

손 씨 왼편에 정민혜 여사 주영매, 백송희 그리고 손탄실의 자리로

79 美擧. 훌륭하게 잘한 일. 또는 장하고 갸륵한 행동.

정해 있는데 송희와 영매와 탄실은 웬일인지 정각 이십 분이 지났는데도 얼굴이 보이지 않는다.

손 씨 오른편에는 공창 폐지 연맹에 가맹한 단체들의 대표 열네 사람이 늘어앉고 신문기자 좌우에도 가맹 대표들이 투지와 감격에 흥분된 얼굴로 앉아 있다. 보이들이 돌아가며 컵에다 탄산수를 붓는데 손성묵 씨와 신문기자 앞에는 포도주다.

정민혜 여사는 일어서서 손성묵 씨와 신문기자를 향하여 정중히 인사를 하고 비록 초라한 오찬이나마 우리 연맹에서 정성으로 준비한 것이니 부디 맛있게 잡수어 달라는 부탁을 하고 자리에 앉자 박수소리가 난다.

빵과 스프가 들어오고 메뉴에 차례가 절반이나 진행이 되는데도 송희와 영매와 탄실은 나타나지 않는다. 송희와 영매가 병창을 하고 탄실이가 꽃다발을 받치기로 한 순서를 갑자기 변하지 않으면 안 될 것을 생각하고 민혜 여사가 고개를 기울이는 동안 보이의 안내로 검정 치마에 흰 옥양목 적삼을 입은 주영매가 앞을 서고 흰 치마에 회색감으로 겹저고리를 해 입은 단발한 탄실이가 들어와서 자기들의 자리로 정해진 좌석에 조용히 앉는다.

웃음소리와 이야기 소리와 포크와 스푼이 그릇에 가볍게 부대끼는 소리밖에는 여기 이 좌석에 또 한 가지 은은한 소리가 있나니 그것은 분명히 황금이 부르짖는 교만한 호령소리다.

'아편을 팔아서 모은 돈이기로니 …… 백만 원을 턱 내놓는 이 마당에 보아라 일류 언론기관들이 굽실거리고 더구나 소위 지도자 층에 있는 여자들의 저 흥분된 양 빰을 보라 흥흥.'

누런 금빛 악마의 조롱과 모멸에 찬 음성을 듣는 사람은 과연 몇 사람이더냐.

음식의 차례가 거의 끝나고 과일 쟁반이 들어올 때다. ××신문기자가 일어섰다. 일동은 잠잠하여 지금 일어선 이의 말에 귀를 기울인다.

"여성의 하는 일이라 하지만 전국가적 전민족의 운명에 절대한 관련성을 띠고 있는 공창 폐지 운동에 거액의 찬조금을 내놓으신 손성묵 선생의 웅지[80]에 충심으로 감사의 뜻을 표하며 앞으로 더욱 선생의 건강과 행복을 빌어 마지않는다."

라는 의미의 간단하고 유창한 인사의 말이 갈채 속에서 끝나자 이어 주영매 양이 일어섰다.

반주도 없이 그는 선 자리에서 일동을 향하여 까딱 고개를 숙여 보이고

"오! 동지여 거룩한 동지여. 그대의 향기로운 이름 우리는 눈물과 오오 눈물과 굳센 맹세와 또 약속으로 그대의 이름 그리노라 오오."

말을 민혜 여사가 짓고 곡조는 오늘 연맹 대표의 한 사람인 백파 여사가 만든 것이다. 고요하고 힘차고 둥근 영매의 목소리에 일동은 물을 끼얹은 듯이 고요하여졌다. 민혜 여사의 눈에는 눈물이 빙그르르 돌았다.

물에 꽂혔던 꽃다발이 보이의 손을 거쳐 탄실에게로 왔다. 탄실은 꽃다발을 안고 민혜 여사의 가리키는 데로 손성묵 씨 앞으로 걸어간다. 다알리아, 야국, 코스모스의 화변들이 풍기는 향기와 색채 그리고 그 꽃다발을 안은 탄실의 처녀다운 향기가 그 꽃을 받을 손성묵 씨의 맘을 얼마나 만족하게 할 것인가. 일동의 시선은 꽃다발을 안고 한 걸음씩

80 웅대한 뜻.

한 걸음씩 손성묵 씨 앞으로 다가서는 탄실에게로 쏠렸다. 마땅히 탄실의 꽃다발에는 오늘 참석한 모든 가맹 단체의 대표자들의 정성과 감격이 한데 묶여 있을 것이매 탄실의 두 손 두 눈 아니 얼굴 몸 전체가 긴장되지 않을 수 없는 것이다.

소곳이 고개를 숙이면서 꽃다발을 내미는 탄실의 입은 방긋 피는 꽃화변이다. 손성묵 씨는 일어섰다. 일어서서 그 꽃다발을 받으려고 손을 내미는 순간이다.

탄실의 두 눈은 조금 커졌다. 그리고 그의 미소를 띠었던 입이 벙실 열렸다.

"앗."

하는 부르짖음과 함께 놀람과 의혹과 그리고 환희 이러한 복잡한 감정이 탄실의 눈과 입과 얼굴 전체의 표정에서 명멸되고 있는 것이다.

정민혜 여사의 눈이 둥그레졌다. 탄실의 얼굴을 살펴본 사람들은 서로들 쳐다본다.

손성묵 씨의 얼굴빛도 당황하여졌다. 일순의 의혹이 지난 뒤 절망과 공포에 가까운 표정이 손 씨의 누르스름하고 길쭉한 얼굴을 지렁이처럼 기어간다.

꽃다발을 받은 손성묵은 일동에게 머리를 숙였다. 박수소리가 방안이 떠나갈 듯이 났으나 웬일인지 그 박수소리는 공허하고 차디찬 의미없는 한 개의 소음밖에 되지 않는 것을 손성묵은 똑똑히 인식하였다. 그러나 그는 일어선 채로 인사의 말을 해야 된다. 손 씨의 이마에 목덜미에 진땀이 쭉 내배었다. 그의 옆에 사람도 겨우 알아들을 듯 말 듯한 몇 마디의 말과 그리고 기름한 봉투를 내놓고 자리를 떠났다. 갑자기 두통이 난다는 것이다.

YMCA 정문으로 도망치듯 나오는 손성묵 씨 뒤로 정민혜 여사와 또 한 사람 공창 폐지 연맹 총무 되는 중년 부인이 손 씨에게 정중히 인사를 하였다.

자가용 자동차 안으로 피난하듯이 들어온 손성묵은 차가 움직이는 대로 몸을 비틀거리며 쿠션에 기대어 보았으나 가슴은 천근 되는 돌멩이나 눌러 있는 듯 호흡이 편안치 못하다.

'탄실이야 분명히 탄실이야. 이태 동안에 그렇게 자라다니.'

귀여움과 애틋한 생각이 중추신경을 씹는 듯이 그의 눈에서 뜨거운 눈물이 주르르 흘러내린다. 손성묵은 손수건으로 코를 풀며

'저것이 혼자 왔나? 혼자 올리는 없을 터지 그렇다면?'

손성묵 씨는 눈을 감았다. 결단코 아름답지 못하게 생긴 그 마누라의 얼굴이 눈앞에 떠오르자 그는 혀를 찼다.

'정민혜 씨와 결혼이나 성립되거든 올라 올 게지 츳.'

이러한 생각이 지나가자 손성묵은 딸 탄실에게 대한 측은한 생각은 스러졌다.

'일부러 꽃다발을 갖고 나를 골리려고 서두른 것일까? 만사휴의다.'

손성묵은 입을 다물고 팔짱을 끼었다. 차가 스르르 속력을 낮추고 멈췄다.

차를 나와 자기 집 층대를 올라선 손성묵은 무엇보다도 먼저 전화기 앞으로 달려갔다. 그리고 수화기를 집어 들었다.

"거기가 ×××은행이요? 백만 원 소절수[81] '2013'은 취소합니다. 나는 손성묵입니다. 물산 손성묵에요."

찰칵 수화기를 놓는 소리와 함께 문이 벙싯 열린다. 노크도 없이 쑥 들어서는 사람을 손성묵은 잠자코 바라보았다. 그리고

"너 언제 왔니?"

하고 교의로 가서 앉으며

"왜 애비도 찾지 않고 ……."

손성묵 씨의 얼굴 표정은 냉정에 가깝도록 점잖다.

"얼마나 찾았다구요. 라디오 방송 못 들었어요?"

탄실의 파랗게 질렸던 입술에 비로소 발갛게 홍조가 떠오른다.

"라디오 방송? 난 그런 건 못 들었는데 …… 지금 어디 있니?"

"저 남산동 오십 번지야요. 여기 있는 이 동무 집에서 폐를 끼치고 있어요. 어머닌 갑자기 맹장염으로 입원했어요."

영매가 고개를 숙여 인사를 하는 것을 보고 생각난 듯이

"앉으시우. 탄실이도 앉아라."

하고 자리를 권한다.

"남산정에 있는 오십 번지라면 이층집이냐?"

"네!"

손성묵은 오늘 아침 김황용의 보고대로 그 집에 전재민이 있었던 것은 사실인 것을 깨닫고

"댁에 누가 편치 않으십니까?"

"네! 제 오빠가 폐가 약해서 누워 있습니다. 이층에."

"네!"

81 수표.

손성묵은 팔짱을 끼고 바람벽을 한참 쏘아보다가

"돈이 필요하지?"

하고 우선 포켓에서 백 원짜리를 손아귀가 뿌듯하게 내놓는다. 바로 이때 문에서 노크 소리가 요란하다.

"누구요?"

하고 손성묵 씨가 지전을 쥔 채로 문을 바라본다. 머리통이 크고 콧구멍이 벌렁한 삼십대의 회색 양복을 입은 사람이 앞을 서고 채플린 수염에 검정 바지 국방색 저고리를 입은 사십대의 약간 여윈 남자가 들어오며

"우리는 본정서에서 왔습니다. 상부의 명령으로 가택을 수색하겠습니다."

무엇인지 널따란 종이에 네모난 붉은 도장이 커다랗게 찍혀 있는 문서를 손성묵 씨한테 내어 놓더니

"금고 문을 여시오."

이것은 명령적이다.

"무슨 사유인지 모르겠습니다만 잠깐 앉으시지요."

손성묵 씨는 서랍을 열고 여송연을 내어 형사들 앞에 놓는다.

"탄실아 내일 다시 오너라."

하고 두 처녀를 바라보는 손 씨의 두 눈은 불안과 슬픔이 가득 차 있다. 탄실은 잠자코 한쪽에 비켜섰다. 천우신조로 오늘 상봉한 아버지가 무슨 큰일을 저질렀고 그래 그 일이 발각되어 형사들이 포박하러 온 것인 줄을 직감한 탄실은 눈앞이 캄캄하여졌다.

금고 문을 여는 손성묵의 손가락이 바르르 떠는 것을 보고 탄실은 눈을 감았으나 그의 감은 속눈썹에서 하얀 구슬이 맺혀진다. 창밖을 내다

보고 섰던 두 처녀는 깜짝 놀라 돌아섰다.

"안 돼."

하는 형사의 소리가 너무나 컸기 때문에.

형사 앞에 두 손을 싹싹 부비고 무엇인지 애걸하는 손성묵의 얼굴은 납덩이같이 까맣게 죽은 빛이다. 가택수색은 비교적 간단히 끝이 났다.

아편이 사발덩이같이 뭉쳐진 검정 엿과 방불한 것이 무려 다섯 덩어리가 나오고 흰 코카인 가루며 주사침과 아편 되는 담배통과 가지각색의 부속품도 나왔다. 적은 서랍에서는 보석도 나오고 순금패물도 나왔고 그리고 큰 서랍에서는 돈이 나왔다. 백 원짜리 지폐로 만 원씩 뭉친 것이 백여 개가 나왔다.

은행에 예금된 돈이 억대를 돌파하는데 그것으로는 마음이 못 편한 손성묵은 언제나 손 가까이 현금 백만 원쯤은 가지고 있어야 된다는 것이다. 또는 갑자기 팔러온 귀금속 같은 것이 맘에 들 때에는 은행에서 돈을 찾는다든가 소절수를 내어준다는 것보다도 현금으로 사는 것이 훨씬 흥미가 있다는 것이다. 돈을 자기 손으로 헤어서 다른 사람 앞에 척 내 놓을 때 그만큼 자기의 권리가 그리고 가치가 생리적으로 느껴진다는 것이다.

돈 앞에는 체면이라든가 의리라든가 윤리라든가 하는 그러한 문자는 마치 바람에 날리는 겨와 같이 손성묵에게는 아무런 가치가 없는 것이다.

그 때문에 손성묵은 돈을 위하여 애국지사도 잡아다 일본 헌병대에 갖다 바치고 자기의 은사까지도 고등계 문안으로 밀어 넣었던 것이 아닌가.

그렇게 소중하고 알뜰히도 무릎을 꿇었던 돈이 이제 송두리째 달아

난다.

손성묵의 눈앞에서 형사들이 돈을 꺼내어 가방에 넣는 것을 볼 때 손성묵의 눈에서는 휙 하고 불이 지나갔다.

억대를 오르내리는 예금 통장을 빼앗기는 것보다 현금 백만 원에 더욱 애착심을 가지는 손성묵의 심리는 정신분석학자의 설명이 아니면 약간 해석하기에 곤란한 일이다.

좌우간 손성묵은 형사의 손목을 붙들어 보기도 하고 지전 뭉텅이를 움켜쥐어 보기도 하고 아편 덩어리를 만져 보기도 하다가 형사에게 톡톡히 호령을 당한다. 한 시간 전에 YMCA 식탁에서 그렇게 도저하던 몸이 그렇게 칭찬과 인사와 존경을 받던 몸이 한 시간이 지난 지금에 강아지처럼 몰리우고 굼벵이같이 짓밟힘을 받을 때 그는 머리통이 멍하여졌다.

뿌연 안개 속 같기도 하고 컴컴한 지하실 같기도 한 자기 머릿속에 다만 한 가지 생각이 반딧불같이 빛을 발하고 있다.

'죄다! 공창 폐지 사업에 기부한 백만 원을 취소한 천벌이다.'

손성묵은 이제 후회하여도 미치지 못할 일을 저지른 사람같이 느끼는 그러한 절망과 암담함이 그의 시야를 캄캄하게 할 뿐이다.

"일어서!"

하는 형사의 호령대로 손성묵은 일어섰다.

허리춤에서 동아줄을 꺼내 들고 있는 사십대의 형사가 손성묵의 두 손과 팔을 꽉꽉 결박하였다.

그리고

"내려가자."

하고 눈을 부릅뜬다. 손성묵은 무어라고 애걸을 하려고 노력하였으나 목구멍은 자물쇠나 채운 듯이 아무런 소리도 나오지 않았다.

층층대를 향하여 두어 걸음 발을 옮길 때다.

"아버지!"

하고 왈칵 울음을 터트리는 탄실을 돌아보고

"가서 너 어머니 간호나 잘 하여라. 돈이 모자라거든 마담 비취 저 백송희 어머닌데 동대문 밖에 집이 있는데 …… 그보다도 성모병원으로 가서 백송희 어머니를 찾아서 의논해 봐."

하고 저벅저벅 아래로 내려간다. 내려가면서도 그는 연방

"천벌이다 천벌이야. 이렇게 망가지는 것을 모르고 그 돈 백만 원을 취소한 내가 미쳤어."

손성묵은 중얼중얼 지껄이며 형사를 따른다.

'가만있자 나도 통 미친 짓은 아니었어. 돌연히 딸 탄실이가 나타났겠다 탄실이가 내 딸인 줄 정민혜 씨가 알게 될 것이고 그렇다면 내게 본처가 있는 것은 정민혜 씨가 알게 되고 따라서 정민혜 씨에게 나와 결혼해 달라는 말을 입 밖에도 낼 수가 없게 되거든. 그 때문에 내가 기부한 백만 원을 취소했단 말야. 의미 없이 아무런 소득 없이 왜 백만 원을 내놓느냐 말이야.'

손성묵은 팔목과 어깨가 켕기는 것을 느끼면서 이런 말을 맘속으로 외쳐보고 그리고 쓰디쓴 침을 삼킨다.

정민혜 여사는 주영매에게서 탄실이 어머니가 갑자기 복통이 나고 의사가 와서 맹장염이라는 진단을 내린 것과 그리고 우선 근처 병원에 입원을 시켰다는 말을 들었다.

정민혜 여사에게 있어 가장 신비스럽고 다행하게 생각된 것은 손성묵 씨가 탄실의 아버지란 사실이다. 그렇게 안타깝게 찾던 아버지를 기적과 같이 만났다는 것은 정민혜 여사에게 지웠던 큰 짐을 다 내려놓는 듯이 진실로 마음을 놓게 되었다.

"어서들 가보오. 가서 아버님께 어머니 병세도 말씀 드리고 난 정말 안심이야."

정민혜 여사는 공창 폐지 연맹 간부 몇 사람과 함께 ×××은행으로 향하였다. 그러나 정 여사는 행원 한 사람에게서 이 소절수가 어떻게 효과를 상실한 이유를 듣고 그리고 빈손으로 돌아서지 않으면 안 되었다.

저녁도 먹지 않은 채 정 여사는 자리에 누워버렸다. 그러나 조금 전에 은행에서 당하고 돌아온 장면이 눈앞에서 좀처럼 사라지지 않는다.

"그 소절수는 바로 한 시간 전에 취소한 것이니까 돈을 지불할 수 없소."

하고 미안한 듯이 웃던 행원의 얼굴이 눈앞을 지나가기도 하고

"그럴 리가 있나요?"

하니까

"그러면 본인에게 다시 가서 알아보고 오십시오."

하는 말대로 손성묵 씨 집에 전화를 걸었더니

"지금 경찰서에 갔는데 글쎄요 언제 올지 몰라요."

하던 여인의 차디찬 목소리가 귓가를 스쳐가기도 하고

"왜 취소했을까요?"

하고 자기가 묻는 말에

"갑자기 돈을 지불하기 싫어졌는 게지요."

하던 행원의 말소리도 들리는 것 같아서 정 여사는 고개를 흔들고 눈을

감았다.

결국 들어오지 못할 백만 원을 생각하고 이래저래 쓴 돈이 벌써 식당에 육천 원을 주고 꽃다발이 천 원이 넘고 신문기자들에게 와 달라고 부탁하러갈 때 자동차를 탔던 것이 이천 원에 가깝고 정 여사는 한밤을 굴욕과 절망과 그리고 분노 속에서 거의 뜬눈으로 새웠다.

정민혜 여사가 이렇게 괴로워하는 똑같은 시간에 죽고 싶도록 분통이 터지는 또 한 사람이 있으니 그는 김황용이다. 누이 화자와 좋게 지내는 흑인에게서 팥알만 한 금강석을 얻어가지고 손성묵에게 자랑삼아 보여 주었더니 꼭 가지고 싶다고 그 대신에 코카인이나 아편은 얼마든지 주겠다는 약속 밑에 그는 금강석을 손성묵 씨에게 주었던 것이다.

그것이 바로 이틀 전의 일이었고 제일회분으로 코카인을 좀 가져왔으나 그것은 금강석의 사십분지 일밖에 아니 되는 가격이 아니었던가.

아편 밀매로 붙들려간 손성묵인지라 하루 이틀 한 달 두 달에 나올 리는 없다.

'그렇다면 금강석은 어디서 찾누. 그 손해는?'

김황용은 자기의 두 귀를 잡아당겨 보기도 하고 머리칼을 움켜쥐어도 보고 수없이 혀도 차보고 한숨도 쉬어 보고 탁 하고 침도 뱉어 보았으나 어느 하나 시원한 것이 없다.

'그놈의 집을 뺏을까 보다. 남산정 오십 번지 집을……빌어먹을 놈의……츳 이놈의 계집애 이번에도 지랄을 해 보아라. 죽여버린다 츳.'

김황용은 어떻게 주영매를 향하여 욕을 퍼붓고 날만 새면 엠피는 못 데리고 가더라도 조선 순경 두어 사람을 데리고 가서 당장 집을 비우라고 단단히 결심하는 것이다.

정민혜 여사는 날이 샐 무렵에야 겨우 잠이 들었으나 그 잠도 요란스럽게 두들기는 대문 소리에 깨고 말았다. 주영매가 숨찬 어조로

"탄실의 어머니가 위중해졌어요. 엊저녁에 근처 병원에 입원을 시켰는데 오늘 수술을 해야 된데요. 지금 곧 해야 된다나 봐요. 그런데 저 또 저대로 지금 김황용이란 사람이 뛰어와서 집을 비우라고 법석을 하지 않습니까? 순경을 데리고 온데요."

주영매는 바싹 마른 입술을 두어 번 빨아 침을 적시면서

"탄실이는 절보고 자기 어머니 수술하는데 같이 있어 달라는 거야요. 무섭다고 자꾸만 절더러 같이 있자고 그러지 않아요? 그래서 부득이 미안하지만 선생님이 좀 같이 병원으로 가주셨으면 좋겠어요."

"지금이 몇 시야? 벌써 해가 돋았네."

"지금요? 여덟 시야요."

"그래 그럼 나 지금 곧 갈게 같이 가요 …… 집을 비우라고 성화를 하는 자는 대체 누구야?"

"김황용이란 아주 망나니 같은 자야요. 전 그 사람을 보기만 하면 기분이 나빠서 죽겠어요."

정 여사는 영매가 가리키는 병원으로 들어가니 탄실이가 얼굴이 파래서 수술실 문 밖에 서 있다.

"지금 막 들어갔어요."

하고

"선생님 너무도 감사합니다."

탄실은 정민혜 여사의 가슴에 폭 안긴다.

"괜찮아 뭐 이제 곧 나오실 텐데 괜찮아.

정민혜 여사는 탄실의 어깨를 두 팔로 꼭 안고 흑흑 느끼는 탄실의 더운 입김을 가슴으로 감촉하면서

"울지마 울지 말고 기도해요. 하나님이 계시는데 …… 울지 말자."

정민혜 여사는 손수건으로 탄실의 눈을 씻어주고 탄실의 상반신을 고이 안은 채 긴 의자로 가서 앉았다.

십 분 이십 분 거의 삼십 분이 지나서야 수술실의 문이 열렸다.

하얀 홑이불을 씌운 탄실의 어머니는 죽은 시체처럼 발동이 달린 침대에 실려 나왔다.

간호부가 두 사람 탄실의 어머니를 입원실로 정해진 방으로 옮긴다.

의사가 와서 진맥을 하고 간호부가 강심제를 놓고 그리고 거의 두 시간 후에 탄실의 어머니는 의식이 돌아왔다.

"물을 찾더라도 절대로 물을 드려서는 안 됩니다."

하는 간호부의 말을 기억하고 있는 지라

"물 물 좀."

하고 부르짖는데도 탄실은 어머니에게 물을 권하지 않았다. 간호부가 오더니 얼음을 가제에 싸서 바작바작 타들어가는 탄실 어머니의 입술에 문질러준다.

정 여사는 비로소 시장함을 느끼었다.

"탄실이 조반 안 먹었지?"

민혜 여사는 탄실을 데리고 근처 음식점으로 들어갔다.

송희 병은 그 사이 일진일퇴이던 것이 요 며칠 사이 부쩍 악화되어졌다. 폐에서 고름이 생겼다는 중대하고 위험한 진단이 내려졌다. 송희에게는 말하지 않았으나 송희 곁에 시중드는 송희 어머니며 간호부며 또

의사의 긴장한 얼굴빛을 보아 자기의 살날이 며칠 남지 못한 것을 송희는 똑똑히 짐작하였다.

'죽으면? 사람은 어떻게 될까?'

송희는 문득 이런 생각이 머릿속에 떠올랐다.

'딴 세상 영원한 세상이 있다는 종교인 말이 옳을까?'

송희는 비로소 처음으로 이 문제를 맘속으로 되풀이하여 보는 것이다. 그러나 그는 너무 늦었다는 것을 느끼지 않을 수 없었다. 이러한 어려운 문제를 생각하기에는 그의 머리가 그의 심장이 그리고 그의 전신의 건강이 이를 버티고 나갈 힘이 없는 것이다.

그러나 힘이 없어졌다고 이 문제가 맘속에서 사라질 것은 아니었다. 갚아야 할 부채처럼 아니 답안을 써 받쳐야 할 숙제처럼 그의 맘에는 커다란 부담을 느낀 채 그는 성모병원 별관으로 옮겨졌다.

설백의 가운을 입은 간호부는 보통 간호부는 아니었다. 일생을 그리스도에게 바친 영원의 처녀인 수녀들이다. 송희의 눈에 그들은 천사의 미소와 영원한 평화를 소유한 사람으로 보였다.

하나같이 아름답되 지극히 깨끗하고 또한 친절하되 가장 엄숙하여 송희가 지상에서 본 여성 중에 이러한 사람들은 진실로 처음 발견하는 것이다.

조용한 동작 거의 침묵을 지키는 정도로 말이 적으면서도 병자에 대한 알뜰한 주의와 지극한 동정을 쏟아주는 이 사람들을 송희는 맘으로 사랑하였다.

수녀가 자기의 병든 몸을 돌보아 주는 것 외에 자기의 영혼을 위하여 얼마나 노력하고 있는 것도 짐작하였다.

십자가에 달린 그리스도의 형상이 아로새겨진 동판을 송희의 머리맡에 놓아주고 일요일이면 성수라고 병에 물을 가져다 상 위에 놓기도 하고 가끔 꽃들도 화병에 꽂아 가져오기도 한다.

어느 날 저녁 송희 어머니도 밖에 나가고 송희 혼자서 누워 있을 때다. 가을도 깊어서 벌레소리도 그쳤다 이었다 하는데 기울어진 달만이 유리창을 기웃이 들여다본다.

고요하다. 그러나 저 달빛이 싫다. 송희는 커튼을 내렸으면 하고 조금 전에 배달된 신문을 다시 펴들었다. 읽은 곳을 다시 읽고 팔이 아파서 내려놓았다. 다시 들고 읽어 보고.

'남산 위에 의문의 남녀 살인범은 삼각관계의 일월루 오채옥.'

이라고 삼호 활자로 뚜렷이 쓰인 곳을 송희는 또 다시 읽어보는 것이다.

'한 사람을 죽이고 한 사람에게 치명상을 입힌 범인은 일월루를 탈출하여 나온 창기 오채옥이라한다. 그는 죽인 사나이의 아이를 배고 있었는데 백송자(가명)와 약혼한 것을 알자 질투를 못 견디어 권총으로 쏘았다는 것이다. 검사는 사형을 구형하였는데 판결 언도는 일주일 후 시월 초하룻날이라 한다. 용수를 쓰고 간수에게 끌려 나가는 오채옥은 무슨 뜻인지 "하나님이 아십니다" 하고 큰 소리로 외쳐 일반 방청에게 충동을 주었다.'

송희는 길게 한숨을 쉬었다.

'어디까지나 죄를 지은 것은 내 몸이 아니냐?'

이렇게 중얼거려보자 금시로 채옥의 까만 눈언저리가 보이는 듯 하고 그 뾰족한 턱이 바르르 떨면서 자기를 저주하는 것 같은 환상이 지나갔다. 송희는 견딜 수가 없었다. 그는 홑이불을 잡아당겨 얼굴을 뒤집어씼다.

얼마를 지났던지 어머니가 들어오고

"왜 이렇게 이불을 쓰고 있니?"

하고 홑이불을 벗긴 때 송희의 얼굴은 종이같이 희다. 이마에 솟은 진땀을 수건으로 씻어주고 간호부를 데려왔다.

"왜 맘이 편치 않으세요?"

하고 간호부가 웃으며 송희의 손을 잡을 때

"죽기 싫어요. 죽지 않고 살게 해 주세요."

하고 송희는 좌르르 눈물을 흘렸다.

송희 어머니는

"그래그래 살려주마. 울지마 안 죽는다 안 죽어."

하고 딸의 얼굴에 같이 얼굴을 대고 흐느낀다.

"진정하십시오."

간호하는 수녀가 송희 어머니를 밀어놓고 송희 앞에 교의를 바싹 다가놓고 앉았다.

"결국 우리가 세상에서 건강하게 오래오래 살아보았자 칠십이나 육십 년밖에 더 되겠어요? 우리의 갈 곳은 영원히 사는 곳인데 평화스럽게 살 수 있는 곳과 불안과 절망 속에서 사는 곳 이 두 곳 중에 어느 것을 택할 지가 문제되는 것뿐야요."

"영원히 사는 곳 …… 그것은 사람들이 지어낸 말이 아니야요?"

"글쎄요."

간호부는 방그레 웃고

"인간의 역사는 다 사람이 쓰는 것이죠. 결국 지었다고 볼 수 있겠지요. 수백수천 년 전의 일을 보지도 못한 일을 남이 써 놓은 것을 어떻게 믿을 수 있겠어요. 그러나 사람이 만들어냈다고 전적으로 역사를 부인할 수는 없지 않습니까? 하나님과 사람 사이에 된 역사를 우리는 성경에서 볼 수 있습니다. 성경을 맘으로 믿고 받아들일 수 있는 것이 곧 신앙이라는 것이야요. 신앙을 가질 수 있는 사람이 축복을 받은 사람이야요."

수녀는 입을 다물었다.

송희가 견딜 수 없다는 듯이 고개를 흔들고 두 팔을 치켜든 때문이다.

"어머니 저리 좀 비키세요 아이 갑갑해."

덮었던 이불을 발로 차버리고 두 팔을 벌린다.

"나 좀 일으켜 주세요."

간호부가 송희의 어깨를 살그머니 안아 반만치 일으켰다.

"나를 좀 앉혀 주세요, 수녀님."

하고 송희는 숨이 차서 말끝을 여미지 못한다.

"물 좀 마셔라 아가 자 물이다."

어머니가 보리차가 들어 있는 유리 주전자를 송희 입에 대었다. 송희는 두어 모금 빨아보고 고개를 흔든다. 간호부가 손 빨리 강심제를 한 개 송희의 왼편 팔에 놓아주고 주사 맞은 언저리를 만지면서

"조금만 계시면 곧 진정이 됩니다. 맘을 턱 놓아 보십시오."

하고 송희의 얼굴을 들여다본다.

송희를 들여다보는 수녀 수산나의 눈은 동정과 사랑 그것이다. 무슨 말을 어떻게 해서 이 고민하는 소녀를 구해줄 수 없을까? 자기 나이 보담 분명코 열 살은 떨어졌을 상 싶은 이 가엾은 길 잃은 양을 어떻게 성자 예수님 앞으로 인도할 수는 없을까.

"수녀님 죽으면 지옥이 있고 천당이 있나요?"

평소에 가장 평범하고 가장 유치하게 여겨오던 이 질문을 송희는 이제 참으로 창자가 끊어질 듯 안타까움으로 수녀에게 묻는 것이다.

죽음을 앞두고 그 죽음 저편의 세상이 알고 싶어진 것이다. 캄캄한 세계인지 광명의 세계인지 또 전연 아무런 의식도 없는 영원한 망각의 세계인지 죽음의 문 앞에 선 송희는 싫든지 좋든지 죽음을 향하여 들어가지 않으면 안 되는 것이다. 여기에는 아무리 사랑하는 어머니라도 어머니가 가진 수백만 원의 재산이라도 송희를 대신할 수는 없고 또 무슨 도움이나 위로를 줄 수도 없는 것이다.

송희는 각일각으로 자기를 향하여 거리를 좁히고 있는 죽음을 어떻게 맞이하여야 될지 실로 송희는 이에 대하여 아무런 예비도 아무런 각오도 갖지 못한 것이다. 다만 미칠 듯한 불안이 캄캄한 어둠이 되어 송희의 머리를 덮어 누르는 …… 송희는 지금도 그 불안에 쫓겨 일어나 앉은 것이다.

"죽는 것도 좋아요. 아무 것도 모르고 누워 있는 것이 참으로 편할 것 같아요. 그런데 말입니다 수녀님."

송희는 마른 입술을 한 번 깨물어 보고

"평안히 죽고 싶어요. 괴로움 없이 평안히 죽고 싶어요. 괴로움 없이 맘의 괴로움 없이 평안히 죽고 싶어요."

"네 정말 그래요. 누구나 이 세상에서 죽지 않는 사람은 없습니다. 다 죽습니다. 그렇지요 단지 평안히 죽는 것이 그것이 축복받은 사람이지요."

수녀는 평소의 침묵을 깨뜨리고 열심히 송희의 말에 대꾸하는 것이다.

"수녀님 ……."

송희는 말끄러미 수산나를 쳐다보더니

"죄가 있는 사람은 편히 죽을 수 없겠지요? 그렇죠?"

하며 쓸쓸히 웃는다. 그것은 웃는다는 것보다도 입술의 근육이 웃으려는 노력을 하는 것뿐이다.

심판

"내 맘에는 무서운 비밀이 있어요, 수녀님."

송희는 두 손으로 수녀의 손을 잡고

"이 비밀을 가지고는 편히 죽을 수가 없어요."

송희의 입은 까맣게 타들어간다.

"수녀님! 내 비밀을 들어 주시겠어요?"

"네! 들어드리죠 ……."

수산나는 잠깐 무엇을 생각하더니

"이왕이면 신부님 앞에 고백을 합시다. 송희 씨 맘의 괴로운 짐을 신부님 앞에 고하면 반드시 맘의 평화가 오리다. 신부님은 천주님께 신공하여 송희 씨를 구원할 수 있어요."

수산나는 문 밖으로 나가다가 다시 돌아서서

"신부님 모셔 와도 괜찮지요?"

하고 송희를 돌아본다. 송희는 고개를 끄덕였다.

수산나가 나간 뒤 송희는 갑자기 무서워졌다.

'내가 사람을 죽인 비밀을 폭로해서 될까?'

하는 본능이 그의 일순간의 용기를 눌러버리는 것이다.

'신부님이 오시더라도 …… 그냥 다른 말만 하고 말까?'

이러한 생각을 하니 가슴이 더욱 떨려온다. 괴로움, 무서움 송희의 맘의 파도는 진정할 길이 없다.

이윽고 병실 문이 열리면서 미소를 띤 수산나가 앞을 서고 뒤미처 신부가 들어온다. 수산나의 안내로 송희 병실에 들어온 신부는 나이 오십이 훨씬 넘은 듯 길게 자란 수염에는 은실같이 흰 수염이 절반이나 섞여 있다.

검은 신부복에 염줄을 드리운 박 신부는 무테안경 너머로 송희를 내려다본다. 점잖다 할까 따뜻하다 할까 그보다도 어디인지 깊고 고요하고 그리고 지극히 인자스러운 그 모습과 표정에 송희는 우선 경의와 호의를 가질 수 있는 것이다.

빰이 약간 들어간 박 신부의 얼굴은 일편 수척한 듯하나 극히 깨끗하고 맑다. 수산나 수녀도 나오고 송희 어머니도 나오고 방에는 신부와 송희 단 두 사람이 남았다. 한 사십 분이나 지나서야 송희의 병실 문이 열리고 그리고 신부가 밖으로 나왔다.

송희는 이날부터 이상하게도 맥박이나 호흡이 호전하여졌다. 그도 그럴 것이 송희는 일절 모든 고민과 비밀을 신부 앞에다 고백한 후부터 어깨를 내려 누르고 목 줄기를 졸라매는 정신 고통에서 완전히 해방되어 버린 때문이다.

실과즙도 좀 마시고 계란 반숙한 것도 한 숟가락 받아먹고 그리고 이튿날 아침에는 미음을 한 공기나 마셨다. 송희 어머니나 담당의사까지도 안심의 숨을 돌려도 좋을 상 싶게 송희의 경과는 좋아졌다.

그러나 시월 초하루 오채옥의 공판을 앞둔 사흘부터 송희의 병세는 급속도로 전락하여 버렸다. 자도 깨어 있는 듯 깨어도 자고 있는 듯한 혼수상태가 계속되는 것이다.

맥박은 극히 느리고 호흡은 얇고 짧고 …… 주위의 사람들의 얼굴에는 완전히 웃음이 사라졌다.

송희가 차츰 죽음을 향하여 거리를 단축하여가는 동안 드디어 시월 초하루가 왔다. 독부(毒婦) 오채옥의 판결언도를 방청하려고 제×호 법정 방청석은 문자 그대로 입추의 여지가 없다.

정민혜 여사와 주영매 양은 정각보다 훨씬 일찍 와서 방청석으로 들어와 자리를 잡고 앉았다.

시간이 되자 판사와 배심판사 검사 그리고 관선 변호인이 차례로 자리를 정한 정면에는 용수를 쓴 채옥이가 간수에게 호위되어 심판대를 향하여 조용히 걸어온다. 채옥은 방청석 가운데 의례히 있을 상 싶은 정민혜 여사를 찾으려고 용수를 쓴 채 고개를 들어 살펴보았다. 순간 자리를 고쳐 앉는 듯이 몸을 움직여 보이는 정 여사의 얼굴이 눈에 띄자 채옥은 안심한 듯이 앞을 또박또박 발걸음을 계속하는 것이다. 장내의 일동의 시선은 채옥에게로 쏠렸다.

사형의 구형이 내린 채옥에게 차입은 잘 허락되어 정민혜 여사가 옷감을 장만하고 주영매 어머니가 바느질을 한 것으로 흰 치마에 옥색 반호장 저고리를 받쳐 입은 채옥은 나들이 나가는 여인같이 깨끗하다.

용수를 벗긴 채옥은 고개를 똑바로 들고 정면으로 바라본다. 고요한 눈동자다.

흔히 사형 논고를 받고 언도를 기다리는 죄수들의 눈에는 살기와 독기가 가득하고 피가 나올 듯 붉게 타는 눈들이 보통인데 오채옥의 눈만은 약간 들어간 채 평온하다. 단지 어디인지 슬픈 빛이 …… 아까운 청춘이 피어보지도 못한 채 살덩이를 저며서 팔고 하다가 뱃속에 생겨난 한 개의 생명을 보호하기 위하여 인육시장을 탈출하였겠다. 그러나 세상은 고기를 팔던 오채옥을 받아주기는 너무도 냉혹하지 않았던가.

다만 밤하늘에 별과 같이 정민혜, 주영매, 백송희 그들과 함께 광명을 찾으려 했던 것이 뜻밖에도 백송희를 자기가 죽인 것이 되고 오늘 사형수로서 마지막 판결을 받는 것을 생각할 때는 그는 슬펐다.

죽음이 겁이 난다는 것보다도 자기처럼 슬픈 운명을 가지고 이렇게 억울하게 또 악착스럽게 일생을 마치는 여인이 존재한다는 것이 몹시도 슬픈 사실로 느껴지기 때문이다.

채옥은 자기와 정면으로 앉은 판사와 그리고 늘어앉은 법관의 얼굴들을 바라보았다. 넓적하고 둥글기도 하고 여위기도 한 얼굴과 얼굴이 하나같이 채옥에게는 불쌍하게 보였다.

사람을 심판하고 앉았는 저들도 먹어야 되고 처자와 부모를 살려야 하고 그러함에는 나같이 무죄한 여인의 모가지도 비틀어야 하고 …….

이러한 생각들을 해보자 채옥은 응 응 소리를 내어 울고 싶도록 슬픔이 가슴속에 벅차 올라온다. 하루살이 같은 인간들 …… 풀 위에 이슬 같은 생명들 …… 채옥은 바로 염세 철학자처럼 이런 생각이 지나가자 가슴을 물어 찢는 듯한 슬픔이 거품같이 사라진다. 채옥은 눈을 지그시 감았다. 그리고

'정 선생님이 말씀하시던 예수님이여! 저를 보시옵소서.'

일 초 전에 느껴진 허무와 공허는 드디어 그에게 한 가지 반동을 가져온다.

어렴풋이 느끼고 있던 그 '영원'을 갈망하는 본능이 그로 하여금 부지

불각 중에 삶에 대한 기원을 드리게 하고야 말았다.

'예수님 정 선생님의 예수님.'

채옥은 이 한 가지 생각만 붙들기로 한다.

이제 곧 무서운 사형의 판결이 자기의 고막을 울리거나 말거나 채옥은 이 한 가지 기도로만 자기를 붙들려고 애를 쓴다. 이상한 일은 기도를 하면 할수록 주먹이 쥐어지고 손바닥에는 땀이 고이고 그리고 어금니가 딱딱 다물리고.

슬픈 생각을 할 때는 무서움이 없더니 맘의 구원을 바라는 이 순간에 공포를 느끼는 까닭은 무엇인가.

채옥은 자신의 이러한 모순을 반문하려고 생각을 모을 때다. 갑자기 방청석에서 소리가 났다.

"판사 각하와 배심판사 및 검사 제위께 잠깐 말씀을 드리겠습니다." 하는 목소리의 주인공을 향하여 실내의 모든 눈은 일제히 한 곳으로 집중되었다. 방청석 왼편으로 약간 치우친 중앙석에 일어서서 손을 치켜 든 이는 신부 박 주교이다.

"이 사건에 있어서 진범인이 따로 있는 것을 아는 나로써 나의 신성한 직권에 의하여 여기 섰는 피고는 무죄하다고 말씀드립니다."

방청석에는 여기저기 수군거리는 소리가 난다.

"진범인 진범인이 있대 ……."

채옥은 눈을 번쩍 떴다. 그리고 사면을 둘러보았다. —미완—

—『부인신보』, 1947.7.1~1948.5.8.

화려한 지옥

헤롯의 칼

요 며칠 들어 눅눅한 맛이 제법 봄기운을 느끼게 한다.

먼 산에 푸른 아지랑이가 돌고 담 너머 나부끼는 버들가지가 물이 올라 생생한 탄력이 머지않아 아이들의 손으로 피리가 되어 나갈 상도 싶다.

해방 후 처음 맞는 봄인지라 마땅히 이 땅에 기쁜 피리가 겨레의 행복을 노래하여야 할 것이거늘 왕왕히 현실은 소망보다 잔인하고 미래는 가끔 고운 너울 속에다 추악한 얼굴을 싣고오매 인생은 비로소 탄식이 있고 절망이 있고 죄악이 있는 것이다.

뒤꼍에서 빨래를 널고 있는 채옥은 힐끗 고개를 들었다.

"까욱 까욱."

까치의 우짖는 소리가 바로 머리 위에서 들린 때문이다.

활짝 뻗고 있는 포플러 나무 가지 위에 시커먼 둥우리가 보이고 그 둥우리 주위로 올라앉았다 내려앉았다 하는 까치의 하얀 뱃바닥은 유난히 부숭부숭하다.

'무슨 반가운 소식이 있을라나? 무슨 소식? 흥 빌어먹을 놈의 남편.'

후 하고 한숨을 뿜고 채옥은 팽팽한 줄에 빨래를 다 널고 돌아섰다.

"채옥아 얘 채옥아."

포주 여편네의 꺼칠꺼칠한 목소리가 들린다.

채옥은 흠칫 어깨를 추슬러 보고 소리 나는 곳으로 갔다.

"채옥아 얘."

애써 상냥하고 부드럽게 내는 음성이다.

"채옥아."

"……."

허옇게 물에 젖은 손끝만 들여다보고 서 있는 채 대답이 없는 채옥을 건너다보는 포주 여편네의 움푹 들어간 눈살은 점점 험상스러워 진다.

그러나 음성만은 여전히 따뜻하게

"얘 채옥아 얘야."

목이 차츰 갈리면서 훌쩍 낮아지는 음성은 흔히 이 여편네의 맹렬한 분노가 폭발되기 직전에 들려주는 그러한 음성이기 때문에 채옥은 폭풍우가 신변에 가까이 온 줄을 직감하였다.

채옥은 애원하듯이 포주 여편네를 바라보았다. 그리고

"어머니 전 약 먹기 싫어요. 의사가 뭘 안다고 그래요 ……."

방금 발악이 쏟아지려는 저편 쪽 목소리를 예기하면서

"의사가 알고 하는 말이라도 전 전 그런 악착스런[1] 짓은 못 하겠어요."

채옥은 턱이 덕죽한 자그마한 얼굴을 절레절레 흔들었다.

"흐훙."

조롱과 모멸에 가득 찬 선웃음을 치는 포주 여편네는 마루 끝으로 한 걸음 다가서며

"뭣이 어째? 의사가 왜 몰라. 아 하루에도 수백 명을 진찰하고 있는

1 齷齪. 잔인하고 끔찍스러움. 원문에는 '악찬'으로 되어 있으나 '악착'의 오기로 보여 고친다.

의사가 몰라? …… 그러지 말고 약 먹어라."

목소리를 한 번 더 낮추면서

"애비를 모르는 자식을 낳아 보았자 기르기는 누가 기르며 또 너희들 몸에서 나는 아이가 성한 채로 나올 줄 아니? …… 그러니 말야 해롭게는 시키지 않는다. 일찌감치 처치를 하고 돈 벌 생각을 하란 말야. 네 빚이 얼만 줄 알지? 이만 원이 넘어 이만 원이, 자 받아."

시커먼 약물을 담은 약 사발이 쑥 채옥의 눈앞으로 달려든다.

"눈 감고 단숨에 들이켜라, 쓰지도 않다."

"……."

어제 그저께부터 약 사발을 들고 따라 다니면서 달래고 눙치고 윽박지르고 하던 포주 여편네는 이제 완전히 분통이 터졌다.

"냉큼 못 받아?"

하는 소리가 귀청이 찢어질 듯하다.

"이년아 네 장래를 생각하고 이러는 건데 이년이 미쳐도 분수가 있지 …… 이년이."

포주 여인은 주위를 두리두리 살피더니 마침 새로 사온 마당비가 눈에 띄자 그는 얼른 두 손으로 움켜쥐었다.

"이년이 죽일 년."

딱 하고 억센 대 마디가 채옥의 까슬까슬 말갛게 지진 머리통을 내리갈긴다.

채옥은 반사적으로 머리를 쌌다. 손바닥이 축축해진다.

"이년이 사람을 만만히 보고."

딱! 이번엔 얄팍한 어깨를 내리쳤다.

채옥은 피 묻은 손으로 어깨를 문지르는 동안 세 번째의 대 마디가 채옥의 이편 쪽 어깨를 마저 갈겼다.

뼈끝이 으스러지는 고통이 채옥의 본심을 배반하고 드디어

“어머니 잘못했어요.”

하는 부르짖음을 그의 입 밖으로 터트리게 하고야 말았다.

“이리 주세요, 약 그릇.”

신음에 가까운 소리를 또 한마디 하고 말끄러미 약 그릇을 바라본다.

채옥의 가무잡잡한 눈시울에 하얀 눈물이 맺힐 상도 싶건만 이만한 일에 눈물이 날 채옥은 아니다.

눈물은 매양 연하고 신선한 감정에서만 찾을 수 있는 아름다운 이슬인지라 밟히고 눌리고 흩기어진 채옥의 마음의 집에서는 눈물이란 값높은 사치품은 날아간 지가 벌써 오랜 때문이다.

채옥은 아무 일도 없는 듯이 두 손으로 아주 공손히 약 그릇을 받아들었다. 이마 위에는 가느다란 핏방울이 붉은 구슬을 엮은 듯이 눈썹을 스쳐 내린다.

꿀꺽꿀꺽 약물은 채옥의 목구멍으로 가볍게 넘어간다.

찌푸리지도 않고 태연히 약 그릇을 내려놓는 채옥의 가슴에는

‘아니다 안 된다, 죽어도.’

하는 반항의 일념이 물에 젖은 삼오라기같이 심장을 감아쥐는 것이다.

‘너희들이 이러하면 나는 또 저러하리라.’

채옥은 자신이 생각하고 있는 어떤 사실이 방금 눈앞에 전개될 것이 무섭기도 하고 또 한없이 유쾌하기도 하여 그는 방그레 웃었다.

어여쁜 우물이 움푹 어리는 양편 뺨은 파랗게 질렸다.

이만 원이나 되는 몸값을 짊어진데다가 매일 찾아오는 손님은 거의 칠 할이 채옥을 찾는 말하자면 채옥은 이 집 일월루(日月樓) 유곽에는 간판 격으로 일류 중에도 일류의 인기를 가지고 있는 몸이다.

이러한 채옥이가 임신 삼 개월이란 검진 의사의 진단이 내린 것은 일월루 포주에게는 청천벽력이나 다름없는 놀라운 사실이다.

"채옥이가 아이를 배?"

"안 되어, 안 돼 ……."

포주는 불쑥 튀어나온 눈알을 굴리며 위협하듯이 자기 여편네를 건너다본다.

"걱정 말아요. 다 알아서 할 테니 ……."

이 여인은 전에도 몇 번 창기들이 임신할 때마다 취한 방법대로 이번에도 ○○당이란 간판이 붙어 있는 한약국 뒷문을 두드리기로 하였다.

약탕관에서 부글부글 약이 끓고 매운 냄새가 코밑을 스쳐갈 때 채옥은 드디어 자기 운명에 도전하기로 결심했다.

'창기라도 어미는 어미다. 나 같은 것을 어미라고 찾아 온 것을 죽여 버리다니 벼락을 맞지.'

채옥은 죽어라고 버티고 약을 먹지 않았던 것이다.

달래고 위협하고 또 애원하던 포주 여편네는 최후의 방법을 채택하였던 것이다.

'단 매 세 개가.'

채옥의 목구멍에다 약물을 넣어 주었다 생각할 때

'매에는 장사가 없어, 진작 그럴 걸.'

여인은 속으로 지껄여 보고

"그래야만 되지, 어 착하다. 우리 채옥이."

포주 여인은 연거푸 두어 번 이런 소리를 부르짖고 개기름이 주르르 흘러내리는 얼굴에 마귀 같은 웃음을 싣고 방으로 들어간다.

채옥은 잠자코 변소로 갔다. 손가락을 두 개 목구멍 깊숙이 넣자 약물은 솟구쳐 입 밖으로 쏟아져 나왔다.

"웩 웩."

구정물과 같은 약물에 밥알도 두어 개 섞이어 넉넉히 두어 사발이나 토한 뒤에 입을 씻고 천천히 밖으로 나온 채옥의 입가에는 승리의 웃음이 떠올랐다.

점심때가 되자 손수 쟁반에다 먹을 것을 가지고 왔다.

"애 먹어라, 너무 기진할라. 그 약이 좀 독할 테니 이걸 먹어 두어야 속이 쓰리지 않지."

채옥의 앞에 내려놓는 것은 메밀당수다. 물론 피가 잘 내린다는 것으로 채옥의 뱃속이 것을 처분하는데 있어야만 될 일종의 약이다.

"애 채옥아 그리고 동루가 날 때까지는 아무렇지도 않는 법이니 이따가라도 손님 받아 응?"

여인은 기왓장같이 두텁게 빗겨 넘긴 시커먼 머리에 동백기름 냄새를 풍기며 채옥의 앞으로 다가 앉는다.

"네."

채옥은 약을 토한 사실이 아직 발각되지 않은 것이 기뻐서

"손님 받지 않구요, 빚이 얼마라구요."

태연스럽게 대답을 하였다.

여인은 만족을 지나쳐 행복을 느끼면서

"무엇 먹고 싶은 것 없니?"

하고 물어본다.

"아니요."

채옥은 손으로 정수리를 만져 보고 눈살을 찌푸렸다.

"참 어디 보자 어디 ……."

"춧춧 생채기가 났구나. 진작 말을 들었다면 이런 일이 없었지."

여인은 쭈르르 제 방으로 건너가더니 조고약을 가져온다. 호 호 하고 입김을 불어 가지고

"어디 어디."

하면서 채옥의 정수리에다 약을 붙이고

"얘 벌써 두 시가 되는구나, 세수하고 화장해라. 다른 애들은 말짱 화장하고 있다."

"네!"

포주 여편네가 돌아 나간 후 채옥은 경대 앞으로 갔다.

방금 방문 밖에 소리를 내고 끓고 있는 약탕관을 생각하고 방그레 웃으며 크림을 찍어 손바닥에 옮긴다. 채옥은 오늘은 유달리 애써 엷게 화장을 하는 것이다.

가루분을 뿌리고 연지를 보일 듯 말 듯 양편 뺨에 눌렀을 뿐 입술에 루주도 눈썹에 먹도 다 그만 두었다.

부엌으로 가서 점심을 달라고 해서 되도록 많이 먹었다. 구역이 날 듯 날 듯 하는데도 그는 억지로 반 그릇이 넘는 밥을 다 먹었다.

담배를 한 개 붙여 물고 채옥은 벽에 기댄 채 넌지시 눈을 감았다.

'죽느냐? 사느냐?'

커다란 숙제를 앞에 놓고 그는 한 번 더 가슴을 도사려 보는 것이다.

잡히면 잡히고 …… 물론 매 맞고 굶고 일절 외출은 금지되고 …… 죽으면 그만이지. 채옥은 담배를 재떨이에 던지고

'한 번 죽지 두 번 죽나? 뱃속의 것을 살릴 대로 살려보고 …… 안 되면 죽어 버리지. 살면 무슨 영화가 있을라고. 망할 놈의 사나이.'

아편 중독에 걸려 자기를 이 집에다 맡긴 채 이태 동안 깜깜하니 소식이 없는 남편을 머릿속에 또 한 번 그려보자 그의 어금니에서 빠드득 하고 소리가 났다.

채옥은 파란 불이 반짝하고 지나가는 두 눈으로 의걸이를 흘겨보고 그리고 입을 다물고 의걸이 문을 열어젖혔다.

바르르 떨리는 손으로 그는 나들이옷을 움켜쥐었다. 남빛 뉴똥 치마 그 위에다 다갈색 하부다이를 또 한 개 덧입었다.

모본단 양회색 저고리 위에 연회색 양단 저고리를 덧입자 얼른 수박색 양단 두루마기를 걸쳤다.

여우 목도리를 감고 핸드백을 안고 현관으로 나오는 그의 다리는 질서 없이 떨린다. 현관으로 나와 막 신발을 신을 때

"애 채옥아 어딜 가니?"

포주 여인의 목소리가 뒷덜미에서 들린다. 늑대 소리다.

"저 저 정수리가 아려서 병원엘 좀 가볼라구요."

애써 침착하게 대답하면서도 채옥의 혀끝은 빳빳이 말라온다.

호리호리한 채옥의 몸맵시는 옷을 몇 가지나 더 겹쳐 입었는데도 별로 표가 나지 않는다. 언제 보아도 상큼하고 날씬한 그 자체다. 입덧으로 근 이십 일째 아무것도 먹지 못한 때문에 훨씬 몸이 줄어진 까닭인지

도 모른다.

포주 여인은 채옥이가 병원엘 가는 줄로만 알고 얼른 대답을 할 만큼 채옥은 조금도 수상한 곳이 없었다.

오늘 모차게 때려준 것이라든지 그렇게 안 먹겠다고 버티는 약을 시원스럽게 먹어준 일이라든지 좌우간 오늘의 채옥만은 포주 여인의 맘에 꼭 들었다.

"그럼 얼른 다녀 와 …… 김 서방."

하고 간수 역할 하는 김 서방이라는 중년 사나이를 딸려 보낸다.

채옥은 하얗게 입술이 빛을 잃어 버리도록 그의 심장은 그렇게 몹시 뛴다.

병원이 차츰 가까워지자 핸드백을 열고 백 원짜리 두 장을 꺼냈다.

"추운데 괜히 오래 기다리지 말고 나 진찰 할 동안 약주나 한 잔 하세요, 옛수."

코가 붉은 김 서방의 입은 귀밑까지 찢어진다.

"이거 오늘 재수 있는데. 헤 …… 가만 있자."

김 서방은 그래도 망설인다.

"얼른 다녀와요. 늦게 들어가게 되면 나만 또 야단을 만날 것을 …… 자."

"웬 턱을 쓴단 말야. 나 한 잔 할 동안 삼십육계는 아니겠지? 헤헤헤."

김 서방은 침을 꿀꺽꿀꺽 삼키면서도 얼른 손을 내밀지 못한다.

채옥은 입을 삐쭉하고 뺑 돌아서면서

"관두어요. 생각하는 보람도 없이 밤낮 도망꾼만 따라 다녔나봐 저 양반은."

핸드백에다 돈을 도로 넣고 찰칵 닫아 버린다.

"헤헤 인내요. 내가 한 번 그래 봤지 뭐. 인내요 얼른 한 잔 하고 올게, 달아나지마 하하하."

"걱정도."

채옥은 짐짓 뾰족해서 고개를 돌린 채 돈만 김 서방 앞으로 불쑥 내밀었다.

김 서방이 헐레벌떡거리고 중국 요릿집으로 들어가는 것을 보자 채옥은 병원을 지나쳐 그담 골목으로 빠져 들어갔다.

일직선으로 뚫린 길은 거의 반달음질로 걸어 가다가 다시 방향을 변하여 엇비스듬히 누운 비탈길로 지치기 시작하였다. 뒤에서 누가 쫓아오는 것만 같아서 전력을 다했건만 몸은 그 자리에서 활개만 치고 있는 것이 안타까웠다. 속치마까지 치마가 세 개에 저고리가 두 개 게다가 두루마기와 목도리를 걸친 채옥의 체중을 실은 두 다리가 채옥의 소원대로 바쁘게 비탈길을 올라가기에는 여간 힘든 주문이 아닌 때문이다.

그러나 채옥은 달렸다.

자꾸만 달렸다. 목 안이 탁 말라붙고 혀끝이 빳빳해 오고 눈이 뱅뱅 돌아가고 귀가 잉 하고 우는 것을 느끼면서도 그는 그저 달렸다. 인가는 다 멀어지고 완전히 산길로 들어선 때에야 비로소 촉촉이 젖은 목도리를 목에서 끌러 팔에 걸치었다.

가슴이 뛰고 숨이 차는 것은 과격한 운동 때문만 아니다. 뒤에서 덜미를 집는 것 같은 공포가 그의 심장의 고동을 더욱 맹렬하게 함이 아닐까?

몇 날 몇 밤을 세워가면서 궁리해 온 이 일이건만 아 운명과 싸워 본다는 것이 이렇게도 어렵고 또 무서운 일인 줄 비로소 느껴진다.

어디를 어떻게 걸었던지 채옥의 눈앞에는 자동차가 달려가고 사람의 뭉텅이를 매달은 전차가 지나가고 …….

그는 자기 자신이 유곽 지대를 완전히 벗어난 것을 깨달았다.

그는 갑자기 온몸이 무거워오는 피로를 느끼고 그리고 어디 앉아 잠깐만이라도 쉬고 싶은 생각이 간절하여졌다.

팔뚝시계를 들여다보니 세 시 십칠 분 고스란히 두 시간을 걸은 셈이다.

그는 자기가 남산 비탈을 넘어서 용산역까지 온 것을 깨달았고 그리고 발이 부르터서 절름절름 절고 있는 자신도 감각하였다.

가까운데 조선 여관이 있나 하고 근처를 살피는 동안 그의 뒤에는 정복한 경관이 차츰 걸음을 빨리하고 있다.

채옥은 자기 곁으로 사람이 가까이 오는 기척을 알게 되자 힐끗 뒤를 돌아보았다. 순간 눈앞이 캄캄하여졌다. 이러한 때도 그의 습관이 가르치는 대로 그는 방그레 웃었다.

"어딜 가는 사람이요?"

경관의 저력 있는 음성이 채옥의 고막에 울려올 동안 채옥은 자신의 신분을 어떻게 캄푸라치 할 것이 머리에 떠올라

"저 용산꺼정 왔어요."

하고 이마 위에 헝클어진 머리카락을 만져본다.

"용산 어디?"

중년이 약간 넘은 경관의 눈은 탐조등과 같이 채옥의 전신을 골고루 쏘아보고

"파출소까지 갑시다."

하고 앞을 간다.

'만사휴의(萬事休矣)'

라는 절망이 채옥의 전신의 힘을 일시에 빼서 버렸다.

땅에 펄썩 주저앉으려는 몸뚱이를 겨우 가누면서 손수건으로 코를 씻었다.

순간 코피가 줄줄 손수건을 넘어 손가락 사이로 흘러내린다.

"얼른 와."

경관의 목소리는 엄청나게 크다.

채옥은 우선 염치없이 흘러나오는 코피를 처치하여야 된다. 그는 핸드백을 열고 휴지를 꺼냈다.

코언저리와 손가락을 대강 씻은 후에 경관을 따라 걸음을 옮기면서 이 길로 일월루 포주에게로 끌려가고 그리고 거기서 기다리고 있는 무서운 매를 생각해 보았다.

두텁게 빗어 넘긴 번질번질한 포주 여인의 대강이 그 퍼렇게 면도질한 짧은 이마 움푹 파인 두 눈 …… 포주 여인의 모습이 머릿속에 나타나자

'죽어도 죽어도 안 된다.'

하는 반항이 빨간 불덩이가 되어 채옥의 팔딱거리고 있는 염통을 지글지글 태우기 시작한다.

'어떻게 해서 무슨 방책이 없을까. 용하게 달아날 방책은 참으로 없을까?'

채옥은 걸음을 옮기면서도 그의 머릿속은 비상히 바쁘다.

해는 기울어 황혼이 가까워 오는 길바닥은 홍수같이 사람이 범람한다.

가방을 끼고 바쁘게 지나가는 청년기를 살짝 넘은 건강한 사나이들이 수없이 지나간다.

힐끗 채옥을 돌아보고 가는 눈들은 지극히 무관심하다.

책보를 안고 성큼성큼 걸어가는 처녀들의 빳빳한 고개, 광채 있는 눈, 자신 있는 걸음걸이.

아이를 업은 젊은 아낙네의 평화스럽고 얌전한 표정이 채옥을 쳐다보는 순간 삐쭉하고 한 옆으로 돌아가는 입을 보라.

하늘에도 땅에도 외로운 자신은 부르튼 발을 절름거리며 경관에게 끌려가고 있는 창기 오채옥이가 아니냐.

변소에 구더기보다 더 더러운 몸, 천한 몸. 방금 빨간 노을에 쌓여 산 너머로 넘어가는 태양에 여광을 돌아보면서 채옥은 휘 하고 길게 한숨을 쉬었다.

한참을 걸은 후

"들어 오."

하고 우뚝 발을 멈추는 경관을 따라 파출소로 들어갔다.

젊은 경관 두엇이 장부를 들여다보고 있다가 채옥을 힐끗 보더니 빙글빙글 웃으며 서로들 돌아본다.

"거기 앉아요."

앉으라는 말에 우선 채옥은 살아난 듯이 교의로 가서 앉았다.

본적과 주소 성명이 틀에 박은 대로 나오는 질문이다.

"본적은 경기도 가평이야요. 지금 사는 곳은 저 지금 사는 곳은 여관이야요. 동무 여관요."

하고 고개를 숙이고 옷고름을 만진다.

"직업은 저 뭐 직업이란 게 없지요. 놀고먹지는 않습니다만 이름은 박채희야요."

채옥의 고개는 좀처럼 들 상 싶지 않다.

"오빠 집엘 간다면 오빠 성명은?"

채옥은 절체절명에 빠졌다.

"저 길명섭 씨라고 해요. 군정청 수사과 차석이야요."

채옥은 애써 웃으려고 하면 할수록 그 입가에는 가느다란 경련이 지나갈 뿐 조금도 웃어지지 않는 것이 딱하였다.

"수사과 길명섭 씨."

경관의 얼굴에는 일순 당황한 빛이 지나갔으나 곧 침착한 어조로 돌아간다.

"성이 다른데?"

"외사촌 오빠야요."

"아까 용산 역전에서는 왜 자꾸 뒤를 돌아보고 두리번거리고 있었소?"

경관이 빤히 들여다보는 시선을 애써 웃으려고 노력을 계속하는 채옥의 얼굴은 핼쑥하다기보다 까맣게 질렸다.

"같이 갈 동무를 기다리느라고 그랬습니다."

경관은 연필을 내려놓더니 무엇을 결심한 듯이 침을 삼킨 뒤에 종이를 꺼낸다.

"유곽에서 창기가 도망하였다고 수사원이 들어왔는데 …… 수박색 두루마기에 여우 목도리, 검은 핸드백, 흰 고무신에 얼굴은 기름하고 눈시울이 가무잡잡하고 ……."

읽어 내려가는 대목은 채옥의 몸 전체를 하나씩 하나씩 묘사하는 그림이다.

"입술이 약간 두텁고 턱이 뾰쪽하고 키는 중키가 넘고 ……."

경관은 낭독을 그치고 채옥을 한참 바라보더니 전화기를 집어 든다.

"본국 ○○○번."

한참 딸각딸각 흔들어도 전화는 감감 소식이다.

"춧춧."

경관은 혀를 차고 채옥을 노려보더니

"일월루 창기 오채옥이지?"

경관의 음성은 준엄하여진다.

"포주와의 약속이 해소되기 전에 도주하는 것은 본인에게 타당한 이유가 있기 전에는 포주가 수사할 권리가 있고 …… 좌우간 포주와 만나서 양편이 따져 보시오. 약속보다 억울한 점이 발견되면 우리는 채옥의 신변을 잘 보호해 줄 테니."

젊은 경관들의 얼굴에서는 호기심에 넘치는 웃음이 쉬지 않는다.

채옥은 이마에서 솟는 땀을 손수건으로 씻으면서

"제게는 생각할 수 없는 봉변이라고 봅니다. 우선 수사과 길명섭 씨와 대질을 시켜주세요."

채옥은 고객 가운데 생각나는 이름을 한 개 주워대기는 했으나 물론 아무런 자신은 없다.

"정말 길명섭 씨와 사촌 남매간이요?"

"거짓말이 들어나면 그때 가서 나리님 처분대로 하시면 될 게 아냐요?"

"그럼 잠깐 있자 ……."

경관은 군정청 수사과로 전화를 건다.

이번에는 전화가 곧 나왔다. 경관은 길명섭 씨가 자리에 있다는 것을 알게 되자

"나 돌아올 때까지 기다리고 있어야 하오."

경관은 자기보다 상석인 수사과 차장의 신변에 관한 일을 전화로 질문할 수는 없어 친히 가서 물어 보기로 하는 것이다.

나가는 경관의 뒤를 바라보고 앉았던 채옥은 눈을 굴려 젊은 경관 한 사람을 향하여 살짝 윙크를 보냈다.

윙크를 받은 경관의 두 귓바퀴가 빨갛게 되는 것을 보고

"저 변소에 잠깐 가게 해 주세요."

하고 빙긋 웃어보였다.

따라 오라는 데로 변소까지 간 채옥은 경관의 한 팔을 약간 꼬집었다.

참을 수 없이 짓궂은 웃음을 터트린 경관은

"저리로 나가요."

하고 한 곳을 가리킨다.

경관의 손을 채옥은 힘 있게 쥐어보고 그리고 뒷문으로 쏜살같이 나왔다.

파출소를 빠져 나온 채옥은 군데군데 불빛이 황홀한 거리를 아무데고 길이 뚫린 대로만 자꾸 걸어간다.

"거기 있어."

호령 소리가 방금 귓가에 들리는 것만 같아서 그는 몇 번이나 등골이 선뜻하고 진땀이 솟아났다.

언제 시작하였는지 가늘게 내리는 봄비가 아스팔트를 축축하게 적시고 있다.

뚫린 길인 줄만 알고 내쳐 걷던 채옥의 앞에 막다른 골목이 나설 때에는 그는 혀를 차고 뒤로 돌아서지 않으면 안 된다.

먼 데 사람이 보이지 않을 만큼 어둠은 짙어 가는데 밤비는 좀 더 굵은 가락으로 변하여진다.

비에 젖은 목도리나 손에 든 핸드백이나 수박색 양단 두루마기나 골고루 함빡 젖은 채 이 골목 저 골목으로 바쁘게 달리고 있는 채옥은 어항 속에서 몸부림하고 있는 금붕어같이 초초하다.

어디로 갈거냐 남쪽이냐 북쪽이냐.

장안 넓은 천지에 채옥의 한 몸을 숨겨줄 곳은 과연 어디인고?

어딜 어떻게 걸었던지 그의 눈앞에는 차츰 불빛이 희미하여지고 사람의 통행도 훨씬 줄어진 그러나 넓은 길이 나선다.

채옥은 자동차나 지나가면 한 대 붙들어 볼까 하고 두리번두리번 차오기를 기다리면서 걸어간다.

가끔 속력을 내면서 내빼는 지프가 몇 대 지나갈 뿐 채옥의 바라는 하이야는 좀처럼 눈에 띄지 않는다. 비는 제법 줄기차게 쏟아지는 폼이 좀처럼 멎을 상 싶지 않다.

이윽고 저기 하이야가 한 대 온다. 채옥은 손을 들었다. 그러나 본체만체 하이야는 지나가 버린다.

남자 한 사람과 짙은 화장을 한 젊은 여인들이 무엇이 우스운지 자지러지게 웃어 대는 것이 유리창 너머로 보인다.

채옥은 이맛전으로 흘러내리는 빗물을 손바닥으로 문지르면서 비슬비슬 걷기를 시작하였다.

부르튼 발에 버선등이 젖어 올수록 발은 더욱 졸리고 다리는 무거워진다.

'어디로 갈고.'

채옥은 멈칫 서서 전후를 또 한 번 둘러본다.

공포와 피로와 그리고 어둠과 빗속에 파묻힌 채옥의 머릿속에는

'이럴 줄 알았다면 유곽을 나오지 말걸.'

하는 후회에 가까운 절망이 스쳐간다.

지금쯤 일월루 이층에서는 춤과 노래가 벌어지고 맛있는 요리 사치한 이부자리 그리고 뭇 사나이들의 호기와 추파 속에서 시시덕거리고 있을 동무들의 평온한 생활이 눈앞에 떠오르기도 한다.

그러나 그다음 순간 채옥은 고개를 흔들었다.

'그것이 무엇이람. 그것이 사람의 노릇이야? 짐승이지 …… 천연 짐승이지 …….'

채옥은 어둠 속에서 어금니를 꽉 물었다.

'죽으면 그만이지. 견디다 못해 죽어버리면 그만이지. 뱃속에 새 생명을 위해서라도 다시는 그 노릇은 못해.'

채옥은 깨어 난 듯이 두 다리에 힘을 주면서 다시 걷기를 시작한다.

'어디든지 설마 밝은 불빛도 나올 게고 하룻밤 새일 여관이라도 눈에 나오겠지.'

이렇게 마음을 단단히 먹고 한참을 걸을 때다.

뒤에서 자동차 소리가 난다. 행여나 하고 하이야를 생각하며 힘껏 뒤를 돌아보니 언제 다았는지 벌써 지프에서 사람이 내려오고 그리고 채옥의 팔을 끌고 지프로 올려놓는 사나이의 억센 팔뚝을 감각하자 차는 전속력으로 내달린다. 실로 일 분 동안의 일이다. 캄캄한 속에서 얼굴을 자세히 볼 수는 없으나 그들은 물론 조선 사람은 아니었다. 그들은 채옥의 양편 팔과 어깨를 꼭 붙들고 전후좌우로 경계하기 시작한다.

차 속의 불은 물론 끄고 이따금 손전등으로 채옥의 얼굴을 비쳐보고는 무어라고들 웃고 떠들어댄다.

'여우를 피하다가 범을 만났다.'

는 속담을 몸소 체험하는 채옥은 쓰디쓴 웃음을 삼키고 아랫입술을 지그시 씹었다.

얼마 안 되어 차는 속력을 늦추고 어느 집 문을 지나 마당을 들어선다. 초라함을 약간 면한 이 집 현관에는 불빛이 환하게 쏟아져 나오고 문을 열고 나오는 한 사나이 그의 얼굴을 숯과 같이 검다.

지프에서 뛰어내리는 남자들의 얼굴들이 현관에서 나오는 불빛에 비치자 그들은 하나같이 먹물처럼 검은 얼굴이다.

눈은 불쑥 나오고 콧구멍이 벌름하게 뚫어진 괴물 같은 흑인들이다. 소름이 쭉 끼친 채옥은 본능적으로 지프가 들어왔던 문으로 달렸다.

그러나 채 세 걸음을 걷기 전에 시커먼 손들은 채옥의 목덜미를 붙들고 말았다.

소리 소리 지르는 채옥을 어린아이처럼 안고 현관으로 사라지자 안에서는 거친 웃음소리가 흘러나온다.

"히히히 히히히."

몸이 뚱뚱하고 배가 불쑥 나온 흑인 하나가 쌕쌕거리고 있는 채옥을 번쩍 들어 안고 키스를 한다.

실내는 와 하고 웃음소리에 파묻혀 버렸다.

술병이 나오고 통조림이 나오고.

흑인들은 먹고 마시고 그 큰 엉덩이를 들고 훌라 댄스를 시작하는 패도 있다.

바로 이때이다. 문이 벙싯 열리고 성장한 젊은 여인이 방긋방긋 웃으며 들어선다. 조선 여인이다. 실내는 삽시간에 수라장이 되고 말았다. 고함을 지르고 마루 창문을 구르고 악수를 교환하고.

채옥을 무릎 위에 올려 앉혀 놓고 꼼짝 못하게 안고 있던 해리라는 중년이 될락 말락 한 흑인은 새로 들어오는 젊은 여인을 보자 빙그레 열적은 듯이 웃고 채옥을 슬며시 밀어놓는다.

암범같이 성이 난 지금 들어온 여자는 해리 앞으로 달겨들더니

"철썩."

하고 귀쌈을 갈긴다.

해리는 벙글벙글 그 큰 콧구멍을 벙실거리면서 웃고 두 손을 모으고 용서해 달라는 시늉을 한다.

젊은 여인은 무어라고 지껄이더니 빽 돌아서서 문을 획 열어젖히고 첫 발을 내딛는다.

그러나 그다음 순간 밖에서 들어오는 한 사나이의 힘이 방금 나가는 그 여인을 참따랗게 밀어 넣는다. 방금 여인의 뒤로 좇아 들어오는 조선인 남자 손님에게로 굉장한 호의와 환영의 뜻을 표시하여 방안은 잠깐 동안 무질서 상태로 고함과 소음이 지나갔다. 채옥의 눈은 무심코 새로 들어오는 남자와 힐끗 마주쳤다.

"앗!"

자그마한 부르짖음이 채옥의 입술에서 새어나왔다.

"아니 여긴 웬일이야."

이 조선 청년은 채옥의 곁 가까이 교의를 끌고 와서 채옥과 마주앉았다.

넓죽한 사각형 얼굴이다.

"이야기는 나중에 할 테야요. 미스터 김 정말 할 이야기가 많아요."

채옥은 목소리를 낮추며

"나 여기서 좀 나가게 해 줘요. 정말 징그러워서 죽겠어."

채옥은 골피를 찌푸리고

"나 오늘 일월루에서 도망해 나왔다누."

하고 눈을 굴려 바람벽을 바라보면서 후 하고 한숨을 쉰다.

옆에서 담배를 빽빽 빨고 있는 젊은 여인들이 마주 보고 빙긋 웃는다.

"건 왜?"

"왜는 왜야 싫으니 나왔지 뭐."

"근데 내가 아일 뱄어요."

여인들의 눈은 휘둥그레졌다.

청년은 눈썹을 잠깐 찌푸려보고

"아이 아버지는?"

하고 채옥을 빤히 바라본다.

"아버지는 미스터 황. 그인 요새 어디 있어요? 꼭 만나고 싶은데 ……."

이 여자들에게 언제부터 미스터 황이니 김이니 하는 말이 유행 되었는지 그것은 확실히 해방의 선물의 하나로 볼 것이다.

"응? 황영빈 말야?"

채옥은 고개를 까닥거려 보이고 사내 앞으로 바싹 다가앉으며

"정말 확인하는 셈치고 날 여기서 좀 나가도록 해 주세요."

흑인들은 채옥과 또 그 미스터 김이란 청년과의 회화는 알아듣지 못한 채 지루하여졌는지 그들은 레코드에 맞추어 댄스를 시작한다.

여인들은 능란하게 흑인의 팔을 붙잡고 탱고에 장단을 맞춘다.

미스터 김은 한참동안 무엇을 생각하더니

"저 황영빈도 만날 수 있어."

청년은 채옥의 귀에다 입을 대고 무어라고 소곤거리더니 손가락으로 흑인 하나를 가리킨다.

그중에서 제일 억세고 제일 검은 사나이다.

채옥은 단번에

"난 못 하겠소."

하고 고개를 살랑살랑 흔들었다.

"못 하겠어요."

하고 똑 잡아떼는 채옥을 물끄러미 바라보는 미스터 김의 얼굴은 지극히 무표정하다.

그러나 근육 하나 움직이지 않고 앉아 있는 미스터 김의 얼굴 가죽의 한 꺼풀 밑에서

'흥 네가 무엇인데? 일월루 창기 오채옥이가 아니냐?'

'아주 바로 숙녀같이 흐흥 언제 적부터 그렇게 갸륵해졌느냐?'

하는 비웃음과 모멸이 굴러다니고 있다.

채옥은 빤히 바라보고 있는 미스터 김의 시선을 피하여 고개를 약간 떨어뜨리며

"정말이에요. 이제부터는 좀 사람답게 살아 보겠어요. 뱃속에 있는 아이 때문에라도 ……."

또 한 번 뇌어 보는 그는 비로소 시장함을 느꼈다.

여전히 잠자코 있던 미스터 김의 입가에 빙긋 하고 미소가 지나간다.

'아이? 흥 그래 아이 애비가 황영빈이라 말야? 뱃가죽이 다 웃을 노릇

이다. 창기가 아이를 밴 것도 실없는 노릇이지만 아이 애비를 지명하는 데는 만담(漫談)도 여기까지 오면 애교가 없어진단 말야.'

미스터 김은 방금 입천장에서 튀어 나오려고 덜덜거리는 이런 말들을 다시 깊숙이 목구멍으로 삼켜놓고

"건데 말야 저녁은 어떻게 했어?"

하고 바싹 마른 채옥의 입술을 들여다본다.

"저녁을 어디서 먹어요? 도망질쳐서 다니느라고."

"그렇겠지 …… 이리와요. 이리 날 따라와요."

하고 벽으로 난 문으로 채옥을 손짓한다.

채옥은 미스터 김의 뒤를 따라 그쪽 방으로 갔다.

한쪽 구석에 쌀부대 같은 것이 몇 개 있고 그 옆으로 감자 무더기 선반 위에는 통조림들이 쌓여 있다.

청년을 따라 들어온 흑인 하나가 통조림을 두 개 채옥의 앞에 내밀어 놓고 그리고 벽장문을 열고 빵과 비스킷을 끄집어낸다.

"먹어요 먹어. 배가 불러야 달아날 수도 있지 안 그래?"

키가 훌쩍 큰 이 미스터 김은 채옥의 등을 두드려주고 그리고 어깨 위에다 한 팔을 얹어보고 흑인이 따르는 더운 차를 채옥의 앞으로 당겨놓는다.

채옥은 이상하게 입맛이 난다.

따끈한 차를 한 잔 마시고 잼 바른 빵을 두 쪽을 먹고 그리고 소고기와 콩을 섞은 통조림을 절반이나 먹었다.

미스터 김은 밖으로 나갔다 들어오더니 채옥의 귀에다 입을 대고

"저 방으로 가지 말고 이쪽 문으로 나와요. 문을 두드리는 소리가 나

거든 …… 내 거기 있을게."
하고 나가버린다.

흑인도 나갔다. 채옥은 미스터 김이 가리켜준 회색 페인트를 칠한 문을 우두커니 바라보고 앉았노라니 과연 노크 소리가 난다.

채옥은 살그머니 문을 열었다.

순간 삼킬 듯한 어둠이 채옥의 앞으로 달려든다.

팔뚝에 걸친 여우 목도리가 주르르 땅바닥에 떨어진다. 채옥은 어둠 속에서 목도리를 더듬어 안았다.

가진 재산이라고는 이밖에 없다고 생각하니 채옥은 핸드백과 목도리를 단단히 감아쥐는 것이다.

"이리와요."
하고 어둠 속에서 조심조심 소곤거리는 미스터 김의 목소리가 다시 들린다.

채옥은 울렁거리는 가슴을 안고 문 밖으로 나왔다.

"이리로."
하고 채옥은 팔을 끄는 대로 까맣게 불이 꺼진 지프 속으로 올라갔다.

운전대에서 핸들을 돌리는지 채옥의 몸이 비실하고 한편으로 넘어가려는 순간 채옥의 몸을 안는 한 사람이 있다.

채옥은 잠잠한 채 자기를 안으려는 팔을 힘껏 꼬집었다.

차는 속력을 내면서 큰길을 나온다.

불빛이 드문드문 귤같이 돋은 거리는 흥건히 비에 젖어있다. 웬만하면 정거하고 내려놓아 줄 듯도 한데 차는 속력을 조금도 늦추지 않고 앞으로 돌진하여 간다. 차츰 불빛이 희미한 집들이 웅성해진 지대가 눈에 뛴다.

'?'

채옥은 겁이 더럭 나서 소리라도 질러볼까 하다가 입을 다물었다.

경관에게 들키기나 하면 큰일이다.

차는 어느 으슥한 빈터에서 정거되었다. 밤에 보아도 드문드문 소나무가 몇 개 서 있고 인가라고는 완연히 멀어진 질펀한 빈 들이다.

채옥은 병아리같이 목덜미를 들려 지프에서 끌려 내렸다.

고릴라 같은 긴 팔이 반항하는 채옥의 가는 허리를 넌지시 졸라 안는다.

태양의 배반자

위스키가 목구멍으로 한 잔 두 잔 넘어갈수록 미스터 김의 머리통의 혈관은 팽창하여지고 따라서 그의 심장에서 뿜어 나오는 핏줄기도 차츰 거칠어지기 시작한다. 이 저녁 채옥이가 선사하고 간 사탕 두 부대가 내일 모레 또 글피 아니 날마다 사탕 부대와 밀가루와 약 상자를 불러들일 마술이 될 수 있는 것인데 …….

채옥을 설렁 놓쳐 버린 것은 암만 생각해 봐도 아깝고 억울한 노릇이다.

"에이 빌어먹을 년, 고약한 년, 미친 년."

이렇게 함부로 채옥에게 욕을 퍼부어 보아도 조금도 속이 시원하지가 않다.

'우리 집으로 바로 가라고 그럴 걸 엥 잘못 됐거든.'

미스터 김은 화가 치미는지 위스키 잔을 덥석 단번에 들이키고 비스킷 한 조각을 어그적어그적 깨물어 먹는다.

지금 막 탱고를 마치고 흑인의 팔에서 놓여 난 화자는 콤팩트를 꺼내서 퍼프로 얼굴을 두들기고 홍도는 초콜릿 껍질을 벗기고 있을 때다.

벽으로 난 문이 열리며 싱글벙글 웃는 해리가 들어온다.

사람들은 그 사이 해리가 어디로 나갔다가 들어 왔는지 알 까닭도 없거니와 또 알려고 하지도 않는다.

레코드 곁에서 곧 노래를 부르며 엉덩이를 혼자 흔들고 있는 사나이가 들어오는 해리를 얼싸안고 돌아간다.

해리는 귀찮은 듯이 그 사내를 뿌리치고 화자에게로 온다.

해리는 연해 싱글벙글 웃으며 품속에서 여우 목도리와 핸드백을 꺼내서 화자의 가슴에 안겨준다.

화자는 방긋 웃고 그 먹 같은 해리의 모가지에 키스를 한다.

방안은 갑자기 웃음소리, 박장소리, 휘파람 소리로 소란해진다.

화자는 그 검은빛 핸드백을 열어보더니

"거울이 깨졌어, 재수 없다."

깨진 거울 조각을 저쪽으로 던져버린다.

또 다시 춤이 벌어지고 술병이 넘어지고 이윽고 여인도 사나이도 다 같이 피로하여졌다.

계집애들을 데리고 지프 속에 올라 탄 미스터 김은

'어딜 가서 채옥이란 년을 붙들어 와야겠는데.'

이런 생각을 하면서 어둠을 노려보는 것이다.

밤은 몇 시나 되었는지 거리는 완전히 인적이 끊어졌는데 헤드라이트의 불들만이 괴물의 눈알같이 여기저기 굴리고 있다.

지프가 황금정 육정목 으슥한 골목 어귀에 대이자 미스터 김이 먼저 내렸다. 운전대에 있는 흑인 두 사람은 계집애를 하나씩 안고 미스터 김이 열어 논 문으로 들어간다.

흑인과 계집들이 이층으로 올라간 뒤 미스터 김은 자기 방 육조 다다미 방 벽장을 열고 술병을 끄집어 낼 때다.

"자는가?"

하고 길로 난 창문에 노크 소리가 난다.

"누구요?"

하고 묻는 미스터 김의 얼굴에는 일순 당황한 빛이 지나간다.

경관의 임검이나 아닌가 싶어 그러나 그다음 순간

"나야 황이야 영빈이야."

하는 굵다란 목소리가 들리자 미스터 김은

"오케이."

하고 현관으로 나가서 드르르 문을 열어젖혔다.

학생복 쓰메에리 엘(L)이란 마크를 붙인 이 대학생은 어디 가서 한 잔 하고 오는 모양으로 그의 거친 호흡 속에는 강렬한 알코올 냄새가 풍기고 있다.

자리에 앉아마자

"여 미스터 황, 채옥이 만나 봤소? 헤헤헤."

"왜?"

대답하는 황영빈의 표정은 일순 복잡하여진다.

시내 모 학생 단체 주최로 열린 웅변회에서 열변을 토하여 만장의 갈채를 받은 황영빈은 주최자 측에서 연사 일동을 초대하는 다과회에 참석하였다가 이차 회로 어느 바(bar)에서 한 잔 취하고 오는 길이다.

일행 다섯 사람이 주머니에 있는 대로 탈탈 털어주고 나니 당장 내일 학교에 갈 전차비가 없다.

그보다도 내일은 무슨 일이 있던지 송희와의 약속을 지켜야 한다.

'차를 마시고 영화를 구경하고 경우에 따라 저녁도 먹어야 …….'

군자금이 적어도 이천 원은 있어야 한다.

통행금지 시간이 넘은 지도 오래건만 곧잘 자기 의견쯤을 저쪽에 알릴 만한 영어 지식이 있는 지라 영빈은 야간 통행에는 절대 자신이 있다.

언제나 돈이 필요할 때에는 느지막이 이런 시간을 골라서 미스터 김을 찾아오는 것이다.

미스터 김 본명 김황용은 지금 나이 서른다섯이고 황영빈은 스물다섯 살 그 사이 십 년의 차가 있건만 그들은 언제나 평교로 만만하게 교제하는 사이다.

김황용이가 갓 스무 살 때 경북 대구에 있는 황영빈의 집에 일 년 반 동안 심부름을 해준 일이 있고 그 뒤 황영빈의 아버지 황 장로의 소개로 서울까지 와서 일본인 여관 조일옥에 손님 안내로 들어가고 해방이 되자 두 사람은 서로 협력할 필요가 있는 때문에 그들의 친분은 가속도로 긴밀하여졌다.

가령 황용이가 손짓 눈짓 다 해도 오히려 통하지 못하는 경우에 황영빈은 반드시 통역을 서는 것이다.

"천 원 하나는 있어야 되겠는데."

하고 넌지시 천장을 쳐다보는 황영빈을 향하여

"나 오늘 흑인 숙소에서 말야 굉장한 사람을 만났단 말야. 자네 이제 아이 아버질세."

"미친 소리 말고 속히 돈이나 내놔!"

하고 아무렇지도 않은 듯이 손을 벌리는 황을 향하여

"채옥이란 년 말야 하필 자네 아일 뱄다고 하니깐 두루 딱한 노릇 아니냐 말야."

미스터 김은 황영빈의 얼굴을 슬금슬금 바라보며 이런 소리를 하고 천천히 돈을 꺼낸다.

"그까짓 유곽의 계집쯤 무어라 지껄인들 소용 있나 …… 하지만 소문이 나면 귀찮으니 말야 자네가 책임지고 잘 처리하게. 그도 자네 덕분이니까 안 그래 ……."

영빈은 지전을 포켓에 넣고 자리를 일어선다.

"또 또 또 그런 책임은 천만에 말씀이 올시다."
하고 흠칫 고개를 오므라들이는 김황용을 한 번 노려보고 영빈은 거리로 나왔다.

언젠가 일월루에서 채옥이가 임신 운운 하면서 자기 아이라고 설명한 일이 있었다. 그리고 유곽을 탈출 하려드니 기어이 나왔군.

김황용의 앞에서는 그럴 듯이 태연한 기색을 꾸며 보았지만 영빈의 마음속은 결단코 태연하지가 않은 것이다.

구름이 여기저기 낀 하늘에는 씻은 듯한 밤별이 오래 잊었던 친구의 귓속질같이 반갑다.

김황용과 만나고 김황용에게서 돈을 융통해 쓰는 것까지는 좋았다.

그러나 김황용의 끄는 대로 일월루로 간 것이 잘못이다.

인적이 고요해진 밤거리는 영원히 어둠의 연장인 듯 영빈의 가슴에도 어둠이 그대로 스며든다.

그러나 어두운 구름 끝에 반짝이는 별같이 양심이 속삭이는 귓속질

'장로의 아들로 학생 모모 단체의 간부로 그리고 ××대학교 문과에 학적을 둔 학생으로 유곽의 창기에게 임신을 시켰다.'

영빈은 고개를 흔들었다.

'유곽에만 가지 말았다면 …… 아아 …….'

영빈은 또다시 고개를 흔들었다.

'혹시 아버지가 아신다면? 아니 교회가 알게 된다면 …… 아버지의 교회의 지위는 파멸이다 …….'

영빈은 등골에서 선뜻 진땀이 솟아났다.

'그 찬양대 사람들 그 아름다운 피아니스트 …… 아니 은숙이가 안다면? 그보다도 송희가 안다면 …….'

영빈의 눈앞에는 하나씩 하나씩 차고 거만한 얼굴들이 차례로 지나간다.

괴로운 채찍과 같이 따갑게 내리치는 양심의 힐문에 대하여 한마디의 대답도 못한 채 그는 묵묵히 걸어간다. 동대문안 자기 하숙집으로 들어오고 뜰아래 자기 방 문 앞에서 힘없이 구두끈을 풀고 방문을 열자 그의 눈에는 책상 위에 참따랗게 엎드려 있는 사각 봉투와 마주쳤다.

순간 그를 지금까지 괴롭히던 양심의 소리는 그쳤다.

이성의 눈은 감아버렸다. 오직 감정이 부풀어 오르는 감정이 꽃이 피고 새가 노래하는 아름다운 동산으로 백송희의 고운 손이 기다리는 곳으로 달리는 것이다. 그는 일 분 동안에 완전히 행복을 도로 찾았다.

그의 기분 속에는 반성이라든가 가책이라든가 그러한 우울한 기분은 가벼운 기체처럼 활활 날아가 버리고 말았다.

편지를 다 읽고 난 영빈은

'만세!'

하고 소리를 치고 싶도록 그는 기뻤다.

'어머니께서 허락을 하셨습니다.'

하는 대목을 연거푸 일곱 번이나 읽고 나서

'나는 영웅이다.'

하고 가슴을 쑥 내밀었다.

체조하듯이 두 팔을 번쩍 펴보고 한 손으로 가슴을 쓸었다.

'이만하면 이만하면 됐지 어째.'

주먹으로 벽을 한 번 콱 쥐어박았다.

움찔하고 벽에 가벼운 진동이 지나간다.

그의 앞뒤가 꽉 째인 어깨 죽지며 둥그렇게 퍼져나간 등덜미, 크도 작도 아니한 키에다 쪽 곧은 두 다리는 전형적 미남자의 체격이라는 것을 자신도 잘 인식할 뿐 아니라 그의 주위의 사람들도 다 같이 인정하는 일이다.

황영빈은 옷을 벗고 파자마로 바꾸어 입었다.

학생의 방으로는 좀 지나치게 꾸며진 느낌이 있는 것은 창 있는 벽에 산수 병풍이 둘러 있는 것이라든지 책상 옆에 환류 문갑이며 그리고 꽃을 감상하기에는 아직 이른 삼월 초순 임에도 불구하고 어디서 구한 것인지 그의 책상 위에는 활짝 핀 프리지어가 한 그루 놓여 있는 것이다.

그는 자리에 들어가기 전에 화장수인 듯 붉은빛 병을 책상 너머서 꺼냈다.

굽슬굽슬 보기 좋게 물결 진 머리 위에 향기 높은 액체는 함부로 뿌려졌다.

영빈은 두 손으로 가볍게 마사지를 하고 빗으로 곱게 빗어 넘긴 뒤에 타월로 싸서 꼭 동여매고 그리고 전등을 끄고 자리로 들어갔다.

시계가 한 시를 친다.

이튿날 아침 여덟 시에 잠을 깬 영빈은 바쁘게 세수를 마치었다.

그러나 그는 머리에는 빗질을 아니 한다. 부수수하게 쓸어 넘긴 굽슬굽슬한 머리가 그의 하얗게 트인 이맛전을 아무렇게나 덮어 버린다.

사상가로 애국 청년으로 나라를 근심하는 젊은 남자의 풍채는 이렇게 해야만 되는 모양이다.

비에 씻긴 오늘의 길바닥은 깨끗하다.

그러나 군데군데 산더미로 쌓인 저 쓰레기 무더기에 영빈은 눈을 돌리고 휘파람을 날리며 큰 거리로 나간다.

학교는 첫째 시간 H교수의 휴강이다. 오후에 있을 R강사의 과목도 없다 한다.

학생들은 이제 노는 데도 진저리가 난 모양 전 같으면 좋아라고 떠들어 댈 그들의 얼굴에는 일말의 우울이 지나간다.

그 몹쓸 전차에 매어 달려 머나 먼 길을 왔던 보람이 어디 있느냐.

"일제 시절에도 이렇게 맘대로 휴강을 했나? 흣."

하고 짜증을 내는 학생도 있고

"텄다 텄어, 건국이고 목탁이고 배워야지. 배우지도 못하는 주제에 뭘 가지고 건국이야. 에라 치워라 시골 가서 땅이나 파자……."

하고 뒤통수를 안는 학생도 있다.

홀로 황영빈만은 태연하다.

"한 두 시간 휴강하기로니…… 지금은 혼란 시대야. 과도기의 혼란 상태야. 어쩔 수 있나."

황영빈의 베이스 음성이 유창하게 들리자

"노 캔 헬프."

하는 소리

"메이 라즈."

하고 응하는 소리에 따라

"오우미 인이어 우미 인이어 하늘이 나를 망하게 함이로다."

이렇게 잠시 동안 교실 안은 떠들썩하여졌다.

"잠깐만."

하고 영빈의 어깨를 툭 치는 이가 있다.

동급생 P군[2]이다.

두 사람은 밖으로 나갔다.

빨갛게 살진 버들 눈에는 벌써 푸른 움이 빼꼼히 내다보인다.

"어제 웅변대회에서는 단연코 군이 이채를 띠었는데 ……."

하고 P군은 감격해서 영빈의 서늘한 눈을 들여다본다.

"뭘 맘에 끓어오르는 것을 말로 표현한 것밖에 ……."

영빈은 쑥스러운 듯이 한 손으로 머리를 쓸어 넘긴다.

"그야 그렇지 물론 그렇지. 그런데 (P군은 목소리를 낮추어 가지고) 몇몇 사람이 말야 행동을 개시 하자는데 …… 물론 자네도 이의 없겠지?"

두 사람은 도서관 문 앞에까지 걸어갔다.

"물론이지. 행동은 의사의 총 결산이니까 물론 해야지 …… 통쾌한 일이야."

P군은 잠자코 영빈의 손을 힘 있게 쥐었다.

"행동은 의사의 총 결산이라."

P군은 황영빈의 말을 입속으로 옮겨 보고 훨씬 목소리를 낮추었다.

---

2 원문에는 'D군'으로 되어 있으나 뒤에 'P군'으로 일치되어 있어 앞을 'P군'으로 고침.

"첫째 데모를 시작할 것. 만약에 방해하는 분자가 있을 때에는 용서 없이 때려눕히기로 하고."

P군은 이 나중 말을 되도록 영빈의 귀 가까이 조용히 말을 하였는데 영빈은 버럭 소리를 지르며

"때려눕히고말고 여부가 있어? 단연코 각오를 해야만 돼. 비상한 각오가 있어야만 되는 거야……."

하고 자신 있게 주먹을 뽐낸다.

"피를 흘리지 않는 곳에 참된 혁명은 있을 순 없어."

"자 그러면 또 연락하기로 하고."

P는 황에게 손을 내민다. 황은 P의 손이 으스러져라 하고 힘 있게 쥔다.

거리는 뽀얀 햇살이 눈이 부시다.

검정 빛 낙타 외투를 벗어 팔에 걸쳐도 괜찮으리만큼 봄은 살지다.

새로 지을 스프링의 빛깔과 스타일을 생각하고 걸음을 빨리하는 황영빈의 머릿속은 오 분 전 P군과 이야기할 때 느끼던 흥분은 완전히 사라지고 지금쯤 ××다방에서 다소곳이 자기를 기다리고 있을 백송희를 생각하는 그의 머리는 또 그의 심장은 봄 하늘에 둥실 떠 있는 고무풍선같이 가볍고 황홀하다.

아직도 약속한 시간은 반시간이나 남았건만 그의 다리는 목마른 들노루같이 초조하다.

××극장 앞 큰길까지 갈 동안 그는 몇 번이나 낯익은 동지들과 만나서 밀담을 하고 그리고 긴밀한 동무들과 의미 깊은 악수를 하고 …… 그럴 때마다 삼 분 혹은 이 분씩의 시간이 흘러간다.

황영빈의 마음은 초조함을 지나 완전히 우울하여졌다.

마침내 ××극장 정문이 보일 때는 송희와의 만날 시간은 오 분이 남았다는 것을 알게 되었고 그리고 그의 입가에는 참을 수 없는 미소가 나비처럼 날개를 편다. 그러나 그의 앞을 가로막는 한 사람의 얼굴과 마주칠 때 그는 당황하여 버렸다.

키가 훌쩍 크고 얼굴빛이 누렇게 병적으로 약간 부은 듯한 …….

이 남자가 빙그레 웃으며 손을 내미는 것을 볼 때 영빈도 손을 내밀지 않을 수 없다.

그러나 …… 영빈의 눈앞에 돌연히 나타난 청년은?

'동지라고 불러야 될 그룹의 사람이냐? 그보다도 동무라고 불러야 될 단체의 소속이냐?'

영빈의 머릿속에 아직도 대답이 나오기 전에

"행여나 형이라도 만났으면 하고 이렇게 찾는 판인데 의외로 속히 발견된 건 통쾌한데 하하하."

호걸스러운 웃음을 터트리는 그 청년과 함께 영빈도

"하하하."

하고 소리를 내어 웃지 않을 수 없다. 그러나 …….

웃음이 사라지자 정면으로 똑바로 쏘아보는 그의 약간 치킨 눈시울을 볼 때 꼭 다문 입술을 볼 때

'어디서 익숙히 본 얼굴인데 …….'

이 얼굴을 지명하는 성명이 좀처럼 황영빈의 머릿속에 떠오르지 않는 것이 안타깝다.

"……."

"저때 번 간부회에는 좀 감기 기운이 있어서 나가지 못했죠."

하고 빙그레 웃으며 머리를 긁는 것을 볼 때

'우현석.'

비로소 그의 대뇌 중추에 기억의 신경이 완전히 눈을 떴다.

우현석은 현재 어느 정당의 청년 간부라는 것을 알게 되자 그는

"그래 요사이 쾌차 하셨습니까?"

하고 다음 말을 안심하고 물어볼 수 있는 것이다.

"그런데 절 찾으신 요건은?"

하고 대답을 기다려본다.

"갑자기 딱한 사정이 생겼어요. 그래 한 오백 원쯤만 있었으면 하고."

괴롭게 웃는 청년의 얼굴은 잠깐 동안 어두워진다.

"오백 원?"

하고 영빈은 주머니 속에 있는 천 원을 생각해 보았다. 그러나 백송희의 뱅글뱅글 웃는 얼굴이 눈앞을 스쳐갈 때 그는 고개를 흔들었다.

"내일이면 만들어 보겠는데요."

하고 눈을 떨어뜨렸다.

영빈의 얼굴에서 진실로 미안한 듯이 우울하여 지는 표정을 읽은 우현석은 무어라고 적당한 위로의 말을 더듬어 보았으나 그는 다만

"그럼 내일 다시 여기서 ……."

하고 황의 얼굴을 들여다볼 뿐이다.

"네 네."

돌아서면서 허리띠를 졸라 매는 우현석의 까슬까슬한 기름기 없는 머리털에는 뿌옇게 비듬이 보인다. 영빈은 휘파람을 날리며 다방 '샘물'로 바쁘게 걸어간다.

송희가 와서 기다리는 곳이다.

다방 거리에서 비교적 소용한 이 집은 빈 박스가 두어 개 눈에 띄도록 실내는 알맞게 한산한 맛이 다방다운 기분을 선물한다.

무성한 종려나무 두세 그루가 제 고향 타는 듯 더운 모래성을 사모하는 초라한 그늘아래 오늘도 베토벤의 얼굴은 성이 났다.

맞은편 벽에 걸린 그림 한 폭이 단연코 송희의 홍미를 끈다.

달빛 아래 속삭이는 원시인의 사랑을 한 장 그림 속에 소복이 남겨 놓고

'화가여! 당신은 어디로 갔습니까.'

백송희의 동그스름한 뽀얀 턱 위에 한숨이 꽃그늘처럼 향기롭다.

우거진 숲 사이로 둥근 달이 솟는데 적은 바위 옆에 머리 땋은 처녀가 손을 친다. 그 아래 은빛 호수를 저어 적은 배가 오고 뱃속에서 노질하는 젊은이의 씩씩한 팔뚝 힘찬 어깨 그보다도 처녀를 향하여 웃는 얼굴 …… 수북한 이마 아래 엷은 음영을 실은 눈언저리 달빛을 받아 또렷이 빛나는 드높은 코, 힘과 이지를 표시하는 둥글게 나온 턱! 그림이면서 그대로 조각인 이 그림의 인물을 황영빈과 백송희 자신으로 생각해본다.

송희는 행복스러운 햇비둘기처럼 시상의 대공에 자유로 날아본다.

일 분! 이 분! 송희의 꿈을 현실로 불러내는 한 곡조가 라디오를 통해서 송희의 고막을 울린다.

달고 슬프고 영원을 사모하고 생명의 아름다움 생명의 덧없음을 노래하는 저 곡조!

송희가 평소에 좋아하는 슈베르트의 보리수 남성 사중창이다.

'과연 인생은 짧고 예술은 길다.'

호 하고 가느다란 한숨이 송희의 빨간 입술 사이로 두어 번 흘러갔다.

'가을부터 음악과로 옮겨 볼까 성악과로.'
하는 생각이 머리를 스치기도 하고
'그보다도 미술과로 전적을 해 볼까봐.'

캔버스를 넌지시 어깨에 메고 산과 들로 경물을 찾아다니는 미인 화가의 풍모가 눈앞을 스쳐가는 듯 송희는 숨을 깊숙이 들여 마셨다.

올해 갓 스무 살 된 이 젊은 여자 대학생은 지금 ××여자대학 영문과 이학년에 학적을 두고 있으나 자기 마음 같으면 음악가도 할 수 있고 의과 약학과 체육과 못 할 것이 없는 같다. 가끔
'나는 천재가 아닐까?'
하고 혼자서 마음으로 스스로 물어 보리만큼 그는 어느 학과에도 자신이 있고 소질이 있고 천분이 있는 듯싶다. 그러나 이것은 단지 백송희의 주관적 관념이요 그를 맡아 가르치는 선생들의 눈으로 본다면 훨씬 다른 각도가 나타나는 것을 우리는 기억하여야 한다.

선생님의 눈에 비친 송희와 송희의 그룹 몇몇 아이들은 학교 아이들 가운데서도 퍼머넌트로 비단양말로 고급 과자를 사서 군것질 하는 것으로 그 모든 것보다도 민주주의 해석에 있어서 엄청나게 대담한 소견을 가진 데는 놀라움이 지나쳐 절망을 느끼게 하는 때가 종종 있는 것이다.

송희와 그 그룹들의 회화의 한 토막을 들어본다면
"우리가 돈을 내고 학교에 오는 이상 학교는 물건을 사고팔고 하는 상점까지는 아니지만 확실히 지식과 금전의 교환소쯤은 되는 것이다. 그 증거로는 월사금을 지불하지 않는 학생에게는 성적표를 주지 않고 안 그래?"

"그러니까 말야 우리는 우리 금전을 내고 학교에 오는 이상 듣기 싫

은 강의는 안 들어도 좋단 말야. 그만한 자유를 향락할 수 있는 것이 민주주의가 아냐?"

"이제 선생들이 뽐내는 시대는 지나갔어 …… 민주 시대에 합당하지 않는 선생들은 제국 시대로 돌아갈지어다."

"새 술은 새 부대에 넣나니라 아멘."

여기까지 오면 그들의 입가에는 자기도취의 미소가 흐르고 가슴 속에는 승리의 쾌감이 탄산수를 마신 때 같다.

잘 소화되지 못한 음식물은 잘 흡수되지 못한다. 흡수되지 못한 영양물은 몸을 기르기는커녕 속에서 썩고 괴고 마침내 몸에 커다란 고장을 일으키고 때때로 생명까지 빼앗아 가는 일은 과학이 증명하기 전에 우리 자신의 일상 경험으로 잘 아는 일이다.

과도기의 민주주의의 설익은 진리를 통으로 삼켜버린 송희와 그 그룹들은 학교 당국에서도 고삐를 잃은 망아지 모양으로 취급하기에 상당히 골치를 앓는 패들이다.

극장의 거대한 건물은 큰 바다의 고래같이 오늘도 사람의 물결을 힘껏 들이마셨다가 부르르 다시 마시고 반도 극장 앞에는 위안의 순간을 더듬어 찾아드는 군중들이 밀리는 포말같이 몰려오고 몰려 나가고 그러나 그 많은 군중은 오늘의 백송희를 위하여 나지막한 반주에 지나지 않는다. 송희의 아름다움을 인상 깊게 하려는 배경으로는 오히려 조화를 잃은 듯 너절한 대중의 진열이 아닐까?

전기 인두로 달아 붙인 머리가 어지러운 파문을 속삭이는 어깨 너머로 소복이 부풀어 오른 가슴 알맞게 퍼져나간 하반체의 곡선! 송희의 날씬하고 연하고 둥근 몸맵시를 미묘하게 살려주는 최신식의 양장은 어디까지나 송희의 학교 교복을 기본 스타일로 삼은 고급사지다.

새카만 스커트 아래로 미색 비단 양말을 신은 쪽 곧은 두 다리가 알맞게 살이 쪄서 신선한 탄력이 송희의 젊음과 건강을 충분히 보증한다.

송희와 나란히 서 있는 황영빈은 아름다운 여자와 동행한 때에만 느낄 수 있는 사나이의 만족감을 백 퍼센트 향락하고 있다.

"시장하시지 않을까요?"

하고 송희에게 속삭일 때다.

"이크 또 만났군."

하는 소리가 등덜미에서 들린다.

우현석이다.

"오늘은 두 번째인데요 하하하."

영빈은 소리를 내어 웃고

"구경이 좋다 해서 이렇게 기다리고 섰는데 …… 상당히 지루한데요 하하하."

우현석은 그 말대답은 아니 하고

"저 가지신 돈 얼마라도 좋으니 좀 안될까요?"

우현석은 자기 말을 부인하듯이 그 길쭉한 목 고개를 두어 번 흔들고 나서

"형과는 내일 만나자는 약속을 했습니다만 실상인즉 간밤에 ……."

우현석은 잠깐 머뭇거리다가

"흑인에게 능욕을 당한 여인 한 분이 말이죠, 내 하숙 집 대문 앞에 쓰러져 있었어요. 어젯밤 늦게 돌아오다가 보고 내방으로 들어다 누였지요. 주인네 방은 마침 병자가 있고 해서 ……."

"왜? 경찰서에 고발하죠. 그러면 적당한 조치를 해줄 텐데요."

영빈은 아주 평범한 이야기를 평범스럽게 해버리고 앞에 사람이 들어가는 대로 걸음을 옮기기 시작한다.

"그런데 말요 그 여자가 경찰서 말만 하면 아주 질색이거든요."

현석도 따라 걸으며

"신문에 나든지 하면 남부끄러우니까 그런가 봐요."

눈살을 찌푸리고 가늘게 한숨을 쉬고

"부모도 남편도 다 이북에 있다는데 …… 그냥 빈손으로 내 보낼 수도 없어요. 가지고 있던 여우 목도리 핸드백까지 아 그놈의 흑인 놈이 가지고 달아났다니 …… 에이 흉측한 세상이야 …… 그래 빈손으로 내 보내면 당장에 굶어 죽지 않겠어요. 그래서 한 오백 원이라도 만들어 볼까 하고 서너 군데 가사 알아보았더니 죄다 빈손이구려."

영빈은 송희를 따라 극장 문으로 들어서면서

"우 형은 일도 좋아 하시지. 경찰에 보고만 하면 될 것을 웬 걱정을 사서 하신단 말요?"

하고 송희와 나란히 붙어서 들어가 버렸다.

영빈의 뒤통수를 물끄러미 바라다보는 우현석의 눈에는 번쩍하고 광채가 지나갔다.

'입으로만 부르짖는 애국자?'

하고 빙긋 웃어본다.

어젯밤 탁자를 치며 애국이니 건국이니 친일파 숙청이니 삼팔선 장벽을 운운하던 저 사람 황영빈이가 아직 이십사 시간이 못 된 오늘날 내 민족이 내 자매가 이방인 흑노에게 유린을 당하였다면 누구보다도 먼저 절치부심하고 발 벗고 내달을 정열이 있을 줄 알았던 것은 우현석 자신의 착각이 아니고 무엇이냐?

지킬 박사와 하이드 씨를 본 듯 우현석은 잠깐 동안 어리둥절하여졌다.

자기보다 세 살이나 아래 되는 황영빈을 박수하고 지지하고 예찬하던 우현석은 지금 눈앞에 애국자의 꺼풀을 둘러쓰고 있는 한 개 맹랑한 스핑크스를 향하여 가만히 주먹을 쥐었다.

주먹은 부르르 떨린다.

사람들의 물결에 쌓여 뚜벅뚜벅 걸음을 옮기면서 그의 대뇌 중추 신경의 일절 기능은 분노와 증오에 불타고 있다. 간부 중에서도 단상에 나서기만 하면 폐부를 찌를 듯한 열변으로 청중을 도취시키고 간부들이 회의 진행을 가지고 토의할 때는 언제나 선명한 플랜을 세워 좌중을 경복케 하던 그 황영빈은 우현석의 눈앞에는 확실히 신뢰할 만한 존재였다.

같은 영남 사람이라는 어렴풋한 지방 관념에서 오는 편당적 자부심까지 느끼도록 영빈은 우현석에게 있어서 가장 값 높이 평가되는 인물의 하나이었던 것이다.

'그랬던 그가.'

우현석은 지금까지 사람을 껍데기로만 관찰하였던 자기의 잘못이 얼마나 경솔한 짓인 줄을 똑똑히 깨달았다.

양의 껍질을 둘러쓰고 이리의 심장을 가진 정치가와 애국자와 지도자들을 분간하고 판별할 지식이 무엇보다도 필요하다는 것을 절실히 느껴본다.

쓰디 쓴 입맛을 다시면서 나지막한 대문 안을 들어서자 자기 방으로 쓰는 건넌방 미닫이가 빼꼼히 열리고 그리고 파랗게 빛을 잃은 오채옥의 얼굴이 보이고 까만 눈까풀이 쓸쓸히 웃는 것이 보인다.

"더 누워 계시죠 왜 벌써 일어 나셨습니까?"
하고 우현석은 툇마루에 걸터앉아 담배를 한 개 꺼냈다.

채옥은 얼른 성냥을 그어 댄다. 채옥의 야윈 손가락 그리고 그 손가락 끝에 달린 성냥개비가 어떻게 묘하게 또 빠르게 턱 아래서 활동 하는 것을 발견할 때 현석의 머리에는 어떤 생각이 바람처럼 지나간다.

현석은 바로 천천히 채옥을 관찰하기 시작하였다.

그의 까슬까슬 빨갛게 지진 머리카락, 그의 까맣게 고리가 들린 눈언저리, 푸르딩딩한 윤기 없는 입술 그보다도 노랗게 진이 배어든 저 손가락

'노는 여자.'

이러한 단언이 마음속에 나타날 때 현석을 고개를 끄덕이었다.

"들어오시지요."

방그레 웃는 채옥의 앉은 자리는 말짱하게 소제가 되어 있다.

이불은 한 옆에 소복이 개켜 있고

"네!"

현석은 구두를 벗고 방으로 들어서며

"무엇 좀 잡수셨나요?"
하고 윗목에 도사리고 앉았다.

"네 아까 안방에서 점심을 내왔댔어요."

뱅글뱅글 웃는 것이 간밤에 당한 능욕쯤은 벌써 잊어버린 듯 명랑하다.

현석은 웃어지지 않는 자기 얼굴을 딱하게 생각하지도 않고 똑바로

채옥을 건너다보았다.

범하지 못할 위엄에 압도를 느낀 채옥의 얼굴에서도 웃음도 사라졌다.

채옥은 옷깃을 여미고 조심스럽게 도사리고 앉는다.

현석은 천천히 말을 시작한다.

"어제는 어디서 어딜 가시는 길에 그런 불행을 당하셨던가요?"

하고 어젯밤에 물어 보았던 말을 또 한 번 되풀이해 본다.

"저 동무 집에서 저의 여관으로 가다가 이 골목 저 골목으로 길 찾느라고 막 쏘다녔지요."

"경성은 언제 오셨던가요?"

"저 저 한 이태 됐어요."

"이태?"

우현석의 눈은 둥그레졌다.

"아침에는 이북에서 월전에 왔다고 그러셨죠?"

"네 저."

채옥은 고개를 숙여 무릎 위에 얹힌 손바닥을 들여다보며

"이태 전에 와서 살다가 이북으로 갔었지요. 그래 해방이 되어 월전에 올라 왔어요."

"네! 밖에서는 안 오셨나요?"

"네! 혼자 왔어요."

"남편 되시는 분과 갈라졌소?"

"죽었어요."

채옥은 나지막이 말을 마치고 호르르 한숨을 쉰다.

"그래 생활은 어떻게 하십니까?"

"생활은요? 아무런 방도가 없지요. 까마득할 뿐이야요."

"그렇지도 않은 것 같은데 ……."

우현석은 혼잣말같이 입속으로 중얼거리고 그는 안방으로 건너가서 돈 백 원을 꾸었다.

"이건 적지만 전차비로 보태 쓰시지요 ……."

하고 지전을 채옥의 앞에 내놓았다.

채옥은 잠잠한 채 고개를 들지 않는다.

"핸드백과 목도리를 잃은 도난계라도 해 보실 테야요?"

"……."

잠자코 채옥은 고개를 흔든다. 한참 동안 방 속은 차디찬 침묵이 흘러간다.

한 간 방에 책상 한 개와 살던 현석은 채옥과 같이 있는 것이 무척 좁고 또 불편하여 지는 것을 어찌할 수 없다. 그리고 그는 채옥을 위하여 뼈아프게 생각하였던 것을 자신의 과민한 신경증이라고도 생각해 본다.

채옥은 벽에 걸어두었던 두루마기를 떼어 개었다. 흙투성이가 된 두루마기를 개어서 한 팔에 안고

"저 같은 것을 이처럼 생각해 주셔서 참 너무도 ……."

"천만에 천만에."

현석도 따라 일어서며

"친구인가 하는 분을 찾으시거든 적당한 직업을 가져 보시는 게 날겁니다. 이런 도회지란 까닥하면 큰일 나는 곳이니까요 ……."

현석은 무슨 말을 더 하려다가 입을 다물어 버렸다.

"그럼 안녕히 계십시오."

채옥은 문을 열고 대청으로 나와서 안방에도 참따랗게 인사를 마치고 신을 신었다. 현석은 지전을 집어 가지고

"옜습니다. 이건 너무 적지만 이것이라도 있어야 전차를 타지 않아요?"

하고 채옥의 손에 잡혀주었다.

채옥은 길로 나섰다.

'어디로 갈고?'

벌써 해는 서편으로 기울어진다.

조금만 있으면 둥우리를 찾는 새들이 바쁘게 우짖으리라.

'새도 집이 있고 기르는 개도 잘 곳이 있는데 …… 나는 어쩌다 …….'

채옥은 이런 말을 입속으로 중얼거리면서 길이 뚫린 대로 죽 걷기를 시작하였다.

큰길에는 트럭, 지프, 하이야들이 바쁘게 지나가고 방망이를 든 순경도 눈에 띈다. 채옥은 흠칫하고 눈을 돌렸다. 빨리 어느 음식점에라도 들어가자 생각하고 두리번두리번 길가를 살핀다.

마침 장국밥집이 눈에 띄었다. 안으로 들어서자 손님은 채옥 한 사람밖에 없는 것이 우선 다행이었다.

채옥은 국밥을 한 그릇 주문하고 앉았노라니 두 어깨 위에 바위나 눌리는 듯 전신이 무겁고 피로하여진다.

그보다도 이 한 그릇을 먹고 나면 어디인지 가야만 한다.

'어디로?'

채옥은 후르르 장국밥을 먹으면서도 이제 장국밥이 줄어들어 빈 그릇이 될 것이 걱정이다. 되도록 천천히 천천히 먹었건만 한정 있는 국밥은 벌써 그릇이 비었다. 채옥은 값을 치루고 일어나지 않을 수 없다.

얼굴이 크고 길고 속눈썹이 유난히 숫한 사십 넘은 주인 여자가 돈을 받으면서 채옥을 유심히 본다.

"손님 어디 편치 않으세요?"

하고 근심스럽게 묻는다.

"네 괜찮습니다. 저 그런데 미안하지만 이걸 좀 팔고 싶은데 사시렵니까?"

하고 채옥은 끼고 있는 수박색 양단 두루마기를 주인마누라에게 내밀었다.

"아까운 걸 왜 이렇게 흙칠을 했어요?"

하고 골고루 펴보더니

"아직 새것은 새것인데 ……."

그래도 빨아야만 입을 테니 값을 잘 받지 못하리다.

"천 원 드릴까요?"

하고 두루마기를 내려 놓는다.

"주세요 천 원이라도."

하고 채옥은 손을 내밀었다. 끼고 있던 두루마기를 내어주고 나니 걸음 걷기도 한결 힘이 덜 드는 것 같고 아랫도리의 고통도 적은 것 같다. 그러나

'어디로 갈고 여관으로 가?'

채옥은 벌써 으슥하여지려는 큰길을 두리번두리번 살펴보았으나 지향하여 갈 곳이 없다.

지붕마다 자욱하던 연기도 스러지고 여기 저기 창틈에서 불그스레 불빛이 새어나온다.

하루 동안에 폐허처럼 텅 비어 버린 머릿속에는 아무런 계획도 주견도 나서지 않는다. 단지 끝없는 피로와 지정할 수 없는 불안이 헌솜 뭉텅이같이 간간히 그의 호흡을 가로 막는다.

입덧은 어제보다 오늘이 훨씬 더 하다. 메슥메슥하고 핑 돌아가는 어지러움을 멈추려고 그는 어느 집 처마에 비슬비슬 기대일 때다.

"여보시우."

하고 부르는 소리가 난다. 채옥은 누가 자기를 부를 사람이 있을 상 싶지도 않아 그는 빙그르 돌아가는 눈을 지그시 감은 채 이마 위에 솟는 찬땀을 손바닥으로 씻었다.

"여보 ……."

분명코 여인의 목소리가 채옥의 바로 귀밑에서 들린다. 채옥의 머릿속에는 불안과 경악과 공포가 번개같이 지나간다.

'포주 주인?'

채옥은 등골에 얼음이 지나가는 듯한 전율을 느끼면서 천천히 고개를 돌렸다. 지금 나온 장국밥집 주인마누라다.

"왜 그러세요?"

채옥은 극도의 공포에서 갑자기 안심을 인식하자 그의 신경은 급커브를 도는 차체처럼 커다란 충동을 느끼었다.

그는 앞으로 고꾸라질 듯 맹렬한 어지러움을 감각하면서 한 손을 눈에 대인 채 잠자코 대답을 기다려본다.

"저 보아하니 어디 몸 붙일 곳이 또렷하지 않는 것 같은데 …… 내 눈짐작이 틀렸는지 모르지만."

마누라는 생그레 웃고

"저 며칠 동안만 말요 우리 집에 사람이 올 동안만 말요 우리 집 일 좀 보아 주려우?"

"……."

채옥은 마누라의 말뜻을 잘 알지 못하였다.

"일이라니요?"

"저 서름질도 하고 집안 소제도 하고 ……."

"그뿐이에요?"

"그뿐이지 다른 일은 없어요."

"네 그럼 가죠."

채옥은 마누라의 뒤를 따라 장국밥집으로 갔다.

그날부터 그는 장국밥집 식모가 된 것이다.

그 많은 숟가락 미끈미끈한 기름이 흐르는 대접들이 담긴 구정물 통을 안고 채옥은 행주로 씻고 닦고 …… 그러나 지향 없이 떠다닐 신세에 비하면 숫한 일이 오히려 행복스럽고 장국밥집 부엌이 불안한 큰길보다 얼마나 아늑한지 채옥은 한 시간 동안에 부접할 항구를 찾은 배처럼 그의 맘의 닻을 잠깐만이라도 내릴 수 있는 장국밥집에 마땅히 감사를 드리고 싶었다.

밤늦게 눕고 아침 일찍이 일어나고 고용살이의 고달픔이라는 것은 채옥으로서 오래 잊었던 노동의 괴로움이다.

그는 만 이태 동안을 보드라운 비단 이불속에서 사나이들과 웃고 떠들고 시시덕거리다가 날이 샐 무렵에 잠이 들어 가지고 이튿날은 오정 때도 일어나고 때로는 오정이 훨씬 넘어 한 시 두 시가 지나서 아침밥을 먹고 …… 그렇도록 불규칙한 생활에 익을 동안 채옥은 얼마나 괴로웠던고.

그 방탕하고 추악하고 불위생한 생활에 맞추기 위하여 채옥은 실로 피와 눈물의 몇 달을 보냈던고.

그러나 지금 마땅히 그 생활을 잊어버리고 일정한 노동과 식사와 그리고 정상적인 생활로 돌아오려는 지금 채옥은 새삼스럽게 자기 몸에 박혀 있는 습관의 무서운 힘을 깨달았다.

저녁이면 밤중까지도 깨어 있을 상도 싶다.

그러나 아침이면 천근 납덩어리가 등어리에 걸머지었는 듯 자리에서 옴짝달싹 할 수 없도록 피로하여지는 몸을 어떻게 하여야만 좋으냐.

봄도 무르녹아 꽃 몽우리들은 그 화려한 향기와 함께 영롱한 화변을 활짝 쏟아 놓는다. 실 안개 속에 조는 삼각산 봉우리는 꿈같이 아련하고 남산 기슭에 초록은 신선하다.

봄의 광명에 봄의 촉감에 봄의 호흡에 사람들은 거리로 들로 산으로 꽃에서 꽃으로 나비와 경쟁을 하고 꾀꼬리와 종달새의 습성도 흉내 내어 보고.

꽃놀이 갔다 취하여 돌아오는 손님들을 위하여 오늘도 채옥은 밥을 지어야 하고 술상을 보아야 한다.

아궁이에서 새어 나오는 연기에 눈물을 씻어가며 채옥은 나물을 무치고 고기를 재고…… 이 집에 온지도 한 달 반이 접어들은 채옥은 그만하여도 어느 정도 일이 몸에 배는 상 싶다.

그렇게도 피곤하던 아침 시간이 요즈음에는 어지간히 고비가 넘어가는 모양으로 주인마누라보다 제법 먼저 일어나 뜰 안을 소제하고 마루도 닦고 한 사람의 식모감으로 틀이 잡히게 되었다.

산과 들은 차츰 그 호화스러운 꽃의 장막을 걷고 신선한 녹음을 펼치는 오월이 왔다.

감정에서 의지로 낭만에서 실제로 그리고 환영에서 뚜렷한 정체를 응시해도 좋을 오월이 왔다.

달콤한 꽃의 향기에 취하여 있기에는 녹음의 도전이 너무도 생생하다.

오월의 광명아래 나래를 펼친 크고 적은 가지들의 행복은 확실히 그 싱싱하고 미더운 녹색에 있다.

들과 산이 푸른 빛깔 속에 담뿍 젖을 무렵이면 언제나 사람들도 생명과 소망으로 그 혈관 속에 맥박은 힘차게 돌아간다.

채옥은 아침 서름질을 마치고 수통에서 빨래를 시작하였다. 대청에는 라디오의 방송이 한창이다.

채옥은 별 흥미를 느끼지 않는 채 빨래를 주무른다.

'군정법령 제칠십호 인신매매는 금지됩니다. 여자를 사고팔거나 일정한 기한 또는 무기를 막론하고 돈으로써 어떤 계약 아래서 사람의 자유를 속박하고 감금할 수는 없습니다.'

강연조로 흘러나오는 이런 말을 채옥이가 알아듣기에는 그의 지식이 너무도 빈약하였다.

그는 바쁘게 수도 고동을 틀어 물을 뽑는다. 쏴 하고 물이 쏟아질 동안 진실로 채옥의 일신에 가장 중대한 발언이 계속된다.

'군정법령 제칠십호 유곽에 팔려 있는 창기나 술집에 팔리어 있는 작부나 일절 돈을 받고 구속되어 있는 여자는 오월십칠일 지금부터 자유의 몸이 됩니다. 몸을 잡히고 부채로 쓴 돈은 오늘부터 무효로써 그 손해는 포주 내지 주점의 주인이 이를 담당할 것입니다.'

채옥은 물통에 철철 넘는 물을 보고 고동을 막았다. 고동을 막는 것과 꼭 같은 시각에 라디오의 방송도 끝이 났다.

채옥에게 있어 가장 긴밀하고 가장 절실한 운명의 수초는 이렇게 지나갔다.

실로 채옥에게는 아무런 기별도 감격도 전하지 못한 채 인신매매 금지령은 천하에 발표되었다.

피로의 노동이 끝이 나고 부엌 옆에 있는 자기 방으로 와서 고달픈 몸을 누이는 그때는 채옥에게 있어 가장 즐거운 시간이다. 때로는 슬프고 외로운 밤이기도 하지만…….

오늘은 유달리 손님이 많았기 때문에 채옥은 전에 없이 피로하였다.

그는 자리에 눕자마자 포근히 깊은 잠에 빠져 버렸다.

현실 같기도 하고 꿈 같기도 한 이상한 촉감이 어렴풋이 가슴을 누르는 것을 느끼면서 채옥은 입맛을 다시고 옆으로 돌아누웠다.

그러나 그다음 순간 채옥의 잠은 완전히 깨어버렸다.

"가만 있어."

하는 사나이의 음성이 채옥의 귓가에서 소곤거린 때문이다.

채옥은 얼른 일어났다. 아니 일어나려 했다. 그러나 일어나려는 그의 의지는 채옥의 힘보다 훨씬 억센 어떤 팔뚝에 완전히 말살되어 버렸다.

"가만 있어 내 말 한 번만 들어주."

채옥은 이 강도와 같이 덮치는 한 사나이에게 맹렬한 분노를 느끼자 어둠 속에서 사나이의 얼굴인 듯 짐작되는 곳을 힘껏 내리쳤다.

"아얏."

나지막한 비명과 함께 만만한 촉감이 채옥의 손끝을 스쳐간 다음 순간 이 사나이의 팔뚝은 좀 더 거칠게 좀 더 억세게 능구렁이같이 채옥의 가는 허리를 휘감는다.

"나야 나야 주인이야."

하는 말소리가 제법 떨린다.

"이거 놔요. 점잖지 못하게 딸 같은 것에게 무슨 짓이요?"

하고 나지막이 나무래 보았다.

그러나 채옥의 말보다 사나이의 힘이 더 컸다.

덮치고 뿌리치고 안으려면 떠밀고 채옥의 등골에는 축축이 땀이 내솟을 때다. 문이 드르릉 열리면서

"나와요."

하고 호령하는 소리가 들린다. 대청에서 흘러나오는 전등불의 반사광 속에 비친 것은 틀림없는 주인마누라의 얼굴이다. 말의 얼굴같이 생긴 그 길쭉한 얼굴은 거의 찌그러지도록 성이 났다.

"냉큼 못 나와요? 아이 더러워. 개도 아니고 ……."

주인 영감은 마누라의 손에 덜미를 잡혀 나갔다.

"늙은 것이 아이고 맙소사 ……."

대청으로 올라서는 마누라는

"계집년이 여우처럼 홀린다고 아 그렇게 정신을 못 차린담."

이런 경우에 변명할 말도 생각나지 않거니와 또 변명할 용기도 없어 채옥은 다만 잠잠하였다. 그러나 날이 새기를 기다렸다.

마누라의 의심쯤은 해만 돋으면 안개같이 사라질 상도 싶어 그는 자기의 결백을 증명할 말들을 마음속에서 여기저기 돌아 보았다.

날이 새었다. 이 생각 저 생각에 새벽에야 잠이 든 채옥은 날이 활짝

밝아서야 자리에서 일어났다.

뜰을 쓸고 걸레로 마루를 훔치는 채옥의 귀에

"식모 오늘부터 우리 집 일은 그만두고 다른 데로 가보우."

하는 소리가 안방 영창문 틈에서 난다.

채옥은 잠자코 자기 방으로 가서 적은 보따리를 집어 손에 들었다. 그리고 큰길로 나왔다. 아침 아홉 시나 되었을까.

'어디로 가서 부접[3]을 해야겠는데 …….'

동대문을 들어서서 우선 음식점을 한 군데 물색하여 보기로 하였다.

장국밥, 냉면, 대구탕 등등의 글자들이 쓰여 있는 유리문을 드르릉 열고 들어가자 채옥은 입가에 어색한 웃음을 싣고 이러저리 살펴보았다.

"아직 진지는 안 되는 뎁시오. 이따 열한 시나 돼야 되는 뎁시오."

하는 십사오 세 되어 보이는 사내아이에게 채옥은

"아니 안주인 좀 만나려고 하는데 ……."

하고 보따리를 쥐고 한옆에 섰다.

아이가 들어간 후 한참 만에 채옥이보다 두어 살 떨어져 보이는 새파랗게 젊은 여인이 이마와 빰에 머리카락을 흐트린 채 새침한 얼굴로

"왜 찾았어요?"

하고 채옥의 아래위를 훑어본다.

"저 댁에서 혹시 식모 하나 두실까 하고 왔습니다만 ……."

"식모? 일 없어요 ……."

하고 팽이같이 안으로 들어가버린다.

---

3 남에게 의지함.

•

채옥은 화끈 달아지는 얼굴을 한 손으로 쓸어보며 밖으로 나왔다.

두어 집 건너 적은 골목으로 들어간 채옥은 큼직한 대문 집으로 쑥 들어갔다.

"웬 사람요?"

하고 장작을 패는 남자가 도끼를 든 채 묻는다.

"이 댁에 혹시 식모 쓰실까 하고 왔습니다만."

"다른 데로 가보우."

하고 손바닥에 침을 턱 뱉어가지고 도끼를 높이 들고 나무를 내리친다.

채옥은 이렇게 다섯 집을 돌았다. 그러나 다 거절이다. 맨 마지막에 들어갔던 비단 상점의 안집에서 하는 말

"나이도 젊고 얼굴도 얌전하오마는 혼자서 이렇게 다니는 사람을 어디를 믿고 둘 수는 없으니 …… 직업소개소로 가보오."

채옥은 맘속으로 고개를 끄덕였다.

'직업소개소라는 데가 어디 있는 지도 알 수 없지만 가 보았댔자 …….'

그런 곳에는 어쩐지 순경이 와서 들여다보고 섰을 것만 같은 생각이 나자 그는 직업소개소라는 곳도 찾을 맘이 없어진다. 벌써 오정을 넘은 큰길에는 사람의 파도와 수레의 물결이 쉬지 않고 흘러가는데 채옥은 문득 한 생각이 번개같이 머리를 스쳐간다.

'이렇게 해서 살면 무엇을 할 것인가? 살아 보았자 얼마나 오래 살 것인가. 죽어지면 한줌 흙으로 변할 몸이 …….'

채옥은 아무 데고 갈 곳도 없고 기다리는 사람도 없는 이 세상에 귀찮은 돌멩이같이 굴러다니는 것보다 차라리 아주 세상을 잊어버리는 것이 편할 것도 같다.

'맑고 푸른 강물 속에 풍덩 빠져 죽어버릴까 보다.'

아주 예사롭게 이런 말을 맘속으로 외이고 나니 죽음은 바로 익숙한 벗처럼

'오라 내 품으로 오라.'

하고 손을 치는 것 같다.

채옥은 죽음의 귓속에 넌지시 귀를 기울여도 좋을 상 싶도록 그는 현실에 대하여 완전히 포만하여졌다.

'한강? 그렇다 한강으로 가자.'

채옥은 마침내 자기의 갈 곳이 눈앞에 보이는 듯 그는 적이 안심을 느끼면서 타박타박 걸음을 계속한다.

공포라든가 불안이라든가 하는 맘의 고통보다도

'이제부터 영원히 쉬게 된다.'

는 평화로운 기분이 그의 거칠 대로 거친 몸과 혼에 잠시 동안 스며든다.

전차 정류소를 지나칠 때다. 채옥의 눈앞에 한 사람이 지나갔다.

젊고 아름다운 청년의 뒷모습을 바라보는 채옥의 눈은 일찰나로 번쩍하고 광명이 지나간다.

'?'

채옥의 닫힌 맘의 문을 밤하늘에 혜성과 같이 잠깐 동안 열어 놓는 그 대상은 누구냐?

채옥은 걸음을 빨리 하여 지금 지나쳐 버린 청년의 뒤를 좇았다.

그러나 어깨를 부비며 지나가는 사람들 틈에 끼어 채옥은 맘만 초조한 채 두어 걸음이나 걸었을까 이쪽으로 꺾인 길로 휙 돌아가는 사람!

'분명코 황영빈이다. 꿈에도 잊지 못하는 그리운 그이가 아니냐. 찾

을래야 찾을 수도 없고 만날래야 만날 수도 없는 그이!'

채옥은 있는 힘을 다하여 사람들을 헤치고 앞으로 내달았다. 그러나 만나야 할 그이 황영빈은 그림자조차 사라지고 말았다. 멍 하니 서 있는 채옥의 머릿속에는 다섯 달 전의 일들이 필름처럼 돌아간다.

병원에서 퇴원하여 첫 번 만나든 그이 …… 밤 아아 허다한 남자 가운데 진정 아름답고 사랑스럽던 그이 어떻게 틈을 내서라도 자주 만나기를 굳게굳게 약속하였던 그가 아니었던가. 가락지는 팔고 반지는 잡혀 일만 오천 원을 만들어 그의 포켓에 넣어 주었을 때

"내가 졸업할 동안 이 년만 기다리오. 내 어떻게 해서라도 채옥을 데려갈 테니 ……."

맹세한 그이가 아니었던가. 유곽을 탈출하기까지 석 달 동안 단 한 번이라도 왔던가?

채옥은 자기 옆에 지나가는 억센 어깨에 받혀 하마터면 넘어질 뻔하는 몸을 겨우 바로 잡고 걸음을 옮기기 시작한다.

'겨워서 아니 오는 님이 지금 만난다고 정이 솟아날 이치도 없을 게고 …….'

채옥은 길게 한숨을 뿜고

'역시 내 갈 곳은 한강이다.'

채옥은 고개를 탁 숙이고 걸음을 계속한다.

채옥이가 이러한 고민을 하는 것을 꿈에도 모르는 황영빈은 큼직한 삼층 건물로 들어섰다.

여기는 ××××당 총본부 이층이다.

방금 중앙 집행 위원회가 열릴 정각이 되자 위원장 ××씨가 그 건장

한 몸을 상석에다 나타냈다.

일동은 기립하여 경의를 표하고 그리고 조용히 착석을 하였다. 동서가 활짝 열린 이 방은 오월의 창공이 밀물처럼 스며들고 녹음을 실은 훈풍이 장내의 기류를 청소한다.

서른여섯 명 중에 다섯 사람이 결원인데 두 사람은 점명[4]이 끝날 무렵에 바쁘게 들어오고 순서가 진행되는 대로 토의는 신중히 계속된다. 당 발전 문제에 이르렀을 때이다.

"의장!"

하고 손을 든 위원이 있다. 경제 부장 ×××씨다.

"말씀 하시오."

언권을 얻은 ×××씨의 약간 창백한 얼굴에는 잠깐 동안 홍조가 돈다.

"일전에 사석에서 말씀드린 백만 원 문제는 일반에게 공개하여 가부를 묻는 것이 옳은 줄 생각합니다."

여럿은 경제 부장의 말뜻을 알려고 서로들의 얼굴을 바라보고 의장의 답변을 기다린다.

"글쎄 그것은 여러분 앞에 공개할 성질이 못 될 것 같아서 나 혼자서 말살했었지요."

실내는 한동안 잠잠하여졌다.

"의장!"

하고 위원의 한 사람이 침묵을 깨뜨리고 발언을 요구한다.

"지금 경제 부장이 제의한 문제를 좀 더 구체적으로 말씀해 주셨으면

---

4 명부의 이름을 차례로 점을 찍어 가며 부름.

좋겠습니다."
하는 의견에 곧 동의와 재청이 있어 가부가 결정이 났다.

의장은 빙그레 웃는다.

그 잘 골라선 깨끗하고 단단한 이빨은 그의 성격이 얼마나 강직하고 또 그의 신체가 얼마나 튼튼하다는 심벌이리라.

"그것을 꼭 공개해야만 되겠습니까?"
하고 이어 엄숙한 표정으로 변한다.

그의 광채 있는 두 눈이 범의 눈처럼 장내를 휘 살펴보자 사람들은 부지 중에 옷깃을 여민다.

"××회사 사장 되는 손성묵 씨가 우리 당에 백만 원을 드리겠다는 것인데 내가 거절을 한 것이요 …… 그 까닭은 그가 백만 원을 기부를 한 후에 간부의 한 자리를 가지겠다는 상대성 조건이 있다는 것을 들었고 그리고 인물 조사를 해 보았더니 우리 당의 간부로 출석할 수는 도저히 없는 사람입니다."

의장은 말을 마친 후 한 손으로 수염을 쓸며 장내를 살펴본다.

장내에서는 여기저기 수군거리는 소리가 나고 이윽고 경제 부장 ××씨가 의장을 부르고 다시 일어섰다.

"지금 저기 바깥 응접실에 백만 원 기부의 소절수를 가지고 와서 기다리고 있습니다. 그 돈을 보낸 사람은 간부의 의자를 탐내는 것도 아니요 또 의장께서 말씀하신 우리 당의 체면을 손실할 사람도 아닌 줄을 저 자신 짐작합니다. 더욱 우리 당은 지금 당세를 확장하기 위함보다도 우선 현상을 유지하여 나갈 경비조차 없는 이때 짊어지고 온 돈까지 쫓아 버리는 것은 좀 더 포용력이 있고 탄력이 있어야 될 정치인으로서는 일종의 소아병적이 아닐까 합니다."

바깥 응접실에서 두 번째 팔뚝시계를 들여다보는 황영빈의 잘 다져진 이마에 두어 개 주름살이 잡힌다.

'자식들 아니꼽게 …… 아주 갸륵한 체들 하고 …… 손성묵 씨가 자기네만 못해서? 그래 어느 정당에 모리배가 없다더냐. 흥 ○○당에 ××씨는 일천만 원을 내 놓고 …… ××씨는 자그마치 이천만 원을 내놓더라. 그래 그 돈의 유래를 아느냐 말이다 아니 모르느냐 말이다. 알고도 모르는 척 모르고도 아는 척 하는 놈들이 …… 네놈도 그놈들이지 오십보백보지 뭐야.'

황영빈은 백만 원 소절수가 오늘 두 번째 쫓겨 나간다면 정말로 그의 상전 손성묵 씨를 대면할 낯이 없기 때문이다.

김황용의 소개로 손 씨를 알았고 그리고 그에게서 청년 운동에 보태 쓰라고 돈 만 원씩 두어 번 받아낸 일도 있고 지금 입고 있는 외투도 손 씨가 지어준 것이매 황은 이번 심부름쯤은 영락없이 잘 될 것을 미리 선언을 한 지라 황영빈의 불안은 적이 초조로 변하여진다.

이러한 영빈의 심리와는 아무런 관계가 없는 듯 ××××당원들의 백만 원 토의는 언제 끝이 날지 모른다.

경제 부장 ××씨의 의견 진술이 끝나자 뒤미처 또한 사람의 위원이 자리에서 일어섰다.

"지금 말씀하신 경제 부장 ××씨의 말씀을 지지합니다. 대중을 포옹하고 대중의 신뢰를 받아야 할 우리 당에서 어느 정도 청탁을 혼음(混飮)할 아량이 있어야 할 것이라고 생각합니다."

"옳소 옳소."

하는 소리가 여기저기서 들려온다. 장내의 공기는 탄산수처럼 부풀어 오르는 때 또한 사람이 일어섰다. 청년 부장 우현석이다. 그의 굵은 베이스 음성이 노한 듯이 장내를 울린다.

"당장에 당 비용을 판출할 길이 없는 우리 당으로써 백만 원 기부라면 적지 않은 돈입니다. 그러나 우리가 당을 세울 때에는 우리의 정견을 대중에게 알리어 대중으로 옳은 이념을 파악시키게 하자는 것이 그 본의였는데 돈의 성질을 잘 이해하지 못하고 그냥 받는다는 것은 정체 모를 음식물을 섭취하는 때처럼 위험하기 짝이 없는 노릇인 줄 압니다. 주릴지언정 썩은 것은 먹을 수가 없고 목마를지언정 독약을 마실 수는 없습니다 …… 당비가 없어서 당을 유지 못할 바에는 우리는 순순히 당을 해체할 뿐이요 당을 유지하기 위하여 악질 모리배나 민족 반역자의 돈을 받을 수 없습니다. 정당을 하기 위하여 우리는 한 가지 과오를 더 범하지 않도록 신중한 고려가 있어야 되겠습니다."

청년 우현석의 말소리는 웅장하였다.

위원장의 얼굴에는 감격의 미소가 흘러갔다.

마침내 우현석의 주창이 승리를 얻어 기부금 백만 원 건은 다음 위원회에 규정하기로 일치가 되었다.

그 웅장한 한마디 한마디는 실내의 벽과 천장에 반향하고 그리고 사람들의 가슴에도 커다란 반향을 일으켰다.

장내의 공기는 완전히 전환하였다.

토의는 민생 문제, 지부장 문제, 청년 훈련 문제 등등에 미쳐 전기가 켜질 무렵에야 겨우 폐회의 선언이 내렸다. 그동안 황영빈은 몇 번이나 자리를 차고 일어설 뻔하는 자신을 달래면서 그는 두 손으로 턱을 괴인 채 벽 한 겹 너머 있는 토의장을 흘겨보고 이윽고 사람들의 발소리가 나면서 제일 먼저 경제 부장 ×××씨가 달려 나왔다.

황의 그 여인의 손같이 부드러운 손을 몇 번이나 흔들고

"일주일 후에 다시 통지하기로 하였습니다. 첫째 위원장의 고집도 고집이려니와 청년 간부층에서 기어이 인물 조사를 단행하겠다니 …… 미안하기 짝이 없소이다 허허허."

"온 천만에 …… 다수당(多數黨)으로써 그만한 자존심은 계실 것을 미리 짐작은 하였습니다 하하하."

영빈은 가장 태연스럽게 웃어 보이고 그리고 눈을 돌려 한 사람의 얼굴을 찾아 보았다.

막 층계로 내려가려는 우현석을 발견하자

"여, 우 형!"

하고 황영빈은 바쁘게 우현석의 뒤를 따랐다.

"먼저 날에는 실례했습니다."

영빈은 포켓에서 백 원짜리 지전을 헤이면서

"그때 말씀하시던 오백 원 늦게 돼서 미안합니다 ……."

층대를 따라 내려오며

"참 그때 흑인에게 봉변당한 여인의 일은 그 뒤에 어떻게 됐습니까?"

"……."

못 들었는지 잠자코 정문까지 걸어오던 우현석은

"그 문제는 일 좋아하는 나 같은 사람이 간단히 처리해 버렸죠."

하고 성큼성큼 걸어 나간다. 황은 현석의 뒤에 바싹 다가서며

"우 형! 이건 천 원인데요 우선 이걸로 급한 대로 쓰십시오."

우현석은 걸음을 멈추고 힐끗 돌아섰다.

영빈은 목소리를 낮추어

“그런데 손성묵 씨가 일간 우 형을 만나 보시겠다는데 한 번 같이 가시죠.”

하고 지전 쥔 손을 앞으로 내민다. 우현석은 영빈을 찬찬히 바라보고 그리고 잠자코 뚜벅뚜벅 신작로를 걸어간다.

“우 형, 우 형!”

하고 지전을 쥐고 내닫는 황의 앞에 커다란 미군 트럭이 가로 막는다.

트럭 담에 지프, 지프 담에 하이야. 황영빈이 초조하게 발을 굴리는 동안 우현석은 사람들의 물결 속에 수포와 같이 사라졌다.

벌써 북극성이 반짝이는 하늘 끝에는 눈썹달이 위대하게 걸렸다.

영빈은 짙은 황혼 속에서 휘파람을 날리며 가로수와 나란히 걷기 시작한다.

‘백만 원을 받지 않겠다 뽐내는 ××씨는 정당의 당수로 확실히 그럴 듯 하거든 …… 확실히!’

‘사나이로 난 이상 …… 나도 한번 백만 원쯤 발길로 툭 차버릴 수는 없을까?’

영빈은 혼자서 마음으로 고개를 흔들며 길을 걷는다.

그가 들어간 곳은 본정 삼정목에 있는 ××물산 회사 간판이 붙은 이층이다.

다섯 평쯤 됨직한 마루방은 아늑하고 질서 있게 꾸며진 것이 상점이라기보다도 어느 가정의 응접실 같다. 황영빈은 시장하기도 하고 또 오늘 우현석에게 당한 괄시도 있고 해서 후줄근히 풀이 죽어 한편 교의에 펄썩 기대어 앉았다.

방금 식사 중에 있는 손성묵 씨의 얼굴이 유리창 너머로 비친다.

손은 음식을 꺼적꺼적 씹으면서 문을 벙싯 열고

"이리 와요 얘기 할게 있어 ……."

하고 손을 두어 번 흔들고 그리고 다시 본자리로 가서 앉는다.

영빈은 부르는 대로 안방으로 쓰는 다다미방으로 들어갔다.

네모 난 자개 상 위에는 선미를 다한 요리들이 널려 있고 방금 반주가 끝이 난 모양으로 손성묵 씨의 기름한 얼굴은 벌겋게 달아 온다.

"한 잔 하세요!"

하고 방그레 웃는 여인이 은잔을 들어 영빈의 손에 놓아준다.

삼십에 둘이 넘은 이 여인은 언제 보아도 갓 스무 살 된 계집애처럼 항상 그 뺨에는 명랑한 웃음이 쉬지 않는다. 송곳니가 덧니배기로 된 것이 이 여인의 동그스름한 얼굴에 어울린다.

사나이를 어떻게 취급하는 첩경을 선천적으로 잘 알고 있는 이 여인의 얼굴에서 몸에서 언제나 분홍빛 무지개가 아련하게 싸고도는 것을 황영빈은 오늘도 똑똑히 인식하면서 그는 은잔을 여인 앞으로 내밀었다. 노란 술이 잔에 찰찰 넘는다.

"오늘 일은?"

하고 손 씨는 웃지도 않고 이렇게 한마디 하고 손가락을 들어 뽀얀 곰국물을 한술 뜬다. 영빈은 잠자코 포켓에서 소절수를 꺼내어 손의 무릎 가까이 놓는다.

"……."

"……."

실내는 한참 동안 말소리가 뚝 그쳤다.

후르륵후르륵 손이 국물을 떠먹는 소리. 그리고 황이 두 번째 술잔을 상 위에 내려놓는 딱 하는 소리. 실내는 여전히 조용하다.

손성묵은 불쾌하였다. 그 ××××당 당수 ××씨라는 사나이의 젖은 손이 자기의 기름한 얼굴을 쓱 문질러 준 것처럼 몹시 불쾌하였다.

"썩은 돈은 아니야."

한참 만에 손의 입에서 이런 말이 나왔다. 그리고 벙긋 웃었다. 일 분 후의 그의 얼굴 표정은 지극히 태연하여졌다.

일제시대에 저질러 놓은 잘못 가령 국경 방면에서 애국자를 밀고하여 체포시킨 것이라든가 또 기독교 신자 중에서도 애국심이 농후한 목사나 장로들의 명부를 작성하여 준 일 …… 이러한 죄악도 죄악이려니와 해방 후 오늘 그는 날마다 무슨 일을 하고 있느냐? 일본인 ○○이가 중국 방면에서 밀수입한 아편 …… 자그마치 한 돈 반이나 되는 마약의 처분을 그는 양심이라는 귀찮은 존재와는 벌써부터 이별한 사이라 이번에도 그는 대담히 악마와 합작하여 버렸다. 사탄의 빨간 혓바닥이 널름거리는 대로 손성묵의 머릿속에는 늙은 파우스트처럼 무서운 지혜가 쉬지 않고 돌아갔다. 천만 원 이천만 원 그의 저금통장에는 거의 일억 원의 숫자가 기입되었다.

청년 남녀의 건강을 빼앗고 희망을 빼앗고 그리하여 마침내 생명을 빼앗아 버리는 이 마약은 벌써 도매인의 손을 거쳐 소매인의 주머니를 더듬어 서울 장안을 중심으로 시골로 촌으로 퍼져 나간다.

피를 마시는 마귀 떼처럼 보이지 않게 소리도 없이 이 독약은 방방곡곡으로 민족의 선혈을 말리며 오늘도 어제도 그리고 내일도 쉬지 않고 나간다.

이따금씩 잊어버렸던 양심이 손성묵 씨를 찾아온다.

양심은 강도처럼 손 씨를 위협한다. 공갈한다. 손은 무서운 양심의 소리를 듣지 않으려고 그는 두 손으로 마음의 귀를 막는다.

어여쁜 여인이 따르는 술. 술! 술이 그의 거친 마음을 달래지 못할 땐 모든 고통을 고맙게 처분해 주는 모루히네 주사 한 방!

이리하여 손은 마약을 사용하는 모든 사람과 함께 자기 자신도 지옥으로 지옥으로 한 걸음씩 내려가고 있는 것이다.

그러나 아직도 돈이 있고 건강이 있고 생명이 있을 동안 그는 닥쳐올 법의 심판이 무서웠다. 그럴듯한 단체나 정당을 물색하여 돈 백만 원이나 기부를 하고 그리고 그 단체의 간부의 탈을 한 개 뒤집어쓰고 그리하여 명맥의 하루 하루를 늦추어 보자는 작전은 오늘 훌륭히 실패에 돌아간 것을 확실히 알아낸 손성묵은 불쾌하였다. 그리고 무서웠다.

돈 앞에 속아주지 않는 세상이 있다.

돈 앞에 무릎을 꿇지 않는 사나이들이 있다는 것을 생각할 때 손의 여윈 두 무릎이 가늘게 떨려 오는 것이다. 손성묵 씨의 마음속에 일어나고 있는 태풍과 같은 혼란을 영빈은 어느 정도 짐작할 수가 있는 것이다.

"제가 교섭을 잘 못했는지도 모르죠. 내일 한 번 더 친한 사람을 사이에 넣어 볼까 하는 생각을 가졌습니다만."

영빈은 벌겋게 취하여 오는 얼굴에 웃음을 싣고

"아주머니 술 한 잔 더 주세요."

하고 은잔을 여인의 앞으로 내민다.

정당의 연락원으로 없어서 안 될 영빈은 언제든지 이 집에는 귀빈이요 또 소중한 일꾼이다.

잠잠한 채 자리를 일어선 손성묵은 지금 막 머릿속을 스쳐가는 한 가지 생각에 전 신경의 활동을 집중시키면서 교의로 가서 걸터앉았다.

'그렇다면? 흐흥! 일석이조란 말이지.'

무엇 때문인지 만족한 미소가 입 가장자리에 쉴 새 없이 새어나온다.

그는 신문을 찾아 손에 들었다.

'유곽의 여인을 해방하라. 인신매매는 여성의 최대의 모욕이다. 전국 여성 단체 총 궐기.'

이러한 문구를 쏘아 보는 손성묵 씨는 고개를 끄덕이고 그리고

'공창 폐지 연맹에서는 일반의 성의와 협력을 요망한다.'

운운의 글자를 탐하듯이 몇 번이고 몇 번이고 반복하여 읽어본다. 영빈도 저녁을 마치고 두 사람은 안방에서 사무실로 나왔다.

"이봐! 황 군. 걱정할 것 없이 영빈 군이 외교를 잘했든지 못했든지 그런 걸 탓할 내가 아닐세 …… 결국 사람은 돈이라는 황금의 종교 앞에는 다 머리를 숙이는 법이야."

'황금의 종교?'

영빈은 고개를 좌우로 흔들고

"돈에 대해서 지극히 과소평가 하는 사람들을 번연히 보시면서 그러셔요?"

하고 약간 눈살을 찌푸려본다.

"아니야 그건 돈 자체에 대한 과소평가가 아니야. 돈을 내는 사람의 인물 평가야, 하하하."

손성묵은 쓰디쓰게 웃고 맘속으로

'내가 아니고 보통 다른 사람이 냈다면 그들은 두 손을 들어 만세를 불렀겠지.'

이렇게 중얼거리면서 손은 담배에 불을 붙인다.

"하여튼 말야 나는 내가 내 논 돈 백만 원을 내 금고 속으로 도로 넣진 않을 테야. 훌륭히 백만 원의 효과를 내고 그리고 천만 원의 가치를 내도록 내 한 번 솜씨를 뵐 터이니 말야 구경해 보란 말야."

손성묵은 여송연의 매운 연기에 한편 눈을 지그시 감으면서

"내 돈 백만 원을 무슨 불결한 헌데 만지듯 골치를 찌푸리는 놈들이 흥 이제 두고 보아 침을 질질 흘리지 않나? 흥흥흥."

손성묵은 어깨를 들썩거려 웃고 살기 띤 얼굴로 신문을 노려본다.

그는 공창 폐지 연맹 위원장 정민혜 여사의 이름을 몇 번이나 입속으로 외어보고 그리고 전화기를 집어 들었다.

"거기 동대문이요?…… 주인 좀 바꿔 주세요. 응, 송희냐? 응응 잘 있었니? 영빈 군 말야? 그래 그래 여기 있다. 그런데 말야 내일 아침나절에 어머님 뵈러 간다고 그렇게 여쭈어 알아들었어?…… 응응."

손성묵 씨는 수화기를 황영빈에게로 내주며

"송희가 바꿔 달라는 거야."

하고 아래층으로 내려갔다.

"헬로! 하하하 내일 가죠. 손 선생님 모시고 갈 테니 뭐 맛있는 것 주셔야죠? 그럼 내일? 네! 네!"

황영빈은 간단하게 수화기를 찰칵 걸어 버렸다.

그리고 서양 담배 채스트필드를 꺼내 불로 붙이면서 그는 후 하고 한숨을 가만히 쉰다.

'아버지는 고향에 약혼한 처녀 이은숙과 이 가을에 기어이 예식을 치르자는데 …… 송희가 가만히 있을 리 없지?'

황은 두 손으로 얼굴을 쌌다. 그리고 그는 경솔하고 천박하고 호색하는 자기 자신에게 또 한 번 자멸과 분노를 느껴본다. 일월루 채옥에게 다녀올 때와는 비교도 할 수 없는 불안이 그의 젊은 혈관을 떨리게 하는 것이다.

'무엇 때문일까?'

영빈은 차츰 송희와 만나기 싫어지는 자신을 또 한 번 반문하여 보는 것이다.

온몸을 태울 듯한 송희의 정열에 대하여 무슨 까닭으로 포만을 느끼게 되는가? 영빈은 잘 변하는 자기 취미에다 맡겨 버리기에는 송희의 집착이 너무도 무서웠다. 금단의 과일을 따낸 영빈은 이제 송희의 존재에 대해서 차츰 매력을 잃어버리게 되고 그와 반대로 처녀의 정조를 바친 송희는 영빈에게 한 몸을 완전히 맡기지 않고는 안 될 절대적인 책임과 사랑을 요구하는 것이다. 여기에서 두 사랑의 아니 젊은 청춘 남녀의 비극이 그 운명의 탑을 쌓기 시작하는 것이다.

이튿날은 아침부터 비가 내리었다. 송희는 자리에 누운 채 라디오에서 새어 나오는 음악을 들으며 창 너머로 휘날리는 빗줄기를 헤이고 누워 있다.

'오늘은 영빈을 만난다.'

하고 기대와 즐거움을 넌지시 가슴에 안은 채 그는 머릿속을 방황하는 생각의 갈피들을 정리하여 본다.

'로미오와 줄리엣'을 보던 그날! 그 마술에 걸린 듯한 독주에 취한 듯한 그날 그 밤을 저주하여야 될까? 축복하여야 될 것인가? 송희는 영빈의 이끄는 대로 자동차에 올라타고 그리고 남산 기슭에 깊숙한 호텔 한 방으로 들어 갈 때는 벌써 먼 데 사람이 보이지 않을 만한 저녁 일곱 시나 되었을까? 송희의 주장대로 두 번을 거듭 보리만큼 그들은 그 영화에 도취하였던 것이다.

실제로 자기네들이 그 영화의 주인공이 되어 그들의 연기를 되풀이 해보고 싶으리만큼 그 사진의 장면의 하나 하나는 송희의 마음에 들었던 것이다.

그러나 꿈은 현실과 거리가 어떻게 멀다는 것은 갓 스무 살 난 송희로는 미처 알아내지 못하였다.

달고 황홀하고 그리고 슬픈 한밤이 지나가자 송희는 벌써 어저께의 송희는 아니었다. 여왕같이 뽐내던 송희의 자랑은 영원히 사라졌다. 누가 보는 이도 없건만 그는 가슴이 두근거리었다. 그의 눈에는 처녀만이 가질 수 있는 기쁨이나 슬기보다도 의심과 후회와 그리고 공포에 가까운 불안이 가늘게 떨고 있다. 이것은 송희 자신은 물론이요 영빈도 어렴풋이 짐작하였다. 영빈의 눈앞에 비친 송희는 벌써 영빈이가 무릎을 꿇을 수 있는 한 개의 우상은 아니었다.

완전히 정복하여 버린 사나이의 승리감과 그리고 너무도 호락호락하게 넘어간 상대편의 약점에 어떤 모멸감까지 느끼는 것이다.

찬란하던 꿈은 보기 싫은 현실 앞에 너무도 추악하게 깨어졌다. 금단의 과일을 먹어버린 부끄러운 이브와 아담은 에덴에서 쫓길 수밖에 없는 것이다. 그러나 슬픈 일은 날이 갈수록 송희가 생명의 닻줄처럼 영빈을 붙잡을수록 영빈은 무거운 노와 같이 송희의 존재가 차츰 괴로워지는 것이다. 집회 시간에 갈 때는 일일이 송희의 허락을 받아야 되고 영빈에게 오는 일절의 편지는 송희가 하숙으로 가서 시시로 검사를 하고 그보다도 혹시 무슨 연락으로 여자 손님이 다녀간 것을 알게 되면 하루 종일 볶이고 졸리고 손이 발이 되도록 빌고 맹세하고 애걸하고…… 이런 일이 한두 번 반복될수록 영빈은 송희의 성격에 차츰 불쾌를 느끼게 되었다.

송희는 영빈의 이러한 심리를 알지만 어쩔 수 없는 일이다.

'하루 바삐 예식을 치르자.'

그 담에는 훨씬 더 관대할 수 있다고 송희는 몇 번이나 영빈을 달래기도 하고 우기기도 하고 하였다. 송희는 영빈에게 처녀를 바친 지 한 달이 될 무렵부터 그는 이상한 현상이 자기 신체에 나타나고 있는 것을 발견하였다. 입술 한 구석에 앵두 같은 종기가 하나 생겨났다. 혓바늘이 몹시 돋고 그리고 아래로 불결한 대하가 있으면서 견딜 수 없이 가려운 일이다.

송희의 심리적 고민 위에 이러한 육체적 고통은 잔인한 형벌이다.

앵두만한 입술의 종기는 점점 언저리가 단단하여진다. 혓바닥에는 허옇게 태가 끼고.

송희는 결심하고 병원으로 갔다.

"결혼 했습니까?"

하고 묻는 의사의 질문에 송희는 모기소리같이

"네!"

하고 대답하였다. 의사는 고개를 끄덕이고

"혈액 검사를 하여야 확실한 대답을 드리겠습니다만 우선 주사를 한

대 봐 드리지요."

노란 주사약이 담긴 앰풀에는

'살발산'

이라는 외국 글자가 송희의 두 눈을 어떻게 놀라게 또 슬프게 하였던고. 송희는 앞으로 고꾸라질 듯한 현기증을 느낀 것은 주사약의 반응만은 아니었다. 그는 자근자근 혀끝을 씹으면서 언제까지나 테이블 위에 숙인 고개를 들지 않았다. 병원에 다닌 지 일주일이 지났다. 오늘은 병원에서 혈액 검사 보고를 듣는 날이다. 송희는 병원에 가기 전에 영빈을 만나야 한다.

어저께 손성묵 씨 집에서 걸려온 황영빈의 전화대로 한다면 그는 오늘 낮에 틀림없이 오는 것이다. 일주일 동안 못 만난 슬픔은 저럿저럿한 즐거움으로 변하리라.

자리에서 일어나자 송희는 정성껏 화장을 하고 생고사 겹저고리에 남치마를 받쳐 입었다. 약탕관에서 손수 약을 짜가지고 김이 모락모락 나는 약 그릇을 들고 온 어머니는

"송희야 박 주부가 정성껏 지은 약이란다. 진짜 녹용을 구하느라고 아주 애를 썼대."

어머니는 알맞게 트인 이마에 가느다란 주름살이 두어 개 보일 듯 말 듯한 삼십 남짓이 보이는 중년 부인이다. 그의 실상 나이는 마흔한 살이건만 크도 적도 않은 얼굴이 약간 둥글어 복스러운 두 뺨에는 연지를 칠한 듯 불그스레 건강한 혈조가 돌고 알맞게 곧은 코에 오묵한 입은 그 옛날 일류 명기 양비취의 모습 그대로이다.

'화장은 겉보다도 속으로 하는 거야.'

하는 그의 비결대로 그는 때때로 녹용을 마시고 그리고 외딸 송희에게도 인삼과 녹용을 자주 달여 먹이는 것이다.

그래 그런지 비취 모녀의 살빛은 남달리 깨끗하고 윤택하다. 그러나 요사이 딸이 자주 학교에 결석을 하고 또 가끔 동무 집으로 가서 늦게 돌아오고 때로는 자고 오고 이러한 딸의 마음이나 육체의 내면적 변화는 알아볼 길도 없거니와 또 알려고도 하지 않는다.

일반 어머니와 같이 마담 비취도 그 딸 송희의 예쁜 자태에 자랑을 느끼고 또 여자 대학생이라는 그 딸은 자기 같은 어머니가 감히 평가 하지 못하리만큼 값 높은 존재라 생각하고 그는 다만 딸의 일거수일투족에 대하여 황홀할 뿐이다.

공주보다도 높고 아니 천사보다도 기특한 내 딸 송희가 요사이는 훨씬 피로하여진 것 같고 때로는 밥을 아니 먹는 적이 있고 …… 웬일인가?

"너 입술 부르튼 것이 기어이 덧나는구나. 병원에 가 보아라."

"괜찮아요. 이제 곧 났겠죠."

송희는 약 그릇을 입에 대고 쭉 들이켰다. 어머니는 무척 다행하여

"이 약 한 제만 먹으면 입도 부르트지 않고 훨씬 몸이 가벼울라 ……."

빈 약 그릇을 들고 대청으로 돌아가는 어머니의 뒷모양을 바라보고

'어머니! 송희를 너무 그렇게 위하지 마세요.'

맘속으로 이렇게 부르짖고 방금 눈물이 새어 나올 듯한 두 눈을 슴벅이었다.

송희는 자주 시계를 들여다본다. 아홉 시가 지나고 열 시가 되고 …… 아 이 지루한 시계의 바늘은 아직도 열 시 반이다. 대문 밖에서 자동차의 경적이 울린다.

송희의 가슴은 어지럽게 뛴다. 마당으로 들어서는 손성묵 씨를 발견하자 송희의 전신의 근육은 강직하여진다. 뒤미처 황영빈의 얼굴이 헤드라이트처럼 눈부시게 나타날 다음 순간을 생각하고 …… 그러나 마루로 올라선 것은 손성묵 씨 한 사람뿐이다.

"오늘은 그렇지 않아도 아침부터 기다렸습니다 …… 송희야 아저씨 오셨다 …… 제가 왜 일어나지도 않고 저래 ……."

완전히 혼이 나간 사람처럼 앉아 있는 딸 송희를 힐긋 돌아보고 어머니는 손성묵을 안내하여 안방으로 들어간다.

황영빈이가 왜 아니 오는지 무슨 전갈이 있는지 이런 것들을 묻고 싶은 말이 송희의 목구멍까지 치밀었으나 송희의 자존심은 그의 입술에 못이나 박은 듯이 그의 입을 다물어 버리게 하였다. 송희는 잠자코 외출옷으로 바꾸어 입고 밖으로 나왔다. 병원으로 가는 것이다.

어느새 비는 말짱히 개었다. 오늘 달리 환자는 굉장하다. 송희는 한쪽 소파로 가서 차례를 기다리는 동안 자기 가슴속에서 차츰 모락모락 불덩이가 일어나는 것을 느껴본다.

열두 시가 넘으려는 때 맨 마지막으로 의사 앞에 들어간 송희는 또 '살발산' 주사를 맞고 그리고 혈액 검사 종이를 가만히 펴보았다.

'왓셀만의 반응 플러스.'

전문 학술의 용어로 된 이 말뜻을 의사는 또 다시 설명한다.

"당신의 병환은 매독인데요 양성이란 말입니다. 계속 치료를 하셔야 합니다 …… 한 삼 개월."

의사는 모자를 들면서 이런 말을 남기고 밖으로 나가버렸다.

"미안하지만 좀 일어나세요."

빗자루를 들고 들어온 간호부가 테이블 위에 고꾸라진 송희의 상반신을 가만히 흔든다.

병원에서 나온 송희는 머릿속이 텅 빈 듯한 공허를 느끼면서 타박타박 길을 걷는다.

"왓셀만의 반응 플러스."

송희는 입으로 또 한 번 외어보고 고개를 흔들었다.

"얘 송희야."

어머니는 마당으로 들어서는 딸을 보자마자 이렇게 한 번 불러놓고 방금 신을 벗는 송희에게

"너 공창 폐지 운동한다는 정민혜라는 여자 알겠니?"

하고 방그레 웃는다.

"왜요?"

송희는 마루로 올라서며 어머니의 돌연한 이 질문에 도리어 질문을 하는 것이다.

"너 괴롭지만 정민혜라는 여자의 주소를 알아 가지고 꼭 나 한 번 만나게 해다오."

"왜 그러세요?"

송희는 핸드백을 한옆에 놓고 콧등에 솟은 땀을 손수건으로 누르고

"아이 어머니도 글쎄 정민혜 씨를 왜 갑자기 만난다고 그러세요?"

"그 공창 폐진가 하는 사업에 아저씨가 말야 손성묵 씨가 말이다 아주 흥미를 가지고 백만 원을 기부한다네."

어머니는 딸의 놀라는 표정을 예기하고 방그레 웃는다. 송희는 웃지도 않고

"그래야만 하죠. 아저씨도 양심은 있나봐 …… 그럼 내 지금 정민혜 씨 사무실로 가보고 올까요?"

"어딘지 아니?"

"알아요. 신문에 실린 사무소 주소로 찾아가면 알겠죠 ……."

송희는 방글방글 웃어 보이고 어머니가 알고 싶어 하는 정민혜 여사를 찾아 나갔다.

"얘 더운데 이따 서늘해지거든 가보렴."

"아냐요. 나 지금 밖에 나갈 일이 있어요."

집에 있기에는 송희의 슬픔은 너무도 컸다. 터질 듯한 가슴에 우울을 잊어보려고 거리로 나오기는 하였으나 송희의 걸음은 무거웠다.

그는 서둘러 공창 폐지 연맹 사무소를 찾기보다도 발에 익은 골목을 찾아 들어섰다.

영빈은 하숙에는 없었다. 주인마누라의 말대로 한다면 요사이 시골서 올라온 영빈의 부친을 모시고 밖으로 나갔다는 것이다.

송희는 편지를 써놓고 갈까 하다가 주인마누라에게

"나 다녀갔다고 그래 주세요."

말만 남기고 가져왔던 과자 꾸러미를 마루 끝에 놓고 돌아섰다.

대문을 향하여 두어 걸음 발을 옮기려는 송희는 뒤에서

"잠깐만."

하는 주인마누라의 소리에 주춤하고 돌아섰다.

"저어."

주인 여자는 신발을 끌고 내려오며

"저어 내게서 들었다고 그러지 마시우. 아버지가 오실 때마다 참한 색시가 같이 와요. 그래 내가 물어 봤더니 …… 약혼한 처녀라고 그러겠지. 그래 내가 송희 씨는 어쩌고 그랬더니 빙그레 웃기만 하겠지. 아이 속이 상해서 …… 내가 그러더라고 그러진 말아요.”

“…….”

송희는 두 귀가 윙 하고 우는 것을 느낄 뿐 그는 입을 비죽거려 가면서 바쁘게 지껄이는 마누라의 얼굴이 뱅뱅 도는 것을 감각하면서 잠자코 대문을 나와 버렸다. 골목을 돌아 나오는 송희의 얼굴에는 얄따란 미소가 명멸되고 있다.

어느새 송희 자신이 한 개의 비극의 주인공으로 처참한 역할을 하고 있다는 것이 현실 같기도 하고 꿈 같기도 하여 그는 쓰디쓴 웃음을 처분할 길이 없는 것이다. 열린 창처럼 허공에 눈을 던진 채 큰길로 나서자 송희의 앞에는 한 개의 손이 불쑥 나왔다.

그리고 그 손끝에 있는 한 장의 종이가 송희의 턱밑으로 들어온다.

송희는 반사적으로 종이를 받았다.

‘인권을 유린하고 신성한 모성을 모독하는 유곽의 존재는 문화인으로서 감내치 못한 고통이다. 이제 우리 일천오백만은 단결하였다. 그리하여 감연히 조전의 첫 화살을 뽑는다. 화살은 이미 시위를 떠났다. 공의와 의분의 불타는 우리 여성은 이제 모든 정력과 지혜를 다하여 유곽에서 나오는 비통한 딸들의 구제 기관을 설치하노니 이름하여 희망원(希望園)이라 한다. 아들을 매독에서 지키려는 아버지여 딸들을 임질에서 건지려는 어머니여 당신들은 모름지기 우리들의 동지일 것이다. 우리는 이제 성명(聲明)을 붙이노니 일어서라. 뜻이 같은 이여 진리는 항상 정의를 위하여 바른 심판을 나리리니 …….’

송희의 가슴에는 뭉클하고 더운 물결이 지나갔다.

'매독! 임질! 임질, 매독!'

송희는 입속으로 중얼거리고 그리고

'왓셀만 반응 플러스.'

자기를 진찰한 의사의 보고표를 또 한 번 입속으로 중얼거려 보다가 그는 가던 길을 멈추고 획 돌아섰다.

송희의 눈에는 이상한 광채가 지나갔다. 그는 자기의 눈앞에 둘러 있는 두 개의 큰길을 똑똑히 발견하였다.

한 개는 영빈과 가는 길. 죽든지 살든지 끝까지 영빈의 사랑의 사슬을 붙잡고 걸어가야만 하는 길. 이 길은 어둡고 괴롭고 불안한 길이다. 그러나 달고 슬프고 꿈같이 황홀한 아름다운 길이다.

또 한 개의 길 그것은 지금 삐라를 뿌리고 가는 저 젊고 건강하고 용감한 여자들이 가는 길이다.

그 길은 좁고 메마르고 피로와 실망과 조롱이 있는 길이다. 그러나 또한 위로와 희망과 승리의 즐거움이 있는 길이다.

'어느 길을 취할까?'

송희는 잠깐 동안 길바닥에 섰다.

생각은 생각의 꼬리를 물고 바람개비같이 돌아간다. 멍하고 서 있는 이삼 분이 지난 후 송희는 바쁘게 발길을 옮겼다.

송희는 거의 반달음질을 쳤다.

삐라를 안은 여자. 흰 옥양목 적삼에 검은 치마를 받쳐 입은 아래로 쭉 곧은 두 다리가 자신 있게 걸어가는 것이 보인다.

삐라가 무거운 듯이 고개를 한옆으로 빼뚜름히 걸어가는 저 모습이 저렇게도 씩씩하고 용감할 수가 있을까? 인생의 결인처럼 추하고 약한 자신을 생각할 때 그는 더할 수 없는 모멸감에 전신의 힘이 확 풀려진다. 부러움과 절망이 지나간 그다음 순간 송희는 약자가 강자에게서 느끼는 그러한 질투심이 벌써 매독 균으로 더러워진 자기 혈관을 따갑게 할퀴고 지나가는 것을 느낀다.

이러한 복잡하고 괴로운 말초신경의 고난과 싸우면서도 송희의 의지는 송희의 걸음을 빠르게 빠르게 …… 드디어 삐라를 안은 여자와 어깨를 나란히 하고 말았다.

"무거우신데 저 좀 나누어 가질까요?"

송희는 이런 말을 하면서 어색하게 웃고 그리고 삐라를 안은 여자의 얼굴을 들여다보았다.

약간 상혈이 되어 발그레 피어난 양 뺨에 귀엽게 우물을 지우며 웃는 둥근 얼굴은 확실히 창공에서 손짓하는 달처럼 밝고 깨끗하고 그리고 엄숙하다.

"고맙습니다. 같이 돌려주시겠어요?"

송희는 확실히 자기 연배와 비슷한 이 젊은 선구자의 목소리에 그리고 그 표정에 그 몸에서 풍겨 나오는 고귀한 정신에 완전히 황홀하여 지는 일순을 느꼈다.

"절반만 이리 주세요."

송희는 여자에게서 삐라를 받아 안았다.

"저는 백송희라고 합니다. 얼마나 수고하십니까?"

"천만에 무슨 수고라니요. 제 이름은 주영매라고 부릅니다. 길에서 이렇게 좋은 동지를 만날 줄은 몰랐어요."

두 여자는 나란히 길을 걷는다. 걸으면서 지나가는 사람에게 한 장씩 한 장씩 삐라를 나누어준다.

난생 처음으로 이렇게 값있고 귀하고 높은 일을 해보는 것이다. 송희의 가슴은 구름 너머 빼꼼히 보이는 푸른 하늘같이 가없는 꿈과 감격으로 가득하여졌다. 앞으로 앞으로 사람들은 지나간다. 두 처녀는 삐라를 나누어준다. 중절모를 쓴 흰 모시 다듬은 두루마기를 입은 오십이 넘은 신사가 온다.

두 처녀는 일시에 삐라를 내밀었다. 신사는 당황하게 두 손을 내밀어 두 쪽을 다 받는다. 송희와 영매는 서로를 돌아보고 웃었다.

그리고 그 흰 두루마기 입은 신사보다 두서너 걸음 뒤떨어져 나란히 걸어오는 젊은 남녀! 송희는 자기 앞에 나타난 여자에게 삐라를 주었다. 그리고 방금 영매가 내미는 삐라를 받는 손을 보았다. 그 손의 주인은 틀림없는 황영빈이 아니냐? 영빈은 송희를 보았는지 못 보았는지 그는 태연히 뚜벅뚜벅 젊은 여자와 나란히 걸어가고 있다.

삐라를 안은 송희의 두 다리가 바르르 떨렸다. 몸 전체가 천길 심곡으로 굴러 들어가는 듯한 그러한 흑암이 송희의 눈을 휩쌌다.

송희는 걸음을 딱 멈추고

"영빈 씨."

하고 불러보고 싶고 쫓아가서

"이 여자가 누구냐?"

하고 물어도 보고 싶었으나 그의 교양이 그로 하여금 삐라를 안은 자기 몸뚱이를 얌전스럽게 앞으로 운전하여 나간다. 길 위에 지나가는 사람들에게 기계적으로 삐라를 집어 주고 옆에서 영매가 무어라고 말을 걸을 때마다 송희는 그저 건성으로 대꾸를 하였다. 두 사람은 삐라를 다 돌렸다. 송희는 영매를 데리고 다방으로 들어갔다.

일부러 번잡하고 손님이 왁실거리는 ××를 택한 것은 송희는 되도록 외부의 자극으로 맘속의 고민을 잠깐만이라도 잊어보자는 슬픈 방법이었다. 벽에 걸린 시계가 두 시 반이 조금 지났다.

오정 때 병원을 다녀와 집에 들렀으나 점심도 먹지 않고 나온지라 송희는 갑자기 전신이 허전하여 지도록 지친 것을 느끼면서 앞에 갖다놓은 토스트를 한쪽 들었다.

유월이 다 가려는 요사이 일기는 완전히 여름 기분이다. 손님들 앞에는 아이스크림이 나온다.

송희는 영매를 위하여 여러 가지를 주문하고 자신도 되도록 많이 먹었다. 자꾸만 먹고 마시는데도 송희는 시장하였다. 음식물로는 채울 수 없는 그의 마음이 그의 영혼이 시장하고 목마른 까닭이 아닐까?

송희가 먼저 일어나서 음식 값을 치렀다. 영매는 약간 당황하였으나 그는 문 밖에 나와서

"오늘 이렇게 폐를 끼쳐 드려서 …….

이러한 미안한 인사를 할 수밖에 다른 아무 도리는 없었다. 그의 주머니에는 오빠를 위하여 주사약을 사야만 될 돈을 제하고는 불과 한 삼십 원이 될까 말까.

"우리 사무실로 가볼까요?"

이번에는 영매가 권하는 대로

"그러지 않아도 가보고 싶었어요."

하고 송희는 동의하였다.

사무실은 거기서 얼마 안 되는 ××상회 이층 한 구석에 붙은 다다미 여섯 장이나 깔만한 적은 방이었다.

초라한 테이블을 둘러 교의가 둘 그리고 테이블 정면으로 놓인 교의에는 위원장 정민혜 여사가 무엇인지 서류를 들여다보고 있다. 영매가 들어오는 것을 알자

"수고했어."

하고 방긋 웃고

"오 손님 오셨군 ……."

정민혜 여사는 일어나서 송희에게 악수를 하고 자리를 권한다. 사람은 셋인데 교의는 둘이다.

송희는 창 있는 대로 가서 기대며

"이렇게 좀 서보고 싶습니다."

하고 정민혜 여사의 갸름한 얼굴을 천천히 바라보았다.

약간 파르스름한 얼굴에 교양 있는 표정은 그의 정신이 깊이 있는 생활을 하고 있는 사람만이 가질 수 있는 표정이다. 웃을 때마다 반짝이는 그의 어디까지나 검은 눈동자는 따뜻하고 부드럽고 그러면서도 한없이 깨끗한 맘을 상징한다. 끄리샤 식을 쪽 곧은 코앞으로 옥은 듯한 턱이며 대체로 약간 여윈 듯한 호리호리한 몸맵시가 처녀다운 청초함과 기품을 구비하고 있다. 올해 서른두 살이라면 청춘의 한고비를 다 지났다. 그러나 아직도 처녀미가 있는 정민혜 여사에게는 남들이 억측하는 올드미스의 히스테리는 꿈에도 찾아볼 수 없다. 이것은 누구보다도 주영매가 잘 아는 일이다.

이른 봄날에 홀로 핀 흰 매화같이 청초한 인격의 향기를 퍼트리고 있

는 이 젊은 선배에게 송희는 맘속으로 존경을 보였다.

"손님이 서신대야 말씀이 됩니까."

영매가 자리를 비여 기어이 송희를 앉히었다. 다 같이 아리따운 여자다. 다 같이 교양 있고 이상이 있고 그리고 찬란한 꿈이 있는 이 세 사람은 간단한 테이블을 둘러 서로들 바라보았다. 세 사람의 얼굴에는 미소가 미소를 부른다. 맘의 문과 문이 열려 서로의 뜻과 뜻이 엉키는 순간이 잠깐 동안 그들을 에웠다.

'이 사람이면 이만한 사람이면 …… 힘껏 도와도 좋다.'

송희는 아름다운 보물을 얻은 사람같이 그의 맘은 포근히 만족하여졌다. 조금 전에 자기를 짓씹은 괴로운 생각들은 강한 바람 앞에 겨와 같이 날아가 버렸다.

"저 그러지 않아도 오늘 정 선생님을 꼭 좀 뵈려고 했던 참이었어요. 우연히 길에서 이분과 만나서 ……."

"삐라를 같이 돌리고 그리고 점심도 대접 받고 오늘은 참 정말 운수가 좋았어요."

영매는 그 환하고 둥근 얼굴에 웃음을 가득 싣고 송희를 돌아본다.

정민혜 여사는 송희의 손을 잡고

"피는 물보다 진하다는 게 진리의 한 토막인가 봐요. 피는 확실히 피를 불러요 …… 우리 같이 일 합시다."

정민혜 여사의 얼굴은 엄숙하다.

"네 분명히 지난 오월 십칠일이었습니다."

"인신매매 금지령이 포고되자 유곽에 팔려 왔던 여인들은 자유의 몸이 되어 거리로 나왔지요. 그러나 그들이 갑자기 어디로 가겠어요. 그날 밤부터 재워주는 곳도 먹여주는 사람도 없는 형편이었어요. 그러니까 …….”

“왜 어느 단체에서 트럭으로 실어다가 먹이고 직업을 가르치고 한다는 말을 들은 상 싶은데요.”

송희는 정 여사의 입을 빤히 쳐다보고 대답을 기다린다.

“네 그렇습니다. 트럭으로 여러 대를 실어내 왔죠. 그래 그들은 우선 전재민 수용소에다 집어넣고 사람은 놀고먹으면 안 된다는 것을 가르치고 그들에게 메리야스를 짜도록 그렇습니다 아침 아홉 시부터 오후 세 시까지.”

송희는 흥미를 느꼈는지 고개를 끄덕이며

“일석이조군요. 밥 먹고 직업 배우고.”

“들어 보세요 …… 일이 그렇게 순조로 갔으면야 오죽이나 좋았겠어요. 여인들은 이틀 만에 다 달아나버리고 말았답니다 …… 데려온 유 여사가 가지 말라고 붙잡으니까 욕설을 퍼부어가면서 수수밥에 거적자리 위에 건사하려고 우리를 데려왔느냐 너희들 아니라도 우린 우리대로 살아간다 하면서 뿔뿔이 다 가버렸다는 거야요.”

정민혜 씨는 호 하고 한숨을 쉬고

“그들은 너무 갑자기 전환된 생활에 배겨낼 힘이 없었던가 봐요.”

“…….”

송희는 못 알아듣겠다는 듯이 정민혜 여사의 얼굴을 한 번 보고 또 주영매의 뱅글뱅글 웃는 입도 보고. 정 여사는 말을 계속한다.

“유곽에 있는 창기들은 상류와 중류 사이의 생활 …… 비교적 호화스러운 생활을 하고 있었던가 봐요. 침대에 자고 이부자리도 여간 호사가 아니고 먹는 것도 그렇지요. 자기 몸을 잡히고 있으니까 무어든지 부르는 대로 척척 대령이죠. 먹고 싶은 것 먹고 입고 싶은 것 입고.”

송희의 눈은 둥그레진다.

“그들이 그렇게 잘 살았던가요? 호!”

“들어봐요. 그것은 마치 잡아먹힐 닭이나 돼지가 모이를 받아먹는 것과 마찬가지죠. 그들의 생활은 우리가 상상할 수 없으리만큼 전연 딴 세상에서 살고 있는 것을 알아야 합니다. 그들의 밤은 우리의 낮이죠. 우리의 낮은 그들의 밤이고 …… 술, 담배, 군것질, 사나이들과 시시덕거리고 그리고 성병으로 앓고 사나이들에게 전염시키고 가끔 자살하고 도망을 하다가 잡히기도 하고…….”

송희의 한숨인지 영매의 한숨인지 커다랗게 한숨소리가 한 번 지나가고 방안은 잠깐 동안 잠잠하여졌다.

“무슨 병이든지 만성이 되면 고치기는 힘이 더 들지마는 비교적 그 고통은 덜 하는 것과 마찬가지로 이 창기들은 자기들의 생활에 익어져서 별 고통도 느끼지 않고 잘 지내가는 것이 원통한 일이지요. 그들은 다 일이만 원 내지 사오만 원씩 빚을 지고 있지요. 자꾸 버는 대로 포주가 먹어버리니까…….”

“인신매매 금지령이 발포되자 여인들의 빚은 다 탕감이 됐다는데요?” 하고 묻는 송희의 이러한 상식에 정민혜 여사는 무척 만족하였다.

“네 그렇습니다. 그 빚은 다 없어졌죠. 하지만 그 여인들이 이번에 다시 포주의 달콤한 말에 속았거든요. 유곽을 여관 형식으로 하여 여인들은 하녀나 식모로 데리고 있으면서 매음을 시키게 되었어요. 전과 마찬가지로 여인들은 빚을 얻어 쓰고 포주는 여인을 착취하고 …… 유곽은 훌륭히 부활을 하였지요. 공창 폐지 연맹이 조직된 원인은 여기에 있습니다. 공창을 폐지하자 그러나 공창을 근본적으로 구원할 수 있는 대책을 세우자는데 우리 연맹의 목적이 있는 거야요."

"연맹이라면 여러 단체가 모여서 된 것이죠?"

송희는 정민혜 여사의 말을 하나도 놓치지 않는다.

"물론이죠. 우리 여성 단체 열넷이 모였다면 어지간하죠. 앞으로도 여성 단체가 생기는 대로 우리 연맹에 가맹할 것입니다."

"좌익도? 호호호……."

송희는 고개를 삐뚜름하고 웃는다.

"물론이죠. 민족의 보건을 위하여는 우도 좌도 없습니다. 오직 외길이죠……."

"얼핏 생각하면 그까짓 폐업 창기 일이천 명을 위하여 우리가 일어선 것 같지만 그것은 표면만 관찰한 것이죠. 좀 더 깊이 따져본다면 민족의 보건 문제입니다."

"그렇지요. 보건 문제가 정말 근본 문제야요."

영매도 고개를 끄덕이고 그 영채 있는 눈으로 송희를 건너다본다.

"공창을 폐지하면 사창이 늘어난다고들 걱정이던데요."

송희는 평일에 손성묵 아저씨나 또 어머니에게서 들은 말을 한마디 옮겨보는 것이다.

"사창이 늘어나는 원인은 다른 데 있어요. 여자들의 직장이 없어서 사창이 되는가 봐요. 사람들은 흔히 공창은 병을 치료 받으니까 어느 정도 안심할 수 있다 그러나 사창은 저대로 내버려두니까 더 불안하다 이런 말을 하죠…… 그러나 공창이 받는 병 검진이란 것은 눈 감고 아웅보다 더 우스운거야요."

정민혜 씨는 얼굴이 발개져서 격분한 표정이다.

"그래도 전연 치료받지 않는 것보다는 낫지 않을까요?"

송희는 영매를 돌아보고 웃었다.

"천만에 천만에 ……."

정 여사는 송희의 손목을 꼭 쥐었다.

"내말 들어봐요. 정신 차리고 들어봐야만 돼요."

송희와 영매는 똑같이 정 여사의 입을 지킨다.

"이봐요 그들이 말입니다 공창들이 말입니다 그 공창들이 일주일에 한 번씩 검진이 …… 검진만이 아니고 훨씬 진보된 치료법으로 아주 완전히 다 나아버렸다 합시다. 그래 그 공창을 가령 A라고 합시다. 그 A가 완전히 나은 몸으로 유곽에 들어온 이십 분이 못 되어 어떤 사실이 일어납니까? 손님이 찾아오거든요 사나이가 말입니다. 그 사나이라는 것은 매독 환자이든지 임질 병자이든지 전연 관계가 없거든요 …… 한 시간 후에 A라는 여자는 훌륭히 그 사내에게서 균을 받아가지고 그다음 사나이 또 그다음 사나이 일주일 동안 몇십 명 몇백 명에게 전염을 시키고 마니까요. 그래 그 검진이라든가 치료가 무슨 효과가 있단 말이요. 생각해 보세요."

정민혜 여사는 차관을 기울여 공기에다 냉수를 따라 한 모금 마시고

"공창은 공동 변소 사창은 집안 변소로 알면 그만이야요."

"그럼 사창은 병이 덜 할까요?"

송희는 의심스러운 듯이 고개를 흔들어본다.

"물론 사창도 병이 있지요. 하지만 자기의 신용이라든가 또 자기 몸

을 아끼는 의미로도 병 치료를 성의 있게 하려고 노력하거든요 …… 그러나 공창은 기계적 존재야요. 돈만 가지고 오면 그게 꼽추거나 절름발이거나 소경이거나 매독이 있거나 임질이 있거나 그런 것은 상관없거든요. 포주는 돈만 받으면 그만이고 여인들은 시간만 채워주면 그만이니까요. 그저 동물적 어떤 기계밖에 아무것도 아니지요. 그러니까 병을 고칠 성의도 나지 않고 또 고쳐 보았댔자 십 분 후면 다시 걸리고 …….”

“네 그렇고만요. 그런 것을 가지고 그래도 사람들은 유곽의 창기가 좀 낫다고들 그러지 않아요. 괜히 알지도 못하고.”

송희는 호르르 한숨을 쉬고

“대강은 알았습니다. 공창 폐지의 사명은 횡(横)으로 유곽의 여인들은 인도적으로 구원하자는 것과 또 종(縱)으로 민족 보건을 위하여 성병을 박멸하자는 민족의 보건 운동으로 볼 수 있고만요 …… 공창 폐지 연맹이야말로 건국의 가장 초석적 사명을 가지고 있습니다 그렇지요?”

송희의 총명한 머리가 단연코 정 여사의 마음에 들었다.

“고맙소 백송희 씨!”

힘 있는 악수와 악수가 세 사람의 마음을 정열과 감격으로 한데 뭉쳐 버렸다.

집으로 돌아온 송희는 그날 밤 평안히 자리에 누울 수 있었고 또 달게 잤다.

송희는 이처럼 감정에 움직이고 꿈속에서 살 수 있는 가장 로맨틱한 성격의 소유자이다.

요사이 계속하여 학교를 결석하는 송희는 손가락으로 꼽아 보았다. 벌써 여드레째 고스란히 학교를 가지 않고 있는 것이다. 오늘은 학교로 나가야지 공부는 공부대로 하면서 병은 병대로 고치고 …… 그러면서 정민혜 여사와 함께 공창 폐지 사업에 적극적으로 돕고. 송희는 자리서 이런 계획을 하여볼 때 오랜 장마 날씨같이 어둡고 무겁던 마음에 한 줄기 광명이 스며든 듯 거뜬하고 상쾌함을 느끼었다. 그러나 마음 한 구석에 도사리고 있는 생각! 영원히 덮어둔 채 뚜껑도 열지 않고 싶은 생각은 틈만 있으면 독사의 대가리처럼 빨간 혀를 널름거리면서 송희의 마음속에 평화를 조각조각 찢어놓는 사실을 어찌하랴.

"아이고 반가워라. 어여들 와. 우리 송희도 심심하던 참에 잘들 왔어. 자 올라들 와요."

송희 어머니가 명랑한 목소리로 맞이하는 손님들이 있다. 송희는 자리에서 벌떡 일어났다. 동무들이다.

"애 오늘 방학했다. 너 어디 아팠니?"

하고 구두끈을 늦추면서 S가 말을 하고 T도

"애 과장 선생님이 너 때문에 염려하시더라. 왜 결석계도 내지 않는다고 ……."

하얀 운동화를 신은 T는 토끼처럼 먼저 송희의 방으로 뛰어 들어간다.

"그래 내가 그렇게 오랫동안 결석을 했는데도 너희들은 와보지도 않는구나."

송희는 부채를 집어 T와 S앞에 내밀며

"그동안 내가 죽었더라면 내 무덤에나 찾아 왔겠니?"

하며 쓸쓸히 웃는다.

"애 불길한 소리 하지마. 그렇지 않아도 애 너 왜 R이란 아이 알지? 우리 반에 말야 바로 T와 같이 앉았던 R말야. 지난봄에 결혼했지?"

하고 S가 눈을 동그랗게 뜨고 긴장한 표정으로 송희를 바라본다.

"그래 그 R이 죽었단 말이냐."

하고 송희가 빙그레 웃는 것을

"그래 그렇단다."

두 처녀는 거의 꼭 같이 대답을 하고

"죽어도 그만저만 죽었다면 모르겠지만 글쎄 자살을 했단다."

"왜?"

송희의 눈도 휘둥그레졌다.

"글쎄 그 유서가 기가 막히지. 잘 들어보란 말야 ……."

S는 송희에게 다져놓고

"난 지금 이 시간에 가장 큰 행복을 느낀다. 이 행복이 지나고 불행이 찾아오기 전에 나는 이 행복과 함께 죽노라 이런 글이었는데 ……."

"……."

세 사람은 한참 동안 잠자코 아무런 말들이 없다.

"자 우선 이것들이나 먹고."

송희 어머니가 들이미는 것은 넓적한 쟁반이다. 쟁반 위에 빨간 수박이 보기 좋게 놓여 있다.

"올 때마다 이렇게 폐를 끼쳐 드려 어떻게요?"

S가 상큼한 목고개를 살짝 숙이면서 수박 쟁반을 받아 놓는다. T도 무릎을 세우고

"어머니 전 냉수 한 그릇 먹겠어요."

하고 동글납작한 코에 주름살을 잡히며 웃는다.

"냉수라 주고말고."

송희 어머니가 저만치 간 다음

"얘 너희들 성적 받았니?"

하고 송희가 가느다랗게 한숨을 삼키면서 두 동무의 얼굴을 살핀다.

"음 받았어. 어저께 받았어."

"난 한문이 삼십야 하하하."

T가 소리를 내어 웃고

"그래도 국어만은 칠십야. 내 가만히 ××선생님 책상에 초콜릿 사다 넣어두고 왔어 호호."

T는 자지러지게 웃는다.

"난 국어 칠십오 점에 문법 육십 그리고 …… 헤헤헤 웃지마. ××선생님 회화가 젬병이야 스무 점 …… 내 골이 나길래 ××선생님 벤또 그릇에다 흙을 한줌 넣어두고 왔단다 호호호."

"호호호호."

"아하하."

아이들이 자지러지게 웃는데도 송희는 이 아이들과 자기와는 건너지 못할 커다란 구덩이 있고 그리고 그 구덩은 죽을 때까지 송희 자신과 동무들의 사이를 가로막는 가장 슬프고 부끄러운 암흑을 던지는 것이라 생각하고

'나도 나도 석 달 전 아니 두 달 전까지는 굽힐 때 매일 때 없는, 아 창공에 종달새같이 자유로웠건만 …….'

송희는 멀거니 앉아 수박을 먹는 S의 목덜미를 바라보기도 하고 냉수 그릇을 손수 마루로 들고 나가는 T의 발꿈치도 보았다.

"얘 너 뒤축에 시계는 너무 크지 않니?"

S가 T를 놀려주니까

"나 오늘 집에 가서 꿰맬래."

하고 T는 펄쩍 주저앉더니 앉은걸음으로 들어온다.

"헤지면 어때."

송희는 한 마디 하고 후르르 한숨을 뿜었다.

"헤진 양말 아니 맨발이면 어때? ……."

송희는 진심으로 이런 말을 하고 언제라도 신을 수 있는 자기의 비단 양말을 생각하고 쓸쓸히 웃었다.

"헤진 게 뭐 좋아?"

S가 입을 삐쭉하는 것을

"아니 건강하면 좋단 말야."

"어디가 아파? 응 입술도 부르트고 ……."

"난 학교 그만둘까봐."

송희는 두 아이를 바라보며 빙그레 웃었다.

"별로 아픈 데도 없으면서 결석을 하는 걸 보면 딴 이유가 있는 거야. 그래 결혼식은 언제야?"

하고 S가 고개를 갸우듬하고 송희의 턱밑을 들여다본다.

"글쎄."

송희는 괴롭게 웃고

"얘 참 ××선생 리배또 한다지?"

송희가 넌지시 화제를 돌렸다.

"리배또 아니래. 그저 교제래."

T가 코를 찡끗하고 송희의 말을 가로 막으며

"한동안 ××선생과 메리가 뜨거워진 것 같다고 수군거렸는데 …… 요샌 갑자기 잠잠해졌어, 그렇지?"

S를 돌아보고 T가 동의를 구한다.

"메리가 미국간대."

"응? ……."

송희의 입이 빙긋하고 웃으려다가 그 웃음은 일찰나로 사라지고 짓궂은 비웃음이 송희의 입을 약간 삐뚤어지게 만들었다.

"미국 미국 미국 병에 걸리는 사람도 하도 많으니 바로 군함에다 몇 척 실어 보내지 …… 메리의 실력을 가지고 미국을 간다니 강아지도 웃을 노릇이다."

송희 어머니가 이번에도 손수 냉면을 세 그릇 가져왔다.

동무들이 먹고 이야기 하고 돌아간 담 송희는 눈이 부시는 광선에서 해방된 듯 후 하고 긴 숨을 쉬고 방바닥에 벌떡 누워버렸다.

거리낄 것 없는 양심을 가진 자처럼 강한 사람이 누구뇨. 송희는 새로운 진리나 발견한 것처럼 그는 고개를 끄덕였다.

그 두 아이보다 훨씬 어여쁘고 총명하고 물질적 조건에 있어서도 얼마든지 자유로울 수 있는 자신이건만 왜 이렇게 겁쟁이 못난이가 되어버렸느냐 말이다.

처녀의 순결을 잃은 그 순간부터 하루라도 아니 한 시간이라도 맘에 태양이 선명히 비친 날이 있었더냐.

언제나 구름 낀 날씨같이 흐리터분하고 어두운 자기 마음이 아니었던가.

'사람은 육체를 결합으로써 완전한 결과를 맺는 것이야.'

이렇게 자기 이성에 달래도 보고

'이제 곧 혼인만 하면 될 걸 뭐.'

이런 말로써 괴로워하는 양심에 타일러도 보았으나 결국 송희의 이성은 그가 지켜온 스무 해의 전통과 교육을 어디까지나 지지한다.

송희는 황영빈의 태도가 돌변하여가는 요즈음 그는 확실히 일시적 정열의 제단에다 귀하고 높은 자기의 정조를 너무나 헐하게 너무나 가벼운 제물로 바쳐 버린 것이 얼마나 큰 잘못이었다는 것을 후회하였다. 그러나 할 수 없는 일이다.

'한편 눈을 잃고라도 다시 본래의 몸으로 돌아갈 수 있다면.'

송희는 엄지손가락을 지그시 깨물었다. 이빨자국이 새파랗게 들어나도록 그는 손가락을 깨물었다.

차디찬 눈물이 배고 있는 팔위로 굴러 떨어진다. 생명같이 큰 희생을 바친 그 사랑이 이제 배반의 붉은 깃발을 날림이랴!

'식어질 대로 식어진 영빈의 맘을 어떻게 돌릴 길은 없나? 그보다도 어머니께서는 아직까지 아무것도 모르신다. 정말 아무런 내용도 모르신다. 그저 송희 자신이 황영빈은 썩 훌륭한 청년이다 교재해도 좋은 장차 어머니의 사윗감으로 정해도 좋다고 역설하였고 그 말에 어머니가 동의는 하셨다. 그러나 영빈의 요사이 태도라든지 또 내 몸에 일어난 모든 불행을 어머니가 아신다면? 아신다면?'

송희는 이런 생각을 아니 하려면 아니 하려 할수록 생각은 성숙한 잡초와 같이 송희의 마음 밭에다 여기저기 파멸과 흑암과 절망의 씨앗을 함부로 흐트러뜨리는 것이다. 어저께 정민혜 여사와 만났을 때에 느낀 감격 흥분 그리고 높고 깨끗한 동족애에 불타는 송희의 마음에는 또 다시 황영빈이라는 청년으로 말미암아 커다란 그늘이 덮이고 마는 것이다. 이제 학교도 방학이고.

'아 지루한 날과 날을 어떻게 잊어버릴 방책은 없나?'
하고 생각하는 송희의 머릿속에는 자살이라는 글자가 맹랑한 장난꾸러기 모양으로 송희의 눈앞에 냅다 달리고 있다.

"흐흥."

송희는 고개를 흔들었다.

'제까짓 것 때문에?'

자리에서 벌떡 일어난 송희는 바쁘게 세수를 하고 조반을 한술 떴다.

"어머니 아저씨가 말이야요 정말 공창 폐지 사업에 백만 원 주신댔어요?"
하고 방그레 웃으며 핸드백을 집어 들었다.

"그래 그렇단다. 참 정민혜 씨 주소 알지?"

"네 …… 저 지금 그리로 가는 길이야요. 아저씨께 들려서 현금을 받아다 정 선생님께 받치고 올 테야요."
하고 신발을 신고 뜰로 내려서는 딸을 향하여 어머니는 기어이 마음 한 구석에서 서물거리고 있는 의심을 쏟아놓았다.

"얘 영빈 씨는 왜 요새 안 보이니?"
하고 딸을 쳐다본다.

"황영빈 씨요? 요새 시골서 아버지가 올라 오셨대요. 그래서 여기저기 모시고 다닌다고 아주 바쁘대요. 어제도 길에서 만났어요."
하고 송희는 도망치듯 대문 밖으로 나와 버렸다.

본정 삼정목 손성묵 씨 사무실로 들어설 때 벽에 걸린 시계가 열 시 사십 분을 가리키고 있었다.

아저씨는 손님들과 무슨 이야긴지 바쁘게 주산질을 하고 있다가 송희를 보더니

"아 너 오는구나."

하고 반색을 한다.

"아저씨 저 잠깐 좀!"

하고 안방으로 들어갔다.

"안녕하세요?"

지금 외출을 하려는지 새 옷을 갈아입느라고 웃통을 벗어젖힌 채 속치마를 걸치는 젊은 여인은 동그란 얼굴에 웃음을 싣고

"아 웬일이야 대학생님이 다 오고. 자 이리로 내려앉아요."

하고 모본단 수방석을 당겨 놓는다.

"더운데 방석은 무슨 방석야요."

송희는 문을 빼꼼히 열고

"아저씨!"

하고 커다랗게 불렀다. 손성묵 씨는 빙그레 웃고 손님들에게

"잠깐 실례합니다."

하고 송희에게로 왔다. 송희는 잠자코 손바닥을 내밀었다.

"손은 웬 손이냐?"

하고 아저씨가 노란 얼굴에 여윈 웃음을 싣는다.

"백만 원 기부 주셔야 해요."

"응? 으으응."

당황하고 어색한 대답을 이렇게 한 손 씨는 눈을 찡긋하여 보인다. 옆에 있는 젊은 여인에게 비밀을 지키자는 뜻이다.

"좌우간 나가세요, 가보십시다."

하고 송희는 손성묵 씨의 팔을 끌듯이 서두른다.

"응! 나가? 어디로?"

"사무실로 가죠. 가서 직접 약속을 하셔야지요. 선(善)은 속히 해야만 된다는 격언 아시지요?"

"하하하 글쎄 가만있어. 손님도 계시고 하니."

"손님은 나중에 또 만나시지요."

그 사이 옷을 다 입은 여인은

"내 잠깐 송화집과 만나보고 올게요."

하고 남빛 파라솔을 들고 나가면서

"그럼 송희는 아저씨 모시고 잘 다녀와요."

하고 층층대로 내려가 버린다. 송희가 무슨 까닭으로 어디를 가자는 것인지 한 마디 물어봐도 괜찮을 상 싶은데 찬물에 씻은 듯 착 돌아서서 나가는 이 여인의 태도에 송희는 약간 반감을 가져도 보았으나

'네까짓 것 쯤이야.'

속으로 혀를 날름해 보이고

"우리 정 선생님이 기다리고 계세요. 속히 가세요."

하고 송희는 방문을 열고 먼저 나온다. 번들번들 윤이 흐르는 하이야 한 대가 공창 폐지 연맹 간판이 붙어 있는 어떤 상점 앞에 정거하기는 그로부터 삼십 분이 지난 열한 시 십 분이다.

밝히는 영혼

죽어버리기로 결심한 채옥은 한눈도 팔지 않고 자꾸만 걸어간다. 시장함도 잊어버리고 어디까지 걸어 왔을고.

"인천행! 인천행!"

하는 마이크의 길고 우렁찬 소리가 귀를 스쳐간다.

역전에는 개미 행렬같이 사람들의 뭉텅이들이 장사진으로 서서 있다. 역 정면에 걸린 시계가 오후 세 시 칠 분이다.

채옥은 허다한 자동차와 트럭과 지프와 그리고 하이야가 달려가는 역전 광장 앞을 지나면서 그는 되도록 주의에 주의를 더하여 교묘하게 위험을 피하면서 걸어가는 자신이 우스웠다. 조금 후에 죽을 몸이 트럭이나 하이야를 구태여 피하려는 자신의 본능에다 쓸쓸한 조롱의 웃음을 보내고 호르르 한숨을 뿜을 때다. 꼭 이때였다. 배꼽 아래에서

'꼬무락.'

붕어 새끼가 물을 먹는 듯도 하고 올챙이가 놀리는 듯도 한 그러한 움직임을 감각하였다.

순간 채옥은 가슴이 두근거렸다. 당황하고 놀랍고 신비스럽고 황홀한 모든 정서를 한데 뭉쳐 놓은 듯한 그러한 감격이 채옥의 더러워지고 상처난 온몸의 혈관 속에 용솟음치고 돌아간다.

'꼬무락 꿈틀.'

채옥은 반사적으로 한 손을 아랫배에 대었다. 눈물이 뜨거운 눈물이 핑그르르 채옥의 두 눈에서 노란 뺨 위로 줄기지어 흘러내린다.

옷고름으로 젖은 뺨을 씻고 또 씻어도 채옥의 눈에서 눈물은 그치지 않는다. 울면서 울면서 걸어가는 채옥은 무슨 생각에 놀란 듯이 걸음을 멈추고 주위를 둘러보았다. 지금 가는 길은 죽으러 가는 길이 아닌가?

눈앞에 높다란 층층대가 보이고 그 층층대 꼭대기에는 십자가를 얹은 반원의 철문이 보인다. 큰길에서 약간 들어간 돌층대는 깨끗이 소제되어 있고 옆에는 커다란 간판이 진한 먹으로 큼직큼직하게 박아 쓰여 있는 것이 보였으나 채옥으로서는 알 길이 없다.

채옥은 우선 돌층대에 걸터앉았다. 다리도 피곤하려니와 지금 가는 자기 길과 그러고 뱃속에 일어난 태동과를 연결하여 생각해볼 때 채옥은 고개를 흔들었다.

'죽다니 될 말인가. 뱃속의 생명을 위하여 단연코 단연코!'

채옥은 보따리 속에서 타월을 꺼내어 먼지와 눈물에 더러워진 얼굴을 문지르며

'살자 살아보자!'

하고 입속으로 중얼거렸다. 층계에서 사람의 발소리가 난다. 새카만 세루 교복에 금자를 붙인 대학생이 가슴에 종이를 한 아름 안고 내려오다가 채옥의 앞에 와서 우뚝 서더니 한 장을 쑥 뽑아 채옥의 무릎 위에 놓고 큰길로 나간다. 채옥은 종이를 들었으나 그는 국한문으로 된 어려운 문자가 섞인 이 삐라를 읽을 만한 학문을 가지지 못하였다. 손바닥보다 조금 더 넓은 그 종이에는 채옥의 운명에 가장 밀접한 문구가 가득 쓰여

있음에도 불구하고 채옥은 한 줄도 볼 힘도 없거니와 또 읽어 보려고도 아니한다. 그는 종이의 한 조각을 쭉 찢어서 팽하고 코를 풀었다.

'희망원으로 오라!'

'짓밟힌 조선의 딸들아.'

하는 문구가 콧물과 함께 땅바닥에서 빤히 채옥을 쳐다보고 누웠으나 채옥은 본체만체 층층대에서 일어섰다.

'어디로 갈고?'

채옥은 비로소 시장함을 느끼었다. 뱃속의 생명을 위하여서라도 먹어야 되겠다는 것을 느낀 채옥은 근처에 음식점이 있는가를 두리번두리번 살피었다.

"여, 오래간만이 아닌가?"

하는 소리와 함께 채옥의 어깨를 툭 치는 손이 있다.

채옥은 깜짝 놀라 돌아보았다. 기름한 말 얼굴같이 콧구멍을 벌름거리고 웃는 것은 미스터 김이다.

김황용은 채옥의 아래 뒤를 훑어보더니

"어디 가는 길이야?"

하고 넌지시 묻고

"점심이나 먹으면서 천천히 이야기를 들을까?"

하면서 앞으로 서서 걷는다. 채옥은 잠자코 김황용의 뒤를 따랐다. 역전 대중식당에 들어간 두 사람 앞에는 닭고기 한 접시와 계란 씌운 밥이 나왔다. 채옥은 입덧이 가시고 시장하던 김이라 게눈 감치듯 비웠다.

미스터 김은 뜨거운 커피를 훌훌 마시면서

"그렇지 않아도 채옥을 얼마나 찾았다고. 마침 잘 만났어 …… 이러고 다니지 말고 나하고 우리 집으로 가요. 가서 몸도 쉬고 살림도 봐주어요."

김황용은 채옥의 얼굴빛을 슬금슬금 살피면서

"아주 우리 집 식모로 오든지 월급은 천 원 내지 어때?"

하고 채옥의 대답을 기다린다. 김황용이가 식모라는 말은 사창이란 말인데도 채옥은 잘 알아듣지 못한다.

"천 원요? 식구는 몇인데요?"

"단 셋이야. 나하고 화자하고 홍도하고."

채옥은 가무잡잡한 눈을 자주 깜빡이며 잠깐 무엇을 생각하다가

"그럼 가요."

하고 자리에서 일어섰다.

결단코 미덥지 못한 이 사나이지만 채옥은 우선 아무데고 가서 몸을 숨기고 싶은 맘에 김황용의 집으로 가기로 하였다.

황용이 손을 드는 대로 하이야가 두 사람 앞에 정거하고 그리고 눈 깜짝할 사이 채옥은 황금정 육정목 김황용의 사설 유곽으로 들어갔다.

일본식으로 되어진 건축은 그리 크지 않다. 시멘트로 발라진 벽 이층에 창이 둘 아래층에 창이 양편으로 하나씩 가운데 현관이 하얀 페인트를 쓰고 있으나 문전은 신문지 조각 휴지 나부랭이가 아무렇게나 구르고 있고 초콜릿 껍질을 쌌던 종이까지 흙발에 밟히어 더러워진 채 여기저기 흩어져 있다.

자동차에서 내려 현관으로 들어선 때 층층대 위로 빼꼼히 고개가 하나 내다본다. 입술에 피같이 바른 연지가 얼룩이 졌고 몹시 볶아 얹은 머리는 빨간 새둥지를 엎어 논 듯 눈시울은 파랑 물감을 칠했는지 또는

극도로 오는 피로 때문인지 퍼렇게 퀭 하니 들어간 채로 이쪽을 내려다보는 한 개의 얼굴과 마주칠 때 채옥은 흥 하고 웃었다.

"오빠유?"

한마디 외쳐보고 대가리는 안으로 사라졌다.

"들어와 자 들어오라니까."

김황용이가 어깨를 미는 대로 채옥은 고무신을 벗고 다다미로 된 현관에 올라섰다.

황용이 안내하는 대로 들어간 곳은 아래층 팔조 방이다. 책상 한 개가 가운데 놓여 있을 뿐 방니가라고는 없고 커다란 글자가 쓰여 있는 액면이 한 개 벽에 가로 걸려 있다. 채옥은 책상 위에다 한 팔을 올려놓으며

"그날 밤 나를 속인 놈에게 봉변당한 것 모르지요? 미스터 김."

한마디 하고 황용의 두 눈을 빤히 지킨다.

"봉변? 무슨 봉변이야. 나 또 금시초문이야."

황용은 벽장문을 열고 과자 상자를 꺼내면서

"이것이나 먹어. 사람이 살아가자면 다 이런 수도 있고 저런 수도 있는 거야."

캔디를 주르르 채옥의 앞으로 책상 위에 노다지로 쏟아 놓는다.

"미스터 김 담배 하나 주시우."

채옥은 황용이 내미는 낙타표 서양 담배를 하나 꺼내 가지고 불을 붙였다.

파란 연기가 한 모금 한 모금 둥근 무늬를 그리며 퍼져나가는 것을 멀거니 지키던 채옥은 가만히 아랫배에 한 손을 대어본다.

'꼬무락 꿈틀.'

태동이 지나간 때문이다. 채옥은 꿈에서 깬 듯이

"그럼 소제나 할까?"

하고 캔디를 한 개 집어 입속에 넣고 일어섰다.

"소제? 좋지! 그런데 말야 이층으로 가서 아이들 만나보고 응."

하고 황용은 앞을 서서 층층대로 올라간다. 채옥도 뒤를 따라 갔다. 아래층보다 훨씬 어여쁜 방이다.

유리가 달린 단스 옆에는 붉은 칠을 한 옷걸이가 있고 그 옆에 키만큼 높은 경대가 엷은 레이스로 가리워 있다.

"얘는 홍도야. 화자 동무야."

김황용이가 싱글벙글 웃으며 소개를 하는 사이 두꺼운 요 바닥에 비스듬히 누운 채 담배를 뻑뻑 빨던 여인이 피같이 붉게 매니큐어 한 손가락 사이에서 아직 절반도 못 탄 담배를 재떨이에다 아무렇게나 던져버리고 반만치 몸을 일으킨다. 조금 전에 층층대 위에서 내려다보던 그 대강이가 이 여인인 것을 짐작하고 채옥은 속으로 고개를 끄덕이었다.

"화자는 아직 자나?"

하고 옆에 덧문을 여는 황용의 말이 끝나기 전에

"오빠."

날카롭게 부르짖는 소리와 함께 새파랗게 질린 여인의 얼굴이 나타난다.

"오빠 해리가 말요 이번 목요일에 제대가 되어 본국으로 간대요."

얼굴이 기름하고 눈꼬리가 약간 위로 치켜진 듯한 화자의 얼굴에는 살기가 돈다.

"임신이라고 해도 어쩔 수 없다고 그러지 않아요? 어떻게 해 오빠?"

"……."

황용은 한참 동안 잠자코 섰다가

"걱정 말아, 될 대로 되겠지. 근데 말이야 이 사람은 말이야 오늘부터 우리 식구야. 그러니 말이야 잘 사귀란 말이야."

하고 이번엔

"그럼 내려가 보지."

하고 채옥을 돌아다보았으나 채옥의 눈은 못이나 박아 놓은 듯한 곳에서 움직이지 않는다. 번들번들 윤이 나는 오동 단스 옆에 서양식 둥근 경대가 있고 그 경대 위에 엎드려 있는 것은 검은 핸드백 이것을 쏘아보는 채옥은 눈이 부신 듯이 사르르 두 눈을 감아버렸다.

채옥의 심장에서 뭉클하고 더운 김이 지나간 때문이다.

그 억센 팔뚝 그리고 어둠 속에서 함부로 짓밟히던 때의 일들이 열 개의 바늘이 되어 채옥의 가슴을 쑤신다. 손전기를 켜 채옥의 얼굴을 살펴보고 싱글싱글 웃던 자가 땅바닥에 떨어졌던 핸드백과 여우 목도리를 움켜쥐었겠다. 그리고 지프로 다시 올라 탔겠다.

선혈이 흘러내리는 상처를 감각하면서 채옥은 땅바닥에 누운 채 마귀같이 굴러가는 지프의 요란한 소리를 들었겠다.

"저것은 내 핸드백이야."

하는 한마디가 막 입 밖으로 굴러 나오려는 찰나 바로 그 순간이었다.

'꿈틀 꿈틀.'

아 태동이 채옥이 하복부를 간질인다. 채옥은 커다랗게 침을 한 번 삼키고 그리고 눈을 서먹거리며 천천히 층층대를 내려왔다. 넌지시 참는 것이 지금의 채옥에게 유리하다는 것을 태가 가르치는 듯해서 …….

채옥은 빗자루를 찾아 소제를 시작하였다. 장국밥 집에서 거의 두 달이나 훈련된 노동은 채옥의 하는 일이 결단코 사람의 눈에 어색하지 않았다.

그는 부지런히 쓸고 닦고 그리고 먼지를 털어냈다.

이층으로 올라갔다. 몇 달 전까지도 자기가 지내온 생활을 되풀이하여 보는 듯한 홍도와 화자의 방으로 들어서면서

"방 좀 칠까요?"

하고 방긋 웃어 보였다. 홍도는

"관두어요. 소제하는 할멈이 와서 치울 텐데 담배 하나 피슈."

하고 붉은 동그라미 붙은 서양 담배 곽을 채옥의 앞으로 내민다.

"담배는 이따 피우죠."

하는 채옥은 이왕 올라왔던 김이라 들고 있던 걸레로 경대 서랍과 책상을 훔친다.

"이 방 좀 치워주."

하고 화자가 소리를 친다.

"네! 곧 갑니다."

하고 채옥은 화자의 방으로 들어갔다. 노란 파자마의 위 단추가 한 개 헤쳐진 사이로 화자의 풍만한 유방이 절반 넘어 들어나 있다.

진한 다갈색으로 변색되어 있는 젖꼭지를 흘깃 바라본 채옥은

'정말 임신이구나.'

하고 속으로 고개를 끄덕거렸다. 화자는 담배를 들고 문턱으로 가서 걸터앉으면서

"이부자리도 좀 개켜 저 장속으로 넣고 그리고 저기 고리 속에 있는

옷들을 거풍시켜 줘요. 비가 온 뒤라 습기가 있어서 …….”
하고 한 다리를 다른 다리 위에 포개면서 고개를 뒤로 젖히고 새둥우리 같이 흐트러진 머리를 한 손으로 쓸어 넘긴다.

눈시울이 푸르고 콧날이 서고 얼굴의 윤곽이 기름하게 생긴 화자는 확실히 현대식 미인에 가깝다.

눈꼬리가 약간 치켜 올라간 것이라든지 입이 몹시 적은 것을 보면 중국식 미인이라고 할까? 이러한 화자가 불쾌해서 양미간을 찌푸린 채 파란 연기를 호 하고 뿜어내는 모양은 일종의 퇴폐적이요 파괴적이요 그리고서도 낭만적인 매력을 발산하고 있다.

이른바 악의 꽃이라 할까? 그늘의 꽃이라 할까. 채옥은 화자가 시키는 대로 두터운 이불들을 개키고 방을 쓸고 장과 경대와 장롱을 닦고 그리고 양복 의거리를 열었다.

외투가 서너 개 있고 다른 의복이 몇 벌 아무렇게나 구겨져 있다. 채옥은 옷들을 차례로 차례로 끄집어냈다. 마지막 옷을 집어내노라니 맨 밑에 아무렇게나 처박힌 여우 목도리가 한 개 나온다. 채옥의 손은 흠칫 멈췄다. 두해 겨울 동안을 가졌던 자기의 체취에 손때가 묻은 이 여우 목도리! 주둥이 곁에 여닫는 단추가 헐거워 빨간 실로 동여매 둔 것까지!

억울하게 잃어버렸던 자기의 물건이 뜻 아닌 장소에서 이렇게 나타나다니!

그날 밤 그 흑인 강도 두 놈에게 당하던 광경을 오직 이 목도리만이 알고 있으리라. 채옥은 목도리를 양 뺨에 대어 보았다. 그리고 오래간만에 참으로 오래간만에 만난 동무를 대할 때처럼 그는 정다움과 놀람과 그리고 애틋함을 느끼었다.

"그 목도리 어때요? 털이 가늘고 가볍다고 홍도는 제 긴기츠네와 바꾸자고 한동안 졸라댔다우 호호."

화자는 자랑스럽게 턱을 까딱 치켜들고

"오늘 밤에 우리 집에 손님이 아마 댓 올 모양인데 이 목도리 내게 선물한 사람도 올거야요."

하고 빙그레 웃고 혼잣말같이

"얼굴빛은 검어도 인정은 여간들 아냐요."

하고 경대 위에 손을 뻗치어 검은빛 핸드백을 집더니

"이것도 그이에게서 선물 받은 거라우."

화자는 잔잔하게 주름 잡힌 핸드백에다 한쪽 뺨을 대어보고 걸터앉았던 창턱에서 발딱 일어선다.

하품을 하고 기지개를 켜고 그리고 담배에다 새로 불을 붙인다. 채옥은 어금니를 딱 문 채 한마디의 말도 없이 목도리와 옷들을 주섬주섬 주워 한 아름 안고 아래로 내려왔다. 아늑한 뒤뜰에 빨랫줄이 두어 개 있다. 빛깔 있는 옷들은 소매들을 뒤집어 차례로 널어놓고 목도리도 한 옆에 걸쳤다. 방으로 들어오니 김황용이가 빙그레 웃으며

"자 이제 좀 쉬어."

하고 담배를 내민다. 잠자코 담배에다 불을 붙이면서도 채옥이 능글능글하고 멀쩡한 미스터 김의 배짱이 너무도 징그러워 그는 외면을 한 채 담배만 풀썩풀썩 피우다가

"참 별일도 많죠? 미스터 김."

하고 김황용의 얼굴을 정면으로 쏘아본다.

"무엇이?"

황용은 떡 벌어진 가슴 위로 벌건 모가지를 한 손으로 긁적긁적 하면서 땅 바닥도 굽어보고 바람벽도 건너다본다.

"저 그날 밤에 말요 내가 흑인 놈들 차에 붙들려 갔을 때 말요 그때 미스터 김이 날 도망시켜 준다기에 난 또 멋도 모르고 캄캄한 차속으로 들어갔죠. 그래 어떻게 된 줄 아세요?"

"……."

채옥은 뻑뻑 빨던 담배를 재떨이에다 훌쩍 던져버리고

"아 글쎄 여우를 피해 호랑이를 만났지 뭐요. 아 그놈들이 멀쩡한 도둑놈이었어. 내 몸을 족쳤으면 그만일 걸 글쎄 왜 내 목도리와 핸드백을 뺏어 가느냐 말야요. 귓구멍이 막혀서!"

채옥은 말똥말똥 미스터 김의 얼굴을 들여다본다.

"그랬던가, 그 괘씸한 녀석들이로군."

김황용은 어색하게 웃고 벌떡 일어서면서

"난 또 나가볼 일이 있으니 저녁 될 동안 이 방에서 한잠 자지 응? 자!"

채옥의 한편 어깨를 눌러보고 그리고 밖으로 나간다.

채옥은 나가는 미스터 김의 뒤통수를 향하여 빨간 혀를 날름하였다. 널따란 장지문을 통해서 뽀얗게 햇살이 스며드는 이 방은 채옥에게 오래간만에 네 활개 펴고 드러누워 볼 마음의 여유를 준다. 채옥은 오시이레[5]에서 베개를 꺼내서 한옆으로 누워버렸다.

피로와 초조와 억울한 학대 속에서 잠시 동안 노임을 받은 채옥은 베

5 おしいれ. 벽장.

개를 귀에 대자마자 혼곤히 잠이 들었다.

'꿈틀 쭈르르.'

태동을 느끼면서 잠이 드는 채옥의 얼굴에는 일만 근심을 말살하고도 오히려 여유가 있는 미소가 파리한 양편 뺨에 담뿍 스며든다.

제법 한잠을 실컷 잤건만 해는 아직도 한낮인양 방안은 뽀얀 햇빛이 퇴색한 다다미 위에 한가롭고 평화하다. 파리가 윙 하고 날아드는 소리까지 역력히 들리는 정적 속에서 채옥은 누운 채 천장을 노려본다.

"뿡."

자동차의 경적이 들린다고 생각할 때 드르릉 현관문이 열리며 저벅저벅 구두소리가 나고

"헬로 마이 달링!"

하는 서양 사람의 목소리가 난다. 채옥은 벌떡 자리에서 일어났다. 문을 빠끔히 열어 본 채옥은 부리나케 문을 도루 닫았다.

먹과 같이 검은 흑인이 이쪽을 향하여 빙긋 웃는 것과 마주친 때문이다.

소스라치게 놀라는 채옥을 돌아보고 흑인은 그 담배통 같은 콧구멍을 벌름거리며 싱글벙글 웃더니 구두를 끄르고 층층대로 올라간다.

올라가며 휘파람을 두어 번 날리니

"캄인 마이 디어."

하는 여자의 목소리가 이층에서 난다. 채옥은 혀를 차고

"빌어먹을 년!"

하고 문을 열고 침을 탁 뱉었다.

"엑 더러운 년!"

채옥이 다시 한 번 중얼거릴 때다. 문이 벙싯 열리면서 코끼리같이

큰 흑인 하나가 싱그레 웃고 서 있다. 오싹하고 소름이 등골을 스쳐가면서 어금니에서 딱 하고 소리가 난다. 그날 밤의 일 그 무섭고 진저리나고 원통하던 그 흑인 놈에게 짓밟히는 밤의 기억이 구렁이같이 방금 채옥의 머릿속을 기어가고 있는 때문이다.

그놈의 얼굴이 어떻게 생겼던지 목소리가 어떤지 물론 알 길이 없다. 단지 몸이 몹시 크고 무섭게 팔 힘이 센 사나이였다. 그 캄캄한 어둠 속에서 흑인의 허연 이빨만이 해골의 아가리같이 자기를 노리던 기억을 어떻게 잊어버릴 수는 없을까. 채옥은 뒤뜰로 향한 문을 열어젖혔다.

그리고 호 하고 서릿발 같은 한숨을 내뿜었다.

'이놈의 집에다 불이나 싸버려?'

야릇한 충동을 지그시 어금니로 누르면서 팔짱을 끼었다. 빨랫줄 위에는 햇빛을 포근히 안고 보드라운 털이 함빡 부풀어 오른 여우 목도리가 채옥의 시선을 끈다.

'나중에 왔던 놈일 게야. 황소같이 큰 몸집을 보면 그놈이 목도리를 빼앗았어.'

채옥은 입속으로 중얼거릴 때 현관으로 미스터 김이 술병과 과자 상자를 안고 들어오다가 채옥의 누운 방문을 발름이 연다. 흑인 두 사람이 미스터 김의 어깨 너머로 방안을 들여다보려고 서로들 밀고 떠받고…….

우리를 뛰쳐나온 돼지 같기도 하고 모이를 찾아 산중에서 나온 곰 같기도 한 검둥이의 얼굴은 암만 보아도 귀신이다.

"채옥이! 이봐 잠깐만 올라와요."

층층대에 한 발을 올려놓는 미스터 김의 목소리를 듣는 순간 채옥은 힘껏 소리를 질러 발악을 하고 싶었으나 갑자기 적당한 말도 생각나지 않고 단지 가슴만 후르르 떨렸다.

"채옥이 잠깐만 올라와 잠깐만."

하고 층대로 올라가는 황용의 뒤통수를 쏘아보든 채옥은 뒤뜰로 뛰어 내려오자 여우 목도리를 움켜쥐었다. 실로 일분간의 일이다. 현관으로 와서 신발을 신을 때다.

"어딜 가우?"

하는 화자의 음성이 들리고

"안 돼. 붙들어!"

하는 미스터 김의 목소리가 거칠게 들리면서 층대 위에서 사람의 발소리가 난다.

채옥은 현관문을 열어젖히고 밖으로 뛰어나왔다.

"이봐 채옥이 잠깐만 내말 들어봐."

하고 쫓아오는 김황용의 말소리를 등 뒤에 들으면서 채옥은

"난 가겠어요. 당신네 집에는 있기 싫어요."

하고 걸음을 빨리하여 걷는다.

"이봐 채옥이 그러지 말고 내 말을 들어보아. 채옥이도 늘 이러고만 있지 말고 말야."

어느덧 두 사람은 큰길로 나왔다. 오고가는 사람들의 시선을 감각하면서 채옥은 여전히 걸음을 빨리하여 걸어간다.

"공연히 말야 하늘에서 내려온 복을 걷어차면 벌을 받는 거야!"

미스터 김의 걸음은 채옥보다 빠르다. 채옥과 나란히 어깨 곁으로 바싹 다가들어 서면서

"그 사람들이 말야 살빛만 검다 뿐이지 어째서 그러느냐 말이야."

채옥은 독사의 눈같이 발개진 눈으로 미스터 김을 노려보았다.

"좋거든 실컷 당신 누이동생이나 팔아먹어요."

하고 고개를 홱 돌이켜 버렸다.

"뭣이 어째?"

미스터 김의 기름한 얼굴은 성난 말상이 되어 금시로 씨근거린다.

"아주 저를 그대로 두니까 뀐 듯싶구나. 네까짓 주제에 검으면 어떻고 희면 어쩔 테야."

미스터 김의 길쭉한 손가락 한 개가 채옥의 턱 주걱을 치받는다.

"왜 이래요."

채옥은 김황용의 손을 딱 때려주고

"죽여 봐요 흥."

하고 여전히 살기 돋은 눈으로 미스터 김을 흘겨본다.

"정 이럴 테냐?"

"어쩔 테요?"

"가자 경찰서로. 네년은 당장에 징역이다."

잠자코 씨근씨근 가쁜 숨만 쉬고 가는 채옥은 분명코 한풀 죽어진 모양이다.

"이봐 경찰서로 가서 죽을 매를 맞고 감옥으로 넘어가서 징역살이를 하는 것보다는 혹인하고 ……."

여기까지 말할 때다. 채옥은 있는 힘을 다하여 달리기 시작하였다.

여우 목도리를 한 손에 쥔 채 그는 미친 사람같이 달음박질을 한다. 신 한 짝이 벗어졌건만 채옥은 그런 것은 돌아볼 여유가 없다.

그러나 채옥은 겨우 삼십 미터나 왔을까 흘러내리는 치마 끝을 밟고

고꾸라지는 것과 꼭 같은 시간에

"이년이 이 도둑년이 여우 목도리 내놔라."

김황용은 고꾸라진 채옥에게서 목도리를 뺏으려 한다. 채옥은 반만치 땅에 엎드러진 채 죽어라고 목도리를 놓지 않는다.

"이년아 이년 도둑년아."

길 가던 사람들이 하나씩 둘씩 모여든다.

"멀쩡한 도둑년아 목도리 내 놔라."

김은 억지로 목도리를 잡아 당겼다. 채옥의 손에는 흰 줄이 가늘게 섞인 여우의 꼬리만이 몽창 남았다.

보숭보숭한 여우 꼬리를 물끄러미 들여다보는 채옥의 얼굴이 우스웠는지 구경꾼 속에서

"오하하하."

하는 웃음소리가 터져 나왔다.

"이게 뭐야. 목도리 버렸네 츳."

미스터 김은 웃음소리를 듣자 분통이 왈칵 치받친 모양으로

"이년아 …… 목도리 물어내라."

하고 꽁지 없는 여우를 채옥의 턱밑으로 들이민다.

채옥은 말똥말똥 땅바닥만 굽어본다.

"거 아까운 목도리 버렸네."

구경꾼 중에서 이런 소리도 났다.

"지금 새로 사자면 오천 원은 할게다."

이런 소리도 났다.

"이년아 이 도둑년아. 아 목도리를 물어내라 가자."

미스터 김은 채옥의 덜미를 잡아 일으켰다.

채옥도 소리를 질렀다.

"가자 내가 도둑년인지 네가 도둑놈인지. 가자 한 번 죽지 두 번 죽나?"

채옥은 바드득 이를 갈면서 몸을 일으켰다.

치마폭이 허리에서 반자나 흘러 내려오고 한쪽 발에는 신발도 없이 몽창 끊어진 여우 꼬리를 쥐고 주춤 일어서는 채옥의 몰골은 광녀와 조금도 다름이 없다.

"가자 이 도둑놈아. 네가 이 목도리에 탐이 나서 어떤 짓을 했니? 흐흥."

"뭣이 어째 이년이."

미스터 김의 억센 주먹이 채옥의 볼퉁이를 마구 쥐어박는다. 앞으로 고꾸라질 듯하는 채옥은 상반신을 겨우 가누어 일으키면서

"도둑놈이랬다. 어쩔 테냐?"

하고 미스터 김의 얼굴에다 침을 탁 뱉었다.

"이년이 이년이."

미스터 김의 주먹은 채옥의 대가리며 이마, 콧잔등, 귀퉁이 아무데고 마구 내리지른다. 채옥의 코에서 주르르 피가 흘러내린다.

"도둑놈이 사람을 이렇게 쳐도 세상에는 법도 없나?"

채옥은 구경꾼을 돌아본다.

"아 법도 없나요? 도적놈이."

하고 채 말끝을 마치기 전에 미스터 김의 주먹이 채옥의 입을 향하여 번개같이 날아든다. 그러나 그와 동시에 또 한 개의 손이 미스터 김의 손보다 좀 더 빨리 나왔다. 그리고 미스터 김의 손목을 꽉 쥐어버렸다.

가느다랗고 노르스름한 적은 손이다. 미스터 김은 흠칫하여 옆을 돌

아다보았다. 그리고 자기의 주먹을 쥐고 있는 손의 주인을 보았다. 여자다. 젊은 여자다.

"당신이? 그래 어쨌단 말이요."

미스터 김은 주먹을 후리쳐 빼면서 소리를 질러보았다. 그러나 그는 자기의 호령소리가 상대편에 아무런 위협도 주지 못한 채 허공을 돌아 힘없이 자기에게로 다시 오는 것을 똑똑히 느낀다.

웃는 것도 아니요 성낸 것도 아니요 슬픈 듯하면서 약간 미소에 가까운 고요하고 침착한 두 개의 눈이 미스터 김의 동공에 못을 박는 듯이 움직이지 않고 머물러 있는 것을 느낄 때 미스터 김의 날뛰는 헛된 기운은 마치 소금을 받은 푸성귀처럼 힘을 잃고 말았다. 젊은 여자는 소매 속에서 손수건을 꺼내더니 채옥의 코에서 흐르는 피를 씻어준다.

"아니 이 계집이 누군지 아시오. 일월루 창기야요. 창기로써 도망질을 쳐 나온 년이야요. 당장 경찰에 잡혀갈 년이야요. 그보다도 포주에게 들키기만 하면 당장 가루가 되고 말 년이야요, 흐흥."

어떠냐 하는 듯이 미스터 김은 옆에 사람들을 휙 돌아본다. 여자는 채옥을 들여다보고

"겁낼 것 없어요. 인신매매는 법적으로 취소되었습니다. 지난 오월에 ……."

"네? ……."

채옥은 못 알아들었다. 그러나 그는 자기에게 말하는 이 여인이 무척 고마운 사람인 것만은 뼛속 깊이 느껴져서

"선생님 경찰서엔 안 가도 되나요?"

하고 애원할 용기를 내어본다.

"유곽이나 술집이나 사람을 사고파는 법은 소용없이 됐어요. 빚이 암만 있더라도 그것은 포주가 담당할 일이고 팔려 있는 사람은 자유로 나오게 되었어요."

"네!"

채옥은 터무니가 없어진 사람 모양으로 멍하고 한참 서 있다가

"인내요, 내 목도리. 흑인 놈이 빼앗아다 화자에게 갖다 준 목도리 내놔요."

하고 그제야 말 같은 말을 한마디 쏘아보았다.

그 미스터 김은 힝 하고 웃더니

"갖다 아궁이에 불쏘시개 할래."

하고 성큼성큼 반달음질로 가버렸다. 구경꾼들도 흩어졌다.

채옥과 나란히 서서 옆으로 뚫린 적은 골목으로 들어가는 젊은 여자는 공창 폐지 연맹 위원장 정민혜 여사다. 사무실로 들어가자 조금 전에 손성묵 씨가 걸터앉았던 교의에다 채옥을 앉게 하고 정 여사도 마주 앉았다. 방금 시커멓게 부어오르는 눈 잔등이며 한편으로 비뚤어진 입이며 피가 얼룩이 져서 말라 있는 코언저리며 …… 정민혜 여사는 정신으로 또 육체적으로 모든 학대 받는 조선의 여인의 운명을 이 여인의 얼굴에서 남김없이 보는 듯하여 그는 호 하고 길게 한숨을 뿜었다. 채옥의 이야기를 다 들은 정 여사는

"수고했소. 잘도 싸웠소. 앞으로도 그렇게만 싸웁시다."

이날 밤 채옥은 정민혜 여사의 침실에서 난생 처음 네 활개를 뻗고 깊은 잠이 들 수 있었다. 그리 넓지 않은 방 반간쯤 되는 정민혜 여사의 방에는 책상이 한 개 책장이 한 개 윗목에는 고리짝이 한 개 벽에는 정 여

사의 모시적삼이 한 개 다려진 채 걸려있는 아래로 어느 서양 항구의 풍경을 그린 그림 한 장이 압정에 꽂혀 있다.

채옥은 민혜 여사를 도와 아침을 지어 먹고 방과 마루를 말짱히 치웠다.

민혜 여사는 사무실로 나가고 채옥은 바늘을 찾아 찢어진 치마폭을 꿰맨다.

안방 마나님은 다리미에 불을 하나 가득 담더니

"여보 젊은이 미안하지만 이것 좀 붙들어주."

두부모처럼 살이 허옇게 찐 뚱뚱보 마나님은 대청으로 빨래 보퉁이를 가지고 나온다.

"네! 붙들어 드리죠."

채옥은 도사리고 앉아서 빨래를 붙들었다. 팔월의 한창 더위인지라 뜨거운 다리미가 턱밑으로 쑥 들어올 때마다 채옥은 비실하고 고개를 돌리지 않을 수 없다. 적삼 깃 섭을 다릴 때마다 마나님이 너무 힘을 써서 다리미를 누른 탓인지 빨래는 채옥의 손끝에서 빠져나갔다.

순간 다리미 위에서 빨간 숯덩이가 굴러 떨어지고 빨래에는 재가 한 벌 쏟아졌다.

"춧춧 젊은이! 좀 꼭 붙들어요."

"네!"

채옥은 얼굴에서도 땀이 흐르고 등어리에도 땀이 솟는다. 아직도 진주사 겹저고리를 그냥 입고 있는 채옥의 등어리에는 화끈화끈 더운 것이 솟는 듯하다. 그 옛날 삼 년 전 …… 아니 오 년 전 고향에서 어머니와 같이 빨래 다리던 일이 눈앞을 스쳐간다.

졸졸졸 흐르는 도랑물 늘어진 가지를 한들거리며 미풍을 실어오는 버드나무. 봄에는 피리를 만들어내고 여름에는 그네 뛰던 그 정든 버드나무. 지금도 내 고향에 그냥 있는가. 채옥의 눈에는 돌아가신 어머님의 얼굴 달아나 버린 남편의 모습들이 차례로 나타난다.

'꿈틀 …… 쿡!'

하는 태동이 옆구리를 차는 것을 느끼자 채옥은 꿈에서 깬 듯 몸을 고쳐 앉았다. 그리고 그의 눈에는 젊고 아름다운 한 사나이의 얼굴이 나타난다.

'황영빈 씨! 아아!'

아기의 아비 되는 황영빈을 생각하는 것이다.

채옥은 뚱뚱보 마나님이 당기는 빨래를 놓치지 않으려고 애를 쓰면 쓸수록 손가락은 시여오고 앉은 자리가 자갈 방석인 듯이 엉덩이가 배기고 더욱이 왼편 다리가 저려오는 데는 괴롬을 지나서

"츳."

하고 짜증이 나기도 한다.

"그만 두겠어요."

하고 발딱 일어나도 좋을 상 싶지만 정민혜 여사의 체면을 보아도 차마 그럴 수는 없다.

'정말 나도 사람다운 사람이 될 수 있을까?'

어제 저녁부터 듣던 이야기 정민혜 여사의 말대로 한다면 자기는 거룩한 하나님의 딸도 될 수 있고 이 나라를 지도할 훌륭한 어머니도 될 수 있다 하는 것이 아닌가?

'정말 그렇게 될 수 있을까?'

채옥은 고개를 떨어뜨렸다.

'나같이 천하고 추하고 그리고 병든 몸이 어찌?'

이런 생각이 난 때문이다. 그러나 다음 말귀를 귓속으로 외어보았다.

'마음 한 가지로 천사도 될 수 있고 악마도 될 수 있다 하지 않느냐.'

채옥은 고개를 끄덕이었다.

'악마는 미스터 김 그날 밤 흑인, 천사는 분명코 정 선생님 같은 분일 거야.'

채옥은 천지간에 오직 하나 되는 천사를 발견한 것이다.

유곽을 탈출하여 사 개월. 절기에서 절기가 바뀌는 동안 과연 그는 사람다운 대우를 받은 일은 단 한번이라도 있었던가? 있었다면

'우현석이라는 청년의 …….'

호의일 것이다. 그러나 그는 그 사람의 이름도 본색도 모른다. 백주 대로 상에서 미스터 김에게 모진 매를 맞는데도 사람들은 돌아서서 구경만 하지 않았느냐?

그러나 오직 정 여사 한 사람이 채옥의 절박한 경우에 구원의 손을 내민 것이다.

창기라도 심장에서 피가 돌아가는 동안 그는 사람의 감정을 가졌다.

'고맙다 감사하다.'

이 한 가지 생각은 채옥의 상할 대로 상하고 지칠 대로 지친 심령에다 단비와 같이 생명과 윤택을 불러내는 것이다. 오정 고동도 불고 그럭저럭 두어 시간이나 빨래를 잡은 셈이다.

뚱뚱보 마나님은 고맙단 말 한마디 없이 빨래를 안고 안방으로 들어간다.

'저게 다 여편네야 빨래 한 가지 변변히 못 붙들고 …….'

하는 소리가 뚱뚱보 마나님 입에서 방금 쏟아질 것 같아서 채옥은 흠칫

하고 뜰로 내려왔다.

봉선화가 두 그루 분꽃이 한 그루 그리고 백일홍이 서너 폭 서 있는 적은 화단에는 꿀벌의 소리가 가늘게 들린다.

'하나님? 하나님이 보신댔지? 나를 미스터 김을 그리고 애기 아버지 황가…….'

채옥은 흰 구름이 목화송이같이 퍼져 있는 하늘을 쳐다본다. 둥실 뜬 흰 구름 사이로 가없이 깊고 푸른 하늘 저쪽 훨씬 깊은 저속에서 하나님의 눈이 있어 이 아래 세상을 내려다보실 지도 몰라 채옥은 짝짝이 신발을 신은 채(한 짝은 정 여사의 신던 헌 고무신) 막연히 하늘을 바라보고 섰다.

구름은 천천히 남으로 남으로 퍼져간다. 구름의 뭉치를 쳐다보면서

'하나님 하나님이 계시다면 뱃속의 것을 돌아보아주소서.'

채옥은 자기도 모르는 사이에 두 손을 합장하였다.

'꿈틀꿈틀.'

태동이 또 다시 활발하게 지나간다. 여섯 달째 접어든 채옥의 허리가 제법 둥실하게 굵어졌고 눈시울과 콧잔등에 어렴풋이 기미가 앉아 있는 데다가 어제 미스터 김에게 맞은 상처가 얼굴에 군데군데 푸르고 붉게 부풀어 있다.

입술 한쪽이 부어 입이 삐뚜름하게 되어 있는 채옥의 얼굴은 누가 보아도 불과 몇 달 전 일월루 유곽에서 허다한 유야랑을 뇌살시키던 오채옥이라고 믿어줄 수는 없을 것이다.

유곽을 나오기만 하면 귀찮은 포주 내외의 간섭도 없고 취한 사나이들의 주정풀이도 안 받을 것이고 유곽만 뛰쳐나오기만 하면 의젓한 어머니가 되어 뱃속의 생명을 오붓이 길러낼 수가 있으리라 믿었던 것은

채옥의 커다란 오산이 아니었던가? 채롱 속의 새가 대공에 날아 나오기만 하면 모이도 물도 향기로운 풀도 맘대로 얻을 수 있을 상 싶었지만 대롱 밖에는 적은 새의 생명을 노리고 있는 독수리, 솔개미가 있는 것을 몰랐다.

아무런 보호의 약속도 없이 정처 없이 뛰쳐나온 채옥은 흑인에게 짓밟히고 장국밥 집에서 쫓겨나고 미스터 김에게 매를 맞고…….

채옥은 후회하여야 옳지 않은가. 그 부드럽고 향기로운 비단 이부자리, 부르면 척척 대령하는 값진 요리 지금도 채옥의 눈앞에 나타나는 붉은 술잔, 억센 팔뚝 채옥은 고개를 흔들었다.

'다 소용없다. 내게는 생명이 자라나고 있다.'

채옥의 입가에는 자랑스러운 미소가 잠깐 사이 지나간다.

'하나님이 계신다면 이것을 돌아보아 주소서!'

채옥은 꿈틀거리는 배를 가만히 쓸어본다.

"뭘 그렇게 보고 있어?"

뒤에서 정 여사의 소리가 난다. 돌아보니 정 여사의 뒤에는 젊은 여자가 둘 빙긋이 웃고 섰다.

새벽은 오건만

"이제 돌아오세요?"

채옥은 대청으로 뛰어 올라 부채를 갖다 정 여사의 등어리를 부치며

"오늘은 유달리 덥습니다그려."

채옥은 처음보는 젊은 여자 손님에게도

"올라들 오시지요."

하고 웃으며 대청에다 왕골 방석을 둘러놓는다. 정 여사는 젊은이들을 돌아보고

"왜들 그러고 있어 올라들 와요."

하고 신문지에 싼 꾸러미를 채옥에게 준다.

"고무신이네."

채옥은 어린아이 모양으로 신을 한 번 안아보고 그리고 마루 끝에 나란히 놓는다.

"신어요 …… 흰 신을 사렸더니 돈이 모자라서 …… 그런 대로 우선 신어요."

"온 천만에 말씀을. 검정 고무신이면 어때서요. 아이고 꼭 맞아 호 …… 어떻게 제 발은 그렇게 꼭 알아냈어요?"

"내 신발이 꼭 맞는 것을 보면 알 일이지 뭐."

정 여사는 채옥의 만족해하는 것이 무척 다행하였다.

영매는 손수건에 싸가지고 온 옥도정기를 꺼내가지고

"약 좀 바르실까요?"

하고 채옥을 쳐다보고는 웃는다. 채옥은 영매의 희고 둥그스름한 얼굴을 바라보고

'참 잘도 생겼다.'

마음으로 감탄을 하고

"고맙습니다. 뭐 괜찮습니다만."

하고 영매의 곁에 쭈그리고 앉는다. 영매는 탈지면에 약을 묻혀 채옥의 얼굴에 있는 상처에다 바른다.

"다른 데 다친 데는 없어요?"

"네 없습니다. 고맙습니다."

영매가 약병 마개를 막는 동안

"이것 품에 맞나 입어 보세요."

하는 소리와 함께 채옥의 앞에 노란 안동포 진솔 적삼이 불쑥 들어온다. 적삼을 들고 서 있는 손 …… 거의 투명하도록 하얗다. 폭신폭신 살이 찐 손가락들은 옥으로 깍은 듯이 매끈하고 윤택하다.

"입어 보세요."

하고 눈만 웃는 젊은이는 좀 더 채옥의 앞으로 다가선다. 채옥은 그 약간 파르스름하고 갸름한 송희의 얼굴에 어디인지 수심이 섞여 있는 것을 놓치지 않고 보았다.

"아이고 이건 또 뭡니까?"

채옥은 두 손으로 공손히 받아 무릎 위에 놓는다.

"치마는 한 번 빨아 다린 겁니다."

하고 옷을 쌌던 보를 착착 개키는 송희는 빙긋이 웃는다. 잣과 같이 골라서 이빨이다 생각하면서 채옥은

"온 천만에 말씀을."

하고 당황하게 부르짖는다.

이 사람들이 천사가 아닌가. 마음만 착하게 먹으면 하나님의 딸이 될 수 있다는 정 선생님의 말대로 하다면 분명코 이 사람들은 하나님의 딸이 아닐까? 채옥은 마음속으로 부르짖었다.

따뜻한 인간의 사랑을 감각하는 채옥의 맘속에는 한 가닥의 광명이 비치기 시작하는 것이다.

정 여사와 그 동지들의 인정을 체험할 때 흙칠과 같이 어둡던 채옥의 심령에는 비로소 여명의 서곡이 들리는 것이다. 채옥은 가벼운 여름옷으로 바꾸어 입을 때 그 맘속도 가벼워졌다. 물질을 받은 기쁨보다 그 물질을 가지고 온 주인의 맘과 맘이 뼛속 깊이 고맙다. 안방에서 옷을 갈아입고 나오는 채옥을 찬찬히 바라보는 송희가

"꽤 맞는가 봐요. 저봐 기장도 품도 …… 어머니 적삼인데 어지간히 맞죠?"

하고 영매를 건너다본다.

"아주 안성맞춤이야."

정 여사가 대꾸를 하고

"이왕이면 취직도 송희 씨가 좀 알선을 해 봐요."

하고 광주리를 들고 대문으로 나간다.

"임신하셨죠?"

송희가 채옥의 둥실한 허리를 바라보며 묻는다.

"네."

"몇 달이야요?"

"여섯 달입니다."

채옥은 고개를 숙이고 자기 배를 내려다본다.

"애기 아버지 어디 있어요?"

"애기 아버지요?"

채옥은 고개를 숙이고

"애기 아버진 …… 저 …… 성이 황 씨에요."

"황 누구라고 해요?"

하고 묻는 송희는 속으로 이런 여자는 이렇게 똑똑하지 못하구나 일말의 경멸을 느끼면서

"어디 있어요?"

"모르겠어요."

곁에 있는 영매가 송희의 옷자락을 가만히 잡아 당겼다. 더 말하지 말라는 표정이다. 그래도 송희는 한마디 더 한다.

"그럼 애기는 혼자서 나실 생각이시군요?"

"할 수 없죠. 저도 그 황 가라는 사람만 만나면 할 말이 있어요. 자기 아이라는 것을 똑똑히 가르쳐 줄 생각에요."

채옥은 호 하고 숨을 내쉬고 송희와 영매를 번갈아 건너다보면서 쓸쓸히 웃는다.

"그런 이야기보다도."

하고 이번에는 영매가 화제를 돌린다.

"무슨 아이가 소원이야요? 아들? 딸?"
하고 생글생글 웃는다.
"이왕이면 아들이 좋지요."
채옥이가 웃으며 대답하는 것을
"아들보다."
송희가 딱 받아서
"예쁘디 예쁜 딸이 좋지 않아요? 아들 녀석은 심술패기고 억세디 억세게 말도 잘 안 듣고 그리고 장가들면 제 여편네 말만 듣고."
"호호호……."
채옥이가 소리를 내어 웃는데 영매가
"왜 아들은 돈도 벌고 어머니를 위하려면 얼마든지 위할 수 있지만 딸은 훌쩍 시집이나 가버리면 어쩔 수 없지 않어?"
"피 왜 시집을 가나. 남편더러 장가를 오라지."
"올까?"
"그럼 안 오고?"
"글쎄."
"글쎄는 무슨 글쎄."
이런 말을 주고받는데 정 여사가 노란 참외가 가득 들어있는 자그마한 광주리를 마루 위에 올려놓으며
"손님 오셨어."
하고 뒤를 돌아본다. 마루 위에 있던 세 여자의 시선이 일제히 정 여사의 뒤에 서 있는 젊은 남자에게로 달린다. 키가 후리후리하고 미목이 수려한 청년 신사를 보고 자지러지게 놀란 것은 송희다. 찾아온 손님은

황영빈이기 때문이다. 영빈은 마루 위에 여인들이 있는 것을 바라보고 그리고 여인들이 누구와 누구라는 것을 알아내자 영빈은 서서 있는 땅이 쑥 들어가는 것처럼 그는 아랫도리가 허전허전하여 지는 것을 어찌할 수 없다. 놀라서 소리라도 칠 듯한 송희의 표정을 그리고 무어라고 깍듯이 인사를 치를 듯한 채옥의 얼굴을 감각하자 황영빈은 그 자리에 더 오래 서 있을 수는 없다. 영빈은 한 손으로 그 검고 윤택 있는 머리를 쓸어 넘기고서

"그럼 오늘은 손님도 계시고 하니 다음에 또 오겠습니다."

하고 뺑 돌아선다. 말쑥하게 다려 입은 포플린 양복바지 아래 하얀 뿜스 구두가 삑 하고 가늘게 소리가 난다.

"온 천만에. 손님들이래야 다 우리 동지들인 걸요. 더우신데 모처럼 오셔서 쉬지도 않고 가셔야 됩니까. 잠깐만 올라오셔도 좋을 텐데."

정민혜 여사는 대문을 향하여 두어 걸음 발길을 옮겨 놓는 황영빈의 뒤를 쫓아 나오며

"오셨던 목적도 말씀 안 하시고 그냥 가실 테야요?"

정 여사는 이 숫되디 숫되어 보이는 젊은 청년이 둘째 동생이나 되는 듯이 귀여움을 느끼어 따뜻하게 웃어 보였다.

"저."

영빈은 잠깐 걸음을 멈추고

"손 선생님께서 일간 정 선생님을 조용히 한 번 만나시고 그리고 공창 폐지 기금을 조달하시겠다고 그 말씀만 전하라고 그러시더군요."

하고 이번에는 아주 성큼성큼 걸어서 큰길로 나가버린다.

여자 손님들이 수두룩하게 있으니까 말도 잘 못하고 돌아가는 이 지

나치게 순진한 청년의 태도가 정민혜 여사의 동정과 이해를 사기에 넉넉하였다. 이 경우에 만약 황영빈의 얼굴이 그리고 그의 풍채가 아니 그이 옷맵시가 그의 걸음걸이가 황영빈이가 가진 그 모든 것이 아니고 …… 가령 키가 훨씬 작았다든지 얼굴이 과히 컸거나 혹은 작았거나 또 그리고 그의 코가 납작했거나 그의 걸음걸이가 아주 비근대적이었던들 정민혜 여사의 동정이 여전히 그렇게 두터웠을는지 그것은 정민혜 여사의 자신이 아니고는 알 수 없는 일이다.

정 여사가 영빈을 보내고 대문으로 들어설 때 송희가 총총히 신을 신고 마당으로 나가는 것과 마주쳤다.

"어딜 가는 거요?"

하고 정 여사가 묻는 말에

"그 손님 어디로 갔어요? 무엇 타고 갔어요? 자동차?"

하고 초조하게 묻는다.

"난 몰라 큰길로 나갔어 방금."

송희는 쏜살같이 반달음질로 큰길로 향하여 나간다.

정 여사가 마루로 올라오자마자 영매가 생각난 듯이

"아이 배고파. 선생님 우리 참외 먹어요."

하고 웃는다.

"그래요 참외 먹을 시간도 없었군."

세 사람이 돌아앉아 참외를 한 개씩 집어 들었다.

노란 참외의 껍질을 한 가닥 한 가닥씩 깎아 내면서도 채옥의 마음은 참외 껍질처럼 가닥가닥 갈래가 져서 생각을 모을 방책이 없다.

'황 씨야. 분명 황 씨야. 아기 아버지야 …… 그런데 그런데.'

채옥은 참외를 다 벗겨 정 여사 앞에 놓고 영매의 것을 벗기기 시작하면서도 마음은 여전히 갈피를 잡지 못한다.

'내게 옷을 갖다 준 손님이 왜 그렇게 당황해 할까?'

채옥은 세 개째의 참외를 벗기면서 고개를 기울였다.

'애인일까?'

남녀 관계가 가장 번잡하고 또 다각적인 화류계에 몸을 적시어 있던 채옥은 이런 방면에 있어 누구보다도 가장 예민하게 눈치를 차릴 수 있는 것이 채옥의 슬픈 본능의 하나이다. 영매는 참외를 부지런히 씹으며

"선생님 송희 씨가 그러는데 자기 아저씨가 우리 연맹에 백만 원 기부한다고 그랬다는데 정말일까요?"

고개를 갸웃 하고 기뻐서 못 견디는 웃음을 보낸다.

"백만 원?"

정 여사는 잠깐 말을 끊고 한숨을 후 내쉬고

"우리 노력도 수포는 아니야. 사회서 대답해 주는 사람도 생기고 …… 아까 그 청년의 말이 그랬어. 일간 손 씨가 우리 연맹에다가 기부금을 조달한다고."

정 여사는 참외를 한 입 물어 씹으면서

"이번 기부금은 백송희 씨의 노력이야. 젊은이가 정말 기특해."

"이제 이 돈이 되면 채옥 씨도 마음 놓고 살 수 있는 집이 생겨나니까 거기는 채옥 씨가 하기에 꼭 알맞은 일도 있고 즐거운 유희와 운동도 있고 화단도 있고 그리고 글도 배우고 ……."

"글도 배우고 ……."

채옥은 정 여사의 말을 받아 입으로 옮겨 보고

"글도 가르쳐 주세요?"

생긋이 웃는다. 참으로 오래간만에 웃는 웃음이다. 채옥은 소학교를 겨우 삼학년까지 다니고 집이 가난해서 학교를 그만두게 되던 때 일이 머릿속에 떠오른다.

장질부사로 아버지가 돌아가고 오빠도 뒤이어 별세하자 농사를 지어갈 일꾼들을 잃어버린 채옥의 집에서는 부득이 늙은 어머니와 채옥이가 품방아도 찧고 나물도 캐고 밭도 매고 이래저래 호구지책을 이어 나갔기 때문이다.

"글도 배우고 직업도 배우고 직업은 채옥이가 좋아하는 걸로 편물이나 양재나 자수나 조화나 아 또."

정민혜 여사는 숨을 돌려 쉬면서 주영매를 바라본다. 영매가 정 여사의 말을 계속하여

"염색, 메리야스, 타이피스트, 타이피스트는 글자 찍어내는 공부고 병인 간호법 그리고 인형도 만들고 이런 것은 다 실내 직업 방안에서 연습할 수 있는 직업이구요, 그 밖에 양잠, 양토,[6] 양계 그리고 양돈 돼지는 채옥 씨는 못할 게야 인부들이 해야 될 걸요. 그렇죠? 정 선생님."

정 여사는 고개를 커다랗게 끄덕이고

"물론 근데 이익은 돼지를 기르는 게 제일이야. 한 사람 앞에 돼지 두 마리만 가지면 일 년 동안의 생활비는 무난히 얻을 수 있는 거야…… 돈이 들어오면 곧 양돈부터 시작해야지."

"참 돼지 모이는 어떻게 됐어요? 미군 숙사에서 준다는 잔반은 언제

---

6 토끼를 기름.

쯤 어떻게 될까요?"

하고 영매가 고개를 게우듬하고 정 여사를 들여다본다.

"글쎄 그것 때문에 어제도 갔다 왔지. 고 박사와 같이 가서 헬믹 장관을 만났는데 고 박사가 그 능란한 영어로 헬믹 씨에게 척척 해 넘기는 것을 볼 때 참 속이 시원했어."

정 여사는 혼잣말같이 하고 빙그레 웃는다.

"선생님의 말씀을 통역했으니까 그렇죠 뭐."

영매가 대답하는 것을

"글쎄 통역도 말야 자기 주장이 없으면 그렇게 원만히는 안 되는 거야요. 고 박사가 미군 당국에 통역만 하는 줄 알우? 그이가 어떻게 공창 폐지에 열심이라구 이번에도 도마다 다니면서 어떻게 수고를 했길래 ……."

정 여사는 한숨을 후르르 내쉬고

"입법 의원에서 말야 여성 의원이 얼마나 성의를 다하고 있는지 결국 여성의 문제는 여성이 해결하는 거야 ……."

정민혜 여사는 참외를 다 먹고 타월로 손을 닦으며

"난 배불러 그만 먹을래. 영매 더 먹어요 채옥도."

하고 참외 바구니를 두 사람 앞에 내밀고

"진정서 저때 번에 가져간 것은 숫자 기입이 똑똑지 못하다고 전국적 숫자 가령 창기 백 명이면 병을 가진 여자가 몇이고 병에도 매독, 임질, 연성하감[7] 이런 화류병을 구별해서 도별로서 자세히 써오라고 하니까 영매 괴롭지만 이것 좀 청서[8]해요. 나중에 프린트해서 갖다 주기로 하

---

7 軟性下疳. 연성 하감균에 의한 성병.

8 초(초안) 잡았던 글을 깨끗이 베껴 씀.

고…… 영문으로 쓸 것은 C씨가 번역해 준댔으니까 그것은 번역되면 프린트해 가져가기로 하고."

정 여사는 오전에 도경찰부 보안과를 들려서 신정 유곽 구내에 있는 신정 병원으로 가서 숫자를 모은 종이를 핸드백에서 끄집어내 가지고 영매 앞에 펼쳐 놓았다.

××여자대학 문과 이년까지 다녔던 영매는 바로 지난겨울에 학교를 그만두었다.

△△대학 교수로 있던 영매의 오빠가 갑자기 각혈을 하게 되자 오빠의 병비를 판출하여야 되고 또 오빠의 병상에 간호할 사람도 필요하였다.

영매는 육십이 되는 어머니가 혼자서 바느질품을 팔고 아침저녁 밥을 지으며 오빠의 간호를 하는 것을 모르는 척 하고 그냥 대학교에를 다닐 수는 없었다.

아니 다니고 싶어도 우선 책값이며 월사금이며 더욱이 오빠의 약값. 당장 세 식구가 먹고 살아갈 쌀값 나무값이 없었다.

영매는 전부터 잘 아는 정민혜 여사와 의논하고 정 여사가 소개하는 데로 어느 회사의 서기로 들어갔다. 아침 아홉 시부터 오후 세 시까지 회사 일을 마치고는 공창 폐지 연맹을 들러서 정 여사의 상담역과 동시에 그의 비서로 두어 시간 보내고 그리고 집으로 돌아와서 오빠에게 주사를 놓고 빨래를 하고 밤이면 오빠 곁에서 독서도 하고 오빠의 팔 다리도 주물러 주고 이따금 어머니의 삯바느질도 돕고 공창 폐지 연맹의 성명서니 격이니 진정서니 하는 것도 전부 영매의 손으로 쓴 것이요 때로는 정 여사의 강연 원고에도 첨삭의 붓을 대도록 영매는 제법 문학의 분야에서 농후한 색채와 향기를 발휘하고 있다.

건강, 재주, 미모, 풍성이 모든 점에 있어 정민혜 여사는 물론 그를 접촉하는 사람은 누구나 다 그를 사랑하고 아끼는 마음을 가지게 한다.

그러나 그의 오빠는 영매를 향하여

"얘 남의 눈에 지나치게 아는 척하게 보이면 안 된다. 너무 지껄이지 마라."

이런 말로 항상 경계하고 주의한다.

"얘 머리 지지지 말아라. 난 정말 보기 싫다."

이런 말은 어머니의 주문이다. 영매는 퍼머넌트 할 돈도 시간도 없거니와 사실 그 반쯤 볶다가 둔 듯한 머리를 하고 다니기에는 영매의 자존심이 이를 거부하는 것이다. 오늘은 토요일인지라 영매는 오정 때 회사에서 나와서 공창 폐지 연맹에를 들렀다가 송희와 함께 정 여사를 따라 채옥을 보러온 것이다.

공창이라면 첫째 난잡스럽고 건방지고 아주 망나니로만 상상하였던 영매는 채옥을 만나보는 순간

'너도 사람의 딸이로구나.'

하는 인상을 가질 수 있었다. 채옥의 수줍어하고 고마워하고 그리고 슬픔과 피로와 불안에 지친 그 얼굴 그 눈동자를 볼 때 영매의 가슴은 소금을 뿌린 듯 저리고 쓰렸다. 영매는 채옥을 껴안고 실컷 울고 싶은 충동을 느끼었다.

집으로 돌아와서도 영매의 머릿속에는 채옥으로 가득하였다.

"오늘은 기분이 좀 어떠세요? 오빠."

"훨씬 낫다."

"열은?"

"칠도 사부."

"시간은?"

"세 시부터 네 시 십 분까지."

"열도 점점 내리고 시간도 단축되어 가는 것이 확실하군요."

영매는 오빠를 위하여 길에서 사가지고 온 아직도 파르스름한 능금을 한 개 껍질을 벗기며

"오빠 우리 연맹도 이제 차츰 바빠지게 되나 봐요."

"바쁘다니?"

"아니 정 선생님이 데리고 왔어요."

능금을 든 채 영매를 바라보는 영매의 오빠 영수는

"무엇이?"

하고 픽 하고 웃으려다가 입을 다물어버리고

"주격 없는 말이란 어린애가 지껄일 때나 또는 시인의 시에서 볼 수 있는 것인데 넌 지금 시를 읽는 것이냐? 그렇지 않으면 어린애의 어리광이냐?"

"……."

영매는 무안하여 빙그레 웃고

"유곽에서 탈출하여 나온 여인인데요. 길에서 나쁜 사람에게 봉변당하고 있는 것을 정 선생님이 데리고 왔어요, 그의 집으로."

"데려다 어떻게 할 셈인데 ……."

"어디 취직이라도 시키든지 어째서든지 사람을 만들어 보려고 우리들은 지금 아주 전력을 다하는 중이에요."

"……."

오빠는 천천히 능금을 다 먹고 껍질을 휴지에 싸서 가까이 있는 책상 위에 놓으며

"그런 일은 국가의 힘으로 할 것이야. 뜻은 고상하지만 한두 여자의 힘으로 될 것은 아니야."

"걱정 말아요. 우리는 꼭 되리라고 믿거든요."

"그게 꿈이라는 거야."

"꿈이 없는 곳에 현실이 있어요 …… 사람이 공중으로 날아 보겠다는 꿈은 어떻게 됐습니까?"

"흥."

영매는 오빠를 흥분시키는 것이 무서워 거기까지 말을 마치고 아래층으로 내려왔다.

바로 그때다. 현관에서 안내를 구하는 낯선 사나이의 음성이 들린다.

"누구십니까?"

하고 영매가 내어다보니 키가 훌쩍 크고 어깨가 쩍 벌어진 사나이의 사각진 얼굴 위에는 포마드 기름이 방금 흘러내릴 듯이 흠씬 발라진 머리가 영매의 눈에 몹시 거슬려 보였다.

"어디서 오셨어요?"

"네 다름이 아니라요 가옥(家屋) 사건으로 왔어요."

영매는 가슴이 선듯하였다.

"가옥 사건이라니요?"

"집임자 되시는 분이 이 집을 써야 되겠다고 그러는 게야요."

"집임자?"

영매의 넓적한 양미간에 가느다란 경련이 지나간다.

"집임자는 우리밖에 누가 또 있나요?"

콧구멍만 벌름거리고 웃던 젊은 사나이는 품에서 봉투를 꺼내더니

"이게 싸인 받은 것인데요."

영매는 곁눈으로 슬쩍 보고

"그런 건 난 몰라요. 어쨌든 우리는 이 집에 들어올 까닭이 있어 들어왔으니까요…… 집임자에게서 우리는 직접 양도를 받은 것인데 누가 어떻게 한단 말요?"

"……."

터무니가 없다는 듯이 젊은 남자는 멀거니 영매를 건너다보다가

"일주일 후에 다시 올 테야요. 이 집에 꼭 눌러 계시고 싶거든 이만 원을 마련해 주시든지 그렇지 않으면 집을 비우시든지 생각대로 하세요."

사나이는 돌아서서 천천히 현관과 천장과 벽들을 쭉 한 번 훑어보고 그리고 마지막으로 영매를 슬쩍 돌아보고 나가다가

"이게 제 이름입니다. 주소도 써있으니 연락하시려거든 하십시오. 전화도 있으니까요."

명함을 꺼낸다. 영매가 받지 않으니까 현관에다 놓고 문을 소리가 나도록 쾅 닫히고 나가버렸다.

'저런 것을 악질 모리배라고 할 수 있다. 아니 아니 민족 반역자야. 정말 그래 민족을 씹어 먹는 놈이야…….'

영매는 부들부들 떨리는 다리로 안방으로 들어갔다. 어머니는 삯바느질로 깨기 겹저고리 동정을 달면서

"그 자식 아침나절에도 왔다갔단다. 제 아무리 덤벼도 집만 내어주지 않으면 그뿐이지. 살고 있는 사람을 강아지라고 모가지를 매어 끌어낼

까 …….”

어머니가 태연히 이런 말들을 하는 것은 생활에 지치고 시달리는 딸의 맘을 잠시라도 위로하고저 함이다. 이러한 어머니의 심정을 영매는 더욱 잘 알기 때문에

“아무럼요. 우리가 버티고만 있으면 어쩔 수 없지요. 헛물만 켜고 말겠죠 …… 오빠께는 이런 말 맙시다 어머니.”

하고 영매는 그 깨끗하게 골라선 이빨을 드러내놓고 방그레 웃는다.

“애가 정신 있나? 오빠께는 왜 이런 말을 해?”

어머니는 참따랗게 동정이 달린 생초 겹저고리를 바느질 그릇에 담아 농 위에 얹고

“참 네게 말하려던 것을 잊었구나. 선천서 살던 때 말야 바로 우리 이웃에 살던 손 주부(손 의사)네 알겠니?”

“손 주부 …… 네네 알겠어요. 왜요?”

“바로 그 손 주부의 자부 되는 이가 오늘 낮에 찾아왔더라. 딸아이를 데리고. 올해 …… 열아홉 살이라는데 똑똑하게 생겼더라.”

“네.”

“네 오빠 주소를 찾아서 ××대학가지 갔더라나? 거기서 우리 집 번지를 알아가지고 왔대 …… 집을 마련할 동안 방을 한 간 빌려 달라는 걸 어떡하니. 저 방 다다미방에라도 우선 같이 있자고 그랬지.”

어머니는 딸의 눈치를 살피면서

“너와 의논하고 대답을 할 건데 하도 저쪽 사정이 딱하더구나. 두 모녀가 여관에서 밥을 사 먹고 있다는데 여비도 거의 다 떨어지고 …….”

“네, 잘 하셨어요. 없는 사람은 다 마찬가지야요.”

영매는 방금 쫓겨나갈 집에 새로 사람이 들어온다는 것이 마치 아까 다녀간 사나이를 놀려먹는 것같이 생각이 되어 그는 입술가로 새어나오는 웃음을 지그시 누르면서 안방을 나갔다.

"아주머님 계세요?"

하는 소리가 들리고

"조카님 어서 오우. 다리가 오직 아프겠소."

하는 어머니의 말소리에 영매가 돌아보니

"얘 영매야 너 인사드려라."

"아이고 우리 영매가 벌써 이렇게 자랐어. 이봐 어른이야?"

하는 여인의 얼굴은 쪼글쪼글 주름살이 잡히기는 하였으나 나이는 아직 사십 세 전후인 듯싶다.

기름기 없는 노르스름한 머리에 삼푸라치 비녀가 삐뚜름하게 쪽 지어져 있다.

근 십 년 만에 서로 만난 기쁨보다도 삼팔선을 넘어 오는 괴롬과 남편 손빈 씨를 찾지 못한 슬픔이 탄실의 모친의 눈에서 눈물을 흘리게 하고 아들의 중병과 생활의 궁핍이 영매의 모친의 눈에서 눈물을 흘리게 하고 낮에 처음 만났을 때에는 어리둥절하여 미쳐 슬픔을 나눌 여가가 없었다가 정작 마음 놓고 한 집에 들게 되니 서로의 마음 문이 또한 활짝 열려진 것이다.

"오늘도 그래 아무튼 단서를 얻지 못했소?"

하는 영매 어머니의 말에

"라디오 방송을 사흘째 하였지요. 오늘 마지막 했는데 도무지 소식이 없지 않습니까? 내가 있던 여관에도 행여나 그런 사람이 찾아오거든 이리로 연락해 달라고 부탁만은 단단히 하고 왔지요."

"저런 딱한 일 보았나 …… 분명히 서울에 있기는 있다나?"

"그럼요. 바로 한 달 보름 전에 고향에서 돌아온 사람의 말이 본정에서 굉장한 회사를 가지고 돈도 수백만 원을 벌고 했다고 그러기에 훌쩍 떠나온 것이지요. 말하는 사람이 그럭저럭한 사람이 아니야요. 우리 탄실의 소학교 교장이야요."

호 하고 한숨을 내쉬는 탄실의 어머니는 자기 남편 손빈 씨가 손성묵이라고 개명한 것은 알 길이 없는 것이다.

영매는 가슴 속 한 구석이 무겁고 어두워지는 것을 억지로 잊어보려고

"잘 자라 우리 아가 앞뜰과 뒷동산에 ……."

모차르트의 자장가를 콧노래로 부르며 부엌으로 들어갔다. 저녁을 지어야 될 시간인 때문에 다다미 위에 아직 그대로 놓여 있는 명함을 집어 들고 '김황용' 소리를 내어 읽어보고 영매는 어깨를 흠칫 하고

"이름조차 그로테스크하군 츳."

영매는 불길한 물건이나 처분하는 것처럼 그는 명함을 손끝으로 집어 쓰레기 바구니에 던져버리고 그리고 고개를 기울였다.

'정말 이 남자가 자꾸 와서 귀찮게 굴면 어떻게 하나?'

영매의 마음은 아궁이 속같이 컴컴하여진다.

탄실의 모녀는 무섭고 괴롭고 원한 많은 삼팔의 장벽을 넘어오면서 수많은 생명과 재산 그리고 여인들의 정조가 희생이 되는 것을 실제로 보기도 하고 또 듣기도 하였다. 그러나 그들은 국경 아닌 국경을 넘지 않으면 안 되었다. 보호자 없이 살기도 무서운 이북이요 더욱이 있던 토지 가옥 재산 나부랭이까지 날아가게 된지라 무엇을 먹고 무엇을 입

고 그보다도 밤만 오면 두 모녀는 문고리마다 쇠를 채우고 또 채우고 호랑이보다 무서운 소련 병정을 경계하기에 너무도 지친 때문이다.

'가다가 죽으면 죽고.'

이것이 탄실의 어머니의 맘이요 또 탄실의 맘이었다.

탄실은 단발한 머리를 사나이처럼 하이카라로 깎아 올리고 그리고 아버지가 입던 고의와 적삼을 걸치고 등에는 배낭을 졌다. 어머니는 몇며칠 씻지 않은 얼굴에다 일부러 흙칠도 하고 검정도 바르고 일견 거지 비슷하게 차림을 하고 산길만 더듬어 산으로 골짜기로 선천서 떠나서 서울까지 오기에 고스란히 삼십 일이 걸린 것이다.

서울만 오면 어찌 어찌 해서 호흡만 붙어 있으면 남편을 만나리 아버지를 만나리라고 바랐든 소망은 서울 와서 거의 이십 일이 되어가는 오늘까지도 뜬구름같이 다만 아득할 뿐이다. 본정통을 집집마다 들여다보고 남편 손빈 씨를 물어보았으나 그런 이름은 없었다.

벽돌로 지은 층계 집 앞에 커다란 문패가 붙은 상점도 갔고 회사도 비슷한 건물로 들어갔을 때 급사 아이인 듯 십오육 되어 보이는 사내아이가

"손빈 씨요? 그런 이름 없는데요. 우리 집 주인 성함은 손성묵 씨야요."

"그럼 손 씨는 손 씨군."

"네!"

위층에서 한 삼십 되어 보이는 젊은 여자가 내려온다. 짙은 화장을 하고 외출할 준비를 하였는지 굉장하게 뽑아 입은 여자가 탄실의 모녀를 찬찬히 훑어보다가

"우리 집 사랑어른은 손성묵 씨야요. 어디서들 오셨어요?"

하고 새침해서 묻는다.

"혹시 선천서 오신 손빈 씨를 모르십니까?"
하고 묻는 탄실 어머니의 음성은 애걸에 가깝다.

"…… 몰라요."

여인은 차디차게 한마디 남기고 기다리고 있는 하이야에 몸을 싣는다. 탄실의 모녀는 무거운 발길을 돌이키지 않을 수 없었다.

탄실의 모녀는 방송국으로 가서 손빈 씨를 찾아달라는 부탁을 하기는 바로 사흘 전이다. 아는 사람을 몇 군데 찾아가 있을 곳을 사정하였으나 다 거절이 되고 다다미방 한 간이라도 쾌히 허락을 한 집은 이 집 뿐이다.

탄실의 모녀는 사막에서 오아시스를 발견한 것처럼 쉴 곳을 얻은 것이 무척 대견스러웠다. 탄실의 머리는 그 사이 도중에서 자라서 단발을 하기에 아무런 지장도 없고 동그스름한 얼굴에는 약간 주근깨가 있고 톡 도드라진 이마가 총명하게 보인다. 입술이 얇고 눈이 고리 눈으로 생긴 것을 보아 암상도 어지간히 할 것이나 체격이 든든하고 사지가 쭉쭉 뻗은 것이 건강의 심벌같이 미덥다. 영매는 그날로 탄실과 동무가 되었다. 학교 이야기에서 취직 그리고 공창 폐지 두 처녀의 이야기는 부엌에서 마루에 도란도란 적은 시냇물 소리 같다.

"나도 공창 폐지 연맹에 가맹할 테야."

탄실이가 이런 말을 하도록 그는 공창 폐지에 흥미를 느끼게 되었다.

탄실은 젊다. 그런고로 그의 감정도 봄풀과 같이 연하고 생생하다. 영매의 이야기에 정의를 느끼고 채옥의 운명에 대하여 인도감을 느끼었다. 그러나 탄실의 어머니만은 이런 이야기가 귀에 들어오지는 않는다. 오직 남편 손빈 씨의 거처만이 자나 깨나 그의 염두에서 방황할 뿐이다. 열다섯 살에 남편 손빈 열세 살 되는 신랑을 따라와서 이제 사십이 넘도록 가진 고역을 겪었으나 그중에도 아들 낳지 못하는 죄로 첩이란 첩이 수십 명이나 갈아드는 바람에 탄실 어머니의 속은 썩을 대로 다 썩었다. 지금이라도

"너 같은 건 남의 집 가문에 혈통을 끊어놓고 무슨 잔소리야."

하는 소리만 나면 쥐구멍을 찾아 찍 소리 못하는 신세이건만 그래도 의지할 사람은 천지간에 오직 이 한 사람뿐이 아닌가.

"후유!"

삯바느질 적삼에 단추를 달면서 탄실 어머니의 맘은 결단코 평안하지 못하다.

아내와 자식이 이렇게 찾고 헤매는 손성묵 씨는 지금 한가로이 등의자에 걸터앉아 럭키스트라이크 담배가 천천히 타내려가는 연기를 노려보고 있다. 테이블 위에 놓인 화병에는 백합이 서너 송이 무르녹은 향기를 보내고 엷은 커튼 사이로 미풍이 솔솔 불어 손성묵 씨의 노타이 깃고대를 스쳐간다.

앞이 남향이요 뒤가 동북으로 뚫린 이 방은 여름이라든가 덥다든가 하는 느낌은 조금도 없다. 손가락 하나만 까딱하면 선풍기에서 찬바람이 쏟아져 나올 것이다. 초인종만 누르면 냉장고에서 식힌 비루가 쟁반에 받쳐 올라올 것이다.

오늘 아침에도 녹용과 인삼을 적당한 분량에 따라 다려먹은 때문인지 손성묵 씨의 머릿속은 물로 씻은 듯 깨끗하다. 약 효과가 있을 동안 손성묵 씨는 지금 마음속에 폭풍같이 휘돌아가는 한 가지 생각을 정리하여야 한다.

'백만 원을 공창 폐지 연맹에다 그냥 주느냐?'

손성묵은 길게 한 숨을 내뿜고

'명예도 좋다. 그런데 …… 그런데?'

손성묵 씨는 눈앞에 아련히 나타나는 정민혜 여사의 얼굴! 갸름하고 콧날이 서고 그리고 잔잔한 눈동자 천병만마의 여인군을 겪어온 손성묵 씨의 심미안에 비치는 것은 정민혜 여사의 정돈된 얼굴 속에 감추어 있는 또 한 개의 속사람 그것이다.

'높고 깨끗하고 조용하고 …… 정숙하고 …….'

손성묵 씨는 자기가 아는 글자들이란 글자를 모두 모아 보았다. 그리고 그 글자로써 정민혜 여사를 예찬하기에는 그가 새삼스럽게 자기 무식을 한탄하리만큼 그는 말이 모자라는 것이다. 단지 반시간이나 한 이십 분에 불과한 회견에서 손성묵 씨는 완전히 정민혜 여사의 아름다운 향기에 도취되고 말았다.

기생들이나 숫처녀나 그리고 들어앉은 과부까지 손성묵은 지금까지 지나온 거친 성생활을 돌아보았다.

다만 황량한 사막을 걸어온 나그네처럼 피로 그것뿐이 아닌가.

돈과 성욕 두 가지밖에 아무 다른 것을 요구하지도 않고 또 요구를 받지도 못한 손성묵 씨는 정민혜 여사를 발견한 것은 마치 캄캄한 하늘에 반짝이는 성좌의 출현과 같이 그의 눈앞은 환해졌다. 잠자던 봄의 꿈이 욕망이 소용돌이같이 메마른 그의 혈관을 돌기 시작하는 것이다. 손성묵 씨는 약간 떨리는 손으로 전화기를 잡았다. 그리고 송희 어머니를 불렀다. 내일 낮 손님 초대에는 되도록 잘 준하시오 돈이나 솜씨를 아껴서는 안 된다는 말을 두 번이나 거푸 부탁을 하고 그리고 수화기를 걸고 우두커니 바람벽을 바라본다. 그의 조으는 듯 길고 갸름한 두 눈 속에는 비상한 결심이 익어간다.

'단연코 그렇다. 저기 저 많은 돈으로 내 맘대로 못 할까.'

그는 황금의 화살에 시위를 단단히 매었다. 그리고 정민혜 여사의 심장을 향하여 겨냥을 시작하는 것이다.

손성묵 씨에게서 전화를 받은 백송희 어머니 마담 비취는 장을 보아올 예산을 머릿속으로 작정하여 돈의 액수며 물건의 가짓수를 대강 정하였다.

그러나 식모가 바로 어제 나갔고 청주 할머니도 사흘 전에 고향에 다니려 간 사람이 아직도 아니 오니 송희 어머니 혼자 손으로는 어림도 없는 일이다.

'식모가 있어야 하겠는데…….'

'갑자기 적당한 사람이 없단 말야. 이럴 줄 알았다면 며칠 더 있으라고 붙드는 것인데 츳…….'

송희 어머니가 골피를 찌푸리며 부채질을 하고 앉았을 때 송희의 머릿속에 한 가지 생각이 번개같이 지나간다.

"어머니 식모 아니라도 어머니 도와드릴 사람 하나 데려올까?"

하고 생글생글 웃어 보였다.

"뭐 어디 있어 그런 사람이."

어머니는 반가워서 묻는다.

"일은 잘 하지 못할 거야요. 그렇지만 부엌 심부름 같은 것은 곧잘 할 거야요."

"몇 살이야?"

"스물셋인데요."

"좌우간 데려와 보아라."

"어머니 데려올게요. 여간 맘에 들지 않으셔도 구박하지 마셔야 해요. 괄시 못할 사람이야요."

"누구냐? 네 친구냐?"

"친구? 호호호 …… 친구 친구라 해도 좋아요. 아주 퍽 가엾은 사람이야요 어머니."

송희는 웬일인지 콧잔등이 시큰하여지는 것을 느끼며 자리에서 일어섰다.

'채옥이나 내가 친구라 하면 어때 …… 내가 대체 채옥보다 나은 게 뭐야 …… 왓셀만 반응 플러스.'

의사가 자기를 진단할 때에 쓰던 의학적 술어를 입속으로 외어보고 부채를 들고 자기 방으로 들어가서 방바닥에 반듯이 누워버린다.

'내일 오후에 만찬회 석상에서 약혼을 발표한다고 자기 입으로 약속하였으니 …….'

송희는 어저께 정민혜 여사 집에서 잠깐 만난 황영빈을 길에서 붙든 장면을 또 한 번 머릿속으로 그려본다.

방금 영빈이가 올라탄 하이야가 푸르르 엔진소리를 내며 바퀴를 굴리는 순간 송희 자신이 그 하이야 앞에 쏜살같이 달려가서 우뚝 서 버렸던 일은 지금 생각하여도 꿈같이 아득한 일이다.

차 속에서 영빈과 나란히 앉아 있는 여자의 얼굴이 창백한 채 당황하여 무어라고 영빈에게 속삭일 때 송희는 하이야의 손잡이를 잡고 그리고 문을 열었다. 모시 빛으로 하얘진 송희의 얼굴이 방그레 웃고 서 있는 것을 바라보는 황영빈은 마땅히 놀라고 당황하여야 할 것이로되 정민혜 여사의 대청에서 송희를 발견하였을 때 벌써 지금 이 순간에 될 일을 미리 각오하였던 것이다. 오 분 전의 영빈은 아니다. 영빈은 태연하였다.

"오 송희 씨 아니요?"

방금 무슨 말이 터져나올 듯한 송희의 입을 쳐다보면서

"내 지금 내리지요. 마침 잘 오셨습니다."

하고 운전수를 향하여

"이 손님은 황금정까지 가실 테니 ……."

하고 영빈은 자동차 안에 앉아 있는 송희와 비슷하게 젊은 여자를 향하여 손을 끄덕 들어 보이고 뚜벅뚜벅 송희보다 두어 걸음 앞서 걷는다.

"그 여자는 누구에요?"

묻는 송희의 얼굴은 표범과 같이 사납다. 또박또박 송희는 길을 걸으면서도 길바닥은 하얀 베를 깔아 놓은 눈앞이 그저 질펀할 뿐이다.

"고향 사람야."

"고향 사람? 저때 번에 내가 삐라를 돌릴 때 두 분이 나란히 서서 가셨죠? ××거리에서."

"응? 글쎄 그랬던가?"

송희는 어물쩡거리는 황영빈의 알맞게 살찐 얼굴을 보기 좋게 갈겨주고 싶은 충동을 느끼면서

"좌우간 결혼식은 언제 하실 테요 …… 그보다도 결혼을 할 작정이요 그만둘 생각이요? 꼭 잘라 말을 해보세요."

송희는 새근새근 가쁜 숨을 쉬면서 가로수 잎사귀를 한 잎 따서 손으

로 움켜쥐고

"난 우리 어머니에게 여간 죄만스럽지 않아요 ……."

송희는 아직 거무스레 딱지가 붙어 있는 윗입술의 종처[9]를 혀끝으로 핥아보고

"이게 뭔지 아세요?"

하고 입술을 뾰로통 내밀었다.

"글쎄 뭐에요?"

영빈은 빙그레 웃으며 송희의 얼굴에 손가락을 데려 한다. 송희는 뺑 돌아서면서

"왓셀만 반응 플러스 …… 아세요?"

송희는 처참하게 웃고

"난 영빈 씨 덕분에 훌륭한 화류병 환자가 됐나봐."

송희는 웃으려는 입술을 꽉 깨물자 진주알 같은 눈물이 양 뺨으로 쏟아져 내렸다. 길가의 사람이 힐끔힐끔 송희를 돌아보았으나 지금은 송희에게는 그런 것은 아무 것도 아니었다.

"결혼하기 싫으면 싫다고 남자답게 꼭 잘라 말을 해요. 그러면 나도 그만한 자존심은 있어요. 사랑 없는 사람에게 억지로 매달리고 싶지는 않아요."

"천만에 천만에 난 송희와 결혼할 희망으로 살아가는 사람인 걸 모르나요?"

"……."

---

9 腫處. 부스럼이 난 자리.

"송희 씨 날 믿어 주세요. 내일 모레 오후에 정 여사 초대하는 식탁에서 우리 아주 약혼을 발표합시다 송희 씨!"

영빈은 손수건을 꺼내 송희에게 주면서

"사람들이 보는데 …… ."

하고 송희의 귓가에 소곤거렸다. 송희는 여기까지 생각하고 목덜미에 내밷는 땀을 감각하고 활랑활랑 부채질을 하면서 일어났다.

채옥을 데려와야 되는 것이다. 공창 폐지 연맹 사무실로 가서 정 여사에게 대강 사정 이야기를 하고 채옥을 우선 자기 집에 두어 볼 이야기를 하니 정 여사는 별로 기쁜 얼굴이 아니다.

"아직 좀 더 내가 데리고 있어 볼 생각인데 …… 송희 씨가 어련히 잘 알아서 하겠소만 채옥의 맘이 좀 더 안위되기까지 내 집에 있는 것이 나을 것 같은데."

"물론이죠. 그것은 잘 압니다."

송희는 손가락 마디를 딱딱 자르다가

"집에 갑자기 식모도 가고 …… 한 이틀만 손을 빌리도록 채옥씰 허락해 주셨으면."

하고 송희가 괴롭게 웃는 것을 보고 정 여사도

"그럼 데려가 보시오. 기대에 어그러질 것만은 미리 각오하고 …… ."

한 시간 후에 채옥은 으리으리한 송희 집 큰 대문 안으로 들어섰다. 동대문 밖에 있는 송희의 집은 정원도 넓고 오십여 간이나 되는 조선식 큰집이다. 이 거리를 지날 때 채옥은 바로 며칠 전에 자기가 이 길바닥을 방황하던 때의 일이 슬픈 사진같이 눈앞에 떠올랐다.

한강으로 죽음의 길로, 죽음이라는 단 한 개의 희망이 남아가지고 숨이 탁탁 막히는 이 길을 가던 일을 잊을 수가 있으랴.

채옥은 이런 생각을 하면서 세층으로 쌓아 올린 석축 위로 올라섰다.

넓은 대청마루 맞은편에는 신식 차단스가 놓였고 그 옆에 번들번들 윤이 나는 뒤주와 뒤주 위에 올라앉은 항아리들이며 그 옆에 놓여 있는 탁자 위에는 금붕어가 바쁘게 헤엄쳐 다니는 어항이 눈에 보인다.

송희는 채옥의 손을 잡고 대청으로 올라서며

"더우셨죠. 이리로 와서 앉으세요. 여기가 시원합니다."

송희는 채옥을 마루 뒷문 있는 곳에 앉히고 선풍기를 끌어다 채옥의 앞에 놓는다.

"어머니 이분이 제가 말씀드린 그이야요. 오채옥 씨라고 …… 오늘 어머니를 도와드리려고 왔어요."

하고 채옥을 돌아보고

"우리 어머니야요."

하고 방그레 웃고

"잠깐 계세요. 내 무엇 좀 찾아보고 올게요."

송희는 찬광[10]으로 가서 자그마한 냉장고 속에 들어있는 사이다를 꺼내 병마개를 뽑아가지고 쟁반에 받쳐 들고 오며

"목마르셨죠. 자 듭시다."

송희는 고뿌[11] 두 개에다 찰찰 넘게 사이다를 붓는다.

채옥은 송희의 친절에 대하여 진실로 맘 깊이 감사를 드리는 것이다.

정민혜 여사는 물론이요 주영매 양의 친절한 맘씨도 모르는 바는 아

10 반찬이나 반찬거리를 넣어 두는 광.
11 컵.

니다. 오늘 송희가 자기를 대하는 태도는 순전히 친구가 친구를 위하고 형이 친아우를 건사하는 것 같은 그러한 느낌이 아니냐. 이렇게 잘 사는 집의 따님으로 모든 호강과 자유와 그리고 외딸로써의 부모의 사랑을 독점하고 있는 백송희로서는 자기같이 무의무탁하고 인간으로써 밟히고 더러워진 한 여인에게 이렇게까지 하지 않으면 안 될 의무도 없고 까닭도 없거늘.

"저 혼자 할 테니 두어 두고 들어가세요."

부엌으로 같이 내려온 송희에게 채옥은 진정 미안하여 이렇게 말하였다.

"아니요 나도 심심한데 같이 하죠. 자 이 도마 받으세요."

두 여자는 오이채를 치고 호박을 저미고 그리고 버섯 꼭지를 따고 송희는 채옥의 칼질에 따라갈 수는 없다. 싹싹 소리도 연하게 도마 위에 울리는 음향은 채옥이가 어떻게 이런 일에 익숙하다는 것을 증명하는 것이다.

"내일 낮에 오실 손님이라면 좀 이르지 않을까요?"

채옥은 칼 든 손을 쉬고 송희에게 말을 거는 것이다.

"그래도 우리 어머님은 미리 다 준비를 해 놓고 손님이 오실 무렵에 불에 올려 노시는 성미시니까 …… 난 몰라도."

채옥은 송희의 서툴게 저며 놓은 꼴이 맘에 들지 않아

"관두세요. 이것만은 저 혼자라도 하겠어요."

송희는 우두커니 앉아서 채옥의 하는 양만 보고 있다.

"시장하지 않으세요?"

송희는 채옥의 상큼한 눈시울과 여윈 뺨을 바라볼 때 그가 얼마나 영양이 모자랐다는 것을 알 수가 있다.

태아에게 뺏기는 까닭도 있지마는 사실 채옥은 성한 몸이 아니요 게다가 주야로 마음이 편안치 못하여 여간 먹는 음식이 살로 가지 않는 때문이다.

"온 별 말씀을. 정 선생님 댁에서 고대 점심 먹지 않았어요?"

채옥은 바구니에 그득해진 오이와 호박채를 한 옆으로 밀어 놓고 뜰로 나왔다.

송희 어머님의 새로운 분부를 들으려 함이다.

"이 콩을 씻어 담그고 콩물 할 게니 그리고 깨도 잘 씻어 건지오. 깨소금 볶게 ……."

"네!"

채옥은 시키는 대로 이 일 저 일 부지런히 하면서도 그의 마음속에는 조금 전에 정 여사의 마당에서 꿈결같이 지나간 그 황영빈의 모습으로 가득하여지는 것이다.

'어디서 사는지 무슨 직업을 가지고 …… 이 집 아가씨는 그이와 어떤 관계를 가졌을까?'

채옥은 황영빈의 주소라도 알아두었다가 가만히 찾아가서 자기의 운명을 하소연하리라고 생각도 하여보았다.

'선불리 물어 볼 수도 없고 …….'

어저께 영빈을 흘깃 대할 때 송희가 어떻게 당황하고 또 초조하던 일을 생각하더라도 두 사람은 결단코 심상한 사이는 아니리라 짐작되는 까닭이다.

황영빈의 주소나 직업이나 물어 볼까 물어 볼까 벼르는 동안 채옥은 이 일에서 저 일로 저 일을 마치면 또 이 일로 송희와 조용히 마주 앉을 시간은 없었다. 광에서 호박채를 같이 썰던 그때가 제일 좋은 기회였는데 채옥은 그때를 놓치고 만 것이다.

저녁이 되어 송희와 같이 목욕탕엘 들어갔다. 송희의 등을 밀어주고 송희를 위하여 물을 떠주고 그러나 물소리도 요란할 뿐 아니라 씻고 닦고 머리를 감고 바쁘고 소연한 이 장소가 결단코 채옥의 마음속에 숨어 있는 한 개의 비밀을 끄집어내기에 적당하지 않는 것이다. 채옥의 의심과 희망과 그리고 초조를 안은 채 하루해도 바뀌었다.

다음 날은 손님이 오는 날이다. 아침부터 손성묵 씨에게서 오는 전화가 오정 때까지 세 번째다. 송희 어머니는 채옥을 닦달하여 일변 방과 마루를 정하게 쓸고 닦고 뜨락과 대문까지 말짱히 소제를 시키면서 일변 육간대청에다 초석을 펴고 상을 차리는 것이다.

송희도 바쁘게 어머니를 도와 접시도 닦고 수저도 골라 놓는데 대문 밖에서 자동차의 경적이 가볍게 들린다. 손성묵 씨 그리고 두어 걸음 떨어져 황영빈이 들어온다. 정하게 빨아 다린 순백색 양복바지 위에 흑색의 학생복에 달린 다섯 개의 노란 빛 단추가 이렇게도 자랑스럽게 어울릴 수가 있으랴! 송희는 반가움과 원망과 질투와 …… 이러한 복잡한 감정으로 가득하여지는 가슴을 안고 뜰로 내려섰다.

"아저씨 시간보다 빠르지 않으세요? 영빈 씬 아저씨 자동차 아니었다면 길 잃어버릴 뻔하지 않았어요?"

하고 영빈에게 한 눈을 흘겨보았다. 영빈은 빙그레 웃고 석축을 올라 대청 위에 있는 송희 어머니의 옆으로 갔다. 삼십 도로 허리를 굽히는 영빈은 오늘도 단정한 젊은 신사이다. 내 딸을 맡길 만한 미더운 대학생이 아니냐. 장롱 속에서 새로 지은 옥색 빛 깨끼겹저고리를 꺼내 입은 송희 어머니의 어깨는 아직도 젊은이와 같이 둥글고 탄력 있게 보인다. 주름살이 보일락 말락 이편 뺨이 웃을 때 약간 푸른빛을 띤 이빨들은 송희의 이빨을 그대로 옮겨 놓은 듯하다.

"아이고 오래간만이요. 그래 더운데 올라오시오. 손 주사는 왜 손님이시유? 오늘 주인이 왜 저러고 섰기만 하는 거요. 방석도 돌려놓고 부채도 갖다놓지 않고 ……."

손성묵 씨는 벙긋벙긋 웃으며

"근데 미군 대좌 한 분이 오는데 괜찮겠지요?"

하고 대청으로 올라온다.

송희 어머니는 일순 놀라는 표정이었으나

"뭐 괜찮겠지요. 음식은 풍부하니까요."

하고 생긋 웃었다. 확실히 웃음 속에는 호기심과 그리고 일종의 자부심이 섞여 있다.

"채옥!"

하고 송희 어머니가 불렀으나 대답이 없다.

"여보 채옥! 접시 씻은 것 더 가져 오우."

채옥은 대답을 하여야 하고 그리고 접시를 안고 나가야만 될 것인 것을 알면서도 그는 막연히 부엌 한가운데서 서 있다. 반만치 열린 미닫이 사이로 방금 황영빈이 송희와 나란히 건넌방으로 들어가는 뒷모습을 바라보는 채옥의 가슴은 독한 술을 마신 때처럼 짜르르 재려오는 것을 어찌할 수 없다.

"채옥 게 있어? 왜 대답이 없어?"

송희 어머니의 약간 높아지는 음성을 들으며 채옥은 접시를 움켜쥐었다. 그리고 다리에 힘을 주어 부엌문을 나왔다.

"왜 어디가 아픈가?"

하고 송희 어머니가 물어 볼 만큼 채옥의 입술은 해쓱하여 핏기를 잃고 있다.

"아냐요 갑자기 골치가 좀 아파서요."

하고 채옥은 여윈 얼굴에 억지로 웃음을 실어본다.

"저런 많이 아프면 좀 쉬어볼까?"

송희 어머니의 찌푸리는 얼굴을 바라보고

"이제 괜찮습니다. 말짱히 나았어요."

하고 채옥은 마른 행주로 접시를 닦는다. 건넌방에서 들리는 송희의 웃음소리 황영빈의 웃음소리, 웃음이 끝나면 도란도란 이야기 소리가 끝이 없다. 송희 어머니는 꿀물에다 복숭아를 저며 넣어 화채 셋을 만들더니 그중 하나를 안방 벽을 기대어 선풍기에 바람을 안고 있는 손성묵씨에게로 손수 가져가면서

"이 두 그릇은 송희 방으로 가져가오. 이 쟁반에 받쳐서."

하고 채옥을 돌아본다.

"……."

채옥은 가만히 숨을 내쉬고 화채 그릇을 쟁반에 올려놓았다. 그리고 대청으로 올라와 송희의 방 가까이 갔다. 사람이 오는 기척을 아는 송희는 뒤를 돌아보더니

"고맙습니다."

하고 팔을 내밀어 채옥에게서 쟁반을 받는다.

정면에 앉은 황영빈이 힐긋 이쪽을 바라볼 때 채옥도 빤히 영빈의 얼굴을 건너다보았다. 일 초나 혹은 이 초 동안의 짧은 동안이었다.

그러나 그 짧은 시간 동안에 채옥의 두 눈은 영빈의 두 눈을 쏘았다. 눈과 함께 영빈의 머리를 아니 그의 영혼의 상처난 한 모퉁이를 쏘았다. 확실히 영빈은 당황하여졌다. 앉은 자리에서 공연히 몸을 굽혀 곧 잘 돌아가는 선풍기를 만져보고 그리고 책상 위에 있는 책을 아무 것이나 쑥 빼어 들추어 보고 여인의 귀같이 어여쁘게 생긴 두 귓바퀴가 지나치게 붉어 가는데

"참 영빈 씨!"

하고 송희가 영빈을 불렀으나 영빈의 귀에 부르는 소리가 들어가지 않았는지 영빈은 대답이 없다.

"채옥 씨 잠깐만 앉아요 ……."

"영빈 씨!"

송희가 재차 부른 때 영빈은 비로소 고개를 들었다. 채옥은 바스스 송희 옆에 쪼그리고 앉았다.

"이분이 제가 말하던 그이야요. 정민혜 여사 댁에서 왔어요."

"오우!"

영빈은 가장 감동한 듯이 고개를 끄덕이고 천천히 화채 그릇을 든다.

"황영빈 씨라고 내 친구야. 잘 알아 두세요 호호."

송희는 채옥에게 이렇게 소개하면서도 속으로 일종의 자랑을 느끼는 것이다.

'이렇게 아름다운 남자를 보았느냐?'

하는 자랑의 웃음이 송희의 입가에 쉬지 않고 흘러나온다.

"참 내가 소개를 하면서 제일 큰 요점을 빼어 놓았네! 영빈 씨 이분의 성함은 모르죠? 참 재미있어요. 이름이 셋이야요. 오채옥이라는 이름이 본래 이름이고 아주 어릴 때는 채(菜)라는 외자 이름이고 …… 그리고 …… 직장에 있을 때에는 채옥이라고 불렀대요. 그래서 도합 셋이라는 거야요 호호호."

영빈은 화채를 한 모금 마시고 손수건으로 입 가장자리를 씻고

"오늘은 수고 많이 하시겠습니다."

하고 채옥에게 인사를 한다.

"그새 안녕하십니까?"

채옥은 가장 자연스럽게 이렇게 한마디 하고

"계신 곳을 몰라서 한 번도 만날 수가 없었습니다. 언젠가 미스터 김에게 대강 말씀을 들었지요."

별로 웃지도 않고 그렇다고 얼굴이 붉어지지도 않고 채옥은 어색하다든가 가슴이 뛴다든가 하는 감정은 꿀꺽 배꼽 아래로 삼켜버리지 않을 수 없다. 일월루를 뛰어나오던 때부터 지금까지 하루라도 이 사나이를 잊어본 적이 있었더냐. 허다한 사나이가 오고가고 하루에도 몇 씩이나 겪는 손님 가운데 채옥의 가슴을 온전히 점령한 것은 오직 황영빈 한 사람만이 아니었던가. 몸의 자유도 없고 시간의 자유 그리고 물질의 자유 외출의 자유까지도 없는 채옥은 황영빈을 기다려 미칠 듯이 괴로웠으나 그는 가버린 그 미모의 남자를 다시 대할 길이 없었던 것이다. 영빈을 만난 뒤부터 일절의 사나이는 모두 허수아비였다. 모두 기왓장이나 돌멩이같이 아무런 흥미나 감정을 느껴본 일은 없다.

그러나 꿈인가 진실로 꿈이었다. 한 달 뒤 영빈은 일월루를 찾아왔

다. 영빈은 요사이 학비도 곤란하고 여러 가지로 어려운 사정이 있는 듯하다. 채옥은 끼고 있던 루비 반지를 오천 원에 잡히고 순금 가락지를 만 원에 팔아서 영빈의 손에 쥐어주었다.

"정말야 일 년만 지나면 나 졸업만 하면 채옥이를 여기 그냥 두지는 않을 작정이야."

몇 번이나 몇 번이나 되풀이를 하고 또 일주일에 한 번씩은 꼭 채옥을 만나러 온다고 약속하였던 그 황영빈이가 아니냐. 그러나 채옥이가 일월루를 탈출하기까지 고스란히 석 달이나 기다렸건만 그는 그림자도 보여 주지 않았던 것이다. 그러든 그가 오늘 여기에 이렇게 눈앞에 나타날 줄이야. 뱃속에서 생명이 뛰고 있는 것을 감각할 때부터는 더욱이 불로 지지듯이 황영빈을 만나야 할 염원으로 가슴이 벅찼던 것이 아니냐. 죽으러 한강으로 가던 날 길바닥에서 먼 눈으로 바라보고 이틀 전 정민혜 여사의 집에서 힐긋 지나쳐버린 그 황영빈을 지금 지척에서 이렇게 만나고 보니 채옥을 이 기회를 그냥 놓칠 수는 없는 것이다. 뱃속의 아이를 위하여서라도 채옥은 담대하여야 하고 용감스러워야 할 것을 각오하자 그는 부끄럽다거나 미안해 할 아무런 이유도 없었다.

"황 선생님께서는 어떻게 생각하시는지 모르겠습니다만 만약에 하느님이 계시다면 말입니다."

채옥이가 여기까지 말을 계속할 때다.

"오채희 씨[12] 지금 그런 말씀을 하시면 안 됩니다. 어쨌든 나는 미스터 김에게서 들은 말도 없구요 ……."

12 『가인의 시장』에는 '채옥'을 정 선생이 '채희'라고 부르겠다는 구절이 있는데 『화려한 지옥』에는 그런 구절이 없다. 『화려한 지옥』에서는 '채희'와 '채옥'을 함께 사용하고 있는데 원문대로 싣는다.

황영빈의 얼굴은 붉은빛을 지나서 파랗게 질렸다.

"담에 조용한 그렇습니다. 조용한 기회를 타서 채옥 씨에게 빚진 것이 있다면 다 청산하지요 …… 청산하리다."

영빈은 손수건으로 이마에 솟는 찬 땀을 씻고

"그럼 시간도 되어 오고 하니 G대좌를 데리러 가겠습니다. 송희 씨는 정 여사를 안내하셔야죠."

하고 자리에서 일어선다.

"채희! 이리 좀 나오우 …… 행주 하나 빨아다 주구려."

하는 송희 어머니의 소리가 대청에서 나자 채옥도 잠자코 방을 나오지 않을 수 없다. 그러나 영빈을 건너다보는 채옥의 얼굴에는 심상치 않은 결심이 아로 새겨져 있다는 것을 송희는 똑똑히 보았다. 웬일인지 찬물이 등어리를 스쳐가는 듯한 가느다란 오한을 느끼면서

"그럼 나가 보십시다. 벌써 한 시가 지났네."

하고 핸드백을 안고 송희는 일어섰다. 송희의 뒤를 따라 영빈도 일어서 뜰로 내려왔으나 영빈의 얼굴은 확실히 어두워졌다.

"어머니 이제 곧 손님이 오실거야요."

송희는 약간 괴로운 웃음을 띤 채

"그럼 채희 씨 정 선생님 모시고 올 테니 수고하세요."

하고 영빈의 뒤를 따라 대문 밖에 있는 손성묵 씨의 자동차에 올라탔다. 차바퀴가 차츰 속력을 내고 큰길로 쏜살같이 굴러갈 동안 차 속에 들어앉은 이 젊은 두 남녀의 마음속도 제가끔 다른 방향으로 달리고 있는 것이다.

두 사람은 잠잠한 채 우두커니 앉아 있으나 그들의 얼굴에는 심상치

않은 긴장이 새겨져 있다. 차가 종로 사정목을 지나고 본정 입구 가까이 올 때다.

"그 여자는 전부터 아셨던가요?"

하고 송희가 기어이 입을 먼저 열었다.

"채희라는가 하는 여자?"

영빈은 고개를 끄덕여 보이고

"내게는 반갑지 않은 사람야."

"왜요?"

"……."

"빚쟁이요?"

"…… 빚쟁이야."

영빈은 고개를 돌이켜 차창 밖으로 눈을 돌리면서

"갚지 않아도 될 빚인데 …… 오늘 운수가 나빴어 …… 흥."

쓰디쓰게 웃는다. 송희는 영빈의 얼굴을 한참 쏘아보더니

"아니 여자에게 빚을 지고 갚지 않는다면 말이 되나요? 지금의 말은 물론 농담이시겠지만 …… 영빈 씨가 갚지 않는다면 내라도 갚아줄 의무가 있어요."

하고 자그마한 부채를 쪼르르 목덜미에 살랑살랑 바람을 보낸다.

"정말이야. 내게는 직접 관계없는 일이요. 내가 책임질 일이라면야 ……."

"그럼 그 미군 대좌라는 이는 이 근처 아냐요? 내가 내려서 다른 하이야를 하나 부를까봐."

하고 송희는 정차를 명하였다.

"송희 씨가 이 차를 타고 가시우. 나는 하이야를 불러 손님과 같이 갈 테니."

하고 영빈은 두 손으로 송희의 어깨를 안아 쿠션에 앉히고 차 밖으로 나갔다.

"그럼 시간에 맞춰 오세요. 너무 기다리게 하지 말고."

"오케이."

영빈이 뚜벅뚜벅 두어 걸음 저쪽으로 걸어갈 때

"잠깐만."

하고 송희가 따라 내려오며

"오늘 약혼식 발표는 정 여사에게 일임하는 것이 어떨까요?"

하고 송희가 방그레 웃어 보였다.

"정 여사? 좋지요. 그럼 갔다 오리다."

송희가 자동차로 다시 들어오고 그리고 그 조그마한 부채로 목덜미를 살랑살랑 부칠 동안 자동차는 남대문을 지나 청파동 정 여사의 집으로 들어가는 골목어귀까지 왔다. 정 여사의 집에는 주영매도 와서 있다. 주영매는 검은 인조 조젯에 당항라 적삼을 빨아 다린 것으로 입었으나 영매는 오늘도 건강하고 맑고 아름다운 처녀다. 무슨 옷이라도 아무런 빛깔이라도 입어서 척 어울릴 수 있는 사람은 그리 많지 못하다. 그 때문에 그 개성에 따라 옷 모양도 다르고 색깔과 무늬가 달라지는 것이 문화가 나아간 사회에서만 가질 수 있는 한 가지 특권일 수도 있는 것이다. 그러나 정말 아름다운 사람 진정 어여쁜 여인은 옷과 색깔과 무늬를 입는 대로 자신이 흡수하고 조화시키는 때문에 의복의 지배를 받는 대신 언제나 자신이 의복을 지배할 수 있는 것이다.

주영매는 이러한 사람의 하나이라는 것을 알아보자 송희는 부러움을 지나쳐 질투의 가까운 감정을 일순 맛보는 것이다. 송희는 비교적 짙은 색깔로 또는 극단으로 대조되는 빛으로 입을 때만 좀 더 효과적인 자신은 오늘도 백색 조젯 드레스에 검정 우단으로 만든 핸드백을 가졌고 그리고 흰 장갑을 낀 손에 검은빛 파라솔을 택한 것도 그 때문이 아닐까? 정 여사는 아래위로 흰 모시 치마 적삼을 입은 것이 그의 청초한 맵시에 더욱 은은하게 어울린다.

세 여자는 푹석한 자동차 쿠션에 기대어 남대문을 지나 조선은행 앞을 꺾어 올 때다. 은행 정문에서 막 나오는 듯한 황영빈이 고개를 떨어뜨린 채 길로 내려서서 남대문 쪽을 흘깃 바라본다. 송희는 뺑 돌아 앉아 고개를 뒤창으로 돌려대고 내다보았으나 영빈의 모양은 사람의 파도 속에서 사라지고 말았다.

송희의 집 안방에 앉아서 선풍기를 멀찌감치 틀어놓고 오늘 배달된 신문을 내려다보고 앉아 있는 손성묵 씨의 마음은 차츰 초조하여진다. 시계가 한 시 정각을 치고 벌써 십 분이 지났건만 아무도 오는 기척이 없다.

더욱이 손님들을 모시러 나간 영빈이나 송희가 무엇 때문에 이렇게 늦어지는 것일까. 송희 어머니도 대문으로 자주 눈을 돌리고 손성묵 씨는 갑갑해서 뜰로 내려와서 정원을 한 바퀴 돌고 그리고 다시 올라와 담배에 불을 붙일 때 대문 밖에서 가벼운 경적 소리가 난다. 손 씨는 두근거리는 가슴을 안고 대문께로 나갔다. 과연 여자 손님들이다. 정 여사가 첫눈에 띄었다. 천사와 같이 깨끗한 정 여사를 향하여 손성묵 씨는 굽실하여 예를 드리고 대청으로 안내를 하였다. 송희 어머니도 뜰로 내려와서 오늘 주빈이라는 이 젊은 부인 손님을 모셔 올렸다.

'얌전하군.'

송희 어머니는 입속으로 중얼거리고.

"더우신데 예까지 오시느라고 수고하셨습니다. 우리 송희가 노상 말씀하던 정 선생님을 이렇게 뵈오니 ……."

정 여사는 공손히

"변변치 않은 저희들을 위하여 이렇게까지 관심을 가져 주셔서 너무도 감사합니다."

이러한 인사들이 오고가고 손님들은 우선 응접실로 들어갔다. 서늘한 차가 두 번이나 들어갔는데 영빈은 오지 않는다. 한 시 반이 지나서 한 시 사십 분이 될 때 자동차가 오고 그리고 그 속에서 나온 사람은 G대좌와 그의 통역을 맡은 젊은 사람이다. 영빈은 급한 볼 일이 생겨서 혼자 떨어져서 온다는 기별이다. 손성묵 씨는 손님들을 식탁으로 안내하자는 눈짓을 한다.

기다리던 정 여사가 오면 그만이 아닌가. 오늘 몇 사람의 수고와 시간을 허비하고 만만치 않은 돈을 손성묵 씨 자신이 제공하여 이만한 만찬이 준비된 것은 오로지 정민혜 여사 한 사람을 위함이었다. 그렇다면 정한 시간이 이미 반시간도 넘어 지난지라 손성묵 씨는 영빈을 비롯하여 배빈 일동을 식탁으로 안내하는 것이 당연한 일이다. 더욱이 오늘 자기의 참된 애국애족심에 가장 큰 감격을 가지고 G대좌까지 출석하였다는 것은 마땅히 일석이조가 아닐 수 없다.

이것으로 자기는 군정청 요직의 한 자리를 얻을 수 있는 약속도 되는 것이매 식탁에는 간간히 웃음소리가 들리고 숟가락 소리 술잔을 내려놓는 소리 그리고 이야기 소리가 주방까지 들려온다. 채옥은 송희 어머니가 담아 주는 대로 새 음식을 가끔 상으로 가져가야만 되고 상 위에 그릇이 비는 대로 살그머니 내려놓고 새 음식 그릇으로 바꾸어 놓아야 된다. 대청의 시계가 벌써 세 시를 친다.

'웬일일까? 황영빈은 오지 않는단 말인가?'

채옥은 마음이 괴로웠다. 자기가 경솔하게 덤빈 까닭으로 이 사람이 아주 멀찌감치 자기를 피할 생각이 아닌가?

'피하면 피하고 …….'

일이 여기까지 이른다면 자기는 벌린 춤을 움츠릴 이유는 없다. 정 선생님(정민혜 여사)에게 애기 아버지가 누구라는 것을 말하고서 정 선생님의 지혜와 힘을 빌려 정정당당하게 싸우리라. 이러한 결심을 어렴풋이나마 정하고 나니 한결 마음이 가라앉는다.

그러나 오늘 이 지붕 아래에서 가장 참혹하게 고민하는 사람은 백송희다.

G대좌가 무어라고 웃으며 영어로 질문을 하는 것을 가장 쉬운 말인데도 몇 번이나 더듬거려가며 간신히 대답을 하고 얼굴을 붉히고 그보다도 곁에 앉은 주영매가 냉수를 청하는데도 송희는 알아듣지 못하고

"냉수?"

하고 멍하니 앉았도록 마음은 극도로 혼란하여졌다.

G대좌는 그 큰 어깨를 흔들어 가며 손성묵 씨에게 이야기를 건네는 대로 통역은 쉽게 말을 전한다.

G대좌의 붉고 큰 이마에 비하여 통역의 얼굴은 여위고 노르스름한 게 눈에 띈다.

손 씨나 G대좌나 통역이나 다 만취한 모양이다.

"허허허 와 하하하."

그들의 웃음소리는 높았다. 만족하게 먹고 마시고 그리고 큰 소리로 웃는 것이다.

손성묵 씨의 웃음은 소리 그대로 행복의 상징이 아닐 수 없다. 백만 원 기부를 선선히 약속을 받은 정민혜 여사의 만족한 얼굴을 볼 때

'돈의 힘, 돈의 가치.'

를 새삼스럽게 느끼지 않을 수 없는 것이다. 돈은 마땅히 늙은 파우스트를 청춘으로 돌아가게 한 메피스토펠레스가 아닐 수 없는 것이다. 미모도 청춘도 명예도 아니 정의와 도덕까지도 돈으로써 살 수 있다 생각하는 손성묵은 지극히 행복스러운 자신을 마음껏 찬미하고 싶었다. 이런 때는 기생이 있었으면 좋으련만 정 여사 앞에서 기생을 데리고 올 수는 없고

"그건 또 그렇고……."

얼근히 취한 손성묵은 물끄러미 송희를 건너다보면서 새로운 화제를 생각한다.

"공창 폐지 연맹 사무실 말야. 송희 실례 말씀 같다만 좀 허접하지 않아?"

하고 빙그레 웃고 정민혜 여사를 바라본다.

"사실 연맹 사무실은 허접합니다. 그러나 적당한 곳이 별로 없습니다."

정 여사는 이렇게 대답하고 부채를 들고 영매의 등어리에 바람을 보내며

"이제 그만 실례하고 일어설까?"

하고 눈짓을 하였다.

G대좌와 그의 통역이 약속한 시간이 있다고 먼저 일어서는 기회로 정 여사 일행도 돌아갈 차비를 하였다.

"사무실은 제가 제공하겠습니다. 넓은 거리는 아닙니다만 집은 이층인데 아래층에는 살림집으로 사용하실 수도 있고 외려 그러한 집이 나을지도 모릅니다. 에 또 이삼 일만 기다려 주십시오. 뭐 사무실 한 개쯤이야 문제 없습니다 하하하."

손성묵은 진심으로 유쾌하여 이렇게 웃는다.

"여러 가지로 감사합니다."

하고 공손히 인사하는 정민혜 여사에게

"천만에 그리고 제가 약속한 백만 원은 일간 그렇습니다 내일 보내드리죠."

하고 빙그레 웃는다. 손님이 다 돌아가고 그 많은 설거지가 끝이 날 때는 벌써 어슴푸레 황혼의 막이 내리기 시작하였다. 채옥은 행주치마로 손을 닦고 마루로 올라왔다.

"곤한데 좀 쉬우. 오늘은 참 생광스러웠어."

송희 어머니는 생고사 빨아 다린 겹저고리 한 개와 광목을 몇 자 착착 접은 것으로 내놓으며

"우선 이걸 쓰우. 내 또 차츰 찾아볼게."

하며 채옥의 앞으로 내민다. 채옥은 괴롭게 웃고

"이렇게 걱정을 해 주셔서."

하고 가만히 한숨을 삼켰다.

"채옥 씨 이리 와요."

송희의 말소리가 응접실에서 들리고 약간 창백해진 송희의 얼굴이

응접실 문 밖으로 빼꼼히 내다본다.

채옥은 송희와 마주 보고 앉았다. 짙은 어둠이 창마다 스며들고 대청에도 환하게 불이 켜졌으나 두 젊은 여자는 의논이나 한 것처럼 불도 켜지 않고 우두커니 앉아 있는 것이다. 우울하고 피로한 채옥이나 절망에 가까운 슬픔과 분노를 안고 있는 송희 가슴이나 …… 그들은 꼭 같이 불행하였다. 꼭 같이 괴로웠다. 한 사나이 때문에 두 여자가 고민하고 있는 것을 그들은 잘 아는 것이다.

"황 씨는 어째 안 왔을까요?"

"글쎄 중간에 무슨 급한 볼 일이 생겼다나 봐요."

송희는 호르르 한숨을 내뿜었다.

아무렇지도 않은 듯이 이렇게 말을 하고

"참 채희 씨는 황영빈 씨와 언제부터 아셨던가요?"

하고 발딱 일어서서 벽에 붙은 스위치를 눌렀다.

채희는 눈이 부신지 까만 두 눈을 서먹거리면서

"네 전부터 잘 압니다."

하고 송희를 빤히 바라보고

"선생님은 그 황 씨와 약혼하셨어요?"

하고 테이블 위에 놓여 있는 부채를 집어든다.

"약혼 흥 약혼."

송희는 쓸쓸하게 웃고

"황 씨와는 어떻게 알게 됐을까? 채희 씨 우리 오늘 저녁은 황영빈 씨 흉이나 보고 놀아요 호호호."

송희는 소리를 내어 웃고

"황 씨는 얼굴은 잘 생겼는데 어째 야무진 곳이 없는 사람 같지 않우."

생긋이 웃으며 채옥의 대답을 기다려 본다.

"황 씨뿐인가요? 사나이들은 다 그런 걸요 뭐. 믿을 수 없어요. 더욱이 황 씨같이 아름다운 사람은."

채옥은 눈을 아래로 떨어뜨리면서

"저와 같은 과거를 가진 여인의 눈에는 사나이들이란 건 대수롭지 않게 보여요 …… 미친 것 같기도 하고 무정하다면 무정하고 체면도 없고 …… 아주 망나니야요 호호호."

"누가? 황영빈이가? 호호호."

송희도 따라 웃었다.

"아니야요. 황영빈만 말하는 건 아닙니다만 …… 결국."

채옥은 웃음을 딱 끊고 후루루 한숨을 내쉬더니

"선생님 약혼하셨습니까? 황 씨와."

하고 정색하고 묻는다.

"왜?"

송희는 약간 당황하여

"글쎄 ……."

하고 채옥의 시선을 지키면서

"왜 그건 자꾸 물어 ……."

하고 억지로 웃었다.

"여쭈어 드릴 일이 있어서 그래요 …… 참 선생님같이 이렇게 어여쁘고 훌륭하신 이가 그 황 씨와 약혼하신다는 것은 …… 뭐라고 할까 개 모가지에 황금 사슬이야요 ……."

채옥은 마른 침을 삼키고

"선생님 이런 말씀을 드리는 것은 저로서는 무척 주제넘은 일입니다만 …… 그러나 번연히 제가 알고서 어째 말씀을 아니 하겠어요 ……."

"……."

송희는 차츰 손끝이 싸늘해지고 등어리에 오싹 한기가 지나가는 것을 느끼면서 채옥의 다음 말을 기다린다.

"그 사람을 아주 단단히 아신다면 그뿐입니다. 선생님이 번연히 아시고 약혼을 하시고 결혼을 하신다면 그건 선생님의 자유이지요. 그러나 조금이라도 모르시는 점이 있고 그리고 혼인을 하시는 것은 퍽 위험한 일 같아요."

채옥은 차츰차츰 자기 말에 용기를 느끼면서

"선생님이 그 황 씨에게 대해서 조사도 해 보시고 오래 교제하시는 동안 이것저것 다 알고 계시겠지만 아마 한 가지 저에게 대한 일은 모르시는 것 같아요."

채옥은 어쩌자고 이런 말을 끄집어 내나 하고 자신을 꾸짖으면서도 이왕 벌린 춤이라 그는 굴러 나오는 말의 궤도에서 피할 여유는 없었다.

"제가 오늘까지 고생하면서 찾고 찾는 사람이 누군지 아십니까? 황영빈 그 사람이야요."

"황영빈! 황영빈."

하고 송희는 입으로 받아 외웠다. 그리고

"호호호."

하고 웃었다. 그것은 웃음은 아니었다. 공포와 절망을 지나친 황량하고 공허한 폐관에서 나오는 한 개의 진동이다.

"생각하면 우습기도 하죠."

채옥은 송희의 웃음을 따라 괴롭게 웃으며

"저 같은 것이 황 씨를 찾는다고 무슨 결혼을 하자는 것도 아니구요 단지 이 뱃속에 있는 생명만을……."

채옥은 여기까지 말을 하다 뚝 그쳤다.

앞에 앉은 송희의 얼굴이 죽은 사람의 그것과 조금도 다름없이 푸르고 흰 채 점점 수그려지고 있지 않느냐.

"선생님 선생님 정신 차리십시오."

채옥은 송희의 어깨를 잡아 흔들었다.

"선생님!"

흔드는 대로 고개만 흔들흔들 할 뿐 얼음같이 찬 두 손은 아무런 힘도 느껴지지 않는다. 맥도 뛰지 않고…… 채옥은 얼른 대청으로 뛰어나왔으나 거기는 아무도 없었다. 송희 어머니는 목욕실에 들어갔기 때문이다.

"어머나 이를 어쩌나!"

채옥은 포도주 병이 대청 한 옆에 놓인 것이 눈에 띄자 그는 곧 병째로 들고 뛰어가 송희의 입에 대었다.

"주르르 주르르."

들이붓는 대로 송희의 입에 들어간 것보다 쏟아진 것이 더 많은 상 싶다.

채옥은 송희의 옷매무새를 늦추고 그리고 옆으로 살그머니 안고 포도주 병을 또 다시 송희의 입에 대었다.

유곽에서 흔히 뇌빈혈을 일으키는 여자들에게 포주가 하던 일이 생각이 난 때문이다.

한참 만에 송희는 눈을 떴다. 얼굴도 차츰 혈색이 돌고…….

"선생님 정신 차리세요."

"왜 내가 이렇게 힘이 없을까? 채희 씨 날 내방으로 좀 데려다 주시오."

송희는 채옥이 펴주는 요 위에 눕자마자 그의 눈에서는 눈물이 베개 위로 쏟아지기 시작한다.

"왜 우세요? 마음에 맞지 않는 세상이지만 어떻게 해요?"

채옥은 송희의 눈에서 흘러내리는 눈물을 타월로 씻어 주면서 속으로 후회와 자책을 느끼었다.

'내가 입을 놀린 까닭에 …… 나만 가만히 있었더라면 …….'

이렇게 속으로 생각하고

"선생님 용서해 주세요 네? 선생님 제가 경솔했습니다."

하고 채옥은 송희에게 진심으로 사과를 하는 것이다.

"온 천만에 채희 씨 고맙습니다. 난 이제 정말 황영빈이라는 사람을 알았다우 하지만 ……."

송희는 흐느끼며

"너무 늦었어 ……."

이튿날 아침 송희는 다른 때보다 일찍이 일어났다.

"내가 이렇게 넋이 빠지다니 …… 내가 …… 이 내가 ……."

송희는 뜰로 내려와서 하늘을 쳐다보았다.

아직 햇살이 퍼지지 않은 동편 하늘은 연남색으로 푸른데 멀리 하늘 저편으로 흰 새떼 같은 구름이 가늘게 떠있다.

'하늘은 푸르건만 아아.'

송희는 쓰디쓴 입맛을 다시고

'어제의 하늘은 아니구나!'

발그스름한 손바닥을 들여다보고 그리고 뒤곁 식모 방으로 갔다. 채옥은 쌔근쌔근 아직 잠이 깊다. 어제 하루 종일 바쁘게 일을 한 까닭도 있지만 또 그리고 임부로써의 피로도 있겠지만 사실 채옥은 밤늦도록 잠을 들지 못하였던 것이다.

천하에 자기만이 가장 답답하고 불쌍한 신세로만 생각하였던 것은 인간의 껍데기만 보는 동안이었다.

고래등 같은 큰집 속에 굽힐 데 다칠 데 없이 자라고 있는 백송희가 울고 있지 않느냐. 곱게 자란 화초에 거친 바람은 더욱 잔인하게 상처를 입히는 것이다.

채옥은 자신이 저질러 놓은 이 불운을 어떻게 하면 송희에게서 돌이키게 할 수 없을까 생각하여 보았다.

'싹도 없이 자신이 사라져 버린다면? 정 여사나 백송희 씨의 주위에서.'

채옥은 고개를 흔들었다. 정 여사를 배반할 수는 없다. 죽어도 정 여사의 기대를 저버릴 수는 없다.

'날만 새면 정 선생님에게로 가자. 가서 의논하자.'

이렇게 자신에게 타이르고 그는 무거운 눈까풀을 지그시 감은 때는 새벽이 가까이 올 무렵이었다.

"아직 자나요 …… 채희 씨!"

하고 송희가 부르는데도 채옥은 잠을 깨지 못하였다.

"채희 씨!"

송희는 약간 큰 소리로

"채희 씨 날이 다 밝았어요 자 일어나요."

송희는 채옥의 어깨를 잡아 흔들었다.

"우리 오늘 황영빈을 만납시다 채희 씨!"

채옥은 자리에서 일어났다. 일어나면서 흘깃 송희의 눈을 보았다. 송희의 눈에는 무서운 살기가 떠돌고 있다.

"황영빈을 만나서 내 채희 씰 맡길 테야. 아주 참따랗게 …… 두고 보아요 채옥 씨."

"글쎄 그렇게 될까요?"

"되고 말고 두고 보아요."

채옥은 송희와 함께 뜰로 나왔다.

아침을 마친 두 여자는 가로수의 그늘을 골라 페이브먼트를 또박또박 걸었다.

구름 한 점 없이 개인 날씨는 오늘도 무척 더울 모양이다.

공창 폐지 연맹 사무실에는 아직 정민혜 여사는 나오지 않았다.

낯선 젊은 여자가 책상에서 무슨 책인지 읽다가 자리를 권한다.

"채희 씬 여기서 기다려요. 내 나가서 그이가 어디 있는지 우선 알아보고 올게. 내가 늦어지거든 이걸로 점심 먹어요."

송희는 백 원짜리 몇 장을 꺼내 채옥의 손바닥에 놓아주고 밖으로 나왔다.

황영빈의 하숙에는 여전히 책상 위에 먼지가 뽀얗게 앉은 것이 영빈은 간밤에도 들어오지 않은 모양이다.

덥기도 하고 다리도 아프고 송희는 영빈의 방으로 들어가서 책상의 서늘한 촉감에 상기한 뺨을 시켜본다.

가슴이 두근거린다거나 발걸음 소리에 귀를 기울인다거나 그러한 가느다란 감정은 다 어제까지의 일이었다.

식을 대로 식은 송희의 정열은 차츰 굳어지기 시작하는 것이다.

굳어서 굳어서 돌이라도 되어 황영빈의 가슴을 냅다 질러 줄 수도 있을 것같이.

송희는 잠깐 동안 멍하고 바람벽을 지키고 앉았노라니 밖에서 발소리가 난다.

"황 황 군 있나?"

하는 소리와 함께 확 문을 열어젖히는 사람이 있다.

문이 열리는 순간 노란 단추 다섯 개가 눈에 비친다.

"앗 실례했습니다."

청년은 P였다. 전에도 가끔 만난 일이 있는 P는 송희에게 반갑게 인사를 건네고 그리고 황의 거취를 묻는다.

"글쎄요 저도 이제 막 들어왔습니다."

송희는 반사적으로 자리를 고쳐 앉으며

"무슨 급한 일이 계세요?"

하고 P의 당황한 얼굴빛을 살핀다.

"네! 좀 급한 일이 있는데! 츳츳."

P는 신을 벗고 방으로 들어오며

"가택수색이 될 듯싶은데요."

하고 영빈의 서랍을 뒤지기 시작한다.

이부자리며 이부자리를 떠받고 있는 버들상자를 열어보고 고개를 기울이더니 신을 벗고 밖으로 나간다.

바로 문지방 아래에 있는 아궁이를 꾸부리고 들여다보고 그리고 손을 쑥 넣어 휘휘 내젓는다.

P는 송희를 흘깃 보더니 눈을 지그시 감는다.

"송희 씨! 미안합니다만."

하고 무언지 자그마한 뭉텅이를 들고

"그렇습니다. 송희 씨가 이걸 가지고 여길 나가 주십시오. 그것이 제일 안전합니다."

"무어야요?"

"권총이야요. 지금 곧 형사대가 올 것입니다."

P는 나지막이 속삭이고 종이에 싼 것을 송희에게 준다.

'권총?'

송희는 입속으로 외어보고 P가 내미는 꾸러미를 바라보았다.

"네 속히 비키세요. 저기 곧 옵니다. 동무들이 간밤에 검속을 당하였는데 경찰서에서는 벌써 연루자의 성명을 거의 다 알게 되었답니다 근데."

P는 여전히 나지막한 목소리로

"아침에 A동무의 편지를 받았는데 무기를 전부 감추어 달라하고 그리고 무기 가진 동무들은 되도록 잘 피하라는데 …… 황은 어디 갔나요?"

P는 눈도 깜짝 하지 않고 권총을 내려다보고 앉았는 송희의 태도가 마음에 들지 않았으나 이런 경우에 성도 낼 수 없어

"자 황 군을 살리는 것으로 이것을 가지고 이곳을 나가 주십시오. 저기 골목에 방금 발소리가 들리는 것 같습니다그려."

P는 송희의 손에 억지로 피스톨이 싸인 종이 뭉치를 쥐어주었다.

"그럼 나는 갑니다. 나도 근신을 해야 될 테니까요."

P가 대문으로 사라진 얼마 후까지도 송희는 치마 위에 놓인 꾸러미에 손을 대지 아니 하였다.

멍하니 앉아 있는 송희의 머릿속에는 이 무서운 물건이 너무도 속히 찾아온 것에 놀라움과 반가움과 그리고 가슴을 쪼개는 듯한 슬픔이 수레바퀴처럼 쉬지 않고 돌아가는 것이다.

'이것으로? 이것을 가지고.'

송희는 사방을 휘휘 돌아보았다. 아무도 없다. 벽 위에 시계가 짤각 짤각 시간을 쪼을 뿐 실내는 죽음같이 고요하다.

'여기서는 안 돼.'

송희는 종이 꾸러미를 움켜쥐었다. 그리고 검정 우단으로 만들어진 핸드백을 열었다. 향수 냄새가 풍기는 손수건을 꺼내자 그는 그 핸드백의 흰 손수건에 종이 꾸러미를 쌌다.

'짤깍.'

핸드백을 다시 닫자 송희는 일어났다.

부들부들 두 다리가 떨리는 것을 의식하면서 그는 뜰로 내려 신을 신었다.

송희는 핸드백을 귀여운 아기같이 안고 조심조심 자동차에 올라탔다.

"어디로 가십니까?"

하고 운전수가 물을 때까지 송희는 갈 곳을 지향하지 못한다.

"한강 철교."

하고 소매 속에서 손수건을 꺼내 이마의 땀을 눌렀다.

차가 움직이고 속력을 내어 달리는 대로 송희의 머릿속에 생각의 갈피들도 바쁘게 돌아간다.

황영빈이가 자기를 차츰 피하게 된 지가 그럭저럭 한 이십여 일이 되었구나. 삐라를 돌리다 길에서 만나 그 여자! 그 여자와 함께 황영빈의 자동차에 올라탔던 것이 바로 그저께였다. 약혼을 선언하자는 약속을 깨친 것은 어제 일이고 송희는 호르르 한숨을 뿜고

'어제 저녁에 채희가 황영빈의 아이를 임신한 것을 알았다…… 그런데?'

송희의 파래진 얼굴에 얄궂은 웃음이 한 찰나로 지나갔다.

'오늘은 이런 것을 내 손에 쥐어주는 사람이 있었다 호호호.'

커다란 운명의 바퀴가 천천히 그러나 아주 정확하게 송희의 눈앞으로 차츰차츰 가까이 굴러 오는 것을 느끼자 등골에서 오싹 소름이 지나간다.

한참 동안 송희는 멍하니 앉아 있다.

머릿속은 텅 비어 아무런 생각도 의식도 없는 채 그는 차체의 동요만을 의식할 뿐이다. 갑자기

"왜?"

하는 제법 커다란 소리가 송희의 입에서 굴러 나왔다.

'어머니가 나를 잃어버리고 살아갈 수가 있을까?'

송희는 고개를 좌우로 흔들었다. 송곳니에서 빠드득 소리가 났다.

'단연코 죽지 않으리라 단연코.'

송희의 입에서 이런 말이 외쳐지는 그 일 분 동안 송희의 마음의 방향은 급각도로 변하여지고 말았다.

어머니의 존재는 주검보다 강한 것이었다. 절망도 고통도 어머니의 얼굴 앞에는 마치 태양 앞에 물러가는 어둠 그것이다.

'하마터면 큰일 날 뻔했지.'

송희는 자신을 위하여 아니 어머니를 위하여 축하라도 하여야 될 마음의 광명을 인식하면서 창 밖으로 눈을 돌렸다.

송희는 물론 황영빈에게 버림을 받은 슬픔을 처분할 길이 없어 스스로 생명을 끊어 버리려는 것은 아니었다. 단지 너무도 자기 자신이 엉뚱하게 큰 실패를 저질러 논 분노와 자기 증오의 감정에서 해방되고 싶은 생각에서였다.

'모든 것은 끝났다.'

송희는 한결 가뿐해진 마음으로 옷깃을 여밀 수 있었다. 멀리 한강 철교가 나타나고 차창 바깥을 바라보는 시야에 비치는 경물의 하나 하나는 살기 위하여 벌어진 싸움터와 같다.

"도로 시내로 들어가야겠어요."

송희는 운전수에게 한마디 하고 지그시 눈을 감았다.

'내 운명의 바퀴도 돌리 때가 왔다.'

요란한 엔진 소리와 함께 차체가 몹시 흔들릴 때

'마땅히 나도 이렇게 돌아서야 되겠다.'

하고 송희는 입속으로 중얼거렸다.

공창 폐지 연맹 사무실에는 채옥이가 고스란히 앉아서 기다리고 있다.

그 사이가 한 시간 반 시계는 열두 시에서 이십 분이 조금 지났다.

주영매도 나와 있는데 정 여사는 오늘 몸이 괴로워서 못 나왔다는 기별이다.

"송희 씨 이분과 인사하세요."

하고 영매가 그 환한 얼굴에 미소를 띠우고

"탄실이 인사 드려요."

하고 두 사람을 서로 소개한다.

조금 전에 책상 앞에 앉았던 낯선 그 처녀가 동그란 이마에 덮인 머리

칼을 한 손으로 쓸면서

"전 손탄실이야요. 앞으로 많이 지도하여 주세요."

"네 제 이름은 백송희라고 합니다. 보잘 것 없는 사람입니다만 서로 도와가며 살 수도 있지요."

송희는 그 잘 골라선 이빨을 내놓고 깔깔 대고 웃는 것이 이 자리에 그리 어울리지 않을 만큼 웬일인지 송희는 기쁜 듯이 웃어댄다.

"자 그러면 채옥 씨 우린 돌아갑시다."

하고 채옥을 돌아보았다.

"정 선생님께서 편치 않으시다니 전 그리로 가보겠습니다."

하고

"주영매 선생님이 지금 그리 가신다니까 같이 가보겠어요."

한다.

"그럼 난 집으로 갈까봐 …… 그런데 황 씨는 내일 다시 찾기로 합시다."

송희는 문득 자기가 아침을 겨우 한 술밖에 먹지 않고 나온 것이 생각이 나고 어머니가 얼마나 근심하고 계실까 하고 생각하니 가슴에서 뜨거운 것이 뭉클하고 치미는 것을 느낀다.

'개 같은 한 인간을 위하여 내 어머니를 괴롭혀 왔어.'

송희는 어금니에서 빠드득 소리가 날만치 이를 다물고 밖으로 나왔다.

벌써 오정이 가까워 거리는 한창 뜨겁다.

송희는 아무 것도 타지 않았다. 조급한 마음 같아서는 자동차를 타야겠는데 생각하면서도 웬일인지 그는 걸었다. 화끈화끈 내려 쬐는 햇살이 정수리, 뺨, 목덜미를 질근질근 씹는 듯이 괴로웠으나 송희는 그 괴로운 감각을 짐짓 지그시 참으면서 길을 걷는다.

집에는 손성묵 씨가 와서 대청에서 어머니와 이야기하고 있다.

"아저씨 오셨어요?"

빨갛게 타는 얼굴에 땀이 마치 구슬처럼 흘러 떨어지고 있는 송희는 손성묵 씨에게 이렇게 인사를 하고 구두를 벗고 대청을 올라선다.

"얘야 너 덥겠구나. 시장 하지 않니?"

어머니는 타월을 내다 딸의 이마며 목덜미를 씻어주고 한 손으로 부채질을 하며 딸의 등어리에 바람을 보내준다.

"이리로 와서 앉어."

어머니는 송희를 뒷문 옆에 앉히고 선풍기를 딸의 정면으로 갖다 놓는다.

"아무 것도 안 먹었지?"

송희의 움푹 들어간 눈시울을 볼 때 어머니는 이렇게 한마디 하고 찬간으로 내려가서 밥상을 들고 온다.

"어머니 관두세요. 제가 갖다 먹으려니까 ……."

송희는 두 손으로 상을 받아들었으나 그의 눈에는 안개가 끼인 듯 눈물이 동공을 싼다.

"영빈은 왜 어저께 아니 왔다더냐. 몸이 불편한 게 아니냐?"

"어머니!"

송희가 가만히 어머니를 불러 놓고

"아저씨 저 밥 먹겠습니다."

하고 수저를 든다.

목적하고 온 이야기가 다 끝이 났던지 손성묵 씨는 돌아가고 송희도 밥을 두어 술 뜨고 밥상에서 물러 나왔다.

"어머니!"

송희는 어머니를 부를 때마다 늘 하는 대로 빙그레 웃으며 어린 아이같이 고개를 갸우듬하고

"어머니 전 오늘 어머니께 사죄를 드려야 해요 호호호."

하고 웃고 호 하고 한숨을 쉰다.

어머니는 송희의 오늘따라 좀 달라진 표정이 적이 불안을 느끼며

"사죄가 무슨 사죄냐? 부모 자식 간에 ……."

"아냐요. 어머니 황영빈이 말야요 그 자식이 부랑자야요. 그걸 모르고 제가 경솔했어요."

송희는 목소리를 낮추어

"어제 왔던 채희가 말아요 황영빈의 아이를 배었어요. 채희라는 여자는 저 ……."

유곽에 있던 여인이라고 말을 하려다가 마치 자기가 목표하고 꿈을 보는 사업에 대하여 비밀을 누설하는 것 같기도 하고 또 한 가지 그런 여자를 동무와 같이 끌고 다니는 것을 어머니가 섭섭하게 생각하실 것도 같고 해서

"아주 불쌍한 여자에요 …… 어머니도 없고 아버지도 없고 …… 저도 아버진 안 계시지만 …… 그래도 어머니가 계시니까 전 행복이지만 ……."

"그건 어디서 들었니?"

어머니는 약간 파래진 입술에 억지로 미소를 띠우고

"그래 네 맘은 어떠냐? 황영빈과 파혼할 의향이냐?"

"물론이죠. 그까짓 개자식."

씻어 뱉듯이 송희는 이렇게 말을 마치고 발딱 일어서서 제방으로 들

어간다.

"야! 송희야 이리온."

어머니는 딸이 약간 고개를 떨어뜨리고 나오는 것을 볼 때 칼로 가슴을 찢는 것 같은 아픔을 느끼면서

"애야 너 황영빈과 채희라는 여자의 일을 자세히 알고 하는 말이겠지?"

"물론 잘 압니다. 채희의 입으로 들었어요."

어머니는 잠자코 마룻바닥을 굽어 보다가

"채희가 아이를 배었다는 것은 큰일은 아니다. 아이는 나서 유모를 주면 그만 아니냐 …… 문제는 황영빈이가 너를 사랑하느냐 채희라는 여자를 사랑하느냐에 달렸다."

기생으로 명기로 젊은 시절에 사나이들의 사랑과 돈과 지위와 그런 것들을 얻던 그 수법을 오늘 자기의 딸을 위하여 쓰게 되는 송희의 어머니는 쓸쓸하였다.

'딸만은 내 딸만은 송희만은.'

하고 염불하듯이 높이고 아끼고 위하던 송희의 운명에도 야릇한 검은 구름이 떠돌기 시작하는 것을 볼 때 송희 어머니는 괴롭지 않을 수 없었다.

"송희야 황영빈이가 채희를 아주 잊어버리고 말야 너만 생각하고 결혼한다면 말야 괜찮겠니 …… 그렇다면 말이다 채희라는 여자의 문제는 내게 맡겨다오. 내가 알아서 처리할 테니."

"어머니."

송희는 제법 커다랗게 어머니를 불러놓고

"채희와 앞으로 어떻게 되던지 그것이 문제가 아닙니다. 근본적으로 황영빈이가 싫어졌어요 …… 보잘 것 없는 부랑 청년에게 저는 단지 불

쾌밖에 아무 것도 느끼지 않고."

"그런 사내를 왜 알지도 못하고 약혼을 했니?"

"그러니까 제가 이렇게 어머님께 사죄를 하는 게 아냐요? 어머니 …… 잘못했습니다."

송희는 파르르 떨리는 입술을 깨물고 억지로 웃음을 띠우고

"어머니 다시는 그런 경솔한 짓을 아니할 테야요 어머니 ……."

송희의 어깨가 두어 번 덜석거리고 그리고 제법 커다랗게 소리가 터져 나왔다.

"애야 송희야 울지 마라! 커다란 게 이게 무슨 짓이냐?"

딸이 등어리를 어루만지는 어머니의 눈에서도 굵은 눈물이 방울지어 굴러 내렸다.

"애야 실패는 성공의 근본이라는 말이 있지 않니? 낙심마라 …… 앞으로 주의만 하면 관계없다 응. 그까짓 황영빈쯤이야 내가 있는데 누가 너를 건드릴 놈이 있어?"

송희는 잠자코 고개를 끄덕였다.

칠 개월 동안 황영빈과 쌓아 논 사랑의 제단은 이렇게 참따랗게 무너지고 말았다. 그러나 운명은 송희를 영원히 해방하지 않을 줄을 이 슬픈 모녀는 알 길이 없는 것이다.

이튿날도 구름 한 점 없이 맑게 개인 날이다.

이글이글 내리 쪼이는 햇살은 용광로 그것같이 지상의 일절이 타고 녹는 듯이 뜨겁다.

주영매는 오늘 하루 일을 마치고 홍건히 흘러내리는 땀을 등어리에 감각하면서 솜같이 피로해진 다리를 끌고 현관문으로 들어섰다. 현관

이조 다다미에 걸터앉은 한 개의 얼굴과 마주쳤다. 전에 왔던 그 남자이다.

"김황용 씨! 오셨습니까?"

영매는 고개를 까닥해 보이고 신을 벗고 들어간다.

"마침 잘 오셨습니다."

김황용은 안으로 들어가는 영매의 뒤통수에다 대 놓고 이 말 한 마디를 하고 열없게 씩 웃는다.

"애야 영매야?"

어머니가 바늘에 실을 꿰면서

"벌써 한 시간이나 됐다. 저녁이 아주 호통을 하고 이층에 네 오빠가 아주 속이 상해서 못 견디지 않니?"

"오빠가 들었어요?"

영매는 보에 쌓인 능금을 꺼내어 찬물에 씻으려고 수도로 내려간다.

"어떻게 하시렵니까?"

현관에서 김황용의 목소리가 커다랗게 들린다.

"잠깐만 기다리세요."

영매는 물방울이 동글동글 달려 있는 능금을 사기 쟁반에 받쳐 들고 이층으로 올라간다.

오빠의 양 뺨이 맨드라미같이 홍조가 되어 있는 것을 보아 열이 오른 것만은 확실하다.

"오빠?"

긴 속눈썹을 서먹거리면서 천장을 쏘아보고 누워 있는 오빠의 곁으로 가서 영매는 교의에 걸터앉았다.

"오빠 걱정하실 것 없어요. 오늘도 회사에서 말들이 났는데 적산은 살고 있는 사람이 버티고만 있으면 어쩌지 못 한데요. 엠피도 할 수 없데요."

"……."

영매는 능금을 깎아서 한 쪽을 쪼개어 오빠의 손에 쥐어 주고

"내 잠깐 내려갔다 올게요."

하고 아래로 내려왔다.

"내가 온 지가 몇 시간이나 되는 줄 아십니까. 오늘은 꼭 결말을 짓도록 해야 합니다."

하고 김황용은 쭈르륵 부채를 펴서 훨훨 코배기를 부치며 이쪽으로 나오는 영매를 바라본다.

"결말이라니요? 어떻게 지우잔 말입니까."

영매는 한 옆에 도사리고 앉으며

"우리가 살고 있는 집을 타인이 어떡할 작정입니까? 이 집만 하더라도 우리는 살고 있던 가등(加藤)이란 일인(日人)한테 직접 받은 거야요. 우리가 있는 집이니까 우리 집이야요 …… 도무지 타인에게 양보할 맘도 없구요 또 형편도 못 됩니다. 그러니까 ……."

영매가 여기까지 말을 할 때

"그러니까 그냥 돌아가란 말씀이죠?"

하고 김황용은 싱글벙글 웃는다.

김황용의 머리! 양편 귀 밑을 길게 길러 뒤로 넘겨 빗은 머리에는 방금 뚝뚝 흘러내릴 듯이 기름이 발라져 있고 번질번질 윤이 나는 검붉은 이마에는 관자놀이에 지렁이 같은 혈관이 퍼렇게 내돋치고 있다.

일본 나막신짝같이 넓적하게 생긴 얼굴은 꼭 눌러 놓은 것같이 콧등성이가 낮은데다가 콧구멍만 멋없이 큰 것이 이 사람 얼굴의 특색이라면 특색이다.

양편 가슴으로 길고 넓게 갈라 붙인 양복 깃고대 거의 배꼽 근처에 가서 단추가 두 줄로 두 개씩 달려 있는 것이 '료마에'라는 양복인 상 싶은데 주영매의 눈에 이런 양복을 이런 청년이 입고 있는 것을 볼 때처럼 진저리나는 때는 없다.

푸른 저고리 아래 누른 미국 군대 바지를 입은 것은 어찌되었든 신고 있는 구두 검은빛 구두는 기름에서 건져낸 듯이 흠뻑 구두약을 뒤집어쓰고 있다.

'매스꺼운 몰골이다.'

영매는 일각이라도 속히 몰아 내지 않으면 안 될 이 김황용이가 천천히 구두를 벗고 현관 다다미에 평발을 치고 올라앉는 것을 보자 영매의 골피는 찌푸릴 대로 찌푸려졌다.

"돌아가 주십시오. 병자도 있고 해서 긴말 할 시간은 없습니다."

하고 영매가 일어설 기미를 보인다.

"흐흐흐 그럼 집을 내놓으실 형편이 꼭 못 되신다면 이만 원만. 그렇습니다, 이만 원만 주십시오 권리금으로."

하고 황용은 손을 내민다. 고릴라의 손같이 긴 손이다.

"왜 돈을 내요 돈도 없지만 있어도 드릴 순 없어요 …… 돌아가 주십시오."

영매는 발딱 일어서자 뺑 돌아서서 안으로 들어가 버렸다.

웃음이 사라진 김황용의 얼굴은 사나운 짐승같이 험상궂은 표정으로 변하여졌다.

현관 바닥에다 탁 하고 가래침을 뱉더니

"그럼 엠피와 같이 오죠. 그땐 구구한 사정은 말아야 합니다."

드르릉 문을 여는 소리와 함께 김황용의 큰 키는 길 밖으로 사라졌다.

사조 반 다다미방에 묵고 있는 탄실의 모녀는 적은 냄비를 걸고 따로 밥도 끓이고 죽도 끓이고 그러나 끼니만은 곧잘 이어간다.

탄실이가 영매의 회사에 근무하게 되고 거기서 나오는 살라리는 두 모녀의 먹을 쌀과 나무를 사는데 전적으로 도움이 되는 것이다.

탄실은 영매와 같은 회사에서 일을 마치면 영매와 같이 공창 폐지 연맹 사무실로 가고 그리고 거기서 두 처녀는 나란히 집으로 돌아오고 …….

두 처녀는 꼭 같이 젊고 꼭 같이 건강하다. 그러나 다 같이 근심이 있다. 영매는 오빠의 병, 탄실은 아버지의 행방이다.

괴로운 인생을 체험하는 두 처녀는 오늘도 서로 위로하고 서로 동정하면서 타박타박 황금정 넓은 길을 걷는다.

제법 시장하고 지치고 목마른 오후 네 시면 아직도 해가 지려면 네 시간이나 있어야 할 것이다.

그들은 전과 같이 연맹 사무실로 들어서자 정 여사와 송희가 무엇인지 열심히 이야기들을 하고 있다가 반갑게 맞아준다.

"영매 오늘은 두 가지 보고가 있는데 자 앉아서 들어 봐요."
하고 정 여사가 자리를 권한다. 요새 새로 사온 교의가 두 개 더 있는 덕분에 탄실과 영매는 나란히 앉았다.

"보고의 한 가지는 오늘 시장 K씨를 만났는데 …… 극장을 빌리는 일은 우선 단념하기로. 이유는 시공관을 빌리는 권한이 시장에게 없다는 것 둘째는 백만 원 기부를 약속해 주신 손성묵 씨께서 우리 연맹에서 감사의 뜻을 표하는 적은 모둠이 있을 것.”

정 여사가 말을 채 마치기 전에

“시장은 밤낮 단념이니 안 되느니 그런 소리밖에는 대답이 없는 모양이죠. 일부러 그럴까요? 자기의 힘으로는 안 된다는 말입니까?”

영매는 얼굴이 약간 상기가 되어서

“그분은 마치 우리들이 값싼 기분에 날뛰는 장난이나 하고 있는 줄로 아는가봐.”

“그런 것도 아니야.”

정 여사는 영매를 돌아보고

“씨도 우리 운동을 아주 반대 한다거나 싫어하는 것은 아니야. 하지만 공창을 폐지하고 거기서 나오는 인간들을 구제한다는 것은 한 가지 꿈이라는 거야요. 그 여자들은 당신들의 구제를 바라지도 않고 또 설사 구제를 한다고 당신들의 그 플랜대로 희망원인가 하는 기관이 생긴다 합시다 그네들이 참따랗게 와서 배겨날 상 싶소? 그들이 어떤 여인들인 것을 알기나 하고들 있소? …… 그것이 시장의 태도야 …….”

정 여사는 얼굴빛을 엄숙히 하고

“그러니까 우리는 우리의 꿈 아니 우리의 이념이 관철되기까지 꾸준히 싸워야만 해요. 싸워서 싸워서 이기는 날이 올 때까지 …….”

정민혜 여사의 자그마한 주먹이 힘 있게 쥐어진 채

“다행으로 우리에게 백만 원의 기부금을 내놓는 동지가 나타난 이상 우리는 마땅히 그분에게 감사의 뜻을 표해야 할 거야. 손성묵 씨께 감사하는 회를 가지자는 의논이야 …….”

하고 송희를 바라본다.

"누가 이때껏 우리 일을 위해 백만 원은커녕 단돈 만 원 내는 사람이 있었나? 손성묵 씨는 그런 의미에서 생각하면 가장 우리들의 존경할 수 있는 동지라고 볼 수 있지 않아?"

"손성묵 씨? 손 씨 ……."

탄실은 영매를 건너다보고 빙그레 웃는다.

"손 씨라면 반갑지?"

영매도 마주 바라보고 웃었다.

'손성묵 씨라는 이에게 물어보면 혹시 우리 아버질 알 수 있을지?'

탄실은 맘속으로 이런 생각을 하자 바지작바지작 타는 듯 아버지가 그립다.

아버지와 어머니와 같이 둘러앉아 밥상을 받는 환상을 그릴 때다.

"내 지금 손성묵 씨 사무실에 가는데 같이 갈 사람 누구야?"

하고 송희가 여럿을 돌아본다.

"가볼까?"

탄실이가 영매를 꾹 찔렀다.

"손 씨라면 다 너의 아버질 안다더냐."

하고 영매가 웃는 것을 보고

"그래도."

하고 탄실이도 열없게 웃고 열어 놓은 유리창으로 가서 기댄다.

바람이 살랑살랑 불어오는 창 기슭에는 지나가는 두터운 구름이 제법 햇살을 가린다. 둥둥 떠가는 구름장을 바라보는 탄실의 눈에는 하얀 이슬이 맺혔다.

"아무도 갈 사람이 없으면 나 혼자 갈 테야."
하고 송희가 나갈 때다.
"영매 같이 가보우. 우리 연맹에서 마땅히 인사를 차려야 할게 아뇨? 나 대신 잠깐 갔다 와요."
하고 정 여사가 정중히 영매에게 이르자
"네! 그럼 갔다 오죠, 탄실이."
영매는 탄실의 등 뒤로 가서 탄실의 어깨를 안았다.
"같이 가요 자!"
세 사람이 나간 뒤 정 여사는 각 연맹 가입 단체에다 소집장을 발송하려고 종이를 편다.
'팔월 이십일일 오전 열한 시 본 연맹 사무실에서 공창 폐지 연맹 중앙 위원회를 엽니다. 요건은 1. 백만 원 기부 받은 건에 대하여 2. 연맹 사무실 기부 승낙의 보고'
이러한 문구들을 쓰고 공창 폐지 연맹의 도장을 찍는다.
"선생님 제가 선생님께 말씀드릴 일이 하나 있어요."
채옥은 정 여사의 일이 거의 끝난 것을 보고 자기도 부채를 놓으며
"저 다름이 아냐요."
"응?"
정 여사는 소집장을 한 장씩 봉투에 넣던 손을 잠깐 멈추고 채옥을 돌아본다.
"저 다름이 아나요. 황영빈이란 청년 아시죠? 그 황영빈이가 ……."
"으응 알아 잘 알지."
정 여사는 열다섯 개나 되는 봉투들을 수북이 책상 한가운데 쌓아 놓고

"그래 황영빈이가?"

"저 백송희 씨와 약혼을 했다지요?"

정민혜 여사는 방그레 웃으며

"몰라 난 그것은 잘 모르지만 왜? …… 약혼할 수도 있는 것이지."

일전에 자기 집 마당에서 송희가 어떻게 당황스럽게 황영빈의 뒤를 쫓아가던 장면을 생각하고 정 여사는 고개를 끄덕였다.

"근데요 선생님 그 황영빈이가 아이 아버지야요 ……."

"그래?"

정 여사의 눈이 동그래졌다.

"선생님 전 버린 몸이야요. 하지만 뱃속에 것이 가여워요 ……."

채옥은 정 여사에게 이때까지 감추고 있던 한 개의 비밀을 완전히 쏟아놓았다.

"염려 말아요. 올바르게 길이 나서겠지. 마음 상하지 말고 좀 기다려요."

정 여사는 채옥을 이렇게 위로하면서도 그의 얼굴은 우울하여졌다.

부서지는 우상

송희와 영매를 따라 손성묵 씨라는 고마운 유지를 찾아가는 탄실의 맘은 약간 초조하여진다.

'그처럼 장한 뜻을 가진 이라 응당 사회에 출입이 넓은 것이요 따라서 아는 사람도 많을 것이다. 내 아버지 손빈 씨도 혹시 알 수 있을는지 몰라…….'

탄실은 신이 아닌지라 자기 부친 손빈 씨가 손성묵이라는 이름으로 개명한 것을 알 까닭은 없는 것이다.

순간 커다란 한숨이 바람처럼 탄실의 가슴속에서 치밀어 올라온다.

세 처녀가 나란히 걷는데도 탄실의 걸음이 매양 앞으로 앞으로 빨리 나가는 것은 무슨 까닭인고.

복잡한 본정 거리를 들어서면서 탄실의 가슴은 차츰 뛰기 시작한다.

이윽고 물산 회사 문 앞에 당도하자 탄실의 두 귓바퀴가 맨드라미같이 붉어지고 가슴은 산새같이 파득거리기 시작한다.

송희가 먼저 이층으로 올라가며

"거기들 잠깐만 섰어요. 나 먼저 올라가보고."

두 처녀는 아래층에 남았다. 토방대로 있는 아래층은 별로 물건 같은 것도 없고 정문과 마주 보이는 붉은 벽에는 절반 깨어진 유리창으로 뿌연 광선이 들어온다.

'기분 나쁜 집이야.'

어느 날 어머니와 함께 여기를 찾아오고 그리고 그 뾰로통한 여인에게 쌀쌀한 대답을 듣고 돌아갔던 집이 여기가 아니야?

탄실은 속으로 이렇게 생각하면서도 이층에서 이제 곧 들릴 송희의 목소리에 귀를 기울인다.

콩콩 발소리와 함께 송희가 다시 내려온다.

탄실은 층대에 올라 갈 차비를 하고 송희 앞으로 다가섰다.

"아냐요 잠깐만."

하고 탄실의 가슴을 막으며

"손님 오셨어요. 그래 내가 간단히 정민혜 선생님의 인사 말씀을 전하고 내려오는 길이야요."

송희는 구두를 신으며

"갑시다."

하고 앞으로 서서 나간다.

오늘은 꼭 무슨 기별을 반드시 좋은 소식을 얻어 들으려니 하고 기대하고 왔더니 만큼 탄실의 가슴은 허전하여 지는 것이다.

'아버지, 오 아버지.'

넓은 바다 속에서 진주알을 찾듯이 하염없는 자기 소망이 너무도 덧없는 것이 슬펐다.

올 때와는 딴판으로 탄실의 걸음은 느리고 힘없이 송희와 영매의 뒤를 따라 걷는다. 송희가 들어왔던 까닭에 잠깐 이야기가 끝났던 이층에는 지금 다시 화제가 계속된다.

"MP? MP 좋지 좋아. 대좌에게 한 번만 청하면 그만야."

손성묵은 마주 앉은 젊은 남자에게 이런 말을 하고 천천히 담배에 불을 붙인다.

"뭐 이층에 병자가 있고 아래층에도 두 세대가 산다고 뻔대니까요. 누가 가더라도 말썽은 들을 것 같아요. 젊은 계집애가 여간 똑똑하지 않아요."

김황용은 지금도 귓속에

"드릴 돈도 없고요 있어도 드릴 순 없어요."

하던 주영매의 말소리가 똑똑히 들리는 것이다.

"계집애라니?"

손성묵 씨의 얼굴의 긴장은 일시로 탁 풀어진다.

"그 집 딸인 모양인뎁쇼 아주 심장이야요."

김황용은 고개를 설레설레 흔들고 럭키스트라이크를 한 개 뽑아서 라이터를 눌러 불을 붙인다.

"아들이면 또 몰라도 딸쯤은 상관없어 허허허."

손성묵은 웬일인지 흩어져 나오는 웃음을 그대로 소리를 내어 웃는다.

"그래도 미국 사람은 사내들보다 여자들 말을 잘 들어요. 것도 젊고 어여쁜 계집의 말이라면 팥으로 메주를 쑨다 해도 듣는 수가 많아요 히히히."

"염려 없어. 어여쁜 계집애 말도 잘 듣지만 이것 말도 잘 들어."

하고 손 씨는 손가락으로 동그라미를 그려 보인다.

김황용은 손성묵 씨의 말이 진정 그렇다는 듯이 힘 있게 고개를 끄덕이고

“그럼 집 사건은 손 주사께서 맡으시기로 하시고…….”

하고 황용이 일어선다.

“그렇지만…… MP가 갈 동안 종종 들러보아야 할 걸. 공창 폐지 사무실로 일간 기증하도록 단단히 약속을 하였으니 위신상 하루도 지체할 수 없어.”

“네 네. 아무렴 그렇고 말굽쇼. 그건 그렇고 저 하얀 가루 좀 주십시오. 집에 오는 흑인 중에 그걸 부탁하는 자가 있어요.”

하고 김황용은 코카인을 청하는 것이다.

“흰 것은 지금 없는데 검정 걸로 가져가지?”

“그럼 아무 것이라도.”

손성묵은 철궤 문을 열고 생엿같이 생긴 아편을 호두 알만치 쥐어 가지고 유지에 돌돌 싸면서

“현금은 가졌지?”

“네. 얼마입니까?”

“이전대로만 내게.”

김황용의 손에서 묵직한 지전 뭉치를 받은 손성묵은 종이에 쌓인 아편을 황용의 손에 놓아준다.

김황용이가 돌아간 뒤에 손성묵은 안락의자에 앉아 커다랗게 기지개를 켜고 담배를 한 개 꺼낸다.

‘집이 말썽을 부린다면 정민혜라는 그 아름다운 여자에게는 정말 미안할거야 미안하고말고. 근데 …… 근데?’

손성묵은 뿌연 담배 연기가 퍼져 나가는 천장을 우두커니 바라보면서

‘과연 얌전하단 말야. 청초하단 말야. 선녀? 아니 천사? 정민혜를 위

하여 아낄 것이 무어냐? 돈? 물론 저 많은 돈의 절반! 확실히 절반을 주어도 좋다.'

송희 어머니 마담 비취와는 어릴 때 한 고장에서 자랐고 부모들이 앞뒷집에서 친하여 지냈고 이렇게 타향에 와서 우연히 만나게 되자 그들은 핏줄이나 이은 사이처럼 친하게 지내는 터이다.

서로의 심중을 이야기하고 동정하고 도와 가는 것은 친남매 간이나 다름없다. 이런 사람들의 친분이라는 것은 보통 사회에서 가지는 뜨뜻미지근한 그런 피상적 외교와는 근본으로 달라 말하자면 협기(俠氣)[13]라 할까 호기(豪氣)[14]라 할까 좌우간 만만치 않은 의리를 가지고들 사귀고 있는 것이다.

'송희 어머니가 가운데 들어서기만 하면 정민혜 하나쯤이야…….'

집 사건이 꺼림직 하지 않은 바는 아니나 저 많은 철궤 속에 돈이 모든 어려운 문제를 술술 봄날의 눈처럼 풀어줄 것을 생각하니 민혜라는 의젓한 신부가 방그레 웃고 금방 자기를 쳐다보는 것 같은 환영이 손 씨의 눈앞을 스쳐간다.

"흐흐흐 으흐흐."

목구멍으로 터져 나오는 웃음을 진정할 도리는 없다. 손성묵은 연방 벙글거리는 입을 헤 벌린 채 전화기를 들었다.

"거기가 동대문 집이오?"

하고 송희의 어머니를 부르는 것이다.

그 사이 정민혜 여사에게 의견을 들어 보았느냐고 캐고 물으려다가

13 호방하고 의협심이 강한 기상.
14 씩씩하고 호방한 기상.

안방으로 쓰는 다다미방에 지금 또 외출을 할 차비로 짙은 화장을 하고 나오는 젊은 여인과 눈이 마주치자 그는 슬그머니 전화를 끊고 엉거주춤 교의에 걸터앉았다.

'저 여자도 일간 돌려보내야지. 돈 만 원이나 주면 돌아서겠지.'

이러한 생각을 하고 있을 때다.

요 며칠 도무지 얼굴을 볼 수 없던 황영빈이가 창백해진 얼굴로 들여다본다.

손 씨에게 인사를 하자마자 약간 당황스럽게 전화기 앞으로 가더니 송희에게 전화를 건다.

"송희 씬 어디 갔습니까? 전 황영빈입니다."

전화기를 몇 번이나 들었다 놓았다 하였으나 저편에서는 아무런 기척이 없다.

"고장일까?"

영빈은 그 아름다운 조각같이 잘 조화된 이마를 찌푸려 가지고 또 다시 전화기를 들었다. 저편에서 전화를 받는 기척이 나자 반색을 해서

"전 황영빈입니다. 송희 씨 계서요?"

할 때 딸깍하고 전화는 끊어진다.

"츳."

영빈은 혀를 차고 여인처럼 어여쁜 입술을 깨물면서 교의에 앉았으나 그의 가슴 속은 적이 불안한 것이었다.

'권총을 송희가 가졌다는데 …… 그전 같으면 …….'

영빈의 소위 동무들이 몇 사람이 방금 검거를 당하여 문초를 받고 있고 자기에게 권총이 한 자루 돌아온 것을 아궁이에 감추어 두었는데 P

가 찾아서 송희에게 맡겼단 말을 오늘 아침 P에게서 들은 것이다.

그동안 영빈은 은숙이와 돌아다니느라고 요 몇 날 동안 방을 비어 두었던 까닭에 그 사이 형사대가 와서 가택수색을 하고 간 것도 전연 몰랐던 것이다.

두 번이나 걸려온 황영빈의 전화를 끊어버린 송희의 가슴은 아프고 쓰리고 그리고 어쩐지 가려운 곳에 손이 다은 듯한 가벼운 쾌감도 지나간다.

'그러나…….'

송희는 고개를 흔들었다.

'만나서 할 말은 해야지.'

수화기를 다시 집어든 송희의 입가에는 쓰디쓴 웃음이 흘러갔다.

"영빈 씨야요? 나 송희야요."

어디까지나 영빈의 귀에 익은 송희의 목소리가 들려온다.

"송희 씨."

영빈은 일 분 전에 초조와 불안이 지금 자기 음성 속에 남아 있어서는 아니 되는 것이다. 그는 되도록 점잖게 또 은근하게

"송희 씨 미안합니다. 모든 것은 만나서 말씀 드릴 테니 저 그 단풍 아래로 오세요."

"네 지금 곧 가리다."

"그럼 기다리지요."

영빈의 입가에는 자신이 넘치는 미소가 흘러간다.

'그러면 그렇지 내 전화 아니 내 목소리를 듣고 언제까지 버티고 있지는 못할 테지, 흥.'

영빈은 휘파람을 날리며 밖으로 나왔다.

돈과 사랑

황영빈이가 나간 지 오 분이나 되었을까 김황용이 들어서자마자

"손 선생님! 오늘도 그 집엘 갔다가 욕만 실컷 먹고 왔어요. 고 계집애가 여간이 아냐요. 무슨 병자가 있으니 이북에서 전재민이 왔느니 하고 …… 이젠 정말 엠피를 데리러 가야겠어요."

김황용이가 선 채로 지껄이는 말을 듣는 손성묵의 양미간은 찌푸려졌다.

"내일 아침 일찍이 엠피와 같이 가보게. 내 정말야 공창 폐지 연맹 위원장에게 실없이 됐네 실없이 됐어. 보름 안으로 집을 준다 약속을 했는데 벌써 오늘이 스무나흘이 아니야?"

손을 들었던 신문을 김황용에게로 내밀며

"이것 읽어 보게. 내 말이 났네."

"네! 글자가 작아서 전 알아보기 힘든 걸요 히히히."

김황용은 피우던 담배를 재떨이에 놓고 신문을 거꾸로 들었다 옆으로 들었다 고개를 기웃거린다.

"안 읽어도 좋아. 내 칭찬야. 공창 폐지 사업에 백만 원 준다는 말을 듣고서들 날 무척 칭찬했구먼 허허허."

"네! 칭찬할 법도 하죠 …… 그런데유."

김황용은 음성을 낮추어 가지고

"정말 백만 원 내실 생각이세요? 뭐 정말은 아니죠? 히히히."

김황용이 한 눈을 찡끗하고 웃는 것을 본 손성묵은 고개를 좌우로 설레설레 흔들고

"정말야 아 정말이고말고. 누구에게 한 약속이라고 ……."

눈을 지그시 감는 손성묵 씨를 바라보고 김황용은 어깨를 흠칫하였다.

'이번 오입은 과한대.'

입속으로 중얼거리고

"그럼 오늘은 굉장한 대접을 받는 날이니 저도 저녁에 와서 한번 받아먹겠습니다, 헤헤헤."

"그래라 그래."

캡을 머리 위에 쓰고 천천히 돌아나가는 김황용의 뒤통수를 바라보던 손성묵은 다시 신문지를 펴서 들었다.

공창 폐지 연맹 주최로 손성묵 씨에게 감사의 찬회가 열리게 된 것을 신문마다 다 다투어 실었다. 실업가 손성묵 씨의 영웅적 미거 삼단으로 내리뽑은 찬란한 문구는 미상불 손성묵 씨의 마음을 만족하게 하는 것이다.

구월이십사일 열두 시에 YMCA식당 절반을 차지한 식탁은 활짝 핀 국화 화분들로 꾸며졌다. 가운데 의자에는 오늘의 주빈 손성묵 씨가 정좌하고 그와 맞은편에는 신문기자 다섯 사람이 교양과 예의의 세련된 미소를 띠고 손 씨와 무슨 이야기인지 주고받고 있다. 손 씨 왼편에 정민혜 여사 주영매, 백송희 그리고 손탄실의 자리로 정해 있는데 송희와 영매와 탄실은 웬일인지 정각 이십 분이 지났는데도 얼굴이 보이지 않

는다. 손 씨 오른편에는 공창 폐지 연맹에 가맹한 단체들의 대표 열네 사람이 늘어앉고 신문기자 좌우에도 가맹 대표들이 투지와 감격에 흥분된 얼굴로 앉아 있다. 보이들이 돌아가며 컵에다 탄산수를 붓는데 손성묵 씨와 신문기자 앞에는 포도주다.

정민혜 여사는 일어서서 손성묵 씨와 신문기자를 향하여 정중히 인사를 하고 비록 초라한 오찬이나마 우리 연맹에서 정성으로 준비한 것이니 부디 맛있게 잡수어 달라는 부탁을 하고 자리에 앉자 박수소리가 요란하고.

빵과 스프가 들어오고 메뉴에 차례가 절반이나 진행이 되는데도 송희와 영매와 탄실은 나타나지 않는다. 송희와 영매가 병창을 하고 탄실이가 꽃다발을 받치기로 한 순서를 갑자기 변하지 않으면 안 될 것을 생각하고 민혜 여사가 고개를 기울이는 동안 보이의 안내로 검정 치마에 흰 옥양목 적삼을 입은 주영매가 앞을 서고 흰 치마에 회색감으로 겹저고리를 해 입은 단발한 탄실이가 들어와서 자기들의 자리로 정해진 좌석에 조용히 앉는다. 웃음소리와 이야기 소리와 포크와 스푼이 그릇에 가볍게 부대끼는 소리밖에는 여기 이 좌석에 또 한 가지 은은한 소리가 있나니 그것은 분명히 황금이 부르짖는 교만한 호령소리다.

'아편을 팔아서 모은 돈이기로니 백만 원을 턱 내놓는 이 마당에 보아라 일류 언론기관들이 굽실거리고 더구나 소위 지도자 층에 있는 여자들의 저 흥분된 얼굴들을 보라 흥흥.'

누런 금빛 악마의 조롱과 모멸에 찬 음성을 듣는 사람은 과연 몇 사람이더냐.

음식의 차례가 거의 끝나고 과일 쟁반이 들어올 때다. ××신문기자가 일어섰다. 일동은 잠잠하여 지금 일어선 이의 말에 귀를 기울인다.

"여성의 하는 일이라 하지만 전국가적 전민족의 운명에 절대한 관련성을 띠고 있는 공창 폐지 운동에 거액의 찬조금을 내놓으신 손성묵 선생의 웅지에 충심으로 감사의 뜻을 표하며 앞으로 더욱 선생의 건강과 행복을 빌어 마지않는다."

라는 의미의 간단하고 유창한 인사의 말이 갈채 속에서 끝났다. 송희가 끝내 오지 않아 영매가 혼자 일어섰다. 반주도 없이 그는 선 자리에서 일동을 향하여 까딱 고개를 숙여 보이고 노래를 시작한다.

"오! 동지여 거룩한 동지여. 그대의 향기로운 이름 우리는 눈물과 오오 눈물과 굳센 맹세와 또 약속으로 그대의 이름 그리노라 오오."

말을 민혜 여사가 짓고 곡조는 오늘 연맹 대표의 한 사람인 백파 여사가 만든 것이다. 고요하고 힘차고 둥근 영매의 목소리에 일동은 물을 끼얹은 듯이 고요하여졌다. 민혜 여사의 눈에는 눈물이 빙그르르 돌았따.

물에 꽂혔던 꽃다발이 보이의 손을 거쳐 탄실에게로 왔다. 탄실은 꽃다발을 안고 민혜 여사의 가리키는 데로 손성묵 씨 앞으로 걸어간다. 다알리아, 야국, 코스모스의 화변들이 풍기는 향기와 색채 그리고 그 꽃다발을 안은 탄실의 처녀다운 향기가 그 꽃을 받을 손성묵 씨의 맘을 얼마나 만족하게 할 것인가. 일동의 시선은 꽃다발을 안고 한 걸음씩 한 걸음씩 손성묵 씨 앞으로 다가서는 탄실에게로 쏠렸다. 마땅히 탄실의 꽃다발에는 오늘 참석한 모든 가맹 단체의 대표자들의 정성과 감격이 한데 묶여 있을 것이매 탄실의 두 손 두 눈 아니 얼굴 몸 전체가 긴장되지 않을 수 없는 것이다. 소곳이 고개를 숙이면서 꽃다발을 내미는 탄실의 입은 방긋 피는 꽃화변이다.

손성묵 씨는 일어섰다. 일어서서 그 꽃다발을 받으려고 손을 내미는 순간이다. 탄실의 두 눈은 조금 커졌다. 그리고 그의 미소를 띠었던 입이 벙실 열렸다.

"앗."

하는 부르짖음과 함께 놀람과 의혹과 그리고 환희 이러한 복잡한 감정이 탄실의 눈과 입과 얼굴 전체의 표정에서 명멸되고 있는 것이다.

정민혜 여사의 눈이 둥그레졌다. 탄실의 얼굴을 살펴본 사람들은 서로들 쳐다본다. 손성묵 씨의 얼굴빛도 당황하여졌다. 일순의 의혹이 지난 뒤 절망과 공포에 가까운 표정이 손 씨의 누르스름하고 길쭉한 얼굴을 지렁이처럼 기어간다. 꽃다발을 받은 손성묵은 일동에게 머리를 숙였다. 박수소리가 방안이 떠나갈 듯이 났으나 웬일인지 그 박수소리는 공허하고 차디찬 의미 없는 한 개의 소음밖에 되지 않는 것을 손성묵은 똑똑히 인식하였다. 그러나 그는 일어선 채로 인사의 말을 해야 된다. 손 씨의 이마에 목덜미에 진땀이 쭉 내배었다.

그의 옆에 사람도 겨우 알아들을 듯 말 듯한 몇 마디의 말과 그리고 기름한 봉투를 내놓고 자리를 떠났다. 갑자기 두통이 난다는 것이다.

YMCA 정문으로 도망치듯 나오는 손성묵 씨 뒤로 정민혜 여사와 또 한 사람 공창 폐지 연맹 총무 되는 중년 부인이 손 씨에게 정중히 인사를 하였다.

자가용 자동차 안으로 피난하듯이 들어온 손성묵은 차가 움직이는 대로 몸을 비틀거리며 쿠션에 기대어 보았으나 가슴은 천근 되는 돌멩이나 눌러 있는 듯 호흡이 편안치 못하다.

'탄실이야 분명히 탄실이야. 이태 동안에 그렇게 자라다니.'

귀여움과 애틋한 생각이 중추신경을 씹는 듯이 그의 눈에서 뜨거운 눈물이 주르르 흘러내린다. 손성묵은 손수건으로 코를 풀며

'저것이 혼자 왔나? 혼자 올리는 없을 터지 그렇다면?'

손성묵 씨는 눈을 감았다. 결단코 아름답지 못하게 생긴 그 마누라의 얼굴이 눈앞에 떠오르자 그는 혀를 찼다.

'정민혜 씨와 결혼이나 성립되거든 올라 올 게지 츳.'

이러한 생각이 지나가자 손성묵은 딸 탄실에게 대한 측은한 생각은 스러졌다.

'일부러 꽃다발을 갖고 나를 골리려고 서두른 것일까? 만사휴의다.'

손성묵은 입을 다물고 팔짱을 끼었다.

정민혜 여사와 결혼하려던 꿈은 무지개 진실로 여름 소나기 후에 잠깐 비치는 무지개같이 화려하게 그러나 너무나 덧없이 사라지고 말았다. 그 똑똑하고 정의감에 불타는 정민혜 씨가 본마누라가 눈이 시퍼렇게 살아 있고 더구나 탄실이같이 어여쁜 딸이 있는 나에게 첩으로 올 이치는 없을 것이다. 단연코 단연코 …….

차가 스르르 속력을 낮추고 멈췄다. 차에서 내리자 자기 집 층대를 올라선 손성묵은 무엇보다도 먼저 전화기 앞으로 달려갔다. 그리고 수화기를 집어 들었다.

"거기가 ×××은행이요? 백만 원 소절수 '2013호'는 취소합니다. 나는 손성묵입니다. 물산 손성묵에요."

찰칵 수화기를 놓는 소리와 함께 문이 벙싯 열린다. 노크도 없이 쑥 들어서는 사람을 손성묵은

"너 언제 왔니?"

하고 교의로 가서 앉으며

"왜 애비도 찾지 않고 ……."

손성묵 씨의 얼굴 표정은 냉정에 가깝도록 점잖다.

"얼마나 찾았다구요. 라디오 방송 못 들었어요?"

탄실의 파랗게 질렸던 입술에 비로소 발갛게 홍조가 떠오른다.

"라디오 방송? 난 그런 건 못 들었어. 지금 어디 있니?"

"저 남산동 오십 번지에요."

"남산동 오십 번지 …… 이층집이냐?"

"네 어떻게 아세요?"

"그 집 이층에 병자가 있느냐?"

"네. 이 동무 오빠가 폐가 약해서."

손 씨의 눈은 둥그레졌다. 김황용을 시켜 집을 내라는 독촉을 하고 있는 그 집에 하필 탄실이 모녀가 와서 있다니 …….

"여기 이 동무 집인데요. 저 우리 선천 살던 우리 고향집 바로 뒷집 주생원 댁 그 할아버지 수염이 많이 나서 털보라고 그러지 않아요?"

"그래그래 알았다. 그 집 식구들이 살고 있니?"

"네. 이 동무가 바로 그 할아버지 막내 따님이래요."

영매가 방그레 웃으며 똑바로 서서 경례를 한다.

"앉으세요 미안합니다."

서 있던 영매에게 앉기를 권한 다음 담배를 집어 불을 붙인다.

"어머니와 저는 여관에서 돈도 다 떨어지고 정말 길에서 자게 됐을 때 이 동무 집 방을 한 간 빌려서 살아간답니다. 공창 폐지 운동에 여간 열렬하지 않아요. 이 동무가 저에게 직업도 얻어 주고 해서 굶지는 않고 살아갔는데 오늘 갑자기 어머니가."

탄실은 목이 메어 말끝을 잇지 못하고 고개를 탁 숙여버린다.

"어머니가? 그래 어머니가 어떻단 말이냐."

"맹장염으로 수술을 했어요. 것도 이 동무의 오빠의 친구 되는 의사가 이 동무 오빠의 청으로 무료로 입원시키고 수술까지 했어요."

탄실은 주르르 흘러내리는 눈물을 손등으로 씻으며

"아버지 어서 어머니께로 가 보십시다. 저가 나온 지가 오래 됐어요. 오늘 아버지께 감사드리는 회에 프로만 안 맡았더라면 어머니 곁을 떠나지 못할 거에요. 오늘 프로는 벌써 그저께 짜논 것인데 어머니가 지난밤에 병환이 나셨거든요."

"음 알았다 ……."

손성묵 씨의 얼굴은 지극히 우울하여졌다.

"후."

하고 연기를 뿜으며

"참 여러 가지로 너무 미안합니다."

영매에게 인사를 하고

"우선 돈이 필요하겠구나. 집도 장만해야 되겠지만."

소위 전형적 악질 모리배인 손성묵이지만 그의 외딸 탄실을 볼 때 그의 핏줄은 그의 양심을 따갑도록 채질하는 것이다. 맹장염으로 수술하여 누워 있다는 자기 아내 …… 한 때는 아니 지금도 얼마나 죽기를 바랬던고. 그토록 겹던 그가 천리타향에 와서 정작 죽을 병을 앓고 수술하였다는 소식을 들을 때 그의 맘은 도시 편안치가 못하다.

'사실 그가 무슨 죄가 있나. 아들을 낳지 못한 죄 …… 그것도 자신이 저지른 인과가 아니었던가. 전염시킨 임질로 자궁의 나팔관이 부어서 임신을 못한 것이지 …… 내 아버지 돌아가실 때 단지(斷指)[15]까지 하여 효부라는 동리 상까지 받았지 …….'

이러한 생각이 일 초 동안 손성묵의 머리를 스쳐가자 손의 입에서는 커다란 한숨이 새어 나왔다. 실로 폐부에서 솟아나는 한숨이다.

손성묵 씨는 금궤 문을 열었다. 그리고 지전 한 뭉텅이를 꺼내면서

"우선 이걸로 어머니 실과나 사드려라. ××병원이라지? 내 나중에 가보마."

하고 돈을 막 탄실에게 내미는 순간이다.

요란한 노크 소리와 함께 한 사람의 머리가 방으로 쑥 들이민다. 언제 층계를 올라왔는지 이 사나이의 얼굴에는 노염과 살기가 차 있다. 손성묵은 손에 들었던 지전을 상위에 놓고

"누구십니까?"

하고 정색하며 물었다.

"……."

뒤이어 또 한 사나이가 이 역시 성난 목소리로

"댁이 손성묵이오?"

하고 노려본다.

"탄실아 내일 다시 오너라."

하고 두 처녀를 바라보는 손 씨의 두 눈은 불안과 슬픔이 가득 차 있다. 탄실은 잠자코 한쪽에 비켜섰다. 천우신조로 오늘 상봉한 아버지에게

15 예전에 가족의 병이 위중할 때에, 그 병을 낫게 하기 위하여 피를 내어 먹이려고 자기 손가락을 자르거나 깨물던 일.

무슨 큰 불길한 일이 생겼고 그래 그일 때문에 형사들이 온 것인 줄을 짐작한 탄실은 눈앞이 캄캄하여졌다.

방안의 공기는 점점 험악하여졌다. 손이 미쳐 무어라고 대답하기 전에 또 한 사람이 들어오며

"포박해 포박하라니까. 뭘 하는 거야?"

"아니 무슨 일들로 오셨습니까."

손의 목소리는 약간 떨려 나왔다.

"금고 열쇠를 내놔."

두 번째 들어 왔던 남자가 손성묵의 앞에 손을 내밀며

"우리는 종로서에서 왔는데 자 이 구인장을 보아요."

수도청장의 이름 아래 발갛게 사각도장이 찍힌 구인장은 손성묵의 눈앞에 사자의 아가리같이 무섭게 비치었다.

"가택수색을 시작합니다."

젊은 형사 한 사람이 가택수색에 대한 명령서에 붉은 도장이 찍힌 것을 보이고

"자 금고부터 여시오."

나중에 들어온 남자가 포승줄을 꺼내서 주르르 펼치면서

"속히 열라니까 뭘 하는 거요."

하고 바로 호령이 서릿발이다.

금고문을 여는 손성묵의 손가락이 바르르 떠는 것을 보고 탄실은 눈을 감았으나 그의 감은 속눈썹에서 하얀 구슬이 맺혀있다. 한참 동안 창밖을 내다보고 서 있던 두 처녀는 깜짝 놀라 돌아섰다.

"안 돼."

하는 형사의 소리가 너무나 컸기 때문에.

형사 앞에 두 손을 싹싹 부비고 무엇인지 애걸하는 손성묵의 얼굴은 납덩이같이 까맣게 죽은 빛이다. 가택수색은 나란히 서 있는 두 개의 금고에서부터 시작되었다. 첫째 금고에서 아편이 사발덩이같이 뭉쳐진 검정 엿과 방불한 것이 무려 다섯 덩어리가 나오고 흰 코카인 가루며 주사침과 아편 되는 담배통과 가지각색의 부속품도 나왔다. 적은 서랍에서는 보석도 나오고 순금패물도 나왔고 그리고 둘째 금고에서는 돈이 나왔다. 백 원짜리 지폐로 만 원씩 뭉친 것이 백여 개가 나왔다.

은행에 예금된 돈이 억대를 돌파하는데 그것으로는 마음이 못 편한 손성묵은 언제나 손 가까이 현금 백만 원쯤은 가지고 있어야 된다는 것이다. 갑자기 팔러온 귀금속 같은 것이 맘에 들 때에는 은행에서 돈을 찾는다든가 소절수를 내어준다는 것보다도 현금으로 사는 것이 훨씬 흥미가 있다는 것이다. 돈을 자기 손으로 헤어서 다른 사람 앞에 척 내놓을 때 그만큼 자기의 권리가 그리고 가치가 생리적으로 느껴진다는 것이다.

돈 앞에는 체면이라든가 의리라든가 윤리라든가 하는 그러한 문자는 마치 바람에 날리는 겨와 같이 손성묵에게는 아무런 가치가 없는 것이다.

그 때문에 손성묵은 돈을 위하여 애국지사도 잡아다 일본 헌병대에 갖다 바치고 자기의 은사까지도 고등계 문안으로 밀어 넣었던 것이 아닌가.

그렇게 소중하고 알뜰히도 무릎을 꿇었던 돈이 이제 송두리째 달아난다. 손성묵의 눈앞에서 형사들이 돈을 꺼내어 가방에 넣는 것을 볼 때 손성묵의 눈에서는 휙 하고 불이 지나갔다.

억대를 오르내리는 예금 통장을 빼앗기는 것보다 현금 백만 원에 더욱 애착심을 가지는 손성묵의 심리는 정신분석학자의 설명이 아니면 약간 해석하기에 곤란한 일이다. 좌우간 손성묵은 형사의 손목을 붙들어 보기도 하고 지전 뭉텅이를 움켜쥐어 보기도 하고 아편 덩어리를 만져 보기도 하다가 형사에게 톡톡히 호령을 당한다. 한 시간 전에 YMCA 식탁에서 그렇게 도저하던 몸이 그렇게 칭찬과 인사와 존경을 받던 몸이 한 시간이 지난 지금에 강아지처럼 몰리우고 굼벵이같이 짓밟힘을 받을 때 그는 머리통이 멍하여졌다.

뿌연 안개 속 같기도 하고 컴컴한 지하실 같기도 한 자기 머릿속에 다만 한 가지 생각이 반딧불같이 빛을 발하고 있다.

'죄다! 공창 폐지 사업에 기부한 백만 원을 취소한 천벌이다.'

손성묵은 이제 후회하여도 미치지 못할 일을 저지른 사람같이 느끼는 그러한 절망과 암담함이 그의 시야를 캄캄하게 할 뿐이다.

"일어서!"

하는 형사의 호령대로 손성묵은 일어섰다.

허리춤에서 동아줄을 꺼내 들고 있는 사십대의 형사가 손성묵의 두 손과 팔을 꼭꼭 결박하였다.

그리고

"내려가자."

하고 눈을 부릅뜬다. 손성묵은 무어라고 애걸을 하려고 노력하였으나 목구멍은 자물쇠나 채운 듯이 아무런 소리도 나오지 않았다.

층층대를 향하여 두어 걸음 발을 옮길 때다.

"아버지!"

하고 왈칵 울음을 터트리는 탄실을 돌아보고

"참 네게 돈을 한 푼도 못 주었구나 ……."

또 무어라고 말을 하려던 손성묵은 형사대에게 등을 밀려 아래층으로 내려오고 말았다.

'흥 저 많은 돈을 내 처자는 먹지도 못하고 …… 대체 오늘까지 내가 무엇을 하였던고 …….'

울면서 뒤를 따라오는 딸 탄실을 돌아보고

"가거라 가서 어머니 간호나 해."

손성묵은 눈물을 보이지 않으려고 허공을 쳐다보며 손과 팔은 포승에 묶인 채 형사대와 함께 경찰자동차 안으로 들어갔다.

'도대체 누가 밀고를 했단 말인가. 어디서 누설이 되었을까?'

손성묵은 생각하면 할수록 청천의 벽력같은 이 일의 단서를 알 도리가 없는 것이다.

××××당 청년 부장 우현석은 백만 원 소절수를 보낸 손성묵이란 인물에 대하여 철저한 조사를 시작하였던 것이다.

일. 물산 회사라고 하면서도 아무런 무역이나 영업을 하는 흔적이 없음.

이. 주인을 찾으러 오는 손님은 대개가 무슨 죄인처럼 사방을 휘휘 돌아보고 들어가고 나오고

삼. 이틀 전에 어떤 청년 하나가 그 집에서 나왔는데 행인지 불행인지 '어깨'들에게 얻어맞게 되었는데 그의 포켓에서 모루히네 병과 주사기가 나왔더라는 것.

사. ×××청년 당원이 그를 데려가 심문한 결과 ××물산회사에서 산 것이라고 확증을 얻은 것.

오. 그 집 식모의 말대로 한다면 중년 여인들이며 때로는 젊은 사람들까지 와서 가끔 주사를 맞고 간다는 것.

이러한 말들을 종합적으로 보고를 받은 우현석은 그냥 있을 순 없었다. 민족의 피를 말리는 흡혈귀를 한시 빨리 숙청하기로 결심하고 그는 도경찰부 보안과로 가서 담판하였던 것이다.

그러지 않아도 해방 후에 부쩍 늘어난 마약 중독자 때문에 골치를 앓던 도 보안과에서는 일각의 지체도 없이 마약의 총본영인 손성묵을 체포하여 버린 것이다.

해는 벌써 석양의 붉은 노을 속에 숨으려는데 황혼은 아직 나래를 펴지 않은 장안 거리는 권태와 분노와 그리고 공포에 가까운 불안이 있다.

영빈은 사방을 휘휘 돌아보고 자기를 따르는 사람이 없는 것을 인식한 후에 약간 빠른 걸음으로 남산 기슭을 치달린다.

'단풍 아래로.'

자기가 말한 그대로 남산 신궁 뒤 깊숙한 그늘 속! 철보다 빨리 붉은 빛을 띤 단풍나무가 무성한 가지를 안고 조용히 서 있는 곳. 여기는 매양 영빈이가 송희를 만나서 단꿈을 속삭이는 익숙한 장소이다.

송희는 아직 아니온 모양이다. 황영빈은 케이스에서 캐러멜을 한 개 꺼내어 라이터를 눌러 불을 붙였다.

깊숙이 연기가 폐부를 적시고 기관을 한 바퀴 돌아 나올 동안 영빈의 머릿속에는 벌써 한 개의 플랜이 훌륭히 짜지고 있다.

'송희 한 개쯤이야 기생의 딸 하나쯤이야.'

마귀와 같이 웃고 영빈은 절반이 남은 담배를 땅바닥에 내던져 버렸다.

저 아래에서 사람의 발소리가 난다. 영빈의 신경은 긴장된다.

영빈은 일부러 신궁 뒤로 가서 몸을 숨겼다.

씨근씨근 가쁜 숨결이 바로 지척에서 들리자 영빈은

"왕."

하고 튀어나왔다.

"에구머니나."

하고 깨드득 웃는 사람은 마땅히 백송희라야만 할 것이다. 그러나

"아이고 깜짝이야."

하고 방긋이 웃는 사람은 의외에도 오채옥이었다.

영빈은 놀랐다. 그리고 적이 불쾌하여졌다. 영빈은 당황하여지는 자기 표정을 짐짓 웃는 웃음 속에 감추려고 애를 쓰는 몇 초가 흘러갈 동안

"왜 놀라셨어요?"

하고 채옥이가 먼저 말을 건넨다.

"아니 놀랄 것도 없지만 웬일이요 갑자기."

하고 영빈은 또 다시 담배를 꺼내 불을 붙이지 않을 수 없다.

"송희 씨가 바빠서 못 오신다고 날더러 가서 만나고 오라고 해서 왔어요."

채옥은 안동포 적삼 깃고대를 매만지며 손수건으로 콧등의 땀을 누르고 단풍 아래 있는 바위로 가서 걸터앉는다.

"요건은?"

영빈은 이맛살을 찌푸린 채 가장 흥미 없는 어조로 이 한 말을 던지고 속으로

'칙쇼!'

하고 송희의 약은 꾀에 빠진 자신이 몹시도 억울함을 느꼈다.

"저 다름이 아니야요 제가 드릴 말씀이 있는데요 들어 주셔야 됩니다."
하고 채옥은 황영빈의 얼굴빛을 살핀다.

"……."

잠자코 이쪽을 노려보는 영빈의 시선 속에는 일종의 위협에 가까운 거친 표정이 숨어 있는 것을 감각하는 채옥은 약간 풀이 죽었다.

"저 뱃속에든 아이는 분명코 황 선생님 애기야요. 그 말씀을 드리고 황 선생께서 무슨 조처를 해 주셔야만 되겠기로."

"채옥이."

영빈은 채옥의 말이 아직 끝도 나기 전에 다 알았다는 듯이

"그런 말을 해서 나를 괴롭게 하려는 의도는 나도 대강 짐작하겠소. 그러나 학생이라고 해서 까닭 없이 시달리고 모함을 받을 이유는 없는 것이니까 …… 창기가 임신하였다면 할 수도 있는 것이요 그러나 왜 황영빈이가 책임을 져야만 되는 것이요? 채옥에게 다닌 사람은 천하에 꼭 황영빈 하나뿐이란 말인가?"

영빈의 담배를 쥔 손은 바르르 분노에 떨린다.

"채옥이 그따위 소릴랑 두 번 다시 하면 안 돼. 난 학생이야 그러나 비겁하게 책임을 회피하려는 건 아니야. 그렇지만 난 그렇게 어리석지도 않으니까 응."

영빈은 휙 돌아 섰다. 그리고 한 걸음 물러선다.

"여보세요 잠깐만 거기 계세요. 왜 하필 많은 사람 중에 당신 한 사람을 아이 아버지로 지적하는지 그 이유를 말할 테니 들어 보세요."

채옥은 두 손으로 영빈의 팔을 흔들었다.

"이거 놓아. 돈은 틀림없이 며칠 후 돌려줄 테니."

"안 놓겠어요. 말을 다 들어 보지도 않고 달아나시면 안 돼요."

"이거 놓아."

영빈은 확 치미는 분노를 느끼자 채옥의 팔을 힘껏 뿌리쳤다.

비실 넘어질 번한 채옥은 몸을 거두어 다시 일어섰다.

"내말을 듣고 가세요. 못 가시라는 건 아닙니다. 단지 내 말을 들어보고 가세요."

가쁜 숨을 쉬면서 영빈을 쳐다보는 채옥의 시선을 피하여 영빈은 빙긋 웃고

"들을 필요가 없어. 설사 채옥이가 내 자식을 배었다기로니 어떠한 말야 내가 책임을 져야 된단 말야?"

영빈은 땅에다 탁 하고 침을 뱉고

"두 번 다시 그런 소리를 하면 용서 안 할 테야."

하고 뚜벅뚜벅 두어 걸음 저쪽으로 걸어간다.

다시 무슨 발악이라도 한 줄 알았던 채옥이가 가만히 서 있는 것이 다행해서 영빈은 좀 더 걸음을 빨리해서 널찍한 길을 향해 걸음을 옮기었다.

"영빈 씨!"

하고 바로 뒤에서 부르는 소리가 난다. 귀에 익은 송희의 음성이 아니냐?

"?"

영빈은 짐짓 잠자코 뒤를 돌아보지 않았다.

"영빈 씨! 게 좀 서세요."

하는 소리와 함께 송희가 영빈의 앞을 가로막아 선다. 송희의 눈에는 조롱과 멸시가 가득찬 웃음이 서리고 있다.

"송희 씨는 못 오신다더니 ……."

하고 영빈은 픽 웃고 걸음을 멈춘다.

"채옥씰 한 걸음 먼저 보낸 것뿐야요. 영빈 씬 날 만나야 될 일이 있지 않아요? 피스톨도 전하고."

"쉬!"

영빈은 송희의 입을 막는 시늉을 하고 사방을 휘휘 돌아본다.

"왜요? 무서워요? 호호호."

"무섭지는 않지만."

"그래도 영빈 씨는 무서운 게 많은 모양이던데 …… 첫째 채옥 씨 뱃속의 생명이 무섭고 그리고 이 송희라는 계집애도 무섭고 호호호."

간드러지게 웃는 송희의 얼굴을 바라보는 영빈은 자기가 지금 놀림을 받고 있다는 것을 깨달았다. 그는 태연하려 하면 할수록 참을 수 없는 분노가 울컥 치받쳤다.

요새 몇 날 동안 불규칙한 생활에다 공포와 불안 가운데 깊은 잠을 잃고 신경이 몹시 피로하여진 까닭이리라.

"무섭긴 흥 채옥 따위가 무서워요? 송희나 채옥이나 아사 메시 마에다요."

영빈의 이마에는 파란 힘줄이 내돋았다. 몹시 흥분한 까닭이다.

지금까지 바로 일 분 전까지도 황영빈은 한 개의 온순하고 단정한 청년이었다. 그보다도 그의 소행이 나타나기까지 그의 추악한 비밀이 송희의 눈에 들어나기 전까지는 영빈은 이 송희에게 있어 사람은 아니었다. 한 개의 초인적 존재였다. 아니 천재라 할까 그보다도 그리스 신화에 나오는 헬레나 공주를 구해내온 트로이 전쟁에서 개선한 용감한 용자였다. 그러나 지금 눈앞에 바르르 아랫입술을 떨면서 함부로 저속한 말을 뱉고 있는 영빈은 벌써 인간의 수준에서 떨어진 인비인(人非人)으로 비쳐지고 말았다.

태양의 반면에 흑칠의 밤이 있고 여름의 반면에 겨울이 있고 아름다운 꽃이 시들면 잎사귀보다 훨씬 초라한 것처럼 과거에 화려했던 때문에 지난 때에 비할 수 없이 높이 평가 되었던 때문에 지금의 영빈의 가치가 그와 반비례로 전락되어 버리는 것이다.

송희는 여전히 깔깔거리고 웃으며

"그 인간답지 않은 소린 그만 두세요. 아사 메시 마에가 다 뭐야요? 그 따위 말이 하고 싶거든 물 건너 나막신 꾼들이나 따라 가시죠 아이 창피해."

송희는 침을 영빈의 얼굴에다 탁 뱉고 싶은 충동을 지그시 참고

"사내 대장부가 거취를 똑똑히 가져야 되지 않아요? 송희와의 문제는 어떻게 되었든지 그만두고라도 채옥 씨의 일은 간단히 되지는 않으리다. 한 생명이 움직이고 있는 이상 그 생명을 말살하거나 부인할 아무런 권리도 존재하지 않을 것입니다. 당신이 평소에 부르짖는 그 인권인가 공민권인가 하는 말은 흉내 내는 것은 아니지만."

"……."

영빈은 차츰 불안하여졌다.

이 계집들이 짜고서 자기를 무슨 함정에다 몰아넣는 것이 아닐까?

아이 문제로써 만약 내 아버지라도 찾는다면 그리고 이 문제가 표면화하면? 하는 생각을 해보자 영빈은 등어리를 스쳐가는 전율을 느끼는 것이다.

"송희 씨!"

영빈의 목소리는 훨씬 부드러워졌다.

"오늘은 좀 급한 약속이 있어서 부득이 가보아야겠습니다 …… P가 송희 씨께 드렸다는 그것을 절 주세요."

하고 영빈은 손을 내밀었다.

"피스톨 말씀이야요? 여기 가져 왔어여."

"쉬!"

영빈은 손을 흔들어 조용하라는 뜻을 보인다.

영빈의 광채 있는 두 눈이 방향을 잃고 사방을 돌아보는 것이라든지 그림보다도 오히려 아름답게 조화되어 있는 두 눈썹이 보기 싫게 여덟 팔자로 찌푸려지는 것을 볼 때 송희는 맘으로 경멸하지 않을 수 없다.

"흐흥."

멸시와 조롱과 거만과 말살(抹殺)에 가득한 웃음소리가 송희의 입속으로 흘러나왔다.

"하긴 …… 채옥 씨보다도 송희보다도 피스톨이 제일 무서울 거야 …… 까닥하다가는 동무들을 따라 갈 테니 호호호."

송희의 눈은 웃지 않았다. 다만 히스테리컬한 비명이 영빈의 고막을 울리는 것이다.

"송희 씨 자 인내서요. 담에 또 기회를 만들지요. 오늘은 용서하세요."

영빈은 두 번째 손을 내밀었다.

"영빈 씨가 달라면 드리죠. 여기 있어요 여기."

하고 검은 우단 핸드백을 들어 보이고

"그런데 우리 교환 조건으로 합시다."

하고 송희가 고개를 갸우듬하고 영빈의 얼굴을 들여다본다.

푸른 살기가 도는 처참한 송희의 얼굴에는 요염한 아름다움이 독을 품은 꽃이라 할까.

"송희 씨! 자."

영빈이 세 번째 손을 내밀었다.

"교환 조건부터 들어보세요. 채옥 씨 뱃속의 생명이 당신의 씨라는 것을 인정하십니까?"

영빈은 어이가 없다는 듯이 픽 웃고

"송희 씨 어린애야 아주 …… 창기 따위가 하는 말을 곧이들을 만큼 송희 씬 아주 어리거든."

영빈은 어깨를 들썩거려 웃고

"그래 교환 조건으로 채옥의 뱃속에 있는 아이를 맡겠다 하여야만 그걸 돌려준단 말이요?"

영빈의 눈살도 꼿꼿하여진다.

"물론이죠 …… 당신이 부르짖는 그 생존권이 이것을 명령합니다."

송희가 씹어 뱉듯이 하는 말을 듣고 한참 동안 묵묵히 서 있는 영빈은

"똑똑히 말을 합니다. 난 어떤 일이 있더라도 채옥에게 대해선 일절 책임을 지지 않습니다. 그 대신 송희 씨가 가진 그것은 언제라도 좋으니 돌리고 싶은 때 돌려주시죠."

송희의 얼굴에는 의외라는 듯한 가벼운 놀람이 한 찰나로 지나가는 것은 영빈은 놓치지 않고 똑똑히 보았다.

"창기의 뱃속에 내 자식이 들어갔기로니 나는 그것을 구태여 자식이라고 인정할 수는 없어요. 능금 한 알이 변소에 떨어졌다고 그걸 집어 먹을 수 있을까요?"

"영빈 씨! 능금과 자식과 혼돈하면 안 돼요."

송희의 입술은 하얗게 말라 들어간다.

"마찬가지야요."

"마찬가지?"

"물론이죠. 창기나 기생의 배때기에서 무엇이 나오겠소. 매독과 임질, 미균으로 범벅이 된 고깃덩이를 누가 어쩌란 말이요."

"창기나 기생?"

송희의 입술에 파르르 경련이 지나간다.

"영빈 씨 내가 기생의 딸인 걸 아시죠?"

영빈의 입에 빙긋 하고 미소가 흘러갔다.

아차 하는 가벼운 후회에 가까운 웃음이다.

"내 어머니가 기생이었지만 내 몸은 깨끗했어요. 영빈 씨가 나를 더럽히기까지 내 혈관에는 진정 깨끗한 피뿐이었어요."

영빈은 이 이상 더 그 자리에 서 있을 수가 없었다.

자기를 노려보는 송희의 눈은 벌써 사람의 눈은 아니었다. 맹수가 사람을 삼키려는 일순간 전에 노려보는 그 눈이었다. 영빈은 공포와 전율에 쫓기어 선 자리에서 두어 걸음 발을 옮기었다.

"영빈 씨 내 어머니는 기생이었지만 내게는 성모야요."

송희의 음성은 비단을 째는 소리같이 팽팽하고 날카로워진다.

"담에 또 만나요."

한마디 하고 영빈은 성큼성큼 걸어 소나무 아래를 지나간다.

벌써 해는 기울어 남산 기슭에 그늘은 두터워진다. 뒤를 쫓아오는 듯한 송희의 발소리를 듣는 영빈은 굵은 소름이 어깨를 지나 등어리에 오는 것을 느끼며 좀 더 빨리 걸었다.

"영빈 씨! 피스톨 가져가세요. 자 여기 이것 받으세요."

반달음질의 자세를 취했던 영빈의 걸음은 멈췄다. 그리고 돌아서서 송희를 바라본다. 파란 불똥이 톡톡 튀고 있는 송희의 눈을 피하여 영빈은 약간 고개를 숙인 채 두어 걸음 송희를 향하여 걸어온다.

억지로 웃음을 띠고 가까이 오는 영빈의 얼굴은 모든 정열이 완전히 냉각하여 버린 한 개의 백면(白面)이었다. 염오(嫌惡)와 포만과 그리고 도피를 꾀하고 있는 흰 마귀의 얼굴 그것이었다.

"영빈 씬 송희에게서 아주 달아나 버릴 맘이시죠 그렇죠?"

핸드백에서 권총을 꺼내는 송희는 지그시 영빈을 노려보면서

"가장 중요한 것을 잊어버리고 가실 번했구려. 내가 경찰에 밀고나 하면 어쩌시려고 ……."

송희는 실탄이 채워 있는 피스톨을 영빈의 앞으로 내밀었다.

"천만에 송희 씨가 그럴 리가 있을라고요 ……."

하고 피스톨을 받으려고 손을 내미는 것과 꼭 같은 시각에 탕탕탕 연거푸 세 방의 총소리가 났다.

"억! 억!"

두어 번 비명을 지르면서 영빈은 뒤로 나가 자빠졌다.

그의 하얀 이마에서 그리고 그의 오늘 갈아입은 듯한 노타이 겉으로 선혈이 펑펑펑 쏟아져 나온다.

실탄은 너무도 정확히 영빈의 머리에 적중된 것이다. 피스톨을 들고 한참 서 있던 송희는 유쾌한 듯이 깔깔거리고 웃어 댔다.

이윽고 웃음을 뚝 그친 송희는 자기가 지금 어떤 일을 저질렀다는 것

을 의식하자 갑자기 눈앞이 까만 호수물로 변하여졌다.

자기 힘으로는 어쩔 수 없는 격랑이 머리 위를 덮쳐누르는 듯한 호흡이 막힐 듯한 흑암을 감각한다.

'어머니 용서하세요.'

송희는 두 눈을 감자 총부리를 옆구리에 대었다.

채옥은 단풍나무 아래 있는 바위 위에 걸터앉았다. 총소리 나는 곳으로 얼굴을 돌이켰다. 다음 순간 권총을 든 송희가 자기 자신의 옆구리에다 총부리를 대는 것이 눈에 띄었다.

"아?"

채옥이가 짤막하게 부르짖고 앞으로 한 걸음 내딛는 것과 함께 꽝 하고 총소리가 났다. 일순간에 송희의 몸이 옆으로 쓰러진다. 채옥은 손발을 헤엄치듯이 휘두르며 한참만에야 송희의 곁으로 왔다. 손발이 말을 듣지 않는 때문이다. 채옥은 우선 아직까지 송희의 손에 들려 있는 권총을 뺏아 팽개쳤다.

"선생님 송희 선생님!"

하고 송희의 어깨를 안았다. 옆구리에서 펑펑 피가 쏟아져 나온다. 순백색 조젯을 적시는 피는 넘어가는 저녁놀에 반사되어 타는 듯 연연하다.

"송희 선생님 왜 이런 짓을 하세요? 네?"

채옥은 송희의 어깨를 두어 번 흔들었다. 송희의 고개가 힘없이 뒤로 젖혀진 채 입에서 무슨 말이 들린다. 채옥은 송희의 입에다 귀를 바싹 댔다.

"어머니 …… 불효 ……."

송희의 음성은 다시 들리지 않는다. 눈은 반만치 뜬 채 허공을 노리고. 채옥은 사면을 휘휘 돌아보았다.

“이를 어쩌나 아무도 없나. 병원엘 데려가야 할 텐데 …….”

이렇게 중얼거리고 송희를 살며시 땅바닥에 들어 누였다.

한 여남은 걸음 떨어진 곳에 황영빈이가 쓰러져 있는 것을 보자 채옥은 입술을 깨물었다.

‘기어이 일을 지절렀구나.’

이 모든 일이 채옥은 자기가 직접 간접으로 진행시킨 것 같기도 하고 자기가 나타나지 않았더라면 이런 참극은 연출되지 않았을 것도 같아서 채옥은 자신이 원망스럽기도 하고 자신의 운명이 딱하기도 하였다.

“호르르 호르르.”

어디서 호각소리가 들린다. 저 아래편 큰길서 이편을 향하고 올라오는 순경의 모자가 눈에 띈다. 순경은 일변 호각을 불면서 걸음을 빨리하고 있는 것을 보면 총소리가 난 현장을 찾아 올라오는 것이다. 채옥은 순경이 가까이 오는 것을 인식하자 그는 본능적으로 무서움이 왈칵 치민다. 언제나 경관만 보면 공포를 느껴오든 습성인 때문인지 채옥은 지금 저기서 올라오는 순경이 자기를 가만둘 것 같지 않은 그러한 불안을 느끼어 그는 땅바닥에서 벌떡 일어섰다. 그리고 순경이 오는 것과 반대의 방향으로 달리기를 시작하였다. 몸은 무거워 뜻대로 달릴 수가 없으나 채옥은 될 수 있는 대로 달려보는 것이다.

곧 쫓아올 듯한 순경보다 빨리 걸어야 한다. 비탈길을 향하여 걸음을 옮기는 채옥은 가위에 눌린 듯이 두 다리가 말을 듣지 않는다. 한 물체가 경사면을 구르듯이 채옥은 아무렇게나 몸뚱이를 굴렸다. 나무에 처박히기도 하고 돌부리에 걸리기도 하고 이윽고 앞에 길이 나타났다. 채옥은 두 다리에 힘을 들여 일어섰다. 그리고 몇 걸음 걷기 시작했다. 탁 켕기는 아랫배의 고통은 채옥으로 하여금 일보도 걸어갈 여유를 주지 않는다. 엷은 황혼이 스며드는 남산 비탈길에 채옥은 엉거주춤 쭈그리고 앉아 버렸다. 산 위에서는 여전히 호각 소리가 간헐적으로 들린다.

"에구머니나!"

채옥은 참으려면 참으려 할수록 아랫배가 칼로 어이듯이 아파온다. 부젓가락으로 콱콱 쑤시는 진통이 채옥의 하반신을 삼키기 시작하는 것이다.

'어머니!'

채옥은 끊어져나갈 듯이 아파오는 허리를 뒤틀며 길바닥에 쓰러졌다. 산새인지 푸르르 채옥의 머리 위에 날아간다.

"에구머니나!"

채옥의 어금니에서 빠드득 소리가 났다. 진땀이 채옥의 이마에서 구슬같이 얽힌다.

어둠은 차츰 누리를 덮어오는데 채옥은 길바닥에서 흙투성이가 되어 간다. 채옥은 손으로 돌멩이, 풀이파리 아무 것이라도 끌어 쥐었다. 누군가 손을 좀 내밀어 준다면 얼마나 좋을까.

'어머니.'

채옥은 눈을 감고 부득부득 이를 갈았다.

'아이를 낳게 된다면?'

산삭[16]이 아직도 두 달이 남은지라 아이를 날 것은 생각지도 않는다.

16 産朔. 해산달(아이를 낳을 달).

그러나

'내가 달수를 잘못 세었는지도 몰라.'

이러한 생각을 해 보자 채옥은 일각이라도 속히 이 무인 지대를 벗어나고 싶었다.

사람이 있는 곳 사람이 거처하는 인가를 찾아가야만 될 것을 생각하고 진통이 잠깐 멈추는 틈을 타서 채옥은 땅을 짚고 일어섰다. 겨우 두어 걸음 걸었을까 찢어지는 듯한 아랫배의 고통이 다시 엄습하여온다. 채옥은 이를 악물고 불빛이 질편한 인가 부근으로 한 걸음 한 걸음 발을 옮긴다.

'길바닥에서 아이를 낳게 된다면 …… 그리고 길에서 밤을 새운다면?'

이 한 가지 생각이 채옥에게 초인간적 인내력을 주었다. 진통이 자주 엄습하면 하는 대로 채옥의 걸음도 빨라진다. 그는 거칠어지는 치마를 걷어쥐고 절름발이같이 절면서 걸어간다. 입은 바싹 말라 혓바닥이 가죽처럼 뻣뻣하여진다.

'물 좀 먹었으면 시원한 냉수 …….'

채옥은 타들어가는 입술을 두어 번 빨아보고 눈을 지그시 감았다. 동아줄로 잡아매어 조르는 듯한 고통을 옆구리와 아랫배에 느끼는 때문이다.

어떻게 걸었던지 그의 눈앞에는 마침내 집들이 나타났다. 발그스레한 불빛이 새어나오는 창문들이 보이고 마당에는 부채를 든 사람들도 나와 있는 듯하다.

채옥은 어느 집이고 들어가야만 되겠다. 어디라도 가서 우선 아이를 나야만 되겠는데 채옥이 맘 놓고 들어갈 집이 과연 어느 집이냐. 방금 아랫도리에서 주르르 쏟아지는 액체를 느끼는 순간 채옥은 비실비실 시멘트벽으로 가서 기대었다. 누구 집의 담장이리라.

'하느님 정 선생님의 하느님, 예수님.'

채옥은 시멘트 담을 붙들고 있는 두 손을 모았다. 그러나 그담 순간 채옥은 담벼락을 안은 채 땅에 주저앉아버렸다. 버티고 참아오던 모든 힘이 이제는 완전히 빠져버린 듯 채옥은 가물가물 잠이 오는 듯도 하고 꿈을 보는 듯도 하는 일순을 체험하면서 상반신을 시멘트벽에다 아무렇게나 기대고 쓰러졌다. 그것도 일순 채옥은

"응."

하고 앓는 소리와 함께 두 손으로 담벼락을 긁었다.

'어머니.'

어둠은 차츰 짙어오는데 채옥은 하늘에도 땅에도 부지할 곳 없는 자신의 신세를 생각할 여유도 없이 차츰 아랫배에 힘을 주기 시작하는 것이다.

"응."

하고 앞니를 다물었을 때다.

"여보세요?"

하고 가볍게 등을 어루만지는 사람이 있다.

"정신차리세요 이봐요."

어깨를 흔들던 사람은

"아 채옥 씨 아뇨? 채옥 씨가 웬일요?"

하고 소리를 친다. 채옥은 눈을 떠서 말하는 사람의 얼굴을 쳐다보고

"선생님 주영매 선생님. 전 이제 죽겠어요."

하고 찬땀이 절벅절벅 하는 손바닥을 영매의 앞으로 내밀었다. 지옥에 나타난 부처님처럼 절망에서 흐느끼는 채옥의 앞에 주영매가 나타난 일은 초기적적이 아닐 수 없다.

오빠의 주사약을 사가지고 돌아온 영매가 채옥을 발견하기까지

"괜찮아요. 자 우리 집으로 들어가요. 바로 이담 집이야요. 자 날 붙들어요."

채옥은 영매의 어깨에 매달리다시피 하여 영매의 집으로 들어갔다.

채옥은 영매 집 안방에 누웠다. 영매 어머니와 탄실 어머니는 우선 채옥의 젖은 속옷을 벗겼다. 탄실의 어머니가 지키고 앉고 탄실의 어머니는 채옥의 허리를 만지면서 채옥의 이마에서 흘러내리는 땀을 씻어준다. 탄실은 부엌에서 물을 끓이고 영매와 그의 어머니는 장문을 열고 어린아이 입힐 옷을 지급으로 만든다.

기저귀도 우선 댓 개 낡은 것이나마 정하게 세탁된 것으로 찢어 만들고 마지막에 착착 접어두었던 하얀 융을 폈다. 영매는 평소에 아끼고 아꼈던 감이었지만 지금 채옥에게서 나올 한 생명을 위하여 영매는 아낌없이 이 귀중품을 내놓았다. 넉 자가웃이나 되는 것을 두 귀로 접어 아기의 포대기로 쓸 작정이다.

"영매 선생님 저 좀 보세요. 이리로 오세요."

하고 채옥이가 앓는 소리로 영매를 부른다.

"나 말요?"

영매는 채옥에게로 와서 싸늘한 땀이 절먹절먹 내쏟는 채옥의 손바닥을 꼭 쥐었다.

"큰일났어요."

"괜찮아요. 누구든지 애기 날 때는 다 이렇데요."

하고 영매가 위로를 한다.

"아냐요. 저 백송희 선생님이 죽어요."

하고 주르르 눈물을 흘린다.

"……."

영매가 미쳐 다음 말을 묻기 전에

"총을 가지고 자기 손으로 죽었어요."

"뭐요?"

영매의 눈이 둥그레지고

"무슨 소리야?"

영매 어머니도 탄실의 어머니도 다 같이 소리를 쳤다.

"저위 남산 위에서 …… 어떤 남자도 죽었어요. 그 남자는 나도 아도 사람야요. 두 사람은 다 그냥 누워 있어요 ……."

좌우간 영매는 송희가 죽었다는 현장으로 달려가기로 하였다.

영매와 탄실이 둘이서 밖으로 뛰어나올 때는 벌써 바깥은 어두워 먼데 사람은 보이지 않는다.

영매가 밖으로 나간 지 이십 분이나 되었을까 채옥은 점점 더할 수 없는 진통과 함께 드디어 힘을 주기 시작한다.[17]

탄실의 어머니가 채옥의 허리를 안고 영매의 어머니가 아이를 받을 차비를 하고 지키고 있다.

---

17 책의 본문에서는 이 문장부터 「물은 바다로」라는 소제목이 달려 있다. 하지만 목차에는 「물은 바다로」라는 챕터는 없고 「돈과 사랑」의 챕터에 이 부분이 포함되어 있다. 본고는 목차를 따라 「물은 바다로」라는 챕터를 별도로 만들지 않고 「돈과 사랑」의 뒷부분에 이어 쓴다.

"오 옳지 힘을 줘요 윽윽."

영매 어머니는 산모와 함께 힘을 준다. 잠깐 아이 머리가 보인다.

"조금만 더 오 옳지, 윽윽 …… 윽."

뭉크덩하고 아이의 몸뚱이가 왈칵 나온다. 영매 어머니는 준비했던 수건으로 얼른 아이의 입을 닦았다. 그리고 아이의 아랫도리부터 만져보았다.

"아들이다 아들야."

"오오 아들이야요? 수고한 보람이 있었군."

탄실의 어머니도 맞장구를 치며 좋아한다.

"……."

탄실의 어머니는 고개를 기울였다. 울어야 할 아이가 울지 않는 것은 무엇 때문일까. 포동포동 살이 찐 아이 얼굴은 전등 불빛 아래에서도 약간 푸른빛이 떠돌고 이상하게도 아이의 감고 있는 눈까풀이 빨간 다홍실같이 붉고 눈시울로 돌아가며 좁쌀 같은 것이 돋아있다.

배때기와 등어리에도 노란 좁쌀알 같은 헌데들이 돋아 있다. 아이의 다문 입은 열리지 않았다. 선천매독으로 채옥의 아이는 태내에서 죽어서 나온 것이다. 이제 일곱 달이 겨우 지났으니 건강한 아이 같으면 아직 석 달이 더 있어야 낳게 될 것이 아닌가. 탄실 어머니는 영매 어머니를 불러놓고 손을 흔들었다. 그리고 후산을 기다려 태를 가르고 아이에게 옷을 입혔다.

"왜 아이 울음소리가 나질 않을까요?"

채옥은 기운을 차려 이렇게 한마디 묻고

"어디?"

하고 몸을 일으켜 아이의 얼굴을 들여다본다. 그리고 손으로 아이의 턱을 흔들어보고

"죽었군. 죽은 아이야……."

채옥은 멀거니 아이를 들여다보더니

"코도 똑바르게 생기고 이 이맛전이며……."

채옥은 흑흑 느끼기 시작한다. 뾰족한 턱이나 복스럽게 생긴 귀뿌리나 황영빈 그 사람의 모습을 이렇게 그릴 수 있을까?

"아이 분해."

채옥은 이 어린 목숨 한 개를 위하여 얼마나 고달팠는고. 학대와 모욕과 주림과 고통을 오직 이것 때문에 참아 왔거늘 아아 황영빈에게

"이것 보세요 이래도 당신 아이가 아니야요?"

하고 죽은 아이라도 눈앞에 갖다 보이고 싶으나 이미 그는 세상에서 없어졌다.

산에서 그 애비에 죽음을 보고 방에서 그 자식의 시체를 보는 채옥은 기구하고 험악한 자기의 운명을 저주하였다.

"울지 말아요. 갓 쓴 자식도 무덤으로 보내는데 이까짓 핏덩이 가지고…… 일찍 죽는 건 자식이 아니야."

영매 어머니는 이렇게 채옥을 위로하고 탄실 어머니가 들여온 미역국을 채옥에게 권하는 것이다.

딸 영매에게서 들은 대로 채옥이라는 여인이 어떻게 불쌍하고 가련한 신세인 것을 영매 어머니는 잘 안다. 뱃속에 어린 것을 위하여 유곽을 뛰쳐나온 사실을 너무도 잘 아는 때문에 오늘 채옥이가 죽은 아이를 낳는 것이 몹시도 가엾고 애처롭게 생각되었다.

"자 국 식기 전에 좀 마셔야지 자."

영매의 어머니는 손수 국그릇을 들고 채옥의 턱밑으로 가져간다. 채옥은 두 손으로 국그릇을 받아들고

"어머니 감, 감사합니다. 저 저 같은 무의무탁한 것을 어 언제 보셨다고……."

눈물이 방울방울 국그릇으로 떨어진다.

영매 어머니는 채옥의 죽은 아들을 융 포대기로 폭 싸고 건너 집으로 가서 매장할 인부를 부탁하였다.

"자 채옥 울지 말고 국 좀 뜨우."

영매 어머니는 알뜰히도 채옥에게 국과 밥을 권하는 것이다.

채옥은 들어오는 영매를 보고

"송희 선생님은 어떻게 됐어요?"

하고 묻는다.

"가니까 벌써 병원으로 옮겨졌다고 그 아래 순경에게서 듣고 병원으로 갔더니 오늘 밤을 지나야만 생사 여부를 알겠다고 간호부가 그러더군요. 면회는 아무도 못 한다고 해서 그냥 왔죠."

영매는 땀을 씻으며

"그런데 채옥 씨는 모처럼 수고하신 끝에 …… 섭섭하게 됐으니."

하고 채옥의 손을 가만히 쥐었다.

영매는 적은 샘처럼 솟구쳐 나오는 채옥의 눈물을 손수건으로 씻어주고

"그렇지만 채옥 씨!"

영매는 채옥의 손을 좀 더 힘 있게 쥐고

"이로써 괴롭던 과거는 말짱 다 청산된 셈이죠. 새로운 출발을 위하여 이게 외려 나은 게 아닐까요?"

"글쎄요 그렇지만."

채옥은 영매의 손바닥으로 두 눈을 덮은 채 흑흑 느끼기 시작한다. 채옥의 두 눈에서 더운 눈물이 영매의 손바닥을 적시고 손가락 사이로 흘러내린다. 영매의 눈에서도 굵은 눈물방울이 흘러 채옥의 가슴 위에 떨어진다.

"나 같은 것은 세상에 쓸데없는 인간이야요."

하고 채옥은 잠깐 말을 끊었다가 울음 섞인 소리로

"참 정이었어요. 죽으려고 한강으로 나가던 길에 글쎄 아이가 뱃속에서 꼬물거리는 것을 알았답니다 그래서."

채옥의 울음은 절반 통곡으로 변한다.

"채옥 씨 잘 알아요. 우리 다 아는 일이 아냐요? 그 때문에 우리는 다 같이 채옥 씨를 이해하고 동정하는 것이 아니야요?"

영매는 채옥의 어깨를 안고 진정으로 위로하고 달랬다.

정민혜 여사에게 있어 가장 신비스럽고 다행하게 생각된 것은 손성묵 씨가 탄실의 아버지란 사실이다. 그렇게 안타깝게 찾던 아버지를 기적과 같이 만났다는 것은 정민혜 여사에게 지웠던 큰 짐을 다 내려놓는 듯이 진실로 마음을 놓게 되었다.

"어서들 가보오. 가서 아버님께 어머니 병세도 말씀 드리고 난 정말 안심이야."

정민혜 여사는 공창 폐지 연맹 간부 몇 사람과 함께 ×××은행으로 향하였다. 그러나 정 여사는 행원 한 사람에게서 이 소절수가 어떻게 효과를 상실한 이유를 듣고 그리고 빈손으로 돌아서지 않으면 안 되었다.

저녁도 먹지 않은 채 정 여사는 자리에 누워버렸다. 그러나 조금 전에 은행에서 당하고 돌아온 장면이 눈앞에서 좀처럼 사라지지 않는다.

"그 소절수는 바로 한 시간 전에 취소한 것이니까 돈을 지불할 수 없소."

하고 미안한 듯이 웃던 행원의 얼굴이 눈앞을 지나가기도 하고

"그럴 리가 있나요?"

하니까

"그러면 본인에게 다시 가서 알아보고 오십시오."

하는 말대로 손성묵 씨 집에 전화를 걸었더니

"지금 경찰서에 갔는데 글쎄요 언제 올지 몰라요."

하던 여인의 차디찬 목소리가 귓가를 스쳐가기도 하고

"왜 취소했을까요?"

하고 자기가 묻는 말에

"글쎄요 건 본인의 의사니까 제가 말할 수 없지요."

하던 행원의 말소리도 들리는 것 같아서 정 여사는 고개를 흔들고 눈을 감았다.

결국 들어오지 못할 백만 원을 생각하고 이래저래 쓴 돈이 벌써 식당에 육천 원을 주고 꽃다발이 천 원이 넘고 신문기자들에게 와 달라고 부탁하러갈 때 자동차를 탔던 것이 이천 원에 가깝고 정 여사는 한밤을 굴욕과 절망과 그리고 분노 속에서 거의 뜬눈으로 새웠다.

정민혜 여사가 이렇게 괴로워하는 똑같은 시간에 죽고 싶도록 분통이 터지는 또 한 사람이 있으니 그는 김황용이다. 누이 화자와 좋게 지내는 흑인에게서 팥알만 한 금강석을 얻어가지고 손성묵에게 자랑삼아

보여 주었더니 꼭 가지고 싶다고 그 대신에 코카인이나 아편은 얼마든지 주겠다는 약속 밑에 그는 금강석을 손성묵 씨에게 주었던 것이다. 그것이 바로 이틀 전의 일이었고 제일회분으로 코카인을 좀 가져왔으나 그것은 금강석의 사십분지 일밖에 아니 되는 가격이 아니었던가. 오늘 한 턱 낸다는 말에 술이나 있을 줄 알고 왔던 김황용은 눈이 캄캄하여졌다.

아편 밀매로 붙들려간 손성묵인지라 하루 이틀 한 달 두 달에 나올 리는 없다.

'그렇다면 금강석은 어디서 찾누. 그 손해는?'

김황용은 자기의 두 귀를 잡아당겨 보기도 하고 머리칼을 움켜쥐어도 보고 수없이 혀도 차보고 한숨도 쉬어 보고 탁 하고 침도 뱉어 보았으나 어느 하나 시원한 것이 없다.

'그놈의 집을 뺏을까 보다. 남산정 오십 번지 집을 …… 빌어먹을 놈의 …… 흣 이놈의 계집애 이번에도 지랄을 해 보아라. 죽여버린다 흣.'

김황용은 어떻게 주영매를 향하여 욕을 퍼붓고 날만 새면 엠피는 못 데리고 가더라도 조선 순경 두어 사람을 데리고 가서 당장 집을 비우라고 단단히 결심하는 것이다.

운명의 변동

경관이 와서 임검을 하고 그리고 병원에서 들것이 와서 황영빈과 송희를 실어간 때는 밤 여덟 시나 되었었다.

아주 숨이 끊어진 황영빈의 몸뚱이가 ××병원 시체실로 들어가고 그리고 송희의 가슴에는 가느다란 심장의 고동이 있고 가슴언저리에 미지근한 체온도 있는 것으로 보아 송희는 병실로 옮겨졌다. 우선 상처에서 흐르는 피를 막기 위하여 대강 처치를 마친 후 송희는 누운 대로 ×광선실로 운반되었다.

이 사람이 누군지 이 사람이 살아나서 병원에 대한 치료비를 잘 담당할지 못할지 그런 것은 문제가 아니다.

청춘남녀가 남산 숲속에서 총을 맞고 쓰러졌다는 사실은 ××병원 의사들의 마음 아니 간호부들의 마음까지에도 커다란 충동과 호기심을 자아내는 것이다.

'우선 살려놓고 보자.'

의사들은 의논이나 한 것처럼 모두들 중태에 빠진 송희에게 최선의 방법을 취하는 것이다. 검진 결과 탄환은 오른편 폐에서 아래로 오 센티 거리 되는 늑골을 관통하였다는 진단이다.

그날 밤 당장에 수술을 시작하여야 하느냐 조금 경과를 보아서 하느냐 이런 문제로 K박사와 H과장 사이에 한동안 의견 대립이 되었다가 결국 K박사의 주창대로 경과를 보아서 늑골수술을 하기로 낙착이 되었다.

송희는 병실로 옮겨지자 곧 링거 주사를 맞았고 삼십 분 만에 강심제 한 대씩이 송희의 가슴에 들어가는 것이다. 호흡은 육십, 열은 사십 도, 맥은 일백삼십.

송희는 완전히 의식을 잃은 채 가쁜 호흡만 계속하고 누웠다.

송희의 방에는 전속 간호원이 배치되어 송희의 경과를 시간마다 종이에 표를 하고 의사도 간간히 들여다보는데 밤이 으슥하였는데도 신문사에 달려온 젊은 기자들의 흥분된 얼굴도 간간히 나타났다.

송희 어머니에게도 그날 밤 열두 시에야 알려졌다.

밤이 늦도록 돌아오지 않는 딸을 위하여 자지 않고 기다리고 있는 송희 어머니에게 경관이 가지고온 기별 그것은 청천의 벽력보다 무서운 소리였다.

황영빈의 주머니에서 영빈의 학교와 숙소 번지가 새겨진 명함이 나오고 그리고 그 하숙으로 연락한 결과 하숙집 아주머니의 입으로 영빈의 애인인 백송희의 얼굴을 알아내었고 영빈의 트렁크 속에 들어 있는 백송희의 허다한 러브레터로써 쉽사리 그 주소를 알아낸 것이다.

송희 어머니는 딸의 참변을 듣자 그는 자리에서 화석이나 된 듯이 일어서지를 못 하였다.

청주 할머니가 일으켜 세우고 대문 밖으로 떠다밀고 하는 바람에 겨우 정신을 가다듬어 택시에 올라탔던 것이다.

"아가 송희야! 이게 웬일이냐."

혼수상태에 빠져 있는 송희의 귀에 어머니의 말소리가 모기 소리만치 들려온다.

"아가 어딜 다쳤니?"

송희 어머니는 딸의 백지와 같이 해쓱해진 얼굴에다 부들부들 떨리는 손바닥을 갖다 댔다.

송희의 입이 달싹거린다.

의사나 간호부가 다 같이 긴장된 수초가 흘러갔다.

"어머니."

들릴 듯 말 듯 가느다란 소리가 송희의 입가로 흘러나왔다.

"오냐 송희야 송희야."

송희는 손을 더듬어 어머니의 손을 꼭 쥔다. 순간 송희의 두 눈에서 눈물이 진주알 같은 눈물이 솨르르 창백한 뺨을 지나 귀밑으로 흘러간다.

"애 송희야 울지마. 울면 못써. 운수가 사나우면 다 이런 수도 있단다."

송희 어머니는 손수건으로 딸의 얼굴을 씻어주고 곁에 서 있는 의사를 돌아본다.

두 손을 모으고 최경례를 바치는 송희의 어머니는 눈으로 송희를 가리켰다.

'살겠느냐 죽겠느냐?'

하는 질문이리라 K박사는 빙그레 웃어 보이고

"생명은 구해질 겁니다. 안심하십시오."

하고 자신 있는 대답을 한다. 송희 어머니는 또 다시 K박사와 곁에 섰던 간호부에게 공손이 인사를 한 뒤에 송희의 얼굴을 들여다본다. 그의 바싹 마른 입술이 달싹거린다.

"명천 하느님! 송희를 살려주십시오. 이게 아주 불쌍한 자식이랍니다

……내 생명 확실히 그렇습니다. 나를 대신 데려가시고 이것을 살려 주십시오. 내 두 눈을 드려도 좋습니다. 내 다리나 내 팔이나 나는 벙어리가 되어도 좋습니다. 아무 것이라도 이 몸에서 가져가시고 송희만을 살려주십시오. 나무아미타불 관세음보살."

송희 어머니는 이런 말을 몇 번이나 되풀이한다.

날이 샌 뒤에도 송희 어머니는 중얼거렸다.

"애가 다리 병신이 되어도 좋습니다. 앉은뱅이가 되면 어떻습니까. 그저 목숨만 목숨만 살려줍시오 관세음보살."

할딱할딱 가쁜 소리는 곁에서 듣는 어머니의 심장을 가닥가닥 찢는 슬픈 소음이다. 송희에게 두 번째 링커가 들어간다. 천장 높이 달린 주발만한 유리 속에 담긴 맑은 물 같은 액체가 송희의 몸으로 들어갈 것이다. 길다란 고무관 그 고무관 끝에 달린 두 개의 큰 바늘 그것은 바로 등침같이 굵다란 바늘이다.

송희의 허벅다리에 바늘 두 개가 푹하고 들어간다. 어머니는 자기의 살이 찔리는 듯 움칫 하고 몸서리를 치면서

"아가 참자. 참으면 곧 되는 거야 오 옳지."

반항도 고통도 하지 않는 딸에게 어머니는 이렇게 격려를 해가면서 그 유리 주발의 물이 점점 줄어들어가는 것과 송희의 얼굴을 번갈아 지키는 것이다. 주사가 끝났을 때에는 송희 어머니의 이마가 찬땀에 흠씬 배어 있다.

송희가 의식을 회복한 때는 그로부터 사흘 후 총을 맞고 쓰러진지 오십육 시간 만이다. 송희는 눈을 떴다. 눈을 떠서 첨에 보인 것이 어머니의 얼굴이다.

보면 볼수록 어머니의 얼굴이 한 개가 아니요 둘도 되고 셋도 되는 것이 이상스러웠다.

송희는 스르르 눈을 감아버렸다. 눈을 감는 순간 그의 눈앞에는 어제 저녁 남산에서 지난 일이 환등같이 나타났다.

총으로 황영빈을 쏘던 찰나의 충격이 송희의 혈관을 바람같이 돌아간다. 비실비실 버티어 보려는 황영빈이가 넘어지던 순간에 느낀 승리의 쾌감과 복수의 감정의 한 가닥 한 가닥이 송희의 머릿속에 회오리같이 돌아간다.

"어머니 황영빈은 죽었어요?"

이것이 송희가 의식이 아주 돌아오고 그리고 처음으로 외친 말이었다.

"아가 정신 들었니?"

어머니는 딸의 얼굴 가까이 얼굴을 들이대며

"다 운수인 걸 어떡하니. 죽고 사는 것은 다 명이란다."

"그래 아주 죽었나요?"

송희는 어머니의 얼굴을 멀거니 쳐다보며

"아주 죽었나요?"

송희의 목소리는 울음 섞인 소리같이 떨린다.

"아마 그런가봐…… 그런 것은 생각 말고 어서 조리나 하자."

어머니는 애써 딸을 안유시키는 것이다.

'황영빈은 죽었다.'

송희는 생각할 때 쾅쾅 하는 폭음과 함께 비실비실 두어 걸음 옆 걸음을 치면서 거꾸러지던 장면이 또 다시 눈앞을 스쳐간다. 송희는 오싹하고 명명할 수 없는 감정의 파도를 뒤집어쓴다. 송두리째 몸뚱이가 천길 땅속으로 굴러들어가는 듯한 공포가 송희의 중추신경을 내리갈기는 것이다.

송희는 눈을 감은 채 되도록 자기 의식을 정리해 보려고 애를 썼다. 기쁜지 슬픈지 무서운지 그러나 머릿속을 돌아가는 생각의 나래들은 한 정점에 가서 착착 달라붙고 그리고 그 정점에 이르는 대로 생각들은 한 가지의 형체 같기도 하고 기체 같기도 한 한 개의 사념이 되어버리고 만다. 그것은 괴물의 눈알같이 번들번들 하기도 하고 맹수의 아가리같이 흉악하고 캄캄하기도 한

송희가 한참 만에 스스로 중얼거리는 소리는

"모든 것은 끝났다."

하는 절망이다.

절망 그리고 공포. 이 감정은 한 개인 것도 같고 동시에 두 개인 듯도 하다.

슬픔에서 오는 절망은 무기력하고 땅속으로 잦아들어가는 느낌이라 할까. 공포를 내포한 절망은 둥실둥실 허공에 떠는 불안정하고 시간이나 공간을 무시한 가장 불규칙하고 유동적 기분이라 할까.

송희는 어머니의 얼굴도 보기가 싫었다. 아니 무서웠다. 그리고 아무런 기쁨을 찾을 수가 없다.

그렇게 평화스럽던 어머니의 얼굴이 그렇게 사랑과 자비와 모든 위로와 희망을 주던 어머니의 얼굴이 왜 오늘은 이렇게 다르냐.

"어머니 저리 좀 나가 주세요."

송희는 눈을 감은 채 소리를 질렀다. 그러나 힘없는 목소리다.

"오냐 왜 그러니."

하면서도 어머니는 딸의 명령대로 문 밖으로 나간다.

'내 얼굴을 어머니가 보시지 않았을까?'

송희는 손을 펴서 손바닥을 들여다보았다. 손에 무엇이 묻어 있는 것 같다. 황영빈의 피 같기도 하고 황영빈의 살덩이의 어느 부스러기가 손끝에 붙어 있는 상도 싶어 송희는 두 손을 탈탈 털었다. 마치 무슨 가루나 털어버리는 듯이.

'왜 살아났을까 호.'

한숨을 뿜는 송희는 자신이 소생하였다는 것이 이렇게도 원망스러울 수가 있으랴. 진실로 원망스러웠다.

모든 것을 잊어버리는 세계로 갔더라면 이런 고통은 느끼지 않았을 걸.

송희는 벌떡 일어나려 하였다. 그러나 몸은 천근 무게나 되는 쇳덩이같이 꼼짝달싹도 할 수 없다. 무슨 끈이나 옷고름 같은 것이라도 있으면 이 모가지를 힘껏 잘라버리고 싶다.

송희는 사면을 휘휘 둘러보았다. 그러나 그의 눈에는 그런 것이 보이지 않는다. 문이 발름 열린다. 순간 송희의 귀가 윙 울면서 등에는 소름이 쪽 돋았다. 강심제를 가진 간호원이 방글방글 웃으며

"정신이 돌아오셨군요 …… 주사 맞으십시다."

하고 가슴을 헤친다.

"나 물 좀."

하고 한 옆에 서 있는 어머니를 보고 억지로 웃으려 하였다.

그러나 송희 얼굴의 근육은 송희의 명령을 듣기에는 너무도 강직되어 버렸다.

웃음도 아니요 찌푸리는 것도 아닌 이상스런 근육 운동이 일순 동안

지나갔을 뿐이다. 보리차가 알맞게 식혀진 채 담겨 있는 유리 주전자가 송희의 입 가까이 왔다. 송희는 두어 모금 마시고 깔깔한 혓바닥을 씹어 보았다.

방문에서 이번에는 제법 쾅쾅 하는 노크가 들리고 불쑥 정복 경관이 들어온다.

현장에 대한 조서를 꾸미기 때문이라 한다.

"그날은 언제부터 남산에 있었소?"

"……."

"죽은 사람은 당신과 어떻게 됩니까? 가령 애인입니까? 혹시 약혼한 사람입니까?"

"……."

묻던 경관은 멍청해서 약간 불쾌한 어조로

"그만한 것은 대답할 기력이 있는 상 싶은데 말을 좀 하시우."

경관의 팽팽한 이맛전에는 짜증이 지나간다.

"난 다 모르겠어요. 아무 것도 모르겠어요."

톡 쏘는 한마디가 있을 뿐 송희는 입을 다물어버렸다.

"흥분하면 안 되니까 며칠 후에 다시 오시죠. 가령 내일이라도."

K박사가 문으로 들어오며 이런 말을 하고

"저 애가 아직 제 정신이 못 돌아왔나 봅니다. 그러니 나리님 요 담에 다시 한 번 와주십쇼."

송희 어머니가 빌 듯이 말을 하여 경관을 돌려보냈다.

채옥이가 죽은 아이를 나은 지도 닷새가 넘었다. 그러나 채옥은 몸이 점점 붓고 먹은 것이 소화가 되지 않고 밤이면 잠을 이루지 못한다. 죽은 아이를 나은 뒤 경과가 좋지 못한 때문이다.

정민혜 여사가 산부인과 개업을 하고 있는 권영숙 여사를 대동하고 왔다. 권 여사는 채옥을 신장염과 각기라고 하며 주사도 주고 약도 먹였다. 권 여사에게 치료를 받을 때마다 채옥은 물었다.

'이 사람들은 …… 천당이 있다면 확실히 이분들이 갈 곳이겠지.'

채옥은 영매 어머니와 탄실 어머니에게서 천당 이야기도 듣고 정민혜 여사에게서 들은

'하나님은 사람이시다.'

라는 말씀과 비추어 보았다.

'하나님이 계신 곳 천당에는 마땅히 선한 일을 하는 사람들이 갈 곳이고 …… 그러나.'

채옥은 고개를 흔들었다.

'선한 일은커녕 맘에도 없는 웃음과 살을 팔고 남의 돈을 함부로 뺏는 생활밖에 아무것도 하지 못한 자기 같은 것은 지옥으로 갈 것이다.'

고 생각하였다.

"세상 사람은 다 죄가 있는 거요. 누구나 하나님 앞에 의로운 사람이라고 칭찬을 받을 만한 사람은 없다우. 그러나 하나님은 자기가 지으신 인간들을 지옥으로 보내시기에 너무도 맘이 아프셔서 당신의 독생자 예수님을 세상에 보내셨다우. 예수께서 세상 사람의 죄를 위하여 십자가 위에서 돌아가셨다우. 우리는 예수님만 의지하면 그의 공으로 구원을 얻을 수 있다는 것이 믿음이라는 거요."

이런 말을 채옥은 정민혜 여사에게서 여러 번 들었던 것이다. 채옥은

'죄인의 죄를 위하여 십자가에 달리신 예수님은 어떤 어른이신고.'

하고 생각해 볼 때 가없이 거룩하고 그리고 자비하신 어른같이 생각되었다.

'예수님 …… 저도 사람 노릇 할 수 있게 하여 주옵소서.'

채옥은 정 여사와 권 의사가 돌아가고 자기 머리맡에 놓인 계란 꾸러미와 능금을 바라보고 입속으로 중얼거렸다. 의외로 채옥의 건강은 순조로 회복되어갔다.

그동안 송희는 수술을 하였으나 경과는 일진일퇴다.

오늘도 범인은 체포하지 못하였다는 대답을 하고 미안하여 사과라도 할 듯한 형사를 바라보고 송희 어머니는 눈썹이 꼿꼿이 일어섰다.

"어떤 수고를 하시더라도 범인만 속히 체포해 주세요. 수고한 공로는 잊지 않겠습니다."

"어머니 범인 체포가 그리 급합니까?"

하고 송희가 서글픈 웃음을 띠고 어머니를 바라본다.

"그럼 그렇지 않고 아니 사람을 둘씩이나 죽이는 인간을 그대로 둬?"

송희 어머니는 나가는 경관의 뒤를 쫓아 밖으로 나왔다. 경관의 어깨 아래 착 붙어 서서 송희 어머니가 한마디 한마디 소곤거리는 말을 경관은 마치 주린 사람이 음식을 탐하듯 남김없이 되새겼다.

"고맙습니다."

경관은 참으로 감사를 느끼면서 돌아가는 것이다.

"저도 꼭 그렇다는 것은 아닙니다만 죽은 사람의 아이를 배었다는 여인이니까 말씀입니다."

"네 알겠습니다."

송희는 어머니가 병실로 들어서자

"어머니 범인을 체포하는 것은 큰 문제가 아닙니다. 송희가 죽겠느냐 살겠느냐 하는 것이 어머니에게는 좀 더 큰일 같은데요."

하고 샐쭉해진 것이 어머니의 태도가 못 마땅한 모양이다.

"그래 그렇다. 내가 잘못했다. 범인 체포보다 네 생명이 중하고말고…… 어서 잘 치료해서 낫자."

어머니는 송희의 침대 곁에 교의를 당겨놓고

"사과 좀 먹을까?"

하고 송희의 얼굴을 들여다보았으나 송희는 잠자코 대답이 없다.

남산 아래 주영매의 집에는 공창 폐지 연맹 위원장 정민혜 여사를 대동하고 형사 두 사람이 들어왔다.

"병자니까요 제가 먼저 알려주겠어요. 미안하지만 잠깐만 기다려주십시오."

하고 정 여사가 말하였으나 형사들은 채옥이가 누워 있는 안방으로 서슴지 않고 들어섰다.

"오채옥이가 누구냐?"

형사의 음성에는 권위라는 것보다도 노염과 분노가 섞여 있다.

"……."

채옥은 자리에서 부스스 일어났다. 얼굴에는 푸른빛도 가시고 부은 것도 나았으나 아직도 혈색이 돌아오지 못한 병자의 모습이 완연하다.

"채옥이냐?"

형사는 그가 과거에 창기인 것을 송희 어머니에게서 들어 잘 알고 있는 때문에 함부로 말을 낮추었다.

"네."

"일어나 서로 가자. 조사할 게 있다."

정민혜 여사는 명함을 한 장 꺼내어 형사 앞에 내밀고

"제가 이 사람에게 대하여 일절의 책임을 지겠습니다. 무슨 일인지 좀 알려주십시오."

하고 별로 대수로운 표정도 보이지 않고 형사의 얼굴을 들여다보며

"이 사람이 일월루를 탈출해 나왔지만 지난 오월십칠 일에 인신매매 금지령이 발표된 대로 한다면 억지로 잡아가실 까닭은 없지 않습니까?"

형사는 여전히 표정 없는 얼굴로

"아닙니다. 그것과는 성질이 다른 사건입니다."

하고 이번에는 채옥을 향하여

"일어나."

하고 호령을 한다. 뒤에 서 있던 한 사람이 품에서 수갑을 꺼내더니

"손 내라."

하고 아직도 혈색이 돌지 못한 채옥의 두 손에 덜커덕 수갑을 채웠다. 순간 채옥의 얼굴은 옥색 물을 들인 것처럼 파랗게 질렸다.

"무슨 까닭에 수갑을 채우십니까? 구인장을 가지고 오셨어요?"

정민혜 여사의 음성은 높아졌다.

"수갑은 끌러."

동료 형사가 주의시키는 대로 다른 형사가 수갑을 끌렀다.

"나와."

형사가 호령조로 말을 하고 앞을 서서 나가자

"무슨 사건입니까 대관절."

정민혜 여사가 또 한 번 물었다.

"서에 가 보면 압니다."

"채옥 나도 같이 갈 테니 …… 안심해요."

하고 형사를 보고

"이 사람은 지금 병중에 있습니다. 걸어갈 기력이 없을 것 같으니까요 자동차를 한 대 부르겠어요."

"부르려거든 부르시지요."

정민혜 여사가 차를 부르러 나가고 채옥은 머리를 매만지고 치마끈을 졸라 입고 현관까지 나왔다. 신을 신는 채옥의 발끝이 바르르 떨리는 것을 보고 탄실 어머니는 고개를 돌렸다. 이윽고 자동차가 오고 정 여사와 채옥은 나란히 자동차에 올라타고 형사들도 탔다.

종로 경찰서로 들어간 채옥은 그날 밤 돌아오지 않았다. 그 이튿날 또 그 이튿날 닷새가 지나고 열흘이 넘어도 채옥은 돌아오지 않았다. 정민혜 씨와 영매가 찾아갈 때마다 면회는 물론이요 차입 같은 것도 받아주지 않았다. 차입도 담당한 경관에게 교제를 잘 해야 되는 것인데 정 여사와 영매는 그런 것을 몰랐다.

사건이 무엇인지 알고 싶었으나 조금만 이따 조금만 하고 미루기만 한다. 벌써 팔월도 지나고 페이브먼트에는 가로수의 잎사귀가 삐라 쪽 같이 한 잎 두 잎 떨어지기 시작한다. 새벽녘에는 제법 차렵이불 생각이 나도록 가을 맛이 짙어가는 구월이다. 유치장에도 절기는 찾아왔다. 채옥은 고문 받은 손가락이며 무릎이 아리고 쑤시었다.

"네가 죽인 사나이는 네가 평소부터 관계가 있었다지. 더욱이 너는 그 남자의 씨를 배고 있었다지."

"……."

채옥은 한참만에야 입을 열었다.

"제가 죽인 사나이라니요 저는 죽이지 않았습니다. 하나님 …… 그렇습니다. 하나님이 보십니다."

하고 채옥은 잘라 말을 하고 경관의 얼굴을 바라보았다.

"하나님? 흐흥."

경관은 코웃음을 치고

"창기와 하나님 콤비가 그럴 듯한데 …… 하하하."

소리를 내어 웃던 경관은 문득 입을 다물고

"실없는 소리 하지 말고 정신을 차려 바른 말을 하란 말야. 권총이 어디서 났느냐 말이다."

"전 모릅니다. 권총은 정말 모릅니다."

채옥은 땅바닥에 눈을 떨어뜨리고 한숨을 쉬었다.

"그렇지만 이 지문대로 한다면 네가 쏜 것을 부인할 수는 없단 말야."

채옥은 고개를 들고

"지문이 뭐야요?"

"지문? 손가락을 찍어보면 거기서 나타나는 무늬가 지문이야. 권총에 있는 지문에는 네 손가락 무늬와 꼭 같은 것이 있단 말야."

"그야 제가 송희 씨 손에서 권총을 빼서 버렸으니 있겠지요."

"흥 안 돼. 거짓말만 하려 들면 안 돼. 바른 말대로 자백을 하면 참작해서 죄가 가볍도록 할 수도 있어. 하지만 종내 모르쇠만 하면 네게 불리하단 말야. 사람을 둘씩이나 죽인 네가 뻗댄다고 무사하진 않는다."

"하나님이 아세요 …… 그렇습니다. 전 나쁜 년이었어요. 웃음과 살을 팔아 먹고 살아온 년이었어요. 그래도 하나님이 계시는 것과 예수님이 계신 것을 알고부터는 나도 사람답게 살아 보려고 해요 …… 정말 정말입니다."

"그래 첨부터 말을 해 보아라. 백송희가 권총으로 그 남자를 쏘는 것을 보았단 말이지?"

"네! 보았습니다."

"그담엔?"

"그담엔 백송희 씨가 자기 옆구리에다 쏘더군요."

"건 왜 그랬을까?"

"내가 압니까? 사람을 죽였으니 자기도 살 맘이 없어졌던 게죠."

"……."

경관은 잠깐 말을 그쳤다가 갑자기 큰 소리로

"네가 쏘아놓고 왜 백송희가 쏘았다고 그러니? 거짓말 하면 때린다."

"정말에요. 내 눈으로 보았어요 …… 나만 보지 않았어요."

"그럼 누가 또 본 사람이 있니?"

"네 있어요."

"누구냐?"

채옥은 잠자코 손가락으로 천장을 가리켰다.

"거기 누가 보았니? 이층에 누가 있단 말이냐?"

"하나님이 보셨습니다 ……."

"미친 년 …… 누굴 놀리나 이년이."

심문하던 경관은 골이 왈칵 치밀었던지 옆에 놓여 있는 짤막한 막대기로 채옥의 정강이를 후려갈겼다. 채옥은 두 손으로 정강이를 만지면서

"참말이야요."

하고 고개를 똑바로 들었다.

"네가 누군데 참말을 할 듯싶으냐. 네가 창기가 아니냐. 네게는 부끄러운 것이라든가 책임이라든가 진실이라든가 하는 신경은 송두리째 날아가 버린 계집이 아니냐. 네가 권총을 쏘고도 백송희가 쏘았다고 거짓말을 꾸며대는 것쯤이야 조반 전 행사가 아니냐 말이다. 그런 것을 모를 내가 아니다 말야. 내게 참말을 해야만 된단 말이야."

채옥은 이 이상 더 어찌 할 수가 없다. 그는 잠자코 입을 다물어 버릴 수밖에는 도리가 없다.

"왜 백송희가 자기의 사랑하는 애인을 쏘았겠니? 도무지 말야 되지 않을 것이 아니냐. 그보다도 질투에 불타고 있는 네가 쏘았지 생각을 해 보아."

"백송희라는 여자는 황영빈을 사랑하지 않았습니다. 오히려 미워했습니다. 그것은 제가 잘 압니다."

"어떻게 아니?"

"제게 그런 말을 했어요."

"창기 따위에게 백송희가 자기의 비밀 이야기를 하다니 그는 ××여자 대학생이야…… 너희들같이 사내들과 놀던 이야기를 아무에게나 대놓고 수작하는 사람은 아니야 알았지? 내가 속지 않는 것을."

채옥은 입을 다물었다.

"황영빈의 아이를 배었더라지?"

"네."

"어째서 하필 황영빈을 아이 아비로 지적했느냐."

"제가 장질부사로 한 달반 손님을 못 받고 있다가 첨 받은 손님이 황영빈 씨였어요. 그리고 황 씨가 한 댓 번 다녀갈 동안 저는 몸을 조리하느라고 다른 손님은 받지 않았어요. 그리고 또 다시 이질에 걸려서 한 이십 일 휴업을 하고 그동안에 아이가 들었으니 갈 데 없는 황 씨의 아이지요. 하느님이 아십니다."

채옥은 어깨 위에 내리치는 막대기를 피하려 하지도 않고 이 말만을 끝끝내 똑똑히 마쳤다.

"주제넘게 하나님이 어떻단 말야. 저년을 저냥 둘 수 없다."

말이 떨어지자마자 채옥은 다음 방으로 끌려갔다. 한참 만에 이쪽 방으로 끌려나온 채옥은 바로 서지를 못했다. 창기였기 때문에 짓지 않은 죄도 지었으리라고 단언하는 취조 경관을 채옥은 마음으로 경멸하였다. 또 속으로 저주하였다. 그러나 채옥은 어쩔 수 없었다.

맘에 부정하면서도 이 이상 더 버티어 볼 힘이 없어졌다. 사형에 처하리라는 위협도 겁이 났다. 그보다도 더 견딜 수 없는 고통은

"창기 따위가 그럴 수도 있는 게지 ……."

하고 놀리는 말

"창기였지만 지금은 사람답게 살아 보려고 애쓰고 있어요."

채옥이 정색을 하고 이런 말을 하면 할수록 경관은 비웃는다.

"꽤 애를 쓴다? 히히히."

채옥은 일절 입을 열지 않기로 했다. 잡혀온 지 꼭 보름이 되던 날부터 채옥은 무엇이든지

"네!"

하는 한마디뿐이었다.

"네가 황영빈을 죽였지?"

"네."

"백송희에게도 총을 쏘았지?"

"네."

"질투에 견딜 수 없어 그랬지?"

"네."

"총은 어디서 난 거야?"

"네."

"총은 어디서 났느냐 말이다."

"네."

"돈을 주고 비밀히 샀지?"

"네."

"누구에게서 샀는지 그 사람의 이름을 알지?"

"네."

"누구냐?"

"네."

"저년이 미쳤나?"

"네."

철썩하고 채옥의 얼굴에 따귀가 올라갔다.

"이년아 전부 네로만 하면 알 수가 있느냐?"

"창기 따위가 그렇죠 뭐."

하고 채옥은 손가락 자국이 들어나는 왼편 뺨을 한 손으로 만지는 것이다. 좌우간 채옥의 조서는 끝이 났다. 채옥은 그날 밤부터 밤중에 취조실로 불려 들어가지 않아도 좋았다.

채옥은 아무렇게나 횡설수설 대답은 하였지만 그런 인간 따위가 이러니저러니 말을 만든다고 엄연한 사실이 변하여 질리는 없으리라 믿어지는 것이다.

'정 선생님 말씀이 참말이겠지. 그이가 거짓말 하실 리가 있나. 적은 일이나 큰일이나 하나님이 보시고 계신다니까 …… 오오 하나님 정 선생님이 위하는 하느님 주 선생님네 식구들이 믿는다는 하나님의 아들 예수님. 저는 사람을 죽이지 아니 하였습니다.'

채옥은 눈물이 쏟아졌다. 뜨거운 눈물이 쉴 새 없이 귀밑으로 흘러내린다.

채옥이가 유치장에서 서대문 감옥으로 넘어온 지도 벌써 이십 일이 되었다.

밤은 얼마나 되었는지 어디서 귀뚜라미의 우는 소리가 들린다. 가을 밤은 고요하다. 눈물이 흐르면 흐를수록 채옥의 맘은 훨씬 가벼워지는 것이다. 마치 눈물이 근심을 씻어주는 듯이 …….

새벽도 가까워 채옥은 어렴풋이 잠이 들었다. 평안한 잠이다. 맘이 가뿐한 위로를 느끼면서 채옥은 차츰 깊은 잠속으로 들어갔다. 예수님이라는 이가 팔을 내밀어 자기의 손을 붙들어 주는 듯한 그러한 든든함과 안심을 느끼면서 아침을 맞을 수 있는 것이 채옥에게는 결단코 전에 경험할 수 없었던 마음의 변화가 아닐 수 없다.

목사의 설교도 없고 예배의 순서도 없건만 채옥의 하루 하루의 감옥 생활은 그에게 하나님의 존재와 예수의 사랑을 조금씩 가르쳐주는 것이다. 억울한 감정이 북받쳐 올라올 때마다

'하느님이 보시고 계신다.'

라는 신념은 그에게 있어 한 새로운 맘의 세계를 창조하는 것이다. 황영빈을 원망하는 맘이나 경관을 욕하는 맘이 일어날 때에도

'하나님이 보신다.'

라는 신념은 그에게 사람을 저주하고 미워하는 것은 하나님이 싫어하는 것이라는 것을 깨닫게 하는 것이다. 살인죄를 벗지 못하고 경관의 말대로 사형을 당한다 할지라도.

'하나님이 보시고 계신다.'

라는 한 가지 생각으로 태연히 교수대에 나갈 수 있을 상도 싶다.

고민의 빛도 공포의 표정도 없는 숫되디 숫된 여인의 모습으로 두 손을 무릎 위에 얹고 공손히 꿇어 앉아 있는 채옥은 감방 안에 있는 사람이나 창살 밖에서 감시하는 간수의 눈에 일종의 이채적 존재가 되어버렸다.

밥을 받을 때 공손히 고개를 숙이고 다 먹고 나면 곱게 창 곁으로 내다놓고 …… 채옥의 얼굴이 차츰 부드럽고 엄숙한 표정으로 변하여 가는 것을 보는 간수 한 사람은

"좀 이상한데?"

하고 고개를 기울이는 것이다. 채옥이 이러한 하루하루를 보내고 있을 동안 ××병원에 입원하고 있는 송희는 송희대로 또한 별다른 각도에서 하루하루의 변화가 일어나고 있는 것이다.

송희는 정신이 돌아오고 의식이 회복되어 가면 갈수록 그의 맘은 평안치가 못하다.

'대체 어떻게 하면 좋으냐.'

날이 새고 밤이 깊어도 송희의 머릿속은 파고드는 이 한 가지 생각을

도대체 처분할 도리는 없다.

'내가 황영빈을 죽였다고 자백을 하여야 될 게 아니냐 …… 그러나 내가 살인수로서 교수대에 올라서는 날 그날은 내 어머니를 죽이는 날이다. 오오 나의 어머님!'

송희는 자신이 죽는다는 것은 오히려 동정할 수도 있다. 눈 딱 감고 단념해 버릴 수도 있을 상싶다.

그러나 어머니를 어떻게 하면 좋으냐. 남들은 어머니를 전신이 기생이라고 천대하는 지도 모른다. 그러나 송희 자신만은 하늘에도 땅에도 비길 수 없는 오직 하나의 거룩한 어머니가 아니냐.

언젠가 고등여학교 사학년 때 일이었다. 송희의 반에서 H라는 아이가 급장으로 채택됐는데 인물도 똑똑하고 공부도 잘하고 아이들에게 인심도 사고 어디로 보아도 급장감이 훌륭하였다. 그러나 아이들 가운데는

"흥 기생의 딸인데 …… 기생의 딸이 급장이 되다니 흥 ……."

이런 말이 떠돌게 되고 그리고 이 말이 직원실까지 들어가게 되어 결국 H는 급장을 그만두게 되었다. 그와 동시에 그 여학생은 얼마나 억울하였던지 그날로 아주 그 학교를 그만 두고 나가 버린 일이 있었다. 송희는 어머니에게 학교에서 일어난 일을 자세히 보고 삼아 이야기한 일이 있었다. 그때 송희 어머니는 한참 동안 잠잠하더니

"얘 송희야."

하고 딸을 불렀다.

"너 만약에 말이다 너 어머니가 기생이었더라면 넌 어떻겠니 ……."

"어머니가요?"

송희는 잠깐 동안 고개를 갸우듬하고 눈을 깜박깜박 하다가

"어머니가 기생이라면요? 호호호 어머니는 썩 하이칼라 기생이었을 게야 …… 호호호."

송희가 농담으로 알고 웃어대는 것을

"아니 웃지만 말고 너 잘 생각해 보아. 내가 만약에 기생으로서 너를 낳아서 길렀다면 너 그 때문에 퍽 슬프겠지?"

딸의 얼굴을 들여다보는 송희 어머니의 얼굴은 하얗게 혈색이 물러갔다.

"어머니가 기생이였기로니 술장사였기로니 그보다 더한 살인 강도질을 했다 쳐도 어머니는 내 어머니야요 …… 훌륭한 내 어머니야요."

"오, 그래?"

어머니는 하얀 입술에 웃음을 띠고

"송희야 연못 위에 피는 연꽃이 어여쁘지? 그렇지만 그 뿌리는 진흙 속에 박혀 있단다 알겠니? 너는 연꽃과 같이 고결한 꽃이 되어야 한다."

송희는 이 한마디에 모든 것을 짐작하였다.

그리고 맘속으로 고개를 끄덕였다.

'내 어미는 남다른 인생을 걸어왔구나.'

송희는 그때부터 어머니가 무척 애처로웠다. 그리고 어떻게 해서라도 남보다 훨씬 더 행복스럽게 해 드릴 수는 없을까 생각해 보는 시간이 되었다.

'남다른 인생을 걷고 그리고 날 같은 계집애 하나를 얻어 모든 희망과 정열을 오로지 내 한 몸에 붙이고 사시는 내 어머니 오오 거룩한 내 어머님!'

사실 황영빈을 쏜 것도 그가 송희를 기생의 딸이라고 모욕한 때문이 아니냐.

송희는 어머니만 아니면 지금 당장이라도 경찰에 자수하고 나설 것이다.

'그러나 …… 어머니를 위해서 못 해, 못 하겠어.'

이렇게 어머니를 위하여 죽지 않겠다고 결심하는 그다음 순간 마음 한 구석에서 외치는 양심의 소리를 어찌하랴.

'흥 살인하고도 살아서 네 어머니를 기쁘게 할 수 있느냐? 살인자야 너는 어머니께 효도하기 전에 네가 먼저 죄를 받아야 한다.'

송희는 귀를 막았다. 그리고 눈을 감았다. 어디로 가서 이 소리를 듣지 않을 수가 없나? 없을까?

아침저녁 그의 맘은 커다란 고문을 느끼는 채 그는 성모병원 별관으로 옮겨졌다. 설백의 가운을 입은 간호부는 보통 간호부는 아니었다. 일생을 그리스도에게 바친 영원의 처녀인 수녀들이다. 송희의 눈에 그들은 천사의 미소와 영원한 평화를 소유한 사람으로 보였다.

하나같이 아름답되 지극히 깨끗하고 또한 친철하되 가장 엄숙하여 송희가 지상에서 본 여성 중에 이러한 사람들은 진실로 처음 발견하는 것이다. 조용한 동작 거의 침묵을 지키는 정도로 말이 적으면서도 병자에 대한 알뜰한 주의와 지극한 동정을 쏟아주는 이 사람들을 송희는 맘으로 사랑하였다.

수녀가 자기의 병든 몸을 돌보아 주는 것 외에 자기의 영혼을 위하여 얼마나 노력하고 있는 것도 짐작하였다. 십자가에 달린 그리스도의 형상이 아로새겨진 동판을 송희의 머리맡에 놓아주고 일요일이면 성수라고 병에 물을 가져다 상 위에 놓기도 하고 가끔 꽃들도 화병에 꽂아 가져오기도 한다.

이날도 가을 하늘은 높고 푸른데 물방울에 젖은 코스모스 화병을 안고 들어오는 수녀 간호부는 저 푸른 하늘에서 사뿐 내려온 천사인 듯 부드럽고 화평한 미소를 띠고

"기분이 좀 어떠세요?"

하고 송희의 침대 가까이 온다.

"그저 그래요. 웬일인지 맘이 편치 못해요."

"간밤에 잘 주무시던데 ……."

송희는 괴롭게 웃고

"코스모스 고맙습니다."

하고 수녀의 발그레 혈색 좋은 손을 잡아본다.

문에서 조심스러운 노크 소리가 나고 평복을 입은 경관 한 사람이 들어온다. 일전에도 두 번이나 다녀간 사람이다. 송희는 그를 보자 눈으로 인사를 하였다.

"다름이 아니야요. 어떤 단서를 얻어서 혐의자를 취조하는 중에 우연히 중대한 발언을 했어요 그 혐의자가 ……."

평복 경관은 넓적한 가슴을 앞으로 쑥 내밀고 수첩을 꺼내

"황영빈을 죽인 사람은 백송희 씨라는데 어떠십니까? 당신이 진범이 됩니다."

빙그레 웃으며 송희를 내려다보는 경관의 시선은 복잡하고 또 준엄하다.

"호호호."

송희는 웃었다. 정말 우스웠다.

'이렇게 수월하게 발각이 될 것을 왜 그렇게 걱정을 하였던고.'

생각을 하니 송희는 보잘 것 없는 버러지와 같은 자신의 존재가 참으로 기막히게 우스워졌다.

"호호호 호호호 그래요 제가 진범이야요."

송희는 눈을 동그랗게 뜨고 경관을 쳐다본다. 어린아이 눈같이 맑고 깨끗한 눈이다.

'이 사람이 사람을 죽이다니 …….'

경관은 속으로 고개를 끄덕이고

"좌우간 진범인은 이삼 일 내로 곧 발표됩니다."

경관은 종이와 먹이 묻은 고무판을 내놓고

"괴로우시지만 여기 이 먹을 묻혀서 여기다 찍어 보십시오."

"지문을 박이십니다그려."

송희는 여전히 뱅글뱅글 웃으며 경관의 시키는 대로 지문을 박았다.

'모든 것은 결국 될 대로 되나보다.'

차라리 커다란 안심을 감각하면서 송희는 경관의 얼굴을 똑바로 쳐다보았다.

"그럼 잘 조리하십시오."

하고 돌아가는 경관에게 송희는 어린아이같이 웃어 보이고 손을 펴서 코스모스 화변을 한 잎 따서 입술에 물었다.

"아서요 미균 붙었으면 안 돼요."

하고 수산나 수녀는 송희의 입에서 화변을 빼낸다.

송희는 날로 쇠약하여갔다. 입원한 지 한 달이 되는 날 담당의사는 자기의 선배 박사와 그의 몇몇 과장과 자리를 같이 하여 송희의 병세에 대하여 최선의 치료 방법을 토의하여 보았다. 그러나 자기들이 하여오는 치료법 이외에 신통한 도리도 없었다. 송희는 의사의 얼굴에서 도는 근심을 놓치지 않고 엿볼 수 있었다. 그는 그만큼 예민한 여자이다. 의사의 얼굴의 표정보다도 송희 자신이 벌써 삶에 대한 자신이 없어진 것이다.

송희는 권총으로 자기의 옆구리를 쏘았지마는 다시 생명이 돌아왔을 때에는 살고 싶은 본능이 죽음보다 강하였다.

'살자 어머니를 버리고 죽다니.'

송희는 이를 악물고 살려고 노력했던 것이다. 그러나 진정 죽음과 맞서게 된 지금 죽음은 그에게 있어 가장 큰 공포와 절망이다. 어떻게 살아날 수가 없을까 완치되어 살아날 방침이 없을까 송희의 마음은 초조하여지는 것이다.

그러나 송희의 희망을 비웃는 듯이 그의 병은 송희나 그 어머니가 또 그를 맡은 의사의 기대와는 정반대의 방향으로 달리고 있다.

슬프게도 폐에서 고름이 생겼다는 중대하고 위험한 진단이 내려졌다. 송희에게는 말하지 않았으나 송희 곁에 시중드는 송희 어머니며 간호부며 또 의사의 긴장한 얼굴빛을 보아 자기의 살날이 며칠 남지 못한 것을 송희는 똑똑히 짐작하였다.

'죽으면? 사람은 어떻게 될까?'

송희는 문득 이런 생각이 머릿속에 떠올랐다.

'딴 세상 영원한 세상이 있다는 종교인 말이 옳을까?'

송희는 비로소 처음으로 이 문제를 맘속으로 되풀이하여 보는 것이다. 그러나 그는 너무 늦었다는 것을 느끼지 않을 수 없었다. 이러한 어려운 문제를 생각하기에는 그의 머리가 그의 심장이 그리고 그의 전신의 건강이 이를 버티고 나갈 힘이 없는 것이다.

그러나 힘이 없어졌다고 이 문제가 맘속에서 사라질 것은 아니었다. 갚아야 할 부채처럼 아니 답안을 써 받쳐야 할 숙제처럼 그는 마음속에 커다란 부담을 느끼는 것이었다.

심판

정민혜 여사는 채옥을 담당한 검사를 만나보고 검사의 추천서를 가지고 전옥에게로 가서 전옥의 허락을 얻어 여자 간수의 준엄한 감시 아래에서 채옥을 면회하게 되었다.

푸른 미결수 복을 입은 채옥은 어느 직장에서 일을 하다 나온 여인 모양으로 그 얼굴에는 평화스런 홍분이 깃들이고 있는 것을 발견하고 정 여사는 놀랐다.

무서움과 고민과 슬픔의 화신이 되어 있을 채옥을 연상하고 그는 몇 번이나 몇 번이나 이 불행한 여인을 위로할 말을 더듬어 보았던고.

"그래 어떻게 밥이나 소화 잘 되우?"

정민혜 여사는 손을 내밀어 채옥의 손을 잡아보고 그 핏기 없이 해쓱한 손등을 쓸어본다.

"네. 이상하게도 유치장에 있을 때도 곧잘 밥이 내리더군요. 여기 옮겨온 뒤는 더 잘 내려요."

하고 빙긋이 웃는다.

"그래? 참 고마운 일야."

정민혜 여사는 괴롭게 웃고

"잠도 잘 자겠지?"

"네 곧잘 잡니다. 혹시 밤중에 깨는 때도 있지만 그럴 때에는 …… 정 선생님이 곁에 계시거니 하고 눈을 감으면 그대로 잠이 푹 들어버려요."

"……."

잠자코 있는 정민혜 여사를 바라보고 채옥은 한숨을 호르르 쉬더니

"뭐 전 사형을 받아도 정 선생님만 절 알아주신다면 괜찮을 것 같아요 …… 정 선생님보다도 하나님이 같이 계시고 보시니까 ……."

채옥은 두 손으로 정 여사의 손을 힘껏 움켜쥔다. 채옥의 손이 바르르 떨리는 것을 감각하는 정 여사는 다른 한 손으로 채옥의 손을 덮었다.

"백송희가 황영빈을 죽이는 것을 보았댔지? 응 채옥."

정 여사의 음성이 나지막하여진다.

"모르겠어요. 황영빈은 누가 죽였는지 그건 전 모르겠어요. 그렇지만 송희 씬 말입니다. 자기 손으로 권총을 가지고 자기를 쏘는 것을 보았어요 정말입니다."

"하나님이 보셨겠지."

채옥의 눈을 들여다보는 정 여사의 눈은 엄숙하다.

"그럼은요 보시구말구요 정말야요 …… 참 희망원은 언제쯤 개원 하시게 됩니까?"
하고 채옥은 정 여사의 입을 바라본다.

"아직 개원을 멀었어. 하지만 기금이 준비되는 대로 곧 시작할거야. 적당한 집이 없어서 ……."

"네."

자기의 신변 문제보다도 정 여사의 사업에 대하여 더욱 간절한 관심을 가지는 채옥의 태도가 정 여사의 눈시울을 뜨겁게 한다.

"선생님 저가 말씀이야요. 사람을 죽이지 않은 것을 하나님이 보셨을 테니까 …… 저는 애매하다는 게 드러날 거에요 …… 안 드러나도 그뿐이지만."

채옥은 눈을 깜빡깜빡 하면서 정 여사를 쳐다보고 방그레 웃고

"만약에 저가 노여 나가는 날에 말씀입니다. 정 선생님이 늘 말씀하시는 그 희망원에서 살고 싶어요 …… 글 배우고 운동하고 병 고치고 직업 배우고 그리고."

채옥의 눈에는 즐거운 광채가 빛난다.

"닭도 먹이고 뽕도 담고 …… 창가도 체조도 편물도 ……."

채옥이가 여기까지 말할 때 여자 간수는 채옥의 등을 가볍게 두들긴다.

"시간이 다 됐으니 요 담 다시 뵙기로 하고."

"미안합니다."

약간 고개를 숙여 정 여사에게 인사를 하고 간수는 채옥을 데리고 들어간다.

"선생님 안녕히 가십시오."

채옥이가 이쪽을 돌아보는 것을 정 여사는 손을 까딱 치켜들어 보이고 천천히 돌아나왔다. 밖으로 나오면서 그는 고개를 끄덕였다.

'암만해도 채옥은 애매해 …… 애매하구 말구 …….'

생각에 잠겨 길을 걸으면서도 채옥의 얼굴이 눈앞에 나타난다.

'죄를 짓고서 그렇게 화평스런 얼굴을 할 수가 있을까.'

바람이 솨 하고 부는 대로 가로수의 잎사귀들이 화르르 날린다.

절반 넘어 벗어진 나무 끝에는 벽옥의 창공이 영원을 속삭이고 대공이 바다인양 기러기 떼가 어족처럼 유유히 헤어가고 짙은 단풍에 산기

슭은 화려한 채 외롭다.

정 여사는 얼굴을 스쳐가는 도심의 티끌을 괴롭게 생각하면서 ××× 병원으로 들어섰다. 굳게 결심한 한 가지 일을 위하여 정 여사의 잘 균형된 얼굴에는 찬기운이 서리었다. 환자에게 있어 가장 지루한 오후 세 시 송희는 막 포도당 주사를 맞은 뒤라 기분이 비교적 명랑한 틈을 타서 수산나 수녀가 무슨 책인지 읽어주고 있다.

"아이고 정 선생님."

하고 손을 내미는 송희의 얼굴은 요 몇 날 동안 몰라보리 만큼 수척해졌다. 말소리도 목이 쉰 것같이 탁하게 들리는 것이 이 사람의 건강이 파괴되어 간다는 슬픈 기별같이 들려 정 여사의 가슴은 따갑다.

"좀 앉으십시오."

하고 수산나 수녀가 의자를 비켜 놓는 대로 정 여사는 송희 곁에 다가앉았다.

"무엇 좀 자셨나요?"

하고 수녀를 돌아본다.

"미음 조금과 사과즙 조금 ……."

하고 대답한다.

초조, 번민, 공포 이러한 모든 불안스런 문자를 한 데 뭉쳐 놓은 것 같은 송희의 얼굴을 말끄러미 들여다보는 정 여사는

"암만해도 채희가 황영빈 씨와 송희 씨를 쏜 범행자로 인증되나 봐요."

하고 송희의 얼굴빛을 살핀다.

"네? 채희가? 다른 사람이 아니구요?"

송희의 콧등이 하얗게 변색이 되더니 입술과 턱과 뺨과 이마까지 완

전히 종이 빛으로 퇴색되어 버린다.

"일간 판결이 내릴 모양인데 채흰 아마 사형이 될 것 같더구만…… 오늘 가서 면회를 했는데."

송희는 정 여사의 말이 그치기 전에

"면회를 하셨어요?"

하고 몸을 일으키려는 듯이 고개를 들려고 애를 쓴다.

"가만 누워 있어요. 내 이야기 할게. 천천히 들어 보아요."

"채희 말이 그러더구만 황영빈은 누가 쏘았는지 몰라도 송희 씨는 자신이 자신을 쏘더라고. 그것만은 똑똑히 보았다고 그러는데 …… 정말 송희 씨가 자살을 도모했던가요?"

"……."

송희는 아랫입술을 잘근잘근 씹으며 대답이 없다. 일 초 이 초 시간이 흘러가는 동안 송희의 등어리에는 흥건히 진땀이 내솟는다.

"송희 씨가 자살을 도모했던 게죠?"

거의 결정적으로 대답을 재촉하는 정 여사의 얼굴에서는 웃음은 사라졌다.

"……."

"송희 씨가 자살을 도모하였다면 채희의 죄는 감하게 될 텐데."

"송희 씨 용기를 내보실 맘은 없어요?"

송희는 목 줄기가 졸리는 듯 후 하고 길게 한숨을 쉴 뿐 여전히 말이 없다. 말은 없으나 송희의 머릿속은 지극히 혼란하여졌다.

'일절을 자백해 버릴까. 그리고 감옥으로 가 버릴까.'

이렇게 생각하고 숨을 다시 크게 쉴 때다.

"아이고 정 선생님 오셨군요 …… 바쁘신데 이렇게 여러 번 와주셔서 참 너무도 ……."

하고 들어오는 이는 송희 어머니다.

'아아 어머니!'

송희는 맘으로 부르짖고 눈을 딱 감았다. 그리고 입을 다물었다. 송희의 고개가 두어 번 좌우로 흔들렸다.

"정 선생님 채희의 고난 받은 것은 참으로 가엾습니다 …… 그러나."

송희의 음성은 훨씬 낮아졌다.

"제가 저를 쏠 이유가 어디 있겠습니까? 생각해 보서요 정 선생님 저게는 ……."

송희는 잠깐 말을 끊고

"어머니 좀 저리로 나가 주세요, 수녀님도 미안합니다 ……."

두 사람을 내보낸 후

"저게는 저 하나만 믿고 살아가시는 어머님이 계십니다. 왜 내가 어머님을 버리고 자살을 하겠어요 건 말이 안 됩니다."

송희의 얼굴은 거의 찌그러질 듯이 괴로운 표정이 심각하여진다.

"……."

정 여사는 잠자코

"하나님이 보셨다면 다 알겠지요?"

한마디 하고 송희의 손을 살그머니 쥐었다. 송희의 손은 얼음같이 차고 그 손바닥에는 끈적끈적한 찬땀이 배어 있다.

"너무 괴로워 마시오 송희 씨! 결국 진실이 이깁니다. 송희 씨가 옳든지 채희 말이 옳든지 하나님께서 보신 대로 판단하실 겝니다 ……."

"……."

잠자코 누워 있는 송희의 얼굴은 죽은 사람의 얼굴같이 파래졌다.

"정 선생님 미안합니다. 저 좀 자야겠어요 …… 돌아가 주십시오."

하고 벽을 향하여 고개를 돌이킨다. 정 여사는 교의에서 일어서면서

"잘 조리하세요."

하고 문을 열고 나왔다.

저녁도 먹지 않고 송희는 혼자서 누워 있다. 어머니도 수녀도 밖에 나가고 방안은 지극히 조용하다.

가을도 깊어서 벌레소리도 그쳤다 이었다 하는데 기울어진 달만이 유리창을 기웃이 들여다본다.

고요하다. 그러나 저 달빛이 싫다. 송희는 커튼을 내렸으면 하고 조금 전에 배달된 신문을 다시 펴들었다. 읽은 곳을 다시 읽고 팔이 아파서 내려놓았다. 다시 들고 읽어 보고.

'남산 위에 의문의 남녀 살인범은 삼각관계의 일월루 오채옥.'

이라고 삼호 활자로 뚜렷이 쓰인 곳을 송희는 또 다시 읽어보는 것이다.

'한 사람을 죽이고 한 사람에게 치명상을 입힌 범인은 일월루를 탈출하여 나온 창기 오채옥이라 한다. 그는 죽인 사나이의 아이를 배고 있었는데 백송자(가명)와 약혼한 것을 알자 질투를 못 견디어 권총으로 쏘았다는 것이다. 검사는 사형을 구형하였는데 판결 언도는 일주일 후 시월 초하룻날이라 한다. 용수를 쓰고 간수에게 끌려 나가는 오채옥은 무슨 뜻인지 "하나님이 아십니다" 하고 큰 소리로 외쳐 일반 방청에게 충동을 주었다.'

송희는 길게 한숨을 쉬었다.

'어디까지나 죄를 지은 것은 내 몸이 아니냐?'

이렇게 중얼거려보자 금시로 채옥의 까만 눈언저리가 보이는 듯 하고 그 뾰족한 턱이 바르르 떨면서 자기를 저주하는 것 같은 환상이 지나갔다. 송희는 견딜 수가 없었다. 그는 홑이불을 잡아당겨 얼굴을 뒤집어썼다.

얼마를 지났던지 어머니가 들어오고

"왜 이렇게 이불을 쓰고 있니?"

하고 홑이불을 벗긴 때 송희의 얼굴은 종이같이 희다. 이마에 솟은 진땀을 수건으로 씻어주고 간호부를 데려왔다.

"왜 맘이 편치 않으세요?"

하고 간호부가 웃으며 송희의 손을 잡을 때

"죽기 싫어요. 죽지 않고 살게 해 주세요."

하고 송희는 좌르르 눈물을 흘렸다.

송희 어머니는

"그래그래 살려주마. 울지마 안 죽는다 안 죽어."

하고 딸의 얼굴에 같이 얼굴을 대고 흐느낀다.

"진정하십시오."

간호하는 수녀가 송희 어머니를 밀어놓고 송희 앞에 교의를 바싹 다가놓고 앉았다.

"결국 우리가 세상에서 건강하게 오래오래 살아보았자 칠십이나 육십 년밖에 더 되겠어요? 우리의 갈 곳은 영원히 사는 곳인데 평화스럽게 살 수 있는 곳과 불안과 절망 속에서 사는 곳 이 두 곳 중에 어느 것을 택할 지가 문제되는 것뿐야요."

"영원히 사는 곳 …… 그것은 사람들이 지어낸 말이 아니야요?"

"글쎄요."

간호부는 방그레 웃고

"인간의 역사는 다 사람이 쓰는 것이죠. 결국 지었다고 볼 수 있겠지요. 수백수천 년 전의 일을 보지도 못한 일을 남이 써 놓은 것을 어떻게 믿을 수 있겠어요. 그러나 사람이 만들어냈다고 전적으로 역사를 부인할 수는 없지 않습니까? 하나님과 사람 사이에 된 역사를 우리는 성경에서 볼 수 있습니다. 성경을 맘으로 믿고 받아들일 수 있는 것이 곧 신앙이라는 것이야요. 신앙을 가질 수 있는 사람이 축복을 받은 사람이야요."

수녀는 입을 다물었다.

송희가 견딜 수 없다는 듯이 고개를 흔들고 두 팔을 치켜든 때문이다.

"어머니 저리 좀 비키세요 아이 갑갑해."

덮었던 이불을 발로 차버리고 두 팔을 벌린다.

"나 좀 일으켜 주세요."

간호부가 송희의 어깨를 살그머니 안아 반만치 일으켰다.

"나를 좀 앉혀 주세요 수녀님."

하고 송희는 숨이 차서 말끝을 여미지 못한다.

"물 좀 마셔라 아가 자 물이다."

어머니가 보리차가 들어 있는 유리 주전자를 송희 입에 대었다. 송희는 두어 모금 빨아보고 고개를 흔든다. 간호부가 손 빨리 강심제를 한 개 송희의 왼편 팔에 놓아주고 주사 맞은 언저리를 만지면서

"조금만 계시면 곧 진정이 됩니다. 맘을 턱 놓아 보십시오."

하고 송희의 얼굴을 들여다본다.

송희를 들여다보는 수녀 수산나의 눈은 동정과 사랑 그것이다. 무슨 말을 어떻게 해서 이 고민하는 소녀를 구해줄 수 없을까? 자기 나이 보담 분명코 열 살은 떨어졌을 상 싶은 이 가엾은 길 잃은 양을 어떻게 성자 예수님 앞으로 인도할 수는 없을까.

"수녀님 죽으면 지옥이 있고 천당이 있나요?"

평소에 가장 평범하고 가장 유치하게 여겨오던 이 질문을 송희는 이제 참으로 창자가 끊어질 듯 안타까움으로 수녀에게 묻는 것이다.

죽음을 앞두고 그 죽음 저편의 세상이 알고 싶어진 것이다. 캄캄한 세계인지 광명의 세계인지 또 전연 아무런 의식도 없는 영원한 망각의 세계인지 죽음의 문 앞에 선 송희는 싫든지 좋든지 죽음을 향하여 들어가지 않으면 안 되는 것이다. 여기에는 아무리 사랑하는 어머니라도 어머니가 가진 수백만 원의 재산이라도 송희를 대신할 수는 없고 또 무슨 도움이나 위로를 줄 수도 없는 것이다.

송희는 각일각으로 자기를 향하여 거리를 좁히고 있는 죽음을 어떻게 맞이하여야 될지 실로 송희는 이에 대하여 아무런 예비도 아무런 각오도 갖지 못한 것이다. 다만 미칠 듯한 불안이 캄캄한 어둠이 되어 송희의 머리를 덮어 누르는…… 송희는 지금도 그 불안에 쫓겨 일어나 앉은 것이다.

"죽는 것도 좋아요. 아무 것도 모르고 누워 있는 것이 참으로 편할 것 같아요. 그런데 말입니다 수녀님."

송희는 마른 입술을 한 번 깨물어 보고

"평안히 죽고 싶어요. 괴로움 없이 평안히 죽고 싶어요. 괴로움 없이 맘의 괴로움 없이 평안히 죽고 싶어요."

"네 정말 그래요. 누구나 이 세상에서 죽지 않는 사람은 없습니다. 다 죽습니다. 그렇지요 단지 평안히 죽는 것이 그것이 축복받은 사람이지요."

수녀는 평소의 침묵을 깨뜨리고 열심히 송희의 말에 대꾸하는 것이다.

"수녀님 ……."

송희는 말끄러미 수산나를 쳐다보더니

"죄가 있는 사람은 편히 죽을 수 없겠지요? 그렇죠?"

하며 쓸쓸히 웃는다. 그것은 웃는다는 것보다도 입술의 근육이 웃으려는 노력을 하는 것뿐이다.

"내 맘에는 무서운 비밀이 있어요 수녀님."

송희는 두 손으로 수녀의 손을 잡고

"이 비밀을 가지고는 편히 죽을 수가 없어요."

송희의 입은 까맣게 타들어간다.

"수녀님! 내 비밀을 들어 주시겠어요?"

"네! 들어드리죠 ……."

수산나는 잠깐 무엇을 생각하더니

"이왕이면 신부님 앞에 고백을 합시다. 송희 씨 맘의 괴로운 짐을 신부님 앞에 고하면 반드시 맘의 평화가 오리다. 신부님은 천주님께 신공하여 송희 씨를 구원할 수 있어요."

수산나는 문 밖으로 나가다가 다시 돌아서서

"신부님 모셔 와도 괜찮지요?"

하고 송희를 돌아본다. 송희는 고개를 끄덕였다.

수산나가 나간 뒤 송희는 갑자기 무서워졌다.

'내가 사람을 죽인 비밀을 폭로해서 될까?'

하는 본능이 그의 일순간의 용기를 눌러버리는 것이다.

'신부님이 오시더라도 …… 그냥 다른 말만 하고 말까?'

이러한 생각을 하니 가슴이 더욱 떨려온다. 괴로움, 무서움 송희의 맘의 파도는 진정할 길이 없다.

이윽고 병실 문이 열리면서 미소를 띤 수산나가 앞을 서고 뒤미처 신부가 들어온다. 수산나의 안내로 송희 병실에 들어온 신부는 나이 오십이 훨씬 넘은 듯 길게 자란 수염에는 은실같이 흰 수염이 절반이나 섞여 있다.

검은 신부복에 염줄을 드리운 박 신부는 무테안경 너머로 송희를 내려다본다. 점잖다 할까 따뜻하다 할까 그보다도 어디인지 깊고 고요하고 그리고 지극히 인자스러운 그 모습과 표정에 송희는 우선 경의와 호의를 가질 수 있는 것이다.

뺨이 약간 들어간 박 신부의 얼굴은 일편 수척한 듯하나 극히 깨끗하고 맑다. 수산나 수녀도 나오고 송희 어머니도 나오고 방에는 신부와 송희 단 두 사람이 남았다. 한 사십 분이나 지나서야 송희의 병실 문이 열리고 그리고 신부가 밖으로 나왔다.

송희는 이날부터 이상하게도 맥박이나 호흡이 호전하여졌다. 그도 그럴 것이 송희는 일절 모든 고민과 비밀을 신부 앞에다 고백한 후부터 어깨를 내려 누르고 목 줄기를 졸라매는 정신 고통에서 완전히 해방되어 버린 때문이다.

실과즙도 좀 마시고 계란 반숙한 것도 한 숟가락 받아먹고 그리고 이튿날 아침에는 미음을 한 공기나 마셨다. 송희 어머니나 담당의사까지도 안심의 숨을 돌려도 좋을 상 싶게 송희의 경과는 좋아졌다.

그러나 시월 초하루 오채옥의 공판을 앞둔 사흘부터 송희의 병세는 급속도로 전락하여 버렸다. 자도 깨어 있는 듯 깨어도 자고 있는 듯한 혼수상태가 계속되는 것이다. 맥박은 극히 느리고 호흡은 얇고 짧고 …… 주위의 사람들의 얼굴에는 완전히 웃음이 사라졌다.

송희가 차츰 죽음을 향하여 거리를 단축하여가는 동안 드디어 시월 초하루가 왔다. 독부(毒婦) 오채옥의 판결언도를 방청하려고 제×호 법정 방청석은 문자 그대로 입추의 여지가 없다.

정민혜 여사와 주영매 양은 정각보다 훨씬 일찍 와서 방청석으로 들어와 자리를 잡고 앉았다.

시간이 되자 판사와 배심판사 검사 그리고 관선 변호인이 차례로 자리를 정한 정면에는 용수를 쓴 채옥이가 간수에게 호위되어 심판대를 향하여 조용히 걸어온다.

채옥은 방청석 가운데 의례히 있을 상 싶은 정민혜 여사를 찾으려고 용수를 쓴 채 고개를 들어 살펴보았다. 순간 자리를 고쳐 앉는 듯이 몸을 움직여 보이는 정 여사의 얼굴이 눈에 띄자 채옥은 안심한 듯이 앞을 또박또박 발걸음을 계속하는 것이다. 장내의 일동의 시선은 채옥에게로 쏠렸다.

사형의 구형이 내린 채옥에게 차입은 잘 허락되어 정민혜 여사가 옷감을 장만하고 주영매 어머니가 바느질을 한 것으로 흰 치마에 옥색 반호장 저고리를 받쳐 입은 채옥은 나들이 나가는 여인같이 깨끗하다.

용수를 벗긴 채옥은 고개를 똑바로 들고 정면으로 바라본다. 고요한 눈동자다.

흔히 사형 논고를 받고 언도를 기다리는 죄수들의 눈에는 살기와 독기가 가득하고 피가 나올 듯 붉게 타는 눈들이 보통인데 오채옥의 눈만은 약간 들어간 채 평온하다. 단지 어디인지 슬픈 빛이 …… 아까운 청춘이 피어보지도 못한 채 살덩이를 저며서 팔다가 뱃속에 생겨난 한 개의 생명을 보호하기 위하여 인육시장을 탈출하였겠다. 그러나 세상은 고기를 팔던 오채옥을 받아주기는 너무도 냉혹하지 않았던가.

다만 밤하늘에 별과 같이 정민혜, 주영매, 백송희 그들과 함께 광명을 찾으려 했던 것이 뜻밖에도 백송희를 자기가 죽인 것이 되고 오늘 사형수로서 마지막 판결을 받는 것을 생각할 때는 그는 슬펐다.

죽음이 겁이 난다는 것보다도 자기처럼 슬픈 운명을 가지고 이렇게 억울하게 또 악착스럽게 일생을 마치는 여인이 존재한다는 것이 몹시도 슬픈 사실로 느껴지기 때문이다.

채옥은 자기와 정면으로 앉은 판사와 그리고 늘어앉은 법관의 얼굴들을 바라보았다. 넓적하고 둥글기도 하고 여위기도 한 얼굴과 얼굴이 하나같이 채옥에게는 불쌍하게 보였다. 사람을 심판하고 앉았는 저들도 먹어야 되고 처자와 부모를 살려야 하고 그러함에는 나같이 무죄한 여인의 모가지도 비틀어야 하고 마음에도 없이 …… 마치 채옥 자신이 먹고 입고 또 포주의 생활비를 위하여 마음도 없이 웃음과 살을 팔 듯이 …….

이러한 생각들을 해보자 채옥은 응 응 소리를 내어 울고 싶도록 슬픔이 가슴속에 벅차 올라온다.

하루살이 같은 인간들 …… 풀 위에 이슬 같은 생명들 …… 나도 죽고 나를 심판하는 자도 죽고 그리고 사람은 누구든지 다 죽는 것이다. 죽는 것이 인생의 운명이다. 그러나 …… 채옥은 눈을 지그시 감았다.

그다음 순간 채옥에게 한 가지 생각이 떠올라왔다. 어렴풋이 느끼고

있던 그
'영원!'
을 갈망하는 본능이 그에게 한 가지의 기원을 가르친다.
'예수님 정 선생님의 예수님.'

채옥은 이 한 가지 생각만이 영원과 붙들 수 있는 오직 한 가닥의 줄과 같이 생각이 되자 그는
'예수님 정 선생님의 예수님.'
하고 다시 입속으로 외어본다.

이제 곧 무서운 사형의 판결이 자기의 고막을 울리거나 말거나 채옥은 이 한 가지 기도로만 자기를 붙들려고 애를 쓴다.

'예수님은 죄가 없으되 남을 위하여 돌아가셨습니다.'

채옥은 염불하듯이 다시 한 번
'십자가 위에 돌아가신 예수님.'
을 입속을 외었다. 두 눈을 감은 채 채옥의 두 눈까풀 바깥은 다만 허공과 같이 텅 비어있는 것이다. 그는 아무것도 보이지 않는다. 다만 눈까풀 한 껍데기 속 세상에 있는 관념의 세계만이 있을 뿐이다.

판사가 개정을 선언하자 장내는 더욱 조용하여졌다. 흰 두루마기를 입은 사십을 바라보는 젊은 판사는 정면으로 채옥을 내려다보고 주소와 씨명을 묻는다. 묻는 대로 대답하는 채옥의 음성은 지극히 부드럽고 또 침착하다.

"에 피고 오채옥은 남산 숲속에서 황영빈을 권총으로 쏘아 직사시키고 백송희를 쏘아 빈사의 중태에 이르게 한 살인급성살인 목적으로 상해를 입힌 범죄 사실은 형법 ×××조에 의하여 사형으로 판결함."

간수가 오채옥의 어깨를 붙들었다.

흔히 사형 구형이나 판결을 받은 죄수가 즉석에서 혼란 상태에 빠져 혹은 소리를 질러 기도하고 혹은 몸부림을 하는 일이 있는 까닭에 채옥이 어깨를 누르고 있던 간수는 채옥의 몸에서 아무런 반항을 느끼지 못하자 그는 눌렀던 손을 떼고 채옥의 얼굴을 들여다보았다.

호르르 떨리는 속눈썹 속에 고요히 닫혀 있는 두 눈이 이렇게 침착할 수가 있을까. 일제 시절부터 지금까지 십팔 년간이나 간수 노릇을 해오는 동안 이러한 죄수를 보는 것은 실로 처음이다.

"불복하려면 상고할 수도 있다."

라는 말을 마치고 판사는 자리에 앉았다. 바로 이때다.

"판사 각하!"

하고 어지간히 천장을 울리는 목소리가 났다.

목소리의 주인은 방청석의 한 가운데서 끄덕 손을 치켜든 채

"판사 각하 저는 오늘 이 재판에 자진하여 증거를 서는 사람입니다."

사람들의 눈은 지금 일어선 사람에게로 일제히 쏠린다.

검은 신부복을 입은 거의 육십이 가까운 늙은 신부가 반백이 넘은 긴 수염을 드리워 있는 얼굴을 똑바로 들고 판사를 정시한다. 그의 얼굴은 긴장과 엄숙과 권위와 상징인 듯 판사는 자리에서 일어나 약간 허리를 굽혀 보이고

"자진 하셔서 증거를 서신다는 그 증거를 들려주시기를 바랍니다."

하고 정중히 대꾸를 하였다.

"나는 내 신성한 직무에 의지하여 무죄한 사람이 사형의 판결을 받는 것을 보고 그냥 있을 수는 없습니다. 황영빈을 죽인 진범이 따로 있다

는 것을 증언하는 바입니다."

박 신부는 손을 들어 성호를 긋고 조용히 자리에 앉는다.

"진범인? 진범인?"

방청석은 여기저기서 수군거리는 소리가 들린다.

판사는 약간 큰 목소리로 폐정을 선언한 후

"지금 증언을 하신 신부님 잠깐 기다려 주십시오."

판사는 사람을 보내서 신부를 조용한 방으로 청하였다.

"진범인을 아신다지요?"

젊은 판사는 신부에게 약간의 비난이 섞인 어조로 이러한 질문을 먼저하였다.

"네, 알고말구요."

박 신부는 연하게 대답을 한다.

"진범인은 누구입니까?"

"그것은 내 직무상 대답할 수 없습니다."

"그래도 한 무죄한 사람이 사형에서 해방을 받도록 하시려면 우리는 그 진범인의 성명을 알아서 그 사람에게서 확실한 범죄 사실을 인증한 후가 아니면 안 되는 것입니다 …… 그것을 아시겠지요?"

"네 잘 압니다 그러나 그 진범인은 내게 신앙고백을 함으로 내가 알게 된 것입니다. 나는 그리스도의 대리로써 죄인의 고백을 받은 몸이요 또 내가 고백을 받은 그 범죄 사실에 대하여는 가령 그 범죄가 육체적인 것이거나 또는 정신적인 것을 물론하고 나는 절대로 비밀을 지킬 의무가 있습니다. 내 생명이 끝나는 날까지 나는 이것을 누설치 못 하는 것입니다. 나는 신부라는 직책에 추호의 모독이라도 있으면 안 되는 것이니까요…… 이 점을 잘 양해해 주십시오."

"……."

판사는 머리를 긁고

"진범인이 자기 범행을 신부님께 자백하였지요?"

"네."

"그건 남자입니까? 여자입니까?"

"글쎄요."

박 신부는 엄숙하게 머리를 흔든다.

"오늘의 피고가 오채옥이가 아닌 것만은 분명하시지요?"

"물론이지요. 그러기에 제가 일부러 와서 증언을 드리는 게 아닙니까?"

"네, 참고하겠습니다. 수고하셨습니다."

박 신부가 재판장에서 돌아온 그 이튿날 새벽이 되었다. 송희는 자기의 생명이 이제 곧 마지막 코스로 들어가는 것을 짐작하자 그는 참을 수 없는 고통에 또 다시 사로잡히고 있다.

죽음이라는 좁은 문을 들여다보는 자만이 느낄 수 있는 결단코 제삼자의 동정이나 협력이 용인될 수 없는 절체절명의 순간을 심리적으로 또 생리적으로 감각하고 있는 송희는 정말 괴로워졌다.

약대[18]가 바늘구멍으로 들어갈 지언정 진실로 죄를 갖고 죽음의 심판대 앞에 나설 수는 없는 것이다.

마음의 비밀을 신부 앞에 고백은 하였지마는 또 그로 말미암아 정신적 고통이 훨씬 감하여 졌지만…….

18 낙타.

'채옥이가 만약에 사형을 당한다면 …….'

잔잔하여지려는 맘의 호수에 태풍같이 지나가는 한 가지 생각은 송희의 맘의 평화를 완전히 전복시키고 마는 것이다. 관념에서 얻은 위로는 진실된 현실 앞에 겨와 같이 헛되이 날아가 버리는 것을 어찌하랴.

죽음은 각일각으로 송희의 생명을 삼키고 있는데 이제 마지막 촛불이 꺼지기 전에

'한시라도 바삐 하지 않으면 안 되는 한 가지 일.'

을 해야 할 것을 깨달은 송희는 불을 안은 듯이 초조하여진다. 괴로운 한 밤이 지나고 또 다시 아침이 왔다.

"수녀님!"

송희의 목소리는 쉬어서 어음이 분명치가 못 하다. 수산나 수녀가 송희 곁으로 왔다.

"수녀님 미안하지만 신부님 좀 만나 뵙게 해 주세요. 드릴 말씀이 있어요."

"네! 만나 뵙도록 해드리고말고요. 지금 갈까요?"

송희는 고개를 끄덕였다. 수산나 수녀는 바쁘게 문으로 나갔다.

"아가 송희야 왜 또 마음이 불안하냐?"

어머니가 송희의 이마에다 손을 대어본다.

"……."

송희는 눈을 딱 감고 어머니의 얼굴을 보지 않는다. 이를 악물고 결심한 맘의 용기가 어머니로 인해서 다시 약해질까 두려워진 까닭이다.

"얘 송희야."

"어머니 저리 좀 나가주세요."

어머니는 한숨을 쉬고 밖으로 나간다. 조금 후에 신부가 수녀와 함께 들어왔다. 따뜻하고 의지할 수 있는 늙은 신부를 향하여 송희는

"신부님 제 소원이 하나 있는데요."

"소원?"

"네, 제 소원. 제가 죽기 전에 꼭 부탁드릴 말씀이 있어요. 오채옥이에게 사형을 구형한 그 검사를 내게 좀 오도록 해 주실 수 없을까요. 신부님 꼭 좀 그렇게 해 주십시오."

송희는 침대에 누운 채 두 손을 합장하고 신부를 쳐다본다.

"검사를 데려올 수도 있지만……."

"지금이라도 만나게 해 주세요. 제가 숨이 살아 있을 동안 만나봐야 되겠습니다. 무죄한 오채옥을 죽이고 제가 어떻게 편히 죽을 수 있겠어요?"

"……."

"저는 죽기 전에 제 범행을 사회가 제정한 법 앞에 자백을 하겠습니다. 그래서 그 법이 심판하는 대로 받겠습니다. 신부님 미안하지만 진범인이 자수한다고 꼭 전해 주십시오…… 제가 죽기 전에 속히 만나게 해 주세요."

신부는 잠자코 손을 들어 성호를 표하고 밖으로 나갔다.

"검사가 오게 되면 제 어머니는 밖에 계시도록 해 주세요 부탁합니다."

송희는 괴롭게 웃으며 수산나 수녀를 쳐다본다.

"네, 그렇게 하지요."

재판소로 간 신부는 오채옥의 사건을 맡았다는 검사와 쉽게 만났다.

"황영빈을 쏜 범인이 자수를 하려고 하나 지금 중태에 빠져 있음으로 미안하지만 검사께서 곧 좀 출장을 나와 주셨으면 좋겠습니다. 병원으로."

하는 박 신부의 말대로 검사는 자동차에 올라탔다. 마침 점심시간이라 R검사는 아무런 지장없이 성모병원 별관까지 왔다.

검사가 왔다는 전갈을 받은 수산나는 약속대로 어머니를 밖에서 기다리게 하였다.

"무슨 일이요? 왜 내가 알아서 안 될 일이 뭐야요?"

번번히 쫓겨나가는 송희 어머니는 불쾌하여졌다.

"병자의 소원대로 해드리십시다. 나중에 제가 다 말씀드릴 테니 ……."
하고 송희 어머니를 달래서 문 밖으로 내보냈다.

키가 훨씬 크고 머리가 곱슬곱슬한 무테안경을 쓴 삼십대의 젊은 검사가 신부의 뒤를 따라 송희의 방으로 들어오자 송희는 어린아이같이 맑은 눈으로 검사를 쳐다본다. 송희는 후르르 떨리는 사지의 전율을 느끼며

"신부님 감사합니다."
하고 자리에서 합장한다.

"지금 검사께서 오셨으니 할 말이 있거든 하시오."

신부의 인자하고 슬픈 얼굴빛과 검사의 엄숙한 얼굴 그러면서도 일말의 호기심을 감추지 못하는 무테안경 속에서 복잡하게 돌아가는 두 개의 눈동자!

송희는 두어 번 입술을 빨고

"바쁘신데 이렇게 와주셔서 감사합니다."

누운 채로 송희는 인사를 하고

"제가 신부님을 통해서 검사 어른님을 뵙고자 한 것은 다름이 아니올시다 저 ……."

송희는 타들어가는 입천장에 다시 한 번 혀끝을 대보고

"황영빈을 죽인 사람은 제 자신이올시다. 그리고 제가 저 자신을 쏘았습니다. 이 말씀은 신부님께 고백한 일이올시다만은 오채옥이가 애매하게 사형을 받는 것이 너무도 괴로워서 늦은 대로 지금이야 제가 범행을 자백합니다."

"권총은 어디서 난거요?"

"황영빈에게 있던 것입니다."

"황영빈은 권총을 어디서 얻은 것이오?"

"그건 모르겠습니다."

"왜 알 텐데……."

"전연 알 수 없습니다."

"황영빈에게 있던 권총을 어떻게 해서 백송희가 그것을 가지고 쏘게 됐소?"

"우연한 기회에 발견해서 제가 가지고 있었습니다."

영빈의 친구 P가 관련되지 않도록 송희는 이렇게 잘라 말을 하는 것이다.

"학교에 다녔소?"

"네, 여자 전문학교입니다."

"어느 학교?"

"그것은 모교의 체면을 위해서 말씀 아니 하겠습니다."

R검사는 잠자코 송희를 내려다보다가

"무슨 이유로 쏘았소?"

송희는 한숨을 몰아 쉬고

"그가 제게 배반을 한 까닭입니다. 그리고 제 자신이 그 사람에게서 견딜 수 없이 불쾌한 …… 정신적으로 육체적으로 배상할 수 없는 큰 모욕을 당하였기 때문입니다 ……."

"그 모욕이라는 것은?"

검사의 입가에 엷은 미소가 떠도는 것을 놓치지 않고 바라보는 송희는

"그것은 제 일신상에 관한 비밀이올시다 …… 제가 살인자라는 것을 자백하였으니 법대로 심판을 받겠습니다."

말을 마치고 지그시 눈을 감는 송희의 얼굴은 병든 천사같이 여윈 채로 엄숙하여 검사는 이 이상 더 물어보았자 대답이 있을 상 싶지 않은 것을 인식하였다. 그는 약간 우울하여진 표정으로 수첩에 글을 쓰더니 송희에게 지장을 찍으라한다. 송희는 검사가 내주는 인육[19]에 엄지손가락을 찍어 종이에 넌지시 눌렀다. 박 신부는 성호를 긋고 송희의 머리 위에 잠깐 손을 대어 축복한 후 검사와 함께 돌아나갔다.

"호."

하고 한숨을 쉬는 송희는 진정 마음이 시원하여졌다.

오래 고생하던 무거운 짐을 내려놓은 것 같은 아니 무섭게 결박해 논 쇠사슬에서 풀린 때처럼 송희의 영혼은 평안하여졌다.

밖에 있는 어머니도 들어오고 수산나 수녀는 송희에게 강심제를 넣은 포도당 주사를 주고 송희 어머니는 미음을 한 공기 가져왔다.

송희는 언제나 어머니에게 하는 표정으로 방그레 웃으며 미음을 마신다.

19 印肉. 인주.

'이것이 아마 최후의 미음.'

이라고 생각한 송희는 한 방울도 남기지 않고 다 마셨다.

"아가 조금 더 가져올까?"

하고 어머니가 물었으나 송희는 고개를 살랑살랑 흔들고 눈을 감는다.

일만 근심이 물러간 듯한 송희는 착한 어린애같이 가만히 누워 있다.

"과일즙 좀 가져 올까?"

"……."

"과일즙 ……."

"좀 자겠어요."

"그래라 그럼."

어머니는 이불을 당겨 딸의 어깨를 덮어주고 교의로 가서 가만히 앉았다. 송희는 점점 깊은 잠으로 들어간다.

송희의 잠은 언제나 깨일지 밤도 깊고 새벽도 가까운데 어제 오정 때부터 자는 잠이 그냥 계속되고 있다. 완전히 혼수상태에 빠진 것이다.

송희 어머니는 완쾌하여 퇴원한 딸을 데리고 어디인지 산보를 가는데 송희가 먼저 자동차를 타고 달아나 버리는 것을

"애 송희야, 송희야."

부르다가 깨어 벌떡 일어나 앉았다.

'흉한 꿈.'

을 보았다 생각한 송희 어머니는 떨리는 가슴으로 가만히 송희의 얼굴을 들여다보았다. 잠이 함북 들어 곤하게 자는 송희의 얼굴은 오랜 병에 시달린 피로와 고민이 붓으로 그린 듯한 눈썹 사이에 서리어 있다.

시계는 오전 세 시 날이 새려면 아직도 네 시간이나 있어야 되는 것이

다. 송희 어머니는 자는 송희의 코밑에다 살그머니 손바닥을 대어보고 그리고 호흡이 느껴지는 것을 알았으나 얼마 안 있어 이 호흡은 꺼지는 촛불같이 사라질 것을 생각하니 그는 가슴이 쪼개지는 슬픔을 참을 길이 없다. 억제하면 할수록 칼로 쑤시는 듯한 슬픔이 이제 곧 심장이 찢어지는 듯하다.

하늘에도 땅에도 어미 하나 딸 하나 살아오던 이 두 모녀가 이제 서로 나누어지지 않으면 안 될 시각이 점점 박두하여 오지 않느냐.

"아이고 …… 으으으."

송희 어머니의 가슴에서

기어이 울음소리가 터져 나오고 말았다.

"아이고 송희야."

"어머니 왜 그러세요? 남들 자는데 옆에 방 사람에게 미안하지 않아요?" 하고 어머니를 나무라는 송희의 혓바닥은 벌써 굳어졌다.

"애야, 아가 미음 좀 먹을까?" 하고 딸의 얼굴을 두 손바닥으로 싸고 그 이마에다 어머니의 뺨을 갖다 댔다.

"아뇨. 가만 두세요 좀 자겠어요."

송희는 여전히 깊은 잠으로 들어간다.

날이 샐 무렵에 송희 어머니는 의사에게로 달려갔다.

"좀 봐 주십시오. 암만해도 이상합니다."

의사는 간호부와 같이 곧 송희의 방으로 왔다. 심장을 들어보고 맥을 짚어보고 한참 만에

"무슨 할 말이 있나 물어 보십시오."

하고 의사가 복도로 가면서

"섭섭하지만 할 수 있습니까 이제 한 시간 지나면 운명할 겁니다."

하는 의사의 팔을 붙들고 송희 어머니는

"선생님 불쌍한 내 딸 좀 살려주세요. 내 재산 다 드리죠."

의사는 딱하디 딱한 표정으로

"누구나 다 가는 길입니다. 단지 이르고 늦는 것뿐이죠."

송희 어머니는 딸에게로 왔다.

"얘야 송희야 아가 좀 깨어라."

하고 딸의 가슴을 흔들었다. 빤히 눈을 뜨는 송희는

"왜 이러서요?"

하고 어머니를 쳐다본다.

애처롭고 가련하고 슬프고 원통한 모든 정서가 한데 뭉치어 송희 어머니는 그대로 통곡을 계속한다.

"어머니! 울지 마세요. 울지 말고 제 말 좀 들어보세요."

"오냐 들어주마 무엇인지 들어주마."

수산나 수녀가 와서 송희의 가슴에다 또 다시 강심제를 놓았으나 주사는 가지 빛으로 피하(皮下)에 머물러 있을 뿐이다.

"어머니!"

"왜? 아가. 나 여기 있다."

"저 황영빈이를 죽인 사람이 누군지 아세요?"

송희는 생긋이 웃는다.

"글쎄 누군지 채옥이가 아닌가?"

송희는 고개를 흔들고

"백송희야요. 어머니 황영빈이가 …… 날 가지고 …… 저 어머니 노여마세요."

송희는 가쁜 숨을 내쉬면서 어머니를 쳐다본다.

"아가 정신 차려라. 얘가 왜 헛소리를 하나?"

"아냐요. 어머니 전 정신은 아주 말짱해요. 신부님께 고백을 했으니까요. 일단 들어보세요."

"송희야 네가 사람을 죽이다니 그럴 리가 있니?"

어머니는 송희의 손을 잡고 그의 어깨를 약간 흔들었다.

"어머니 용서하세요. 황영빈이가 나를 모욕했어요. 아니 어머니를 모욕했어요. 그래서 그래서 ……."

"모욕이라니 무어라든? 응 아가."

"저 어머니 용서하세요. 저 날 기생의 딸이라고 그러기에 …… 견딜 수가 없어서 쏘았어요 ……."

"……."

"그러니 말야요 어머니."

송희는 가쁜 숨을 돌리느라고 잠깐 말을 그쳤다가

"오채옥이는 무죄야요. 오채옥이가 석방이 되어 나오거든 …… 부디 좀 잘 거두어주세요 ……."

"……."

송희 어머니는 딛고 있는 땅이 금시로 푹 꺼져 들어가는 듯한 그러한 허무하고도 맹랑한 사실에 다만 망연할 뿐이다.

'내 딸이! 내 딸이 …….'

송희 어머니는 자기의 저주받은 일생이 오늘의 이러한 참극을 일으켰다 생각될 때 그는 송희를 위하여 울기에는 너무도 무서웠다. 자신의 죄악이 이렇게도 구구절절하게 자기를 심판하다니 …… 비단 치마와 깃도 구두는 돈 있는 집 따님들만이 차지하는 것을 보고

'흥 아무렇게 해서라도 입으면 그만 아니야?'

하고 어머니 몰래 기생학교로 뛰어 들어갔던 열여섯 살 때의 일이 오늘과 같은 참극을 만들어낸 장본이었다면

'아아 과연 한때의 실수가 하루의 허영이 …….'

송희 어머니는 이러한 탄식을 한때는 과거에도 몇 번이나 있었다.

나이 들어 학교에서 노래 배운 동무들이 남의 정실 아내로 결혼하여 가는 것을 볼 때마다 그는 자신의 기생된 것을 후회하였던 것이다.

그럴 때마다 그는 포도주를 마시고 청주를 마시고 수심가를 부르고 가야금을 타고 그리고 금비녀 금가락지 보석반지 비단옷을 꺼내놓고 쑤시는 양심의 상처를 달래고. 그러나 오늘만은 오늘의 참극 앞에서 마담 비취는 그 눈이 부신 금강석 반지가 그를 위로할 수는 없었다.

궁전과 같은 그의 큰 저택이 그의 마음을 편하게 할 수는 없다. 어떤 음악이라도 어떤 고급의 요리라도 그에게 잠시의 평화라도 줄 수는 없다.

단지 하늘과 땅이 송두리째 변하고 말았다. 즐겁다든가 슬프다든가의 경지를 완전히 벗어난 한 개의 허무가 놓여 있을 뿐이다.

송희는 어머니의 손을 잡고

"천당에서 만날 테니까요 …… 너무 서러워 마세요 네 …… 어머니."

송희의 눈에서 눈물이 방울지어 흘러내린다.

"아가 우지마라. 천당 가는 사람이 울면 안 돼."

어머니는 딸의 눈에서 눈물을 씻는다.

"어머니 오 오채옥이를 자 잘 거두어주세요."

"오냐 네 부탁대로 하마."

수산나 간호부의 인도로 신부가 다시 왔다. 신부는 송희에게 성호를 그어 축복을 하고 그의 영혼을 천주님께 부탁드리는 경문을 외웠다.

K박사도 오고 간호부들도 왔다. 수녀 간호원들은 모두 송희를 위하여 고별의 예를 표하고 엄숙하게 서서 있다. 수녀 수산나가 자기 목의 염주를 끌러 송희의 가슴에 놓아 주었다.

이윽고 송희의 호흡이 천천히 거두어지기 시작한다. 이상한 일은 송희의 어머니는 울지 않는다. 그는 두 손을 합장한 채 조용히 눈을 감고 마룻바닥에 꿇어앉았다.

수녀 수산나가 가만히 송희의 눈을 쓸어내리고 탈지면으로 송희의 코를 막고 홑이불을 당겨 송희의 머리까지 덮었다. 기이하게도 송희 어머니는 울지 않는다.

'아가 천당인가 하는 데서 기다려라. 내 어떻게 해서라도 거길 찾아갈 테니 응 송희야.'

흰 장미와 다알리아와 야국과 코스모스 모든 가을의 아름다운 꽃들로 장식된 송희의 관이 성모병원 정문에서 영구차에 실렸다.

차속에는 그 어머니와 수산나 수녀와 그리고 정민혜 여사와 주영매 양이 같이 탔다. 그리고 또 한 사람 어제 무죄로 판명된 채옥이가 함께 올라탔다. 영구차 뒤에 또 한 대의 하이야가 망우리 공동묘지까지 왔다. 신부는 꽃에 묻힌 젊은 송희를 땅속에 넣을 때 또 다시 정성으로 그의 명복을 빌었다.

"신부님 송희가 천당이란 데를 확실히 갔습니까?"

하고 송희 어머니가 묻는 것을

"네, 갔습니다. 분명히 갔습니다."

"…… 네."

송희 어머니는 여전히 울지 않고 무엇인지 골똘히 생각하는 얼굴이다.

장례가 끝이 나서 송희 어머니를 따라 정민혜 여사가 송희의 집에까지 가고 영매는 채옥을 데리고 남산동 자기 집을 향하였다.

아침부터 흐렸던 일기는 기어이 비가 내리고야 말았다. 우산도 없이 축축이 가을비를 맞으며 걸음을 빨리한 두 젊은 여인은 자칫하면 미끄러질 듯한 발을 조심해 가면서 골목으로 들어서자 이상한 광경이 나타났다.

장롱, 의거리 같은 것을 위시하여 책상, 교의, 책장 같은 세간 나부랭이들이 함초롬 비에 젖은 채 길바닥에 노상으로 놓여 있는 것이다.

영매는 어떤 예감에 가슴이 덜컥 내려앉는 것을 느끼면서 마당으로 들어섰다. 순간 어머니의 고함소리가 들린다.

"이놈아, 이 개 같은 놈아, 누굴 끌어내는 거냐."

하고 방금 김황용이에게 손목을 붙들린 영매 어머니가 몸부림치는 것이 눈에 띈다. 영매는 뛰어 들어서자

"여보 무슨 짓이요? 당신은 부모도 없소?"

"힝?"

황용은 씩 웃고 노인의 팔을 슬그머니 놓으며

"난 이런 노망난 부모는 없소. 왜 순순히 집을 못 비우고 왜 사람을 애를 먹인단 말요?"

영매는 기가 탁 막혀서 아무런 적당한 말이 나오지가 않는다.

"당신은 어떤 사람인데 남이 살고 있는 집을 강제로 뺏는단 말요? 당신도 사람의 양심은 있지요?"

"힝, 양심? 그래 대체 양심이 어떻단 말요? 왜 집은 안 비어 주느냐 말요. 나도 이 집 밑에 수십만 원이 찾을 것이 있으니 말요. 그냥 물러설 순 없단 말요."

"안 돼요. 못 비울 테니 어떤 일이 있더라도 못 비울 테니 당신 맘대로는 안 될 게니 ……."

영매는 분노와 억울함과 그리고 황용에게 대한 지극한 증오감으로써 목소리가 떨리기만 하고 말의 권위가 서지 않는 것이 안타까웠다.

이층에 누웠던 오빠가 비슬비슬 하면서 내려오는 것이 눈에 띄자 영매는 눈이 캄캄하여졌다.

"오빠 왜 내려 오셔요? 네 오빠."

백납으로 만든 우상과 같은 오빠가 방금 쓰러질 듯한 자세로 위태하게 층계를 내딛는 것은 영매의 가슴에다 칼을 꽂는 것과 마찬가지로 슬픈 일이다.

"오빠 오빤 올라 가세요 제발."

영매는 오빠의 옆으로 가서 그의 한 팔을 붙들고 되도록 이층으로 도로 올라가기를 애원하였다. 그러나 오빠는

"여보시오 나 좀 봅시다."

하고 김황용을 부른다.

"왜 그러시유?"

황용은 이 빼빼 말라빠진 병자를 보자 그는 모멸에 가까우리만큼 거만하게 대답하는 것이다.

"집을 꼭 비워야만 될 이유가 있다면 못 비울 것도 아니지만 오늘은 안 됩니다. 우선 어디로 나갈 곳을 준비할 동안 며칠 여유를 주시오."

"흥 흐흥 안 돼요. 세상없어도 안 돼요."

김황용은 콧구멍을 벌룽거리며 조롱에 가까운 어조로

"정 비우기 싫다면 말야 이만 원만 내놓아요. 이만 원."

하고 손바닥을 쑥 내민다.

"돈도 그렇지 않소? 없는 사람이 당장에 내 놀 돈이 없으니 며칠 기다리시우."

"안 된다고만 하지 말고 노형도 좀 생각해 보시우. 자 지금 내가 찬비를 맞고 거리로 나간다면 노형의 맘이 편하겠소?"

영매는 하얀 손으로 발그레 상기된 뺨을 만지며 쓸쓸히 웃는다.

"그런 건 난 몰라요."

"……."

"오빠 올라가세요. 열이라도 오르면 어쩌자고 이러세요."

영매의 목소리는 어느덧 울음으로 변하였다.

"아이 여보 젊은이."

영매의 어머니는 황용에게 타협의 태세를 취한다.

"정 돈을 받아야 되겠거든 한 달만 더 기다려주시우. 그동안에 어디서 고변[20]이라도 들여 볼 테니."

"안 돼요. 당장에 주어야 해요. 응 나도 이집에서 몇십만 원 족히 받아 써야 될 까닭이 있거든 힝."

20 高邊. 고리(법정 이자나 보통의 이자를 초과하는 비싼 이자).

황용이가 탁 하고 현관 바닥에 침을 뱉는다.

"아이 속상해 ……."

안방에서 일전에 퇴원한 탄실이 어머니와 마주 앉았던 채옥은 진정 속이 상했다.

'개만도 못한 인간에게 …… 왜 저런 봉변을 당하지 않으면 안 될 까닭이 뭐람 …….'

채옥은 김황용의 목소리가 들릴 때마다 눈을 흘기고 입을 삐죽거리고

그러나 마귀 같은 황용이가 그대로는 결단코 돌아갈 상 싶지는 않다. 채옥은 까만 눈으로 바람벽을 쏘아보면서 한 가지 일을 결심하는 것이다.

'몇 번이나 죽었을 몸이 아니냐. 한강으로 가던 때 길바닥에서 아이를 낳을 번 했던 때 산후에 경과불량 그보다도 교수대에 올라갈 몸뚱이가 누구의 은혜로 살아났느냐. 은혜를 모르면 개만도 못하다.'

입속으로 중얼거린 채옥은 자리에서 벌떡 일어섰다.

"여보시우 미스터 김."

하고 채옥은 방그레 웃어 보였다.

"이크 대낮에 웬 도깨비야?"

하고 황용은 콧구멍을 벌룽거리며 씨근씨근 성난 표정이다.

"이리로 좀 와요. 긴한 말이 있어요."

채옥은 황용의 한 팔을 붙들었다.

"이거 놔. 아니꼽게 네까짓 장단에 내가 춤을 출상 싶으냐 힝."

"아니 나 좀 봐요."

채옥은 살짝 윙크를 하고 고개를 갸우듬하면서 방긋 웃었다.

"치 무슨 말인지 해 보아 해 보란 말야."

황용은 넌지시 채옥을 돌아본다.

"저리로 나갑시다. 잠깐만 ……."

채옥은 결사를 각오한 최전선의 용사와 같이 가슴에서 이글이글 타고 있는 분노의 폭탄을 안은 채 황용의 한 팔을 안았다.

두 사람이 밖으로 나간 뒤 비는 좀 더 굵은 가락으로 내리기 시작한다.

"어머니 세간을 들여 노서요 자 영매!"

하고 오빠가 손가락을 마당을 가리킨다.

"참말 들여 놉시다."

"순경이 왔었는데 가만히 있을까?"

"글쎄 순경도 사람이지 …… 나중에 그 녀석이 와서 다시 꺼내놓는 한이 있더라도 우선 들여놓고 보자구나."

어머니는 뜰로 내려가서 교의를 집어 현관으로 들여놓는다. 영매도 무거운 책상을 안고 비실비실 현관으로 옮길 때다.

문밖에서 자동차의 경적소리가 나더니 히죽히죽 웃는 황용이가 들어선다. 순간 식구들의 얼굴빛은 모두 어두워졌다.

"저 그런데요, 이사를 정히 못 하신다니 그럼 댁의 형편을 보아 그냥 가겠습니다. 그리고 ……."

황용은 포켓에서 기름한 봉투를 꺼내면서

"이걸 주영매 선생님께 드리라고 해서 가져 왔는데요 …… 주영매 씨가 누구신지요?"

"누가 주는 거야요?"

하고 영매가 봉투를 집어 들었다.

"속을 열어 보시면 아실 겁니다."

하고 황용은 심심하게 서 있는 순경을 데리고 하이야로 들어가 버렸다.

겉봉을 뜯어 한참 읽어가던 영매의 눈에서 눈물이 쏟아져 내렸다.

'마음속으로 존경하고 사랑하는 주영매 선생님. 오늘 집 까닭에 김황용에게서 괴롬을 당하시는 걸 보니 저 마음이 견딜 수 없어 집값을 꾸었습니다. 오만 원에 제 몸을 잡히고 …… 이만 원은 김황용이에게 주고 삼만 원 소절수를 보내오니 이것은 주 선생님께(영매 오빠) 영양분을 사드리도록 해 주십시오. 저는 선생님들이 목적하시는 그 희망원이 개원되는 날 저를 데려가실 줄 믿고 하루하루 기다리고 있겠습니다. 조금도 언짢게 생각지 말아 주십시오. 죽었을 저의 몸이 이렇게라도 해서 선생님들의 은혜의 만의 하나라도 갚아 보려는 저의 심정이오니 부디 맘을 불편이 말아 주시옵소서. 오채옥 상서.'

어머니가 나가서 김 서방을 데려왔다. 세간은 다시 모두 제자리로 돌아갔다. 함초롬 비에 젖은 세간 하나하나를 마른 걸레로 훔치며 어머니는 무엇인지 중얼거리고 있다.

"채옥아 하느님이 하느님이 널 돌보시겠지. 착한 채옥아 불쌍한 채옥아 ……."

이날 하루해가 이렇게 저물었다.

이튿날도 여전히 비는 내렸다. 아침을 마치고 나서 영매가 오빠의 주사기를 소독할 때다.

"가을장마가 지려나?"

하고 현관으로 들어서는 사람이 있다. 정민혜 여사다.

"아이고 정 선생님. 그러지 않아도 제가 지금 곧 댁으로 가려던 참이었어요."

하고 영매가 일어서서 정 여사를 맞았다.

"영매! 오늘은 굉장히 기쁜 소식을 가져왔어."

진정 마음속에서 솟아오르는 즐거움이 그의 얼굴에서 넘쳐 흐르고 있다.

"무슨 일이에요? 정 선생님."

하고 영매는 정 여사와 함께 방으로 들어갔다.

"이봐 송희가 큰일을 해 놓고 갔어 …… 그 어머니가 하신 일이지만 따져보면 송희의 공적이야."

하고 감개무량한 얼굴로 영매를 쳐다본다.

"송희 어머니께서 송희를 위하여 채옥이 같은 여성을 돌보아 주신다고 자기 재산의 절반을 내 놓으셨어 …… 모두 한 칠백만 원 되나봐. 그리고 자기 집을 희망원으로 쓰자고 송두리째 내놓고 ……."

"선생님!"

영매는 꿈이 아닌가 싶어 단지 이렇게 한마디 외치고 정 여사의 얼굴만 뚫어지라고 바라볼 뿐이다.

"채옥이에게도 이 희소식을 알려야지!"

하고 정 여사는 채옥을 찾는다.

"선생님! 잠깐만."

영매는 이층으로 달려가서 채옥의 편지와 소절수를 가지고 내려왔다. 어저께 김황용이에게서 봉변당하던 일과 채옥이가 슬그머니 없어졌던 이야기를 다 하였다.

"어쩌면 …… 채옥이가 …… 기특도 하지 ……."

민혜 여사는 감개무량한 표정으로 이렇게 한마디 하고 손수건으로 눈시울을 누른다.

"그럼 우리 채옥이를 찾아가지. 오만 원을 물어주면 데려올 수 있지 않어?"

"삼만 원 소절수는 여기 있으니 이만 원만 더 있으면 돼요."

"아니야. 그것은 채옥이가 자원해서 마련한 돈인데 이 돈 삼만 원은 영매 오빠를 위하여 쓰는 것이 당연한 일이야."

"그럴까요?"

영매는 무엇을 생각하는지 눈을 깜박깜박 하면서 이렇게 대답을 하고 정 여사를 다시 쳐다보는 것이다.

"자 그럼 우리 이 길로 나가 보아요. 채옥을 한시바삐 데려오도록!"

두 사람은 거리로 나왔다. 그러나 신정일대 많은 윤락가 가운데 어느 집에 채옥이가 들어있는지 그들은 처음부터 한 집 한 집 들어가서 오채옥이를 물었다.

일곱째 집 장춘루로 들어갔을 때는 벌써 오정이 울리었다. 그들은 전과 같이

"오채옥이란 여자가 있습니까?"

하고 물었다.

"왜 그러세요?"

한 사십 세나 된 뚱뚱한 사나이가 묻는 말이다.

"좀 만나 보려고 그래요."

"친척 되세요?"

"친척 …… 입니다. 내 동생이야요."

정민혜 여사는 우산을 한 옆에 놓고 현관 마루에 걸터앉았다.

진한 화장이 벗겨져서 얼룩이 진 얼굴들을 한 여인들이 기웃기웃 내다본다.

"채옥이 불러와."

하는 사나이의 명령을 듣고 머리를 감았는지 풀어 헤친 여인이 한 손으로 흘러져 내리는 치마허리를 움켜잡으며 이층을 향하여

"채옥이 채옥이 내려 오랜다."

하고 소리를 친다.

콩콩 거리는 발소리를 듣는 정민혜 여사와 주영매의 얼굴에서 진정 반가운 웃음이 떠올랐다.

"아이고 정 선생님, 주 선생님?"

하고 채옥은 두 사람을 안다시피 앞으로 고꾸라졌다.

"채옥! 희망원이 됐어 …… 그래서 채옥이를 데리러 왔어 ……."

"정말이야요?"

하고 채옥은 믿어지지 않는 표정이다.

"정말야. 내 말을 믿어요. 내가 언제 거짓말 했나?"

민혜 여사는 이렇게 말하고

"빚이 오만 원이죠? 오채옥의 몸값이?"

하고 오만 원의 소절수를 뚱뚱보 사나이 앞에 놓아주었다.

동대문안 백송희의 아니 양비취 씨의 집 대문에는 진한 먹으로 쓰인 희망원의 간판이 붙었다. 거기에는 오채옥이며 탄실이 모녀가 들어오고 그리고 정민혜 여사와 공창 폐지 역원도 드나들고 주영매도 매일같이 와서 사무를 보는 것이다.

이 소식이 신문에 나자 일주일이 못 되어 이십여 명의 폐업 공창이 찾

아왔다.

"뒤꼍 대밭을 베어버리고 거기다 삼 간짜리 방 한 이십 개만 더 만들면 한 오십 명은 넉넉히 수용되겠지요. 오늘 청부업자에게 견적서를 쓰도록 합시다."

마담 양비취는 처음에 절반을 내놓는다는 재산을 마침내 온통으로 다 내놓아버렸다. 대청 한가운데 방그레 웃을 듯 내려다보는 백송희의 사진이 걸려 있고 그 아래로 야국이 한 아름 푸른 화병에 꽂혀 있다. 어제 정민혜, 주영매, 오채옥 일행이 망우리 공동묘지 송희의 무덤을 성묘하고 오늘 길에 꺾어온 꽃이다.

희망원에 수용된 식구들은 인형이며 손수건이며 베개며 같은 실내노동을 하는가 하면 닭과 토끼에게 모이를 주고 쉬는 시간에는 대청에 차린 핑퐁대를 둘러 핑퐁 게임을 하는 패도 있고 앞뜰 넓은 곳에서 터치볼을 하는 식구도 있다.

국어와 산수는 민혜 여사가 맡고 지리와 역사는 주영매가 맡고.

희망원이 개원된 지 만 두 달에 수용된 인원이 오십 명 정원에 도달하였다.

좋은 영양을 섭취한 덕인지 주영매 오빠 되는 주영수 씨는 건강이 훨씬 좋아져서 요사이는 희망원 원생들에게 일주일에 한 번씩 생리학을 강의하게끔 되었다.

탄실의 아버지 손성묵은 감옥에서 그의 딸에게 맘속으로 참회하는 글발이 왔다.

마담 양비취는 천당에서 송희와 만날 일념으로 이 아침도 명동성당에 가서 성모마리아 앞에 꿇어 엎드리는 것이다.

직업과 지식을 훈련할 동안 그들이 가지고 있는 병도 치료를 받았다. 부인 의사 권 씨며 그밖에 정민혜 여사의 간청으로 닥터 최는 토요일 오후마다 닥터 박은 수요일 오후마다 희망원으로 왕진을 와서 일일이 진찰을 하고 투약을 하였다.

희망원이 개원된 지 삼 개월 만에 채옥은 닥터 박의 병원으로 자진하여 간호부로 갔다. 받은 은혜를 갚으려는 국가와 사회에 대한 봉사의 첫걸음이다.

채옥은 친절하고 부지런하고 또 주의 깊이 자기의 직장을 지켰다. 닥터 박도 만족해서

"희망원의 첫 열매로써 그만하면 됐어요."

하고 정민혜 여사에게 인사를 하였다.

"보아가며 좋은 배필이 있으면 혼인을 시킬 생각이어요. 어떨까요? 이건 채옥뿐 아니라 희망원에 있는 모든 여자들이 병이 낫고 직업이 훈련이 되고 지식도 어느 정도 계몽이 되면 차례차례 한 가정의 주부로 들여보낼 작정입니다."

"그렇게 말씀을 하시니 말입니다만 채옥 씨를 아내로 맞이해 가겠다는 분이 있는데 …… 의견이 어떠실지 저 닥터 최가 지난여름에 상배[21]를 하신 건 …… 아시죠?"

"……."

민혜 여사는 한참 만에야

"놀리시는 말씀은 아니시죠?"

21 喪配. 상처(아내의 죽음을 당함)를 높여 이르는 말.

하고 웃었다.

"온 천만에. 누굴 실없는 장난꾸러기로 아십니까?"

하고 박 의사는 질색을 하였다.

"닥터 최의 연세가 얼마시지요?"

"올해 마흔하나시지요."

"애기는?"

"중학교에 다니는 아드님 한 분이 있지요."

"네, 네. 꼭 되도록 박 의사님만 믿겠습니다."

"하지만 신부 쪽 의견이 어떨지?"

"그것만은 제가 장담해도 좋습니다. 염려 마십시오."

겨울도 깊어 백설이 온누리를 은세계로 단장하는 어느 오후 너울 쓰고 꽃다발 안은 채옥이가 모닝을 입은 키가 후리후리하게 큰 중년신사 닥터 최와 나란히 예배당 문을 나왔다. 웨딩마치가 두 사람의 행복을 언제까지나 축복하는 것이었다. -끝-

— 문연사, 1954

부록

해방기 세태소설의 한 양상

진선영

1. 들어가며

『가인의 시장』[1]은 『찔레꽃』의 작가이자 식민지를 대표할 만한 여성 대중소설가 김말봉의 해방 이후 첫 작품이다. 『밀림』과 『찔레꽃』의 열화와 같은 인기를 뒤로 하고 일본어로는 글을 쓰지 않겠다는 절필 선언 후 해방이 될 때까지 붓을 들지 않았던 김말봉은 이 작품을 통해 소설 쓰기를 재기한다. 1938년 12월 25일 『밀림』 후편이 96회로 연재가 중단된 이후 약 9년만의 일이다.[2]

1 김말봉, 『가인의 시장』, 『부인신보』, 1947.7.1~1948.5.8.

2 김말봉이 식민지 시대 발표한 장편소설은 『밀림』, 『찔레꽃』 두 편이다. 김말봉의 첫 장편소설인 『밀림』은 4년 동안의 작품 구상을 통해 스케일이 크고 격조 높은 세계를 구현하고자 했던 노력의 결실이었다. 하지만 3년이라는, 연재 기간이 길었던 만큼 여러 가지 우여곡절을 겪게 되는데 95회 연재 중 남편(전상범)의 죽음(1936.1.26~2.25)으로 한 달간 연재를 중단하였고 발표 지면의 무기 정간(『동아일보』 4차 무기 정간, 1936.8.29~1937.6.2)으로 무려 1년 이상 연재를 중단하게 된다. 바로 이 1년의 휴지기에 『찔레꽃』(『조선일보』, 1937.3.31~10.3)이 발표된다. 『찔레꽃』의 완재 후 한 달이 지난 1937년 11월 4일부터 『밀림』 234회가 연재되어 1938년 2월 7일로

약 7년 동안을 부산에서 생활인[3]으로 살던 김말봉은 해방과 함께 서울로 이주하여 적극적인 대사회활동을 시작한다. 남편 이종하와 함께 아나키스트 유림(柳林)이 이끄는 독립노동당 창당에 관여하여 이종하는 노동부장, 김말봉은 부녀부장의 직책을 맡게 된다.[4] 독립노동당 부녀부장의 직책을 수행하면서 '폐업공창구제연맹'의 회장직을 수락하고 공창폐지운동의 전면에 나서게 된다. 결국 김말봉을 중심으로 한 여러 여성단체들의 노력으로 1947년 10월 28일 공창폐지령이 확정되고 11월 폐창연맹은 해소된다.

서울로 이주한 후 사회 활동과 함께 글쓰기를 시작한 김말봉은 개인적 사정으로 연재 취소를 거듭하다 『부인신보』의 요청으로 첫 번째 글쓰기를 재기한다. 1947년 『부인신보』에 연재된 『가인의 시장』은 공창폐지법 제정을 적극적으로 추진하는 가운데 공창폐지운동의 필요성을 여론화하기 위해 집필한 작품이다. 해방 이후 '조선 여인'의 가장 절실한 '사회비극'으로 공창제를 제재화하고 '소설 속에서 들려오는 비명과 호소와 탄원'에 독자들이 응답하기를 바라는 집필 의도를 가지고 있었다.[5]

총 293회로 전편이 완재된다. 『밀림』은 처음부터 전·후편으로 구상된 작품으로 약 5개월 후인 1938년 7월 1일에 후편의 1회가 연재되는데 후편 연재 예고의 포부와 다르게 구체적인 이유 없이 96회 연재 후 중단(1938.12.25)되어 미완으로 남아 있다. 일반적으로 김말봉의 식민지 시기 마지막 작품이 『찔레꽃』으로 알려져 있지만 김말봉의 절필 전 마지막 작품은 『밀림』이다.

3 『밀림』을 쓸 당시 김말봉은 부산 좌천동 794번지에 살고 있었다. 1933년 서울의 기자생활을 접은 김말봉은 주변에 하와이로 유학을 간다고 알리고 부산으로 내려와 전상범과 결혼하였다. 전상범은 그녀에게 '김말봉'이라는 이름이 찍힌 전용 원고지를 가져다주기도 하고 작품에 전념할 수 있도록 가사도 도와주고 조용히 글을 쓸 수 있는 별장까지 마련해 주었다. 하지만 전상범은 짧은 결혼생활을 뒤로 하고 1936년 장티푸스로 사망한다. 전상범과 사별하고 『찔레꽃』을 연재하던 중 1937년 재산가이자 무정부주의자였던 이종하와 재혼하여 부산 동구 초량동에 자리를 잡는다. 그 후 부산에 살면서 광복 때까지 작품 활동을 중단하고 전실 자식과 친자식까지 합쳐 십여 명의 자녀를 양육하는데 힘쓴다(부산여성가족개발원, 『부산 여성사 I－근현대 속의 부산 여성과 여성상』, 부산여성가족개발원, 2009, 319쪽).

4 「독립노동당 부서」, 『자유신문』, 1946.7.13.

하지만『가인의 시장』은 9년 만에 글쓰기를 재기한 '의도와 발분'에 반해 연재는 한 달 이상 중단되었고 결국 결말이 없는 미완의 작품으로 종결된다. 이후『가인의 시장』은 1951년 문연사에서 단행본으로 출간될 때『화려한 지옥』으로 제목이 바뀌고 결말이 보충된 것과 함께 내용의 부분적 삭제와 보충, 목차 등이 변경되어 출판된다.[6]『가인의 시장』의 변신은 여기서 그치지 않고 1977년 대일출판사에서『벌레 먹은 꽃』으로 제명이 변경되어 출판된다. 대일출판사본은 문연사판『화려한 지옥』의 장정을 그대로 따르는데 작가 사후(1961년 사망)에 출판된 책이기 때문에 후손과의 합의 후 제명이 붙여진 것인지 출판사 임의대로 출판된 것인지 확인할 수 없다.

앞선 사정으로『가인의 시장』은『부인신보』 연재본보다『화려한 지옥』이라는 단행본 제목으로 더 많이 알려져 있고 선행 연구 또한 개작 양상을 연구한 박선희의 논문[7]을 제외하고는 모두『화려한 지옥』을 연구대상으로 하고 있다. 주로 공창제를 반대한 김말봉의 전기적 사실에

5 1946년 3월 21일『동아일보』에 김말봉이 오랫동안의 침묵을 깨고 장편소설『밤과 낮』을 집필하기로 되었다는 소식이 발표되지만 실제 연재되지는 못했다. 연재 취소 사유에 대해서는『가인의 시장』 연재 예고 '작가의 말'을 통해 사정을 유추해 볼 수 있다. "해방 후에 장편을 몇 개 구상했던 것만은 사실인데 내 자신의 사정으로 매양 발표할 약속을 이행치 못한 책임을 늘 마음에 고통으로 생각하고 있던 바 이번에 여인들만의 힘으로 오로지 조선 여인들만의 의도와 발분으로 부녀신보가 탄생되니 내 분명코 조선 여인의 한 사람인지라 어찌 병약을 탄하며 무능을 겸하고만 있을 수 있으리오. 감연히 붓을 들고 조선 여인으로써 외치고 싶은 절실한 사회 비극의 한 토막을 이제 소설로 여러 독자 앞에 내어 놀 용기를 가져봅니다. 독자 제씨는 소설 속에서 들려오는 비명과 호소와 탄원에 어떠한 답을 하시렵니까"(「예고 오는 7월 1일부터 장편소설 연재 김말봉씨 작『佳人의 市場』」,『부인신보』, 1947.6.12).

6 1947년 7월 1일 연재를 시작한『가인의 시장』은 1948년 3월 19일부터 4월 7일까지 잠시 연재가 중단되었다가 4월 8일부터 다시 연재되었다. 이후 1948년 5월 8일까지 한 달 동안 연재되다가 이후 완결되지 못하고 미완으로 끝난다.『가인의 시장』은 1948년 5월 8일 전체 108회로 연재가 중단되었는데 연재 횟수 오기, 중복 등을 계산하면 실제 연재된 횟수는 119회이다.

7 박선희,「김말봉의『佳人의 市場』 개작과 여성운동」,『우리말글』 54, 2012, 267~296쪽.

근거하여 작가 김말봉을 소설 속 인물 '정민혜'(공창폐지연맹위원장)와 일치시키고 공창제 폐지의 정당성을 구현하고 이상적으로 결말짓는 선전소설로서 작품을 분석하고 있다.[8] 앞선 전제하에 도덕적 양극화, 권선징악의 결말이라는 서사문법을 통해 대중소설로 분석한 최미진, 이병순의 논문은 대중소설가로 출발한 김말봉의 작가 의식이 해방 이후에도 지속되고 있음에 주목하였다.[9] 최근에 이루어진 임미진, 배상미의 논문은 김말봉의 『화려한 지옥』을 박계주의 『진리의 밤』과 묶어 해방기 '성노동자'에 집중하여 두 작가의 우익으로서의 정치적 입장을 살피고 있다.[10]

김말봉 작품을 연구한 논문들이 대부분 『밀림』과 『찔레꽃』에 편중되어 있고 해방 후 발표한 장편소설의 수(30여 편 이상)에 비해 그 작품 연구가 일천한데 반해 앞서 살핀 바와 같이 『화려한 지옥』을 연구한 논문은 적지 않다. 이는 김말봉이 오랜 절필 후 처음 발표한 작품의 개작본이라는 상징성과 함께 작가의 전기적 이력을 소설에 대입해 작가의식을 살피기에 유용한 작품이기 때문일 것이다.

하지만 기존 논의에서 짚고 넘어가야할 점은 『가인의 시장』과 『화려한 지옥』은 동일한 작품임에도 엄연히 다른 텍스트라는 점이다. 『가인

8 정하은 편, 『김말봉의 문학과 사회』, 종로서적, 1986; 홍은희, 「김말봉 소설 연구」, 대구가톨릭대 석사논문, 2002, 84~110쪽; 최지현, 「해방기 공창폐지운동과 여성연대 연구－김말봉의 『화려한 지옥』을 중심으로」, 『여성문학연구』 19, 2008, 267~293쪽.

9 최미진, 「광복 후 공창폐지운동과 김말봉 소설의 대중성」, 『현대소설연구』 32, 2006, 97~120쪽; 이병순, 「김말봉의 장편소설 연구－1945~1953년까지 발표된 소설을 중심으로」, 『한국사상과 문화』 61, 2012, 51~75쪽.

10 임미진, 「해방기 아메리카니즘의 전면화와 여성의 주체화 방식－김말봉의 『화려한 지옥』과 박계주의 『진리의 밤』을 중심으로」, 『한국근대문학연구』 29, 2014, 33~58쪽; 배상미, 「성노동자에 대한 낙인을 통해 본 해방기 성노동자 재교육운동의 한계－김말봉의 『화려한 지옥』과 박계주의 『진리의 밤』을 중심으로」, 『현대소설연구』 55, 2014, 301~338쪽.

의 시장』이 『화려한 지옥』으로 개작되면서 공창제 폐지의 당위성이 강조되는 에피소드가 보충되고, 결말에서도 『가인의 시장』은 오채옥이 황영빈의 살해범으로 체포되어 창기라는 이유로 누명과 온갖 수모를 받는 것으로 미완 종결되는데 반해, 공창제 폐지 이후 창기들의 삶을 위한 준비작업과 실질적인 대책마련이 실감나게 드러난다. 이처럼 『화려한 지옥』은 『가인의 시장』에는 없었던 결말이 보충되면서 모든 여성이 연대하여 '희망원'이라는 생활 공동체를 설립, 여성운동의 이상적 결과를 보여준다. 결국 『화려한 지옥』에서는 결말의 보충을 통해 작가의 소설적, 현실적 이상향을 뚜렷이 개진하고 있는 것이다. 이러한 이유로 『화려한 지옥』의 연구 결과는 『가인의 시장』 연구에 소급 적용될 수 없다.

이에 본고에서는 『가인의 시장』을 공창제 폐지의 공론화라는 작가적 목적을 넘어서 소설 속에 풍부하게 재현되는 해방 공간의 세태(환경, 인물)에 집중하여, 해방기의 적실한 세태소설로 고찰하고자 한다.[11] 세태소설을 어떤 특정한 시기의 풍속이나 세태의 한 단면을 묘사하는 것을 목적으로 하는 소설양식이라 할 때 『가인의 시장』은 광복의 기쁨이 가신 후 '해방 공간'의 민낯을 세태풍속을 통해 가감 없이 보여줌으로써 이상과 현실, 자유의지와 예속화 등이 맞부딪힌 해방 공간의 양면성을 폭로한다.

해방을 통해 얻은 민족의 자유는 위축되었던 민족정신을 다시 불러일으키고, 새로운 민족국가를 건설해 나아갈 수 있는 기회를 주었지만,

11 이 시기를 지칭하는 용어는 '해방 공간', '해방기', '해방 직후', '미군정기', '광복 직후', '교착기' 등 다양하다. 본고에서는 시기적으로 광복 후부터 정부수립 이전까지의 이 기간을 앞선 용어들을 중용하여 사용할 것이다.

이 해방이 한국인들의 자주적 역량에 의해 성취된 것이 아니라 일제의 패망으로 이루어진 것이고 이로 인해 열강 세력의 미묘한 균형과 갈등 속에 빠져들게 되면서 한국사회의 혼란은 가중되었다.[12] 민족의 독립과 자유민주주의의 이상을 실현할 수 있는 기반을 확보하지 못한 채 이루어진 해방은 정치, 경제, 사회적 불안을 가중시키는 가운데 민족국가 수립을 위한 친일청산, 봉건청산, 외세척결의 슬로건이 난무하였다. 해방기는 이처럼 희망의 의지와 절망적 현실이 맞부딪히는 역설적 공간이었으며, 『가인의 시장』은 과감한 실험정신보다는 소박한 세태묘사의 수법으로 이 시대가 지닌 역설적 상황을 재현하였다.

'세태'라는 용어를 처음 언급한 최재서부터 김남천에 이르기까지 그간의 논의를 집합해 볼 때 사회적 변혁기 인간들의 삶의 양태를 총체적으로 그린다는 점, 인물의 행동 양식에 있어서 물질(돈)이 인간의 사고 행위를 결정한다는 점, 소재적 차원에서 세태를 그리지만 사상성은 배제된다는 점[13] 등은 『가인의 시장』을 이데올로기나 자기비판에 침윤되지 않은, 해방 공간의 세태를 묘사하는 소설 양식으로 고찰할 수 있게 한다. 특히 이 작품은 1930년대 신문소설의 사회세태소설로서의 특성을 해방공간이라는 풍속 위에서 다시 펼쳐 놓으며 1950년대 신문소설과의 교두보 역할을 수행하고 있다.

『가인의 시장』은 해방기에 각각의 국면을 대표하는 '시대적 인물들'이 만들어내는 상황의 복합적이고 병렬적인 측면이 동시에 부각되면서, 박진성보다 공간적 관계 논리를 환기시키는 세태소설적 면모를 지

12 권영민, 『한국현대문학사』, 민음사, 1993, 31~33쪽.
13 박배식, 「손창섭의 세태소설 분석-『길』을 중심으로」, 『국어국문학』 113, 1995, 249~266쪽.

닌다. 『가인의 시장』에 전면화되는 오채옥의 여성 수난사에는 해방기의 정치, 경제, 사회사가 교직되어 있으며, 각자의 이익에 따라 상품(여성)을 교환하는 해방 공간 인물들의 욕망이 얽혀 있다. 해방기 뛰어난 웅변력으로 '애국자의 꺼풀을 둘러쓰고 있는 한 개의 맹랑한 스핑크스' 대학생의 전형을 보여주는 황영빈, 일제 때는 애국자를 밀고하는 친일분자로, 해방 후에는 밀수입한 아편으로 민족을 좀먹는 '늙은 파우스트' 손성묵, 미군을 상대로 사창을 운영하며 시대의 주구 노릇을 하는 악질 모리배 김황용 등 다수의 인물들이 등가적으로 제시된다. 대부분의 세태사가 그러하듯 본고는 '보통 사람' 혹은 '작은 사람들'의 다양한 사회적 정체성을 강조하며 이들 각자가 욕망에 따라 일상을 살아가게 함으로써 사회·역사적 맥락의 문제를 폭로하고자 하였다. 특히 이 작품은 결말이 없기 때문에 연구의 분석적 무게를 작가의 사상성과 주제화에 두기보다 문제의 상태를 대등하게 드러내는 것에 의미를 두는 세태소설의 방법론이 적정할 것이다.[14]

해방 공간의 혼란한 사회상을 '가인[15]의 시장'이라 명명한 작가는 앞서 살핀 부정적 인물들을 '카인'으로, 이들에게 고난을 당하는 오채옥을 '아벨'로 설정함으로써 해방기의 사회 갈등과 비극을 종교적으로 은유

14 세태소설의 플롯은 사물들이 작동되는 추론적이거나 감정적인 목적론 그리고 문제해결에 의미를 두는 것이 아니라 오히려 문제의 상태를 드러내는 것에 의미를 둔다(정비아, 「세태소설의 세계관 연구」, 숙명여대 석사논문, 2002, 87쪽).

15 '가인'은 '카인'을 이른다. 창세기에 따르면 최초의 인간 아담과 에봐가 원죄를 짓고 신이 마련해 준 낙원인 에덴동산을 떠난 후에 카인과 아벨이라는 형제를 낳았는데 카인이 아벨을 살해하게 된다. 하나님은 카인에게 저주를 내려 영원히 방황하게 하고 이마에는 표식을 만들어 아무도 카인을 죽이지 못하게 한다. 형제 갈등을 보여주는 카인과 아벨의 이야기는 원초적인 선과 악의 대립을 상징하고 있다. 카인을 악마로 아벨을 구세주의 전형으로 보는 것이다(김자성, 「독일문학작품에 구현된 카인 아벨의 소재 변용(I)」, 『헤세연구』 23, 2010.6, 49~66쪽).

화 하였다. 특히 '시장'과 '지옥'이라는 공간적 제명은 인물들의 일상을 지배하는 해방기의 공간성을 강하게 환기시킨다. 그러므로 해방 공간의 인물들은 사적인 영역이면서 고도로 정치적인 '체제의 역사' 속에 위치한다. 즉 해방기, 바로 이 시 · 공간이 '카인의 시장'이며 '화려한 지옥'인 것이다.

2. 교차 플롯을 통한 해방 공간의 모순 폭로

교차의 플롯은 여러 개의 플롯이 병렬되면서 교차되는 플롯으로 교차의 플롯이 성립되기 위해서는 병렬의 플롯이 선행되어야 한다. 병렬의 플롯은 플롯이 대등하게 나열되면서 이야기의 독립성은 강화되는 특성을 갖고, 교차의 플롯은 위성 플롯이 병렬 되는 가운데 중심 사건이 위성 사건을 가로지르게 된다. 『가인의 시장』은 해방 공간이라는 특수한 환경에서 기생하는 전형적 인물들이 주조하는 사건을 병렬, 교차하여 보여줌으로써 해방 공간의 지향과 현실적 문제점 사이의 모순을 폭로한다.

복수의 사건이 병렬적으로 대등하게 형상화될 때, 해방 공간의 독특한 일상생활에서 벌어지는 다양한 사건들을 그대로 노출함과 동시에, 함께 전개되는 이야기들을 대비적 관계에 의해 살펴볼 수 있다. 결과적으로 대비적 총합을 통해 해방 공간의 역설적 상황을 폭로하는 기능을 하게 된다. 세태소설의 이러한 플롯은 채트먼이 언급한 '폭로의 플롯'이나 제랄드 프랭스가 논의한 '복수 서사'와도 의미상 일치한다. 이처럼

『가인의 시장』은 작품의 내면적 깊이보다 소재의 폭을 중시하는 해방기 문학, 세태소설적 특징을 반영하고 작품 속에서 다루어진 경험적 현실의 다양성은 해방공간의 시대적 모순을 서사화한다.

1) 민족의 보건과 성매매 주체의 변화

작품의 첫 시작은 해방 후 처음 맞는 봄이건만 해방의 기쁨이나 행복을 노래하지 못하고 깊은 탄식과 절망, 죄악 속에 현실의 잔인성과 미래의 추악성을 견뎌내야 한다는 비관적 목소리로 시작된다. 일월루의 간판 창기 오채옥은 황영빈의 아이를 임신하자 태아를 지키기 위해 유곽을 탈출한다. 채옥이 창기가 된 것은 아편 중독에 걸린 남편이 유곽에 팔아버린 때문인데 식민지 시대 오채옥처럼 가난과 무지, 타인의 강권에 의해 공창으로 전락하는 여성 현실을 보여준다.

채옥은 뱃속에 생겨난 한 개의 생명을 보호하기 위하여 인육시장을 탈출하였지만 세상은 고기를 팔던 그녀를 쉽사리 받아주지 않았다. 아무런 보호의 약속도 없이 정처 없이 뛰쳐나온 채옥은 흑인에게 짓밟히고 식모살이로 들어간 국밥집 주인에게 유린당할 뻔하며, 거리에서 매를 맞는다. 어느 누구도 백주의 대로에서 임산부가 구타당하는 것을 제지하지 않는 상황에서 채옥은 정민혜 여사에 의해 구출된다.

정민혜는 채옥의 훼손된 육체에서 '학대 받는 조선 여인의 운명'을 발견한다. "시커멓게 부어오르는 눈 잔등이며 한편 비뚤어진 입이며 피가 얼룩이 져서 말라 있는 코언저리며"는 망가진 여성 육체를 통해 훼손된 조선 영토를 환기시킨다. 정민혜가 채옥을 자유롭고 해방된 미래로 인도하는 과정은 피폐화된 식민지 조선이 신생 조선으로 나아가기 위한 과정으로 환유되며, 그러므로 공창폐지운동은 건국의 초석적 사명이 되는 것이다.

> 대강은 알았습니다. 공창 폐지의 사명은 횡(橫)으로 유곽의 여인들은 인도적으로 구원하자는 것과 또 종(縱)으로 민족 보건을 위하여 성병을 박멸하자는 민족의 보건 운동으로 볼 수 있고만요…… 공창 폐지 연맹이야말로 건국의 가장 초석적 사명을 가지고 있습니다.(1947.9.3)

위 인용문은 정민혜와 백송희가 공창폐지연맹에 대해 문답하는 가운데 대화의 결말에 이르러 공창폐지운동의 목적을 정리하는 대목이다. 표면적으로 보면 창기 해방에 그 목적이 있는 듯 하지만 공창 폐지의 궁극적 목적은 성병 박멸을 통한 '민족의 보건'에 있으며 이는 건국의 초석이 될 것이라는 점이다.

매춘업을 '불특정 다수인을 상대로 성교하는 직업'이라고 할 때 이를 정부가 정식으로 허가한 것은 1916년부터이며 이를 공창이라 부른다. 성매매를 공인하는 제도인 공창제는 한반도에서 일제가 정치적으로 지배력을 확보해가는 과정에서 등장하여 일제 식민지 기간 동안 존속되었다. 공창제의 도입은 조선 여성에게 피지배민족으로서의 인권유린과 더불어 성의 유린이라는 이중적인 착취를 요구하는 식민지 지배의 기저이며, 조선사회의 정치 · 경제를 아우르는 일본의 일원적인 지배체제를 공고히 하기 위한 대표적 조치였다.

해방 후 미군정은 새로운 국가를 건설하기 위한 식민 잔재 청산의 일

환으로 현실의 공창, 사창 여성의 존재를 불인정하며 매춘 폐지를 선언하였다. 미군정기에 공포된 1946년 5월 부녀자 인신매매금지법과 1947년 11월 발표된 공창제폐지령은 식민지로부터의 해방을 뜻하는 상징적 사건이었다. 자유와 질서, 민주주의를 지키는 수호자로서 미군정과 민족국가 수립을 위한 한국인들의 열망이 부녀국이란 여성조직을 만들었고 공창제도를 일소한 획기적인 여성정책을 입법화하게 된 것이다.

당시 '공창은 공동 변소, 사창은 집안 변소'라는 말처럼 창기들은 성병보균자로서 건강한 조선으로 나아가기 위한 걸림돌이었다.[16] 성병의 창궐은 창기의 일신상의 문제가 아니라 가정을 망치고 아들을 타락시키며 잠재적 질병으로 미래의 자손에게 유전되는 도덕상, 사회풍교상, 보건위생상 중요한 문제였다. 건강한 여대생 백송희가 황영빈에 의해 매독에 감염되고 자살을 떠올릴 정도로 고통 받았던 점은 앞선 사실을 잘 보여준다. 그러므로 공창제 폐지는 성병의 예방을 통해 민족 공동체의 건강과 생명을 보호하는 일이며, 건강한 조선 정체성으로 새로운 국가를 건설하기 위한 토대가 되는 것이다.

이처럼 공창제 폐지는 민족 보건을 통해 건국의 초석을 다지는, 해방 공간의 대표적 사회운동이었다. 하지만 시대적 가치들이 당위적으로 지켜지기에 해방 공간은 너무나 혼란한 과도기였다. 공창제가 법적으로 폐지되는 과정에서 공·사창 여성들의 탈매춘을 돕기 위한 사회 문화적, 경제적 보완책들은 시급히 마련되지 못하였고 오히려 편법적인 사창의 증가 상황에 직면하게 된다.[17] 김황용의 '사설유곽'은 공창폐지

---

16 1946년 『동아일보』 조사에 따르면 창기의 35%가 매독, 급성임질 5%, 만성임질환자는 90%에 해당하고, 기생 중에도 90%가 보균자라는 사실을 전하고 있다(『동아일보』, 1946.3.18).

운동으로 공창의 사창으로의 진행과 변화된 매춘업을 통해 해방 공간의 문제점을 응집하여 보여준다.[18]

일월루를 탈출하여 밤거리를 헤매던 채옥은 길거리에서 흑인(미군)에게 납치당한다. 끌려간 곳에서 김황용을 만나게 되는데, 채옥은 황영빈의 아이를 가졌으니 탈출을 도와달라 부탁한다. 김황용은 굶주린 채옥을 음식으로 달래고 탈출시켜준다고 차에 태우는데 그것이 흑인병사 해리의 지프였다. 인적이 드문 곳으로 끌려간 채옥은 노상에서 성적유린을 당하고 모든 것을 빼앗긴 채 도망친다. "채옥이가 선사하고 간 사탕 두 부대가 내일 모레 또 글피 아니 날마다 사탕 부대와 밀가루와 약 상자를 불러들일 마술이 될 수 있는 것인데" 채옥을 놓쳐버린 것을 아쉬워하던 김황용은 우연히 길에서 다시 채옥을 만나게 되자 자신의 집(사설유곽)으로 이끈다. 김황용이 운영하는 사설유곽은 공창제 폐지 후 성매매가 밀매음으로 전환되고, 미군이 성매매의 새로운 주체로 등장한 해방공간의 역설적 상황을 보여준다.

> 결단코 미덥지 못한 이 사나이지만 채옥은 우선 아무데고 가서 몸을 숨기고 싶은 맘에 김황용의 집으로 가기로 하였다. 눈 깜짝할 사이 채옥은 황금정

---

17 박유미, 「해방 후 공창제 폐지와 그 영향에 관한 연구」, 『역사와 실학』 41, 2010, 37~71쪽; 양동숙, 「해방 후 공창제 폐지과정 연구」, 『역사연구』 9, 2001, 207~244쪽.

18 '미스터 김 본명 김황용은 지금 나이 서른다섯이고 황영빈은 스물다섯 살 그 사이 십 년의 차가 있건만 그들은 언제나 평교로 만만하게 교제하는 사이다. 김황용이가 갓 스무 살 때 경북 대구에 있는 황영빈의 집에 가 일 년 반 동안 심부름을 해준 일이 있고 그 뒤 황영빈의 아버지 황 장로의 소개로 서울까지 와서 일본인 여관 조일옥에 손님 안내로 들어가고 해방이 되자 두 사람은 환경은 다르나 서로 접근하게 되었다.' 김황용은 황영빈을 유곽으로 인도한 인물이자 미군을 상대로 사설유곽(사창)을 운영하고, 양공주들과 미군에게 아편을 유통시키며, 적산의 문제로 주영매와 대립하는 작품 전체로 볼 때 절대악에 가깝다.

육정목 김황용의 사설 유곽으로 들어갔다.

일본식으로 되어진 건축은 그리 크지 않다. 시멘트로 발라진 벽 이층에 창이 둘 아래층에 창이 양편으로 하나씩 가운데 현관이 하얀 페인트를 쓰고 있으나 문전은 신문지 조각 휴지 나부랭이가 아무렇게나 구르고 있고 초콜릿 껍질을 쌌던 종이까지 흙발에 밟히어 더러워진 채 여기저기 흩어져 있다. (…중략…)

입술에 피같이 바른 연지가 얼룩이 졌고 몹시 볶아 얹은 머리는 빨간 새둥지를 엎어 논 듯 눈시울은 파랑 물감을 칠했는지 또는 극도로 오는 피로 때문인지 퍼렇게 쾡 하니 들어간 채로 이쪽을 내려다보는 한 개의 얼굴과 마주칠 때 채옥은 눈살을 찌푸렸다.

"오빠 해리가 말요 이번 목요일에 제대가 되어 본국으로 간대요."

얼굴이 기름하고 눈 꼬리가 약간 위로 치켜진 듯한 화자의 얼굴에는 살기가 돈다.

"임신이라고 해도 어쩔 수 없다고 그러지 않아요? 어떻게 해 오빠?"

황용은 한참 동안 잠자코 섰다가

"걱정 말아, 될 대로 되겠지."(1947.9.10)

공창의 사창화, 사창화된 여성들이 양공주나 양갈보로 새로운 형태의 성매매 여성으로 전환되는 과정은 용산에 주둔했던 일본군이 퇴거하고 그 자리가 미군으로 대체되던 해방 공간의 상황과 일치한다. 일본군이 주둔하면서부터 생겨난 공창제도가 미군정기 폐지되고 동시에 새로운 형태의 '인육시장'이 탄생한 것이다. 미군들의 성매매는 성병의 확산은 물론이거니와 신종 성범죄의 온상이었으나 어려운 경제사정으로 인한 공급의 문제, 해방 후 미군이라는 존재가 차지하는 정치적 비중으로 인하여 어떠한 제지 없이 정착, 확산되었으며, 『가인의 시장』은 이러한 세태를 오채옥의 수난사를 통해 정치하게 보여주는 것이다.

김황용으로부터 도망쳐 정민혜에게 구원된 이후, '짐승'의 노릇에서 '사람다운 사람'으로 탈바꿈된 후에도 채옥의 수난사는 계속된다. 채옥은 황영빈의 약혼녀 백송희가 황영빈의 실체를 알고 그를 권총으로 쏘아 죽이는 것을 목격한다. 살인의 현장에서 탈출한 채옥은 영매의 집에서 조산을 하게 된다. 추하고 병든 채옥의 몸에 매독과 임질의 미균으로 범벅된 아이의 출산과 사산,[19] 백송희에 의해 그 애비의 죽음을 보고 방에서 그 자식의 시체를 보는 채옥의 운명은 지금까지 거쳐온 삶처럼 기구하며, 엎친 데 덮친 격으로 황영빈 타살의 누명까지 쓰게 된다. 간신히 살아난 백송희의 침묵과 창기라는 이유로 물증 없이 잡혀와 겪게 되는 온갖 고초는 거리의 여성이 해방 조선의 새로운 구성원으로 포섭되는 과정이지만 미완으로 종결됨으로써 그 수난사만이 부각된다.

공창제의 폐지는 여성의 일로서 전국가적 전민족의 운명에 관한 민족 보건상의 문제였으며, 이는 건강하고 깨끗한 '건국'의 주춧돌로서 법제화되어야 한다는 선언적 과제였다. 하지만 시대적 당위는 현실적 여건에 압도되어 왜곡된 형태로 정착한다. 새로운 형태의 인육시장의 출현은 성매매 주체의 변화를 보여주며, 성병의 확산은 물론 신종 성범죄의 온상이었으나 정치적, 경제적, 심정적 수혜는 이를 공론화할 수 없

19 포동포동 살이 찐 아이 얼굴은 전등 불빛 아래에서도 약간 푸른빛이 떠돌고 이상하게도 아이의 감고 있는 눈까풀이 빨간 다홍실같이 붉고 눈시울로 돌아가며 좁쌀 같은 것이 돋아있다. 배때기와 등어리에도 노란 좁쌀알 같은 헌데들이 돋아 있다. 아이의 다문 입은 열리지 않았다. 선천매독으로 채옥의 아이는 태내에서 죽어서 나온 것이다.(1948.3.5)

는 당대적 역설을 드러낸다. 『가인의 시장』에서 보여주는 '성매매' 방식의 전환은 한국전쟁이후 본격화, 오늘날까지 지속되는 사회적 문제의 전사로서 해방공간의 적실한 세태를 보여준다.

2) 민족국가의 건설과 정치적 부정

해방기는 광복의 기쁨이 가신 후 식민지 잔재의 청산과 지속, 찬탁과 반탁, 혁명과 반혁명, 좌익과 우익, 통일독립국가의 수립과 분단체제의 성립이 갈등하고 대립했던 격동의 연대였다. 이러한 해방 공간은 일제의 패망과 식민지배체제의 붕괴로 통치 및 권력의 중심이 존재하지 않는 힘의 공백 상태를 의미했고, 여러 정치세력들이 제각기 새로운 정치질서 구상에 의한 국가건설을 시도할 수 있었던 정치적 가능성이 열려있던 공간이기도 했다. 조선은 주권국가(state)도 정부(government)도 존재하지 않는 국제법상 '임자 없는 땅'으로 간주되었고 미군정에 점령권과 통치권을 행사할 대리 권한이 주어졌다. 실질적인 정치권력 주체의 부재 속에서 각종 정당과 사회단체들이 난립하였다.[20] 정당의 난립과 이념 투쟁은 해방기 민족의 최대 과제이던 자주적 민족 국가의 건설을 위한 움직이었다.

특히 이러한 정당에서 청년, 학생들은 그 어느 계급, 계층보다 먼저 그

20 해방된 지 5개월이 경과하기도 전에 '경성에만 6~70내지 근 100개의 정치적 단체와 20여 개의 신문사가 출현하였으며 목하 신계획 중에 있는 것도 부지기수인 '정당남조(政黨濫造)'의 현상이 빚어지게 된 것이다. 1945년 9월 17일 미주둔군 사령관 하지 중장이 입경할 당시 8~89개였던 정당과 단체는 한 달 후에는 70여개로 11월 1일에는 미군정청에 등록된 수만 250개에 달하였다(한림대 아시아문화연구소, 『미군정기 한국의 사회변동과 사회사』 1, 한림대 출판부, 1999, 342쪽).

리고 활발하게 새로운 국가를 건설하기 위한 선봉적, 전위적 활동을 벌였다. 근대적 욕망과 현실 변혁에의 강렬한 열망을 지닌 청년들은 당시 가장 격렬한 양상을 보여주는 정치 활동의 주체였다. 『가인의 시장』에서도 정치단체, 청년단체에 소속되어 시대의 울분과 나아갈 방향을 웅변하는, 다양한 청년들을 만날 수 있다.

황영빈은 잘생긴 외모에 뛰어난 웅변력을 지닌 학생 단체의 간부이자 ××대학교 문과에 학적을 둔 대학생이다. 장로의 아들로서 신앙 속에서 생활하며 약혼녀 영숙을 둔 장래가 촉망되는 학생이다. 황영빈의 정당 정치의 활약상은 '광장의 정치'를 수행한 화려한 웅변력으로 대변된다. 해방기를 '광장의 정치' 시대라고 일컫는 것은 특정한 세력들이 정치적 목적을 달성하기 위해 대중을 설득하는 대규모 집회가 곳곳에서 펼쳐졌기 때문이다.[21] 단상에 나서기만 하면 폐부를 찌를 듯한 열변으로 청중을 도취시키고, 간부들의 회의에서도 언제나 선명한 플랜을 세워 좌중을 경복케 하는 황영빈은 만장의 갈채를 받는 청년이다.

황영빈은 해방기를 과도기의 혼란 상태로 인지하고 당의 총결산에 따라 데모를 계획한다. 피를 흘리지 않는 곳에 참된 건설, 참된 혁명은 없다는 결의 하에 비상한 각오로 동지를 모은다. 하지만 계획이 중도에 노출되어 동지들이 검거되고 황영빈 또한 검속을 받게 되는데, 이때 검속을 피하기 위해 송희에게 준 피스톨이 빌미가 되어 이 총에 맞아 사망한다.

표면적으로 볼 때 황영빈은 시대와 조국을 걱정하는 정의로운 애국자처럼 보이지만 실상은 그렇지 않다. 황영빈은 창기 조합장 김황용에

---

21 정호기, 「국가의 형성과 광장의 정치—미군정기의 대중동원과 집합행동」, 『사회와 역사』 77, 2008, 158쪽.

게 돈을 얻어다 쓰고 아편쟁이 손성묵의 앞잡이 역할을 한다. 문란한 성생활로 채옥을 임신시킨 후 외면하고, 송희에게 매독을 옮겨 고통 속에 몰아넣는다. 스스로를 시대의 영웅으로 생각하기도, 천박한 호색한이라고도 생각하는 즉흥적이고 이중적인 성격의 소유자이다.[22] 황영빈은 동지들에게 값 높이 평가되는 인물이지만 과도기 민주주의의 설익은 진리를 통으로 삼켜버린, 인권과 공민권을 주창하는 해방 공간에 우후죽순으로 설립된 정당의 허점을 노출하는 인물이다.

해방 공간은 식민지 치하에서의 정신적 상처를 극복하고 민족 전체의 조화로운 삶을 모색할 수 있는 민족국가 수립이 최대의 정치적, 사회적 테제였다. 민족의 역량을 집결하여 새로운 민족국가의 건설을 위해 발 빠르게 정치단체들이 세력화되었다. 그러나 미군정기 국내 중요 정치사회세력들은 아직 구체적인 국가건설 방안을 제시하지 못한 채 자중, 안녕, 질서를 호소하고 요구하는 수준에서 대처한다. 즉 정치 세력 및 정당들은 미군정의 압도적 규정력 속에서 당파적 이해를 우선시하고 대중 동원을 통해 이를 현실화하려는데 급급한 실정이었다. 당시 정당 간부직의 매매는 비일비재하였으며 이러한 방식의 세 불리기를 통해 허울뿐인 정치성을 키워나갔다.

22 '입으로만 부르짖는 애국자? 어젯밤 탁자를 치며 애국이니 건국이니 친일파 숙청이니 삼팔선 장벽을 운운하던 저 사람 황영빈이가 아직 이십사 시간이 못 된 오늘날 내 민족이 내 자매가 이방인 흑노에게 유린을 당하였다면 누구보다도 먼저 절치부심하고 발 벗고 내달을 정열이 있을 줄 알았던 것은 오현석 자신의 착각이 아니고 무엇이냐? 지킬 박사와 하이드 씨를 본 듯 오현석은 잠깐 동안 어리둥절하여졌다. 자기보다 세 살이나 아래 되는 황영빈을 박수하고 지지하고 예찬하던 오현석은 지금 눈앞에 애국자의 꺼풀을 둘러쓰고 있는 한 개 맹랑한 스핑크스를 향하여 가만히 주먹을 쥐었다.(1947.8.1)

자식들 아니꼽게…… 아주 갸륵한 체들 하고…… 손성묵 씨가 자기네만 못해서? 그래 어느 정당에 모리배가 없다더냐. 홍 ○○당에 ××씨는 일천만 원을 내놓고. ××는 자그마치 이천만 원을 내놓더라. 그래 그 돈의 유래를 아느냐 말이다 아니 모르느냐 말이다. 알고도 모르는 척 모르고도 아는 척 하는 놈들이…… 네놈도 그놈들이지 오십보백보지 뭐야.(1947.8.15)

아편밀매업자 손성묵은 "그럴듯한 단체나 정당을 물색하여 돈 백만 원이나 기부를 하고 그 단체의 간부의 탈을 한 개 뒤집어 써" 과거 이력을 세탁하고자 한다. 손성묵은 황영빈의 정치력을 이용하여 정당 간부직을 사려고 하였지만 회장의 거부로 무산되자, 경제부장을 매수하여 회의장에서 이를 공론화하고 간부직을 사려고 한다. 황영빈에 매수되어 간부직 매매를 적극적으로 찬성하는 경제부장은 "대중을 포용하고 대중의 신뢰를 받아야 할 우리 당에서 어느 정도 청탁을 혼음할 아량이 있어야 한다"고 주장한다. 즉 현시대적 여건으로 당세를 확장하기보다, 사상을 강행하기보다 현상 유지를 위해서 (돈을 받고 간부직을 매매하는) 포용력과 탄력을 지녀야 한다고 것이다.

앞서 지적한 바와 같이 해방기 정치 사회 단체는 자주적 민족국가 건설에 대의명분을 두고 있었다. 민주주의 하에서 정치적 실권을 가진 정당은 정견을 대중에게 알리어 대중으로 하여금 옳은 이념을 파악케 하고 일반대중이나 이익집단의 다양한 이해관계를 집약함과 아울러 결집된 의사를 정부에 전달하는 대변자 역할을 수행해야 한다. 하지만 해방과 함께 우후죽순으로 난립한 정당은 민족적 대의나 사회적 결집보다는 이데올로기적 당파성에 매몰되어 있었고, 미군정과의 관계에서 우위를 점하기 위한 대중 동원에 주력하고 있었다. 대중 포옹과 신뢰의 축적이라는 이름으로 포장된 정치적 부정은 세 불리기에 급급한 해방기 정당정치의 상황을 보여준다. 결국 '인물 검증'이라는 명목으로 손성묵의 정당 입성은 저지되었지만 손성묵이 맹신하는 '황금 위력'은 폐창구제연맹에 백만 원의 기부금을 전달하면서 '영웅적 미거'로 포장된다.

손성묵의 간부직 수령을 홀로 저지한 청년부장 오현석은 껍데기에만 집착(화려한 수사학이나 정당의 규모)한 자신이 경솔했음을 반성한다. 겉으로는 사회적 정의를 부르짖으면서도 사회적 악을 서슴지 않는 인물들이 판치는 당대 현실을 환기하며 지금과 같이 혼란한 시기에는 '양이 껍질을 둘러쓰고 이리의 심장을 가진 정치가와 애국자와 지도자들을 분간하고 판별할 지식이 무엇보다도 필요하다는 것'을 강조한다.

3) 일제 잔재의 청산과 친미파로의 변신

해방 이후 건국 준비와 동시에 수행된 새 국가 시스템에서 일재 잔재의 청산은 중요한 이슈였다. 우리만의 건강하고 깨끗한 국가를 건설하기 위해서는 일제가 남기고간 정신적 물질적 잔재를 청산해야 하며 이를 통해 민족국가 건설에 매진할 수 있기 때문이었다. 1945년 8월 일본제국주의가 2차 대전에서 패망하고 쫓겨감에 따라 한반도에 남기고 간 여러 잔재들 중 『가인의 시장』에서는 아편과 적산의 문제를 중요한 사회문제로 서사화한다.

전통사회부터 아편은 가정상비약의 개념으로 인식되었고, 일제시대 때는 아편과 모르핀이 일반 의료용으로 사용되어 중독성이나 위험성에 대한 인식이 부족하였다. 일제는 모르핀 사용에 대해 비교적 관대한 정책을 실시하여 많은 오남용 피해자들이 중독자로 전락하여갔다. 해방 후 일본 관리들은 엄청난 양의 생아편을 조선에 남기고 갔고, 해방과 함께 중국 등지에서 넘어온 마약중독자들은 국내 아편 유입과 확산에 결정적 역할을 하게 되었다. 서울 장안에서부터 시골 촌락까지 일상생활 깊숙이 침투한 아편은 보건상, 법률상 심각한 문제를 일으키고 민족의 정신을 갉아먹는 심각한 사회문제가 되었다.[23]

일본인 ○○이가 중국 방면에서 밀수입한 아편 자그마치 한 돈 반이나 되는 마약의 처분을 그는 양심이라는 귀찮은 존재와는 벌써부터 이별한 사이라 이번에도 그는 대담히 악마와 합작하여 버렸다. 사탄의 빨간 혓바닥이 널름거리는 대로 손성묵의 머릿속에는 늙은 파우스트처럼 무서운 지혜가 쉬지 않고 돌아갔다.

청년 남녀의 건강을 빼앗고 희망을 빼앗고 그리하여 마침내 생명을 빼앗아 버리는 이 마약은 벌써 도매인의 손을 거쳐 소매인의 주머니를 더듬어 서울 장안을 중심으로 시골로 촌으로 퍼져 나간다. 피를 마시는 마귀 떼처럼 보이지 않게 소리도 없이 이 독약은 방방곡곡으로 민족의 선혈을 말리며 오늘도 어제도 그리고 내일도 쉬지 않고 나간다.(1947.8.12)

'늙은 파우스트처럼 무서운 지혜를 갖고' 악마와 손잡아 버린 손성묵은 시대와 담합하여 민족의 피를 말리는 흡혈귀 같은 존재이다. 손성묵

23 조석연, 「해방 이후의 마약문제와 사회적 인식」, 『사학연구』 108, 2012, 301~342쪽.

은 코카인, 아편, 모르핀 등 마약 공급의 조선 내 총본산으로, 집 앞에는 늙거나 젊거나 어두운 얼굴의 조선인들이 약간의 돈이라도 생기면 하얀 가루를 사기 위해 줄을 이었다. 그의 금고 속에는 매일매일 지폐가 뭉텅이로 굴러 들어왔고, 민족의 선혈을 말리는 손성묵을 이 시대는 신흥재산가로 부르고 있다. 시대에 편승하여 돈줄의 흐름을 꿰고 있었던 손성묵은 아편으로 축적한 자본을 기반으로 적산을 사들인다.

일본의 패망 후 조선 내 일본인들이 남기고간 재산은 미군정과 한국정부에 귀속되는데, 조선인들은 당시 미군들이 일본인 재산에 대해 '에니미즈 프로퍼티(Enemy's Property)'라고 부르던 것을 그대로 옮겨 '적산'이라고 불렀다. 당시 귀속재산은 국내 총재산에서 커다란 비중을 차지하였기에 어떤 세력이 장악하여 어떠한 방식으로 운영하는가는 한국사회의 진로를 규정한다는 점에서 매우 중요한 문제였다.[24] 남조선에서 미군정에 귀속재산으로 접수되기 전에 이미 대부분의 동산류는 처분되었고 부동산의 경우도 문서 위조, 친일적 조선인과의 담합 등 각종 불법행위가 자행되었다. 1945년 12월 미군정의 공식적인 불하 발표(모든 일본인 재산에 대한 소유권을 소급하여 군정청이 강제 접수) 이후에도 적산은 무주공산격으로 특정인에게 무원칙적으로 방매되었다.

손성묵의 하수인 김황용이 연맹원 주영매를 반복적으로 찾아와 위협적 언행과 폭력을 일삼는 상황은 적산가옥을 둘러싼 사회적 문제를

24 당시 조선 내 일본인의 재산은 1백억 원 가량으로 추산될 만큼 거대한 규모였고, 그것은 조선이 가진 재산의 8할 이상으로 평가되었다. 미군정이 일본인 재산을 대한민국 정부에 이관할 당시인 1948년 추정한 남조선의 일본인 재산은 기업체와 은행, 증권, 토지, 건물까지 모두 합산하여 그 가치액이 3,053억 원에 달할 정도였다(임세화, 「해방기 소설에 나타난 '적산'에 관한 연구」, 동국대 석사논문, 2012, 3쪽).

문맥화한다. 주영매는 자신의 집이 "가등이라는 일인한테 직접 받은"[25] 적산가옥이라는 점에서 권리를 주장하지만 미군정의 법령에 따르면 일본인이 소유했던 재산의 권리는 한국인에게 있지 않았다. 주영매는 미군정의 이러한 정책을 잘 알지 못하였는데 이들의 맹점을 활용해 당시 미군정과 우호적 관계를 맺고 있던 세력들(모리배)은 엠피를 앞세워 적산가옥을 헐값에 매입하였고 재산을 증식, 사회의 기득권층을 형성하게 된다.

훼손된 민족정신을 바로잡기 위한 일제 잔재 척결의 구체적인 과제로서 하나 더 언급되어야 할 것은 친일 또는 부일협력자에 대한 처단이었다. 광복이 되자 외국에서 독립운동을 하다 귀국한 독립지사는 물론이고 지하에 숨어 있었거나 의중을 감춘 채 은인자중하던 우국지사들은 무엇보다 친일파가 우선적으로 청산되리라는 기대감이 높았으며 국민들의 보편적인 정서 또한 친일파 처벌을 통한 심정적 보상에 집중되어 있었다.

이 같은 국민들의 의견을 수렴한 남조선과도입법의원들은 부일협력

---

25 "어디서 오셨어요?" "네 다름이 아니라요 가옥(家屋) 사건으로 왔어요." 영매는 가슴이 선듯하였다. "가옥 사건이라니요?" "집임자 되시는 분이 이 집을 써야 되겠다고 그러는 게야요." "집임자?" 영매의 넓적한 양미간에 가느다란 경련이 지나간다. "집임자는 우리밖에 누가 또 있나요?" 사나이의 사각진 얼굴은 대답 대신 빙글빙글 웃는다. 콧구멍만 벌름거리고 웃든 젊은 사나이는 품에서 봉투를 꺼내더니 "이게 싸인 받은 것인데요." 영매는 곁눈으로 슬쩍 보고 "그런 건 난 몰라요. 어쨌든 우리는 이 집에 들어올 까닭이 있어 들어왔으니까요…… 집임자에게서 우리는 직접 양도를 받은 것인데 누가 어떻게 한단 말요?" "……" 터무니가 없다는 듯이 젊은 남자는 멀거니 영매를 건너다보다가 "일주일 후에 다시 올 테야요. 이 집에 꼭 눌러 계시고 싶거든 이만 원을 마련해 주시든지 그렇지 않으면 집을 비우시든지 생각대로 하세요." 사나이는 돌아서서 천천히 현관과 천장과 벽들을 쭉 한 번 훑어보고 그리고 마지막으로 영매를 슬쩍 돌아보고 나가다가 "이게 제 이름입니다. 주소도 써 있으니 연락하시려거든 하십시오. 전화도 있으니까요." 명함을 꺼낸다. 영매가 받지 않으니까 현관에다 놓고 문을 소리가 나도록 콱 닫히고 나가버렸다. '저런 것을 악질 모리배라고 할 수 있다. 아니 아니 민족 반역자야. 정말 그래 민족을 씹어 먹는 놈이야……'(1947.11.25)

자들에 대한 처벌과 숙청을 위해 '부일협력자 민족반역자 전범 간상배에 대한 특별조례'를 제정하고 미군정에 공포·시행을 요구했으나 미군정에 의해 거부된다. 하지가 설파한 대로 '친일파 청산은 당신네들의 문제'라며 일명 '친일파 숙청법'의 승인은 일축되었고 반민특위는 와해되었다.[26] 그 결과는 한국의 정치계를 비롯한 모든 분야가 기득권을 움켜 쥔 친일세력에 의해 재지배되는 기현상으로 발전하였다. 이들은 '반공'의 기치를 높이 들고 철저한 자기방어 태세를 통해, 미군정의 보호와 수용 아래 적극적인 친미주의자로 변신한다.

손성묵은 일제시대에는 애국자를 밀고하거나 애국심이 농후한 사람들의 명부를 작성하여 일제에 받치는 친일분자였고, 해방 후에는 일본인이 중국에서 밀수입한 아편을 넘겨받아 '방방곡곡으로 민족의 선혈을 말리고' 있다. 손성묵은 불법적으로 축적한 재산으로 청춘도 명예도, 정의와 도덕까지 살 수 있다고 생각하는 인물이다. 손성묵의 행적은 광복 후 남한 사회에서 친일파 숙청이 제대로 이루어지지 못하였고, 그런 상태에서 '영어 잘하고 자본주의 이념에 이해가 많은 보수 우파적 유산세력, 비록 친일성향이지만 반공성향 역시 투철한' 이들이 친미파로 둔갑하여 중용되는 현실을 보여준다.

---

26 대한민국 정부가 수립된 후 소장파 국회의원들을 중심으로 다시 '반민족행위처벌특별법'이 제정되고 반민특위가 발족되면서 본격적인 친일세력 청산작업에 들어갔다. 그러나 친일세력들의 거부반응이나 반발 역시 만만치 않았다. 그들은 반민특위에서 활동하거나 지원하는 정치인들을 상대로 협박·납치·암살을 시도하기도 했다. 더욱이 이를 비호하는 이승만 대통령의 의지가 너무나 강렬했다. 그는 일제강점기 애국지사들을 체포·구금·처벌하는데 가장 악독한 고문을 가하고 그 가족들을 핍박한 고등경찰을 비롯한 악질 경찰들을 비호하는 발언을 서슴지 않았다. 그 결과는 1949년 6월 6일 친일경찰에 의한 반민특위 습격 사태로 이어졌다. 그리고 그 해 9월 해체됐다. 반민특위 와해는 친일세력 청산을 갈망하던 국민들을 허탈하게 만들었다(김영택, 「친일세력 미 청산의 배경과 원인」, 『한국학논총』, 국민대 한국학연구소, 2009, 481~539쪽).

> 손성묵 씨는 영빈을 비롯하여 배빈 일동을 식탁으로 안내하는 것이 당연한 일이다. 더욱이 오늘 자기의 참된 애국애족심에 가장 큰 감격을 가지고 G대좌까지 출석하였다는 것은 마땅히 일석이조가 아닐 수 없다. 이것으로 자기는 군정청 요직의 한 자리를 얻을 수 있는 약속도 되는 것이매 식탁에는 간간히 웃음소리가 들리고 숟가락 소리 술잔을 내려놓는 소리 그리고 이야기소리가 주방까지 들려온다.(1948.2.15)

자신의 친일 이력을 세탁하기 위해 공창폐지연맹에 백만 원의 찬조금을 약속하는 저녁 식사 자리에 G대좌를 출석시키는 것은 친일분자가 '애국애족심'을 명분으로 친미분자로 자연스럽게 변신하는 모습을 보여준다.[27] 남한에서는 친미적인 반공체제가 수립되게 됨으로써 친일은 반공의 이름으로 그 처벌을 면제받았을 뿐 아니라 친일을 했더라도 반공만 내세우면 애국이 되는 역설적 사태가 벌어졌다. 당시 남한에서 절대적인 힘을 행사하는 군정청의 요직까지 보장받는 자리는 이후 손성묵이 적산의 문제에서 미군정의 비호 아래 마음대로 엠피를 부릴 수 있는 기반이 된다.

27 독립운동의 주체로 자임하면서 극성을 부리고 있던 공산주의 내지 사회주의 세력을 척결해야 하는 미군정의 반공전선에 경찰 등 악질적인 친일세력을 동원해야하는 모순을 수용하는 바람에 일제 잔재 청산은 무산되었다. 즉 대한민국에서의 친일파 청산의 무산은 공산주의 극성과 자본주의 국가인 미국의 국익에 배치되면서 빚어진 필연적인 현상이었다(김영택, 위의 글, 537~538쪽).

3. 나오며

『가인의 시장』은 해방 공간의 현실을 실시간으로 포착한 세태소설로, 소박한 세태묘사의 수법으로 해방기 사회의 지향점과 현실적 간극에서 발생하는 역설적 상황을 재현, 모순을 폭로하였다. 이 작품은 해방기 문학이 침윤한 이데올로기나 자기 비판에 함몰되지 않고, 복수의 사건을 병렬적으로 형상화하여 함께 전개되는 이야기들의 대비적 총합을 통해 해방 공간의 양면성을 보여주었고 이를 통해 당대 사회현실에 대한 비판적 통찰과 사회적 정의에 대한 독자들의 현실감각을 일깨우고 있다. 문학사적으로 볼 때에도 이 작품은 1930년대 신문소설의 사회세태소설로서의 특성을 해방공간이라는 풍속 위에서 다시 펼쳐 놓으며 1950년대 신문소설과의 교두보 역할을 수행하고 있다.

해방에 따른 일본식민지체제의 붕괴가 곧 주권적 독립국가 수립을 필연적으로 보장하지 않았기에 해방 공간의 세태적 표상들은 해방 후 카오스의 현실세계를 연역하여 보여준다. 본고에서는 여성(공창폐지운동), 정치(민족국가 수립을 위한 정당정치 활동), 사회(일제 잔재의 청산)적 측면에서 해방 공간의 세태성을 고찰하였다.

공창제의 폐지는 여성의 일로서 전국가적 전민족의 운명에 관한 민족 보건상의 문제였으며, 이는 건강하고 깨끗한 '건국'의 주춧돌로서 법제화되어야 한다는 선언적 과제였다. 하지만 시대적 당위는 현실적 여건에 압도되어 왜곡된 형태로 정착한다. 채옥이 공창에서 해방되어 사창화되고, 사창화된 여성들이 양공주나 양갈보로 새로운 형태의 성매매 여성으로 전환되는 과정은 용산에 주둔했던 일본군이 퇴거하고 그 자리가 미군으로 대체되던 해방 공간의 상황과 일치한다. 새로운 형태의 인육시장의 출현은 성매매 주체의 변화를 보여주며, 성병의 확산은 물론 신종 성범죄의 온상이었으나 정치적, 경제적, 심정적 수혜는 이를 공론화할 수 없는 당대적 역설을 드러낸다.

해방기 정치 사회 단체는 자주적 민족국가 건설에 대의명분을 두고 있었다. 하지만 해방과 함께 우후죽순으로 난립한 정당은 민족적 대의나 사회적 결집보다는 이데올로기적 당파성에 매몰되어 있었고, 미군정과의 관계에서 우위를 점하기 위한 대중 동원에 주력하고 있었다. 대중 포옹과 신뢰의 축적이라는 이름으로 포장된 정치적 부정(황영빈의 정당 간부직의 매수)은 세 불리기에 급급한 해방기 정당정치의 상황을 보여준다.

훼손된 민족정신을 바로잡기 위한 일제 잔재 척결의 구체적인 과제는 친일 또는 부일협력자에 대한 처단이었다. 하지만 '친일파 숙청법'이 거부되고, 반민특위가 와해되면서 한국의 정치계를 비롯한 모든 분야가 기득권을 움켜 쥔 친일세력에 의해 재지배되는 현상으로 발전하였다. 손성묵은 일제시대에는 애국자를 밀고하거나 애국심이 농후한 사람들의 명부를 작성하여 일제에 받치는 친일분자였고, 해방 후에는 일본인이 중국에서 밀수입한 아편을 넘겨받아 '방방곡곡으로 민족의 선혈을 말리고' 있다. 손성묵은 불법적으로 축적한 재산(아편, 적산)으로 청춘도 명예도, 정의와 도덕까지 살 수 있다고 생각하는 인물로 광복 후 남한 사회에서 친일파 숙청이 제대로 이루어지지 못하였고, 그런 상태에서 '영어 잘하고 자본주의 이념에 이해가 많은 보수 우파적 유산세력, 비록 친일성향이지만 반공성향 역시 투철한' 이들이 친미파로 둔갑하여 중용되는 현실을 보여준다. 이들은 '반공'의 기치를 높이 들고 철저한 자기방어 태세를 통해 적극적인 친미주의자로 변신함으로써 해방공간의 모순을 노출한다.

세태소설을 부정적으로 논의한 임화나 긍정적으로 발전시킨 김남천은 공통적으로 세태소설이 드러내는 사회 역사적 성격을 강조하였다. 세태 풍속을 면밀하게 묘사하는 것은 일상성 자체에 대한 위기나 문제의식을 내포하는 것이기에 현실 폭로와 비판성을 갖는 세태소설은 세밀화된 사회소설이라고 할 수 있으며 이러한 의미에서 『가인의 시장』은 해방공간의 적실한 사회소설이자 세태소설인 것이다.

작가 연보

1901.4.3 경남 밀양에서 부 김해 김씨 윤중(允仲)과 모 배복수(裵福守) 사이의 3자매 중 막내로 출생, 함양군 안의면에서 성장.
본적은 부산시 영주동 517번지.
본명은 말봉(末峰), 필명은 보옥(步玉), 말봉(末鳳), 아호는 끝뫼, 노초(路草, 露草).
미국인 어을빈의 부인이 경영하는 기독교계 소학교에서 초등학교를 마침.

1914 일신(日新)여학교(현 동래여고) 입학.

1917 일신여학교 3년 수료, 상경하여 정신여학교 4년 편입.

1919.3 서울 정신여학교 4년 졸업.

1919 황해도 재령 명신여학교 교원.

1922.11 도쿄에 있는 송영고등여학교(松榮高等女學校) 4학년에 편입, 고근여숙에 기숙.

1923 송영고등여학교 5학년 졸업.

1924.4.11 교토 동지사 여자전문학부 영문과 입학.

1924 목포의 이의현 씨와 동거.

1925 『동아일보』 신춘문예 가정소설 부문에 단편 「시집살이」가 3등으로 입상, 아호인 노초로 연재.

1927.3.21 교토 동지사 여자전문학부 영문과 졸업.

1928 첫 딸 매매(재금) 출생, 이 무렵 첫 결혼을 정리한 듯함.

1929 『중외일보』 기자.

1930.11.26 1930년 후반기까지 『중외일보』 기자로 있다가 미국 하와이로 유학을 간다고 부산으로 내려갔다고 함. 하지만 유학 소식은 들려오지 않고 결혼 소식이 최신식 청첩(1930.11.26, 상오 11시 부산 영주동 525번지 자택에서 전상범과 결혼식을 거행)으로 친지들에게 발표되었다고 함.

1932 『중앙일보』 신춘문예에 단편 「망명녀」가 김보옥(金步玉)이라는 필명으로 당선되어 문단에 데뷔.

1933 부산 동구 좌천동 794번지에 거주.
전상범 씨와의 사이에 영, 보옥 쌍둥이와 제옥을 낳음.
1935.9.26 『동아일보』에 『밀림』을 연재하기 시작.
1936.1.26 부군 전상범 씨 사망.
1936.8.29 『동아일보』 강제 정간으로 『밀림』 연재 중단.
1937.3.31 『조선일보』에 『찔레꽃』 연재 시작.
1937 이종하(李鍾河) 씨와 세 번째 결혼, 본적 경남 밀양군 하남읍 수산리 445번지.
혼인 신고는 1943년 4월 29일에 함.
1937.6.10 딸 정옥(貞沃) 출생.
1937.10.3 『조선일보』의 『찔레꽃』 연재 완결.
1937.11.4 『동아일보』에 『밀림』을 다시 연재하기 시작.
1938.12.25 『밀림』 후편 연재 중단.
1941.4.4 아들 무(茂) 출생(김말봉 씨 소생의 자녀는 모두 6명).
1945 해방까지 일어로 글쓰기를 거부, 가난과 싸움.
서울 중구 동자동 18-20으로 이주.
1946.3.21 『동아일보』에 오랫동안의 침묵을 깨고 장편소설 『밤과 낮』을 집필하기로 되었다는 소식이 발표되지만 실제 연재되지 않음.
1947 신문사의 연재 예고나 문인 소식을 통해 볼 때 소설 쓰기를 재계하였으나 연재 지면을 얻지 못하는 듯하다가 『부인신보』에 「카인의 시장」을 연재하기 시작함. 이 소설은 후에 『화려한 지옥』으로 제목이 바뀌어 문연사에서 단행본이 출간. 오랜 절필의 시간을 뒤로 하고 본격적인 소설 쓰기가 시작됨.
1949 하와이 시찰(보배 언니가 하와이에 거주).
1950 귀국, 부산으로 피난하여 수정동에 거주.
1952.9 베니스에서 열린 세계 예술가 대회에 한국대표로 참가.
1954 「새를 보라」, 「바람의 향연」, 「옥합을 열고」, 「푸른 날개」 등 4편의 소설을 동시에 연재. 부군 이종하 씨 사망.
1955 미 국무성 초청으로 도미 시찰, 펄벅 여사 만남.
1956 미국에서 귀국.
1957 「생명」, 「푸른 장미」, 「방초탑」 등 3편의 소설을 동시에 연재.

1957.12.2 성남교회 창립일에 기독교 장로교회에서 여성 장로로 피선(최초의 여성 장로), 대한민국 예술원 회원에 당선.

1958 「화관의 계절」, 「행로난」, 「사슴」, 「아담의 후예」, 「광명한 아침」, 「장미의 고향」, 「제비야 오렴」, 「환희」, 「해바라기」 등의 작품을 1959년에 걸쳐 발표, 왕성한 작품 활동을 함.

1960.4 폐암으로 세브란스 병원에 입원.

1961.2.9 종로 오세헌 내과에 재입원하였으나 상오 6시 사망.

1962.2.9 1주기를 맞아 망우리 묘지에 묘비를 세움.

작품 연보

1. 단편소설

작품명	연재 정보
시집살이	『동아일보』, 1925.4.18~25(신춘문예 가정소설 3등, 노초로 연재).
망명녀	『중앙일보』, 1932.1.1~10(신춘문예 당선, 김보옥으로 연재).
고행	『신가정』, 1935.7.
편지	『조선 여류문학 선집』, 조선일보사, 1937.
성좌는 부른다	『연합신문』, 1949.1.23~29(6회 연재).
낙엽과 함께	『신여원』, 1949.3.
선물	『현대문학』, 1951.
합장	『신조』, 1951.6.
어머니	『신경향』, 1952.1.
망령	『문예』, 1952.1.
바퀴소리	『문예』, 1953.2.
처녀애장	『전선문학』, 1953.2.
전락의 기록	『신천지』, 1953.7,8.
이슬에 젖어	『현대공론』, 1954.12.
여적	『한국일보』, 1954.12.10~1955.2.13(10회).
식칼 한 자루	『신태양』, 1955.2.
여심	『현대문학』, 1955.2.
여신상	『여성계』, 1956.1~6,9,11.
사랑의 비중	『여원』, 1956.4.

2. 장편소설

작품명	연재 정보
밀림	『동아일보』, 1935.9.26~1936.8.27(『동아일보』 4차 정간으로 233회로 연재 중단). 1937.11.4~1938.2.7(총 293회로 전편 완재). 1938.7.1~12.25(후편 96회 연재 후 후편 중단, 미완).
요람	『신가정』, 1935.10~1936.2(4회로 연재 중단).
찔레꽃	『조선일보』, 1937.3.31~10.3.
카인의 시장	『부인신보』, 1947.7.1~1948.5.8(이후 『화려한 지옥』으로 문연사에서 1951년 8월 초판 발행).
꽃과 뱀	1949(연재 여부 불확실).
별들의 고향	1950(연재 여부 불확실).
설계도	『매일신문』, 1951(연재 일자 불확실).
출발	『국제신문』, 1951(연재 일자 불확실).
파도에 부치는 노래	『희망』, 1951.10~1952.10 · 1953.1~6.
태양의 권속	『서울신문』, 1952.2.1~7.9(139회).
계승자	『사랑의 세계』, 1952.
새를 보라	『대구매일신보』, 1954.2.1~6.17(120회).
바람의 향연	『여성계』, 1954.1~1955.1.
옥합을 열고	『새가정』, 1954.2~1955.3.
푸른 날개	『조선일보』, 1954.3.26~9.13(161회).
탕아기	『여성계』, 1955.2.
찬란한 독배(毒盃)	『국제신문』, 1955.2.15~7.9(138회).
길	『희망』, 1956.
생명	『조선일보』, 1956.11.28~1957.9.16(265회).
푸른 장미	『국제신문』, 1957.6.15~12.25(186회).
방초탑	『여원』, 1957.2~1958.2.
화관의 계절	『한국일보』, 1957.9.18~1958.5.6(228회).
행로난	『주부생활』, 1958.
사슴	『연합신문』, 1958.6~12.
아담의 후예	『보건세계』, 1958.6~1959.2.
광명한 아침	『학원』, 1958.8~1959.1.
장미의 고향	『대구매일신보』, 1958.11.20~1959.4.22(142회).
제비야 오렴	『부산일보』, 1958.12.1~1959.7.19(227회).

작품명	연재 정보
환희	『조선일보』, 1958.12.15~1959.6.12(217회).
해바라기	『연합신문』, 1959.7~1960.2.
이브의 후예	『현대문학』, 1960.4~5 연재중단, 장편(미완).

3. 시

작품명	연재 정보
암흑을 깨트리고	『신생활』, 1922.6.
비오는 빈촌	『신생활』, 1922.6.
광야에 누워	『신생활』, 1922.6.
머리 둘 곳은 어데?	『신생활』, 1922.7.
오월의 노래	『신가정』, 1935.5.
해바라기	『신가정』, 1935.9.

4. 수필

작품명	연재 정보
이상향의 남녀생활	『신생활』, 1922.8.
일기 중에서	『신생활』, 1922.9.
신사의 멱살 잡고	『별건곤』, 1927.8.
여기자 생활의 감상	『조선지광』, 1930.1.
매매가 아픈 밤	『중외일보』, 1930.3.29.
비치는 대로의 최의순씨	『철필』, 1930.8.
만리장공 속에 달만 홀로 달려	『신가정』, 1935.8.
애독자에 보내는 작가 편지	『삼천리』, 1935.8.
5월은 내 사랑의 상징	『조광』, 1936.5.
나의 분격	『삼천리』, 1936.12.
잠꼬대	『소년』, 1937.10.
여행을 하고 싶다	『동아일보』, 1938.1.8.

작품명	연재 정보
공창 폐지와 그 후 일 년	『연합신문』, 1949.1.23.
공창 폐지와 그 후의 대책	『민성』, 1949.10.
낙엽과 주검	『연합신문』, 1949.11.9~11.
여권의 확립	『부인경향』, 1950.1.
양여사와 나의 아라비안 인사	『부인』, 1950.2.
하와이 야화	『신천지』, 1952.3.
멀리 떠나 있는 남편	『신천지』, 1952.5.
베니스 기행	『신천지』 속간호, 1953.5.
딱한 문제	『신천지』, 1953.5.
내 아들 영이	『문예』, 1953.9.
농촌부녀에게 부치는 편지	『노향』, 1954.3.
나의 청춘기	『중앙일보』, 1954.8.1.
나는 어머니를 닮았다고	『새벽』, 1954.12.
대망의 노트	『사상계』, 1955.3.
아메리카 3개월 견문기	『한국일보』, 1955.12.8~13.
미국에서 만난 사람들	『한국일보』, 1956.11.18~23.
미국기행	『연합신문』, 1956.11.26~12.6.
시장께 올리는 인사	『경향신문』, 1957.1.4.
화장과 독서와	『연합신문』, 1957.1.6.
인간 · 여인 · 전화	『경향신문』, 1957.3.10.
아내라는 이름의 가정부	『여성계』, 1957.5.
바느질 품에 늙고	『평화신문』, 1957.5.9.
주부들에게 보내는 새해의 편지	『한국일보』, 1958.1.12.
십대의 성년 기록	『연합신문』, 1958.1.22~23.
제1회 내성상 심사 소감	『경향신문』, 1958.2.22.
함께 하고 싶은 이야기	『한국일보』, 1958.5.6.
가을과 싱거운 병	『경향신문』, 1958.9.9.
한국남성은 정말 매력 없다	『자유공론』, 1958.12.
남의 나라에서 부러웠던 몇 가지 사실들	『예술원보』, 1958.12.
전화라는 것	『경향신문』, 1959.1.7.
매화	『서울신문』, 1959.2.6.
봄이라는 계절	『연합신문』, 1959.2.11.

작품명	연재 정보
학생과 신문과 병과	『경향신문』, 1959.3.3.
대중문학	『경향신문』, 1959.3.5.
크리스마스이브	『서울신문』, 1959.12.4.

5. 평론

작품명	연재 정보
감상과 비평	『중외일보』, 1930.2.19.
여성과 문예	『서울신문』, 1949.8.6~9.

6. 동화

작품명	연재 정보
어머니의 책	『새벗』, 1952.1.
호배추와 달걀	『대벗』, 1952.
씨름	『소년세계』, 1952.12.
신랑과 신부와 화살과	『학원』, 1953.2.
은순이와 메리	『새벗』, 1953.10.
인순이의 일요일	『학원』, 1953.12.
파초의 꿈	『학원』, 1954.
파랑지갑	『학생계』, 1954.4.

7. 기타

작품명	연재 정보
(앙케이트) 명류부인의 산아 제한―기회 오면 단행	『삼천리』, 1930, 초추.
(콩트) 산타클로스	『조광』, 1935.12.

작품명	연재 정보
(콩트) S와 주기도문	발표 연대 미상.

8. 단행본

책명	발행 정보
찔레꽃	인문사, 1939, 장편.
밀림	영창서관, 1942, 장편.
찔레꽃	합동사서점, 1948, 장편.
꽃과 뱀	문연사, 1949.
화려한 지옥	문연사, 1951, 소설집.
태양의 권속	삼신출판사, 1953, 장편.
별들의 고향	정음사, 1953, 장편.
푸른 날개	형설출판사, 1954, 소설집.
밀림	영창서관, 1955, 장편.
생명	동인문화사, 1957, 장편.
푸른 날개	남향문화사, 1957, 장편.
생명, 푸른 날개	민중서관, 1960, 장편.
바람의 향연	신화출판사, 1962, 장편.
찔레꽃	진문출판사, 1972, 장편.
벌레 많은 꽃	대일출판사, 1977, 소설집.

참고 문헌

강옥희, 「1930년대 후반 대중소설 연구」, 상명대 박사논문, 1999.

고인덕, 「신문소설에 나타난 가치연구」, 서강대 석사논문, 1980.

고준영, 「1930년대 신문장편소설에 나타난 민족관」, 고려대 석사논문, 1980.

권미라, 「김말봉 통속소설 연구—『밀림』, 『찔레꽃』을 중심으로」, 영남대 석사논문, 2006.

권선아, 「1930년대 대중소설의 양상 연구—『찔레꽃』의 구조와 의미를 중심으로」, 고려대 석사논문, 1994.

김강호, 「1930년대 한국 통속소설 연구」, 부산대 박사논문, 1994.

김동윤, 「1950년대 신문소설 연구」, 제주대 박사논문, 1999.

김미영, 「김말봉의 『밀림』과 『찔레꽃』의 독자수용과정에 대한 인지심리학적 고찰」, 『어문학』 107, 2010.

김영찬, 「1930년대 후반 통속소설 연구—『찔레꽃』과 『순애보』를 중심으로」, 성균관대 석사논문, 1995.

김한식, 「김말봉의 『찔레꽃』과 '본격통속'의 구조」, 『한국학연구』 12, 2000.

대중서사학회, 『연애소설이란 무엇인가』, 국학자료원, 1998.

민병덕, 「한국 근대 신문연재소설 연구—작품의 공감구조와 출판의 기능을 중심으로」, 성균관대 박사논문, 1988.

박산향, 「김말봉 소설 『꽃과 뱀』에 나타난 양면성 고찰」, 『인문사회과학연구』 14, 2013.

______, 「김말봉 장편소설의 남녀 이미지 연구」, 부경대 박사논문, 2014.

박선희, 「『찔레꽃』에 나타난 스포츠와 연애」, 『우리말 글』 59, 2013.

______, 「김말봉의 『佳人의 市場』 개작과 여성운동」, 『우리말 글』 54, 2012.

박종홍, 「『밀림』의 담론 고찰」, 『현대소설연구』, 2002.

박철우, 「1970년대 신문 연재소설 연구」, 중앙대 석사논문, 1996.

반건우, 「1930년대 대중 연애소설의 서사구조 연구—김말봉의 『찔레꽃』과 박계주의 『순애보』를 중심으로」, 한양대 석사논문, 2009.

배기정, 「『찔레꽃』의 전개양상과 그 의미」, 『국어교육학연구』 28, 1990.
배상미, 「성노동자에 대한 낙인을 통해 본 해방기 성노동자 재교육운동의 한계－김말봉의 『화려한 지옥』과 박계주의 『진리의 밤』을 중심으로」, 『현대소설연구』 55, 2014.
백운주, 「1930년대 대중소설의 독자 공감요소에 관한 연구－『흙』 『상록수』 『찔레꽃』 『순애보』를 중심으로」, 제주대 석사논문, 1996.
백　철, 「김말봉씨 저 『찔레꽃』」, 『동아일보』, 1938.
서동훈, 「한국 대중소설 연구－연애소설을 중심으로」, 계명대 박사논문, 2003.
서영채, 「1930년대 통속성의 존재방식과 그 의미」, 『민족문학사연구』 4, 1993.
서정자, 「삶의 비극적 인식과 행동형 인물의 창조－김말봉의 『밀림』과 『찔레꽃』 연구」, 『여성문학연구』, 2002.
______, 「아나키즘과 페미니즘－김말봉의 경우」, 『한국문학평론』 19 · 20, 2002.
______, 「김말봉의 현실인식과 그 소설화」, 『문학예술』, 2004 봄.
손종업, 「『찔레꽃』에 나타난 식민도시 경성의 공간 표상체」, 『한국근대문학연구』, 2007.
송경섭, 「일제하 한국 신문연재소설의 특성에 관한 연구」, 서울대 석사논문, 1974.
안미영, 「김말봉의 전후 소설에서 선 · 악의 구현 양상과 구원 모티프－『새를 보라』 · 『푸른 날개』 · 『생명』 · 『장미의 고향』에 등장하는 '고학생'을 중심으로」, 『현대소설연구』, 2004.
안창수, 「『찔레꽃』에 나타난 삶의 양상과 그 한계」, 『영남어문학』 12, 1985.
양찬수, 「1930년대 한국 신문연재소설의 성격에 관한 연구」, 동아대 석사논문, 1977.
오미남, 「1930년대 후반기 통속소설 연구」, 중앙대 석사논문, 1995.
오인문, 「한국신문연재소설의 사회적 기능에 대한 고찰」, 중앙대 석사논문, 1977.
오태영, 「가정소설의 정치학」, 『나혜석연구』 2, 2013.
유문선, 「애정갈등과 통속소설의 창작방법－김말봉의 『찔레꽃』에 관하여」, 『문학정신』, 1990.
유진아, 「1930년대 후기 장편소설에 나타난 통속성의 양상－『찔레꽃』과 『탁류』를 중심으로」, 한국외국어대 석사논문, 2004.
이경춘, 「1930년대 대중소설 연구－김말봉의 『찔레꽃』을 중심으로」, 경성대 석사논문, 1997.
이미향, 「일제 강점기 애정갈등형 대중소설 연구」, 숙명여대 박사논문, 1999.
이병순, 「김말봉의 장편소설 연구－1945~1953년까지 발표된 소설을 중심으로」, 『한국사상과 문화』 61, 2012.

이상진, 「대중소설의 반페미니즘적 경향－김말봉론」, 『문학과의식』, 1995.
이선희, 「김말봉씨 대저 『찔레꽃』평」, 『조선일보』, 1938.
이원조, 「김말봉론」, 『여성』, 1937.
이정숙, 「김말봉의 통속소설과 휴머니즘」, 『한양어문연구』, 1995.
이정옥, 「대중소설의 시학적 연구－1930년대를 중심으로」, 서강대 박사논문, 1999.
이종호, 「1930년대 통속소설 연구」, 경북대 석사논문, 1996.
임미진, 「해방기 아메리카니즘의 전면화와 여성의 주체화 방식－김말봉의 『화려한 지옥』과 박계주의 『진리의 밤』을 중심으로」, 『한국근대문학연구』 29, 2014.
장두식, 「근대 대중소설 연구－1930년대 후반기 '연애소설'을 중심으로」, 단국대 박사논문, 2002.
______, 「김말봉의 『찔레꽃』 연구」, 『국문학논집』 18, 2002.
장두영, 「김말봉 『밀림』의 통속성」, 『한국현대문학연구』 39, 2013.
장서연, 「1970년대 대중소설 연구」, 동덕여대 석사논문, 1999.
전영태, 「대중문학논고」, 서울대 석사논문, 1980.
정하은, 『김말봉의 문학과 사회』, 종로서적, 1986.
정한숙, 『현대한국소설론』, 고려대 출판부, 1977.
정희진, 「김말봉의 『찔레꽃』 연구」, 공주대 석사논문, 2000.
조동일, 『한국문학통사』 제5권, 지식산업사, 1988.
진선영, 『한국 대중연애서사의 이데올로기와 미학』, 소명출판, 2013.
최미진, 「광복 후 공창폐지운동과 김말봉 소설의 대중성」, 『현대소설연구』, 2006.
최미진 · 김정자, 「한국전쟁기 김말봉의 『별들의 고향』 연구」, 『한국문학논총』, 2005.
____________, 「한국 대중소설의 상호텍스트성 연구－김말봉과 최인호의 『별들의 고향』을 중심으로」, 『어문학』 89, 2005.
최지현, 「해방기 공창폐지운동과 여성 연대(solidarity) 연구－김말봉의 『화려한 지옥』을 중심으로」, 『여성문학연구』 19, 2008.
최해군, 「소설가 김말봉과 그 곁사람들」, 『부산일보』, 2003.
추은주, 「1970년대 대중소설 연구」, 부산대 석사논문, 1997.
한명환, 『한국현대소설의 대중미학 연구』, 국학자료원, 1997.
홍은희, 「김말봉 소설 연구」, 대구가톨릭대 석사논문, 2002.
황영숙, 「김말봉 장편소설 연구－『푸른 날개』와 『생명』을 중심으로」, 『한국문예비평연구』, 2004.

연재 예고

예고[1]

오는 7월 1일부터 장편소설 연재 김말봉 씨 작 『가인(佳人)의 시장(市場)』

소개의 말씀

김말봉 씨 = 일찍이 『밀림』을 애독하던 독자들은 이 작품 하나 만으로도 여류 문예가로서의 큰 존재임을 인정하게 되는 바이다. 『밀림』을 통해서 우리 독자로 하여금 캄캄하고 가시덤불이면서 막다른 곳까지 끌고 들어가서 숨이 막히게 하고 손과 등에 땀이 흐르게 하고 소름이 끼치게 하다가 갑자기 탄탄대로로 안내해 주던 그 솜씨를 우리는 잘 안다. 좁은 골목에서 길을 잃고 방황하는 독자에게 길을 가르쳐 주어 환영을 받던 『밀림』의 작가를 해방 후 처음으로 우리 앞에 다시 소개하게 된 것은 전 우리 여성뿐이 아니라 과거에 끔찍이도 즐겨서 애독하던 독자 여러분과 함께 기뻐하는 바이다. 오랫동안 침묵을 지키던 김 여사가 그동안 무엇을 보았으며 무엇을 느꼈는가를 이 『가인의 시장』을 통해서 우리는 다시

1 『부인신보』, 1947.6.12.

그 존재를 재인식할 기회를 갖게 된 것을 기뻐하는 바이다.

작자의 말 = 해방 후에 장편을 몇 개 구상했던 것만은 사실인데 내 자신의 사정으로 매양 발표할 약속을 이행치 못한 책임을 늘 마음에 고통으로 생각하고 있던 바 이번에 여인들만의 힘으로 오로지 조선 여인들만의 의도와 발분으로 부녀신보가 탄생되니 내 분명코 조선 여인의 한 사람인지라 어찌 병약을 탄하며 무능을 겸하고만 있을 수 있으리오. 감연히 붓을 들고 조선 여인으로써 외치고 싶은 절실한 사회비극의 한 토막을 이제 소설로 여러 독자 앞에 내여 놀 용기를 가져봅니다. 독자 제씨는 소설 속에서 들려오는 비명과 호소와 탄원에 어떠한 답을 하시렵니까.

정현웅 씨 = 김말봉 씨 소설에 정현웅 씨의 그림이면 금상첨화의 격이다. 정 씨가 삽화계의 대가임은 다시 설명할 필요도 없거니와 그림은 누구에게 부탁하리까 하고 김 여사에게 물었을 때 정현웅 씨가 그려주신다면 무조건 고맙겠다는 대답으로 보아 두 분이 서로 소설과 그림을 통해서 호흡이 맞는 것을 알 수 있다. "김말봉 씨 소설이라면 나도 무조건 그려 보지요" 하시는 정현웅 씨의 말씀에 이번에 이 소설 이 그림은 없는 지면을 기어이 제공해서 독자 여러분께 기쁨을 드리고자 하는 우리 신문사로서 무엇이라 형언할 수 없는 감사의 뜻을 표하는 바이다.

연재 정보

소제목	연재 횟수	전체 횟수	연재 일자	비고
장편소설 연재예고			1947.6.12	
혜롯의 칼	1~9	가인의 시장 1~9	1947.7.1~7.15	
태양의 배반자	1~11	가인의 시장 10~20	1947.7.17~8.9	
속죄의 대가	1~13	가인의 시장 21~32	1947.8.10~9.5	
밟히는 영혼	1~12	가인의 시장 33~45	1947.9.9~ 11.13	'밟히는 영혼' 혹은 '짓밟히는 영혼'으로 소제목 혼용
새벽은 오건만	1~16	가인의 시장 45~55 (연재 횟수 오기)	1947.11.18~ 12.19	원래는 63회로 끝나야 함
슬픈 제단	3~17 횟수 오기로 시작	가인의 시장 56~69	1947.12.20~ 1948.1.29	
산은 푸른데	1~16	가인의 시장 70~84	1948.1.30~3.4	'산은 푸른데' 혹은 '산은 푸르건만'으로 소제목 혼용
물은 바다로	1~8	가인의 시장 85~93	1948.3.5~3.18	'풀은 바다로' 혹은 '물은 바다로'로 소제목 혼용
돈과 사람과	1~13	가인의 시장 94~106	1948.4.8~4.29	
심판	1~3	가인의 시장 107~108	1948.5.5.~5.8	

* 1948년 5월 8일 전체 108회, 「심판」 3회로 연재가 중단. 미완.
연재는 108회로 중단되었지만 연재 횟수 오기, 중복 등으로 실제 전체 횟수는 119회가 연재되었음.

문연사판(1954) 서문

화려한 지옥

찔레꽃을 쓰고 붓을 던진 지 십여 년 만에 (해방 이듬해) 첫 번으로 붓을 든 것이 화려한 지옥(일명 카인의 시장)이다. 삼 년 전에 출판사에 맡긴 것이 출판사의 사정으로 또 육이오 사변 등등으로 해서 너무 늦게야 나왔다.

지금 이 가혹한 전시하에 색다른 분위기의 작품인 채로 참된 인간성을 강조하려는 작자의 의욕을 알아주기를 부탁한다.

여인은 인간이면서도 약하고 약하면서도 선하고 그리고 어느 의미 남자보다 훨씬 강한 일면이 있는 것이다.

독자 제현(諸賢)의 능한 전망을 빌면서.

4284년 7월

좌천동(佐川洞) 피난소에서

저자

『화려한 지옥』으로 개작된 후 변경된 목차

<table>
<tr><th>『가인의 시장』 목차</th><th>『화려한 지옥』 목차</th></tr>
<tr><td>헤롯의 칼</td><td>헤롯의 칼</td></tr>
<tr><td>태양의 배반자</td><td rowspan="2">태양의 배반자</td></tr>
<tr><td>속죄의 대가</td></tr>
<tr><td>밟히는 영혼</td><td>밟히는 영혼</td></tr>
<tr><td>새벽은 오건만</td><td rowspan="3">새벽은 오건만</td></tr>
<tr><td>슬픈 제단</td></tr>
<tr><td>산은 푸른데 1～5</td></tr>
<tr><td>산은 푸른데 5～7</td><td>부서지는 우상</td></tr>
<tr><td>산은 푸른데 8～16</td><td rowspan="3">돈과 사랑</td></tr>
<tr><td>물은 바다로 1～2</td></tr>
<tr><td>돈과 사람과 1～3</td></tr>
<tr><td>물은 바다로 2～8</td><td rowspan="2">운명의 변동</td></tr>
<tr><td>돈과 사람과 3～13</td></tr>
<tr><td>심판 1～3</td><td>심판</td></tr>
</table>